梦中的暗杀者 ①

[日] 小林泰三

著

谋杀爱丽丝

丁丁虫

译

北京联合出版公司
Beijing United Publishing Co.,Ltd.

The Murder of Alice

果麦文化 出品

1

白兔从对面跑过来。

它从西装背心里掏出怀表。"糟了！迟到了！"

不知道是这只兔子的时间观念特别松散，还是兔子这种动物本身就缺少守时的能力，总之，它一直都是这副样子。

第一次遇到它的时候，它好像也是一副快要迟到的样子吧？

爱丽丝目瞪口呆地看着白兔。

说起来，第一次遇到是什么时候，现在已经记不清了。是很早以前了。那之前的事，印象就更模糊了，几乎想不起来，只记得好像是更无聊却还算平静的生活。

"快让开，玛丽安！要迟到了啊！你明白的吧？"

爱丽丝刚要开口，背后却有人喊她："喂，定个暗号吧。"

她回头一看，是蜥蜴比尔。

"暗号？什么暗号？"

"暗号，就是用来分辨是不是自己人的口令。"

"不是问这个，我是说干吗要定暗号啦。"

比尔歪着头想了一会儿，回答说："如果把敌人错当成朋友，不是很糟吗？"

"那敌人在哪儿呀？"

"谁知道呢。不过既然知道了辨别方法，只要敌人一出现，马上就能分辨出来了。"

"你知道辨别方法？"

"当然。"

"那你能教我怎么辨别吗？"

"很简单，说出暗号，回答正确的是朋友，答不出的是敌人。"

"唔，我猜就是这样。"

"对吧？这个道理谁都能明白。"

"刚才的话，你跟所有认识的人都说过？"

比尔摇了摇头。"怎么可能？和所有人都说就没有意义了，我只对朋友说。"

哎呀，比尔把我当成了朋友？

"定个什么暗号好呢？"比尔的眼睛闪闪发亮。

爱丽丝总觉得有点麻烦。

"不定也没事吧？"

"为什么？"

"我问你，为什么非要定暗号？"

"因为，要是不定暗号，不就没法判断是敌人还是朋友了吗？"

"你不是已经判断了吗？我是朋友。"

"所以说呀，要是不定暗号，我不就不知道你是朋友了吗？"

"那我当敌人也行啊。"

比尔拼命摇头。"那可不行，你是朋友。"

"你看，即使不说暗号，你不也知道我是朋友吗？"

"不不，暗号是用来分辨朋友和敌人的，必须要有暗号。"

为什么这里的人——虽说比尔并不是人——都这么麻烦呢？不过，这里头有的是确实不明白的，也有的是揣着明白非要恶作剧的。恶作剧的可以不用搭理；但要是确实不明白的，不理就不太好了。问题是，没法轻易看出对方到底是哪一种。不过，总觉得比尔是属于确实不明白的那种。既然这样，就必须耐心对待。

但是，暗号真的很麻烦啊。对了，我想到了一个好借口。

"下次再定暗号吧。"

"为什么？"

"因为有它在。"爱丽丝指了指口袋。

"你怕口袋到处乱说？不会的，它们通常都不会开口。"

"问题在口袋里面。"爱丽丝把口袋稍微拉开一些给比尔看，"看到了吗？"

"空气？"

"再仔细看看，就在这儿。"

"好像有个褐色的毛球。你是说这个？"

"对啊。"

"毛球不会说话。"

"不是毛球。"

"你刚才说是毛球的。"

"不是，我没说，是你说的。"

"我说是毛球，然后你说了：'对啊。'"

"那不是说它是'毛球'，而是说'口袋里面有个像毛球的家伙'。"

"那你就不能说'对啊',要说'不对'。"

爱丽丝叹了口气。"不对。不过,口袋里面就是这个。"

"那是什么?"

"像毛球的家伙。"

"你担心像毛球的家伙?"

"是啊,因为它可不是一般的毛球。"

"不是免费[1]的?那是多少钱买的?"

"不是买的,是朋友。"

"你是说,向朋友买的?"

"不是,不是向朋友买的。"

"那就是向非朋友买的?"

"也不是向非朋友买的,而且也没有'非朋友'这种说法。"

"那你是向谁买的?"

"我没向任何人买啊。"

"那不就是免费的吗?"

"不是一般的啊。"

"你这人说话怎么颠三倒四的呀?"比尔耸了耸肩。

爱丽丝深吸了一口气:"我没说过买卖,也没说过价格。"

"可是你刚才说了:'这个毛球是免费的。'"

"唉,再说下去只会越来越乱。让我仔细解释一下。刚才说的'一般'不是'免费'的意思,是'普通'的意思。"

---

1. 日语里的"ただ",既有"一般""普通"的意思,也有"免费"的意思。
全书注释均为译者注。

"也就是说，那个毛球不普通？"

"按毛球来看，是不普通。不过按睡鼠来看，可能算很普通吧？"

"睡鼠？怎么突然说到那么不着边际的家伙？"

"嘘！"爱丽丝做了个嘘声的手势，"小心人家听到，它就在我的口袋里。"

"什么！"比尔夸张地抱住头，"这么重要的事为什么要瞒着我啊？"

"没瞒着你啊。要不是你一直扯开话题，五分钟前你就该知道了。"

"好吧，不过我无所谓啦。虽然说了它是'不着边际的家伙'，但睡鼠反正在睡觉，它不会知道的。"

"不过它也经常会醒呀。"

"但大部分时间都在睡觉。"

"即便如此，还是不知道它什么时候会醒，所以现在不要告诉我暗号。"

"你是说，等睡鼠醒了再告诉你暗号？"

"不是啊。我是说，因为可能会被睡鼠听到，所以不要告诉我暗号。"

"为什么？不能被它听到吗？"

"暗号是用来区分敌我的吧？"

"是啊。"比尔点了点头。

"既然这样，如果让不是朋友的人知道了，那不是很糟吗？"

"咦？睡鼠是敌人？这个消息你是从哪儿得到的？"比尔的眼睛闪闪发光。

"没有这种消息啊。"

"那，是假消息？"

"不是假消息，我只是在说一种可能性。"

"什么可能性？"

"睡鼠是敌人奸细的可能性。"

"这家伙？"比尔仔细观察睡鼠，"难道奸细会一直这么呼呼大睡？"

"睡觉和奸细没关系啊……不过看它睡成这个样子，确实很难说是奸细。"

"我有个好主意，我只要趁这家伙睡觉的时候把暗号告诉你就行了。"

"我醒着呢。"睡鼠说。

爱丽丝和比尔默默地望向睡鼠。

它闭着眼睛，发出轻微的鼾声。

"它刚才醒了一下，马上又睡着了。"比尔低声说。

"更可能只是在说梦话吧。"爱丽丝说，"但是，也不能排除醒了的可能。"

"我想到了一个更好的主意。'更好'的意思是说，比'趁这家伙睡觉的时候把暗号告诉你'的主意'更好'。"

"你的好主意可真多呀。"

"能得到你的赞美，我很开心。"

爱丽丝想说这并不是什么赞美，但最后还是没说，因为她觉得会在无意义的对话中越陷越深。

"那么，是什么主意？"

"把睡鼠当成朋友。这样一来，它知道暗号也没关系了。"

"什么？这么轻易就相信它了？"

"你怀疑睡鼠？"

"怎么可能？"

"对吧？我也不怀疑这家伙。而且，它就算真是敌人，也完全不可怕。既然这样，不管是敌人还是朋友，都没啥差别吧？"

"别小瞧我！"睡鼠说。

爱丽丝和比尔默默望向睡鼠。它闭着眼，发出轻微的鼾声。

"难道它是在装睡？"比尔说。

"如果是装睡，我想它没必要特地出声吧？"

爱丽丝本来是想拿睡鼠当借口逃避暗号的话题，现在却越来越觉得这主意很蠢。早知道会为这种无聊事扯上半天，还不如早点听完暗号，把它打发走算了。

"好吧好吧，睡鼠可能是在睡，万一被听见了它也不会构成任何威胁。现在，马上，告诉我暗号。"

"好，那我就说了。我只说一次，仔细听好……'只说一次'这话我一直想说说看，但是为什么只说一次呢？如果很重要，应该说三次才对吧？"

"也是。肯定是因为说三次很麻烦吧。"

"原来如此，因为麻烦啊，这我就明白了。"

"麻烦事真讨厌哪。"

"是吗？不过有那么多麻烦事吗？"

"我现在就想到了一件呢。"

就是某只蜥蜴想告诉我暗号，扯来扯去又不说，我还得陪着聊这件事。

"总之我赞成把睡鼠当成朋友，快点把暗号告诉我吧。"

"好。首先，我会说'蛇鲨'，然后你说……"

"布吉姆[1]。"

比尔目瞪口呆。"你怎么知道的？秘密泄露了？"

"你说谁泄露了秘密？"

比尔瞪向睡鼠。睡鼠发出轻微的鼾声。

"它果然是在装睡吧？"

"唔……你在睡鼠面前说过暗号吗？"

"啊，说过啊。准确地说，我只说了前半段，剩下的是你说的。"

"你是说刚刚这次？"

"你不记得了？"

"我记得啊。"

"啊，太好了，我还以为你脑子出了问题呢。"

"再之前呢？你说过吗？"

"没有啊。"

"没有吗？"

"是啊，刚才是第一次说，之前一直在我脑子里。"

"那么就没理由怀疑睡鼠了。"

"但是，在我告诉你暗号之前，你就已经知道暗号了，所以我有充分理由怀疑睡鼠。"

"不，睡鼠是无辜的。"

"你为什么这么肯定？"

"因为我没听睡鼠说过暗号。"

"这就太奇怪了。那叛徒是谁呢？"

---

1. "蛇鲨是布吉姆（Snark was a Boojum）"是《爱丽丝漫游奇境》作者刘易斯的另一作品《猎蛇鲨记》中的句子。Boojum 是虚构的词，意指可怕的怪物。

"要是有叛徒，那也该是知道暗号的某人吧。"爱丽丝被烦到几乎无语了。

"知道暗号的某人……你知道暗号。"

"你认为我是叛徒？"

"你是吗？"

"不，我不是叛徒。"

"你为什么这么说？"

"自己的事自己最清楚啊。我不是叛徒。"

"那还有谁知道暗号呢？"

"只有一个。"

"谁？"

"你啊，比尔。"

"哦，我还真没注意到！"比尔按住额头，"原来我是叛徒啊，我一点儿都没发现。"

"放心吧，比尔，你也不是叛徒。"

"你怎么知道的？"

"因为你不是当叛徒的料儿。而且如果你是叛徒，你自己应该知道。"

"是吗？我自己知道啊。那，问问自己不就清楚了？……可是，要怎么问自己呢？"比尔开始惊慌。

"放心吧，你不用自己来，我帮你问。"

"谢谢你，帮了大忙了，爱丽丝。"

"比尔，你是叛徒吗？"

比尔把视线稍稍偏开一点，想了想说："不，我不是叛徒。"

"你看，你不是叛徒。"

"不行，还不能掉以轻心。"比尔不安地说，"我可能在撒谎。"

"你没有撒谎。"

"你怎么知道的？"

"如果你是叛徒，你想背叛谁？"

"你？"

爱丽丝摇摇头。

"我？"

"你觉得自己被背叛了吗？"

"完全没有。"

"就是吧。"

"那，谁是叛徒呢？"

"谁也不是叛徒啊。"

"你怎么知道的？"

"因为这个国家的人没有一个脑子靠谱到可以当叛——"

"糟啦！"仆人和马儿们大叫着从他们眼前跑了过去。

"什么？怎么了？"比尔问。

"国王的仆人和马儿们如此惊慌，答案只有一个。"

"知道了谁是叛徒？"

"大概不是。是从围墙上掉下来了吧？"

"什么从围墙上掉下来了？"

"不是'什么'，是'谁'。至少在这儿是这样。"

"你说哪儿？"

"奇境之国。"

"奇境之国？"

"就是这个世界。"

"除了这个世界，你还知道别的世界呀，爱丽丝？"

"嗯，我认为我知道，但我也不太确定。"

"什么意思？"

"我不记得了。不，不是不记得。我记得，但没有实感。不过我去了那个世界，又会对这个世界失去实感。"

"那是谁掉下来了？"

"你真想知道？"

"嗯。"比尔点点头。

"国王的仆人和马儿们慌成那样，你还想说你不知道？"

"嗯。"比尔点点头。

"蛋头先生。"

"谁？"

"你不知道蛋头先生呀？"

"我知道啊。我什么时候说过我不知道？"比尔有点生气。

"那我们去看看吧。"爱丽丝说。

这样也许能过个比现在稍微有点意义的下午。

"蛋头先生大概在这边。"比尔像是发现了什么，突然跑了出去。

"等等我啊。"爱丽丝慌忙追了上去。

"王后的城堡花园。"比尔一边跑一边指着说。

顺着比尔的手指望去，确实有某种东西摔成了碎片，可以看到某种巨大的白色外壳，还有红黑色的东西。爱丽丝本以为会看到黄色的东西，所以有点惊讶。

唔，也没什么好惊讶的，谁说蛋头先生一定就是未受精的蛋呢？

蛋头先生周围有两个人影。唔，也可能不是人，但按这边的画风还是要当人对待。

等到了近处看清，原来这两个人影是三月兔和疯帽匠。

咦？他们在这儿干什么？要说现在该是他们开疯茶会的时间。唉，也不是现在了，甭管什么时候，他们都在开茶会。疯帽匠此时正拿巨大的放大镜积极查看蛋头先生的残骸，而三月兔就像疯了一样在一旁跳来跳去。不，"疯了"这点是毋庸置疑的。

"你们在那儿干什么呢？"爱丽丝问。

"如您所见，调查案子。"疯帽匠头也不抬地回答。

"案子？只是蛋头先生从围墙上掉下来了吧？那样的话只能算意外。"

疯帽匠抬起头。"不，蛋头先生是被谋杀的，这是谋杀案。"

2

啊，又做了个奇怪的梦。

栗栖川亚理磨磨蹭蹭地从床上爬起来，关掉了闹钟。

和平时一样，这是个真实无比的梦。梦中的自己五感敏锐，甚至难以相信是梦（严格地说，她并不是记得那种感觉本身，而是记得"自己如此感觉"）。

不过一旦醒来，一切又会变得模糊。想来果然只是个梦。

倒也不是说记忆变得模糊，而是一切都不再有实感。这跟看电影、读小说的感觉比较接近。不管体验如何逼真，总还是能笃定地认识到一个不可动摇的事实——那不是现实。

可是，为什么老是梦见满世界脑子不正常的人和动物呢？

自己似乎很了解那个世界，却想不起来它到底在哪儿。而在梦里的时候，自己则从来没产生过"这是哪儿"的疑问。

哎，反正是梦，不合逻辑也正常。

不过大家都说，梦醒后很快会忘了梦里的事，可我一直记得。虽然不再真实，但梦里发生过什么，这部分记忆一直在。

这很特殊吗？

最近我总是做这个梦。说不定每天都是？不会吧。她试着回想昨天做的梦。

昨天也是那个世界的梦。昨天嘛，连续两天梦见，也不算奇怪。她又回想前天的梦。

恐怕也是那个世界的梦。不过是碰巧连续三天梦见罢了。那再前天呢？

好像还是那个世界的梦，虽然没什么把握。

……

亚理忽然有点不安。这没问题吗？应该没问题吧？虽然不太懂心理学，但听说重复的梦有特殊意义。那个世界肯定是某种象征，对目前的我非常重要。可能正是因此，潜意识才想提醒我。

那我是从什么时候开始做那个梦的呢？记不清了。好像很早以前就有了，但梦的记忆和现实太脱节了，所以很难确定年月。

那换个角度看，除了那个梦，我还有什么印象深刻的梦吗？

……

什么都想不起来。除了那个梦，我就没做过别的梦吗？

不管怎么说这都不可能，只是一下子想不起来而已啦。

亚理咬住嘴唇。梦不梦的，本来应该是无所谓的，但不知怎么就开始在意起来。早知这样，就该每天写梦的日记的。

对了，梦日记。不如从今天开始记？写上日期，记下内容，说不定能发现心理上的什么情况。

亚理拉开抽屉，拽出买来上课记笔记的本子。开头两三页上已经写了什么，亚理没理会，翻到空白页开始写。

五月二十五日

我做了这样的梦。

白兔在跑。蜥蜴比尔告诉我暗号是"蛇鲨是布吉姆"。

蛋头先生被杀了。

"蛇鲨是布吉姆"是什么意思？啊，不过在比尔说之前，我好像已经知道这句话了。难道说在那个世界，这是人所共知的俗语？那样的话，比尔可真够蠢的。

不好，都这个点了。我得赶紧去学校，今天好像约了设备。

亚理喂了宠物仓鼠，慌慌张张地跑出了房门。

亚理来到大学研究室时，楼里很奇怪地一片慌乱。平时难得露面的学校员工在走廊里小跑，还有一些生面孔和警察。

"出什么事了？"亚理问高一届的研究生田中李绪。

"好像是中之岛研究室的王子博士死了。"

"啥？！"

亚理怀疑自己听错了。她和中之岛研究室的博士后王子玉男并不很熟，也就是会在研究会上偶尔聊几句而已。但听说昨天还好好的人突然死了，还是让人大受震撼。

"我也吓了一跳。"

"突发急病？"

"毕竟他体形那么圆，连绰号都叫'鸡蛋'，所以大家都以为是糖尿病、高血压之类的吧？不过其实不是。他是摔死的。"

"摔死？飞机事故？"

"不是，是从楼上摔下去了。"

"难道是自杀……"

"这个现在正在调查，不过据目击者说，看到他坐在楼顶边上，双脚晃来晃去。"

"有人看见了？"

"嗯，所以马上叫了救护车，不过已经来不及了……刚才这边又是救护车，又是警车，乱成了一团。"

最近好像有过类似的事，亚理忽然想起来。是什么来着？

"恐怕不是自杀。"李绪低声说。

"为什么这么说？"

"他不是会自杀的人，你不觉得吗？"

"我和王子博士不太熟……"

"那家伙属于相当漫不经心的类型。该说他什么都不在乎吗？反正坐在楼顶边上确实很像他的风格，他可能根本不觉得有什么危险。"

"你的意思是，那是不小心导致的意外？"

"我也不敢肯定。总之，今天这状况是没法做实验了。"

"啊？那可麻烦了，我预约了今天的蒸馏设备，错过今天就得等三个星期了。"

"哎呀，那是挺麻烦的。但是没办法，学校下了通知，今天实验停了。"

"晚上也不行吗？"

"基本上只接受可以晚上做的实验申请，你现在申请也来不及了吧？"

"那怎么办？"亚理可怜兮兮地说，"我要赶不上提交学术会议的论文了。"

"实在不行，和别的约了本周的人商量看看？时间不太赶的人可能愿意让给你。"

"我试试看。"

亚理查了预约表，挑出几个可能的人选，然后去了实验室里转悠。

每个房间里的学生和研究员都在讨论王子的死，几乎没人在做实验。也有人在做一些可以手工完成的简单实验，但亚理不知道他们是偷偷做的还是学校允许的，她也不想问。现在亚理满脑子想的都是实验。虽然有点对不起王子，但她实在没空哀悼他。

"星期三的蒸馏设备能不能先让给我？我要准备会议论文。"亚理问另一个研究室的研究生。

"啊，抱歉，我也赶时间啊。别说会议论文了，我连博士论文都快来不及了。"

"那你知道谁可能不急用吗？"

"不急用？怎么可能……等下……"

"你想到了谁吗？"

"唔，要说不急可能是不急，不过又好像和不急不太一样。"

"那到底是急还是不急呀？"

"哎，总之那家伙很怪。"研究生点了点头。

"谁啊？"

"井森。井森建。你认识吗?"

亚理知道这个名字。虽然是同一届的学生,但他是半路从其他专业转过来的,所以并不是很熟。这么说来,他确实同样给人一种慢悠悠的不着急的感觉。

"好,我去问问井森。你知道他现在在哪儿吗?"

"不好说。那家伙和王子关系很好,好像警方也在找他。"

糟了,必须抢在警察之前找到他。

"啊,那我先不说了。"

亚理匆匆道了别,就去找井森。

她很快就找到了井森,他正在食堂里出神地看着电视。

"井森!"亚理气喘吁吁地喊了句。

井森慢慢转向亚理的方向,然后歪了歪头。

"你约了后天的蒸馏设备吧?能让给我吗?"

井森又歪了歪头。

"你的脖子怎么了?"

"我在想事。"

"想什么事?"

"同时想好几件事。首先是约设备的事,我后天好像确实预约了蒸馏设备。"

"这么不确定?不就是后天的事吗?"

"谁会关心后天的事啊?今天的事就够我忙的了。"

"可是你刚才还在看电视啊。"

"对,看电视就是我今天要做的事之一。"

"现在是慢悠悠看电视的时候吗?"

"有什么紧急情况让我不能看电视吗?"

"你的好朋友死了呀。"

井森歪了歪头。

"怎么了？"

"又多了一件要回想的事。"

"你不用回想，我告诉你，是王子博士。"

"王子？"

"你连王子博士的名字都忘了？"

"不，名字我记得，只是我第一次听说我和他是好朋友。可能是我忘了吧。"

"那是我误会了，你们可能只是普通朋友。"

井森歪了歪头。

"也不是普通朋友？"

"不知道，可能只是我忘了。"

"在你的印象中，你们俩关系怎么样？"

"就是脸熟吧。不过我想应该比跟你熟一点，至少我在走廊里碰到王子会打招呼。"

"你是说跟我就不会打招呼？"

"我打过招呼？"井森歪了歪头。

"我也没印象。"

"那这个问题就困难了。我跟你打没打过招呼，必须得有个答案吗？"

"没有也可以。当然，有个答案也挺好，不过还是留到下次再说吧。"

啊，这种颠三倒四的对话总觉得最近在哪儿经历过。

"啊，我想起来了！"井森指着亚理的脸，"你是栗栖川。"

"你一直在想这个？"

"是啊。不过还有一件事必须得想，那个更重要。"

"蒸馏设备的事？"

"那个已经想起来了，我确实预约了蒸馏设备。"

"能和我换吗？"

"很难，因为我还接了其他组的蒸馏任务。如果就我自己的实验还好说，可这会影响其他人。"

"这样啊……"亚理垂头丧气，"怎么办啊？这下我真的完蛋了。"

"那倒不见得。方便把你的实验内容告诉我吗？"

亚理很沮丧，不过她还是简单介绍了自己的实验内容。

"原来如此，只要形成电极就行了，是吧？"

"嗯，简单来说就是这样。"

"那你可以用溅镀。"

"溅镀也太夸张了吧？"

"夸不夸张无所谓，溅镀的话应该这周就能用。"

"你不记得自己的实验预约，却记得其他设备的预约情况？"

"不是不记得，只是想起来需要时间。"

亚理想了想。确实，如果是做电极，溅镀应该也没问题。设备调试稍微有点麻烦，但她有使用经验，也不是太难。

这样一来，实验进度也许就不至于大幅延后了。虽然最初的目标没达成，但就结果看，找井森商量很可能是对的。

"谢谢，我决定试试溅镀。"

井森歪了歪头。

"怎么？还有什么事吗？"

"还有一件。"

"对哟，你是说了还有件什么事没想起来。"

"很重要的事。"

"没想起来，却知道它很重要？"

"挺神奇吧？"

"是不是那个，和今天那个事有关的？"

"那个事？"

"你连那个事也忘了？"

"不，只是今天事特别多。"

"还有比王子博士的死更重要的事吗？"

"啊，是说那件事啊。"

"难道还有别的事吗？"

"比如自动售货机的可乐卖完了呀，上学时坐过了一站呀，"他直直地盯着亚理的脸，"还有你现在在这儿和我说话呀。"

"这些全都不重要吧？"

"重不重要，这就见仁见智了。"

"我和你说话很重要？"

井森的脸上掠过一丝慌乱。

咦？这是什么？

"是的，是和你有关的事。"

"什么？"

"再过一会儿就能想起来了，稍等一下。"

虽说让自己等一下，可谈话的走向越来越怪，还有点聊不下去的感觉。对了，我来找个话题吧。

"王子博士的死是意外吧？"

"病死的可能性也不是零，但应该概率不大。要么是意外，要么是自杀或者他杀吧。"

"如果不是病死，那基本上就这三种可能性呀。"

"但是非常奇怪。"

"你也这么觉得？"

"他不是会自杀的人。"

"或许人不能光看外表呢。"

"当然了。但没有切实证据显示是自杀，所以就暂且排除吧。然后是意外。什么情况下才会发生那种意外呢？"

"坐在楼顶边晃腿的时候失去平衡了呗。"

"老大不小的成年人会坐在楼顶边晃腿吗？"

"谁知道呢，人都有自己的情况和喜好吧？"

"当然了。但没有切实证据显示是意外，所以就暂且排除吧。然后是杀人。用什么方法才能那样杀人呢？"

"听说有目击者？"

"嗯，就是我啊。"

"啊？！"

"那时候我快赶不上实验了，正在往实验楼跑，王子就坐在楼顶边晃腿。"

"然后呢？"

"然后也没什么，我只是觉得好危险啊。因为从下面挥手可能会分散他的注意力，让他掉下来，所以我想得通知别人，采取点措施。"

"你觉得他要自杀呀？"

"看起来完全不像要自杀。不过人这种东西，有时候会做出突发的行为。所以我就躲在暗处，准备联系警察或者消防队。就在那时，王子突然往前倒了。"

"他自己跳下去了？"

"不是那种感觉。看起来他像是在拼命抵抗，但是紧接着他就已经掉下去了。"

"被人推的吗？"

"看上去有点像，但没看到凶手。"

"你是说，凶手是透明人？"

"不，可能只是因为角度问题看不见。"

"目击者只有你？"

"当然还有另外的好几个人。他摔下去的时候响起了好多惨叫声，不过没有我认识的。"

"然后呢？"

"我们几个就跑到他摔下来的地方，毕竟是从五层楼的楼顶摔下来的嘛，我想几乎是当场死亡吧。也许是落地的时候关节断了，他的四肢和脖子都很奇怪，看起来就像七零八落的尸体。"

"七零八落的尸体？"

"准确地说，是像摔坏的东西。"

"人偶一样的感觉？"

"不是人偶，而是什么东西摔坏了的感觉，像玻璃杯啊，鸡蛋啊。"

"鸡蛋不是由王子博士的体形产生的联想吗？"

"这倒也不能否认。"

"你认为是谋杀？"

"没有切实的证据。不过，我确实有种非常奇怪的印象。"

"你对警察说了吗？"

"嗯。不过，警察好像并不怎么重视。唔，这也正常吧，毕竟只是我的印象。"

"其他人也有同样的印象吗？"

"这我就不知道了。毕竟我不认识其他目击者，而且调查开始前让目击者们交流意见，从调查的角度来说也不合适吧？"

"为什么？"

"因为可能会对各自的印象产生影响，导致记忆发生变化。"

"可调查已经结束了吧？"

"谁知道呢，说不定还在调查呢。"

"不过应该已经有几个人结束了，调查结束的人交流意见就没关系了吧？"

"说的也对。不过刚才我也说过，我不认识其他人。要找到他们，问他们的看法也很难吧？"

"去网上找一下呢？"

"为了什么呢？"

"当然是为了探明真相啊。"

"不好意思，这个办法找不到真相吧？不管感觉是意外还是谋杀，毕竟都只是个印象。不管问多少人，都解决不了问题。"

"说不定有人看到了凶手呢？"

井森摇了摇头。"我应该是现场看得最清楚的人，除非有人是在楼顶看的，或者在空中俯瞰。"

"说不定有呢。"

"是说不定有。可他的话是真是假，你怎么确定？"

"有了证词，就可以找证据了呀。"

"那是警察的事儿，或者也可能是媒体的事儿。"

"那为什么我们就不能做呢？"

"因为显然会妨碍警方调查啊。"

"那好吧，这件事到此为止，拜拜。"亚理准备离开。

"等等，你对这件事有兴趣？"井森叫住了亚理。

"唔，怎么说呢，不是完全没兴趣吧。"

"考虑到身边有人死亡，你这反应倒也不算特别奇怪，不过……"

"不过什么？"

"总觉得这事和你有关。"

"等一下，你这话什么意思？"

"就是字面意思。"

"你是说，我和王子博士的死有关？"

井森点点头。

"你有什么证据吗？"

"应该有，我好像就快想起来了……"

"什么呀？你是说我和王子博士的死有关，而你知道我的秘密？那你自己也与此有关了？"

"我想是的。"

"这是胡思乱想吧？"

"你要这么说，眼下我也确实不能反驳……"井森的眼神突然飘移了一下。

咦？感觉有点可怕。

"怎么了？你没事吧？"

井森回过神来。"没事。我终于想起来了。"

"关于案子？"

"唔……这个还不清楚。"

"关于我？"

"没错。"

"和你也有关？"

"没错。"

"你的意思是，关于我们俩的关系，你想起了什么？"

"没错。"

"也就是说，我跟你之间有某种关联？"

"没错。"

"这我倒不知道。"

"不，你恐怕也知道。"

"那你证明给我看啊。"

"嗯，好啊。"井森直勾勾地盯着亚理的眼睛。

这个人果然很可怕。

井森慢吞吞地说："蛇鲨……"

亚理如遭电击，寒意窜过全身。

她的嘴像被冻住了一样，声音也发不出来。

井森静静地看着亚理。

不可以。如果回答了，感觉一切将无法挽回。

不，是已经无法挽回了。平静的人生已经一去不返了。

预感扑面而来。

井森看着亚理，眼神里满是确信，没有丝毫不安。他相信，亚理能给出正确答案。

就算这话会毁了整个世界，我也不管了。

毕竟世界一开始就是这么运作的，是吧？

亚理下了决心。

"布吉姆。"

世界骤然改变。

3

"我在帮忙查谋杀案。"三月兔骄傲地说。它跳起来，把蛋头先生的一块蛋壳残骸踢得老远。

"不要跳来跳去，你这脏兮兮的畜生！"疯帽匠好像满腔怒火。

"兔子先生，你好像根本没帮上忙呀。"

"帮忙？帮什么忙？"

"查谋杀案。"

"杀人？！这世道可真乱啊。"

"查谋杀案是你自己说的。"爱丽丝不高兴地说。

"跟它说什么都是白费口舌，"疯帽匠斩钉截铁地说，"它脑子有问题。"

"咱们彼此彼此嘛，卖帽子的！"三月兔哈哈大笑。

疯帽匠无视三月兔的话，用放大镜观察蛋头先生的蛋壳内侧。"唔……"

"发现什么了吗？"比尔问。

"你是什么东西？！"疯帽匠发现了比尔，大声问道，"爬行动物？！"

"爬行动物是什么？"比尔问。

"就是你这样的家伙。"

"所以你问的是不是：'你是像你这样的家伙吗？'"

"要是这么问，我岂不是像个傻子了？"

"我就是像我这样的家伙啊。"

"我知道了！"三月兔大叫，"它是霸王龙！是暴龙！"

"霸王龙和暴龙哪个比较好？"

"都一样，就暴龙吧。"

"我不是暴龙，我是比尔。"

"比尔？我可没听说过比尔龙。"三月兔认真地说，"哦，我懂了。你是假货，假货暴龙。"

"我不是假货，我是真货比尔。"

"蠢蛋闭嘴！"疯帽匠骂道。

"没错，给我闭嘴！你这个食肉兽脚动物！"三月兔紧跟着说。

"我是说你，蠢兔子！"

"蠢兔子？这儿有兔子？"三月兔四下张望。

"是啊，有只兔子。"疯帽匠说，"这且不论。就说这家伙的真身，从大小看，应该不是霸王龙。大概是迅猛龙吧。"

"要这么说，应该是恐爪龙吧？毕竟迅猛龙只有小狗那么大。"

"你还挺了解恐龙的嘛。"

"那当然了，我本来还想过去读个恐龙博士呢。"

"那你刚才为什么说是暴龙？"

"我以为这家伙肯定是个幼崽，暴龙的幼崽。"

"也有道理。"

"我不是幼崽。"比尔抗议说。

"幼崽一般都这么说。"三月兔拍拍比尔的肩膀。

蛋壳内沾着粉红色的组织，并且还在不停地抽搐着。

"他还活着？"

"只是组织层面上。倒也可以说是某种生命吧。不过，整合它们的蛋头先生死了，已经不在了。"疯帽匠说。

"可是每次抽搐都会渗出汁来，感觉有点恶心啊。"

"这倒是。不过，想象成汤汁就没事了吧？"

"对啊，汤汁啊！"三月兔捧起蛋壳，呼噜呼噜吸吮起来。

爱丽丝感到强烈的恶心。

"呕呕呕呕！"三月兔疯狂地呕吐起来。

粉红色的液体四下飞溅。

"我真是受够你了！"疯帽匠暴打起了三月兔。

"等等！"三月兔伸手推开疯帽匠，"今天是个特殊日子，你就饶了我吧。"

"今天是什么纪念日吗？"

"是我的特殊日子。"

"你的？"

"对，今天可是我的非生日。"

"哎？！居然是这样！"疯帽匠高兴地说，"真巧啊，今天也是我的非生日呢。"

"你——你说什么？这可太叫人吃惊了。"

"说出来你们可能不信，"比尔说，"今天也是我的非生日。"

"这巧合也太惊人了！"疯帽匠捂住了额头。

然后三人齐齐望向了爱丽丝。

你们想让我也说今天是我的非生日？我可绝对不说。

"难不成，今天也是你的非生日？"三月兔已经嘻嘻笑了起来。

爱丽丝正想开口说："真是够了。"

"啊，今天是我的非生日。"睡鼠在爱丽丝的口袋里回答了。

"这也太巧了！"疯帽匠、三月兔和比尔同时叫起来。

"不过听起来总感觉像是梦话。"比尔说。

他们以为是我说的。不过，刻意去解释也挺怪的，而且今天也确实是我的非生日……

"那么，为什么说是谋杀案呢？"

"首先，这里有尸体。这是一项证据。"疯帽匠说。

"尸体是说这些蛋壳？"

"蛋头先生死了，除了蛋壳也不会有别的吧？"三月兔说。

"你难得也能讲句人话嘛。"疯帽匠夸奖三月兔说。

"有尸体也不见得就是谋杀呀。"

"这看起来像是病死吗？"

"我没见过生病的蛋头先生，我也不清楚呀。"

"我也没见过。不过，这不是病。如果有什么病会导致身体破碎，应该会有人告诉我，那我就会知道。"

"我就知道。"三月兔说。

"这家伙的话不用听，"比尔说，"它脑子有问题。"

"那，也可能是意外。"

"意外？什么样的意外？"

"比如说，正坐在围墙上，结果糊里糊涂地摔下来了。"

"你想想，如果你的身体很容易碎，你会在围墙上糊里糊涂的吗？"

"大概不会。"

"那蛋头先生在围墙上也不会糊里糊涂的。"

"说不定是故意的。"爱丽丝说，"换句话说，有没有可能是自杀？"

"不是自杀,我有证据。"

"证据在哪儿?"

"在这儿,"疯帽匠不知什么时候爬上了围墙,"蛋头先生就坐在这儿。"

"黏糊糊的啊。"

"这儿被涂了油。"

"为什么要涂油啊?"

"为了让蛋头先生滑下去。会有人为了自杀故意在屁股下涂油吗?"

"应该不会。"爱丽丝摇摇头。

"没错。坐在这种东西上,肯定会弄得黏糊糊的。何必要费力搞这种让自己不爽的事呢?如果想死,直接跳下去就完了。那样还能保持清清爽爽,不会黏糊糊的。"

"光靠油当物证,有点太弱了吧?"比尔说。

"还有一个证据。"疯帽匠从围墙上跳下来,指着一块比较大的蛋壳说,"这是蛋头先生的后背。"

"你怎么知道是后背?"爱丽丝问。

"你看里面,有脊柱。"

"哇!"

"你再看看外面,看到什么了吗?"

"有个手掌的形状。"

"有人用沾满油的手推了蛋头先生的后背。QED[1]。"疯帽匠宣布道。

---

1. 是拉丁语"Quod Erat Demonstrandum"的缩写,意思是:"证明完毕"。

"哎？你证明了什么？"

"证明了这是谋杀案啊，不然还能证明什么？"

"不用找到犯人吗？"

"那不叫证明。"

"得证明某人是罪犯啊。"

"肯定有某人是罪犯啊，毕竟是谋杀案嘛。"

"不是这个意思，是说要证明某个特定人物是罪犯。"

"说的就是肯定有某个特定人物是罪犯啊，毕竟没法想象是某个不特定人物杀了人。"

"不是那个意思，比方说……比方说，要证明三月兔是罪犯。"

"不是我干的！相信我！我是无辜的！"

"我都说了'比方说'……"

"为什么你要把三月兔当成罪犯？"疯帽匠眼神锐利起来，"这么做对你有什么好处？"

"什么都没有。"

"我猜也是。"比尔说。

"总之，这里有证据，所以我们很快就能找到罪犯。"

"什么证据？"三月兔在抹布上喷了洗涤剂，把油乎乎的手掌形状擦得干干净净。

"你在干什么？！"爱丽丝大叫。

"把蛋头先生的背擦干净呀。"

"你干这个有什么意义啊？"

"他背上油乎乎的呀。不管是谁，都会觉得恶心吧？"

"可他已经死了呀。"

"谁死了？"

"蛋头先生啊。"

"啊？他怎么死的？"

"被人杀了呀。"

"谋杀案！天哪！"

"三月兔销毁了证据。"

"证明已经结束，不需要证据了。"疯帽匠说。

"还是需要的啊，明明能锁定罪犯的。"

"刚才你说了三月兔是罪犯。"比尔说。

"我说了那只是个比方……不过，三月兔的行动是很可疑，而且它还销毁了证据。"

"三月兔不是罪犯，"疯帽匠断言道，"它有不在场证据。"

"真的？"

"嗯，蛋头先生被杀的时候，我和三月兔正在办茶会。"

"你们有什么时候不在办茶会吗？"

"那么，你有不在场证据吗？"

"我？"

"对。既然你怀疑三月兔，那么也得怀疑你才公平。"

"我没有道理要杀蛋头先生啊。"

"你不是和蛋头先生发生过争执吗？"

"不是争执啦。我只是问了蛋头先生诗歌的事，然后他就突然很不高兴，对我很粗鲁。仅此而已。"

"他对你态度粗鲁，这让你很生气，对吧？"

"不对。"

"那，你有不在场证据吗？"

"有啊，我一直跟比尔——"

"这么一说，是有件怪事儿呢。"比尔说。

"你想到什么了吗，蜥蜴？"疯帽匠说。

"嗯，是的。"

"对哦。你快点说吧，当时我跟你——"

"爱丽丝是知道的。"

啊？什么？

"她知道什么？"

"她说，蛋头先生从围墙上掉下来了。"

说的是那个事？！

"她确实说的是'从围墙上掉下来了'？"疯帽匠问。

比尔点点头。

"这是只有罪犯才会知道的信息，没错吧，爱丽丝？"

"才不是啦。毕竟那可是蛋头先生啊。"

"对，是蛋头先生。"

"那他肯定会从围墙上掉下来呀。"

"所以我问的就是，你为什么知道谋害蛋头先生的方法？"

"这不是谁都知道的吗？"

"蛋头先生是今天被害的，消息不可能传得那么快。"

"蛋头先生不是总这样吗？"

"总这样？"

"他总是从围墙上掉下来摔坏呀。"

"你什么意思？"

"他总是从围墙上掉下来摔坏，然后国王的仆人和马儿们会乱成一团……"

"什么叫总是？你在说别的蛋头先生吗？"

"别的蛋头先生？"爱丽丝沉思了一会儿，"不是，蛋头先生只有一个。"

"那么你的话就不是真的，因为他是今天才死的。"

"那我这个记忆究竟是怎么回事儿？"

"很简单，是你谋害他时的记忆。"

"你是在栽赃。"

"你凭什么这么说？"

"因为我没杀人。这一点我可以断言。"

"那你怎么证明？"

"比尔，我们一直在一起，对吧？"

比尔转了转眼睛。"我们是在一起，不过，我不知道是不是一直。"

"你在说什么呀？"

"因为我一直在想事情，这期间我并没有看你……"

"我在和你说话，如果我不在，你总会发现的吧？"

比尔呻吟着思考起来。

"调查结束了。"突然，一个笑脸出现在空中。

"辛苦了，柴郡猫。"疯帽匠说。

"什么调查？"爱丽丝问。

"我们在调查有没有目击者。"三月兔解释说。

让柴郡猫做调查真的没问题吗？不过这里本来也没一个人靠得住。

"这里是王后陛下的花园，蛋头先生获得了特别许可，有权坐在围墙上。"

"为什么要坐在围墙上？"

"当然是因为不能放心坐在你身上或者狮鹫身上啦。"

"柴郡猫，你偏题了。"

"王后陛下委任了公爵夫人管理这儿。"

"那，公爵夫人是目击者吗？"

"公爵夫人不可能亲自来这里吧？她现在忙着养宝宝呢。"

"虽说也不是真的宝宝。"爱丽丝说。

"嘘！"疯帽匠、三月兔、比尔、柴郡猫几乎同时把食指竖在了唇上。

"这件事不能提吗？"

"公爵夫人挺幸福的，所以不用特意告诉她啦。"疯帽匠说，"那么目击者呢，柴郡猫？"

"受公爵夫人的命令，巡视这个花园的是白兔。"

白兔！啊，太好了。它比较正常，虽然也不能说值得信赖。

"那么，白兔记得当天发生了什么吗？"

"当天就是今天吧？"

"我可一个词都没用错！"疯帽匠不高兴地说。

"好好，我也没觉得你用错了。"

"今天，白兔好像没赶上巡视的时间。"

"那家伙都一直把钟挂在脖子上了，怎么还没赶上时间？"

"这件事也要查吗？"柴郡猫嘻嘻笑起来，不知什么时候显出了上半身。

"以后再查吧，先说目击证词。"

"下令的是我！"疯帽匠怒吼道，"以后再查吧，先说目击证词。"

"那堵围墙就在花园正中，如果不进花园，就没人能靠近蛋头先生。而在白兔抵达的时候，花园里只有蛋头先生。"

"花园正中的围墙是什么意思？围墙不是用来围花园的吗？"

"是为了避免蛋头先生掉下来时弄脏道路吧？"比尔说。

"然后呢？白兔做了什么？"

"它查看了里面的情况，之后回到花园入口，开始警戒起来。"

"入口只有那一个？"

"只有那一个。其他地方都被围墙围着，进不去。"

"外面果然也有围墙。"

"因为围墙本来就是分隔内外的东西呀。"

"不是也可以消失后再进去吗？"爱丽丝说。

"什么意思？"

"比方说你啊，柴郡猫。"

"我？"

"抱歉，我不是怀疑你，不过如果是像你这样能消失的人……"

"它不是人。"疯帽匠说。

"像你这样的动物，就能神不知鬼不觉地进去了吧？"

"神不知鬼不觉？怎么做？"

"神不知鬼不觉？怎么做？"

比尔和三月兔同时问。

"兽类会知道的，"疯帽匠说，"靠气味啦，红外线啦。当然，白兔应该也会知道。"

"那，会不会是那个啊？这个世界不是常常会有本来没关系的地方突然连在一起吗？可能发生了这种事。"

"你说的是时空穿梭？"柴郡猫问。

"时空穿梭？"

"给一张纸的两边分别做记号，然后把纸弯起来，两个记号就能贴在一起。与此同理。空间弯曲之后，相距很远的地方也可以贴在一起。"

"嗯，就是这个。"

"但是，如果空间弯曲了，那么周围的东西也会弯曲，和平时很不一样，所以不可能没人发现的。"

"哦，说的也是。"

"你什么都不懂嘛。"比尔说。

"还有别的办法，"爱丽丝接着说，"这附近不是有很多能在天上飞的人吗？"

"王后陛下的花园附近禁止飞行。这里的上空一直受到监控，无法从空中靠近。"柴郡猫说。

"真的？我有点不信。"

突然，枪声响起，一只小鸟掉在了爱丽丝等人脚下。小鸟不停挣扎，每次都溅出血来，渐染了爱丽丝等人。小鸟突然不动了，可以看到一个贯穿腹背的窟窿，接着它又开始抽搐。

"看，信了吧？"疯帽匠说。

"太差劲了。"

"不啊，我倒觉得枪法很准。"

"我说的差劲不是指枪法。"

"你突然说个不相干的话题，我实在没法回答。"疯帽匠耸了耸肩，"总之，你们明白了吧？要想靠近蛋头先生却不被白兔发现，这是不可能的。那么这意味着什么，有人知道吗？"

"白兔先生是第一嫌疑人？"

"你怎么会这么想？"

"可白兔先生确实有机会杀人啊。"

"这一点我已经查过了。"柴郡猫说,"蛋头先生落地的瞬间发出了巨响,'啪'的一声。那时候扑克军队刚好经过蛋头先生所在的花园,好像是奉命去准备槌球赛。然后,发出声音的那个刹那,他们看到白兔站在花园入口处。遗憾的是,花园被围墙围住,看不见里面。"

"也就是说,在那之前进入花园、在那之后离开花园的人,很可能就是凶手。"爱丽丝说。

"这一点我没有异议,"疯帽匠断言道,"如果白兔看到了某个人,那差不多就可以宣布破案了。"

"是吗?如果那个人不承认呢?"

"就算不招供,根据物证也能确定凶手吧?至少对方在法庭上没有胜算。"

"谁是法官?"

"王后陛下吧。也有可能是国王陛下,不过他反正也是听王后陛下的,所以实际上都一样。"

"如果是王后,那这点证据好像也够宣判有罪了。"

"那么,白兔看到了谁吗?还是谁都没看见?"比尔问。

"如果白兔先生谁都没看见,那就是密室杀人了。"

"前提是白兔谁都没看见。"柴郡猫打了一个哈欠,"不过,情况没那么复杂。白兔作证,它看见有人进了花园,而且那个人在国王的仆人和马儿们抵达现场前逃走了。"

"这么说来,基本上可以确定那个人就是凶手了。"

"说的没错。"

"是白兔先生认识的人吗?"

柴郡猫看向爱丽丝:"没错,而且那个人我们也很熟悉。"

"我也认识？我认识的人可不多啊。"

"是你认识的，这点毫无疑问。"

"是谁啊？快说吧。"

"你这么想知道？"

"对啊，因为疯帽匠好像在怀疑我嘛，我想快点解开误会。"

"不要说得好像我在平白无故怀疑你一样。你掌握着只有凶手才可能知道的信息，我当然会怀疑你。"

"这就是误会啊。什么只有凶手才知道的信息，我根本不知道啊。"

"那么，到底是谁啊？"比尔一脸不耐烦地问。

"我只说一次，仔细听好哦。"柴郡猫说。

"这是最近流行的口头禅吗？"爱丽丝说。

"爱丽丝，就是你。"

"啊？"爱丽丝张口结舌。

"白兔作证说：'在蛋头先生落地的声音之后，爱丽丝逃出了花园。'"

4

亚理和井森半晌相对无言。

"那个……"亚理先开了口，"我现在很害怕。"

"我非常兴奋。"井森说，"世上居然有这么神奇的事，真叫人吃惊。"

"所以到底是怎么回事？那个，你吃惊的原因，和我吃惊的原因，是一样的吧？"

"你为什么要讲得这么复杂？"

"如果我理解错了，然后又不小心把我想的事说出来了，你肯定会觉得我脑子有问题。"

"你以为我们是碰巧对上暗号的？"

"果然是暗号啊。"

"对啊，我就是这么说的啊。"

"也就是说……不行，我还是说不出来。"

"为什么说不出来？我不懂。"

"因为太奇怪了，解释不通。"

"理论可以回头再说。首先要分析现象，不然就不会诞生理论。你知道吗？不论任何情况下，光速都是恒定的。而相对论就是从这种无法解释的现象中诞生出来的。"

"我还是不说了，说了你肯定会笑话我。"

"那就我来说吧，僵在这种地方也不是办法。"井森盯着亚理的眼睛，"我们去过奇境之国。那时候我是比尔，你是爱丽丝。"

亚理尖叫起来。周围人纷纷看向他们两个。

"喂喂，尖叫有点过了吧？好像我要非礼你一样。"

"因为我太震惊了。"亚理说。

"你应该也大概猜到了吧？"

"嗯。可是，我以为是我的幻想……啊，说不定你刚才说的话本身也是我的幻想。"

"你要是连这都怀疑，恐怕你连自己的精神都不能信了。"

"我现在的状态就是连自己的精神都不信。"

"我还以为你是那个世界里相当正常的人呢。"

"所以到底是怎么回事？是催眠术什么的吗？"

"哪里像催眠术了？"

"反正是你让我做了怪梦吧？"

"不，我可没干过这种事。"

"那是怎么回事？为什么你知道我做了什么梦？"

"因为我和你经历了相同的梦啊。"

"你是说，咱们俩的梦境相通？为什么会这样？"

"不知道为什么。而且，我觉得不只是咱们俩的梦境相通这么简单。"

"那么，果然还是我不正常？"

"从广义上说，可能是这样。"

"果然……"

"但我认为不必那么担心。我们不妨先试着假定客观现象确实存在，等遇到矛盾的时候，再来怀疑自己正不正常。"

"客观现象是指？"

"假定奇境之国真实存在。"

"我觉得你的脑子比我的还不正常。"

"你知道奥卡姆剃刀吗？"

"进口剃须刀？"

"是个原理，说的是不要建立不必要的假设。换句话说，应该采用最简单的理论来解释事物。"

"你是说，最简单的就是正确的？"

"也不是。它的意思是说，在没必要的情况下建立复杂的假设是浪费思考。"

"哪儿不一样吗？"

"现在不是严谨分析含义的时候。我想说的是，把奇境之国视为真实存在，这样比较容易解释。"

"如果那个世界真的存在，那它到底在哪儿？地下？海底？还是其他星球上？"

"你认为在哪儿？"

"地下。因为，我总感觉像是掉进洞里然后才到的。"

"地下可能不存在那么大的空间，而且那个世界也有阳光吧？"

"那，是海底？"

"就算换成海底，跟地下的问题也没太大差别。"

"那果然还是其他星球吧？"

"这种可能性最高。不过即便如此，还是很难解释我们为什么能在两个星球间移动。"

"真的移动了吗？在睡眠期间？是像梦游那样？"

"不是简单的梦游，我们还变身了。"

"会不会是睡糊涂了，所以我们才这么以为的？"

"你是说我们在睡梦中溜出家门，跑到哪里会合，然后一边做着梦一边聊着天？"

"只能这么解释了。"

"如果是这样，肯定早就被人发现了，现在咱们俩应该都在接受治疗。"

"那我们是怎么半夜出门的啊？"

"如果没出门呢？比如两人都在自己家里，身体在睡觉？"

"那不就是做梦吗？"

"不是单纯的梦，两个世界的特定人物是相互联系的。"

"你什么意思？"

"这个世界里存在着我，井森建，而那个世界里存在着蜥蜴比尔。我们两个相互联系，一方的梦境和另一方的现实重合在一起。"

"说到底是梦吗？还是不是梦？"

"如果把保持心理健康当成最优先的目标，那还是当成梦最方便。"

"那咱们就这么办了？"

"这倒也行。不过要是任由事态发展，在那边的世界里，你可就躲不掉降临在你身上的不幸了。"

"你说的是？"

"大家认为爱丽丝是杀害蛋头先生的凶手。"

"是啊，可那都是疯帽匠和三月兔瞎猜的。"

"但是，他们拿出了证据。"

"证据？你是说白兔的胡说八道？"

"在这个世界里，白兔说什么都不算证据。但在那个世界里，这却是有力的证词。"

"你是说，爱丽丝可能会被捕？"

"可能性很高。"

"反正就是做梦啦。"

"所以就随他去吗？如果判了无期徒刑，关进监狱，你的下半辈子就没了。"

"下半辈子？梦醒了可就结束了呀。"

"直到半年前我也是这么想的。但是，自从我意识到自己在做同样的梦，我就开始写梦日记了。"

"我今天也开始写了。"

"这是个好习惯。人会很快忘记梦的内容，除了印象深刻的梦。

梦日记告诉了我一个惊人的事实。"

"什么事实？"

"这半年来，我每天都会梦到那个奇境之国。"

"怎么可能……不过你这么一说，我好像也有这种感觉。"

"你记得多久以前开始做那个梦的吗？"

亚理摇摇头。"感觉好像是最近，但又像是好多年前就开始了。"

"那我换个问法。"井森说，"除了奇境之国，你还记得别的梦吗？"

"这还用说嘛。"

"比方说，什么梦？"

"什么梦……哎？"

"什么梦？"

"被你突然一问，我一下子想不起来了。"

"但是，奇境之国的梦一下子就能想起来。"

"因为那是刚做的梦啊。"

"你是说，给你点时间，其他的梦你也能想起来？"

"嗯，当然啦。"

"那我就等着，不管需要多长时间，你想想看。"井森不说话了。

亚理闭上眼，深呼吸。别急，放松，肯定马上就能想起来。

三分钟过去了。亚理皱起眉头，井森一言不发。

又过了一分钟。亚理慢慢睁开眼，井森笑嘻嘻地看着亚理。

"干吗？"

"想起来了？"

"一下子忘了嘛。这种事不是常有的吗？"

"一下子忘了，结果这辈子做的梦一个都想不起来？"

"当然不是一个都想不起来。"

"那你想到哪个了？"

"……奇境之国。"亚理用小到听不见的声音说。

"什么？"

亚理叹了一口气。"好吧，我好像至今只做过一种梦。"

"你可能没法信，但只要你接下来每天写梦日记，慢慢你就会信了。"

"换句话说，从今往后每天晚上我都会梦见自己在坐牢？"

"没错。"

"好吧，这可真不是让人期待每晚睡觉的梦。"

"对吧？所以我们就得找个办法避免这样。"

"不过反正是梦，不会记得那么清，所以总归比真的坐牢要强多了吧？"

"我倒觉得日本的监狱待遇要比奇境之国的好得多。"

"反正对现实的我没什么影响啦。"

"唔。"井森盯着亚理的脸。

"我脸上有东西吗？"

"我不知道该不该说。"

"难不成我的牙上沾着海苔？"

"不是，我在估摸你内心有多坚强。"

"你光凭外表就能知道别人的内心有多坚强吗？"

"我以为可以，但好像不行。"

"那你估摸也没什么用吧？"

"也对。那我就直接问了，你内心坚强吗？"

"我怎么知道啦。我又没跟别人的内心比较过。"

"懂了。老是犹豫也没什么用。根据至今为止的调查，我发现了一个极其重要的情况。"

"调查？什么调查？"

"关于世界的调查。调查这个世界和奇境之国，然后慢慢发现两个世界间的关系。"

"光听这两句，我就觉得你可能该去趟医院。"

"为什么？"

"一般都会觉得这是自己的幻想吧？"

"你也觉得是你自己的幻想？"

"不，因为这儿还有一个人跟我一样。除非你整个人都是我的幻想。"

"我也一样。因为有人跟我一样，所以我能确定那不是幻想。"

"你刚刚才知道我跟你一样吧？"

"不，不是你。我们还有一个同伴。"

"什么？"亚理瞪大了眼睛，"你干吗不早说？"

"我想先确定你到底是不是爱丽丝。"

"那，另一个人是谁？"

"王子博士。"

"啊？"

"王子博士也是奇境之国的居民。"

"可是你刚才说，你跟王子博士只是面熟而已。"

"是啊，只是面熟，并没有什么特别深的交情。"井森继续道，"我是偶然听他和别人说话，说什么最近做了奇怪的梦。"

"奇境之国的梦？"

井森点头。"我原本是想听过就算的，但实在是介意得不行，毕竟那个梦的内容和我所知的太像了。"

"你没想过是偶然？"

"我想当成偶然，但他说的话让我很不安，也是因为这我才开始写梦日记的。"

"然后你越来越信了。"

"我梦到的世界是真实存在的。"

"然后你对王子博士说了这件事。"

"一开始他很不高兴，以为我在恶心他。"

"正常，我也不高兴。"

"所以我提了个建议，说下次梦里我会找他说话，如果能在现实世界确认梦里说的内容，这就是证据。"

"然后试验成功了。"

"他非常震惊。不过，随着事实逐渐清晰，他也产生了研究的兴趣，想知道是怎样的原理催生了这种现象。"

"后来他知道了吗？"

"没有，我们刚刚整理出一个假设。"

"什么假设？"

"还不完整呢，不值得一说。"

"没关系，不完整也比什么信息都没有强。"

"好吧。"井森舔了舔嘴唇，"我们把它称为'阿凡达现象'。"

"阿凡达是什么？"

"印度神话里神明的化身。也就是说，实体永远是神，来到人世的是神的化身。举个例子，印度教把释迦牟尼视为毗湿奴神的化身之一。同样，在'奇境之国'的虚拟世界里，会不会也存在我们的化身？"

"就像网络人格、网络游戏里的角色一样咯。不是自己，但充分反映了自己。"

"我没有推特，也不玩网络游戏，搞不太懂。你要是觉得这么比喻容易理解，那也行吧。"

"那个虚拟世界是谁创造的呢？"

"完全没头绪，而且也不知道是不是人为创造的。"

"虚拟世界还能自然产生吗？"

"也不能完全排除这种可能。"

"可要创造虚拟世界，总需要电脑吧？"

"人类大脑可以代替电脑。所谓的梦、幻想，也可以说是一种虚拟现实。"

"你是说，我们不知不觉间访问了某人的大脑？"

"更有可能是我们的大脑相互连接组成了网络。"

"为什么会有这种事呢？我们的大脑又没用网线连在一起。"

"这就是谜了。有可能是通过某种未知信号连在一起的，也可能某种意想不到的微弱电磁信号才是关键。"

"可周围有那么多电磁波啊，脑电波根本就接收不到吧？"

"从噪声中提取有意义的信息并不是很复杂的技术。不过人类大脑有没有这样的功能，目前只能说尚不清楚。"

"应该没有吧。人类不需要这种功能，不然语言交流的手段也不会这么发达了。"

井森耸耸肩。"刚才说了，现在只不过是纯粹的假设。当然了，也不排除有人正在悄悄地搞什么阴谋诡计，把特定人选的精神连接到人工的虚拟现实中。"

"是说在我们没注意的情况下，在大脑里埋进某些东西？"

"也有这个可能。"

"那不是犯罪吗？我们得报警。"

"你要对警察说什么？'我的大脑里被人埋了东西，快把犯人抓起来'？"

"这样只会被当成疯子。首先得有证据。给大脑拍个 X 光片或者做个 B 超怎么样？"

"这也是个办法。去医院说自己头痛，要做个脑部检查，这样比较现实。"

"那我这就去医院。"亚理站起身来。

"等一下。"

"嗯？还有什么要说的？"

"我说过有件很重要的事必须告诉你。"

"不是刚刚说过了吗？"

"刚刚说的也非常重要，但那只是前提，我接下来要说的才是对你最最重要的事。"

"那就别废话了，快点说，医院快下班了。"

"如果爱丽丝被认定为杀害蛋头先生的凶手，会发生什么？"

"刚才不是说了吗？会被关进监狱吧。"

"如果法官是王后呢？"

"可能会被砍头吧，毕竟王后动不动就说：'砍掉他的脑袋！'不过实际上也没谁被砍头……"

"他们并没有真的被看作罪犯，所以谁也没认真执行。但如果是真的杀人犯……"

"那爱丽丝就会被判处死刑吧。不过，在梦里——在虚拟现实里死掉，又怎么样呢？游戏角色死掉的话，最多也就是被人嘲笑两句，说：'你游戏玩得太烂了吧？'"

"我认为你的内心足够坚强，所以我要告诉你一条重要的信息。"井森深吸一口气，"王子博士在奇境之国里的角色是蛋头先生。"

"啊？"

亚理一下子没理解井森话中的意思，疑惑了片刻。等她慢慢理解的时候，她的身体禁不住颤抖了起来。那种无法控制的颤抖，是她从未体验过的。

"是的，两个世界的死可能是相互联系的。"井森静静地说，"要真是如此，爱丽丝的死刑就意味着你在现实世界的死亡。"

5

"求你了，帮帮我。"爱丽丝央求比尔。

"我是很想帮你啦，但我不知道怎么办呀。"比尔很没信心地说。

"你真的是井森吗？"

"大概是吧，我记得自己在地球上叫井森。不过怎么说呢，没什么真实感呀。"

树林里人多眼杂，或者说"兽"多眼杂，于是爱丽丝和比尔来到海边。

不过这里也不是空无一人，或者说空无一"兽"。不远处的沙丘背后，能看到狮鹫和假海龟的身影，旁边的海象正在哄骗牡蛎的孩子。不过要是连这点小事都要在意，就别想在奇境之国里保持精神正常了——虽说这里也根本没有谁精神正常。

"你刚才提到了地球，所以这里果然不是地球啊。"

"唔，虽然也不见得，不过这儿确实不太像是地球啦。"

"你确实不太像井森，井森更聪明一些。"

"那可能就不是呗。"

"但是你有井森的记忆？"

比尔点了点头。"所以我才会把暗号告诉你嘛。"

"你为什么觉得我是栗栖川亚理呢？"

"因为按照我和蛋头先生的假设，奇境之国的居民和地球人是相互关联的。"

"这我听说了。"

"在这边和那边，蛋头先生都在找机会和人说他的梦，他想看看有没有人给出像我这样的反应。"

"结果怎么样？"

"具体不太清楚，不过有几个人的反应很微妙。比方说，有的人很惊讶，有的人会详细追问梦里的内容。"

"他没和那些人细说吗？"

"因为不知道该不该公开，万一是某种阴谋，说不定会惹上大麻烦的。"

"说不定会被灭口。"

"我们很小心地整理了一份名单，是这边和那边相关联的人名表，包括关系推测图。"

"能给我看看吗？"

"我没带过来，在地球呢。"

"有办法带过来吗？"

"那就只能全背下来啦。"

"那还是下次在地球上醒着的时候再给我看吧。所以我也在那份名单上？”

“不是，你不在名单上啦。”

“那为什么要告诉我暗号呢？”

“我赌了一把啦。”

“赌了一把？”

“爱丽丝和栗栖川亚理的感觉非常像，而且你也不像是阴谋家。”

“你有什么依据吗？”

“没有呀。”

“就是碰运气？”

“就是碰运气。我试过几十个人，你是第一个赌对的。”

“啊？我不是第一个啊？”

“你是第一个呀，答上我暗号的人。”

“不是这个意思。我是说，在我以前，你还把暗号告诉了很多人？”

“大概能有四十多个吧。”

“然后答对的只有我一个？”

“是呀。”

“所以刚才说的名单其实完全对不上？”

“唔，是可以这么说啦。”

“那你就突然对那些人说‘蛇鲨’吗？”

“这个暗号是你专用的，其他人有其他暗号。”

“反正都是这种没头没尾的句子吧？”

“毕竟有头有尾的句子没法当暗号呀。”

“那人家不会觉得奇怪吗？”

“这种情况下，我就装作什么都没发生继续聊天。这样一来，对方大多就会以为是自己听错了。"

"也有人没那么好糊弄吧?"

"也会有人追着问:'你刚说的那个是什么?'这时候我就反过来说:'我没说过那个啊。'同时奇怪地盯着对方看。这样对方基本上就放弃了。"

"这有点过分了。"

"没有啦。追着不放的只是极少数。虽然有点烦,但我倒不觉得他们过分。"

"我不是说他们,我是说你过分。"

"啊?为什么?"

"还问为什么。好好地聊着天,你突然冒出来一个怪词,我问你什么意思,结果你反而摆出一副我很奇怪的样子,这还不过分吗?"

"奇境之国一般都这样啊。"

"好吧,说的也是,这边确实都这样。抱歉,是我错了。"

"没关系,是个人都会犯错。"

"总之你只找到了我一个?"

"可疑的倒是还有好几个啦。"

"真的吗?你觉得哪里可疑?"

"听到暗号后的态度呀。就会低下头,看起来很烦恼的样子。"

"这我可以理解。"

"我不太理解呀。已经把暗号告诉他们了,干吗不回答呢?"

"因为回答了暗号,就回不去了。"

"从哪儿回去呢?"

"从这个奇怪的世界。"

"可是，知道暗号的本来就是这个世界的居民，没什么回不回的。"

"话是这么说，可在地球的时候，应该不会记得这个世界。"

比尔点点头。"嗯，确实会忘得很干净。就算偶尔想起，也会以为只是个梦。"

"所以发现不只是梦的时候，人就会很害怕。"

"但在这里的时候，没人认为自己是在做梦呀。"

"对，这就是奇妙的地方，感觉反而是地球那边缺乏真实感。"

"而且在这里，会觉得地球才是梦。"

"没错。那咱们反过来怎么样？"

"什么反过来？"

"不在这边约暗号，在那边约暗号。"

"唔……会被人当神经病吧？"

"那你就愿意在这边被当神经病吗？"

"这边大家都是神经病，所以无所谓呀。"

"没错。所以大家听到暗号的时候，就会直接回答你了啊。"

"原来是这样啊。"比尔不禁拍手，"我怎么一直没想到呢？不过在地球约暗号，人家不会觉得奇怪吗？"

"这就要想点办法了。"

"比方说？"

"比方说是某种游戏的密码？"

"一个成年人，突然和另一个不太熟的成年人说：'这是游戏密码，记好了。'这样吗？"

"要么干脆这样：你就跑到这个世界里的可疑人物——或者动物面前，直接问他：'嗨，你好，我其实是井森。你是不是某某某？'"

"这么做肯定会被当成神经病……不过也没关系，反正是这个世界。"

"你以前没想到这么简单的办法吗？"

"没想到啊。井森对这个世界没有实感，比尔又是这副德行。"

"这副德行？"

"笨得要死。"

"你挺有自知之明的嘛。"

"地球的记忆逐渐清晰之后我才发现的。就算是相互连接的两个人，性格和能力好像也会有很大差异。"

"所以才麻烦啊。"

"不过，爱丽丝和亚理的气场很相似啦。"

"是吗？不过就算……"

"啊！"

"怎么了？"

"我想到了一个人，可以试试你刚才说的办法。"

"谁？"

"白兔。"

"白兔先生？"爱丽丝皱起眉头，"它不是做了伪证，说看到我了吗？"

"但是如果知道它的地球身份，就能搞清它的目的了呀。而且它也未必在撒谎。"

"你是说我是凶手？！"

"这还不确定呢。"

"听你这说法是真的在怀疑我啊？"

"你和白兔，我该信谁呢？我和你确实是朋友，但白兔是我老板啊。"

"这跟私人关系无关吧？"

"那我不信你也可以咯？"比尔坦率地说。

"行吧。总之，先去找白兔先生吧。路上再想想白兔可能是地球上的谁。"

两人离开海边，走向森林。

毛毛虫看到两人，唠叨了几句。但两人没理会，径直走向了白兔的家。其实很多时候毛毛虫会提供一些有意义的建议，但缺点是讲话东拉西扯，现在实在没时间陪它闲聊。

到了白兔家，正好一名中年女性双手捧着一本厚厚的书走出玄关。

"哎呀，早啊，比尔。"

"早上好，玛丽安。白兔在吗？"

"在，不过情绪有点差，昨天疯帽匠和三月兔盘问它到很晚。"

"是吗？爱丽丝也被当成了嫌疑人，被盘问了半天，也是够呛。"比尔瞥了爱丽丝一眼。

爱丽丝哼了一声。比尔心虚地低下头。

玛丽安看到两人这副样子，露出了微笑。"爱丽丝小姐，虽然现在这处境有点尴尬，但一定有办法证明你是无辜的。加油！"

"谢谢，您是第一个鼓励我的人。"爱丽丝伸出手。

"没有的事。比尔也在帮你呀。"玛丽安也大方地伸手握住。

"玛丽安，你每天都读这么多书吗？"比尔问起毫不相关的话题。

"啊？你说这个？这不是我的书，是白兔先生向公爵夫人借的，我去还掉。"

爱丽丝扫了一眼书脊，都是些奇怪的书名，什么 *Nekros*、*Eibon* 等等，像是拉丁文。

"白兔先生一直在调查这个世界的秘密。"

"我对秘密也很感兴趣，所以才和爱丽丝在一起。要是能知道谋杀案的秘密，那可就太厉害了。"比尔说。

"就是这样。"爱丽丝耸了耸肩，"比尔缠着我，纯粹是出于好奇。"

"就算这样，也比一个人都没有的好。它肯定能帮上你的忙，我有预感。"玛丽安再一次握了握爱丽丝的手，然后走向了公爵夫人的府邸。

爱丽丝打开门，快步走进了白兔的家。比尔慌慌张张地追在后面。

"这里真是让人怀念啊。"比尔说。

"怀念？你不是这儿的仆人吗？"

"不是这个意思。我是说，和你一起在这里，让人感觉很怀念。"

"是吗？"

"毕竟我们第一次见面，不就是在这里吗？"

"说是见面，可彼此脸都没看到。"

"毕竟那时候你有一千米高嘛。"

"怎么可能？最多就十米啦。"

白兔面朝桌子坐在椅子上，正在写什么。

"早上好。"比尔问候道。

白兔抬起头。

"你回来了。"它又低下了头。

"喂，我有件事想问你，你方便吗？"比尔来到白兔身边。

"等一下，我在写一份很重要的报告。"

爱丽丝和比尔等了足足三十分钟，可白兔还在不停地写。比尔终于忍不住了，开口道："喂，还要很久吗？"

白兔吃惊地抬起头看向它："啊？你是谁？"

它不认识比尔了？难道痴呆了？

"又来了。"比尔叹了一口气，"你仔细闻闻。"

白兔抽着鼻子闻了闻空气。"哦，是比尔啊。爬行动物的气味特别淡，真是麻烦。"

"所以你别光靠气味，好好戴上眼镜啊。"

"靠眼镜只能看到眼睛能看见的东西。人类也是一样。"

"啊，这我就想起来了。在地球上，你肯定也是人类吧？"

"啊？地球？那是什么？"

"就是地球啊。另一个世界啦。在那边我是井森建。你是谁？"

白兔眼睛瞪得老大。接着，它从椅子上跌了下去。

"哎呀，你没事吧？"

"你说什么？"白兔喃喃自语地说。

"我说：'你没事吧？'因为你刚刚从椅子上跌下来了。"

"不是，是你前面说的。"

"哦，让你好好戴上眼镜。"

"不是，是那之间的。"

"什么之间？"

"'没事'和'眼镜'之间。"

"这地方可不太好找哎。"比尔指了指白兔的眼镜，"这是眼镜，肯定没错。然后还得找到'没事'，然后才能找到它们之间。"

"行了行了。就是刚才你说井森什么的……"

"哦，在地球上我是井森。"

"你是蜥蜴，不是蝾螈¹。"

---

1. 日语里的"井森"和"蝾螈"发音相同。

"不是这个意思。我是说名字叫'井森'，水井的井，三个木字的森。"

"这个世界没有汉字。"

"说的也是。哎？那我现在说的是什么语言？"

"确实。反正肯定不是日语。"爱丽丝说，"你会说日语吗，比尔？"

"唔……我、日语、会说……我会说呀。"

"这叫单字蹦。"

"好奇怪呀，我明明是出生在日本的。"

"不对，比尔，你是出生在奇境之国的。生在日本的是井森建。比尔和井森建果然不是同一个人。"

"就是说，我是井森建的化身，意识相互连接，但语言等等的能力并不相同。"

"你们说的毫无意义，全都是梦而已。"

"不，地球是真实存在的，我们是这么认为的。"

"有证据吗？"

"如果是梦，我和比尔怎么会知道地球？"

"肯定是梦到的。"

"如果你和我们共享同一个梦，是不是就可以把它叫作现实了？"

"不可能共享同一个梦，只是三人偶然做了同样的梦！"

"不可能有这种偶然，而且还持续了好多年。"

"不管你怎么说，反正我不信。"

"那好，我就证明给你看。"

"能证明你就试试。"

"首先，告诉我你的名字。"

"名字？平时大家都喊我白兔，不知道这算不算名字。"

"不是这个，是你个人的姓名，地球上的。"

"那只是个梦，没意义的。"

"既然没意义，说了也没关系吧？"

"为什么你非要问这个？"

"为了证明地球不是梦。好了快说。"

"……李绪。"

"啊？"爱丽丝怀疑自己听错了，"你说什么？"

"李绪……田中李绪。"

"田中李绪！"

"嗯。但这个词毫无意义。"

"你认识？"比尔问。

爱丽丝点了点头。"比栗栖川亚理大一届的女生。"

"啊？白兔在地球是女生啊！"比尔吃惊地说，"原来性别都可能不一样。"

"梦里改变性别有什么好奇怪的？"白兔生气地说。

"你是认识井森的咯。"

"但比尔好像不认识李绪。"

"我认识她呀。你认识栗栖川亚理吧？"

"是同一个研究室的学妹。但为什么要提这个名字？"

"她就是地球上的亚理呀。"比尔说。

"胡说！"

"不是胡说。这下子都清楚了吧？"

"不，我不信。"

"那，接下来还是在地球上继续吧。那边的人头脑比较清楚。"

"可是在那边，这里的记忆会变模糊呀。"比尔说。

"那还是把该问的问清楚吧。"爱丽丝说。

"嗯，关于蛋头先生遇害的事……"比尔说。

"那件事我已经和疯帽匠说了八百次了！八百次！！"

"你说蛋头先生遇害前，有人进了花园。"

"啊，没错，而且那人行凶后逃出了花园。"

"那人是谁？"

"再问我八百次，答案还是一样，进花园的只有爱丽丝。"白兔瞥了一眼爱丽丝，"我绝对没撒谎。"

"你冷静想想。"爱丽丝努力保持镇静，"你的话非常重要。你能确保这中间绝对没有误会吗？"

"绝对没有误会，我对这点相当自信。"

"可是这么一来，爱丽丝就成了杀害蛋头先生的凶手了呀。"

"那又怎样？事实就是这样。难道我有什么理由必须包庇爱丽丝吗？"

"你们不是老朋友吗？"比尔说，"唔，是什么时候来着？"

"我第一次见爱丽丝是在……记不太清了，好像是出了点问题，我差点迟到。大概是去公爵夫人家的时候。"

"你忘了拿手套和扇子啦。"

"对对，那时候多亏你帮忙。"白兔深情地望向爱丽丝。

"你终于想起来咯？"比尔问。

"嗯。"白兔露出一脸思索的表情，"比尔，你能先回避一下吗？"

"好呀，回哪儿去呢？"比尔环视房间。

"这家伙真的是井森吗？"

"按井森来说确实是很蠢，不过应该没错，你不是也不太像李绪学姐嘛。"

"比尔，你能不能先离开这个房间？"白兔用通俗易懂的方式重说了一遍。

"好呀。但是为什么呢？"

"我有句话想和她说。"

"唔？什么话？"

"如果告诉了你，我让你离开房间不就没意义了吗？这你都不明白吗？"

"所以说啊，要是不告诉我是什么话，我就没法判断啊。"

"别废话了，赶紧出去。"白兔指着门，"当然也不能在门外偷听。你到走廊尽头等着。"

"知道啦，我出去就是了。"比尔嘟嘟囔囔地答应了，转头对爱丽丝说，"等下告诉我哟。"

就在这时，玄关的门开了，疯帽匠和三月兔风风火火地闯了进来。

"喂，关于蛋头先生的谋杀案，应该都说完了吧？"

"嗯，蛋头先生的是完了。"疯帽匠盯着爱丽丝，"这次是别的事。"

"公爵夫人又说了什么吗？真是受够了她的任性脾气。"白兔叹气道。

"这点我也同意。不过这次也不是为了这个。其实我也不是来找你的。"

"那是有事找我咯？"比尔问。

"我没事要找愚蠢的爬行动物。"

"那你找谁？"

"这里的人只有这几位。不是白兔，也不是你，那剩下的还有谁？"

"我知道了！"比尔叫道，"你找三月兔！"

"哎！我？！"三月兔指向自己，"不是我！相信我，我没杀人！"

"杀人？又杀人了？"爱丽丝问。

"没错，所以我才来这里找你配合调查，"疯帽匠指向爱丽丝，"就在刚才，狮鹫被杀了。"

6

"篠崎教授好像死了。"田中李绪说。

"那，他是狮鹫吗？"亚理问。

两人在学生室的角落里低声交谈着。

"从时间上看，八九不离十。"

"死因是什么？"

"听说是牡蛎中毒。"李绪说。

"那可能是他杀吗？"

"估计不会被认定是他杀。不过也可能有人故意给他吃了不新鲜的牡蛎。"

"真奇怪，哄骗牡蛎的明明是海象。"亚理说。

"但实际吃的却是狮鹫。"

"假海龟和海象不是目击者吗？"

"假海龟和海象闲聊时发现了彼此的共同点，意气相投，于是就丢下狮鹫喝酒去了。"

"它们俩能有什么共同点？"

"它们俩那天都是非生日。"

亚理长叹了一口气。

"那狮鹫怎么没去啊？"

"遗憾的是，那天不是狮鹫的非生日。"

"它生日啊。倒霉的动物。"

"狮鹫是倒霉，爱丽丝也不走运。"李绪说。

"哎？为什么？"

"蛋头先生那边还没完，这边又惹上了杀害狮鹫的嫌疑。"

"爱丽丝有不在场证据。"

就在这时，井森来了。

"嗨，两位好。哎，栗栖川，你怎么一脸没睡醒的样子？"

"因为昨天聊到很晚啊。"

"晚上还是别在外面玩到太晚啦。"

"我没在外面玩，一直在家里的。"

"哎？我以为你一个人住呢。你是和家人住吗？还是和男朋友？难不成你结婚了……"井森的脸色看起来有点阴霾。

"我是一个人住呀。"

"那是昨晚刚好有客人来？"

亚理摇摇头。"不是，是家里人。"

"你刚才不还说一个人住吗？"

"我的家里人是说哈姆美啦。"

"听这名字是仓鼠？"

"嗯，是呀。"

“你跟仓鼠聊了好几个小时？”

“差不多两三个小时吧。”

“你经常这样？”

“哪样？”

“跟仓鼠聊天。”

“每天都聊呀。”

“这里不是奇境之国吧？是现实世界吧？”井森问。

“你装什么傻哟！”亚理噘起嘴，“都是你不靠谱，才搞得这么麻烦吧？”

“不靠谱？我？”

“你干吗不作证说‘我一直跟爱丽丝在一起’啊？”

“你说的是……”

“狮鹫被杀了啊。”

“这我知道，真是倒霉的动物。”

“篠崎教授也死了。”

“听说了，死因也一样。”

“所以狮鹫就是篠崎教授的化身咯？”

“从情况来看，大概是这样。”

“很可能是同一个凶手犯下的连环杀人案。”

“侦探也是这么想的。”

“你说的侦探是指疯帽匠？”

“还有三月兔。”

“抱歉打断你们，”李绪说，“我还有实验，先走一步。”

“好的，你想到什么，再告诉我。”

“嗯。”李绪离开了房间。

"那么，疯帽匠认为谁是连环杀人犯？"亚理扯回话题。

"当然是爱丽丝。毕竟她是谋害蛋头先生的嫌疑人，当然会怀疑她。"

"但是，这次她有明确的不在场证据。"

"如果确实有不在场证据，凶手就另有其人。"

"别说得跟你一点关系都没有似的，不在场证据的证人就是你啊。"

"那不可能，我是现实世界的人，不可能成为奇境之国案子的证人。就算做证人，也是我的化身——蜥蜴比尔。"

"那就是你的化身的义务。"

"它有什么义务？"

"比尔有义务给爱丽丝提供不在场证据。"

"什么意思？"

"狮鹫被杀当天，爱丽丝和比尔在海滩上讨论过事儿。"

"我有印象。"

"然后他们俩在海滩上看到了狮鹫。"

"这个我记得。好像假海龟和海象也在。我听说假海龟和海象也做了同样的证词，说狮鹫、爱丽丝、比尔、牡蛎的小孩，都在海滩上。"

"是不是也需要牡蛎的小孩的证词？"

"那不可能，毕竟都被狮鹫吃了。"

亚理捂住额头。"真可怜。那件事也会立案调查吗？"

"吃牡蛎也要立案？别说傻话了。"井森嗤笑了一声，"要这么说，连饭都没法做了。"

"可是，现实世界里和牡蛎的小孩连接的某个人应该也死了呀。"

"估计连接的就是篠崎教授吃掉的那些牡蛎吧。然后呢？"

"然后爱丽丝和比尔就直接去了白兔家。"

"我大概有印象。"

"大概？"

"嗯，大概。"

"真难以置信，什么叫大概？"

"就是大概啊。你别太高看比尔了，那家伙的记忆力可以说约等于零。"

"……总之爱丽丝和比尔到了白兔家，找白兔问了话。"

"这个我也记得。"

"然后疯帽匠和三月兔来了，告诉大家说：'狮鹫被杀了。'"

"这个我也记得。"

"瞧，很完美吧？"

"什么？"

"不在场证据啊。"

"是吗？"

"还有比这更完美的不在场证据吗？两人看到了活的狮鹫，然后一直在一起，最后听到了狮鹫的死讯。爱丽丝根本没机会杀狮鹫。"

"一直在一起？真的吗？"

"不是一直在一起吗？"

"唔……"井森轻轻敲着自己的脑袋，"好像是，又好像不是。"

"你什么意思？"

"不是，我记得两人在海滩上看到了狮鹫，也记得两人在白兔家。但是，那之间发生的事就比较模糊了。"

"再怎么模糊，总归是两人穿过森林去白兔家了，对吧？"

"唔，通常来说是这样。但也可能不是这样嘛。说不定爱丽丝对比尔说：'咱们在白兔家碰头。'然后就分头走了。"

"你有这个印象吗？"

井森摇摇头。"完全没有。"

"那不就是没这回事。"

"这也说不准啊。毕竟比尔太蠢了，经常遗忘各种事。"

"和那种家伙一起查案子，我真担心能不能解决问题。"

"不用担心，我可不像比尔那么笨。"

"可你又没有能做不在场证据的回忆。"

"谁让井森建只存在于现实世界呢？"

"那不就是没用吗？"

"大概是没用吧。对了，有件事我要告诉你，说不定对你是个安慰。"

"什么安慰？"

"就算比尔清楚记得你的不在场证据，也没什么用。"

"为什么？"

"因为大家都知道比尔很蠢，没人会认真看待它的证词。"

"谢谢你的安慰。"

"不客气。"

"既然比尔的记忆和证词都派不上用场，那还是去篠崎研究室搜集新的证据吧。"

"我们到底该怎么办呀？"广山衡子副教授的眉毛皱成了八字，"篠崎教授突然就去世了，这完全是预料之外的事。"

"总之必须出席明天的葬礼，然后要准备下个月的学术会议。"田畑顺二助教看着备忘录说。

"唉，事真多。先是葬礼，然后还有学术会议。"广山副教授的眉毛皱得更厉害了。

"呃，葬礼和学术会议完全是两回事。我们不是遗属，只要穿着丧服去上个香就行了。"

"是吗？那葬礼就没问题了。"

"问题是学术会议。按计划，篠崎教授会受邀做个演讲。"

"那这怎么办？回绝吗？还是找个人替他去演讲？"

"受邀的是篠崎教授，随便找人代替可能不妥。问问学术会议主办方如何？"

"你觉得他们会怎么回答？"

"谁知道呢。可能会邀请篠崎教授同级别的学者，也可能会委托我们去找人。"

"如果委托我们去找人，那怎么办？"

"按道理就该是广山老师您上场吧？"

"我？那我怎么办？！"

"请冷静一点。篠崎教授可能已经准备好了演讲材料，去问问久御山秘书吧。"

"要是他没准备，那怎么办？"

"篠崎教授好像已经提交了大纲，以它为基础完成演讲资料就行了吧？"

"那谁来完成呢？"

"只要想好了架构，久御山秘书应该有办法。"

"那这个架构谁来想呢？"

"我觉得老师您最合适。"

"啊?"广山副教授目瞪口呆。

"您可以的吧?"

"啊……啊,这样也行吧。不过你最好也想想。我那个,还是很忙的。"

亚理咳嗽了一声。

"这样吧,你先想个草案,我看过后再出修订稿。"广山副教授似乎没听到亚理的咳嗽声。

"阿嚏!"井森打了一个大大的喷嚏。

广山副教授瞅了他一眼,但似乎并没特别在意。

"谁去联系主办方?你?还是久御山秘书?"

"阿嚏!阿嚏!"井森又打了几个喷嚏。

广山副教授不说话了。她转过来盯着井森问:"你感冒了?"

"可能是有人在背后说我坏话吧。"井森笑嘻嘻地说。

"别传染给我,我很忙的。"然后她又对田畑助教说,"这孩子是大四的?还是研究生?"

"不知道啊。"

"什么叫不知道?自己研究室的学生,几年级的你都不知道?"

"他们不是篠崎研究室的学生。"

"啊?不是吗?这俩孩子……"广山副教授好像才注意到亚理,"你们是谁?"

"她是中泽研究室的栗栖川,我是石塚研究室的井森。"

"哦,都是我们系的学生啊。你们来找朋友?"

"不是,我们想问问篠崎教授的事。"

"篠崎教授死了。"

"我们知道。"

"除此之外我就没什么能说的了。"

"您知道篠崎教授的死因吗？"

"听说是牡蛎吃太多了。"

"广山老师，"田畑助教插话说，"不是吃多了，是食物中毒。"

"有没有什么可疑的地方？"

"什么意思？"

"就是说，因牡蛎而死真的是偶然吗？"井森直奔主题问道。

"我更听不明白了。"

"牡蛎是不是有人给他吃的？"

"你是说，有人强迫篠崎教授吃了坏掉的牡蛎？这倒不能说绝不可能，但就算吃了也会吐掉吧？而且谁会这么整他？"

"不是整他，是谋杀。"

"谋杀？逼他吃牡蛎来谋杀？哪有这么麻烦的谋杀？"

"不但麻烦，而且不实际。"田畑助教也不信。

"确实听起来难以置信。"井森坦然地说，"不过在另一个世界，这种事很常见。"

"另一个世界？你说哪里？"广山副教授问。

"您觉得是哪里？"井森盯着广山副教授的眼睛问。

"我怎么知道是哪里？"广山副教授也盯着井森的眼睛。

"您想到哪里就直说吧。"

"肯定是外国吧？某个迷信牡蛎的国家……等等，我干吗非得回答这个问题？"

"我是蜥蜴比尔。您现在想起什么了吗？"

广山副教授的脸色顿时一变。

"什么？蜥蜴？这是什么谜语吗？还是恶作剧？我现在很忙，要搞恶作剧还是去找别人吧。"

"等一下，"田畑助教说，"有点奇怪，我想起了一件怪事。"

"什么事？"亚理问。

"渡渡。"

"你在骑马[1]吗？"广山副教授问。

"不是那个，是我的名字。"

"您叫田畑渡渡？"

"不，不是在这儿。渡渡鸟是我在另一个地方的名字。"

"外国？"

"在一个地方转圈跑，就能把衣服吹干。这是您教我们的。"亚理说。

"谁的衣服湿了？"广山副教授不耐烦地问。

"现在已经干了。"田畑助教说，"不对，那大概只是个梦。"

"如果是梦，那我们怎么会知道？"井森说。

"因为这也是梦。"

"这不是梦。"广山副教授说，"至少不是你的梦。如果是梦，那也是我的梦。不过恐怕不是。在梦里发现自己做梦的人，差不多都会醒过来。"

"现实世界的人和奇境之国的人连接在一起，我们把这个叫'阿凡达现象'。田畑老师，篠崎教授就是狮鹫。或者应该说，篠崎教授在奇境之国的化身是狮鹫。"

"不会吧？你有什么证据吗？"

---

1. 日本人安抚暴躁的马时会发出"嘟嘟"的声音，和"渡渡鸟"的发音相似。

"证据……没有。只有我们的记忆。"

"你是想说，'你的梦是现实，证据是我的梦'？"广山副教授冷笑一声。

"可能您是很难相信，但如果仔细听我们解释……"

"等等！"广山副教授像是想起了什么，双眼闪闪发光，"我想起来了！"

"您想起奇境之国了？"

"应该说是记得吧。不过就是个梦，跟实际经历过的完全不一样。"

"什么样的梦？"

"记不清了，好像有人喊我男爵夫人、公爵夫人什么的。"

"公爵夫人！""公爵夫人！""公爵夫人！"井森、亚理和田畑助教同时喊了起来。

"对，公爵夫人。"

"您有个小宝宝吧？"亚理说。

"别胡说八道，我还单身呢，也不是未婚妈妈。"

"您不是未婚啊，您是公爵夫人。"

"啊，是说梦里啊……小宝宝……这么说来，好像是有。"

"不过其实是头小猪。"

"小猪？！你真没礼貌，那孩子可漂亮了。"

"您这不是记得很清楚吗？"井森说。

"这真是我的记忆吗？感觉好像只是跟你们说话时慢慢想起来的。"

"那下回在奇境之国找公爵夫人聊聊吧。"

"这就别了。呃，你是比尔？"

"嗯。"

"而田畑老师是渡渡鸟。"

"嗯。"

"那她呢？"

"她是爱丽丝。"

"被你们这群莫名其妙的家伙搭话，公爵夫人怎么可能会理呢？"

"以现实世界的关系来说，也没那么奇怪吧？"

"不，在那边要尊重那边的关系，不然就没法给王后做表率了。"

"您很在意王后？"

"当然，她是我的竞争对手。"

"她大概只把你当成自己的臣民吧？"

"不，她偷偷盯着我呢。"

"您怎么知道的？"

"我当然知道，我可是公爵夫人。"

"您承认自己是公爵夫人了？"

"嗯。不过我还是怀疑这只是单纯的错觉。"

"总之，先暂时假设奇境之国真的存在吧。"

"干吗要这么假设？"

"因为我们想知道狮鹫的死因。"

"我不知道狮鹫是怎么死的，不过篠崎教授是病死的，这点毫无疑问。"

"那和王子博士有什么关系吗？"

"王子？谁？"

"前两天坠楼身亡的博士生。"

"啊，是有这么回事。"

"王子博士是蛋头先生。"

"那个蛋头吗？我听说是被谋害的。"

"恐怕是的。"

"而凶手……"广山副教授望向亚理，"大家都说是爱丽丝。"

亚理点点头。"现在还背上了谋害狮鹫的嫌疑。"

"如果狮鹫是被谋害的，当然会怀疑你。毕竟你杀过一个人——一个蛋。"

亚理摇摇头。"爱丽丝没杀他。"

"你能证明吗？"

"现在还不行。所以我们在调查。"

"有什么好查的？王子不是自杀就是意外，篠崎教授是病死的，都不是谋杀。"

"现实世界是这样，"井森说，"但在奇境之国不是这样。"

"那就该在奇境之国查吧？梦中的犯罪证据，怎么可能在现实里找到？"

"因为它不是个普通的梦，却是个有实体的梦。"

"实体？在哪儿？"

"在我们的记忆里。"

"记忆？我说的不是那种虚无缥缈的东西，是说物证。"

"证词也是一种证据。"

"哪家法院会把'梦里的记忆'当证据采纳哟？"

"这个……"

"你们说的事我确实有印象，这个假设也挺有趣的，不过梦毕竟是梦，记得再清楚，跟现实也没任何关系。还是忘了这些，在现实里好好过日子吧。"

"把它当成梦忘了？"

"不然怎么办？有人以梦中世界的谋杀罪起诉你吗？"广山副教授指着亚理说。

"我不是凶手。"

"也许是吧。不过怎样都无所谓，反正是梦之国的事。"

"但这跟现实可不是没关系的。"井森说，"王子博士和蛋头先生，篠崎教授和狮鹫，这两组死亡都是联系在一起的。"

"牵强附会。而且这两组是不是真的有联系谁都说不准。"

"至少王子博士和蛋头先生的连接是肯定的。"

"你怎么知道？"

"他自己说的。"

"他已经死了。反正死人不会说话。而且照你这说法，篠崎教授这组就完全是推测吧？"

"你要说是推测，我也只能承认……"井森咬住嘴唇。

"那就是推测了。"

"如果爱丽丝因为涉嫌两起谋杀案被判了死刑，那栗栖川小姐的生命就危险了。"

"跟我有什么关系呢？如果发生在现实世界，可能多少还有点关系。但梦中世界的谋杀案，没人会认真对待。接下来我还要和田畑助教讨论事情，你们可以走了吗？"

"等一下，广山老师。"田畑助教说，"学生来求助，怎么能不管呢？况且还关系到这孩子的生命。"

"那就你来帮他们想办法吧。当然我交代的工作最优先，完成后不管做什么都是你的自由。"

"那，今天五点过后咱们聊聊。"田畑助教说。

"不行，你有那个时间和精力应该来帮我，毕竟葬礼和学术会议都有很多事。"

"可是您说交代的工作完成后就可以去帮——"

"可我交代的工作根本没完成啊。至少得忙到下个月学术会议结束，况且接下来还有堆积如山的工作。"

"那我就没法帮他们了。"

"也许吧。好了，赶紧去整理资料。"

"等等！"亚理突然大喊起来，"公爵夫人，这和您也有关系！"

"现实世界里，我不是公爵夫人。"

"王后委派您管理那座花园。"

"不是王后命令我管，是我好心帮她管一管。"

"结果却闹出了谋杀案。"

"完全不关我事。"

"但是，王后可能不这么想。"

"你什么意思？"

"王后会认为这是您的责任吧？她会训斥您，说不定甚至会下令砍您的头。"

"那是王后的口头禅，但没人真的被砍头。"

"您是说训斥的话就可以甘心接受了？"

"唔……不会训斥吧？朋友间互相训斥好奇怪。不过，唔，大概是会抱怨两句，这也挺让人郁闷的……"广山副教授皱起眉头。

"如果您协助我们调查，等解决了这个案子，我们可以把它作为您的功绩汇报上去。"

"哎呀，真的吗？"广山副教授的表情缓和下来，"那可能稍微聊几句也没什么问题。"

"如果您在现实世界没时间，我们可以在那边的世界谈。"

"公爵夫人跟一群贱民交往过密，这才会引起王后的怀疑吧？就在这边谈吧。不过就这一次。翻来覆去总说同样的话，我可受不了。"

"当然，没问题。"亚理说，"那么，井森，你来吧。"

"啊？我来问？"

"嗯，虽然不想承认，但你的分析能力和直觉都比我强，所以交给你是最好的。"

"如果你跟比尔这么说，它肯定会高兴得手舞足蹈。"

"我才不会说呢。说到底我就不会托比尔做这种事，它不行的。"

井森耸了耸肩。"那，请问老师，最近篠崎教授身上有没有发生什么让你在意的事？"

"没什么特别的。硬要说的话，最近他好像又胖了一点？"

"这么说来，篠崎教授是个胖子咯。"

"特别胖。就算没吃牡蛎中毒，估计他离什么脑中风、心梗也不远了。其实篠崎教授比王子更像蛋头先生。"

"本人跟化身的体形、性格未必一致。虽然王子博士和蛋头先生有明显的相似特征，但篠崎教授和狮鹫就不是了。"

"你和比尔也不太像。"

"谢谢，我把这当成夸奖吧……下个问题，篠崎教授提到过王子博士吗？"

"我觉得没有。是吧，田畑助教？"

"嗯，我也没什么特别的印象。"

"这样啊。唔，在那边的世界，您认识狮鹫和蛋头先生吗？"

"我跟狮鹫那种怪物完全没交集。蛋头先生倒是见过一两次，但没说过话。如果要说什么，应该都是通过白兔。"

"您和白兔很熟吗？"

"要说熟也是挺熟的吧？不过要说对它的感觉就没什么印象了，好像是个挺能干的仆人？就是总忘东西。"

"总忘东西，还算能干？"

"因为有玛丽安帮白兔，所以没问题。她很能干的。"

"你认识的人里，有没有像奇境之国居民的人？"

广山副教授摇摇头。"完全没有。不过也可能是我没从那个角度想过。"

"您想见见现实世界里的白兔吗？"

"饶了我吧。"

"为什么？在那边不是很熟吗？"

"要是这边跟那边的关系有点微妙的差别，不是会觉得不太舒服吗？比如那边是主从关系，这边只是普通朋友，那见面不就挺尴尬的？像你们这样本来没什么关系，反而不会有问题。"

"您想和我们一起调查吗？"

"不想。我很忙的。梦中世界的谋杀案，我可管不着。"

"作为公爵夫人呢？"

"你说过，案子解决后会向王后报告说是公爵夫人的功劳，对吧？要守信用啊。"

"您知道自己就是公爵夫人啊。"

"我感觉更像是自己的延伸，而不是自己。有印象，但意识的连续性很模糊。"

"您还记得其他什么吗？"

广山副教授想了想。"没了。全都说了。"

"您要是想到什么，可以联系我们吗？"

"我才不。刚刚不是说了我没空吗？而且我大概也想不到什么。"

"明白了，那就这样吧。不过，如果调查有什么发现，我们可以通知您吗？"

"嗯，这倒没问题。那到时候就联系我吧。尽量用邮件，我不想接电话。"

7

"我在找杀害狮鹫的凶手。"爱丽丝说。

"也就是说，你在找自己？"疯帽匠嘻嘻地笑。

"不是，我不是找自己，我是在找凶手。"

"总之你就是装作自己不是凶手呗。"三月兔嘿嘿地笑。

"你们就认定我是凶手了是吧？"

"嗯，谁叫你是杀害蛋头先生的凶手呢？"疯帽匠说。

"我也没杀蛋头先生。"

"这是确定无疑的，有目击证人。"

"但是没人看到我对蛋头先生下手的现场吧？"

"嗯，这倒是。但在案发时间，只有你和蛋头先生在场，这足以作为证据了。"

"我没在场。"

"既然你这么说，那就证明啊。"

"如果你很确定，干吗不马上逮捕我？"

"放长线钓大鱼。"三月兔说,"说不定能掌握你旁罪的证据呢。"

"旁罪?"

"指的是跟调查中的案子不同的犯罪行为。"

"我不是问这个词的意思。我是说,旁罪是指杀害狮鹫吗?"

"哎,你杀了狮鹫?!"三月兔的眼睛都要飞出来了。

"我都说了没杀啊。"

"可是你刚才的确说了旁罪是杀害狮鹫哟。"三月兔紧咬不放。

"哎?她认罪了?!"疯帽匠欢呼起来,"顺利破案啦!"

"我没这么说。我没杀蛋头先生,也没杀狮鹫!"

"你可真能兜圈子,趁早伏法吧。"三月兔抱怨道。

"我才不会认根本没犯的罪。"

"我们要打破僵局。"比尔说,"我用了个很难的词是吧?帅不帅?还有我用对了吧?"

"用是用对了,不过单凭这句话,也不会有什么进展。"

"那你给个方案呀。"比尔不满地说。

"唔,"爱丽丝陷入沉思,"总之,先跟我说说狮鹫死时的情形吧。"

"我还想问你呢。"疯帽匠说,"没有目击者,当时的情形只有凶手知道。"

"我说的是尸体的情形。"

"'死时的情形'和'尸体的情形'完全是两回事呀。"比尔说。

"是啦,"爱丽丝无力地说,"是我不对。"

"听到了吗,三月兔?"疯帽匠尖叫起来,"爱丽丝终于认罪了!"

"我说了好几次了,我没杀人,也没认罪。"

"但你刚才确实说了你不对。"

"说是说了，但那和蛋头先生谋杀案无关，也和狮鹫谋杀案无关。"

"什么呀，真没劲。"三月兔无聊地说。

"总之先告诉我尸体的情形。"

"没什么能告诉你的，只是狮鹫死在海岸上而已。"疯帽匠说。

"没什么具体特征吗？"

"谁知道呢。"

"你不是检查过尸体吗？"

"检是检查过，不过没细看，太麻烦了。"

"你要是不想干，干吗要接受调查的任务啊？"

"啊！谁接受了调查的任务？"

"你们俩啊。"

"是吗？"

"不是吗？"

"不知道啊。"

"这么一说，你们又不是警察又不是什么的。"

"不是啦。"三月兔说，"这不是废话吗？你见过兔子当警察吗？"

"你见过做帽子的当警察吗？"疯帽匠说。

"那你们为什么要调查？"

"当然是因为好玩呀。"疯帽匠和三月兔彼此搭起肩膀。

"什么呀，原来你们什么权力都没有啊。"爱丽丝惊讶地说，"这么说，就算被你们俩盯上，也不用担心被抓嘛。"

"那可不一定。"柴郡猫的脸出现在爱丽丝眼前三厘米的地方。

"哇！吓我一跳。要突然出现的话，麻烦先打个招呼好吗？"

"打了招呼还怎么吓到你？"

"为什么要吓我？"

"当然是因为好玩呀。"疯帽匠和三月兔和柴郡猫勾肩搭背起来。

"好像很好玩，也算我一个吧。"比尔说。

"不行！"疯帽匠当即拒绝。

"为什么？"

"哪能跟蜥蜴勾肩膀？太恶心了！"

"真过分。爱丽丝，你也说句话呀。"

"你不需要跟他们一起吓我啊。"

"可是挺好玩的呀。"

"不能光看好不好玩来决定做什么啊。"

"好了，对你来说还有件更重要的事呢，爱丽丝。"柴郡猫说。

"发生什么了吗？"

"有好消息，也有坏消息。"

"先说坏消息吧。"

"王后任命疯帽匠为连环谋杀案的搜查官了。"

"哎？那我呢？我呢？"三月兔大声嚷嚷。

"没你的事。发情的兔子只会吵闹，派不上用场。"

"可疯帽匠的脑袋也不正常啊。"

"这里大部分人都这样，所以没什么大问题。"

"那三月兔不是搜查官，这就是好消息？"

"怎么可能，那只是个无关紧要的消息。"

"太棒了。这么说，还有好消息？"爱丽丝两眼放光，"是什么消息？"

"公爵夫人反对王后的决定。她说，疯帽匠从一开始就怀疑爱丽丝，这样的人不可能进行公正的调查。"

"嘿，她还挺不错的嘛。"

"你跟公爵夫人很熟吗？"柴郡猫问。

"虽然跟这边的公爵夫人不熟，不过最近跟另个世界的公爵夫人说过话呢。"比尔说。

"什么意思？说仔细点。"疯帽匠说。

"就是说——"比尔准备解释。

"比尔，先别说。"

"没关系，说说看嘛。"疯帽匠瞪了爱丽丝一眼。

比尔有点犹豫。"为什么不能说呀，爱丽丝？"

"因为告诉了他们，不知道事情会变成怎样。"

"到底是什么事啦？"疯帽匠焦躁地说。

"等时候到了我会说的。"

"为了你自己好，还是老实说吧。"

"多谢关心。不过这跟案子没有任何关系，忘了吧。而且你的搜查官任命已经被驳回了——"

"不，这个没被驳回，被驳回的是公爵夫人的反对。王后训斥了公爵夫人，还是任命了疯帽匠做特别搜查官。"

"这算什么好消息！"爱丽丝都快哭了。

"对疯帽匠是好消息啊，他一直想做搜查官。"

"太好了，这样我就是真正的搜查官了！"

"你说的一个好消息、一个坏消息，是疯帽匠的好消息和坏消息？"

"没错。"

"这太过分了，这根本就是'一个坏消息和一个坏消息'。"

"'一个坏消息和一个坏消息'说起来不是很拗口吗？"柴郡猫

鼓起了脸颊。

"我也这么觉得，"比尔赞同道，"还是'一个好消息和一个坏消息'说起来顺口多了。"

"那就别再纠结这个事儿了。我也接受了你是搜查官，疯帽匠。"

"你终于认输了？"

"你希望我认输吗？"

"当然。"

"那你先回答我的问题。"

"我回答了你就认输吗？"

"等我听过你的回答再决定。"

"你想问什么？"

"就是我刚才也问了的问题，狮鹫遗体的情况。"

"我已经回答了，狮鹫倒在地上，没有任何特征。"

"没有特征的尸体是不存在的，就像没有特征的人不存在一样。你仔细想想，有没有什么奇怪的地方？"

"这个嘛，硬要说的话……"疯帽匠摸着下巴，"就是牡蛎。"

"牡蛎怎么了？"

"还在它嘴里。"

"狮鹫是牡蛎中毒死的吧？这样的话，牡蛎还在它嘴里就很奇怪了。难道它一直在吃牡蛎，直到毒性发作？有那么多牡蛎吗？"

"准确地说，它不是牡蛎中毒而死，是因牡蛎而死的。它一下子塞了很多牡蛎在嘴里，堵住了喉咙，结果就噎死了。"

"这是谁解剖后发现的吗？"

"不是，是听说的。"

"听死掉的狮鹫说的？"

"你说什么傻话，死人哪会说话啊？"

"虽然狮鹫不是人。"三月兔说。

"那就是有目击者咯？"

"说起来也不算目击者，是凶器。"

"我没懂你的意思。"

"别在意，这家伙估计自己也不知道自己在说什么。"三月兔说。

"我当然知道自己在说什么，"疯帽匠愤愤地说，"我只是不知道自己在想什么。"

"到底是谁提供了证词？我认为这个证人非常重要。"

"不，一点也不重要。"

"所以是谁啊？"

"是这家伙。"疯帽匠从口袋里掏出了一块软绵绵的东西。

那东西还滴着黏糊糊的黏液。

"这是什么？"

"牡蛎。瞧，这儿还剩了一点碎掉的壳。狮鹫想生吞，结果噎住了。它很难受，拼命想把它们咬碎，结果幸存了这一只，勉强还能说话。"

"那它说了什么？"

"它说狮鹫被骗了。有人告诉它：'将一把活牡蛎一下子塞进嘴里是无比的美食。'"

"谁说的？"

"牡蛎啊。"

"不是，我是问谁告诉狮鹫的。"

"告诉它什么？"

"'将一把活牡蛎一下子塞进嘴里是无比的美食。'"

"真的吗？爱丽丝说了个好点子，"比尔说，"我下次试试看。"

"别乱试，比尔，会死的。"

"啊？为什么呀？"

"原来如此。你早就知道'将一把活牡蛎一下子塞进嘴里会死'，爱丽丝，这是凶手才知道的事吧？'"疯帽匠记了下来。

"这谁都知道啊。"

"不，狮鹫和这只蠢蜥蜴就不知道。"柴郡猫说。

"啊？蠢蜥蜴在哪儿？"比尔东张西望寻找蠢蜥蜴。

"别管蠢蜥蜴了。更重要的是，谁把这事告诉了狮鹫？"

"这我不知道。"

"那你为什么不问啊？"

"问不问是我的自由吧？"

"问了不就知道凶手是谁了吗？"

"不问我也知道凶手是你啊。"

"唉，如果牡蛎还活着，我就能自己问了。"

"那就问呗。"疯帽匠把手里的牡蛎递了过来。

"死人不是不会说话吗？"

"应该叫死牡蛎。"三月兔说。

"不，不是死牡蛎，是生牡蛎。"疯帽匠说。

"啊？什么意思？"比尔问。

"它还有一口气。"

"不会吧？"爱丽丝倒吸了一口气，"牡蛎先生，你能说话吗？"

"……啊，爱丽丝，我能说话。"牡蛎说。

"你看到凶手了吗？"

"爱丽丝，我看到凶手了。"牡蛎非常艰难地说。

"凶手是你认识的人吗？"

"爱丽丝，我认识凶手。"

"你也知道凶手的名字吗？"

"爱丽丝，我也知道凶手的名字。"

"那请你在这里说出凶手的名字吧。"

"爱丽丝——"

"生牡蛎，归我了！"比尔把疯帽匠手里的牡蛎一咕噜吸进了嘴里。

爱丽丝呆呆地看着比尔，无法理解发生了什么。

汁液从比尔的嘴角溢了出来。

"啊！好吃！"比尔陶醉地说。

"比尔，你在搞什么！"爱丽丝惨叫起来。

"啊？我在吃生牡蛎啊，我超爱的。"

"你在搞什么！"疯帽匠怒吼道，"别突然舔别人的手！黏糊糊的脏不脏啊！"

"可生牡蛎的汁早就把你的手搞得黏糊糊的了。"比尔说。

"说的也是，对不起。"疯帽匠坦率地道了歉。

"它马上就要说凶手名字了啊。"爱丽丝呆呆地说。

"不，我已经清楚地听到了。"疯帽匠说，"牡蛎被吃前，清楚地说了'爱丽丝'。"

"那不是凶手的名字。"

"你问了牡蛎凶手的名字，然后它回答了'爱丽丝'。"

"那不是回答啊，是它先叫我名字，然后准备说凶手的名字。"

"你有什么证据吗？"

"这……"

"死牡蛎不会说话。"比尔说,"不过,牡蛎的嘴在哪儿?"

"你在说什么呀?你惹下大麻烦了啊!"爱丽丝微微发抖。

"我干了什么吗?"

"它没有恶意,"爱丽丝对疯帽匠说,"你也了解比尔的。"

"你说什么呢?"疯帽匠一头雾水。

"你准备以谋杀罪逮捕比尔吧?"

疯帽匠看了看三月兔和柴郡猫:"你们知道爱丽丝在说什么吗?"

三月兔举手:"我认为爱丽丝在说:'你准备以谋杀罪逮捕比尔吧?'"

"这我知道。但我问的不是这,我是问她为什么要这么说。"

"就那个嘛,因为爱丽丝认为你想以谋杀罪逮捕比尔呀。"

"这我知道。但我问的不是这,我是问她为什么会这么想。"

三月兔想了一会儿,然后耸了耸肩:"这不该问我,问爱丽丝比较快吧?"

"你居然难得给了个正经回答。"疯帽匠点了点头,"说的没错,你究竟为什么会想到这个啊,爱丽丝?"

"还能是为什么?因为比尔当着你的面杀了牡蛎啊。"

"准确地说,是吃了吧?"

"嗯,准确地说是吃了。"

"吃生牡蛎要被捕的话,那就没法吃饭了。"

"唔,话是这么说,可牡蛎能说人话——"

"什么叫人话!这不是人类的自我中心吗?"三月兔说。

"就是。至少在这边,人类是少数派。"比尔支持三月兔。

"总之在这边,大部分动物都能说话。"

"真没礼貌，你们想只优待动物吗？"爱丽丝脚边的虎皮百合抱怨说。

"对，在这边植物也能说话，所以吃什么都是吃能说话的东西。"

"这不是很正常吗？如果吃能说话的东西就是谋杀，那现在这个世界里的所有人都要被判死刑。"

"也就是说，比尔无罪咯？"

"什么罪都没犯，当然无罪。"疯帽匠断言道。

"太好了。"爱丽丝松了口气，"可牡蛎死了，这就难办了。"

"你也该稍微有点常识了，"爱丽丝才注意到柴郡猫就在自己旁边，"吃了就无罪了呀。"

8

"竟然吃了重要的证人，真是太莫名其妙了。"亚理愤愤地说。

食堂里的人稀稀拉拉，所以亚理的声音显得格外响亮。

"是啊，只要再忍一分钟，案子可能就解决了。"井森充满歉意地说。

"那你为什么不忍啊？"

"我没想到牡蛎的话能把所有问题都解决了。"

"这都没想到，你自己不觉得离谱吗？"

"我是觉得离谱啊。可比尔是个大蠢蛋，这也没办法啊。"

"你的意思是说，你是蠢蛋，所以不管干了什么都该被原谅？"

"不，我不是蠢蛋，且我也不认为自己不管干了什么都该被原谅。"

"那就不能说你没办法。"

"我理解你无法区分我们俩，但比尔做的事让我背黑锅，这不公平。"

"为什么？你不就是比尔吗？"

"我是比尔，也不是比尔。"

"你就是比尔。"

"我们共享记忆，这个意义上我是比尔，但我们并不共享意志和思想。我觉得化身很难说是同一个人。其实你才是特例。"

"我？"

"不管是外形还是能力，栗栖川亚理和爱丽丝都差不多，所以你的人格延续性比其他人强很多并不奇怪。"

"这是你的误解。"

"我误解了什么？"

"其实我——"

"抱歉，能不能耽误你们点儿时间？"一名中年男子打断了两人的交谈。

"嗯，您是哪位？"井森问。

"我是警察。"男子亮出了警官证。

"谷丸先生？"

旁边还有位年轻的男子。

"我是西中岛。"

"两位有何贵干？"

"我们其实在调查那起案子。"西中岛巡查说。

"案子？"井森露出戒备的神色。

"西中岛，'案子'这说法有点过了。"

"但就是案子啊，警部。"

"我是说，在这边还不是案子。"

"不管在这边还是那边，案子都是案子。"

"那只是你的主观意见——"

"抱歉，"井森插嘴，"你们真的有必要找我们谈话吗？"

"这个嘛，的确，现在还不清楚有没有必要。"西中岛说。

"我们想说的是，"谷丸警部擦了擦汗，"最近，你们系里接连有人死亡，对吗？"

"对，"井森点头，"王子博士和篠崎教授。"

"我们想查查这事儿。"西中岛说。

亚理低低地叫了一声。

谷丸警部严厉地看了她一眼。

"你怎么了？"

"没，只是吓了一跳。"亚理回答说。

这俩人也在查。他们不会在奇境之国也有化身吧？

"警方要调查，说明是犯罪案件咯？"

"不，别误会。"谷丸警部强调说，"警方的正式意见是，这两件事都不是犯罪案件。"

"那你们干吗要查啊？"

"怎么说呢，这两件事有相似性，或者说有相关性。"

"有所关联？"

西中岛点头："没错，这个说法很贴切。"

"对，就是这样。你们有什么想法吗？"

"想法？"

"就是听了我们刚才的话，有没有忽然想到什么？"

"讲得好笼统啊。"

"唉，我们也有苦衷，不能说得太具体。"

"如果说得太具体，你们可能会怀疑我们的精神状态。"西中岛说。

没错，这两位也在奇境之国。他们会是谁？亚理趁着谷丸警部没注意，朝井森使了个眼色：可以告诉他们吧？

但井森微微摇头。

为什么？担心他们不是自己人？

没错，不见得是自己人。如果他们在奇境之国负责调查，说不定会在这里寻找爱丽丝是凶手的证据。

"对不起，我不太理解您在说什么。"井森说。

谷丸警部一直盯着井森和亚理的脸。

"您怎么看，警部？"

"不理解，不理解啊……"

"您是说我们做了什么吗？请直说吧。"

"不管在另一个世界犯了什么罪行，我们都没有任何权限，物理层面上也毫无办法。"谷丸警部自言自语般地说。

"那你们打算怎么办？"亚理问。

"喂，说什么呢？"井森有点慌。

没事的，我想尽量多挖点信息。

"啊！果然如此。"谷丸警部双眼发亮。

"她只是在假设，"井森说，"她喜欢科幻奇幻之类的。"

"假设就够了，我们也只是在聊假设。"谷丸警部说，"我们想知道真相。他们是被谋害的吗？"

"对于假设的案子，你们用现实的警察权限进行调查？"

"唔，亮了警官证，算是吧。"

"这不违反规定吗？"

"要这么说，利用异世界的记忆采取行动，这种行为本身也违反规定。你们敢说自己没违反规定吗？"

"哪有这样的规定？"

"那我们也没有这样的规定。"

"动用警察权限调查异世界的犯罪，这明显违反规定吧？"

"你能证明这点吗？"

"没必要证明。只要揭发你们两位刑警在调查幻想中的案子就行了。"

"我想这对你们也没损失吧？告诉我们你们是谁，就会有现实世界的警方伙伴哟。"

"也可能相反。"井森说。

"什么意思？"

"表明我们的身份后，你们也可能成为敌人。"

"不会，我们的目的只是调查真相，不会给任何人带来麻烦。"

"不，还是有可能的，"西中岛说，"如果这两人刚好是凶手的话。"

"原来如此，"谷丸警部又开始自言自语，"这样的话，案子可能立马就破了。是吧，两位？"

"很遗憾，并非如此。"井森说，"说到底，案子曾经差点就破了，是吧？但你们眼睁睁看着目击证人死了。"

"啊，那确实是调查中的疏忽，应该先问清楚谁是凶手的。不过这也不光是调查方的失误，放任会吃掉证人的蠢蛋在外面乱晃，这本身就是个大问题。"

这两人知道井森就是比尔？还是他们真的只是在调查本体和

化身的关系？如果是前者，那么刚才就是在讥讽井森……

亚理觉得，把自己这边的化身告诉这两个刑警也没什么问题吧？他们说的没错，警方的信息搜集能力很有用。即使刑警变成敌人，在现实世界里，他们也不可能动手。另一方面，在奇境之国，自己本来就被搜查官盯着，所以情况应该不可能变得更糟了。

"那个……"亚理下定了决心。

"关于假设我们已经说完了，"井森说，"所以也没别的要说的了。两位还有事吗？"

谷丸警部和西中岛对视了一眼。

"看来二位对我们比较戒备啊。"谷丸警部遗憾地说。

"这么说话太费劲了，"西中岛不满地说，"干脆报自己的身份不是最方便吗？"

"别在这儿说，要说也在那个世界说。"

"但是在那边，我们的能力太受限了啊。"

"不是能力，是性格问题。老是在胡扯，连正经交流都做不到，想干吗也没辙啊。"

"怎么说？还有什么信息要提供吗？或者就这么结束了？"井森说。

"结束吧，今天。"谷丸警部说。

"你们还打算改天再继续？"

"我们会继续找你们的，只是说不好是在这边还是在那边。"

"在那边不还是胡扯吗？"

"确实伤脑筋，不过也不至于没办法沟通。只是如果不知道你们的身份，我们想找你们都没办法。"

"嗯，我们会考虑的。要是我们确定表明身份比较好，我们会说的。"

"这样也行。西中岛，今天就先撤吧。"

两人拖着沉重的脚步走出了食堂。

"说出我们的化身也没什么吧？"亚理看到两人的身影消失后，立刻说道。

"那样一来，他们就知道了我们在奇境之国的身份，而我们不知道他们的身份。"

"那就也问他们的化身不就行了？"

"他们不见得会说真话。事到如今，如果真想知道我们的化身，他们该先表明自己的化身才对。"

"要你这么说，那就只能永远相互猜疑了！"

"你可以透露自己的化身，但我的化身要保密。"

"你到底在怕什么啊？"

"真羡慕你啊，你的化身那么聪明。我的化身太蠢了，连证据都能给吃了。我在那边是个弱者，所以我不能毫无顾忌地暴露身份。"

"你在担心这个？可我的化身也不强啊。"

"行了，我要一个人静静。怎么办最妥当，之后再说吧。"井森跟在那两人后面出了食堂。

原来如此，井森把比尔看作自己的弱点啊。唉，蠢成那样也真是没辙。不过有爱丽丝帮忙，也不至于那么可怕吧？问题是，吃不准比尔是不是爱丽丝这边的。这么说来，难道就能确定井森是自己这边的吗？说不定他心里也像比尔那样怀疑自己呢。

"跟男朋友吵架了？看他出去的时候脸色好不爽啊。"和亚理打招呼的是李绪。

"你全都看见了？以及，他不是我男朋友。"

"我刚刚才到，井森出去的时候我正好进来。"

"你有没有看到跟我们说话的那两个人？"

"在窗外瞥到一眼。什么人啊？"

"刑警。"

"啊？他们来干吗？"

"查王子博士和篠崎教授的死因。"

"不是意外和病故吗？"

"那是在现实世界。"

"你是说，这两个刑警也知道奇境之国？"

亚理点了点头。

"那到底是谁啊？"

"没说，不过大致能猜到吧。"

"你们说了自己在奇境之国的身份吗？"

"没，井森不乐意。"

"啊，为什么？"

"他不信任刑警，认为提供信息对自己不利。"

"够谨慎的。他真的是比尔吗？"

"据说就是因为在奇境之国里是比尔，所以在现实世界才要谨慎的。"

"什么意思？"

"大概是觉得比尔太蠢了，所以自己才要保护它吧。"

"自己保护自己？"

"井森的想法好像有点不太一样。"

"我认为化身就是自己。"

"你认为自己就是白兔？"

"我能清楚地回想起白兔的感觉和感情，我想你们也一样吧？"

"我记得自己在哪儿做过什么，但感情就很模糊了。"

"个体差异吧。不过原因到底是什么呢？"

"也许该考虑单纯是错觉的可能性。"

"你是说我这是错觉？"

"我不是这个意思。说到底，不管别人怎么感觉，都没法和自己内在的感觉做比较。"

"我跟你还有比尔在奇境之国经历的事，我现在都有身临其境的实感。"

"唔，有你这样的人也不奇怪吧。"

"你们两位都是我的好朋友，昨天也——啊！"

"怎么了？"

"都怪昨天那个事，我完全忘了准备派对的事了。"

"派对？"

"惊喜派对这事儿可千万别告诉井森，在那之前都是咱们俩的秘密哟。"说完这句话，李绪就像一阵风似的跑了出去。

惊喜派对？应该是搞错了，把跟别人说过的话说给自己了。不过当成白兔看的话，这种无厘头倒也正常。

亚理望着李绪跑远的背影想。

9

"再理一遍时间吧。"爱丽丝对比尔和柴郡猫说。

"有这个必要吗？"柴郡猫问。

"为了证明我不在场啊。"

"那就不该找我们，应该去跟疯帽匠说吧？"

"在找他们前，我想先理一遍，以便逻辑上毫无破绽。"

"疯帽匠脑子有问题，才不会管什么逻辑。"

"话是这么说，可要是连我们都不顾逻辑，那不就成了野兽乱叫……啊，抱歉。"

"没事，毕竟我们就是兽类。"比尔落寞地说。

"知道爱丽丝没礼貌了，总之先理一遍时间吧。"柴郡猫说。

"狮鹫遇害的时间，是在我和比尔看到它以后。"

"没错，"柴郡猫说，"这点海象和假海龟也记得。你们离开海岸大约三十分钟后，它们也离开了狮鹫。"

"然后我们就穿过森林去了白兔先生家，是吧，比尔？"

"唔，好像是呢。"

"比尔的证词没什么用。"柴郡猫断言道。

"对了，我想起来了，我们半路上遇到过毛毛虫。"

"毛毛虫？那家伙有点怪，不过证词还是靠得住的。"

"从海岸到白兔先生家大概用了三十分钟。然后到了白兔家后，又过了三十多分钟，疯帽匠他们来了，说了狮鹫遇害的消息。你们知道这意味着什么吗？"

"疯帽匠喜欢传小道消息？"比尔说。

"你想说的是，狮鹫是你们在白兔家的时候遇害的？"

"没错，我有完美的不在场证据。"

"很抱歉提醒你，爱丽丝，"柴郡猫看起来一点都不觉得抱歉，"你的不在场证据漏洞百出。"

"是说白兔先生不记得我们的到访时间之类的吗？不过到它家时，我们遇到了玛丽安，她可以作证。"

"我不是这个意思。"

"那是什么？"

"有可能你们声称抵达白兔家的那个时间段里——"

"我没这么说，是爱丽丝说的。"比尔纠正道。

爱丽丝在心里咂了咂舌。

"有可能爱丽丝个人声称抵达白兔家的那个时间段里，出现了虫洞，刚好把白兔家和海岸连接在了一起。"

"你想说什么啊？"爱丽丝感到一阵眩晕。

"你有可能趁着比尔没看你的时候，钻进了虫洞，杀了狮鹫，然后又溜了回来。"

"但比尔一直看着我啊。"

"证据呢？"

"我可以作证。"

"要证明你不在场，怎么能用你的证词？连疯帽匠都不会接受这个逻辑。"

"啊，我真是恨得牙痒。"

"那我帮你挠挠？"比尔说。

"不需要！"爱丽丝说，"就算我没有不在场证据，可很多人都没有啊，干吗非要怀疑我？我有什么理由要杀狮鹫？"

"谁知道呢。"柴郡猫一脸不耐烦。

"既然你说不出理由，就不能怀疑我。"

"疯帽匠推测过理由啊。"

"什么理由？"

"他好像说，因为你是连环杀手，爱丽丝。"

"这事本身就毫无依据。"

"他说，因为你接连杀了蛋头先生和狮鹫，所以当然是连环杀手。"

"我谁都没杀过。"

"你凭什么这么断定呢？"

"因为我没理由这么干啊。"

"理由就是你是连环杀手啊。"

"我就问这点的根据呢？"

"因为你接连杀了蛋头先生和狮鹫啊。"

"我不是说了我没杀他们吗？"

"你凭什么这么断定呢？"

"因为我没理由这么干啊。"

"理由就是你是连环杀手呀。"

"够了！"

比尔和柴郡猫看着爱丽丝。

"为什么你的表情看起来像在生气呀？"比尔迷惑不解。

"因为我在生气，比尔。"爱丽丝喘着粗气说，"柴郡猫，你这是循环论证。"

"我知道。"柴郡猫像是躺在空中看不见的吊床上。

"那你干吗还要说下去？"

"不能说下去吗？"

"没意义啊。"

"为什么？"

"因为是循环论证，什么都证明不了，也得不出任何结论。"

"你凭什么这么说？"

"因为永远得不到答案，永远都确定不了真伪。"

"可是疯帽匠认为，正因为永远都在证明，所以再没有比这更可靠的了。"

"但这不是证明。"

"那你得证明这不是证明。"柴郡猫笑嘻嘻的。

它是认真的吗？还是在逗我玩？

行吧，我接受挑战。

"那你试着这么想：我不是连环杀手。"

"我不是连环杀手，"柴郡猫说，"我一直都这么想的呀。"

"不是啦。你要想：爱丽丝不是连环杀手。"

"依据呢？"

"对，这点很关键，我们有依据，因为爱丽丝没杀任何人。"

"你凭什么这么说？"

"这是有依据的，因为爱丽丝不是连环杀手。"

"这是循环论证！"疯帽匠突然插进来说，"什么都证明不了，也得不出任何结论！"

爱丽丝看了看柴郡猫。"好像跟你说的不一样。"

"我说了什么？"柴郡猫心不在焉地说。

"你说疯帽匠信奉循环论证。"

"你们说谁疯了？"疯帽匠嚷嚷道。

"疯帽匠呀，"比尔说，"疯帽匠疯了。"

"啊！这也是循环论证！"三月兔开心地说。

"有点不一样，这个应该算是同义反复。"柴郡猫冷静地纠正道。

"反正我要告诉疯帽匠的是，我没有杀狮鹫。"

"你是说你只杀了蛋头先生？"

"我当然也没杀蛋头先生。"

"那是谁杀了蛋头先生？"

"谁知道呢？反正不是我。"

"如果你说自己不是凶手，那就告诉我谁是真正的凶手，这是你的义务。"

"平白无故指控我杀人，还要我自己找出真正的凶手？"

"没被证明的假设，与胡言乱语没区别。"

"那你的假设也一样。"

"假设？"

"就我杀了蛋头先生的假设。"

"那不是假设，可以说是定论。"

"为什么那种胡言乱语就成了定论啊？"

"因为已经被证明了。"

"证明？谁证明的？什么时候证明的？"

"犯罪的证明和数学的证明不同，并非只有从定义和公理出发、经过推论得到的东西才正确。犯罪的证明有时候只要有一项物证，甚至一句证词就够了。"

"那请问证据呢？"

"有白兔的证词。它看到你从那个花园里溜出来了。"

"那是目前为止唯一的证词。"

"一个就够了。难道你认为白兔有什么非得说谎的理由吗？"

"目前还没想到。"

"瞧，我就说吧。"

"只是目前还没想到而已。"

"我们问过白兔好几次，每次的回答都一样：'凶手是爱丽丝。'"

"换成我，肯定能得到别的答案。"

"白兔提防你，所以你最好别指望能得到什么正面证词。"

"没关系，我去问另一位白兔先生。"

"我先说明，其他白兔的证词基本上没有意义，就像其他人的证词不能代替你和我的证词一样。"

"不是另一只兔子的证词，是她自己的证词。"

"不是'她'，是'他'吧?[1]"三月兔对爱丽丝耳语，"你搞错性别啦。你这样会让人觉得你是个大傻瓜，要么觉得你疯了。"

"嗯，白兔在这边确实是男的，但在地球上不是。"

"你在说什么啊，完全听不懂。我也没那么多耐心，你还是做好心理准备吧。"

"什么心理准备?"

"我会向王后报告你是凶手。"

"可你的证据只有白兔先生的证词啊。"

"我说了好几次了，这就够了。我向王后报告以后，你知道会发生什么吗?"

"我会被砍掉脑袋。"

"唔，不过我也不是恶魔。我再给你一个星期吧，这段时间里随你调查。不过一个星期后，如果还没找到凶手，我就向王后报告，这样可以吧?"

"可以的话，我希望不要限制调查时间。"

"不行。要是让王后知道，我的脑袋就保不住了。王后大概也

---

1. 日语中的"她"和"他"发音不同。

就只能再等一个星期，不可能再多了。"

"明白了，那我马上开始调查。"

首先就从白兔的人类本体开始查！

10

"啊……你刚说什么来着？"李绪睡眼惺忪地问。

午后的校园里，学生和教师的步履都很慵懒。悠然的校园风
光，难以想象几天前刚发生过王子博士坠楼的悲剧。

"我想请你回想一下蛋头先生遇害那天的情况。"

"蛋头先生？哦哦，王子博士在奇境之国的名字啊。"

"准确地说，不是本人，是他的化身。"

"化身是井森的假设吧？说不定就是我们自己呢。"

"这个说不通吧，毕竟我们的肉体没有从现实世界里消失。"

"真的没消失吗？我们其实也不知道自己睡觉期间什么样。"

"咱们虽然是一个人住的，但跟人同居的人要是肉体消失了，
肯定会闹起来的。"

"可能只是精神上的同一个人，像转世那样。"

"每天都转世去那个世界？"

"不是啦。可能转世只有一次，但转世后，我们会慢慢想起前
世的记忆。"

"你是说我们是奇境之国的居民转世的？可这也很奇怪。照这
个解释，奇境之国的居民怎么会记得现实世界的事呢？"

"可能转世过很多次，在现实世界和奇境之国间。"

"你认真的吗？"亚理盯着李绪问。

"不是。我只是想说，任何可能性都不该被排除。"

"但你不觉得井森的假设最合理吗？"

"不觉得啊。我也想到了一个假设，或者说更接近推理，我正在搜集各种证据。"

"哎呀，我完全都不知道。"

"当然啦，我解释不了其中的原理，不过应该能在很大程度上确定两个世界的关系。"

"方便说给我听听吗？"

"嗯，好呀。你知道，要完整模拟一个世界，需要非常多的内存和CPU算力。也就是说，模拟世界的设备，其规模将等同于世界本身……哎？"李绪望向亚理背后。

亚理回头，只见一个邋里邋遢的男子"嘿嘿"傻笑着走过来。他的衣服脏兮兮的，没有打理的头发油腻板结，胡子拉碴。

亚理抓住李绪的胳膊就往后退。

老天保佑这是个恶作剧吧，亚理在心中暗暗祈祷。校园里出现过分的恶作剧并不新鲜，大学生就是喜欢搞这些东西。

但这如果真的是恶作剧，也太过分了。男子手里紧握着菜刀，而且为了防止菜刀脱手，还在上面缠了绷带。这如果不是恶作剧，那就是明显的杀意了。

是随机杀人吗？还是瞄准了亚理和李绪？要是后者，那就可能和奇境之国有关。无论是哪一个，都不能老实等着被杀。

"啊嘎嘎嘎嘎嘎——"男子突然张大嘴巴，可以看到他的咽喉深处一片血红，他的两只眼睛分别转向了两个和亚理她们无关的方向。

首先要搞清楚目标是不是我们。亚理抓着李绪的胳膊，朝男子的视线范围外移动。

男子挪动身体，正面对着她们。

不好，目标好像就是我们。

但是为什么？如果他是奇境之国的人，杀了我们对他会有什么好处吗？要是这样，他会是谁？真正的凶手？他知道我在寻找真凶，所以想在自己暴露前先杀了我？那李绪呢？她恐怕不是目标。白兔指控爱丽丝是凶手，所以对真凶来说，她活着更有利。

既然这样，我不能牵连她。亚理悄悄放开李绪的胳膊。

"不许动。"亚理轻声说。

男子没有动。

亚理深吸了一口气，猛然朝旁边跳开。

男子仓皇冲向亚理。

"李绪！快逃！去找人帮忙！"亚理转身跑了出去。

没事的。只要不被抓住就没事。岂止没事，这还是个机会呢。没想到凶手竟会主动现身。只要抓住他就能破案了，也就能证明爱丽丝是清白的。

问题是自己跟他的距离。跑步不是我的强项，万一在救援赶到前被追上……亚理知道奔跑时回头看会影响速度，但还是忍不住诱惑看了一眼身后。让人惊讶的是，她没看到凶手的身影。

我跑得有那么快吗？亚理停了下来，开始寻找凶手的踪迹。

几秒钟后，她就找到了。凶手站在李绪面前。

不会吧……亚理赶忙朝两人跑去。难道这才是他的目的？假装目标是我，诱使我们分开，然后袭击李绪？但是为什么啊？

男子的身躯挡住了李绪。随后他又从李绪身边退开。李绪脸色惨白，望向亚理。她的双手按着胸口，喷涌的鲜血把白衣染成了红色。

亚理撞开男子，男子倒在地上。亚理看也不看他一眼，直接跑向了李绪。亚理赶到的瞬间，李绪也倒在了地上。

"李绪！"

李绪的双眼瞪得很大。

"对不起！"亚理抓住李绪的肩膀，"没想到他的目标竟然是你——"

李绪的嘴巴在翕动。

"什么？你说什么？"

"你是谁……"李绪说。

"你不认识我了？是我呀，亚理……"

"爱丽丝？你是爱丽丝吗？"李绪的眼睛似乎什么都看不见了。

亚理用力握住了李绪的手。

"我必须得警告你，绝对不要再深入了……"

"李绪，你发现了什么吗？"

"绝对赢不了……"

"什么？赢不了什么？"

"赢不了红国王……"李绪的眼睛一下子瞪得更大。然后，她像冻住了似的停止了动作。

"不会吧……"亚理把手贴到了李绪的胸口。

感觉不到心脏还有没有跳动。

"有人吗！快叫救护车！"

不知道有没有人听到呼救。亚理靠着混乱的大脑，拼命做着她必须做的事。对了，得做心肺复苏。心肺复苏和人工呼吸。她双手放在李绪胸口，把全身的重量都压了上去，每次压迫都有少量出血。

她做了一分钟心肺复苏，但李绪毫无反应。亚理一边哭一边捏住李绪的鼻子，将自己的嘴对准李绪的嘴。

吹气。空气从唇间漏出。

亚理贴紧嘴唇，再次吹气。空气带着"噗噗"声漏出。

一分钟后，亚理抬起了头。亚理的唾液和鼻涕在两人间拉成细丝，李绪还是没有自主呼吸的征兆。

"有人去叫救护车了吗？"亚理环顾四周。

附近空无一人。二三十米外有几个人，但不知道他们有没有叫救护车。有几个人在打手机，但无法判断他们是在打电话，还是在叫救护车。

不能靠别人了。自己到底浪费了多少时间？亚理拿出手机，开始拨打电话。可是双手颤抖，没法顺利操作。

"请问您有什么事？"电话里传来沉静的女声。

"快派救护车来，我朋友没有呼吸了。"

"请说一下地址。"

亚理报了大学校名。

"我们马上派救护车过去。请您说一下情况。"

"我朋友被刺了。"

"是刀刺的吗？"

"是。"

"报警了吗？"

啊，还没报警，不过叫救护车比报警优先。

"没有。"

"那我们来联系警方。下面这句请听好：行凶者还在附近吗？"

亚理心头一惊。对啊，那家伙在哪儿？

亚理回过头。他就在旁边，两人间距离一米。

"就在旁边。"

"您先确保自身安全。"

男子手上还握着血淋淋的菜刀。他望着亚理，正在喘气。

没事。冷静。要是他想杀我，早动手了。他不打算杀我。

"菜刀给我。"亚理说。

"让警方和行凶者交涉！"电话那头的女声大喊道。

"不给我就赶紧走，"亚理慢慢地说，"警察马上就到了。"

男子摇头。

"那就发誓，绝不会伤害我。"

男子默默盯着亚理看了半晌，闭上眼睛。

这表示他不会伤害我？还是想骗我？

"如果你不想伤害我，就离我远一点。不然我会分心，没法照顾她。"

男子举起了菜刀。

什么？还是想攻击我？怎么办？逃吗？可我现在腿是软的，跑不了。我肯定会被追上，被从背后捅刀。那，反抗吗？更不可能啊。

亚理深吸一口气。警察和救护车就快到了，我要尽量争取时间。就算万一被刺了，应该也能及时获救。

"就算你在这儿伤了我，你也得不到任何好处，还不如协助我调查。你的目的是什么？你为什么要刺杀李绪？"

男子依旧闭着眼，露出微笑。刀尖忽然转了个方向，朝他自己的咽喉而去。

"你要干什么！"亚理惊慌失措。

刀尖抵在了咽喉上，皮肤被压下。

"危险！别！"

血渗了出来。男子没有停手，并且露出痛苦的表情。

"你在干什么！"

得阻止他。不光是为了他，也是为了自己。可亚理动不了，恐惧攫住了她的身体。血流了下来。

"啊嘎嘎嘎嘎嘎！"男子发出惨叫。

"啊啊啊啊啊啊！"亚理也惨叫起来。

男子的手在抖。他把左手也放到握刀的右手上。他瞪开双眼，用力，血流喷涌。他像要深呼吸，却只发出"嘎嘎"的声音，无法吸进空气。男子开始全身抽搐，接着重重倒在了地上。

我该怎么办？拔刀吗？可拔刀会不会加重出血？不管他？可要是伤到气管，他会窒息而死。拔刀应该能让空气进入气管吧？啊！到底该怎么办啊！

男子不动了。他的眼睛瞪得老大，盯着亚理。

亚理怔怔地看着两具不再动弹的身体，远方终于传来了救护车的鸣笛。

11

"白兔死了。"疯帽匠对爱丽丝说。

爱丽丝漫不经心地看着士兵们准备槌球赛。因为都是纸牌，很难区分，所以看它们时聚时散，就跟看打牌或占卜似的。

"是吧。"

"你好像早就知道了？"

"我猜应该会这样。"

"为什么？"

"因为它在地球上的化身死了。"

"地球？"

"你真的不知道？还是装不知道？"

"在我回答以前，你能不能先解释下地球是什么？"

"当我没问，忘了吧。那么，是谁杀了白兔？"

"不知道，"疯帽匠耸了耸肩，"大概是你吧。"

"又是我？！"爱丽丝叫了起来。

"这次你有十二分的动机。"

"恰恰相反，她是我最后的希望。"

"她？你说谁？如果是说白兔，只是你搞错性别了，那我这么说吧：它提供了对你不利的证词。一旦它死了，就没人作证了。"

"如果白兔先生意识到自己搞错了，就会提供对我有利的证词。可一旦它死了，它就永远都是对我不利的证人了。"

"你认真的吗？我还真没见过你这么乐观的嫌疑人。"

"这个世界里本来也没有嫌疑人吧？"

"所以我从来没见过。很有逻辑吧？"

"它的死因是什么？"

"你不知道死因？"

"真不知道。"

"白兔家收到了一台新除草机。"

"它买的？"

"不是。据玛丽安说，它不记得自己买过，但它认为是谁送它的礼物。"

"它为什么会这么想？"

"因为它很受欢迎……它本人觉得。"

"那它的死因就是除草机了？"

"但其实那不是除草机啦。"

"可白兔先生以为那是除草机吧。"

"当然。"

"那应该就是跟除草机差不多的东西咯？"

"没错。"

"那是什么呢？"

"当然是蛇鲨啦。"

"蛇鲨？"

"嗯，要说跟除草机差不多的东西，肯定是蛇鲨呀。"

"这个蛇鲨是有翅膀、会咬人的那种？还是长触须、能缠人的那种？"

"都不是。这个蛇鲨是布吉姆。"

"不会吧……"

"白兔一下子就消失了。我们大概再也见不到它了吧。"

"怎么知道是布吉姆的呢？"

"因为有证人，就是比尔和玛丽安。"

比尔和玛丽安出现在了疯帽匠背后。

"你们是从哪儿冒出来的？"

"我们一直躲在疯帽匠背后呀。这地方太小，害我们很辛苦。"

"那干吗要躲啊？"

"不然怎么吓你一跳呀？"

"可我没被吓到啊。"

"啊？一点都没吗？"

"嗯，只觉得很蠢。"

"那太好了，这样就不是完全没意义，至少有半个意义啦。"

"那之后发生了什么？"爱丽丝不再搭理比尔，向玛丽安问道。

"白兔先生说：'有人送了我除草机。'还高高兴兴地把箱子拿给我看。箱子上缠着红白两色的缎带，写着大大的'除草机'几个字。比尔说：'快给我看看除草机。'白兔先生说：'这是送给我的，我有权第一个看。等我看完后，你随时都能看。'然后它就拿着箱子进了卧室。再过了一会儿，卧室里就传出叫喊声。'怎么回事！这不是除草机！是蛇鲨！'比尔听到这声音开心坏了。"

"当然啦，毕竟蛇鲨很难见到呀。"比尔说。

"之后又发生了什么？"爱丽丝没搭理比尔，向玛丽安问道。

"比尔问：'这个蛇鲨是有翅膀、会咬人的那种？还是长触须、能缠人的那种？'"

"爱丽丝刚才也问了同样的问题吧？我们的想法很像呀。"比尔说。

爱丽丝为自己一时冲动问了那么无聊的问题而感到非常后悔。

"然后呢？"

"然后就听到了白兔先生的声音：'布——'就这一声。我们等了半天，白兔先生也没出来，最后我们就推门进去，发现里面没人，桌子上只有个空箱子。"

"这怎么能知道箱子里是布吉姆？"爱丽丝问疯帽匠道。

"这还用问吗？要不是布吉姆，怎么解释白兔在密室里消失了？"

疯帽匠说的也有道理。从情况来看，箱子里应该就是布吉姆了。另外，这也是凶手留下的犯罪线索。

"是谁寄来的箱子？"

"不知道。"

"没写寄件人，邮差也肯送？"

"邮差？"比尔问，"有邮差吗？"

"不是邮差，那是谁送来的？"爱丽丝没搭理比尔，向玛丽安问道。

"不知道呢。白兔先生说，箱子就放在门口。"

"所以有人把布吉姆塞进了箱子，然后放到了白兔先生家门口。可怎么才能把布吉姆塞进箱子呢？"

"这简单，"三月兔出现在比尔背后，"布吉姆每天都会有三分钟变成普通蛇鲨，趁那时候把它塞进去就行了。"

"你又是从哪儿冒出来的？"

"我躲在比尔背后。这地方太小，害我很辛苦。"

"那干吗要躲啊？"

"不然怎么吓你一跳呀？"

爱丽丝决定连三月兔一并无视。

"也就是说，凶手成功实施了完美的密室杀人，并且没留下任何证据。"

"等于说没有任何物证。不过行凶手法倒很明确。"

"用布吉姆杀人很常见吗？"

"不，我是头一次听说。但要不是布吉姆，就没法解释密室杀人，除非玛丽安和比尔都在撒谎。"

"比尔不可能撒谎，毕竟撒谎需要想象力。"

"我也这么想，比尔不可能撒谎。"

"哎呀，你们在夸我吗？"

"算是在夸你，放心吧。"疯帽匠说。

"谢谢，能得到你们的夸奖，我很开心。"

"就算比尔没撒谎，也不能断定就是布吉姆吧？比尔不会故意撒谎，但它很容易被骗。"

"杀人手法要不是布吉姆，那是什么？手法有那么重要吗？"

"目前倒是不重要。"爱丽丝叹了一口气。

"所以说，重要的不是手法，而是动机。白兔死了，只有一个人会获益。"

"如果凶手的目的就是让你这么想呢？"

"这对谁有好处呢？"

"真凶啊。"

"只有真凶不是你，这个说法才成立。但没有任何证据显示真凶另有其人。还是说，你已经查明真凶了？"

"很遗憾，我对凶手依旧毫无头绪。不过，这次的案子让我明白了凶手也有弱点。"

"弱点？什么弱点？"

"还不清楚。不过，凶手宁肯冒险也要杀害白兔，这就说明，对凶手而言，杀害白兔是无法回避的选择。"

"就为了增加你的嫌疑？这个动机未免太弱了吧？"

"所以肯定还有别的理由啊。"

"那我直接问吧：是什么理由？"

"要是知道不就轻松了吗？不过我有预感，只要知道了原因，就能锁定凶手……"

"全是胡说八道。你应该知道，再有五天，如果还找不到真凶，你的脑袋就保不住了。"

"嗯，我知道。"爱丽丝平静地答道。

12

"我们就是担心会出这种事啊。"谷丸警部遗憾地说，"要是有你们的协助——"

"要是有我们的协助，李绪就不会死了？"亚理问。

"呃……"谷丸警部挠了挠头。

这里是警局的一个房间，不是审讯室，只是个类似会议室的地方。看样子警方至少没怀疑亚理。

"确实没法保证一定能救她——"

"那个男的跟我们没有任何交集。"

"目前的调查结果也是这样……"

"那么这次的事根本就不可能预防吧？难道说，只要我们协助你们，你们就会派警力二十四小时保护我们？"

"唔，有时候也会这样处理啦……"

"警部，说谎是不对的。"西中岛说，"除非有特别紧急和确定的理由，否则不可能对一般民众进行二十四小时保护。"

谷丸警部干咳了一声。

"那个男的是谁？"

"他叫武者砂久，有吸毒的前科。"

"这次也是吸毒？"

"验尸结果是阳性。"

"也就是随机杀人了？"

"表面上是。"

"也就是说其实不是。"亚理追问似的说。

"现实中没有'其实'。"

"麻烦说得明白点。"

"就是说，真相隐藏在现实背后。"

"现实背后是什么？"

"非现实。也可以说是幻想世界。"

亚理笑了。"警察也能说这种话？"

"刚才的话不是以警察身份说的，是以有相同神秘体验的同类的身份说的。"

"要是幻想中的事，普通的调查不就查不出什么来吗？"

"嗯，应该查不出什么来。"

"那调查也就没意义了吧？"

"还是有些可能性的。"

"你说还有什么可能性？"

"在幻想中查。"

"在幻想中查？你认真的吗？在幻想中查，就算查出什么也不能当证据吧？"

"嗯，没错。"

"那还有什么意义？"

"可以跟现实世界的调查做对照，从而发现真相。"

"可就算这样能找出凶手，在现实世界也没法做什么啊。"

"但也许能在幻想世界砍了他的脑袋。"

"喂，西中岛，说话注意点。"谷丸警部的脸色一变。

"这才是你们的目的？"亚理的嘴唇微微颤抖。

"目的？"谷丸警部反问。

"别装了，你们不就是想砍了凶手的脑袋吗？"

"不可能。"

"西中岛先生刚刚才说过的。"

"他说的只是幻想里，现实中的日本没有这种刑罚。"

"幻想里死去的人，现实中也会死。"

"那不是被验证的事实。"

"但经验如此。"

"幻想不是客观事实，经验什么的也不成立。"

"你难道想说，即使有人在幻想世界被砍了脑袋，导致现实世界里某人死了，这也无所谓？"

"我没这么说。"

"那你想干吗？"

"刚才就说了，我想查明真相。"

"就算调查的结果会导致某人被砍头也没关系？"

"但不查明真相，就可能继续有人遇害。"

亚理沉默了。

"如果幻想世界的杀人狂影响了现实世界，那就该按幻想世界的规则来惩罚那个杀人狂，不是吗？"

"如果能确信是真正的凶手，或许可以这么做。"

"没错。所以我们为了确定真凶，想要搜集信息。"

"很遗憾，我没有任何跟凶手有关的信息。"

"只是你们这么想吧？要是把你们知道的情况都告诉我们，说不定我们能从中发现真相，不是吗？"

"也许会发现某种真相吧。但也可能会根据我们的信息，捏造出莫须有的冤案。"

"冤案？你在说什么？"

"你们想尽快抓到凶手，对吧？"

"当然，只要是警察，都会这么想。"

"也不管是不是真凶，只要抓到个人顶罪就行了，对吧？"

"不，不是这样，我们并不想抓无辜的人顶罪。"

"那你们为什么一直咬着爱丽丝不放？"

"你刚刚提了爱丽丝。"西中岛插入对话。

糟了，不小心说漏嘴了。

"你知道谁是爱丽丝？"西中岛的眼睛闪闪发光。

"知道又怎样？"

"我们想在现实世界跟爱丽丝的本体谈谈。"

"为什么？"

"案发时爱丽丝就在附近，也许她会知道些什么。"

"她也可能只是被牵连了，其实什么都不知道。"

"即使如此，她的话还是值得一听。就像我刚才说的，也许她自己没发现，但我们说不定能从她的证词中找到蛛丝马迹。"谷丸警部露出迫不及待的神色。

亚理瞥了一眼谷丸警部的帽子，它对刑警来说稍显花哨了。"很遗憾，我认为你们很难在现实世界得到爱丽丝的证词。"

"这是爱丽丝本人的意思吗？"

"嗯，可以这么说吧。"

谷丸警部很气馁。"看来我们已经没理由再耽误你的时间了，你可以回去了。"

"那我告辞了。"亚理站起了身。

"如果你改了主意，随时可以联系我们。"

"知道了，但我想改主意的可能性极小。"

出了会议室，井森正在走廊里等她。

"你也被警察找了？"

两人向外走去。

"不算被警察找，是谷丸警部以个人名义喊我过来的。这次的案子和我没什么关系，他不能以调查的名义找我。"

"谷丸警部问了你什么？"

"没什么，只是问我对这次的案子有什么想法没有。"

"你怎么回答的？"

"我说大概是奇境之国发生的连环谋杀案中的一环。当然我也说了，在现实世界，这只是毫无关联的三起命案。"

"不过这次的案子跟其他两次的意义稍微有所不同。"

"意义不同？什么意思？"井森一脸诧异，"你是说，这是第一次，两个世界都确定发生了谋杀案？"

"也有这层意思。但我想说的是，这次的案子让情况发生了巨大改变。"

两人来到警察局外。

"什么情况？"

"这还要解释？一连串案子的凶手死了。这样一来，至少连环谋杀案就会停止。接下来只要在奇境之国找出死掉的凶手，就能证明爱丽丝无罪了。"

"等一下，一连串案子的凶手，你是说武者砂久？"

"对，就是这个名字。"

"你怎么能断定他就是凶手？"

"不是断定啊，是我亲眼看到的。是他杀了李绪。除了他，凶手还能是别人？"

"唔，也就是说，杀害田中李绪的凶手是武者砂久。"

"没错，怎么了？"

"武者砂久确实杀了田中李绪，不过他可没杀王子玉男和篠崎教授。"

"现实世界里确实不像谋杀，但在奇境之国，蛋头先生和狮鹫肯定是被谋害的。"

"没错，尽管现实世界里看起来是武者砂久杀了田中李绪，但在奇境之国很可能是跟他没关系的人杀了白兔。"

亚理停住脚步。"这……可也不能说武者不是凶手吧？"

"当然，不能完全排除武者是凶手的可能性。但是之前的两起案子，现实世界里凶手并没有直接向被害人下手。只有这次，凶手在现实世界杀了人，这有点奇怪吧？"

"如果武者不是凶手，那他到底是谁？"

"他只不过是凶器，相当于害死篠崎教授的牡蛎。武者砂久是蛇鲨。"

"换句话说，凶手还活着？"

"是的。"

"那调查还是没结束啊。"

"是啊。我也私下调查过王子博士和篠崎教授身边的人。"井森拿出了笔记本。

"你也查过李绪身边的人吗？"

"昨天刚发生的案子，还没顾上呢……根据调查，篠崎研究室有一个人行动很诡异。"

"谁？"

"田畑助教。"

"他怎么诡异了？"

"比如一个人喃喃自语，在洗手间洗手洗几个小时，在没人的研究室里大闹……"

"既然没人，怎么知道他大闹了？"

"回研究室的人偶然看到的。据说一发现有人，他就安静了。"

"什么意思？"

"这表示他的精神压力很大。"

"谁给他的压力呢？"

"这就是我接下来要查的。"

"那咱们可以去问广山副教授。公爵夫人在奇境之国想帮爱丽丝来着，她是咱们这边的。"

"你是说她反对王后任命疯帽匠做搜查官的事吧？她好像确实没有恶意。好，咱们马上去篠崎研究室。"

"广山老师！"井森喊她时，广山副教授正在研究室里抱头苦思。

"啊？你们是谁？"

"井森和栗栖川，前几天刚跟您说过话的。"

"有这事？"

"奇境之国，公爵夫人，狮鹫，渡渡鸟。"亚理像念咒一样低语。

"啊，哦，奇境之国的人，"广山副教授摘下眼镜，"你是渡渡鸟？"

"我是比尔，渡渡鸟是田畑。"

"对对，田畑是渡渡鸟。"

"前几天真的很感谢您。"亚理说。

"前几天？什么事？"

"您建议王后别让怀疑爱丽丝的疯帽匠做搜查官。"

"啊，那个事啊，真遗憾，没帮上忙。唉，已经决定的事，我也没办法。总觉得她就是想让疯帽匠逮捕爱丽丝。"

"您说王后？"井森问。

"是啊。"

"您知道王后为什么想逮捕爱丽丝吗？"

"不知道，反正她随时都想砍别人的脑袋。"

"我直说吧，有没有可能王后是连环谋杀案的凶手？"

"啊？真的吗？"亚理大吃一惊。

"我没有明确的证据，不过至少这可以解释她为什么一定要陷害爱丽丝。"

"唔……你等等，我想想，"广山副教授按着太阳穴闭上眼睛，"不，不对，她有不在场证据。"

"不在场证据？"

"蛋头先生遇害时，还有狮鹫遇害时，她都跟公爵夫人——也就是我，在一起玩槌球。"

"你们每天都在玩槌球吗？"井森目瞪口呆。

"我并不是很喜欢，但她想玩，没办法。"

"以防万一，我还想问问白兔被杀时她有没有不在场证据。"井森说。

广山副教授一脸震惊地看着两人。

"您想起来了？"

"啊？！"广山副教授叫了起来。

"您想到什么了？"

"不是，你说谁被杀了？"

"白兔。您不知道？"

"啊，我不知道啊。什么时候的事？"

"昨天。奇境之国里也有很多人在议论。"

"为什么我没听说？"

"疯帽匠没报告吗？"

"可能向王后报告了吧，但没向我报告。谁杀的？"

"严格来讲，是不是被杀还不好说。它遇到了布吉姆。"

"唔，这样啊。它是个好伙计，真遗憾。"

"有那么好吗？李绪学姐确实很好，但变成白兔时好像就不好了。"亚理说。

"李绪是谁？"广山副教授问。

"白兔在现实世界的本体。"

"它也在两个世界里啊。它是个挺好的家伙，前几天还说要给比尔开惊喜派对呢。"

"啊？"井森说。

"嗯？你还不知道？"

"嗯。"

"这么说来，李绪学姐也说过这事，不过我还以为是说现实世界呢。"亚理说。

"你是说她把奇境之国的事不加区别地带进了现实世界？"

"以为那边是梦的时候，并不会这样。"井森说，"正因为现在出现了谋杀这种紧急情况，咱们才不得不尽力回想那个世界，但平时基本都不会意识到吧。不过李绪好像能强烈感到自己是白兔。化身和本体间的同步性，可能有很大的个体差异。"

"不管怎样，谢谢你们告诉我白兔的事。到了那边，我得喊玛丽安来讨论对策……不过这可以等去了那边再考虑。眼下现实世界的事已经够忙了……"

"我可以再问一个问题吗？"

"嗯，不过我的时间不多，简短点。"

"是关于田畑先生的。"

"田畑？哦，他是谁来着？三月兔？"

"渡渡鸟。"

"哦，是渡渡鸟啊。田畑怎么了？"

"听说他最近有点怪。"

"是啊。这么一说，他确实看起来很累的样子。"

"好像还有些奇怪的行为。"

"奇怪的行为？哦，自言自语啊，做夸张的体操啊，好像是挺怪的。"

"您知道原因吗？"

"不是说了吗？太累了吧。"

"他为什么累呢？"

"因为研究太忙呗。"

"大家都做研究，为什么只有田畑先生特别忙呢？"

"为什么呢？"广山副教授想了想，"这个嘛，因为他的杂事很多吧。"

"杂事？"

"杂事这个说法不好，应该叫辅助研究任务。撰写给政府的申请书啦，制作学术会议发表用的资料啦，编写技师和学生读的实验操作流程啦，安装紧急出口标志啦，整理药品和材料清单啦，统一设置研究室成员的电脑啦，安装杀毒软件啦，管理内存啦，夜间来检查连续工作的设备啦……"

"这些都是必要的吗？"

"嗯，都是必要的。"

"我们实验室好像只做第一项。"亚理疑惑地说。

"唔，我们研究室可能确实事有点多。但应该本来就是必要的。"

"为什么篠崎研究室事这么多？"井森问。

"我想大概是因为篠崎教授特别认真吧。"

"我觉得这已经不只是认真，而是有点神经质了。总务处安装的紧急出口标志应该就够用了。电脑设置也没必要统一，杀毒软件就算研究室不装，信息处也会负责。连续工作的设备应该都经过审核，没必要夜间确认。另外……"

"就是以防万一吧？比规定做得多不是更安全吗？"

"就算是这样，为什么都集中在田畑先生身上呢？"

"说的也是，为什么呢？"

"篠崎教授没让您处理过这些杂务吗？"

"多少也有一些。"

"跟田畑先生比呢？"

"这个嘛，可能田畑的活儿更多吧。也可能只是因为他干得慢，活儿就攒起来了。"

"田畑先生干得慢吗？"

"他的理解能力不太行，出点问题就会恶性循环，活儿就越攒越多了。"

"也就是说，篠崎研究室的杂务本来就多，再加上田畑先生理解力不强，所以他的负担很重？"

"多是多，但也不是特别多。"

"田畑先生的事做不完，篠崎教授也清楚吗？"

"谁知道呢。不过我跟田畑每天都有报告会，我想他应该知道吧。"

"报告会每天都开？"

"嗯，我认为要掌握工作内容，这是必要的。尤其田畑的理解能力不行，所以得每天管理工作内容才可以。"

"报告会本身不会加重负担吗？"

"这个怎么说呢，其实会议资料也就十张PPT吧。"

"为了每天的报告会，还要做PPT？"

"是有点麻烦啦，但要掌握工作内容，比起各种零散文件，还是用PPT整理出来效率更高啊。"

"可能对篠崎教授来说是这样吧，但这增加了田畑先生的负担吧？"

"站在田畑的角度大概是吧。但从整个研究室的角度考虑，我认为篠崎教授的效率优先是合理安排。"

"篠崎教授明知田畑先生的负担很重，还是把更多任务集中到了田畑先生身上啊。"

"你想说什么？难道想说篠崎教授不对？"

"我不知道具体情况，不好乱说，不过根据情况，这可能算得上职场霸凌了。"

"事到如今你们还想投诉篠崎教授？！"广山副教授目瞪口呆。

"我们没这个打算，况且也没这个权力。"

"也是。你们不会这么做的。"

"我关心的是，田畑先生会不会对篠崎教授心存怨恨。"

"怨恨？助教怨恨教授？怎么可能……"

"不可能？"

"嗯。教授的安排就相当于一般企业里的工作命令，任何情况下都得遵守，这是常识。这怎么会怨恨……"

"一般企业里职场霸凌都会引发问题，大学也一样。"

"假设万一他有怨恨，那又怎样？"

"田畑先生不就有充分动机杀害篠崎教授了吗？"

"篠崎教授不是被害的，他是病死的。"

"现实世界是这样，但奇境之国与现实世界的死亡是相互联系的。"

"你是说，渡渡鸟杀了狮鹫？"

"这只是猜测。假设田畑先生非常怨恨篠崎教授，甚至想杀他，但他一直压抑着自己的情绪。在这种情况下，如果他发现现实世界跟奇境之国的死亡相互关联，他会怎样？"

"在奇境之国杀害狮鹫并不等于在现实世界杀人，但篠崎教授会死。这可以说是一种完美犯罪了。"

井森点了点头。"不过也不是完全没风险。奇境之国虽然没有现实世界这么完备，但也有法院，也会审判罪行。"

"但是那边的人跟动物要么很蠢，要么很疯，可能还是比在这边杀人方便。"

"那怎么办啊？也没法逮捕田畑先生啊，毕竟他只是在梦里杀了人。"亚理说。

"没错。不管这个假设是对是错，总之在这个世界，田畑先生没杀过人。但是，如果把他杀人的证据提交给奇境之国的搜查官呢？"

"王后一旦知道，就会砍掉渡渡鸟的头吧。然后田畑先生身上也会发生什么事。你想让田畑先生死吗？"

"不，我不想。只是如果找不到凶手，栗栖川小姐就会有大麻烦了。"

"那个，说到我……"亚理插话说。

"对哦，爱丽丝是嫌疑人，"广山副教授点点头，"你想帮她。"

"我并不想让凶手死，我只是想救她的命。"

"但结果总要有人死，并且原因还是化身而非自己犯下的杀人罪行。"

"如果可以，我想切断两个世界间的死亡关联。但鉴于目前一点头绪都摸不到，只能退而求其次，想办法把真凶揪出来。"

"你就是栗栖川吧？你也同意这样吗？"

"嗯，我也认为先要找出真凶，然后再想办法说服法庭和王后，不要执行死刑。"

"说得真好听。"

"啊？"

"反正就是先确保自身安全，然后再假装同情凶手呗。"

"话不能这么说吧？"井森抗议道，"难道她就该死吗？"

"我可没说让她牺牲自己，我只是说要说真话。只要自己能活命，凶手死了也没关系，不过稍微表示点怜悯也行，就这个意思呗？"

"太赤裸裸了。"

"但这就是真话……我知道啦。我也不希望真凶逍遥法外，爱丽丝被判死刑，我会尽力协助你们的。"

"那我们就从渡渡鸟和田畑先生两方面下手吧。"

"什么意思？"

"就是在两个世界盘问田畑／渡渡鸟。从两个世界夹击，容易找到他的破绽。"

"真是下作的手段。"

"现在没时间讲绅士风度。对了，我们最好在现实世界和奇境之国分头行动。"

"公爵夫人跟渡渡鸟没有交集，那我去对付田畑吧。"

"那我们就去奇境之国盘问渡渡鸟。两天后报告，行吗？"

"可以。不知为什么，我有点小兴奋呢。"

13

乱七八糟的东西堆满了眼前。

这些到底是什么啊？爱丽丝感觉烦透了。

乱七八糟的餐具和点心，而且都脏得要命。这也没办法。毕竟开了这么多年茶会，而且一点结束的迹象都没有，所以谁都不来收拾点心，也不洗餐具。只要茶会继续开，点心和茶就会继续送过来。到底是谁送来的？应该是什么人送来的吧？爱丽丝瞪大眼睛想看看到底是谁送来的，但稍微走个神，点心和茶就放上来了。有一回她打了个喷嚏，眨眼的工夫又放上来了。既然能送得这么快，那收拾应该也很快啊。可送来的人似乎完全没心思收拾。

桌上早就没地方放了。所以餐具堆餐具，点心摞点心，茶杯叠茶杯。蛋糕被茶杯压得稀烂，茶水漫在桌上，当然还是没人收拾。桌上到处都是积水，而且一点点扩散，连成更大的一片，最后变成小池塘和小湖，里面还有鱼游来游去，也不知从哪儿来的，还有水鸟飞下来捉鱼，它们带来的种子生根发芽，长得到处都是水草。爱丽丝不得不拨开水草，寻找饼干。

"可为什么这片湖没从桌子上洒出来呢？"爱丽丝终于忍不住发问。

"这是因为我很小心。"疯帽匠说。

"只要小心，水就不会洒？"

"当然。比方说，你看这儿吧。水是不是眼看着就要从桌子边上漫出来了？"

"嗯，再过两三秒肯定会漫出来。"

"这时候我就这样把桌布稍微抬起来一点。你看，这儿就有了个小凸起，对吧？"

"嗯，是凸出来一点。"

"这就成了水坝，挡住了水。"

"可这坚持不了多久啊。"

"不不不，你要知道我的手艺就不会这么说了。"疯帽匠手动如飞，用桌布做了好几个凸起，把水挡住，形成了一个大湾口。

啊，以前我溺水的那片海，就是这儿吧？

"好了，你来茶会有什么事吗？"

"你没邀请我吗？"

"像你这么没礼貌的人，怎么可能被邀请？"

"我那么没礼貌吗？"

"没被邀请就大摇大摆跑来参加茶会，当然很没礼貌。"

原来如此。好像有道理，但又总觉得哪里怪怪的。不过最好还是别跟脑子有问题的人争论了。

"渡渡鸟在这儿吗？"

"它从刚才开始就一直在那儿跑来跑去，好像是要把身子吹干。"

"不愧是渡渡鸟，"三月兔咯咯笑了起来，"跑得真欢。"

"它为什么湿了呢？"

"它掉进湖里了，惹了好大的乱子呢。"

"这得怪你吧，疯帽匠？"

"湖的事为什么要怪我？"

"因为是这桌子上的湖吧？"

"桌子上有湖？哪有这么疯狂的事！"

"可现在——"

"桌子上有湖？哪有这种噩梦一样的事！"三月兔套着救生圈浮在桌布上的湖里说。

爱丽丝决定无视它们。

"喂，渡渡鸟先生。"爱丽丝朝渡渡鸟叫道。

"渡渡鸟？你发现了已经灭绝的鸟？！"渡渡鸟左右张望着说。

"渡渡鸟灭绝是发生在地球上，"爱丽丝说，"在奇境之国里，它活得好好的。"

"但它在缓慢地朝死亡前进吧？"

"你爱这么想就这么想吧。"

"那，渡渡鸟在哪儿呢？"

"如果你认真回答我的问题，我就告诉你。"

"喂，小心！"三月兔朝渡渡鸟叫道，"你要被骗了哟！"

"哎？哪儿有人要被骗了？"渡渡鸟东张西望。

"不是人啦。"爱丽丝说。

"那是妖怪？"

"是鸟啦。"

"鸟要被骗了！"渡渡鸟瞪起眼睛，"那我可要见识见识。"

"你为什么想看鸟被骗呢？"

"难道你见过这么蠢的鸟吗？"

"大概见过吧。"爱丽丝看着渡渡鸟说。

"那，它是什么种类的鸟？"

"渡渡鸟。"

"哎呀，真没劲。"渡渡鸟像是突然没了兴趣。

"为什么没劲？那可是渡渡鸟啊。"

"我知道啊。"

"你不想看渡渡鸟被骗吗？"

"嗯，因为渡渡鸟嘛，本来就傻，它被骗不值得看。"

"你怎么知道它傻？"

"如果不傻，怎么会灭绝呢？"

"说的有点道理，但灭绝的是地球上的渡渡鸟，可不是奇境之国的渡渡鸟。"

"那，这个世界的渡渡鸟很聪明，跟地球的渡渡鸟不一样咯？"渡渡鸟问爱丽丝。

"这个嘛，"爱丽丝看着渡渡鸟说，"我不觉得这个世界的渡渡鸟特别聪明。"

"看吧，我就知道。真是浪费时间。"渡渡鸟猛地转过头去。

"那就忘了渡渡鸟，听我说几句好吗？"

"啊，我现在有空，话不多就行。"

"喂，小心！"三月兔朝渡渡鸟叫道，"你要被骗了哟！"

"哎？哪儿有人要被骗了？"渡渡鸟东张西望。

"别把兔子的话都当真啊。"

"这有点过分了吧？"三月兔抗议说。

"是啊，伤害了所有兔子。"

"快道歉！"

"好啦。别把三月兔的话都当真啊。"

"对对，这样限制了对象就没问题了。"三月兔接受了。

"三月兔的话我一开始就没当真。"渡渡鸟说，"谢谢你，还挺有趣的，再见啦。"渡渡鸟转身又要跑开。

"等下，我要说的不是这个。"

"怎么？还有？难道要说渡渡鸟？"

"是说田畑助教。"

渡渡鸟愣住了。

"田畑助教，你知道的吧？"

"我知道啊，但是你怎么会知道？"

"因为我也在地球上。"

"这样啊。我想起来了。好像的确在梦里见过，你在地球上……"

爱丽丝瞥了一眼疯帽匠和三月兔的方向，两人好像都没在看爱丽丝他们，还是别让他们俩知道比较好。

"这事以后再说吧。"

"哦，好吧。那你现在要说什么？"

"狮鹫。"

"狮鹫？前不久刚死的？抱歉，我不太了解它，我跟它不熟。"

"但在地球上你跟他挺熟的吧？"

"啊？谁啊？"

"篠崎教授。"

"谁？"

"你以前的上司。"

"啊，好像是这个名字。"

"你连自己上司的名字都不记得？"

"梦里的人名谁会认真记啊？"

"唔，说的也是。"

"啊？你想喝锡兰茶[1]？"三月兔插话说。

爱丽丝没理它。"那你对狮鹫怎么看？"

"我说了我不太了解狮鹫。"

"不是狮鹫。就篠崎教授呢？"

"我没见过篠崎教授。"

"田畑先生见过吧？"

"嗯，但我觉得我不是田畑。"

"你记得田畑先生的想法和经历，对吧？"

"嗯，但我总觉得不是我的事。"

"似乎地球自我和奇境之国自我间的同步程度是因人而异的。根据情况，有人觉得几乎就是自己，也有人只能从第三者的角度看。你属于后一种。那么，田畑先生怎么看篠崎教授呢？"

"你问怎么看……"

"他被安排了好多工作，是不是很郁闷？"

1.日语里的"锡兰茶"和"正论（说的也是）"发音相似。

"哎呀，这怎么说呢……"

"请实话实说。"

"干吗呀，这是审讯吗？"

"审讯？"疯帽匠叫了起来，"审讯是我负责的，不要随便抢别人的活儿！"

"到底怎么回事呀？"渡渡鸟问。

"那个女的想害你。"三月兔说。

"'害我'是什么意思？"

"就是'害你'啦。"

"真的吗，爱丽丝？"渡渡鸟问向爱丽丝。

"我没想害你，我只是想查一些关于你——田畑助教的事。"

"你觉得田畑助教是凶手？"

"我没觉得他是凶手。只是因为他可能有杀人动机，所以我想确认一下。"

"那不就是在怀疑吗？"

"不是怀疑，只是分析各种可能性。"

"如果一点都不怀疑，你根本不会想查他吧？"

"说的好，渡渡鸟。"三月兔兴高采烈地说。

"这个……"爱丽丝欲言又止。

"怎么了，爱丽丝？"渡渡鸟追问道。

"你应该实话实说呀，爱丽丝。"比尔不知何时站到了一旁，"我们不说实话，对方也不会回答实话呀。"

"也对……这么说吧，我还没完全排除田畑助教是凶手的可能性。"

"说得这么拐弯抹角，总归还是怀疑我。"渡渡鸟很受打击。

"我得到消息，田畑助教可能对篠崎教授怀恨在心。希望你能理解。"

"田畑不可能动手的吧？"

"嗯，因为是在这边的世界实际动手的。"

"也就是说，你想说，是我杀了狮鹫，对吧？"

"我只是在说可能性，希望你理解。"

"也就是说，这个女的带着立场问话。"疯帽匠说，"实在不能原谅。"

"那我什么都不会再说了。"渡渡鸟很不高兴。

"如果你不是凶手，你只要解释清楚，以后我都不会再怀疑你了呀。"

"你说'如果'？'如果你不是凶手'？我不是凶手明明是真的，为什么你说得好像假设一样？"

"你看，信这家伙就会倒霉吧？"三月兔煽风点火。

"三月兔先生只是用了夸张的说法，问问情况又没什么的啦。只要告诉我实情，调查就能取得进展，我也就不会再——"

"够了。我很忙的。"渡渡鸟猛地转头。

"渡渡鸟先生！"

但是渡渡鸟不再搭理爱丽丝，开始原地打转跑起来。

"喂，喂。"爱丽丝不死心，还在喊它。

"应该没办法了。"比尔说。

"可是好不容易有了线索……"

"谁被怀疑都会不高兴，这点你最清楚了吧。"

"可这样就没法调查了。"

"所以才会有搜查官这种职位啊。侦探很难完成犯罪调查，很大的一个原因就是得不到普通市民的协助。"

"你现在是不是有点井森上身了？"

"上身了吧，或者说我在尝试叫他出来，不过不大顺利就是。"

"你为什么要这么做啊？"

"我感觉好像发现了一个和真凶有关的重要信息。"

"真的？什么情况？"

"不知道。"

"啊？你说什么呢？你不是发现了吗？"

"所以我说好像发现了啊。"

"不懂你在说什么，到底是发现了还是没发现？"

"反正就是很模糊呀。"

"我越来越搞不懂了。"

"就是说，井森正在心底大叫：'我明白了！'"

"他明白了什么？"

"有个人把凶手偶然知道的事说出来了。"

"谁说的？偶然知道的事又是什么？"

"这就要问井森了。总之是关乎真凶的大事。"

"你怎么会不知道呢？你跟井森是同一个人啊。"

"虽然已经事到如今，但我觉得我们并不是同一个人，只是连在一起。"

"但不是连在一起吗？"

"是连在一起啊。"

"那你问问凶手是谁啊。"

"我存在时，井森只能微弱存在，所以他没法把自己的想法清晰地传达给我。"

"真叫人急得牙痒痒的。那可怎么办呀？"

"我认为，如果我变成井森时只管用力去记推理结果，应该还是能记住的。当然复杂的推理过程就不太可能了。或者你直接问井森也行。"

"我？"

"准确来说是栗栖川亚理。井森最近跟你很亲密吧？"

"看来还是有些误会呀。"

"至少井森是这么认为的。"

"这是井森心里的秘密吧？要是回头井森想起你刚才说的话，肯定会极其后悔的。"

"不能说吗？"

"不是啦，没关系的。毕竟亚理也隐隐感觉到了。"

"但还是有点误会？"

"嗯，有点误会。"

"不光是我，井森也误会了？"

"唔，应该吧。"

"那井森会沮丧吗？"

"这个嘛……不说这个了。你现在能从意识深处想办法把关于真凶的推理挖出来吗？"

"要能这么简单还费什么劲呢。"

"可真的没时间了啊，不能继续在奇境之国和地球间来回跑了。你加把劲嘛，我现在就想知道凶手是谁。"

"就算你这么说……"比尔一脸为难。

"抱歉打扰了。"玛丽安不知什么时候走了过来，"我有一条信息要转告比尔，现在方便吗？"

"啊，你请。"爱丽丝退后一步。

"谁给我的信息？"比尔不安地问。

"公爵夫人。"

"啊，公爵夫人没问题，她是我们这边的。"

"她还有不在场证据。"爱丽丝说。

"要是只在意有没有不在场证据，没人会跟你在一起啦。"

"啊，对不起。说到底，只有你、王后还有公爵夫人有充分的不在场证据，所以不在场证据的确没太大意义。"

"我？"

"狮鹫遇害时，你跟我在一起。"

"是吗？"

"嗯，不过这事不用在意啦。"

"好吧。是什么信息呢？"

玛丽安递给比尔一张纸。

"这张纸是干吗用的？擦鼻涕？还是擦屁股？"

"上面写着公爵夫人给你的信息啦。"

"读读看上面写了什么吧。"

"啊？可以吗？"

"这么长的文章，我读不来呀。"

"你都读了研究生呀！"爱丽丝目瞪口呆。

"那是井森吧？我只是只蜥蜴，能认字就该被表扬了。"

"这……好吧，那我读了。"玛丽安摊开了纸。

"'亲爱的比尔：关于那件事，我有些话要告诉你，请务必立刻独自赶赴公爵府后院的储藏室。公爵夫人。'"

"'赶赴'是什么意思？"比尔问。

"就是让你马上过去。"

"是不是找到了关于真凶的线索？"

"那我也去。"爱丽丝说。

"这就算了吧？"

"为什么？"

"上面写了'务必独自'。"

"要严格遵守吗？我一起去不行吗？"

"你认为公爵夫人想不到你可能会跟去吗？"

"唔，也是。"

"也就是说，意思就是不要带爱丽丝过去。"

"为什么呀？"爱丽丝不高兴地说。

"会不会有些事你知道了反而不好？比如只有凶手才会知道的情况之类的。"

"那我装不知道不就好了。"

"可能会不小心说漏嘴呀。要是一开始就不知道，也就没有这种风险了。也可能是一起行动本身就不大好。"

"什么意思？"

"凶手那边肯定也在观察我们的行动。你、我、公爵夫人都聚在一个地方，说不定会有危险。"

"你说的也有道理。"

"一旦有线索就马上联系。要么是我联系你，要么是井森联系栗栖川亚理。"

"好吧，那你记得尽快联系我。"

望着比尔摇摇晃晃的背影，爱丽丝莫名感到一丝不安。

14

"广山老师！"亚理在车站前看到广山副教授，朝她挥了挥手。

她面前站着两名初中男生，二人的衣服相当破旧，看起来不像会跟她扯上关系的人。他们正从广山副教授手里接过钞票。

初中生朝亚理这边看了一眼，往地上吐了一口唾沫就离开了。

"得救了。"广山副教授跑到亚理身边，如释重负地说。

"出什么事了吗？"

两人朝大学走去。

"他们突然找上我，说想活命就给钱。"

"您给钱了？"

"我不想受伤，更不想被杀。毕竟我没能力反击，也没机会呼救。"

"不过他们好像看到我就跑了。"

"不如说是目的达到了所以跑了吧。最近抢劫的都这么直接了吗？"

"一般不是都说借钱吗？"亚理想了想，"'想活命'这说法让人有点担心。"

"什么意思？"

"说不定跟最近的连环谋杀案有关。"

"不会吧？只是巧合啦。再说现实世界里只有一场谋杀案啊。"

"他们未必和真凶有关，也可能是个警告。"

"你是不是想太多了？要是那种威胁，就不会要钱了。"

"也许是掩饰。"

"一旦起疑，就会没完没了。总之这事我会报警的。要是他们被捕——被劳教的话，也许咱们能知道些什么。"

"谁知道呢。他们是未成年人,我想信息基本上不会透漏给被害者吧。"亚理焦躁地说,"对了,田畑先生怎么样?"

"田畑先生?怎么了?"

"我们直接问过它了。"

"问田畑?"

"是渡渡鸟,爱丽丝问的。"

"说'凶手就是你'?"

"怎么可能?只是问了它怎么看篠崎教授。"

"那它怎么回答的?"

"基本上没回答。"

"当然了。这么直接问动机,人家难免觉得你怀疑它是凶手。"

"爱丽丝只是当成调查的一环问了一下。"

"她对渡渡鸟也是这么解释的?"

"嗯,解释了半天呢。"

"但对方还是没有回答。"

"你知道?"

"这不是正常反应吗?"

"这可糟了。为了获得靠谱的证词,我是不是该道个歉啊?"

"不管你说什么,我觉得都是反效果,只会让人更抗拒。"

"是吗?好吧,这事我先跟井森商量一下吧。"

"啊?"广山副教授轻轻叫了一声。

"怎么了?"

"你还没听说井森的事?"

亚理有种不祥的预感。如果可以,她真的不想听接下来的话。但她又不能不听。

"嗯，没听说，井森出什么事了？"

"虽然比尔是什么情况还有待确认，但至少在这个现实世界里是出了意外。"

"怎么回事？"亚理的身体在发抖。

"我也知道得不太详细，只是听说井森出了意外。"

"您是听谁说的？"

"就是田畑。"

"他怎么知道的？"

"因为我们谈过了。"刚到大学门口，背后就传来了熟悉的声音。

亚理回头，后面是谷丸警部和西中岛巡查。

"井森受的伤很重？"

"嗯，很重。"西中岛说。

"不过没有生命危险，是吧？"

"你听谁说的？"

"没听谁说，只是这么觉得。"

"根据呢？"

"没有根据，只是这么觉得。"

"是吗？"西中岛挠了挠头，"警部要问她什么吗？"

"在我问话之前，你应该先认真回答她的问题吧？"

"是啊，这么说也对。"西中岛看着亚理正要说什么，突然又闭上了嘴。

"怎么了，西中岛？"

"不行，"西中岛一脸哭相，"我不行。"

"那我来说吧。"谷丸警部露出一脸放弃的表情，"在此之前，我能问你一个问题吗？"

"在回答我的问题前,你到底打算问几个问题?"

"基本就一个。如果产生了疑问,可能会追加,不过先回答这个吧:你跟井森是未婚夫妻、恋人或者类似的关系吗?"

亚理想了一会儿,摇了摇头:"不,都不是。"

"就是说,你们只是朋友?"

"更准确地说,是比熟人近点,但还不算朋友。"

"换言之,不管他遇到什么,你都不会在意吧?"

"熟人朋友遇到坏事,担心不是很自然的吗?说这么多到底想干吗?"亚理开始不耐烦了。

"果然还是不能直接让她看那个。"警部自言自语地说。

"嗯,是啊。"西中岛表示赞同,"要么看照片?"

谷丸警部默默点了点头。

西中岛从口袋里取出照片。"发现的时候大概是这个样子。"

一开始亚理没看出是什么,感觉像是某种穿着衣服的红色怪东西。仔细一看,红色东西有点凹凸不平。要是按灵异照片的法则,"有三个孔就该看作人脸",这东西看起来也有点像人脸。不,应该说很像。这么说来,这堆乱七八糟的东西很像牙,这片稀稀拉拉的灰尘很像头发的残骸。不过这些都需要相当大的想象力。仅仅一瞥,只能让人想到小孩子用红黏土捏的怪兽。

"这是什么东西?"

"果然不解释还是看不懂啊。"西中岛遗憾地说。

"当然了,突然把这玩意拿给人看,估计没几个知道是什么。"谷丸警部说,"解释一下吧,西中岛。"

"唔……"西中岛遥望远处说道,"这张照片上的衣服你有印象吗?"

亚理看了看，不记得自己见过这么红的衣服。

"我没有这么红的衣服。"

"这不是你的衣服，也不是红衣服。"

"那是什么？"

"这是井森的蓝衣服啦。"

"我没听懂你说的话。"

"不，我的话很简单。'这，是，井森的，蓝衣服，啦。'拆开只有五个词，最后的'啦'基本上没有意义。"

"我不是说你这句话很难。"

"那是什么难？"

"理解照片和你的话之间的关系，这件事很难。这是红的吧？"

"嗯，是红的。"

"所以是红衣服呀。"

"唔，这时候可能已经是红衣服了吧，但本来是蓝的。"

"那是染成红色的吗？"

"对！没错！染成红色的！"

"红色又怎样……"亚理突然反应过来，"是血？"

"是血。"

"谁的血？啊，不，我……"

"是井森的血。"

"啊啊啊——"亚理不禁沮丧地喊了起来。

他果然受了很重的伤。

"那井森怎么样了啊？"

西中岛有点为难地用食指挠了挠鼻尖，然后点了点照片上的红块。

"这些红黏土怎么了？"

"唉，这可不是黏土。"

"那是什么！别东拉西扯了！快说实话！"

"是脸。"

"啊？"

"这是脸。"

"红黏土做的脸？"

"我说了不是红黏土。"

"那是什么？"

"主要是烂肌肉，还有脂肪渣……这部分是软骨，这是牙，这大概是部分脑子吧。"

"这是红黏土做的脸？"

"我说了不是红黏土。"

那，它是什么？不，不用说了。

"这是井森。准确地说，这曾经是井森的脸。"

"曾经是……脸？！"

"因为皮眼肉都只剩了一半，已经不能算脸了吧。眼睛鼻子都没了，表情都没法做了。"

"这是……开玩笑吧……"

"我们不会开这么恶劣的玩笑。"

啊！亚理想大叫，却发不出声音，只能呼哧呼哧地喘着气。她双腿发软，一屁股坐在了地上。

"嗯，这个……就尸体来说，确实很惨。"

"尸体？"亚理琢磨着自己说的词是什么意思。谁的尸体？

"对，已经是尸体了，幸好。"

"幸好？"谁幸好？

"是啊。与其这样活着，还不如变成尸体好点。"

亚理从西中岛手里抢过照片。红黏土慢慢变形，成了一张可怕的人脸。皮掉了，肉裂了，眼睛没了，鼻腔外露，甚至能看见鼻窦。眼窝和鼻腔间的骨头开了个大洞，露出组织。呕。亚理听到了恶心的声音。

"哎呀，小心点。"

"啊？"

"别弄脏了照片。"

啊，原来我吐了。为什么呢？我病了吗？

"抱歉……"亚理捂住了嘴。

有东西从指缝间滑了出来。

"警部，怎么办？她都吐成这样了。"

"嗯，确实太刺激了。我以为她很坚强呢，看来还是太过了。"

过了？对啊，我是看到井森的尸体才感到难受，不是病了。可为什么我吐了自己却不知道呢？一定是因为太可怕了，我的意识拒绝明白。可我的潜意识已经明白了，并且做出了反应。

那该怎么办？继续拒绝明白？不行。因为我已经明白了。

"没事……呕……"

"你这可不是没事啊，还在吐呢。"西中岛惊讶地说。

"吐一会儿就没东西了……"

"是啊，都只剩胃液了。"

"到底怎么……回事……是被害？"

"不，是意外。至少这个世界里是意外。"

"那边……呢？"

"还不知道，明早醒了大概就会知道了吧。"

"到底……是什么意外？"

"唉，确实没东西了，只剩呕吐反应了。"

"……告诉我。"

"应该是醉了。"西中岛从口袋里取出纸巾，开始擦照片，"他喝得酩酊大醉，在街头睡着了。"

"有目击者？"

"不，是根据现场情况推测的。另外，他在梦中吐了……和你刚才的情况差不多。"

"所以是窒息而死？但是窒息不会变成这样吧……"

"这不是窒息导致的。井森虽然喝得烂醉，但没有窒息。"

"那，怎么会这样？"

"因为野狗。"

"啊？"

"近年来的确少见，但也不是完全没有，昨天收容所似乎就收留了一只呢。"

"收留？"

"唔，说是收留，但找不到饲主就会被安乐死。"西中岛看了看记事本，"总之，收容所发现那狗身上全是血，就报了警。狗没受伤，身上却有血，于是他们就猜是不是有谁被狗咬了，之后就发现了井森。"

"他被狗袭击了？"

"也不算袭击吧，就是呕吐物的味儿引得狗过来啃了，就是井森的脸。"

"那也不可能……默默看着狗啃自己的脸吧？"

“理是这个理。但遗憾的是，井森当时喝得烂醉，他可能也发现了狗在啃他的脸，但失血和休克让他失去了意识。”

“是谋杀吗？”

“是意外。”

“还有这种意外？”

“如果你问有没有这种意外，答案是‘有’。眼前这个就是。”

“这是谋杀。”

“不，是意外。”

“有证据证明这是意外吗？”

“只要没有谋杀或自杀的证据，那就是意外。”

“我没法接受。”

“这就难办了。不过我们也不需要你接受。”

“我也认为这场意外很怪。”广山副教授说。

“您是？”谷丸警部问。

“我是广山，大学副教授。”

“广山老师……前几天好像在哪儿听过这个名字。”

“我是篠崎研究室的人。”

“啊，那位食物中毒死去的——”

“那也是谋杀。”

“这可就不能听听而已了。这是真的吗？”

“嗯，是真的。”

“您有什么证据吗？”

“嗯，我听栗栖川说的。”

“栗栖川小姐，你有什么证据吗？”

“没有证据。”

"那就是单纯推测了？"

"不是单纯推测，是事实。"

"这就难办了。"

"别装了，你们也清楚的吧？"

"假设是清楚了。"

"这不是假设。"

"你是想说就算没有客观证据，你也有实际的亲身经历？"

"嗯，是的。"

"但这只是主观想法。"

"这种现象没法给出客观解释，所以也没办法啊。"

"但是没有证据，警方是不会出动的。"

"你是想说你们不会帮忙？"

"我没那么说。只是按目前的情况，要保护你们很难。"

"那怎么办？你想让我乖乖等死吗！"亚理不由得提高了声音。

"你也被盯上了？"

"她的情况有点不一样。"广山副教授说。

"什么情况？"

亚理对广山副教授摇摇头，但广山副教授好像没注意到。

"嗯，我想大概不会直接盯上她，但照这样下去她还是会死。"

"什么意思？难道——"

"我懂了！"西中岛叫起来，"她是爱丽丝，谋杀案嫌疑人。"

"原来如此。"谷丸警部的眼睛一亮。

"可以问你个问题吗？"西中岛说，"你真的不是凶手吗？"

"我才不是凶手。"

"但从物证看，你的嫌疑最大。蛋头先生遇害时有目击者，后来的谋杀案里你也没有不在场证据。然后还有白兔和比尔，这两位都和你走得很近，它们很可能是和你一起行动时发现了什么。"

"也就是说，白兔和比尔发现了对她不利的证据，所以被害了？"

"你说得好像栗栖川小姐就是凶手一样。"西中岛不满地说。

"不对，明明是你一直这么说的啊。"

"我说什么了？"

"你说得好像栗栖川小姐就是凶手一样。栗栖川小姐，抱歉。"

"算了，我确实在被怀疑。"

"那，怎么办，警部？要一直监视她吗？"

"监视她也没意义吧，毕竟案子本来就是在那边发生的……啊，不，我不是说你是凶手，栗栖川小姐。"

"我会在那边认真监视的，这可以吧？"西中岛说。

"要是蛋头先生死的时候你们真的认真监视了，我就不会惹上后来的嫌疑了。"

"我们完全没想到会有连环谋杀案，对不起啊。"

"到底是怎样啊？她是凶手吗？还是真凶另有其人？"广山副教授显得很不安。

"现在还没法下结论。"

"要是她是凶手……而且我还掌握了某种她是凶手的证据的话……"

"你可能会被杀。"西中岛说。

"绝对不会有这种事的，放心吧。"亚理说。

"那要是她不是凶手，真凶另有其人呢？"广山副教授问。

"为了陷害她，你可能会被真凶杀掉。"西中岛说。

"等等，你这是什么意思？"

"就是我刚才解释的意思。"

"哪有这么不讲理的？我只是听他们说了几句话而已啊。"

"他们？"谷丸警部问。

"另一个就是今天死的那个。"

"他们俩跟你说过话？"

"嗯，有一天他们突然来了研究室，说了奇境之国和现实世界的谋杀互相关联这事儿。"

"原来如此，所以你们两在独立调查。"

"为了保护自己啊。"

"但你们不是专业的搜查官。"

"搜查官能信任吗？"

"只能请你们信任了。"

"我们没法信任，你们连李绪和井森都没救成。"

"要是你们肯协助，也许就救成了。"

"就算我们想协助，也没什么能说的。"

"真的吗？井森遇害应该有什么理由。他有没有说过什么和凶手有关的事？"

"没有。"

"那比尔说的也行，你能想到什么吗？"

"这么说来，它说过：'我感觉好像发现了一个和真凶有关的重要信息。'"

"什么！是什么事？"

"这我就不知道了。"

"话都说到这里了，为什么不问关键信息啊？"

"我也想问啊，可比尔自己都记不得了嘛。"

"也就是说，这是井森的推理？"

"是的，只是这个推理对比尔来说太复杂了。"

"那家伙真难搞啊。"西中岛面无表情地说。

"也许真凶察觉到井森发现了和真凶有关的重要情况。"谷丸警部说。

"我不干了！"广山副教授快要哭了，"栗栖川同学，对不起，我太害怕了。这样下去我觉得我也会被杀的。"

"但是真凶一天没抓到，危险就不会真的消失。"谷丸警部说。

"没错，但我也没什么办法。"

"你可以协助调查。"

"话是这么说，可我真的什么都不知道啊。"

"你什么都想不到吗？现实世界的也好，奇境之国的也行。"

"这么说来，我是还有件事没告诉栗栖川同学。"

"什么事？"

"不，我不想说了。"

"怎么了？"

"因为可能对凶手不利。"

"要是这样，我更想听了。"

"不行，现在已经有四个人遇害了，谁能保证下一个不是我？"

"这可难办了。其实只要抓到凶手，你就不会有危险了。"

"你们又不能在现实世界里抓人。"

"或许是这样。但要是知道了凶手是谁，我们就能采取相应的措施。而且如果凶手在奇境之国杀了人，我们可以在那边逮捕他。"

"就算凶手在梦里被捕了也没什么用吧？"

"唔，梦归梦……"

"抱歉，我可以走了吗？再扯下去我的精神快受不了了。"

"这样啊。唉，这也没办法。不过您要是改变了想法，请一定联系我们。"

"我是不会改变想法的……还有，栗栖川同学。"

"啊？什么？"突然被点名，亚理吓了一跳。

"真的很抱歉，我恐怕不能帮你追查真凶了。等案子解决后，欢迎你再来研究室玩。"

"我才是呢，把您卷进案子里，害您担惊受怕了，真不好意思。"

广山副教授观察着四周，一路小跑着离开了。

"现在可怎么办哪？"谷丸警部一筹莫展地说。

"您在愁什么呢？"

"怎么安排你啊，这么放任自流合适吗？"

"你可能会逃跑或者毁灭证据。"西中岛说。

"又把我当凶手了？"亚理生气地说。

"我只是在说可能性。"

"我倒不太担心她是凶手这个可能性。她要不是凶手，反而会出问题。"

"什么意思，警部？你是说凶手会杀她？"

"基本不可能。凶手要陷害她，她死了会有反效果。"

"那她不是很安全吗？那还担心什么？"

"可她身边的人会受害，刚才广山老师不就很担心吗？"

"就是说，广山老师有危险？"

"没错，她跟栗栖川关系很好。"

"不，也没那么好，"亚理慌忙说，"加起来也就见过两三次。"

"问题不在于你们是不是真的关系好，而是周围人怎么觉得。"

"可我们在奇境之国非常疏远，只在很早以前见过一两面。"

"哦？你们在那边也认识啊。"

"不，应该说以前认识，近来就很久没见了。"

"那她是谁呢？"

"我不太想说。"

"你不想提供信息？"

"我担心你们知道了后会干点什么，比如说在那边限制她的行动。"

"我保证绝不这么干。"

怎么办？如果他们俩在那边跟我们敌对，可能连广山老师都会被波及。但反过来，要是能和他们建立友好关系，加上广山老师，说不定就能构筑强有力的网络。

"她是公爵夫人。"

西中岛写记录的手停了。"真的？"

"嗯。"

"公爵夫人啊。"警部长叹了口气。

"广山老师是公爵夫人，不太妙吗？"亚理问。

"怎么说呢，你要问妙不妙，那大概是有点不妙。"

"有吗？也没那么糟吧。"西中岛说。

"这怎么说呢……"警部说。

"有那么糟吗？"亚理问。

"唉，不好说。"警部说，"她啊，怎么说呢，在那边还挺有权力的。"

"对对，是挺有权力的。"西中岛说。

"有权力的人很棘手吗？"亚理又问。

"要说棘手……唉，是很棘手。"警部一脸为难，"怎么办哪，西中岛？"

"只能这样了，咱们不能在奇境之国查公爵夫人，就在现实世界问问广山老师，就行了吧？"

"嗯，说的也是。"

"姑且就在这边的世界里查，是吧？"亚理说。

"唔，毕竟又不能不查。"谷丸警部一脸苦相地说。

"我本来想的是，她应该不用查了。"

"要能那样当然好了。"谷丸警部说，"唔，不过眼下还是看情况再说吧。"

"是，我也赞同，看情况再说。"

这两个家伙什么意思？没法对有权力的人出手吗？

亚理感觉更幻灭了。

15

仓库小屋里潮湿的感觉真舒服，比尔想，不过这还是我第一次到公爵夫人家后院的仓库来呢。

"抱歉打扰啦。"比尔在仓库门口恭恭敬敬地打招呼。

仔细想想，好像不该在这里打招呼，应该在后院门口说才对。但是后院门口没人，而且连门也没有。既然是能自由出入的空间，那不打招呼就进好像也正常。

其实仓库周围也没人。不过至少有个门。所以自己还是别随便往里闯，打个招呼等里面开门，这才有礼貌。

里面没回音。

没人吗？比尔竖起耳朵。有什么声音传来。不像人类活动时那种窸窸窣窣的声音，反倒像食肉动物饿肚子时发出的声音。但这不可能。因为这儿是公爵夫人后院的仓库。就算公爵夫人养了食肉动物，也不会养在仓库小屋里。啊，不过，我算食肉动物吗？这种潮湿感自己也不讨厌。这么说来，难道里面养的是我这样的食肉动物？

"抱歉打扰了。"比尔又客气地招呼了一声。

还是没回音。接着，它听到了仿佛食肉动物发出的声音。

比尔轻轻敲了敲门，依然没回音。食肉动物的声音也没有变化。也就是说，毫无反应。难道里面的动物听不懂我的话？

奇境之国的动物有两种，一种和地球上的野兽类似，听不懂人类语言；另一种像比尔、三月兔、柴郡猫那样，是能听懂人类语言的拟人化动物。

为什么只有特定动物才能拟人化，原因不太清楚。另外，严格来说，人类可能也有拟人化和非拟人化两种。但因为区别不出拟人化的人和非拟人化的人，所以是不是真有这两种，一直也都是谜。不过无论怎样都不妨事，所以比尔一直都没太在意。

眼下的问题是要不要进仓库小屋。公爵夫人信上说要进仓库，所以不进大概不礼貌。可没得到允许就进，这也不礼貌。不对，既然公爵夫人说了要进去，说不定自己已经得到允许了。既然这样，那还是得进。哎呀，真头疼，感觉脑子已经乱了。这时候如果能有井森的脑子，就能理清楚了吧？

说起来，他好像发现了某件跟凶手有关的事。到底是什么呢？

食肉动物的声音变得激烈了一些。也就是说，它注意到了我？注意到了我发出的气味啊超声波啊红外线啊电磁波啊什么的？但我的气味很淡，所以它肯定有个很灵的鼻子。要么就是捕捉到了气味之外的信号吧？

难道这个声音的变化，是在让我进去？

最后，烦恼不已的比尔想到了一个折中方案，那就是一边声明一边进入。这样，对方至少能明白自己并没有想偷东西之类的坏想法。

"有人吗？我要进来了。可以吗？我不是小偷啊。我开门了哟。别怕哟。好了，我要进来啦。现在我转门把手啦。我稍微推开一点。我再开大一点。我看见里面了。我看不见人。里面有人吧？我现在进来啦。我跨进来一步了。我又跨进来一步了。我已经进来了。我关门了。啊，一片漆黑了。"

比尔有一定的夜视能力，也能感知红外线，所以它也不是完全不能行动。说起来，根据井森的知识，地球上长有颊窝器[1]的不是蜥蜴，是蛇。要是这样，那我就不是蜥蜴，应该是蛇咯？但是蛇没有手脚吧？哎。不过金蛇[2]好像有脚。那它是蛇还是蜥蜴啊？到底是啥？等下回变成井森时好好想想吧。

总之这里太黑了。把门稍微开一条缝，透点光进来吧。公爵夫人是人，应该亮一点好些。不过按爱丽丝的说法，公爵夫人的孩子是猪，那她说不定就不是人。那她是什么？猪人？

当比尔再次摸到门把的瞬间，突然响起"咔嗒"一声。然后

---

1. 蛇类用来探测红外线的器官。

2. 即日本草蜥，草蜥科爬行动物。

门就再也推不动了。

嗯？怎么回事？门锁上了？我做了什么？唉，算了，找公爵夫人开门吧。可要是公爵夫人不在呢？对了，那就让这里的食肉动物开门就行了。可是，要是那只食肉动物听不懂人话呢？那可怎么办？要是不只如此，这只食肉动物比我还大呢？它可能会把我当成食物而不是朋友。这可就糟了，我还不习惯被吃呢。

"对不起，公爵夫人在吗？门锁上了。我被关起来了。有点吓人。能开个门吗？这里好像有食肉动物。"

咚！有什么东西跳到了比尔身边。很大，好像有比尔的十倍大。仓库里充满了腥臭味。口水滴滴答答往下落。

"那个，抱歉。"比尔对那只野兽说，"你能听懂我的话吗？我出不去了，你能帮我开个门吗？"

野兽发出"吱吱"声，像在燃烧什么，全身微微冒烟。

不可能吧？比尔慢慢后退。是错觉。不可能。

野兽咆哮起来。燃烧的残骸飞向四面八方。

是燃烧发狂的大毛怪！

比尔是乐观的蜥蜴。所以无论何时都保持乐观，对它来说易如反掌。但是那一瞬间，比尔绝望了。眼前有一只燃烧发狂的大毛怪。这是无法形容的绝望。能比的大概只有发现身边的蛇鲨是布吉姆，或者没带屠龙剑就面对炸脖龙的时候吧？

大毛怪已经燃烧疯狂了，这点可以肯定。比尔环顾四周，想找个地方躲起来。

到处都是乱七八糟的杂物。这里是仓库，堆满杂物也正常。尽头有一段通往二楼的台阶，坡度很陡，近乎垂直。说是台阶，其实和梯子差不多。不过比尔是蜥蜴，梯子对它来说不难。难的还是燃烧发狂的大毛怪。比尔一跑起来，恐怕就会被它咬死。而且就算爬上二楼，也不见得就能逃命。可站在这里不动，大概也活不了几秒。

比尔拔腿就逃。大毛怪的脖子以几倍于它的速度伸出，撕下了比尔的肉。趁大毛怪啃食尾巴肉的工夫，比尔跑上了楼梯。

还好它想起了自己是蜥蜴。要是再晚一秒甩掉尾巴，自己现在恐怕已经变成碎肉，落进大毛怪肚子里了。

比尔站在二楼地板上，它正想到这里，突然就摔倒了。

咦？怎么回事？我吓得腿软了吗？可是腰部往下没什么感觉。难道说，没尾巴我就站不住了？好像确实有这种说法。摄像机的三脚架是因为有三条腿才能立住，要是只有两条腿，马上就会倒。要是站不起来，我该怎么办？像蜥蜴一样爬吗？行吧，反正我本来也是蜥蜴。

比尔摸了一下尾巴，比想象中的要短。本以为切口更靠下，但其实屁股都差不多没了，伤口正大量出血。不对，这不是自己弄的切口，是被咬的。在自己主动切尾之前，燃烧疯狂的大毛怪已经把尾巴咬下来了。比尔继续摸自己的腿。右手摸到了大腿，下面就没了，好像右腿和尾巴都被咬掉了。

可怕的大毛怪！

那左腿呢？左腿稍好一点，只有脚没了。但还是走不了路，所以并不值得高兴。话说回来，尾巴可以重新长，腿不知道行不行？尾巴骨好像不能再生？那腿也不行吧？这可真不方便。

下面传出可怕的咆哮声。

我的腿跟尾巴都吃完了吗？真希望它吃饱了，不过肯定没有，还是赶紧逃吧。

比尔用手肘撑着往前爬。

不行，这样太慢了，而且血迹会暴露自己的行踪。

怎么办？要是换作井森，肯定能想出好办法。不对，我里面也有部分的井森，要是能把他喊出来，多少应该有点用。

大毛怪非常大，恐怕比这个仓库小屋还大很多。比仓库大的东西强行挤进仓库小屋，那它应该没那么容易挪动身体。而且这里说是二楼，其实是阁楼，比一楼小得多。楼梯又窄又脆，大毛怪很难爬上来。

那么自己就留在这里，等大毛怪离开？恐怕不行。自己失血过多，可能活不了多久。我要是死了，井森也会死。亚理大概会伤心吧？至于我死了爱丽丝会不会伤心，这就不好说了。而且，要是一无所知的公爵夫人过来，她可能也会被大毛怪吃掉，那样广山那个女人也会死。必须得想办法活着离开这里，通知大家，不然四个人可能都会死。

怎么办？

要么逃，要么藏，要么打败大毛怪。腿断了，没法逃，也没法藏。既然这样，只能打败它了。但是怎样才能杀了大毛怪？大毛怪有什么弱点？

楼梯发出剧烈的响声。

它果然还是想爬上来，肯定会一边爬一边毁了楼梯吧。那等自己打败大毛怪后，可能就下不去了。唉，现在可没空担心这个，得先打败它才行。

虽然不知道大毛怪的弱点，但它的强项很清楚。总之就是速度超快，而且脖子能伸长。也就是说，脖子伸长时会变得很细吧？那样的话，可能会很容易咬断。我也是食肉动物，只要我愿意，也能咬断不少东西。

雷鸣般的声音响起，大毛怪宛如小山般的躯体出现在眼前，大小可能是这个仓库小屋的五倍。大毛怪看向比尔。

咦？它什么时候过来？它速度非常快，所以自己只有一瞬间的机会。等它脖子伸到自己眼前时，按住它的头，绕到背后，咬断脖子。咬不断也没关系，只要咬破血管，或者咬伤神经，它就死定了。

比尔瞪着大毛怪，反复深呼吸。它的头脑非常冷静，像是变成了井森。然后，它清晰地想起来了。是的，公爵夫人不可能是凶手。我完全搞错了。必须得告诉爱丽丝、疯帽匠和三月兔。

它忽然感到大毛怪的身影有些模糊。不对，还没，它还没动呢。但是，哪里不对劲。

大毛怪正在吃东西。

这时比尔才意识到，自己的嘴和鼻子没了。啊，大毛怪比我想的还要快得多啊。这就没办法了。

16

亚理敲了敲门，没有回应。

亚理继续敲门。

"不好意思，我进来了。"

亚理推开门，广山副教授正张大嘴巴准备吃便当。

"哇！你怎么擅自就开门了啊？"

"那你为什么假装不在啊？"

"因为我在吃饭啊。"

"那直说不就好了吗？"

"因为麻烦嘛，而且擅自开门更不好吧？"

"不想别人擅自开门，就该把门锁上吧？"

"我理解朋友和恋人遇害让你很生气，但你也不该随便找人出气啊。"

"嗯，我确实有点气，不过也不能怪我。"

"这次又是什么烦心事？"

"不是烦心事，甚至可能是件好事，而且和老师您也有关。"

"什么事啊？"

"是和真凶有关的信息。"

"啊？"炸鸡块从筷子上掉了下来。

"我们可能找到了线索。"

"不是知道了凶手是谁啊。"

"如果有老师帮忙，或许也有可能。"

"干吗一定要拖上我？你爱干吗就干吗，不要把我扯进去。"

"两个同伴遇害，警察又不可信，我能靠的只有您了。"

广山副教授叹了口气。"好吧，我帮总行了吧？都说到这个份上了，我也不能赶你走。所有，你找到什么线索了？"

"死前留言。"

"谁的死前留言？"

"井森的。准确说，是比尔的。"

"你以为比尔写的东西能当证据？"

"不，但这是重要线索。比尔在半边脸被大毛怪啃掉的状态下，用血在仓库地板上写下了这些留言。"

"蜥蜴的生命力真是顽强啊。"

"嗯，大毛怪攻击比尔大概不是为了吃它，只是要杀它。所以它知道比尔快死了后，就没给它致命一击。"

"不吃它干吗还要杀它？"

"就跟人类打猎一样，为了消遣。"

"大毛怪的脑子还真好使啊。所以比尔写了什么？"

"'公爵夫人不可能是凶手。'"

"什么意思？"

"我觉得就是字面意思。"

广山副教授歪着头。"在我看来，这可不是什么新消息。"

"但是，这句话的意思很明确。一开始的两件谋杀案，王后和公爵夫人都在打槌球，所以这两人都是彼此的不在场证人。"

"就算不能彼此作证，也有扑克士兵给她们作证。"

"也就是说，这两人绝对不是凶手。"

"可这还需要比尔告诉我们吗？"

"没错。正因如此，这条死前留言才有意义。"

"什么意思？"

"正因为理所当然，凶手才会放任不管。要是直接写下凶手的名字，肯定会被擦掉。"

"的确，写的东西理所当然，凶手才会放过。但是，这又有什么意义呢？"

"虽然理所当然，但还是有意义。这是在引导追查真凶的人把注意力转向某处。"

"这可是比尔写的，会有那么复杂的含义吗？"

"比尔里面有井森。"

"井森跟比尔是两个人吧？"

"是两个人，但记忆和生命是共享的。比尔临死时，井森的智力可能显现了出来。"

"这个说法有点勉强，姑且先这样吧。然后呢？比尔想引导别人把注意力转向哪里？"

"不知道。"

"不知道？这话说得倒是挺自信的嘛。"

"我不知道，但我可以推理。这句话说的是不是，唯一可以信任的只有公爵夫人？"

"大概吧。但王后也是清白的吧？"

"你觉得王后可以信任？"

"就算她不是凶手，也不能信任吧？毕竟她总想砍人的脑袋。"

"所以公爵夫人是唯一的依靠。"

"唔，被人信赖倒是感觉不坏，可还是不知道接下来该怎么办啊。"

"我想他的意思是要接受你的指示。"

"就算你这么说，可我什么主意都没有啊。"

"真的吗？能不能想到什么？什么都行。"

"我真的毫无头绪。一定是比尔搞错了，或者井森把我想得太厉害了。"

"是吗……"亚理有点泄气，"那可能就是我想得太简单了。"

"现在下结论还太早。跟我见面的意义不见得只是接受我的指示吧？比方说，他的意思也可能是要我们两人齐心协力，才能破案。"

"有道理，可能是这个意思。比如说把我们各自掌握的信息汇总在一起，案子才可能解开。"

"那就顺着这条线来吧。你先说说你掌握的信息。"

"我的？"

"嗯。"

"可我知道的都告诉你了啊。"

"那我也一样啊。"广山副教授遗憾地说。

"真伤脑筋。"

"是啊，真伤脑筋。"

亚理咬着嘴唇。"可是死前留言不可能没有意义啊……"

"还是你想多了吧？"

"不，我认为一定有意义。"

"那你说有什么意义？"

"也可能不是信息……而是把咱们俩的推理能力结合起来。"

"这也差不多吧？"

"但我觉得可以试试。"

"估计还是没用。这怎么搞呢？你说推理，可我一点想法都没有。"

"先问话好了。"

"问谁的话？"

"问我。然后，你要是注意到了什么，就告诉我。"

"听起来挺容易的。那你说吧。"

"我从一开始就有一个很大的疑问：为什么白兔说爱丽丝去了杀人现场？"

"不是因为它真的看到了吗？"

"不可能。爱丽丝没杀人，更不在现场。"

"那是你的说法，没有客观证据。"

"这是个大问题，但我觉得有突破口。"

"突破口？"

"接下来我会按顺序解释。首先，一个重要问题是白兔并没有看到爱丽丝。"

"你是说白兔在撒谎？"

"不，白兔没有撒谎。"

"那你什么意思？这不是自相矛盾吗？"

"不矛盾。白兔没有看到爱丽丝，但它以为自己看到了。"

"还有这种事？"

"有的。白兔的视力很糟，比尔站在它面前它都认不出来。"

"视力那么糟，居然还敢断定爱丽丝在案发现场。"

"是啊。"

"这就怪了。"广山副教授好像忽然意识到了什么，"原来如此，比尔的死前留言原来是这个意思。那家伙挺厉害的嘛。"

"你明白什么了吗？"亚理一脸期待地问。

"嗯，明白了。不过可能不是什么好事。等我理清楚了再告诉你吧，你先继续推理。"

"动物好像是通过视觉之外的感官识别他人的，比如气味、红外线、超声波、电磁波等等。白兔是通过气味识别的，所以像柴郡猫那种会消失的动物，白兔应该也能发现。"

"对，也就是说，白兔不是通过视觉识别爱丽丝的。"

"白兔通过气味识别爱丽丝——啊！"

"怎么了？"

"我好像知道凶手是谁了。"

"那可太好了。"

"我得走了。"

"你去哪儿？"

"我知道凶手是谁了，得赶紧告诉大家。"

"这边是现实世界，你得回到奇境之国才能告诉大家。"

"可总不能放任凶手逍遥法外。"

"但现在没办法啊，只能等下次在奇境之国醒来的时候再说了。"

"要么去找谷丸警部他们商量一下？"

"唔……不好说。我总觉得跟他们商量不是很好，他们好像隐瞒了什么。"

"这么说来，他们好像也挺怕公爵夫人的。"

"真的吗？那他们是谁？或许是公爵夫人的哪个用人？"

"我想不出还有谁可以信赖了。"

"没关系，咱们先完成推理，然后等回到奇境之国，再收集证据。"

"收集证据？"

"不管咱们在现实世界怎么缜密推理，都是纸上谈兵。只有在奇境之国收集证据，才能证明你的清白。"

"我懂了。"

"那么真凶是谁？"

"在这之前，还有一句话必须解释：'有个人把凶手偶然知道的事说出来了。'"

"这是什么？"

"是井森的话。准确地说，是我通过比尔间接听到的话。"

"也就是只有凶手知道的事？可既然知道凶手是谁了，还有讨论的意义吗？"

"我感觉跟'只有凶手知道的事'还是有点不一样。应该是把已知凶手是谁作为前提，然后有个人知道了只有凶手才知道的事，是这样吧？"

"你是说有共犯？"

"不，应该说是有个人和凶手是化身关系吧？如果现实世界里有个人知道了只有凶手才知道的事，那这个人肯定是真凶的化身。"

"真是厉害的推理，可我完全没懂。你懂了吗，栗栖川同学？"

不懂。但是冷静想想，比尔到底要表达什么呢？

公爵夫人不可能是凶手。没错，这是毋庸置疑的。那应该怀疑的是什么呢？值得怀疑的事？

……

"快让开，玛丽安！要迟到了啊！你明白的吧？"

……

"你回来了。"

……

"公爵夫人！""公爵夫人！""公爵夫人！"

"对，公爵夫人。"

……

"惊喜派对这事儿可千万别告诉井森，在那之前都是咱们俩的秘密哟。"

……

"它也在两个世界里啊。它是个挺好的人，前几天还说要给比尔开惊喜派对呢。"

……

"有个人把凶手偶然知道的事说出来了。"

……

为什么她会知道？公爵夫人明明不是凶手。

既然如此，那只能意味着一件事。

我得赶快行动。

"老师，我先走了。"

"不行，推理还没做完呢。"广山副教授挡在门前。

"我想起了一件急事。"

"我也很急。快点，做完你的推理。先告诉我真凶的名字。"

亚理盯着广山副教授。

"就是你，玛丽安。"

"出色的推理。"

"让我过去。"

"不可能让你过去的，至少现在不行。"

"我要大叫了。"

"先再聊一会儿吧。要是听了我的解释你还不能接受，到时候再叫也不迟。"

"也行吧，但你只要稍微乱动一下，我就大叫。"

"嗯，你怎么知道我是凶手的？"

"还是先从我怎么知道凶手是玛丽安开始说吧。"

"这我大概能猜到，不过你还是说吧。"

"白兔经常把爱丽丝和玛丽安搞混，即使两人年龄明明相差很多。但这也不能怪它。白兔的视力太差，只能靠气味判断。"

"你是说，我和你的气味很像。"

"爱丽丝和玛丽安的气味很像，我和你就不知道了。"

"哦，确实。现实世界的我和你，不知道气味像不像。"

"白兔说，蛋头先生遇害时只有爱丽丝进过花园。但如果白兔分不出来爱丽丝和玛丽安，那嫌疑人就有爱丽丝和玛丽安两个。我知道爱丽丝不是凶手，所以用排除法，凶手就是玛丽安。"

"真可惜啊。"

"刚才的推理有哪里不对吗？"

"没有不对，很正确。"

"那你可惜什么？"

"可惜你没法向其他人证明刚才的推理。"

"我只要告诉疯帽匠，白兔分不出来爱丽丝和玛丽安就行了。"

"所以说，你要怎么证明这点呢？白兔已经死了，没法验证。"

"你还想装傻？"

"我是这么想的。"

"我自己就是证人。"

"你是被告，证词无效。"广山副教授微笑着说，"好了，再帮我解开另一个谜吧。你怎么知道我是玛丽安，不是公爵夫人？"

"因为你知道一件只有玛丽安才知道的事。"

"我跟你说了什么？"

"对。"

"怎么可能？我不记得自己说错过话。"

"这也不怪你，搞错的其实是白兔。"

"它搞错了什么？"

"它把爱丽丝和玛丽安搞混了。"

"它不一直这样吗？"

"是的，不过这次很特殊。"

"那么，我说了什么？"

"你是这么说的：'它是个挺好的人，前几天还说要给比尔开惊喜派对呢。'"

"这话怎么了？"

"在那之前不久，也就是李绪学姐遇害前，她曾对我说：'惊喜派对这事儿可千万别告诉井森，在那之前都是咱们俩的秘密哟。'"

"什么意思？惊喜派对的事，白兔跟我说过啊。"

"没错。但在奇境之国，白兔从没跟我说过派对的事。"

"原来如此，我明白了，白兔——田中李绪以为你是玛丽安。"

亚理点了点头。"爱丽丝和比尔去找白兔问话时，是他们当天第一次见面，白兔却对爱丽丝说：'你回来了。'也就是说，它把爱丽丝错当成了刚才一直和它在一起的玛丽安。然后比尔告诉它：'她就是地球上的亚理呀。'那时白兔误解成了'玛丽安是栗栖川亚理'，而这个误解也被田中李绪继承了。她一直以为我是玛丽安，我也没发现这点。"

"井森发现了？"

"我想他最后一刻发现了，而比尔临死前也发现了。"

"'公爵夫人不可能是凶手。'所以它是故意这么写的。"

亚理点了点头。"如果写'玛丽安是凶手'或者'广山老师是凶手'，你马上就会擦掉吧？"

"嗯，肯定会擦掉。"

"但是，如果写'公爵夫人不可能是凶手'，你就不会擦掉。"

"你认为我是公爵夫人，所以这反而对我有利。"

"我也知道公爵夫人有不在场证据。但故意这么写，总感觉是要唤起我的某种注意。因为要认定公爵夫人不是凶手，首先得怀疑公爵夫人是凶手。换句话说，有足够的证据让人怀疑公爵夫人是凶手。"

"也就是说，声称化身是公爵夫人的我可疑？"

"是。而一旦怀疑了你，一切就有了解释。白兔分不出爱丽丝和玛丽安，而你又知道只有玛丽安知道的秘密。由此推断，白兔在案发现场看到的是玛丽安，也就是你。"

"你脑子挺好使的嘛，真让人意外。"

"你为什么要杀这么多人？"

"我谁都没杀。他们都是死于意外或者疾病。哦，对了，确实有一个人是被杀的，但杀她的不是我。"

"蛋头先生呢？狮鹫呢？白兔呢？比尔呢？"

"唔，杀害那些人或动物的可不是我，是玛丽安。梦中居民玛丽安杀害了同一个梦中的动物们，做这种梦犯法吗？"

"这不只是梦，这点你再清楚不过了。"

"你说它不是梦，你怎么证明？"

"行吧，别做无意义的争论了。我倒是有几个问题想问，你是什么时候注意到那个世界的？"

"我很早以前就发现了，有十多年了吧。你们居然直到危险逼近才发现那个世界，也真是够悠哉的。我可是很谨慎的。我发现每天梦里的世界设定和出场人物都一样，情节也有延续性，马上就明白了怎么回事。奇境之国是和这个现实世界同样真实的世界，里面的人——也包括动物——发展出了相当高度的文明。"

"哪怕没有危险逼近，我也差点就发现了。"

"呵呵，谁知道呢？就算感到哪里不对，可能过个两三天就混在生活琐事里忘了吧。"

"但你没忘。"

"嗯，因为我每天醒来都会马上记下梦的内容。我惊讶地发现自己每天都会梦见同样的世界，梦里的我是被白兔雇用的家政玛丽安。后来，终于连玛丽安也开始想起现实世界的事了。"

"你认为自己和玛丽安是同一个人？"

"怎么说呢，两人虽然共享记忆，但光凭这点就能认为是同一个人吗？我也不确定。总之呢，我发现了世界的秘密，可还没想好怎么利用。"

"甭管能不能用，这都是一个重大发现呀！"

"但就算我说出来，也只会让人怀疑我疯了，没有任何好处。"

"唔，这倒是。"

"所以，即使我发现了世界的秘密，还是只能郁闷地过下去。"

"你为什么要郁闷？"

"这个等下再解释……后来时间长了，我就找到了两个世界间的规律。"

"规律？"

"死的规律。奇境之国看起来是个傻里傻气的蠢世界，其实危机四伏。"

"因为会被王后砍脑袋？"

广山副教授摇了摇头。"没人真被王后砍过脑袋，危险的是猛兽。"

"大毛怪？"

"不光是大毛怪，还有炸脖龙、加布加布鸟，以及那个奇怪的布吉姆。"

"你这么一说，确实危险。"

"所以时不时就会出现受害者，有时是人，有时是动物，也就是不幸的意外。"

"唔，确实会有这种事。"

"不过这都不算什么大事。"

"死者恐怕不这么认为。"

"我发现这些无聊事故的背后，隐藏着一个重要事实。"

"死的关联？"

"对，"广山副教授连连点头，"只要奇境之国死了人，这个世界也会有我认识的人死去。"

"你认识的人？"

"嗯，那边的熟人一死，这边差不多同时也会有熟人死，只是死因各种各样，有的是意外，有的是生病。"

"你不觉得都是偶然吗？"

"一开始我是这么认为的。但每次都这样。奇境之国极少有人或动物死亡，我身边也很少有人过世。但是，两者总是同时发生，只能认为两个世界的死相互关联。这才是真正的大发现，而且有实用性。"

"实用性？"

"因为你看，如果你在现实世界希望某个人死，并且下了手，会怎么样？"

"我会因谋杀被捕。"

"这当然不行。可要是在奇境之国杀人呢？"

"一样吧？那边好像也有法律。"

"但那边的人很傻，没那么容易被抓，而且无动机杀人也很难暴露。"

"无动机杀人？"亚理目瞪口呆。

"当然有动机，不过是这边的动机，那边的我——玛丽安没有动机。"

"原来如此。现实世界有动机，但没杀人，所以不会被抓；奇境之国里没动机，所以也不会被抓。是这个意思吧？"

"是这个意思。"

"那你为什么要杀人呢？你的动机是什么？"

"我啊，一直在忍。"

"忍？"

"我很讨厌忍耐，但大家一直逼我忍。"

"那真可怜。"

"为什么我一定要忍？要是大家能忍一忍，我就不用忍了。"

"所以呢？"

"只要逼我忍的人消失就行了。"

"于是你就杀人了？王子博士逼你忍什么了？"

"王子？谁？"

"就是蛋头先生的本体。"

"哦，他啊，跟他无关。"

"无关？什么意思？"

"只是出了点小错。"

"那不就是无动机杀人吗？"

"你真粗鲁。我有动机啊，只是搞错了目标而已。"

"可是王子博士死了呀！"

"但我不会被问罪，这才是最重要的吧？"

"不是啊，这是一条人命啊，人的生命是无可替代的。"

广山副教授笑了起来。

"有什么好笑的？"

"你好像真的信啊。"

"信什么？"

"人的生命很宝贵啊。你不会真这么想吧？只是怕杀人被问罪，所以才假装生命宝贵吧？"

"不，我真的认为生命宝贵。"

"啊，是吗？但我是个诚实的人，不会说这种话。人命啊，根本微不足道。"广山副教授从抽屉里取出一把枪，"所以我也一点都不介意夺走它。"

17

蛋头先生遥望远方。微风吹拂，草地上泛起绿色的波浪。

蛋头先生深深吸了一口气，然后又慢慢吐出来，他的脸上露出满足的表情。

"什么事那么高兴？"一个女人的声音传来。

蛋头先生转动全身往后看。他的头和身是一体的，所以无法只回头。

背后草地上站着一位楚楚动人的中年女性。

"唔，你是……"

"玛丽安，被白兔雇用的。"

"啊，对了，你是玛丽安。"

"我能过去吗？"

"到这堵墙上来？我没意见，不过你要当心，别失足掉下去。"

"你不怕吗？"

"我习惯了。而且掉下去也没事，因为我和国王有约在先。"

"有约在先是说，他会派仆人和马儿来？"

"对，你很清楚嘛。"

"可这有什么意义呢？"

"意义？就是说我是重要人物啊。"

"可国王的仆人是在你掉下去之后才会来吧？"

"当然了，毕竟不知道我什么时候会掉下去。"

"那就没用了。"

"没用吗？"

"没用啊，因为蛋坏了就不可能复原了。"

"蛋？"

"就是你啊，蛋头先生。"

"你说我是蛋？太搞笑了。"

"嗯，是很好笑。"玛丽安咯咯笑了起来。

蛋头先生也笑了。

"这里真高啊。"不知什么时候，玛丽安站到了蛋头先生旁边。

"是吗？不过习惯了就还好。"

"还有风。"

"微风啦。"

"肯定会失足的。"

"不会，像这样稳稳坐好，就不会失……喂，你在干什么？"

"在你周围洒油。"

"喂，能不能别开这种玩笑？"

"玩笑？我可不喜欢玩笑。"

"你这样会让人脚滑掉下去的。"

"是啊，我就是为了让人掉下去才洒油的。"

"住手啊。"蛋头先生抓住玛丽安的胳膊。

"你干什么呀？多危险！"

"我才想这么说呢。"

"放弃挣扎吧，疼痛也就一眨眼，虽然是猜测。"

"你不知道自己在干什么吧？我从这儿掉下去会摔死的啊。"

"我知道啊，我就是要杀你啊。"

"你干吗要杀我？"

"因为你不好，碍了我的事。"

"我怎么会碍你的事？我跟你几乎不认识。"

"在这个世界不认识，但在地球上我们可是很亲近的。"

"地球？你怎么知道我的梦？"

"因为我也做了同样的梦啊。或者说，不是梦。"玛丽安开始推蛋头先生的背。

"难道我在地球上得罪了谁？"

"很聪明，没错。"

"你是谁？秋吉？所泽？"

"他们是谁？"玛丽安推他的力道减弱了。

"可能会恨我的人。"

"那，为了他们，我也得杀了你。"玛丽安再度加力。

"我没做过那么坏的事啊，我只是答应请他们吃午饭又反悔了而已。"

"因为这点小事就想杀你？唔，要是知道不会被抓，倒也有可能这么做。"

"那，你到底是谁啊？"蛋头先生紧张地挥舞四肢，试图保持平衡。

"是被你挡着没法升迁的人，这下你知道了吧？"

"不知道啊，我在地球还没厉害到可以左右别人升迁呢。"

"事到如今就别谦虚了。"

"对不起，我道歉，饶了我吧！"

"你道什么歉？"

蛋头先生差不多全身都要飞出墙外了，他拼命抓住了墙壁边缘。

"那个，就是，阻碍你升迁了。"

"那你知道我是谁了嘛。"玛丽安微笑起来。

"不，我不知道，真的。告诉我吧，我会认真道歉的。"

"那就告诉你吧，我在地球的身份是广山衡子。这下你明白了吧，篠崎老师？"

"我不明白你在说什么。"

"你不会说忘了我的名字吧？"

"不，我知道你的名字，你是篠崎研究室的副教授。"

"哎呀，你这不是想起来了吗？"

"可我不是篠崎老师啊。"

"啊？不是吧？"玛丽安的手离开了蛋头先生的后背。

"我没胡说，我在地球上是王子玉男，中之岛研究室的博士后。"

"但你的体形和篠崎老师一模一样啊。"

"玛丽安，你和广山老师体形一模一样吗？"

玛丽安想了一会儿。"不，完全不一样，广山衡子个子更矮，有点胖。"

"就是啊，不能用体形判断呀。说到底，只看体形就认定我是篠崎老师，这也太草率了。"

"想想确实有理，体形相似的人多的是。"

"所以说，两个世界的体形毫不相干嘛。"

"那怎样才能找到篠崎老师呢？"

"只能靠问了吧？"

"到处问'你是不是篠崎老师'？这样所有人都知道我在找篠崎老师的化身了。"

"反过来嘛，你可以问篠崎老师：'你在奇境之国是谁？'这样就只有篠崎老师一个人知道。"

"有道理，是个好主意。"

"好了，既然是误会，能不能快点离开？你站在我旁边，实在让我不放心。"

"哎呀，那可不行。"

"为什么？你在这儿待着也没意义啊。"

"我现在正在想这件事。话说，如果我告诉你：'我说想杀篠崎老师只是开玩笑。'你会信吗？"

"我当然信，"蛋头先生一脸焦虑，"所以我不会告诉任何人的。"

"哎呀，谢谢你。不过，"玛丽安再次把手放到了蛋头先生背上，"我已经把计划都告诉你了，所以已经没法回头了。"

"我不会告诉任何人的！"

"有办法让我相信你的话吗？"

"我对天地神明发誓，对谁都不说！"

"唉，只要有一丝疑点，整个计划就会泡汤，我可不想承担信任你的风险。"

"那咱们谈谈怎么办吧。咱们可以互相交换备忘录，我想这样就可以提供担保了。"

"再见。"玛丽安用力推动蛋头先生的后背。

"我绝对不会说……"蛋头先生的身子悬在半空。

他拼命挥手，双手指尖勉强挂在了墙边上。

"救救我，现在还来得及。"蛋头先生拼命劝说玛丽安。

"对，现在还来得及。只要堵住你的嘴，计划还是有可能完成的。"玛丽安踩住蛋头先生的手指。

"别这样，我的身体很脆弱，从这个高度掉下去肯定会死。"

"是啊，所以我才选了这种办法。"玛丽安又朝蛋头先生的脸踹了一脚。

蛋头先生的脸上出现了裂痕。"不要啊，我不想死。"

玛丽安没有回答，继续踢他的脸。外壳碎开，掉了下去。蛋头先生的眼睛和鼻子都没了，露出了里面黏糊糊的东西。

"啊，和我想的不一样，蛋白跟蛋黄不是截然分开的啊。"

"啊……啊……啊……"蛋头先生的嘴周围严重碎裂，没法好好讲话了。

玛丽安又踩上了蛋头先生的右肩，肩膀的蛋壳碎了，右臂还挂在墙壁顶上。玛丽安踢飞了右臂，右臂重重摔落在地。

"救救我，我什么都愿意做！"蛋头先生靠左臂悬在墙上。

"什么都愿意？那就请你去死吧。"

玛丽安踩向蛋头先生的头。头"啪"的一声碎了，黏稠液体滴落，左臂松开了。紧接着，蛋头先生落到了地上，体内的东西带着恶心的"啪叽"声从蛋壳里冒出来，又在地上抽了一会儿，然后不动了。

玛丽安迅速顺着梯子爬下来，站在蛋头先生的残骸旁。蛋壳里塞满了红黑色的东西，东西还在抽动，只是渐渐失去了生气。

"生命力真顽强啊。"

在破碎的蛋壳中，隐约有个眼睛似的东西。玛丽安感觉好像有人在盯着自己。

"将一把活牡蛎一下子塞进嘴里是无比的美食。"玛丽安对狮鹫说。

"真的？"狮鹫问。

"当然啦，我干吗要说谎？"

"可能你想骗我？"

"所以说，骗你对我有什么好处吗？"

"唔，"狮鹫想了想，"好像确实没好处。"

"就是。吃吃看嘛。"玛丽安把牡蛎放在了狮鹫的双手上。

"这可真多啊。"

"要一口全吞下去，不然就不好吃了。"

"骗人！"牡蛎中的一只说。

"喂，听到了吗？"狮鹫瞪大了眼。

"什么？"

"贝壳说的话。"

"靠谱的成年人不该在意贝壳说的话。"

"说的也是。"狮鹫把手上的牡蛎堆凑到嘴边。

"别上当！"

"喂，听到了吗？"狮鹫说。

"什么？"

"贝壳说的话。"

"不是说了吗，靠谱的成年人不该在意贝壳说的话。"

"啊，对。"狮鹫再次把手上的牡蛎堆凑到了嘴边。

"不是说了别上当吗！"牡蛎中的一只说。

"又来了，"狮鹫说，"它叫我别上当。"

"它骗你的。"

"牡蛎为什么要骗我？这对它有什么好处？"

"要是你信了它的谎话，至少这回它们就逃过了一劫。"

"确实，要是我不吃它们，这些家伙的小命就能保住了。"狮鹫挠了挠头，"这么一说，可能不吃才是对的。"

"你在说什么傻话？生命就是你吃我，我吃你啊。要是不想剥夺其他生命，那就只能饿死。而且这些小家伙与其白白烂死，还不如被你吃了，生命还更有意义。"

"我们可不是单纯怕死！"牡蛎中的一只说，"我们只是不想无意义地死！"

"不，你们会死得很有意义。"

"你骗人！"

"怎么办啊？"狮鹫抱住了脑袋。

"不想吃就别吃了！难得人家好心告诉你！"玛丽安愤愤地说。

"抱歉惹你生气了，我不是不想吃。"

"那你就吃啊。这样你能吃饱，我也能因助人而感到快乐。"

"但这些小家伙可能会不高兴。"

"没关系，这些小家伙要死了，也就不用再受苦。所有人尘埃落定，谁也不会不幸。"

"别上当！我们不会幸福的！"牡蛎中的一只说。

"它说它不会幸福的。"

"等一下。"玛丽安从怀里掏出一只瓶子，把里面的东西洒到了牡蛎身上。

牡蛎们齐声惨叫。

"你干了什么？！"狮鹫问。

"洒了点醋，这样味道更好。"

"可这些家伙很痛苦啊。"

"毕竟洒了醋嘛。真可怜，它们就要在痛苦中死去了。"

"你干吗要做这么残忍的事？"

"这样味道更好啊。"

"这可怎么办呢？"狮鹫看着手掌上痛苦挣扎的牡蛎们，不知所措。

"帮它们解脱吧。"

"怎么帮它们解脱？"

"让它们死就行了。把这些小家伙一口吞进肚子，闷死它们。"

"救命！""救命！""救命！""救命！""救命！""救命！"

牡蛎们纷纷叫喊。

"这样真能帮上它们吗？"狮鹫向玛丽安确认。

"嗯，能帮上。"

狮鹫用力点点头，张大嘴巴，准备把哭喊的牡蛎们塞进嘴里。

"这、这实在……"狮鹫刚把牡蛎凑到嘴上，马上又拿开了。

"怎么了？"

"不行啊，没法一口吞进去。"

"别这么娇气。"

"可不行就是不行啊。"

"不可能不行。好吧，我教你怎么吞。"

"这样啊，那麻烦你了。"

"首先，张大嘴。"

"这样？"

"再大点，差不多到下巴要脱臼的程度。"

"下巴脱臼就糟了。"

"别担心，万一脱臼了我也会帮你。"

"这样啊，那我就放心了。"狮鹫把嘴巴张得更大，它的下巴发出"咔咔"的声音。

"啊……"狮鹫呻吟着，流下两行泪水。

玛丽安把几十只牡蛎塞进了狮鹫的嘴里。狮鹫哼哼起来，要把脸扭开，但玛丽安迅速把牡蛎塞了进去。"别犹豫，慢了就不好吃了！"

"呜呕呜呕呜呕……"狮鹫继续呻吟。

满满两手的牡蛎连壳一起塞进了狮鹫嘴里。它的喉咙深处发出"咯咯"声。狮鹫试图拨开玛丽安的手。玛丽安瞪起眼睛，左手抓住狮鹫的头，右手继续塞牡蛎。狮鹫翻起白眼，挣扎着想逃。但玛丽安紧紧地抱住狮鹫的身体，把牡蛎塞得更深。

狮鹫本来力气很大，但由于突如其来的窒息，它惊慌失措，使不出力，再加上开始缺氧，肌肉逐渐失去了知觉。它恐惧地看着玛丽安，双腿无力，瘫到地上。

玛丽安放声大笑。"怎么了？你吃惊了？是啊，你要死了。"

狮鹫无力地挥舞双手。

"你说我搞错了？很遗憾，我没搞错，篠崎老师。"

狮鹫的眼睛像是在诉说什么，然而它的眼睑已开始下垂，眼神也黯淡下去。

"你这是自作自受。难得有了新研究室，竟然没推荐我做新教授，反而把研究室给了年轻的助教，你真是疯了。"

狮鹫咕咕叽叽地想要说什么。

"什么？牡蛎塞得太满，我只能听到'咕嘟咕嘟'的声音，你说清楚点。"玛丽安又大笑起来。

狮鹫的喉咙剧烈起伏，牡蛎块往外动了一点，玛丽安又全力塞了回去。接着换狮鹫的肚子剧烈起伏，但玛丽安还在继续塞。牡蛎块间渗出黄色液体，可能是胃液，玛丽安的衣服被弄湿了，但她并不在意。狮鹫瞪大眼睛，不停扭动身子。

"是胃液呛进了气管吧？所以你在咳嗽咯。但是吸不到空气，肺就只能干抽；因为空气不流通，所以咳嗽得这么安静。"玛丽安露出美丽而幸福的微笑。

狮鹫仰天抬头，径直朝后倒去。玛丽安跨过它的胸膛，继续挤牡蛎。狮鹫翻出白眼，虚弱地做出抗拒的动作。玛丽安没有放松——这时要是让它吸到一口气，它肯定会恢复力气，那就糟了，必须确保闷死它。狮鹫终于意识到自己的处境，伸手抓向玛丽安的咽喉。

"你想干什么？现在才想和我厮杀？好呀，不过你现在的处境太不利了。大脑已经缺氧了吧？连正常判断都做不了吧？就算你现在想掐死我，我估计也没那么容易吧？"

狮鹫尖锐的爪子划破了她咽喉处的皮肤。但这只吓了玛丽安一跳，她的呼吸还很畅通，血液也没受阻。狮鹫的另一只手也抓住了玛丽安的咽喉，玛丽安哈哈大笑了起来。

笑声戛然而止，喉咙发出"咯"的一声。

竟然还有这么大的力气！玛丽安感到了窒息，但她没停手。只要狮鹫昏迷或死亡，它的手必定会软下来。但如果自己不小心让它吸到空气，那它就能一下掐断自己的脖子。

狮鹫的白眼翻了回来，盯着玛丽安的脸。玛丽安努力挤出微笑。狮鹫的黑眼珠唰地转到了眼睑后面，眼睛慢慢闭上。它的手无力地从玛丽安脖子上滑落，最后抽了一下，随即不动了。

死了吗？她想把耳朵贴在狮鹫胸口检查，但还是忍住了。如果随便放手，说不定就会无法挽回。玛丽安开始缓缓数数。一般认为，人类窒息一分半左右就会陷入假死状态。虽然不知道狮鹫怎样，但既然是陆地生物，应该都差不多吧？慎重起见，玛丽安决定等五分钟，五分钟后它肯定陷入假死状态了吧？

"咕噜咕噜"的恶心声音伴随着恶臭响起。这家伙失禁了！真讨厌！玛丽安转身看了一眼，就在这一刹那，狮鹫抓住了玛丽安的双手手腕。

"你果然还活着。"玛丽安继续塞牡蛎。

狮鹫又失去了气力。玛丽安继续数数。她数到三百，一半牡蛎都被塞进了狮鹫的喉咙深处，恐怕气管也被堵住了大半。玛丽安深吸一口气，放开牡蛎，同时用脚尖踩住狮鹫的喉咙。狮鹫的身体晃了一下，但那不是自发的动作，看来它好像真的死了。

"杀人犯！杀人犯！"牡蛎们大叫。

玛丽安从怀里取出缝衣针，把牡蛎一只只刺穿。

"谢谢，你们真的帮了大忙。你们没有白死，帮了很大的忙，所以就心满意足地死吧。"

"不要！不要！"声音逐渐变少，然后完全消失了。

玛丽安站起身，离开了空无一人的海岸。

"有个东西到了。"玛丽安拿出了一个箱子，上面缠着红白相间的绸带，用大大的字写着"除草机"。

"咦？"白兔重新戴好眼镜，"这是什么？"

"写的是'除草机'。"

"'除草机'？咦？"

"我猜应该是除草的机器吧。"

"除草的机器？难怪，我正好想要个除草的机器。"白兔紧紧地抱住了箱子。

"刚才有人说'除草机'？"比尔冲进房间，因为没刹住脚，撞上了对面的墙壁，向后翻滚，接着在地板上滑了半天，撞倒了椅子和桌子。

"吵死了！"白兔训斥道。

"啊？除草机很吵吗？"比尔问。

"你为什么不能稳重一点？"

"没办法，"玛丽安说，"因为它是比尔啊。"

"原来是比尔啊。"白兔叹了一口气。

"既然知道，就赶紧给我看看除草机。"

"不行，"白兔说，"这是送给我的，我有权第一个看。等我看完后，你随时都能看。"

"这也——"

"它说了等会儿给你看，你就忍忍吧，比尔。"

"啧。"

白兔搬着和自己差不多高的箱子，摇摇晃晃地走向卧室。"它可真重。"

"毕竟是除草机。"

"是啊，毕竟是除草机。"白兔一脸陶醉。

"对了，除草机是什么？"比尔问。

"除草的机器。"

"哦，这样啊。"

"你连除草机是什么玩意儿都不知道，还这么兴奋？"

"嗯，是呀。不过我现在已经知道除草机是什么了，玛丽安告诉我的，接下来只要再告诉我'玩意儿'是什么就完美啦。"

"玛丽安，我欣赏除草机的时候，你想法让这家伙安静点。"白兔说。

"不提醒除草机安静点，它就会很吵吗？"比尔问。

白兔无视比尔，走进卧室，"砰"的一声关上了门。

"今天白兔好像挺不高兴的啊。"比尔说。

"刚拿到除草机有点兴奋，过会儿就好了。"玛丽安安慰比尔说。

门突然开了。白兔站在门后。

"怎么了？"玛丽安问。

"缎带太紧，解不开，给我把剪刀。"白兔说。

"我帮你咬断吧。"比尔露出尖利的牙齿。

白兔身子一抖，明显很不开心。"不用。"

"好的，给你剪刀。"玛丽安把剪刀递了过去。

白兔再度"砰"的一声关上门。

"白兔心情还没好啊？"

"再忍两三分钟吧。"

"怎么回事！"卧室里传来白兔的叫声。

"可能用不了一分钟。"玛丽安嘟囔说。

"这不是除草机！是蛇鲨！"白兔还在叫。

"太棒了！好厉害！"比尔也叫起来，"我一直想看蛇鲨！"

"啊，是吗？"

"我说，这个蛇鲨是有翅膀、会咬人的那种？还是长触须、能缠人的那种？"

没人回应。

"别吊我胃口，快告诉我呀。"

"布——"白兔的声音突然消失了。

"啊？你说什么？"

"我听到它说：'布——'"

"我听到的也是，但'不'是什么意思？是说我答错了吗？"

"你是在问问题，不是在答问题呀。"玛丽安真的有点无语。

"那是谁答错了？白兔？"

"白兔先生还没回答呢，而且自己对自己的回答说'不'，这也很奇怪吧？"

"喂，"比尔咚咚敲门，"谁答错了？"

没人回答。

"有意思。"

"啊？刚才有人讲笑话了？"

"比尔，开门吧。"

"可是，白兔说的是等下给我看。"

"白兔先生肯定已经看过蛇鲨了。毕竟要是还没看到，它不会大喊'蛇鲨'呀。"

"嗯，说的也是。"比尔点点头，然后默默地站在了门前。

"你在干什么？快开门呀。"

"为什么？"

"因为白兔先生大叫过后就没声音了，所以它可能是生病或者受伤了，说不出话。"

"那可不得了。"比尔打开了门。

房间里空无一人，只有桌上放着的一个空箱子。

"白兔去哪儿了？从窗户出去了？"

"比尔，你仔细看看，窗户全从里面锁上了，天花板和地板上都没有出口，出口只有我们一直看着的房门。"

"我知道啊，你干吗要说这些？"

"为了证明这是一间密室。好了，比尔，去把疯帽匠喊来，就说：'白兔先生遇到布吉姆了。'"

"为什么要喊疯帽匠过来？"

"因为他在调查爱丽丝干的连环谋杀案。"

"爱丽丝说她没杀人。"

"比尔，你信吗？"

"毕竟她本人都这么说……"

"说不定她在撒谎。"

"爱丽丝可不太撒谎呀。"

"你有证据证明她没撒谎吗？"

"这个……好像没有。"

"白兔先生是唯一一个在杀人现场看到了爱丽丝的证人。"

"哦，原来如此。"

"你居然不知道，真让人惊讶。不过这也无所谓。你认为白兔先生的死对谁有利？"

"唔……讨厌白兔的人？"

"我不想和你打哑谜，所以就直接说答案了，是爱丽丝啊。"

"啊？！为什么呀？"

"因为它是唯一一个指证爱丽丝是凶手的证人。它死了，就没人能证明爱丽丝是凶手了。"

"白兔可不是人哦。"

"它死了，就没有动物能证明爱丽丝是凶手了。"

"这样就对爱丽丝有利了呀。"

"我刚才说的就是这个意思呀。"

"啊，太好了，这样爱丽丝就不会再被怀疑了。"

"你不想抓住真凶吗？"

"我无所谓。不过我喜欢爱丽丝，所以不想她被抓。"

"可怜的蜥蜴。但是很遗憾，爱丽丝没救了。"

"啊？为什么？"

"因为最能从白兔先生的死中获益的就是爱丽丝，她必然第一个被怀疑。"

"那可不得了！……嗯？好奇怪呀。"

"奇怪什么？"

"白兔死了，对爱丽丝有好处，对吧？"

"嗯，是的。"

"但是，因为白兔死了，所以爱丽丝才被怀疑，对吧？"

"嗯，对，因为获益的是她。"

"可要是被怀疑了，爱丽丝杀死白兔不就反而利益受损了吗？"

哎呀，这只蜥蜴，脑子很好用呀。

"其实是受损的，但乍一看好像会获益。"

"我一点都不明白，你说清楚点。"

"就是说，爱丽丝没意识到自己会利益受损。"

"爱丽丝以为自己只会有好处，所以杀了白兔？"

"就是这样吧。"

"可是你意识到了她的利益会受损，对吧？"

"嗯，当然。"

"那就奇怪了。"

"这有什么奇怪的？"玛丽安已经很不耐烦了。

"因为爱丽丝比你聪明啊。你都能意识到，爱丽丝也应该能意识到啊。"

玛丽安心中怒火翻腾。那个小姑娘比我聪明？这蜥蜴在胡说什么？不过，我要比尔为白兔的死作证，所以还得再忍忍。

"真的是爱丽丝更聪明？"

"真的，爱丽丝很聪明。"

"我也很聪明。"

"你跟我比是聪明，但没有爱丽丝那么聪明。"

"谁更聪明，很快就会见分晓的。"

"什么意思？"

"就是说，看谁笑到最后。"

"我越来越不懂了。"

"你不懂也没关系。别磨磨蹭蹭的了，快去把疯帽匠喊来。"

比尔不服气地噘起嘴，不过它还是默默地走了出去。

总算过了一关。说起来，被白兔看到或者说闻到确实是自己失算。不过它把自己错当作爱丽丝，倒是令人欣喜的失算。问题在于，白兔可能很快就会发现自己犯了错。所以玛丽安决定杀了白兔。只要白兔死了，它就不会再发现自己的错误，而且还能进一步增加爱丽丝的嫌疑，真是一举两得。

"对不起啦，白兔，我和你一点仇都没有，在地球上也几乎没有交集。但你运气不好，成了目击证人，所以，放弃挣扎吧。"玛丽安歇斯底里地大笑起来。

只是，内心的角落里升起隐约的不安。从比尔身上看到的灵光一闪，到底是什么？

"咦？你还活着呀？"玛丽安低头看着在脚下爬动的比尔。

比尔无力地抬头望向玛丽安。是她，她是真凶，也是广山衡子。我终于发现了真相，可没法告诉大家。

玛丽安出现在二楼深处的黑暗里，慢慢走过来。燃烧的疯狂大毛怪呢？它不袭击玛丽安吗？

"我不怕大毛怪，是不是很神奇？不过我不会告诉你为什么。我用了特殊的调教术，这是绝密。"

玛丽安确实擅长对付大毛怪，这个世界肯定有很多这种秘密。

玛丽安用脚尖捅了捅比尔的肚子。比尔一把抓住玛丽安的脚，竖起爪子。

"嘿！"玛丽安挥拳狠狠打在比尔头上，比尔不由得松了手。

"真烦人。大毛怪，把这家伙的下半身吃了！"

两腿齐根消失。比尔的感觉早已麻痹，不过它隐约意识到自己的生殖器好像也没了。对不起啊，井森。因为我太不小心，想必连你也害死了。

"为什么用这么仇恨的眼神看我？"玛丽安说。

我是这样看她的吗？玛丽安肯定也有一点良心不安吧，所以才以为我在那么看她。

"说到底都是你的错。本来老老实实待着就没事了，非要和爱丽丝一起插手案子。"

是我的错吗？不，错的是玛丽安。玛丽安杀了三个人，而我大概是第四个。

"大毛怪，继续！"

一阵冲击，但依然几乎没有痛觉。它回头一看，连腰都没了，伤口处流出血和管子，管子里喷出污泥般的东西，是粪吗？

"还活着呀，真厉害。"

是啊，我真厉害，简直让人佩服。唔，毕竟是爬行动物，生命力还不错啦。不过下半身没了，大概也撑不了太久。恐怕就要这么死在这儿了吧。这也要怪到爱丽丝头上吗？爱丽丝真可怜，我能帮她做些什么吗？对了，那个叫什么来着……死前留言，这东西不错。这里有很多血，可以在这里写。

那，写什么呢？

"凶手是玛丽安。"要是这么写，马上就会被擦掉。

那就写一句玛丽安不懂但爱丽丝懂的话吧。幸好爱丽丝比玛丽安聪明。但很遗憾，我比玛丽安还笨。不过我有井森的知识，也有井森的思维和记忆，可以想想换成井森会怎么做。不能提玛丽安的名字，那写一个看似无关的问题行不行？不行，如果写的是无关的内容，反而会引起戒备，还是会被擦掉。那什么话不会被擦掉？对玛丽安有利的内容不会被擦掉吧？

"玛丽安不是凶手。"写明玛丽安不是凶手，这对玛丽安有利，但在爱丽丝看来，这又反而会引起她对玛丽安的怀疑。不行，玛丽安只要看到自己的名字就会擦掉吧？

"广山老师是玛丽安。"这也一样，没有意义，而且揭露了广山老师在撒谎，更会被擦掉。

"广山老师是凶手。""广山老师不是凶手。"这些都可以把注意力引到广山老师身上，但玛丽安肯定不会留下自己化身的名字。

广山老师撒谎说："我的化身是公爵夫人。"公爵夫人有确凿的不在场证据，所以她才撒这种谎。那么，提到公爵夫人或许在玛丽安看来还在安全范围内。

比尔对自己的想法没有信心。它平时就很迟钝，现在又失血过多，意识已经模糊了。但眼下只能拿死前留言赌一把了。哪怕被玛丽安擦掉，事态也不至于更糟，毕竟本来就没什么机会。

比尔把食指浸在血里，然后放到了面前的地上。眼睛已经什么都看不到了，只能努力去写。

比尔开始写起来。

公爵夫人

玛丽安发现比尔的动作，走了过来。"公爵夫人？要揭穿我的谎话吗？真遗憾，我这就帮你擦掉它。"玛丽安抬腿要踩血书。

公爵夫人不可能

"咦？你要写什么？"玛丽安没有踩下去，收回了腿。

公爵夫人不可能是凶手

"这什么意思？难道你没认出我？或者你大脑错乱，乱写了一通？"比尔不动了。玛丽安望着比尔的死前留言，沉思了一会儿。

"这对我反而有利。"玛丽安低语了一句,转身离开了,"大毛怪,出去吧。"

玛丽安离开后,比尔露出了静静的微笑。然后它再也不动了。

18

亚理吸了一口冷气。

广山老师要杀我。

"你知道这是什么吗?"广山副教授问亚理。

"是枪?"

"要说枪也算是枪。这是铆钉枪。"

"那还是一种枪咯?"

"严格来说不算枪,是一种工具,是往混凝土或金属板里打钉子的时候用的。不过原理和枪一样,所以叫铆钉枪。它和猎枪一样,都需要有许可证,所以其实也是货真价实的枪。"

"那能像普通枪那样用吗?"

"和普通枪比起来稍微有点难搞,因为枪口必须接触对象才能发射,所以杀人时必须用枪口顶住身体。"广山副教授站起身来,朝亚理走了一步。

"别过来。"亚理嘶声说。

"你怕了。"

"嗯,不过还不至于惊慌失措。"

"真的?那我现在打开保险栓。"广山副教授摆弄了一下铆钉枪,铆钉枪发出小小的"咔嗒"声。

"杀了我，你会被捕的。"

"有可能，但我也没别的选择了。现在不杀你，我在奇境之国就可能被判死刑。对了，就当你突然攻击我，我迫不得已正当防卫吧。"

"我不会让你得逞的。"

亚理尖叫起来，走廊里传来人们奔跑的声音。

"你想干什么？"

"我要阻止你。"

"你觉得大家信你还是信我？"

"拿枪的是你。而且要是我攻击你，我没必要喊人吧？"

"真能这样吗？"

"就算怀疑我也没关系。要是我接受调查，你也逃不掉。"

"我并不担心你被调查。"

"我会告诉大家：'玛丽安是凶手。'这样一来，奇境之国的调查也会有所进展。"

"这也没用。"

"为什么说没用？"

"因为我完全可以逃走。"

门开了。

"出什么事了吗？"几个人闯了进来。

广山副教授微微一笑。

怎么？难道你还有什么手段？亚理感到有些不安。

"栗栖川同学，你胆子够大的呀，竟敢勒索我。"广山副教授说。

亚理不明白广山副教授在说什么。勒索？我勒索广山老师？说这种没头没尾的谎，她是想干吗？

"但是，我不会输给你的，我有办法脱身。"广山副教授把铆钉枪的枪口贴在了自己的眉心，"拜拜，爱丽丝。"

没人动弹。几乎所有人都无法理解这一行为的意义。

广山副教授扣动扳机，然后倒下。一根钉子插在她的眉心，血从嘴巴和鼻子里涌出来。

亚理这才意识到，玛丽安既是连环谋杀案的凶手，也是唯一能证明爱丽丝清白的证人。

19

明明找到了凶手，自己的处境却比以前更凶险了，这到底算怎么回事啊？

树林里，爱丽丝靠着树干坐着，感到无路可走。她从没想到广山副教授——玛丽安会用那种方式逃跑。

意思就是，反正横竖要死，干脆选一个最让我难受的方法死咯？真可怕，我明明没做过什么惹她嫉恨的事。

唉，到底怎么办？照这样下去，大家可能不光认为我有四起杀人案的嫌疑，连玛丽安的死恐怕都要算到我头上了。

对了，说到这个，玛丽安是怎么死的呢？仔细想来，玛丽安自己可能也是受害者。元凶是广山老师，玛丽安只是凑巧是广山老师的化身，结果就这么突然死了。

爱丽丝叹了口气。不过也只能这样了，只能把一切告诉疯帽匠和三月兔。要是运气好，他们可能会相信自己，说不定还会根据我的话找到证明我清白的证据。而且就目前来说，也不是没有证据，尽管说服力多少有些不足。

"小姐？"一个用兜帽裹住整个头的人突然朝着爱丽丝打了一声招呼。

"嗯？什么？"

"不好意思，请问您是爱丽丝小姐吗？"听声音好像是位上了年纪的女性。

"嗯，是的。"

"啊，太好了，我一直在找您。"

"找我？这可真稀罕。"

"不稀罕吧？找您的人不是很多吗？您毕竟是位名人。"

"名人是说那个吧，著名连环杀人犯？而且要是不能自证清白，很快就要被判死刑。"

"我来找您，就是为了这件事。"

"死刑日期定下来了？"

"也许能让您免于死刑。"

"不用安慰我。"

"不是安慰您……那么，这么说您能相信我吗？真凶是玛丽安，或者应该说，真凶是在世时的玛丽安。"

爱丽丝感到眼前一亮。"你怎么知道的？"

"跟我来您就明白了。"

"你的意思是，还有人知道玛丽安的罪行？"

"是的。虽然具体情况不能在这儿说，但的确是这么回事。"

"为什么不能在这儿说？"

"请您谅解，我在这儿不能说太多。您想知道，就随我来。"

怎么办？跟陌生人走会有问题吗？

"您在犹豫什么？如果什么都不做，您的下场就是死刑。不如赌一把，相信我的话，您又能损失什么呢？"

确实，我也没什么可失去的了。

"明白了。那我该去哪儿？"

"我不能告诉您具体地点，请随我来。"戴兜帽的女性飞快地走了出去。

"啊！等一下！"

爱丽丝的脚下突然变得软绵绵的。

天空扭曲，地面隆起。

大地震动，群星坠落。

时空扭曲起来，空间翘曲开始了。时空如同迷宫般变幻着繁复的构造，每一秒的形态都不同。

兜帽女不断往前走。她的后背诡异地伸缩，距离感完全错乱，到底是一米开外还是十公里的远方，完全无法判断。爱丽丝只能拼命追赶，以免迷失。但由于爱丽丝和对方间总有森林或群山遮挡，爱丽丝看不到对方的情况越来越多。

当兜帽女走到月亮另一边的时候，爱丽丝已经几乎绝望了，但紧接着，她来到了一所房子前面。

"到了。"兜帽女说。

"这是哪儿？"爱丽丝环顾四周。

周围太暗，看不清楚。这里像是森林中的一栋房子，不过在奇境之国，这样的地方非常常见。

"没认出来吗？您最近应该来过的。"

"可是……"

"请进去吧。"兜帽女打开了门。

爱丽丝犹豫了片刻，还是下决心进了房子里。身后的门关上了，同时传来上锁的声音。爱丽丝紧张回头。

"这是为了防止有人打扰，请放心。"

可是……爱丽丝感到强烈的不安。

"您在寻找证明玛丽安是真凶的证据吧？"

"嗯，是的。"

"我能提供证据，甚至可以说，我是唯一能提供证据的人。"

"那请赶快拿出证据来，如果你不是在捉弄我的话。"

"好的，证据就在那儿，"兜帽女指向走廊里的黑暗角落，"请仔细看。"

"哪里？我看不见。"

"看不见吗？请走近点看，也可以拿起来。"

"哎？哪里？"

"就在那里。"

爱丽丝半蹲下来，往黑暗中看。"咔嗒"，脖子上传来声音。什么东西？

灯亮了。

搞什么呀，既然有灯，一开始干吗不开灯？爱丽丝感到脖子上不对劲，伸手去摸，发现上面套着一个金属环。她想把环取下来，但金属环牢牢卡在一起，纹丝不动。

"你这是干什么？"爱丽丝问。

"这个项圈才是最重要的。"兜帽女手里握着一条锁链，锁链连着爱丽丝的项圈。兜帽女用力一拉锁链，爱丽丝失去平衡，倒在了地上。兜帽女按住目瞪口呆的爱丽丝，又给她扣上了手铐。

"这是什么？我很不舒服。"

"我也一样不舒服。话说，你真的对这个房子没印象？"

"开了灯我就知道了，这是白兔先生家。"

"对，这是白兔先生家，所以现在已经没人住了。"

"你怎么会有这栋房子的钥匙？"

"你连这都想不明白？简单推理就能找到答案的。"

"有这栋房子钥匙的只有白兔先生和玛丽安……你从玛丽安那里拿到了钥匙？对了，玛丽安是怎么死的？"

"你不是目击者吗？"

"我看到的是广山老师，她用铆钉枪射中了自己的额头。我也接受了调查，不过因为很多人看到了她自杀，所以他们没怀疑我谋害她，但好像还是怀疑我威胁过她。不过没有证据，所以我想不至于被捕吧。再说本来就毫无根据。"

"我想不是毫无根据吧？"

"什么意思？"

"你已经查明她是真凶，还想把这事公开，这对她来说可以算一种威胁了。"

"查明凶手并不是威胁，我又不是想抢她的东西。"

"是吗？只要你拿出证据，她就可能被判死刑。"

"但她自杀了。要是真怕死，她不会那么做吧？"

"很可惜，但我没死。"兜帽女脱下兜帽。

是玛丽安。

"玛丽安，你还活着？！"

"嗯，我还活着。"

"可那时候你确实死了。"

"你是说广山衡子死了吧？是的，她确实死了，但玛丽安并没有死。"

"你不是广山老师的化身吗？！"

"是化身……哦，严格来说不算。我不是广山衡子的化身，但广山衡子是我的化身。"

"我不明白这有什么区别。"

"我听说，你们在地球上曾经用游戏来比喻两个世界间的关系？"

"嗯，井森这么说过。"

"游戏角色是遵照你的意志行动的化身。"

"对，我赞同。"

"但是，游戏角色并不是你本人。"

"这一点我也赞同。"

"你要是死了，游戏角色也会死。"

"不算死吧，应该说没人操作，相当于消失了。"

"这点跟游戏略有不同，按照两个世界的规则，都是会死的。"

"但你还活着。"

"当然了。难道游戏里的角色死了，你也会死吗？"

"怎么可能。我只是操作游戏角色，就算角色死了我也不会死，最多弹出一句'就这样死了也太没出息了'[1]之类的消息，然后角色自动复活，游戏继续……"爱丽丝倒吸了一口冷气，"你是说，这个世界的人和动物才是本体，地球上的人都是化身？"

"是啊。你以为是反过来的？"

"我从没想过自己是假的或者是复制品什么的。地球上的人应

---

1. 日本著名游戏《勇者斗恶龙2》中，玩家团灭时各国国王及负责复活的角色所说的台词，念诵整段后玩家可以读档复活，继续游戏。

该都和我一样。"

"这当然了，谁能想到自己是游戏中的角色。"

"我本来只是隐约觉得，两个世界是不是对等的。"

"才不是对等的。这个世界才是真的——地球只是个梦。"

"梦？我做的梦？"

"确实也是你做的梦。不过，这并不能解释为什么你跟其他人做了同样的梦。"

"那，地球还是存在的了？"

"存在？如果可以说梦是存在的，那可能也算存在吧。"

"那，地球真的是梦？"

"嗯，是的。不过不是你的梦，你只是分享了这个梦。"

"那到底是谁的梦啊？"

"白兔几乎就要找到答案了。它一直在这栋房子的秘密地下室里做研究，我悄悄偷走了它的研究成果。爱丽丝，你应该也对答案略知一二。"

"我什么都不知道啊。"

"特老大和特老二[1]，他们俩曾经做过白兔的助手。"

"等一下。"

"当然，他们俩并不知道真相，只是模模糊糊知道一点，但他们自以为知道了全部。"

"我想起来了，是红国王。特老大和特老二带我去看了睡在森林里的红国王，说他正梦到我，还说我们全是他梦里的人物。"

"他们的话只对了一半，另一半则是胡说八道。红国王梦到的

1.英国童谣《鹅妈妈》里的角色，被刘易斯写入《爱丽丝镜中奇遇记》。

是地球，而我们只是分享了他的梦。"

"为什么会有这种事？红国王到底是谁？"

"这我可不知道。但红国王很不简单，睡在森林里的只是他的很小一部分。"玛丽安踢了踢地板上的一处凹痕。

伴随着"轰隆隆"的声音，地板裂开了一个大洞。

"这就是秘密研究所，白兔以为没人知道。"

爱丽丝探头往地下看去，只见里面散落着无数的书和笔记，正中间有个怪东西，看起来像是顶着红穗尖顶睡帽的破布山。它正在有规律地搏动，发出犹如蒸汽火车或是野兽低吼般的声音。

"那是什么？"爱丽丝颤声问道。

"那就是红国王。"

"红国王应该正在森林里沉睡呀。"

"那只是一个节点。他普遍存在于这个世界的各处。森林里的他和这里的他互相连接，彼此等价。"

红国王身上连接着无数的导线和管道。

"那是一种生物量子计算机。应用时空穿梭的原理，拥有实际上无限的模拟能力。"

"它在模拟地球？"

"嗯，是的。"

"为了什么呢？"

"我不知道，也没兴趣。"

"要是它醒了会怎样？"

"地球会消失，直到它再次入睡吧。"

"那它睡着了，地球就会复活吗？"

"嗯。但根据白兔的研究，不会是完全相同的地球，会有些细微的不同。比方说，可能会出现一个把奇境之国当作童话故事的地球，说不定还是你做主人公的童话呢，爱丽丝，名字就叫《爱丽丝漫游奇境》什么的。"

"地球会变，奇境之国不会变。你已经知道了，即使地球上的广山老师自杀，奇境之国的玛丽安也不会死。"

"是的，这多亏了白兔。它真的帮了不少忙。多亏了那些奇境之国动物生态的知识，我才能指挥蛇鲨，还有可怕的大毛怪。很讽刺吧？白兔死在了自己的研究上。"

"是你杀了白兔先生，不要偷换概念。"

"对，是我杀了白兔先生。蛋头先生、狮鹫，还有那个愚蠢的蜥蜴比尔，都是我杀的。我全靠自己渡过了难关。"

"你只是运气好。要是我和你的体味没那么相近的话，一开始你就会被怀疑了。"

"运气也是实力的一部分。说到底，要不是你们对我穷追不舍，我也不会杀他们。"

"你也想杀我吗？"

"杀你很难。要是杀了你，我还得捏造别的凶手。"玛丽安亮出一把刀，"不过，如果你不肯好好听话，那我也只能杀了你。你自己上二楼。"

要乖乖听话吗？还是不顾一切地反抗？她有刀，我脖子上有锁链，双手也戴着手铐，胜算太小了。我已经掌握了证明玛丽安是凶手的证据，与其现在拼命，不如找机会向外求助。

确定吗？

爱丽丝开始绞尽脑汁思考逃脱的方法。

"你在磨蹭什么？拖时间也没用。"玛丽安把刀刃抵在爱丽丝的咽喉上。

"你在这儿杀了我，可就没法找借口了。"

"不需要借口，只要别让人发现你的尸体就行了。"

"尸体必然会被发现的。"

"'必然'这说法太夸张了。发现的可能性确实存在，但我也没别的选择了。要是不能把你关起来，那就只能在这儿杀了你。"

玛丽安的眼里满是疯狂。她已经杀了好几个人，多杀一个也不会犹豫吧？

爱丽丝爬上了楼梯。两人走进二楼房间，玛丽安让爱丽丝坐到床上。

"这样你一辈子都不用走路了。"玛丽安给爱丽丝套上了脚镣。

爱丽丝看了看窗户，上面嵌着栅格，看起来逃不掉。

"你干吗一脸忧伤？"玛丽安问。

"谁被剥夺了自由不忧伤啊？"

"我说了往后会养你一辈子，有什么好忧伤的！"

"养我？你会给我送吃的？"

"点心之类的吧。你看，这里刚好有饼干。"玛丽安递过来一个放了饼干的盘子，自己也吃了起来。

爱丽丝拿起一块饼干，吃了下去。虽然对味道没抱期待，但那股香甜却给爱丽丝带来了一丝活力。

"谢谢，很好吃。但只有点心的话，营养不够均衡。"

"这我就不管了。你抓点飞来飞去的苍蝇蚊子，还有地上爬的蟑螂吃，不就行了？"

"这样就能营养均衡了吗？"

"这我哪知道。你不想吃可以不吃。"

"你说蟑螂？还是点心？"

"都是。"

爱丽丝又朝窗外看了一眼，只能看到森林，完全没有人影。不过，要是大喊，可能会有人注意到。

"你是不是以为，只要大叫，就会有人注意到？"玛丽安说。

虽然被猜中了，但爱丽丝不敢回答。

"很遗憾，这是不可能的。奇境之国的家伙总喜欢大喊大叫，所以大家都习惯了叫声。而且，这里的路只通往这栋房子，白兔死后，甚至连走这条路的人都没了。"

即使如此，也不是完全没可能。玛丽安也不可能一直在这儿。趁她不注意，不断找机会呼救，也许有一天就会被人注意到。

"你是不是想得很美，以为趁我不注意的时候叫喊，迟早会被人注意到？"玛丽安问。

爱丽丝没有回答。玛丽安仿佛读懂了自己的心，但这当然不可能，她是从我的言行中推测出我的内心活动，说了出来。所以只要什么都不说，玛丽安就没法验证她心中的想法了。

"你以为只要保持沉默，我就不能读你的心了？太天真了。"

她只是碰巧猜中而已，没关系的。

右脚传来一阵微痛。

"你刚刚皱眉了。哪里痛？手？脚？"玛丽安突然变大了。

心理作用？不对，她确实变大了。

"哈哈，你发现了？没错，这个饼干里加了那种蘑菇的成分，你以前吃过的，会变大变小的那种。"

"你为什么要这么干？你想变大了把我压死？"

"要能这样就好了。可如果有人发现了你被害的尸体，这就麻烦了。你自己本来该是杀人狂,可要是你被杀了,大家就知道犯人另有其人了。"

"进退两难啊。又想杀我,又杀不了我。"

"办法也不是没有,只要确保你的尸体绝不会被发现就行了。但要是没法彻底隐藏,还是没有意义。风险太大了。"

所以玛丽安认为囚禁的风险更小啊。爱丽丝惊呆了,不过这种想法对自己来说反而有利,至少不会被杀。

"另外,一直囚禁你的风险也很高。"

"唉,你发现了呀,我还以为你完全没发现呢。"

"这怎么可能。"

"那你要怎么办?与其一直这样胆战心惊地过日子,不如去自首吧,那还轻松些。"

"那不可能。我总是能想到更聪明的办法。"

"什么办法?"

"意外身亡就行了。"

"我?"

"对。自杀或者病死虽然也行,但还没想到合适的伪装方法。"

"你想到事故的伪装方法了?"

"嗯,相当简单。"

"我会遇到什么意外?"

"你戴着项链、手镯和脚链,吃了蘑菇饼干,然后不幸地睡着了。"

"戴着项链、吃了饼干然后睡着了又怎样?"

"你的身体会变大。"

"这我知道,你不是变大了吗?"

"马上你也会变大的。"

"那又怎样？只是变大……"

"怎么了？"

"哎？好奇怪，这感觉……"爱丽丝大叫起来，"脚……我的脚……"

"怎么了？"玛丽安笑嘻嘻地问。

爱丽丝低头看向自己的脚，脚镣卡在脚踝上，皮开肉绽。

"这……怎么回事？"

"如你所见，你的脚踝马上要断了。"

爱丽丝明白了玛丽安的想法。因为吃了含蘑菇的饼干，爱丽丝的身体会逐渐变大。但脚镣不是生物，不会变大，于是脚镣就会嵌入脚踝，最终切断。

"从哪儿开始变大取决于个人体质，你好像是从脚开始的。"

这样啊，从脚开始变大，所以脚先痛。那么接下来是哪里？爱丽丝看了看自己的手腕，上面戴着手铐。她摸了摸喉咙，嵌着项圈。原来如此，先是断脚踝，然后断手腕，最后断脖子。之后玛丽安会收起项圈和手铐，换上项链和手镯。奇境之国不做科学调查，所以爱丽丝几乎肯定会被视作意外身亡。

很聪明的办法。只要埋葬了我，她就安全了。

玛丽安露出灿烂的笑容。

爱丽丝强忍着恶心，全力思考。绝对不能败给玛丽安。一定要想办法摆脱困境，让她为自己的罪行付出代价。

爱丽丝摇摇晃晃地站了起来。"玛丽安，别再干傻事了。"

"傻事？不，我倒认为自己干得很漂亮呢。"

"继续犯罪毫无意义，你应该老老实实去自首。"

"那才是毫无意义。我已经杀了四个人，不管自不自首，都会被判死刑。要想避免死刑，只能这样把碍事者杀光。"

"那只会没完没了。你不觉得整天杀人的人生很悲惨吗？"

"完全不觉得。我好像很适合杀人，也没有任何罪恶感。而且这应该是我最后一次冒险了。除了你，再没人怀疑我了。"

"你现在正在冒险。赶紧停手。"

"是啊，我现在正在冒险。然后，随着时间流逝，风险会越来越小。在你的脑袋掉下来的瞬间，我就彻底安全了。"

玛丽安的逻辑似乎没有问题，她比广山老师还要聪明得多。但我也不想无声无息被杀死。爱丽丝深吸一口气，一头撞向了玛丽安。玛丽安一屁股坐在了地上。

爱丽丝压在玛丽安身上："快，把钥匙给我。"

"不行。"玛丽安一下子变大了。

蘑菇的效果是分阶段呈现的。爱丽丝被弹飞出去，掉在了床上。不好，我也快变大了。爱丽丝站起来，想再撞玛丽安，脚踝传来难言的疼痛。爱丽丝飞扑向前，玛丽安迅速躲开。爱丽丝受到火烧般的冲击，在地上打起了滚。"呜嗷！"爱丽丝发出野兽般的咆哮，回头一看，两脚还在地上。爱丽丝披头散发，死死瞪着玛丽安，眼泪止不住地流。她用指甲抓着地板爬向玛丽安，嘴角淌出口水。

"唉，真是太顽强了。"玛丽安露出微笑。

我该怎么办？证据。必须留下玛丽安作恶的证据。我有证据，就在这。爱丽丝捂住口袋。可这样下去，证据都会有危险。

爱丽丝的腿和腰急速膨胀，变大的趋势逐渐朝上半身发展。再有几秒手也会断，接着脖子也会断，在那之前必须留下证据。不能白死，一定要报仇。不能拿着证据死，必须把证据送出去。

爱丽丝不再爬向玛丽安，转而朝窗户爬去。窗户开着，但装着铁栅，出不去。

"如果身体变小，说不定能从铁栅出去，"玛丽安说，"可惜你没时间找变小蘑菇了。"

爱丽丝的腰膨胀起来，裙子也撑破了。对了，有个办法。不知道算不算好办法，但现在也没时间想更好的办法了。

爱丽丝把手伸进了口袋里。

"你藏了什么?!"

爱丽丝并不回答，她从口袋里抽出拳头，伸到铁窗外。

"什么东西? 给我看看!"玛丽安抓住爱丽丝的胳膊想拽回来，但胳膊已经太粗，紧紧卡在铁栅中间，完全动不了。

"是对我不利的东西吗?"玛丽安问。

"可能吧。"爱丽丝流着泪说。

"你这么做也是白费力，因为你马上就要死了。"

"反正都要死，至少要让罪人受到惩罚。"

"你的胳膊会变得比现在粗十倍，被夹在铁栅中间切断，会疼死你的。"

"反正手腕也会被手铐切断。"

爱丽丝的手腕发出"嘎吱嘎吱"声。她的手臂变得更粗，皮肤上显出血瘀，拳头涨红。必须握拳，不能放开。必须忍住。骨头发出"咔嚓嚓"声，断腕后的拳头掉到了窗外。爱丽丝朝后倒去，房间里血流如注，她大声惨叫，痛苦地挥舞着四肢。

"真蠢，明明就是白费劲儿。"玛丽安得意地说。

"才……不是……白费……"爱丽丝无力地说。

"不，就是白费劲儿。你要死了，你的化身亚理也要死了，这已经是既定事实了。"

"才……不是……既定……事实……"爱丽丝的脖子也膨胀起来，受到项圈的压迫，她感到呼吸困难。

"不要嘴硬了。"

"有件事……你……不知道……"

"你骗我。"

"不。没……骗我……秘密……想知道吗……"

"什么？没骗我的话，你就说吧。"

"我……喘不上气……发不出声……你靠近点……"

玛丽安把耳朵凑到了爱丽丝的嘴边。

"呸！"爱丽丝朝玛丽安脸上吐了一大口血。

"你搞什么！"玛丽安大怒，一拳打在爱丽丝的脸上。

但爱丽丝的脖子已经断了，她的头被玛丽安打到了房间另一头。没头的躯体晃了下手臂，脑袋则惊愕地瞪着眼。

"你还活着吗？"玛丽安问。

没反应。

玛丽安凑近血海中的爱丽丝的头："说点什么吧。"

没反应。

"对啊，没有肺没法说话是吧？"

玛丽安用指尖戳了戳爱丽丝的脸颊，还有点弹性。

没反应。

玛丽安朝爱丽丝的鼻子狠狠打了一拳，鼻子发出树枝折断般的声音。

没反应。

"真的死了。"玛丽安嘟囔了一句。

接着她大笑起来。笑了一阵后，玛丽安歪着头停了下来。

"我说，你把什么东西扔到窗外了？"

没反应。

"你不是在装死吧？"

没反应。

玛丽安从窗户往下看："铁栅太碍事了，看不到。"

玛丽安离开房间，跑下楼梯。她跳到屋外，在窗户下寻找。原来掉在了枯叶上。不过那东西看起来好像也不是掉下来的，倒像是被谁放在那里似的。玛丽安用力掰开了那个拳头。

手里什么都没有。

"最后时刻还在虚张声势？可惜很遗憾，你就只坚持了一分钟啊。"

玛丽安在狂风中继续大笑。

20

那个女的死了。田畑助教窃笑不已。

而且听说是自己射穿了自己的脑袋。据说她因为一些事，被一个年轻女性勒索。自己并不想知道她被勒索的原因是什么。广山副教授死了，这件事才是最有意义的。

那个女的疯了，而且还把疯狂散布到了周围。

田畑助教回想起昨天之前的种种苦难。

"这什么资料？再做明白点。我看不懂的资料没有意义。"

你连普通高中生就能看懂的资料都理解不了。你连尽人皆知的常识都没有。号称大学副教授，好歹有点最低限度的科学知识吧！

"知道了，我会改的。"

"你干吗要放图啊？真搞不懂你怎么想的。这堆线就算看了也弄不明白什么啊。做成表，简单易懂的表。"

为什么图都看不懂？这么简单的直方图和散点图都看不懂，那就回去从小学开始重新学啊。而且这么多数据，怎么做成表？没办法，就提取平均值和标准差做成表吧。

"知道了，我会改的。"

"这都什么啊？光把数据丢给我，我能明白吗？你要解释数据啊。换句话说，这都是些啥？是好的？还是坏的？好的要打钩，坏的要打叉。表上要填好钩和叉。哦对了，普通的要打三角。"

啥？什么叫好的坏的？这又不是测试设备性能的数据，只是观察形状分布的趋势啊。哪有什么好的坏的。况且三角又是什么？什么叫普通？这个设备又没有上市，哪儿来的普通？

"明白了，我试着用钩、叉和三角标记一下。"

"嗯，这就行了。全是钩。也就是说，这个很好嘛。得出了很好的结果。知道这点就行了。"

我按你的要求把表都用钩填上了。虽然这表已经没有任何意义了，但既然你满意，那我也无所谓。别再找各种莫名的理由剥夺我宝贵的实验时间了，求你了。

　　"多谢您的指导，麻烦您了。"

　　"你等等，这表不行，没有意义。这是篠崎教授说的。还有，数据需要理论佐证，你把理论写一下！"

　　所以我论文初稿里不就写了理论吗？不是你说你看不懂，非要我删了吗！给我恢复原样然后拿给教授看啊！

　　"加上理论啊，我明白了。"

　　"你搞我吗？我说了这玩意我看不懂。是我要去跟篠崎教授解释啊。我要是看不懂内容那还有什么意义？！"

　　啊，这又是要干什么？根本就是鬼打墙。篠崎教授要的是高水准的内容，但高水准的内容你又理解不了。本来就没可能。只要你插在中间，就绝对没可能做好。就不能让我跟篠崎教授解释吗？换成我，就能准确地解释了。

　　"非常抱歉，我会改成容易理解的形式。"

　　"明天之前全给我改好。还有这个数据，你能把金属导体换成超导体做个数据出来吗？教授问了，说：'超导体不行吗？'麻烦明早十点前给我。"

你白痴吗？为了获得金属导体的数据，我足足用了半年时间。明早绝对给不出来。

"好的，我努力试试。"

"你去哪儿？实验室？你怎么还这么悠闲？明早必须交资料！哪有时间做实验？有那个闲工夫，你先把简报做了。简报！"

可是简报上要写数据啊。

"抱歉，超导体的数据至少需要三个条件，我现在要去想办法测定。"

"你白痴吗？要的是数据，不是实验。现在马上做简报，懂了吗？"

什么意思？没有实验的数据？

"我觉得，要是不通过实验测数据，至少也需要模拟结果。"

"模拟？可以，但不能写是模拟。"

你到底在说什么？真的完全没法理解。

"那要怎么写？"

"就写'实验结果'不就行了？"

这个老太婆是要我数据造假？

"这不太好吧？篠崎教授说过不行。"

"那就别模拟了！总之明天之前把数据填上去！"

结果不还是要做实验吗？
"好的，那我去做实验了。"

"你到底怎么听人说话的？没时间做实验。赶紧去做超导数据的简报！"

越来越想吐了。你知道自己在说什么吗？
"要是不做实验，也不做模拟，那就没有数据。"

"这你自己想办法。你做了几年研究员了啊？有点常识好吧？"

果然是让我数据造假吗？这么说来，这家伙的论文数据一向很奇怪。数据总是过分漂亮，论文间却缺乏一致性。她一直都是这么干的吗？现在也想让我这么干？
"那个……我不懂您的意思。没有数据，我什么都做不了。"

"你明白自己的处境吗？篠崎教授还有两年就退休了，到那时这个讲座归谁管？跟我对着干，你觉得怎样？你想一直当助教吗？"

现在换威胁咯？可要是数据造假，我的研究生涯就完了。
"要么提交资料还是等下次机会吧？"

"你在说什么？如果明天没有资料，还怎么申请预算？"

反正你不做实验就有数据，还要什么预算？

"我想放弃这回，也是一个办法。"

"那不行，预算的用途已经定了，要买银河产业的设备。"

银河产业？说起来，最近银河产业的人常来找你嘛。你好像频繁被请去做活动，我还看到你收下了可疑的信封。该不会是回扣吧？

"我觉得设备就维持现状也没什么问题。"

"你在说什么？你懂什么是研究吗？没有银河产业的设备，研究根本没办法做。这事已经定了，你不要多嘴！"

看来关系匪浅啊。不过我没有证据，眼下只能照办了吗？

"明白了，数据我来想办法处理。"

"还有设备的安全检查，明天九点前要向总务处提交报告。"

这突然说的又是什么？

"啊？是什么事啊？"

"咦？我没说过吗？大概半年前，总务处发过通知，针对所有设备，对两百个检查项目进行确认，并编写安全手册。提交期限是明天。"

喂，你知道我们这儿有几十台设备吗？

"抱歉，明天实在是来不及。"

"来不及？现在才晚上十一点，时间不是很充裕吗？"

太荒唐了，这事儿要花好多天啊。

"我没法又写实验资料，又做安全手册。"

"你是说你忙不过来？那就禁止你使用设备！"

喂，这样会头疼的是你吧？

"那我就没法做实验了。"

"那正好。现在很忙，没时间给你做实验，你就专心做数据吧。"

需要数据，却不需要做实验。不做实验，却需要买设备。为了买设备，又需要数据。这个老太婆的话全是自相矛盾。

"真的不行，我今天必须早点回去。我才上小学的独生女现在发烧了躺在床上，刚才我太太说她也发烧了，所以我今天得早点——"

"你说的都什么呀？女儿病了？妻子发烧？这些你都不用管。你想想是谁在养你？公事大于私事是常识。大学给你发了工资吧？不干活你就是白拿钱！你这个寄生虫！"

那你自己又干了什么？整天只会妨碍别人工作，你还有资格说我是寄生虫？

"对不起，我马上去做。"

"是嘛，这样才对。都是因为你，搞得我这么累。真会给人找麻烦。"

......

真恶心。不过她死了，太好了。

真的是太好了，对所有人都好。这样一来，造假的论文就不会发表，篠崎教授的名誉也保住了，我也能扎扎实实做研究、指导学生，还可以充实实验手册。估计会很忙，但不会像以前那样做一堆无用功，只为了满足那个老太婆的想法。

终于能做点有价值的事了，田畑助教露出了非常满足的笑容。

"你在傻笑什么？"广山副教授出现在他眼前。

"哇呀！"田畑助教一屁股坐到了地上。

"你慌什么？冷静点。"

"可是......"田畑助教惨叫起来。

"可是什么？"

"可是，你......"

"我怎么了？"

"前几天你刚刚......"

"前几天？"

"......嗯？"

"前几天我怎么了？"

"奇怪。唔，应该发生过一件大事。"

"什么大事？"

"自杀。"

"自杀？那个姓王子的博士后？"

"不，不是他，是你……"

"我自杀了？"

"嗯，是啊。"

"我还活着呢。"

"还活着啊……当然活着。那是个梦嘛。"

"你刚刚在说什么？"

"我说我梦见你自杀了。"

"什么嘛，真让人不舒服。"

"只是个梦啦，别在意。"

"那你干吗要突然跟我说这个梦？"

田畑助教挠了挠头："为什么呢……我只是觉得……"

"觉得什么？"

"觉得好像真的发生过。"

"你觉得梦像真的？"

"嗯。"

"人在梦里基本都会这么觉得。"

"说的也是。"

"是不是因为你听了那对奇怪的学生情侣说的话？"

"奇怪的学生情侣？"

"嗯，什么奇境之国之类的。"

"哦，是有这么一件事。"

"那都是他们胡思乱想，别在意。"

"啊，好的。"

"不说这个了，今天上午你把所有药剂的清单列出来，要写上现有存量、每年用量、价格和产品安全数据。"

"我们的药剂有上千种啊。"

"是吗？但是今天就截止了。半年前就通知了，现在也没法再延后了。"

"可我今天才听说。"

"这种借口没有用，你是这事的负责人。"

"我是负责人？"

"对，要是来不及，你要承担全部责任。"

"你就没有责任吗？"

"这还用问？我是领导！怎么可能有责任？责任都是下属承担的。"

"下属承担？"

"这是常识！"

"是吗。"田畑助教的肩膀垮了下来，"我这就去做清单。"他垂头丧气地出了房间。

那家伙，还傻笑呢。以为我死了是吗？唔，不过到刚才为止，这也确实是事实。即使这个世界的广山衡子死了，只要奇境之国的本体玛丽安还活着，广山衡子就能无限复活。也不是只有我特殊，这是红国王的规则。不过，死者复活是一种影响极大的改变，所以最终只能强行改成梦里的事。虽然我已死的记忆还残留着，但它被切断了与其他记忆的联系，又被模糊处理了，所以每个人都会把它当成梦。奇境之国的记忆之所以在这个世界变得模糊，让人以为是梦，也是同样的道理。虽然详细原理还不知道，不过也没必要知道得那么详细。总之，只要红国王还在沉睡，红国王的梦就会继续。我只要利用这点就行了。

不过，这回的一连串事件还真是难搞啊。最初的失算是错杀了蛋头先生。就因为这，爱丽丝被牵扯了进来，结果我不得不杀了狮鹫、白兔、比尔，还有爱丽丝。制订计划真是太烦了，不过总算是搞完了。

广山副教授回到自己的房间，坐在椅子上，闭上眼睛，深吸了一口气。我会一个一个实现自己的梦想。狮鹫死了，研究室就到手了。接下来我要成为教授，然后是系主任，院长。当然，这个过程中肯定会有很多人眼红，也有各种不顺的时候，到时候就还是利用红国王的梦境规则来解决吧。

门开了，传来了某人的脚步声。

"怎么回来了？赶紧去做清单。今晚做好，明早给我。然后还有产品安全数据表什么的，我完全不懂，你要全给我解释清楚。"

"这么麻烦的事我才不干。"

是女性的声音，而且是熟悉的声音。广山副教授睁开眼。

她倒吸了一口冷气。站在她面前的，是她完全想不到的人。

"爱丽丝，你怎么还活着？"

"不，爱丽丝死了。"栗栖川亚理平静地说。

"喂，爱丽丝，"睡鼠在口袋里说，"既然玛丽安在死前招供了，这个案子应该算是解决了吧？"

"目击者只有你一个，玛丽安也死了，我们拿不到新的口供。"爱丽丝坐在森林中一棵大树的树桩上说，"而且在地球上，你还被怀疑敲诈勒索。"

"是啊。不知道为什么，明明栗栖川亚理是我在地球上的化身，大家却都以为是爱丽丝的化身。"

"谁让你总待在我口袋里，我听到看到的，基本上栗栖川亚理都知道，所以大家就这么以为了。"

"一开始我还想解释，不过后来我改了主意。要是大家认为爱丽丝是亚理，那我在奇境之国不就可以自由行动了吗？而且我想，还是别让真凶知道你还有一个同伴为好。"

"毕竟我的同伴比尔和白兔先生都被害了。"

"白兔不算同伴吧？"

"在这边的世界不算。但在地球上，李绪学姐是你朋友吧？"

"她甚至都不知道我是爱丽丝，还以为我是玛丽安呢。"

"这是误会加误会的结果呀。不过，我在地球上不能和你一起行动，得亏你每晚把情况讲给我了。"

"唉，我还有点担心自己有没有准确地告诉你呢。"

"哎，有人来了。"爱丽丝说。

"那我躲进口袋了。"

"不用了吧？真凶都死了。"

"保险起见啦。先别暴露亚理和睡鼠的关系，可能更容易获取信息。"

"也对，反正想坦白随时能坦白，眼下先暂时保密吧。"

睡鼠在口袋里蜷成一团。

22

"可怜的爱丽丝死了。"亚理从口袋里拿出一团手帕，手帕上有一个沾满鲜血的小小灰色物体。

"这是爱丽丝的化身，我的亲密家人——哈姆美。"

"仓鼠？爱丽丝的化身不是你，是仓鼠？！"

"是啊。昨天有块石头突然打碎窗户，飞进了我房间，刚好砸在笼子上，它的身体被砸成了好几段。"

"真可怜。不过跟我无关。"广山副教授说。

"是没有直接关系。不过，哈姆美是因为你杀了爱丽丝才会死的，这一点毫无疑问。"

"我杀了爱丽丝？那我到底是怎么杀她的呢？"

"让她戴着项圈、手铐和脚镣变大。"

"那是意外。她是戴着项链、手镯和脚链变大——"

"她一般不戴首饰，特意戴上那些东西变大，这太不对劲了。"

"那退一步，就当她是被害的，你凭什么认定是我干的？"

"杀了她谁会获益？只有真凶。"

"所以说，你凭什么认定我是真凶？而且大家都认为她是连环谋杀案的凶手，除了真凶，还有很多人恨她吧？"

"她从比尔的死前留言中推断出了你是真凶。"

"是吗？可是死人不会说话。难道说有人亲眼看到了我杀人？"

"是，有人看到了。"

"谁？"

"我。"

"你是谁？"

"我是栗栖川亚理，在奇境之国的本体是睡鼠。"

"这跟爱丽丝不是正相反吗？"

"什么正相反？"

"人类和啮齿动物。"

"不能相反吗？"

"不，这是红国王的梦里，所以发生什么都不奇怪。然后呢？"

"你杀爱丽丝的时候，我就在她的口袋里。"

"那可真让人吃惊，我完全没注意到。我确实杀了爱丽丝，但是你也对你的朋友见死不救了。"

"那时候我本想跳出去攻击你的，但爱丽丝按住了口袋。我明白她的意思。要是我跳出去，很可能我们俩都会死在你手上。所以她希望我想办法逃走，揭露你的罪行。这是爱丽丝的愿望。"

"我检查了爱丽丝的尸体，口袋里没有你。你怎么逃走的？"

"爱丽丝抓住我，把手伸到铁窗外，后来变大的手腕被铁窗切断，我掉了下去。幸亏爱丽丝的手掌帮我做了缓冲，我没有受伤。然后我赶在你过来检查之前，逃进了森林。"

"我也怀疑爱丽丝丢出去了什么证据，但她手里什么都没有，我还以为她在故弄玄虚，没想到证据居然是活的。"

"放弃挣扎吧，玛丽安。"

"我干吗要放弃？"

"亲眼看到你杀人的证人就在这里。"

"那又如何？"

"我会作证的。"

"请便。要不要现在就去见警察啊？"

"你挺有自信嘛。"

"警察抓不了我，因为我没杀人。"

"你在奇境之国杀了五个人。"

"但我在地球上一个人都没杀。不管在梦里杀了多少人，都不会在现实世界被问罪。"

"但其实奇境之国才是现实，地球是梦。"

"都一样。从梦里看，现实才是梦。现实的罪行在梦里不会被追责。"

"我也可以在奇境之国作证。"

"那也请便。"

"你在想只要杀了我就行了吧？可要是指证你是凶手的我死了，大家会怎么想呢？"

"不，我不会杀你，没必要冒这个险。虽然你是证人，但你没有物证。我这五次谋杀，都没有留下任何物证。"

"真的吗？你确信没留下一丁点血液、汗液、泪水、毛发？"

"留下了又怎样？"

"通过科学调查，很快就能确定你是凶手。"

"奇境之国的人怎么可能做科学调查。"

"唉，这倒也是。"亚理叹了一口气。

"怎么，这么快就放弃了？"

"我只是放弃了科学调查，并没有放弃惩罚你。"

"但你没法证实我的罪行。"

"我会控告你。"

"不管你怎么胡言乱语，都不过是乱咬一气。朋友去世让你精神失常了。就是这么回事儿，没人会信你的。"

"不，有人信她。"谷丸警部从门右侧的死角里走了出来。

"你什么时候来的？"广山副教授的脸色一变。

"你看到栗栖川小姐的时候我就在了。"

"你听到我们说的话了？"

"嗯，你招供了。"

"那只是说着玩的。"

"爱丽丝的死状并没有对大众公布，你说了很多只有凶手才知道的事。"

"哎呀，这样吗？"广山副教授改变了态度，"那又怎样？不过是胡言乱语的人从一个变成了两个而已，没人信你们的话。"

"不是两个。"西中岛从门左侧的死角里走了出来。

"到底藏了几个人啊？"

"没别人了，证明你罪行的证人有三个。"西中岛说。

"原来如此，三个人啊。"广山副教授吃惊地说。

"是的，三个人。放弃挣扎吧。"

"为什么？"

"因为足足有三位证人。"

"只是三个人而已。不，不管多少人都一样。证人只是证人。口说无凭，你们没有证据。"

"我们是地球人，同时也是奇境之国的居民，也可以在奇境之国作证。"

"在奇境之国作证有什么用？那边的人不是傻子就是骗子，不管你们说什么都没人会信。"

"没人信吗？"谷丸警部问。

"嗯，没人信。"广山副教授说。

"不过听证词的人，肯定是奇境之国的居民吧？"

"所以才说啊，没人会认真听你们的证词的。"

"说到底，究竟是谁要听证词啊？"

"当然是法官了。"

"法官是谁啊？"

"国王啊。不过其实是掌握实权的王后啦。"

"哦。那只要能让王后认可，连证据都可以不要了，是吧？"

"前提是王后认可，但那是不可能的。"

"为什么不可能？"

"因为王后脑子有问题，她没法理解别人的话。她能理解的只有自己亲眼看到、亲耳听到的东西。"

"原来如此。王后的脑子有问题？"

"嗯，非常有问题。"

"这是个重要信息。西中岛，记下来。"

"是，警部。"

"要注明是她说的。"

"是，警部。"

"那么，广山老师，"警部说，"哪怕是脑子有问题的王后，只要是亲眼所见和亲耳所闻，她还是能理解的吧？"

"对，但是她看不到也听不到什么了，毕竟案子本身已经全都结束了。"

"原来如此。对了，你知道他是谁吗？"谷丸警部指了指西中岛。

"我知道，刑警之类的吧？"

"对，就是那种。"谷丸警部点了点头，"不过，你知道他在奇境之国是谁吗？"

"假海龟什么的？"

"他是公爵夫人。"

"啊？"

亚理看到广山副教授的眼睛差点跳出来。

"那，我说自己是公爵夫人的谎话……"

"早就暴露了。一听栗栖川小姐说这件事，你就成了头号嫌疑人。"

"你们都知道了，还非要装出上当的样子。"广山副教授愤愤地说。

"这且不说。公爵夫人和王后关系很好，你知道吧？"

"但王后未必会相信公爵夫人的话，因为她们是竞争对手。我觉得王后会认为这是某种陷阱，反而提高警惕。"

"你这个推测有什么依据吗？"

"没有依据我也知道。"

"好有自信啊。"

"我说，那个谁来着，"广山副教授喊西中岛，"你也知道吧？王后又蠢又多疑。"

"呃，这个嘛……"西中岛挠了挠头。

"你有信心能说服王后吗？"

"说什么？"

"说我——玛丽安是连环谋杀案的真凶。"

"哦，这个啊，"西中岛点了点头，"这事儿的话，我完全没打算说服她。"

广山副教授露出了得意的笑容。"对吧？他都放弃了。"

"放弃什么？"谷丸警部问。

"当然是放弃说服王后啊！你们怎么回事？简直像奇境之国的人一样，不停兜圈子。你们在耍我吗？"

"不是啊，纯粹是因为没懂才问的。那么，他干吗要去说服王后呢？"

"这点我也没明白。"西中岛说。

"啊？你们打算放我一马吗？"

"怎么可能？像你这么穷凶极恶的罪犯，怎么能放你跑呢？"谷丸警部说。

"那不说服王后，你们打算怎么判我的罪？"

"不需要说服王后，因为王后已经知道你是真凶了。"

"王后怎么会知道的？"

"因为她听到了你的供述啊。"

"我什么时候供述的？"

"就刚才，还有现在。"

"但王后又不在这儿。"

"不，她在，"谷丸警部微笑着说，"我就是王后。"

23

"那么，该怎么判呢？"法官问。

"砍她的脑袋啊。"王后说。

"接下来宣布判决：砍脑袋。"

"判决不当！"玛丽安说，"我是被冤枉的！"

"我们有证人。我，公爵夫人，睡鼠。"

"那是梦。"

"不仅是梦，是地球上发生的事。"

"地球上的事全都是红国王的梦！因为梦里的行为被判刑，这太不公平了。"

"你只是在梦里招供了而已，你的罪行全都是在现实的奇境之国犯下的，所以自然该在奇境之国接受惩罚。"

"我想起来了，我是受了威胁才做了假口供。"

"你受了谁的威胁？"

"睡鼠。"

"它怎么威胁你了？"

"唔……对了，睡鼠威胁我说，要是我不照它说的做，它就诬陷我是凶手。"

"这就怪了。要诬陷你并不需要口供，只要伪造一些证据就行了，应该没必要浪费力气让你自己招供吧？"

"不对，我刚才搞错了……对了，它威胁我说，要揭发我滥用职权。"

"原来你知道自己在滥用职权啊。"睡鼠说着梦话。

"被揭发滥用职权，总比被判死刑好吧？"

"不对，我刚才说错了……对了，它威胁说要杀我，我不听话它就要杀了我。"

"那种情况下，它怎么杀你？而且在地球上被杀也不会死，这点你最清楚了。"

"不对，不对，不是这样……"

"快把这家伙的脑袋砍了！"王后不耐烦地说。

法庭里所有人都鼓起掌来。两名扑克士兵抓住玛丽安的两只胳膊，把她拖走。

"救命！我是无辜的！我是被陷害的！！"

王后掏了掏耳朵，观众争先恐后地追在喊个不停的玛丽安后面跑出了法庭。玛丽安拼命挣扎，扑克士兵手忙脚乱。

终于，玛丽安被带到了中庭。不知是不是放弃挣扎了，她一下子瘫在了地上。

"那么，"一名扑克士兵红心二说，"在哪儿砍？"

"还是在这儿吧，"黑桃三说，"在城里砍，会弄脏城堡的。"

"那就在这儿吧。"两人放开了玛丽安。

玛丽安像兔子一样拔腿就跑。

"站住！站住！"两人脸色大变，追了出去。

但玛丽安的速度惊人地快。她全速冲向敞开的大门，就在即将冲出去的刹那，一个男人挡住了她的去路。

"疯帽匠！"玛丽安没有减速，想从疯帽匠身边穿过去。

疯帽匠把手往旁边一伸，一把卡住了玛丽安的脖子。

"咕！"玛丽安一下子摔倒在地。

"喂，扑克牌，"疯帽匠说，"把这家伙捆好。"

"你明明一直在怀疑爱丽丝，"玛丽安捂着脖子说，"亏我在地球上还给你们这些初中生钱。"

"那是你要给，我们才收的。我们也没觉得那是贿赂。说到底，我们也不知道你是凶手。我们没法发现你的体味和爱丽丝一样啊。"

"但我早就发现了。"三月兔说。

"那你为什么不说？"

"因为你没问啊。"

"我要怎么问？"

"你可以问：'我说，三月兔先生，爱丽丝和玛丽安的体味该不会完全一样吧？'那我就会回答：'是啊，光凭气味没法区分她们。'"

"可我怎么能想到那种问题？"

"你问我就好了呀。'我说，三月兔先生，要想让你回答："是啊，光凭气味没法区分她们。"我要怎么问你呢？'"

"可我怎么能想到那种问题？"

"你问我就好了呀。'我说，三月兔先生……'"

两名扑克士兵终于把玛丽安捆了起来。由于玛丽安很不配合，绳子打了好多结，还捆了好几圈，她的四肢都扭得很奇怪。可能因为血管受压迫，血流受阻，她全身到处青一块紫一块。

"痛，痛。"玛丽安说。

"她喊痛，要不要松一点？"

"绳子都缠在一起了，不好松开。"

"用刀割断吧。"玛丽安说。

"割你的手脚？"

"当然不是手脚，是绳子。"

"这样啊。"红心二点点头，拔出了刀。

观众们发出嘘声。

"喂，动动脑子。"黑桃三说，"要是割了绳子，再要捆她就麻烦了。"

"为什么要捆她？"

"她要是自由了，又会跑出去，还要等人把她抓起来，再捆一次。"

"也是，那确实麻烦。那我们先去找绳子吧。"

"等等。"王后来了，"没这个必要，直接把她脑袋砍下来！砍了脑袋她就不会跑了，也就不用担心了。"

"也是，真是个好主意。"黑桃三说，"你来吧，红心二。"

"干什么？"

"砍脑袋。"

"不要，我没砍过。"

"我也没有啊。"

"砍过脑袋的人往前一步。"王后说。

没人动弹。

"怎么回事！"王后大喊，"到今天为止，我已经下过好多次砍头命令了，怎么居然没人砍过头？"

"因为下了命令也没人砍。"红心二说。

"也就是说你们无视了我的命令？罪不可赦！把违反命令的家伙脑袋砍下来！"

"事到如今就算这么说，要查违反命令的人也查不过来。"

"那就先把玛丽安的脑袋砍下来！这次姑且饶了你们。"

"那怎么砍？"

"用刀啊，多简单。"

"我试试看。"黑桃三举起了刀。

"住手！别杀我！"玛丽安哀求道。

"她在求饶，怎么办？"黑桃三回头问。

"别管她，快砍。"

"遵命。"黑桃三瞄准匍匐在地的玛丽安，朝她的脖子挥刀砍下。

24

以前曾和广山副教授在一起的两名初中生，正看着亚理的方向窃窃私语。

"他们是疯帽匠和三月兔，"谷丸警部说，"在这边的世界，广山老师好像给了他们很多假情报。"

"原来他们没威胁广山老师啊。"

"听说广山老师会给他们零花钱收买他们。"

"这么说来，广山老师怎么样了？"

"广山老师被电车撞了。"西中岛告诉亚理。

"意外还是自杀？"

"这我还不太清楚，反正不重要啦。"

"是当场死亡吗？"

"不，好像恰好压到了动脉，虽然身体差不多断了，但没有当场死亡。"

"过了很久才死的吗？"

"不，现在还活着，偶尔还会恢复意识。"谷丸警部说。

"真奇怪，奇境之国的本体一旦死亡，化身不是也会死吗？"

"不，本体还没死。"

"死刑已经执行过了吧？"

"死刑是执行了，但还没执行完。"

"要花多少时间啊？"

"毕竟是第一次，大概再过几小时就差不多了吧。"

"这不是很残酷的刑罚吗？"

"并不是故意的，况且地球的法律体系在奇境之国并不管用。"

对，奇境之国不是正经世界。但是，看似正经的这个地球只是个梦，奇境之国却是现实。没有任何道理。这就是事实，毫无办法。

亚理感到一阵眩晕，简直像整个世界都在摇晃。

"不，确实在摇晃。"柴郡猫在她耳边说。

"柴郡猫！你怎么会在这里?！"

"你不也在这里吗？"

"可我不是以睡鼠的形态在这里的，我是以栗栖川亚理的形态存在于地球上的。"

"我是以柴郡猫的形态存在于地球上的。"

"这怎么可能？"

"怎么不可能？"

"因为不合理啊。"

"没错。因为玛丽安搞得太过分，这个梦境已经破洞百出，没法自圆其说了。"

"什么意思？"

"梦本来是不合逻辑的。不过足够完美的梦却大致合理，就像现实一样。这样的梦可以长期存在，这次的梦就是那种。不过现在已经到头了。小矛盾逐渐积累，已经无法忽视。所以梦境即将崩溃，红国王就要醒了。"

亚理环顾世界。

太阳盈缺变幻，恶魔从天而降，天使从地下爬出。

妖怪们缠住喷火的怪兽，鱼和鲸在天空飞舞。地球、火星、木星、土星与鲸鱼座连在一起。无法描述的生物纷纷出现。

一切终结了啊。

"你在哭什么？"柴郡猫问。

"世界要终结了啊，这可是我最喜欢的世界。"

"世界没有终结，只是一场梦结束了。"

"对我们来说，这个梦就是世界。"

"那也不过是个梦，梦就是梦。"

"这种事以前也发生过吗？"

"经常发生，只是你忘了而已。"

"我再也见不到大家了吗？"

"在奇境之国，随时都能见到。"

"但是地球没了。"

"没事的，红国王醒来后还会睡着，睡着了还会醒来。很快他又会梦到下一个地球的。"

"希望下个地球是个好地球啊。"

早上好，爱丽丝。

（全书完）

梦中的暗杀者1：谋杀爱丽丝

作者 _ [日] 小林泰三　　译者 _ 丁丁虫

产品经理 _ 夏言　　装帧设计 _ 星野　　封面插画 _ [日] 丹地阳子　　产品总监 _ 夏言

技术编辑 _ 顾逸飞　　责任印制 _ 梁拥军　　策划人 _ 吴涛

营销团队 _ 毛婷　郭敏　魏洋　石敏

果麦

www.guomai.cn

以 微 小 的 力 量 推 动 文 明

图书在版编目（CIP）数据

谋杀爱丽丝 / (日) 小林泰三著；丁丁虫译. -- 北
京 : 北京联合出版公司, 2023.9（2023.11重印）
（梦中的暗杀者）
ISBN 978-7-5596-7055-7

Ⅰ.①谋… Ⅱ.①小… ②丁… Ⅲ.①长篇小说—日
本—现代 Ⅳ.①I313.45

中国国家版本馆CIP数据核字（2023）第117814号

ALICE GOROSHI
Copyright © Yasumi Kobayashi 2013
All rights reserved.
Original Japanese edition published by TOKYO SOGENSHA Co., Ltd.
This Simplified Chinese edition published
by arrangement with TOKYO SOGENSHA Co., Ltd., Tokyo
in care of FORTUNA Co., Ltd., Tokyo

Illustration copyright © Yoko Tanji

北京市版权局著作权合同登记 图字：01-2022-4110

谋杀爱丽丝

作　　者：[日] 小林泰三
译　　者：丁丁虫
出 品 人：赵红仕
责任编辑：龚将
装帧设计：星野

北京联合出版公司出版
（北京市西城区德外大街83号楼9层　　100088）
河北鹏润印刷有限公司　新华书店经销
字数174千字　880毫米×1230毫米　1/32　7.75印张
2023年9月第1版　2023年11月第2次印刷
ISBN 978-7-5596-7055-7
定价：168.00元

梦中的暗杀者
②

[日] 小林泰三

著

谋杀克拉拉

吕灵芝

译

北京联合出版公司
Beijing United Publishing Co.,Ltd.

The Murder of Clara

果麦文化 出品

主要登场人物

井森建
经常梦到"奇境之国"的研究生。

露天客拉拉
坐轮椅的美少女，生命受到威胁。

杜塞梅尔
大学教授，客拉拉的叔父。

诸星隼人
客拉拉的朋友，作家。

新藤礼都
聪明伶俐的女性，协助井森调查的助手。

*

比尔
通人言的蜥蜴，"奇境之国"居民。

克拉拉
医学顾问斯塔布鲍姆的女儿。

杜塞梅尔
高级法院的法官。

主要登场人物

斯帕兰札尼教授
物理学家，发明家。

拿但业
斯帕兰札尼的学生。

奥林匹亚
斯帕兰札尼制造的机器人。

科帕留斯
律师，有时自称克卜拉或"沙人"。

玛丽
克拉拉的朋友，人偶。

皮利帕特
克拉拉的朋友，被诅咒的公主。

赛芬蒂娜
克拉拉的朋友，真实形态是蛇精灵。

斯克德里夫人
充满智慧的老妇人，与比尔共同调查。

1

"难道我迷路了？"蜥蜴比尔喃喃自语。

虽然用了疑问句，但它心中并没有疑问，因为它的确迷路了。

"这可糟了。"

然而，它并没有感到焦急。这是当然的。因为在奇境之国总是发生意外，比尔每天都要遇到成百上千次意外。迷路固然糟糕，可它早已习惯了这类糟糕的事。

虽然比尔并不焦急，它还是四下张望起来，寻找回去的路。

嗯……这种时候必须保持冷静。我为什么找不到路？那是因为迷路了。那么我为什么会迷路？那是因为我在走路。

很好，真相渐渐浮出水面了。

我为什么在走路？因为我要去白兔家。我为什么要去白兔家？因为我有话要跟白兔说。

你瞧，这下迷路的原因就很清楚了。只要去除那个原因，就能解决问题了。

嗯……我不该找白兔说话，所以我不去了！

比尔瞪大眼睛四处看了看。哎？奇怪。

"我金轮际[1]再也不跟白兔说话了！"这回它说出了声，"不过话说回来，金轮际是什么？"

然而，情况还是没变。

原因已经排除，问题却没解决。这种时候该怎么办？

比尔决定把自己想成是井森。井森是比尔在另一个世界的分身——或者说化身，拥有极高的洞察力。

只要想起自己是在哪儿迷路的就行了。然后只要回到那儿，就能解决问题了。

所谓迷路，就是指在路上的某个地方选错了路线。换言之，只要回到路分岔的地方，在那儿重新出发就行了。

我真厉害！逻辑太缜密了！这下肯定能回到原来的路上。

嗯……我在哪儿走错了？先想想我家到白兔家的路吧。比尔闭上眼，在脑中描绘自己家到白兔家的路线。

比尔家到白兔家只有一条直路，压根没有分岔，而且只需走个一分多钟就能到。它一打开门就能看到白兔家，再怎么蠢也不可能迷路。

不对，"再怎么蠢"有点过了。毕竟我已经迷路了呀，这就证明真的有"蠢"到迷路的。

"唉，怎么办？路太简单，找不到可能迷路的地方呀！"比尔开始失去冷静。不过它本来就不冷静，所以事态也没恶化多少。

---

1. 原为佛语，金轮指支撑九山八海的三轮之一，金轮际则指金轮与水轮的交界之处，即大地最底端。在日语中演变为"绝对"之意。以下均为译者注。

我到底该怎么办？比尔一边惊慌，一边像平常一样冷静地思考起来。换言之，它平常也经常处于惊慌状态。

往回走就行了。井森一定会说："这很合逻辑。"

可问题是，我是从哪儿来的？

蜥蜴比尔环顾四周。周围没有路，或者该说，到处都是路？无数弯弯曲曲的路交缠成网，几乎浑然一体。既可以说眼前有无数条路，也可以说它们纠缠成这样，已经失去了路的作用。

我究竟是怎么到这儿来的？竟然选了这么麻烦的路，我也真够怪的。比尔拼命回忆，但也只能想起一分钟前的事，而当时它已经迷路了。

怎么办？老老实实坐这儿等人？还是四处探探，自己出去？

我记得，这种时候应该老老实实坐着，避免浪费体力。

啊，可是一直坐在这儿，也不能保证能等到救援。何况奇境之国就没有救援队。也不会有人发现我失踪了。就算有，也只有爱丽丝。然而爱丽丝还没融入奇境之国，就算她告诉别人我失踪了，可能也没人听她的。

于是，比尔便在走投无路的惊慌状态下，漫无目的地走了起来。

一开始，它是沿着路弯弯曲曲地向前走。最后它走得烦了，就干脆离开路，笔直地朝前走。换言之，它已经当路不存在了。一旦做出这个决定，原本无比巨大的迷宫瞬间变成了广阔的平原。然而这并没增加它得救的可能性，所以它决定不再认为自己迷路了，转而假装自己是在平原上旅行。

走着走着，比尔发现地面很湿。它的足迹格外清晰。

这儿下过雨？还是有人哭过？如果这儿是地球，那无疑是下过雨了。但在奇境之国，哭泣引发的洪水实在太常见了。

比尔有点犹豫，不知道该往潮湿的方向走，还是往干燥的方向走。要问它为啥限定这两个方向，首先是因为只有这两个方向。而且天空阴云密布，它别无判断方向的办法。

比尔烦恼了五秒钟，往潮湿的方向迈开了步子。

至少，走在潮湿的地方还能留下脚印，多少有点意思。要是走在干燥的地面上，那它就不仅迷路，还会感到无聊。

比尔走在一片潮湿中，发出扑哧扑哧的脚步声。它全身都溅满了褐色的泥点，但它不太在意。

它的脚开始陷入泥泞，抬腿越来越费力。每抬一条腿，地上就会留下一个洞，渗出一汪泥水。它看着泥水，感觉有点渴。

这水能喝吗？

泥水浑浊不堪，它喝不下去。

不过，比尔是一只蜥蜴，应该不至于喝不了泥水。

比尔闻了闻地上的泥水。

好臭！

这一定是污水。唉，虽然不是彻底喝不下去，但它真的不想喝这样的水。

比尔摇摇头，走向更湿的方向。

它走着走着，泥泞已经能没过膝盖。哦？真有意思。这才是野生动物生活的环境啊！

再往前走，泥泞已经没过了腰，扑哧扑哧的感觉变成了啪嚓啪嚓的感觉。泥不算太黏，水增加了不少，变得更像泥水了。

比尔继续往水多的方向走。周围已不能算泥水，更像沼泽。

比尔连滚带爬向前走。泥水已浸到脖子，比尔依旧没停脚。

水渗进嘴里了。呸！真臭！！

它想吐掉泥水，但是一吐就张开了嘴，于是有更多水流进来。它把嘴张得更大，想把那些水都吐出去，结果当然是又喝了不少水。最后，它不得不咕咚咕咚地喝起了脏水。

呸呸呸呸，咕咚咕咚。虽然它很渴，但能喝的水有限，而且这水实在太臭了。比尔停下来，不再喝脏水。无处可去的水开始流入气管。

咳咳咳咳，比尔开始咳嗽。由于它在水里咳嗽，结果又有更多脏水流进了肺里。

咳咳咳咳。此时比尔发现事态越来越严重了。它是爬虫类，跟蝾螈和娃娃鱼有点相似，但不像它们两栖类那样能在水里呼吸。所以一旦在水里呼吸，它就会溺死。

它不想死。

因为怕死，比尔本能地做出了避免溺死的动作。它踮起脚尖，嘴稍稍伸出水面。它咳了两三次，口中喷出的黑水在水面形成一圈圈波纹。肺总算吸入了气。然而那是脏水表面的空气，充满了腐臭味，这让比尔皱起了脸。

唉，差点死了。我老忘了自己不能在水里呼吸，下次得注意。

比尔重新打量周围。一半的视野被天空覆盖。那是一片沉重的灰色，完全看不到云层的缝隙，每个角落的亮度都一样，找不到太阳的位置。它能看出现在不是夜里，却无法分辨究竟是早晨、中午还是傍晚。

另一半视野被脏水占据。焦茶色的水面泛着微波，倒映在其上的灰色天空也微微晃动。然而，这些水好像不会流动。

它找不到任何能判断方向的东西。

比尔陷入思考。

对了，风呢？只要以风向为基准就好了。现在乍一感觉好像没有风，但说不定有微风。嗯……如何判断风向？记得是要舔手指。

比尔舔了一下手指。好臭！

比尔舔着手指，等了一会儿。可是无论它怎么舔手指，都无法判断风向。

如果地上有泥，它只需要往更湿的方向走。可它泡在水里，就不知该往哪里走了。对了，更湿不就是水更多吗？换言之，更湿的方向就是水更多的方向，自己只要往水更深的方向走就好了。

比尔得意于自己的洞察力，开始往水深的方向前进。

大约走了十步，嘴里又开始进水。不过只要稍微下沉一些，脚尖就能碰到水底，轻轻一蹬浮起来，嘴巴就可以高出水面。如此反复呼吸几次，比尔渐渐抓住了窍门。只要在嘴巴高出水面时吸气，嘴巴沉入水中时呼气就好。这样就不会呛水了。虽说做反了就会呛得很厉害，但是经过一点练习后，它总算能顺利呼吸了。

比尔再次出发。它每走一步就蹬一下水底，以便保持呼吸。

它朝着深水处不断前进。走着走着，嘴巴就不怎么能高出水面了。好不容易探出水面吸一口气，往往下一秒就一并吸进了脏水。又走了一会儿，它的嘴巴就完全无法伸出水面了。

比尔憋着气，继续走了几十秒。现在它连眼睛也没法探出水面了。于是它试着在水中睁眼，但水太污浊，它什么都看不见。

由于一直不呼吸，它越来越难受。我不在水中呼吸，是因为蜥蜴无法在水中呼吸，一呼吸就会死。啊，不过不呼吸也会死。那我该怎么办？我不想死，死了就再也见不到爱丽丝了。

比尔为了活命开始拼命思考。想着想着，它因为缺氧而意识朦胧，身体的力量不断流失。那一刻，它终于想到了办法。

只要脑袋一直保持在水面上，就能轻松呼吸了。而要保持这个姿势，我只要游泳就行了。

比尔在污水中游了起来，朝着水更深的方向。

它在水上游了不知多少个小时，游累了就浮在脏水上休息。没多久，它就完全丧失了方向感和时间感，只顾着埋头向前游，累了就停下来休息。

饿了。比尔后悔地想，早知道该带便当出来。可是有什么用？人生没有后悔药。

比尔感到筋疲力尽。不知不觉，它睡着了。

比尔醒来时，已经躺在了岸上。眼前是宽阔的水面，而且已经不脏了。这么说来，好像也闻不到臭味了。

比尔凑近水面，伸出舌头尝了一口。这水真干净。

它又看了看周围。蔚蓝的天空中飘着朵朵白云，远处是陡峭的石山，山顶上覆盖着白雪。地面上长满了郁郁葱葱的青草，阵阵清风拂过，蝴蝶翩翩起舞。

放眼望去，草原上有一群白色的东西。仔细一看，好像是食草类哺乳动物。它们身上覆盖着柔软的白毛，有的头上还长了角，全都在低头吃草。它听见了刺耳的叫声，其中几头带着幼崽，用垂在腹部的乳房喂它们吃奶。

对哦，因为是哺乳动物，所以在哺乳啊，比尔恍然大悟。

接着，它又发现了长得不太一样的哺乳动物。它们好像坐在用于移动的机器上，没有改变姿势，却在不断向它靠近。

比尔一动不动，等待那生物过来。

随着距离缩短，比尔渐渐看清了那生物的形态。那生物跟爱丽丝属同一种族，也就是人类。那是个年轻女性，肤色跟爱丽丝很像，头发是金色的，瞳孔、头发上的丝带和衣服都是蓝色。

"你好啊，蜥蜴先生。"少女主动跟它打了招呼。

"你好啊，人类小姐。"比尔回答，"你讲的是德语？"

"我也不知道，应该是吧。对了，你说的是什么语？"

"虽说应该是英语，但也可能是日语。不过我不在意。"

"是吗？那我以后也不在意了。"

"你坐的是什么？"比尔问。

"这叫轮椅。对了，蜥蜴从来不用轮椅吧？"

"刚才你还叫我'蜥蜴先生'，现在却直呼'蜥蜴'了啊。"比尔批评道。

"对不起，但我不是直呼你的名字，而是泛指所有蜥蜴。"

"那我以后泛指所有人类时，也可以直呼'人类'咯？"

"当然可以呀，蜥蜴先生。"

"刚才那是泛指所有蜥蜴吗？"

"不是。我刚才是说你，蜥蜴先生。"

"说我？可我不叫蜥蜴啊，人类小姐。"

"可你是蜥蜴，对吗？"

"我是蜥蜴没错，可你在我的种族名后面加'先生'，听起来有点怪啊，人类小姐。"

"的确有点怪呀，蜥蜴先生。"

"你是故意这么叫我吗，人类小姐？"

"当然啦。可你也在这么故意叫我呀，蜥蜴先生。"

"'故意'是说什么，人类小姐？"

"就是叫我'人类小姐'呀。"

"嗯？你不是人类吗？"

"啊？"少女有点疑惑，"我不是那个意思。刚才你说在种族名后面加'先生'很奇怪，我也是同样的意思啊，蜥蜴先生。"

"哦，那你要怎样才不叫我'蜥蜴先生'呢，人类小姐？"

"如果你不想被叫'蜥蜴先生'，那我就不这样叫。不过，要是没有名字，我很难称呼你呀。"

"我有名字，叫'比尔'，人类小姐。"

"谢谢你告诉我，比尔，其实我也有名字。"

"真的？这可太巧了，你竟然也有名字啊，人类小姐。"

"比尔，别叫我'人类小姐'了，叫我名字吧。"

"好，我知道了，名字。"

"不是那个意思，是说我的名字。我叫克拉拉。"

"好，我知道了，克拉拉。对了，那个叫轮椅的东西，操作起来难不难呀？"

克拉拉露出了有点悲伤的表情。"不太难，但我不想用它。"

"既然你不想用，为什么还要用呢，克拉拉？"

"我来解释这个问题吧。"克拉拉背后突然出现了一个老人。

"哇！爷爷，你什么时候出现的？"比尔吓得大叫一声。

"我一直在这里。"

"但我没看见你呀。"

"蜥蜴，我在你视线的死角里。因为轮椅很高，你很矮。"

"原来如此，我明白了。今后我会注意的。"

"爷爷很会做东西和修东西，这辆轮椅就是爷爷做的。"

"对了，蜥蜴，你怎么会在这里？"老人问。

"我也不知道。我迷路了，一直走在泥里，不知怎么的就来到了这片海边。我还以为这是什么人的眼泪呢。"

"你在说什么呢？这不是海，是湖。"

"真的吗？你怎么知道的？"

"不信你尝尝，一点都不咸。"

"真的！一点都不咸！所以呢？"

"所以这不是海呀。"克拉拉说。

"啊？这不是海吗？"

"比尔，你刚才不是说了这水不咸吗？"

"嗯，我说过，我记着呢，刚刚才说的。要是放在五分钟前，我可能就忘了。"

"所以这里是湖啊。"

"啊？五分钟就会忘记，所以是湖？"

"克拉拉，你跟这家伙认真说话没有意义。"老人轻蔑地说。

"什么？要对我保密吗？"

"只是单纯的事实。这里是绵延一千二百公里的山脉的正中央，怎么可能有海？"

"真的吗？我完全不知道。这么大一片水，竟然不是海？"

"这条山脉中有一个六百平方公里的大湖。用日语说湖的名字，会变成一句下流玩笑。"

"这样啊。这么重要的事，我还是记下来吧。"比尔开始在身上摸索。

"比尔，你在干什么？"

"找口袋。"

"为什么？"

"我需要笔和本子，把刚才的话记下来。"

"可是，为什么？"

"因为我不擅长记事。"

"不是那个意思。我是说，身上没有衣服，为什么要找口袋？"

"啊？谁身上没有衣服？"

"你啊，比尔。"

"哇！怎么办？我竟在女性面前一丝不挂！"

"没关系啊，因为你是蜥蜴。"

"是吗？那太好了。"比尔长出一口气，"我在爱丽丝面前也一直裸体，得向她道歉才行……嗯？"

"怎么了？"

"呃，刚才是不是有个人要解释什么？"

"对啊，爷爷要解释我为什么坐在轮椅上。"

"这样啊，快告诉我吧！"

"这可怎么好，"老人抱起双臂，"对一只愚蠢的蜥蜴解释这事太浪费时间了。"

"爷爷，拜托你了。"

"其实，克拉拉已经能走路了。"

"啊？那不能走路是骗我的吗？话说，我是什么时候被骗说不能走路来着？"

"没人对你说过。"老人烦躁地说，"其实，克拉拉的身体已经完成了，只是还得调整。"

"那台机器又是干什么用的？"

"轮椅是代替双腿的东西，蜥蜴。"

"那轮椅可以蹦蹦跳跳吗？可以穿运动鞋吗？"

"我不想再听你提问了，现在换你回答问题。"

"可以啊，你随便问。"

"你是什么人？"

"我是比尔。"

"不是问你叫什么，是问你的真实身份。"

"呃……真实身份？"

"你是什么种族？"

"我觉得应该是蜥蜴。"

"从哪里来？"

"海……不对，湖里。"

"可你不是水栖生物啊。"

"水栖生物？"

"你既不是鱼，也不是两栖类。"

"我知道呀。"

"蜥蜴没法在水中生存。"

"谢谢你好心告诉我，可是这个我也知道呀。"

"所以你怎么可能住湖里呢？"

"是呀，毕竟我没法在水里呼吸。"

"那你究竟住在哪儿？"

"呃……白兔家附近。"

"我还是不明白。"

"那就是三月兔和疯帽匠的附近。"

"还有比你更疯的人吗？"

"还有很多呀。"

"难道……你那儿是地球？"

"不是地球。地球是另一个我——井森住的地方。"

"原来如此，你知道有地球啊。"老人抓住了比尔的脑袋，"让我仔细看看。"

不知怎么回事，老人摆弄了几下，竟把比尔的脑袋从身上拆了下来。"克拉拉，你看，这个大脑的构造极为简单。"

"可能因为是爬虫类吧。"克拉拉边说边观察比尔的大脑。

"当然如此。难以相信它竟能说人话。"老人进一步分解起比尔的大脑。

"比尔的化身一定很优秀吧。"

"有可能。现在我们知道，这小子的故乡既不是这里，也不是地球。"

"那是哪儿？"

"我甚至不知道那个地方是否有名字。"

"比尔怎么到这儿的？"

"世界的边界其实很脆弱，完全有可能无意中被突破。"

"就是说，世界与世界之间出现了'通道'？"

"可能是暂时性的，也可能已经复原了。所以，这只蜥蜴在这个世界成了孤儿。不过……"老人陷入了沉思。

"怎么了？"

"我在思考这家伙的利用价值，直接分解扔了或许有点可惜。"

老人重新组装好比尔的大脑，把头嵌回到身体上。

"哇！我怎么了？"比尔惊叫道。

"我想给你改良一下，但是放弃了。"

"改良和不改良哪个比较好？"

"哪个都没意思。"

"那就随便吧。"

"你住的世界叫什么？"

"好像是'奇境之国'吧？"

"你的化身——那个井森，住在地球对吧？"

"没错。"

"好，那我们在那边也见一面吧。你先讲讲井森这个人。"

2

他梦到了奇境之国以外的世界。

井森建醒来后，一直在发呆。

那是什么地方？或许那只是个普通的梦。可如果不是，那就意味着他来到了既不是地球也不是奇境之国的第三个世界。这也太复杂了。还有在那个世界碰到的少女克拉拉，以及那位老人。老人是克拉拉的祖父吗？他还说在地球也见一面。如果那不是真正的梦，那么他是不是在地球也有化身？他感到难以理解。在此之前，地球只与奇境之国相连，怎么突然又连到了第三个世界？

或许，因为比尔误入了那个世界，所以打开了新的通道。如果是这样，那么那个世界的人会跑到地球来吗？

井森是比尔的化身。他和比尔虽然有不同的人格，但彼此通过梦境相连，共享记忆。虽然事实上井森并不存在于比尔之内，但比尔的记忆可以化作梦境流入井森脑中。反过来，井森的记忆也会成为比尔的梦。而且他还知道，拥有类似搭档并通过梦境与奇境之国相连的，除自己之外还有一些人。比如他认识的博士后研究员王子玉男，便是奇境之国一个名叫矮胖子的鸡蛋怪物的化身。井森正在凭自己的猜测描绘两个世界的化身关联图，目前进展顺利，只差一点就能完全弄清周围人的关系了。

结果就发生了这件怪事。

如果存在第三个世界，那他就不得不推翻迄今为止的所有假说。虽然不是要写论文，但自己辛辛苦苦构筑起来的假说，就这么被推翻了，井森还是感到很心痛的。

总之，先到学校去吧。井森努力撑起身子，慢吞吞地换了衣服，背上书包走出门，慢慢悠悠地朝大学进发。

走到校门口时，他看到了一名发呆的少女。

他猜得出少女为何发呆。因为她坐在轮椅上，而校门口有一段很高的门槛，轮椅很难翻过去。

这所大学的无障碍工程为何如此缓慢！井森暗自愤慨。

他走向校门，正要从少女身旁经过。"抱歉。"少女叫了他一声。

井森回过头。这是个金发碧眼的少女。不只眼眸，连她的衣服和头上的丝带也是蓝色的。

嗯？我最近好像见过这姑娘？井森想了一会儿。

"那个……不好意思。"少女又叫了一声。

"啊？"井森回过神来。

"我想进学校，能帮我一把吗？"

"哦，当然可以。"

井森微微抬起轮椅前部，越过了门槛。

"谢谢你。"

"不用谢。你是这里的学生吗？"

"不是，我叔父是这里的老师。"

"老师？哪个学院的？"

"工学院。"

"我也是工学院的。"

"的确。"少女微笑道。

嗯？她的说法有点奇怪。

"你知道我是哪个学院的？"

"嗯。"

"为什么？"

"我不能调查你的背景吗？"

"不是说不行……你认识我吗？"

"嗯。"

"怎么会？"

"你自己说了呀，说在地球的化身叫井森。"

井森愣了片刻。

"……那你是……奇境之国的人？"

少女摇摇头。"我没去过奇境之国。"

"什么意思？"

"请你回忆一下，最近比尔遇到什么事了？"

"比尔……不小心离开了奇境之国。"

"没错。"

"然后它漂流到了某个山脉，就像阿尔卑斯山一样的地方……可是，这说不通。"

"什么说不通？"

"怎么会漂流到山脉呢？又不是诺亚的洪水，它不可能被冲到山腰上。不过，假设奇境之国在山脉顶端，那倒是有可能。"

"你说的都是地球的物理法则吧？"

"物理法则就是物理法则，何须分地球还是宇宙……"井森猛然醒悟，"奇境之国有可能发生违反物理法则的事啊。"

"确切地说，那个世界只是不遵循地球的物理法则，并没有违反自己的法则……这些都是我叔父说的。"

"你叔父是物理专业的？"

"不算是物理，是机械工程学。"

"机械工程学广义来说就是物理。"井森这时才意识到少女的话意味着什么，"那么，你叔父也知道化身的事？"

"是的，因为我叔父也在那个世界。"

"对了，能告诉我你叫什么吗？"

"可以啊，我叫露天客拉拉。"

"客拉拉？你有欧美血统吗？"

"据我所知没有。"

"可是你的头发和眼睛……"

"我染了发，还戴了美瞳。"

"原来如此。"

"不过我叔父是德裔。"

"那他跟你没有血缘关系咯？"

"对，但我平时不会强调这个。"

"一般人都不会强调吧。"井森边想边说，"难道一样的名字只是巧合？"

"跟谁一样？"

"那个世界的克拉拉。"

"我的名字写作'客人'的'客'。"

"那边的克拉拉写作'克服'的'克'吗？不对，那个世界有汉字吗？[1]"

"你不用想太多。"

"恕我失礼，请问你的腿一直这样吗？那边的克拉拉好像理论上是可以走的。"

"暂时而已。不久前我出了事故，伤了腰，这是租的轮椅。"

"好惨啊。你要到哪儿去？"

"我准备去找我叔父。"

"我可以跟你一起去吗？"

"应该没问题。本来他找我就是要谈你的事。"

"谈我？为什么？"

"他好像对比尔特别感兴趣。"

"你说那个笨头笨脑的蜥蜴？"

"笨头笨脑不重要，问题在于比尔究竟是怎么穿越世界的。"

"我们不也一直在不同的世界间穿越吗？"

"这种穿越仅限于记忆。我叔父在研究的是肉体直接穿越。"

"可他的专业不是机械工程学吗？"

"当然不是大学的研究，而是个人的研究。"

"不管怎么说，去听听你叔父的话总归不坏。"

"还有，我得先告诉你一件事。"

---

1. 原文分别写作平假名和片假名，即发音相同的两种日文字母。为便于全书行文，改为用同音汉字。

"还有吗？不过我已经不太容易被惊到了。"

"我接下来要说的不是定论。但我叔父说，八九不离十。"

"可你不说内容，我也没法判断啊。"

"你可能有生命危险。"

"谁要杀我？"

"如果知道就好办了。"

"你怎么知道我有生命危险？"

"先说说害我坐上轮椅的事故吧。当时有辆车撞到了我，而且直到现在，我们都不知道开车的人是谁。"

"肇事逃逸的确是恶性犯罪，但仅凭这点也无法断言有人要杀你吧？"

"这已经是我上周第五次遭遇车祸了。"

"原来如此。"井森眼中发出兴奋的光，"我开始有兴趣了。咱们现在就去你叔父的研究室吧。"

机械工程学专业在工学院二号教学楼，离井森平时常去的一号教学楼有点远。因为不太认路，他稍微绕远了点，花了十分钟才来到门口。

把轮椅推进门去，又费了他好大工夫。

"还好我跟你一起来了，不然你一个人肯定进不去。"

"谢谢你。不过周围有很多好心人，我一个人应该也没问题，平时都这样。"

"也就是说，这所大学也不算太差？"井森推着轮椅走进电梯间，"几楼？"

"六楼。"

来到六楼，井森看了一眼指示牌。

"这里没有姓露天的教授啊。"

"我叔父跟我不同姓。"

"对哦，毕竟没有血缘关系。"

"这边。"客拉拉自己催动轮椅向前，井森慌忙追了上去。

他们很快就来到了研究室门前。房门上印着日语和罗马音的姓名。客拉拉敲了敲门，屋里传来吱吱嘎嘎的脚步声。

啪嗒，门开了。

开门的人个子不高，而且很瘦，脸上布满深邃的皱纹，右眼还贴着黑色创可贴一样的东西。他的头上盖着一顶不知是白色假发还是帽子的东西，材质却像玻璃，白色的丝状纤维纠结在一起。

老人抬起左眼，瞪着井森。

就是他，井森肯定地想。在宛如阿尔卑斯般壮美的山脉上，为克拉拉推轮椅的人就是他。两者长得一模一样。

"客拉拉，就是他吗？"老人不开心地说，日语流畅。

"对，他就是蜥蜴先生——比尔。"

"哼，他看起来比那只蜥蜴聪明一点儿。"

"嗯，毕竟我是灵长类。"井森不好意思地说。

比尔害他丢了大脸。

"你好。"井森抬起手。

老人盯着他的手看了一会儿，哼道："你以为所有欧美人都有握手的习惯吗？"

"啊，不好意思。"井森缩回了手。

"我叫杜塞梅尔，是客拉拉的叔父。"

"你好，杜塞梅尔老师。"

"进来，我有话要说。"

井森推着客拉拉的轮椅，走进了研究室。

3

```
现在已知的信息
（据井森的《化身关联图》整理）：

地球 —— 奇境之国／谜之世界

井森 —— 蜥蜴比尔

露天客拉拉 —— 克拉拉

杜塞梅尔 —— 克拉拉的爷爷

（露天客拉拉的叔父）　（姓名未知）
```

"蜥蜴，我叫杜塞梅尔。"为克拉拉推轮椅的老人说，"是高级法院的法官。"

"你的右眼受伤了？"比尔毫无顾虑地问。

"我没有右眼。"

"为什么？"

"拿去做实验了。"

"什么实验？"

"跟你没关系，说了你也不懂。"老人推着克拉拉的轮椅走了起来，"蜥蜴，跟我来。"

比尔跟着杜塞梅尔和克拉拉走了起来。他们走下草原的斜坡，坡面越往下越平缓。前方出现了稀疏的树木。再走一会儿，他们就来到了一片树林。

"这是去哪儿啊？"

杜塞梅尔没有回答。

"别说话，跟我们来。"克拉拉说。

树林突然消失了，前方变成了城镇。虽然略显突兀，但这个世界远比奇境之国井然有序。可以说，这里更像地球。

"这个世界叫什么？翻版地球？"比尔喃喃自语。

"杜塞梅尔叔叔，这个世界有名字吗？"克拉拉替它问道。

"哎？刚才你不是管他叫'爷爷'吗？"

"是你先叫'爷爷'，我就顺着你的话叫了。"

"目前没有公认的名称，基本就叫它'这个世界'。"杜塞梅尔说。

"那就很难跟地球和奇境之国区分了。"

"既然如此，就叫霍夫曼宇宙吧。"

"霍夫曼是什么？"

杜塞梅尔凑到比尔面前："蜥蜴，你觉得只要提出问题，就会有免费回答吗？"

"不是吗？"比尔毫无顾虑地问。

"至少我没有回答蜥蜴的义务。"

"知道了，那我问克拉拉吧。克拉拉，霍夫曼是什么？"

"比尔，这个世界有很多不需要问的问题哦。"克拉拉看了一眼杜塞梅尔的脸色，小心翼翼地回答。

"知道了，那我就放弃这个答案吧。"

三人来到一座房子的门前。

"这就是我家。"克拉拉说。

"这是医学顾问斯塔布鲍姆的家。"杜塞梅尔补充道。

"斯塔布鲍姆跟年轮蛋糕[1]有关系吗？"比尔问。

"虽然不是完全没关系，但两者不一样。"

"原来还是有点关系啊。"比尔高兴地说。

"不，完全没关系。"杜塞梅尔不耐烦地说，"顺带一提，鲍姆在德语里是'树'的意思。"

"那它们都跟树有关系咯！"比尔说。

杜塞梅尔只是啧了一声，没有回答。

克拉拉敲了敲门。

片刻之后，一位体面的绅士打开了门。

"你回来啦，克拉拉？"她的父亲斯塔布鲍姆看向杜塞梅尔，"哦，你跟杜塞梅尔叔叔在一起呀。"

"我调整了轮椅。"杜塞梅尔回答道，"当然，我知道调整人体更重要。"

"话说，那是什么？"斯塔布鲍姆好奇地看着比尔。

"这家伙很有来头。"杜塞梅尔回答。

"怎么个有来头？"

"首先，它会说人话。"

"那可真稀奇。不过精灵们的确会偶尔搞这样的恶作剧。"

"不仅如此，这家伙还来自别的世界。"

"等等，这家伙不是这个世界的？你这么说的依据是什么？"

"是这家伙自己说的。"

---

1. 年轮蛋糕日语读作"baumuku-hen"，源自德语"树"（baum）和"蛋糕"（kuchen）。

"它可能在说谎。"

"这只蜥蜴没有说谎所需的想象力，它只是个愚钝的爬虫类。"

"你确定吗？"

"我亲自检查了它的大脑。你要不信，也可以自己看看。"

"要是你不介意我杀了它，我倒真想看看。"

听了这话，比尔掉头就跑。可它还没跑出去一米，就被杜塞梅尔踩住尾巴，动弹不得。

"它这是听见我的话才跑的？"斯塔布鲍姆瞪大眼睛说。

"都跟你说了，它会解人言。"杜塞梅尔不耐烦地说。

"我以为那是什么比喻。"

"我从不比喻。"

"那它果真是来自别的世界吗？"

"有可能。"

"杜塞梅尔，你平时总把别的世界挂在嘴边上，那个叫什么来着……"

"地球。"

"对，地球。你说你去过地球？"

"确切来说，我并没有亲自去过地球，只是地球上出现了我的化身（Avatar）。"

"我完全无法理解你说的化身。那是什么语啊？"

"梵语，我们的语言中没有与之对应的单词。"

"你是说，地球上有个不是你，但拥有一部分你的存在？"

"没法理解就不要理解了，你尽管可以认为我去过地球。"

"那只蜥蜴在地球上也有化身？"

"没错，你怎么知道的呀？"比尔说。

"你给我闭嘴！"杜塞梅尔吼了一句。

"爸爸，比尔在地球有化身，但还远不止这么简单。它还来自我们不知道的世界——奇境之国。"

"奇境之国？是地球之外的世界吗？"

"有可能。"杜塞梅尔说，"但是我不太清楚它跟我们这个世界的相对关系。它存在于这个世界的延长线上，比如地底或天空的另一端吗？还是说，那是个与这个世界绝无交集的平行世界？抑或是，那是个连物理法则都与我们不同的未知世界？无论如何，地球以外的世界都是相对孤立的，这是我曾经的想法。"

"然而事实并非如此。"斯塔布鲍姆说。

"这只蜥蜴用某种手段成功地穿越了分隔世界的屏障！"杜塞梅尔兴奋地说。

"那你只要问问它不就好了？"

"话是这么说，可这蜥蜴说起话来颠三倒四。"

"它可能意识到了自己所具有的知识的重要性，所以故意隐瞒了？"

"应该不是。这家伙真的不具备足够的语言能力。"

"那你今天为什么要把这只蜥蜴带过来？"

"我想与令爱一道，对蜥蜴做个实验。"

"为什么要带上我女儿？"

"克拉拉跟我一样，能全面感知自己的地球化身。换言之，她没有异世界居民的异常感，这个实验需要很高的慎重性。"

"真的有必要把克拉拉卷进危险的实验吗？"

"我再说一遍，这个实验没有任何危险，只是对蜥蜴提问，并观察那些问题如何反映在梦中。"

"这个实验有意思吗？"斯塔布鲍姆提出了疑问。

"你什么意思？"

"我的意思是，你的实验能排除一切都是妄想的可能性吗？"

"所以我才需要克拉拉的帮助。如果只有我一个，当然无法完全排除妄想的可能性。"

"不是还有那只恶心的爬虫吗？"

"蜥蜴说的话可信吗？"杜塞梅尔气得满脸通红。

"原来如此，你说得对。是我错了。"斯塔布鲍姆很干脆地道了歉，"但我还是不希望你把克拉拉卷进去。"

"斯塔布鲍姆，你脖子上有东西。"杜塞梅尔把手伸向斯塔布鲍姆的脖子。

斯塔布鲍姆发现他的动作，试图躲开，可是下一个瞬间，他的脑袋就被取了下来。

杜塞梅尔动作灵巧地摆弄起他的大脑。

"你在干什么？"比尔好奇地问。

"人类很容易被感情支配，所以得稍微压抑感情，让他按理性行事，这样他就不会事事怀疑或反对我了。"

"有了理性，就不会反对你了吗？"

"那倒也不一定。要是他出于理性反对我，那我就把他的理性也给压抑掉，就行了。"

"要是理性和感情都被压抑了，他会怎么样呢？"

"不会怎样，只会让他变成呆板无害的人，那就更方便了。"杜塞梅尔把斯塔布鲍姆的脑袋装了回去。

"杜塞梅尔，我当然同意克拉拉参与实验。"斯塔布鲍姆表情死板地说。

"让开。"杜塞梅尔推开斯塔布鲍姆，走进屋里。接着，比尔也推着克拉拉的轮椅走了进去。走廊里有一排带玻璃门的大柜子，里面摆满了人偶、玩具和糖果。

"哇，好棒。"比尔被各式各样的玩具吸引了目光。

"这是什么？"突然，一只黏糊糊的手从后面抓住了比尔的脖子，把它提溜起来，"哇，好大的蜥蜴。"

比尔喘不上气，大脑开始缺氧，意识微微模糊。它拼命挥舞手脚，但是黏糊糊的手力道很大，怎么都挣不脱。

"弗利茨，你在干什么？"杜塞梅尔发现比尔快要被克拉拉的兄长掐死了。

比尔奋力挣扎，眼冒金星。

"我在跟蜥蜴玩。"

"不能那样抓脖子。"

比尔抓住弗利茨的手，想把它拽开，但是完全拽不动。

"为什么？"

"你压迫了气管和颈动脉，空气和血液就无法流通，大脑得不到氧气，脑细胞就会死亡。"

"可是它动得很欢啊，还抓着我的手。"

"因为氧气还没耗尽。趁它还活着，赶紧松手。"

比尔感到四肢开始脱力，连弗利茨的手都抓不住了。它的手脚无力地垂了下来。

"你瞧，它已经快死了。"

"怎么可能，它只是在装死。"

杜塞梅尔立刻用指头戳了一下弗利茨的脑门。"马上放开那只蜥蜴，否则我就把你跟蜥蜴的脑袋换过来。"

比尔已经看不见也几乎听不见了。

"哇！"弗利茨松开了手。

比尔落在地上，肩膀狠狠撞到了地板，但它的意识还是越来越模糊。

4

```
          现在已知的信息
     （据井森的《化身关联图》整理）：

    地球 —— 奇境之国／霍夫曼宇宙

        井森 —— 蜥蜴比尔

    露天客拉拉 —— 克拉拉

      杜塞梅尔 —— 杜塞梅尔

 （露天客拉拉的叔父）（克拉拉的叔叔）
```

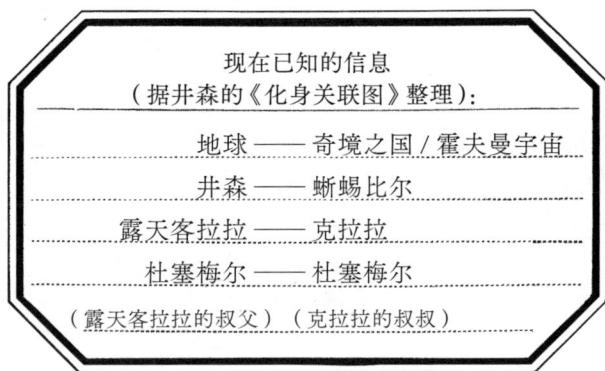

"我能问个问题吗？"井森走进房间，对杜塞梅尔说。

"你觉得我有空回答无聊的问题吗？"

"你先听了问题再判断是否无聊吧。"

"既然你这么有信心，就问吧。"

"你是杜塞梅尔老师，对吧？"

"刚才已经告诉你了。没想到你的问题这么无聊。"

"不，这只是确认，不是提问。真正的问题是这个：你为什么能在世界间穿越并且存在于两个世界？不，应该说你们两位。"

"你也存在于两个世界，不是吗？"

"确切来说，我并没有存在于两个世界，因为我和比尔是不一样的个体。"

"你们不是有相同的记忆吗？"

"但我们不是同一人格，我们的外观、能力和性格都不相同。"

"我可不觉得你跟那只蜥蜴有什么不同。"

"真过分，"井森略受打击，"但至少我们一个是哺乳类，一个是爬虫类。然而，你在两个世界都是杜塞梅尔。"

"你觉得奇怪吗？"

"是的。"

"你与我们可能的确不太一样。不过，你总不能认为所有人都跟你一样吧？"

"但我目前为止从未遇到过你们这样的例子。"

"真的吗？比如那只蜥蜴……它叫什么来着？"

"比尔。"

"比尔就穿越了世界的边界，从奇境之国来到了霍夫曼宇宙。"

"没错，但那跟化身间的关系不一样。不如说，那跟世界内的移动感觉更近。"

"你觉得世界内的移动和世界间的移动有本质区别吗？"

"如果世界间的移动像世界内的移动那样简单，那就不该称为不同世界，而应该视作同一个世界。"

"你的话看似有道理，但要是只有满足了特殊条件的个体能跨越世界间的壁垒呢？比如，登月火箭的内部环境与地球相差不大，所以人类能在与地球相似的重力环境中到达月球和空间站。若将地球看作单一世界，那不就像用一般的移动方式到达了异世界吗？"

"也就是说，正如比尔从奇境之国移动到了霍夫曼宇宙，你们也用同样的方法从霍夫曼宇宙来到了地球？"

"嗯，有点不太一样。我们的肉身并没有来往于地球和霍夫曼宇宙，一样是通过某种连接。"

"那么，你并不是杜塞梅尔，只是杜塞梅尔的化身？"

"我不明白你为何要区分'杜塞梅尔'和'杜塞梅尔的化身'。"

"两者间没有差异吗？"

"在我们眼中，你和比尔的差异才是不可思议。"

"这可能源于奇境之国的属性，那个世界有很多奇怪生物。"

"霍夫曼宇宙也有奇怪的东西，但那些都是特例。可能因为那个世界更接近地球，所以才存在相似个体间的联系吧。换言之，霍夫曼宇宙的属性决定了本体和化身是同一人物。然而，这只是一个假说。"

"暂时也只能接受这个解释了。"

"可以进入正题了吗？"客拉拉不耐烦地说。

"你说要做实验对吧？"井森说。

"那只是为了让斯塔布鲍姆少操点心。"杜塞梅尔回答。

"何必骗他呢？老师你不是能调节大脑吗？"

"大脑是非常精密的器官，调节时必须尽量减少负担。也就是说，我要先给出一个更容易接受的说法。"

"那其实是要做什么呢？"

"客拉拉，把那个拿出来。"杜塞梅尔下令道。

客拉拉点点头，拿出一个已经开封的信封。

"这是什么？"

"你看看就知道了。"

井森拿出了信封里的信，看起来像是用报纸和杂志上剪下的文字拼成的文章。之所以没用打字机，可能是为了防止文字暴露机器的特征。

敬启者

　　你近来可好？我一点都不好。你想知道为什么吗？当然是因为你。我一直在遭受你的背叛，而你还对此一无所知。你可能连我的姓名都不知道吧？但是我一刻都没有忘记过你。光是看到你的名字，我就感到恶心。我每天都会打印你的照片，切成碎片，烧成灰，冲进厕所里。真希望你现在就死掉。你能死吗？或者说，你去死吧。不过，你肯定不会满足我的愿望，所以我决定亲自动手。我要用无比痛苦的方式杀死你。但即使这样，也远远比不上我所经历的痛苦。我给你一个机会。如果你想避免痛苦的死亡，就自杀吧。这是你唯一的救赎。

　　此致

　　你的朋友

　　　　　　　　　　　　　　　　露天客拉拉小姐收

"这是恶作剧吧？"井森说。

"你有证据吗？"杜塞梅尔问。

"杀人不划算。而且这封信就是证据。只要科学分析，总能找到一些痕迹……可我已经用手摸过了。"

"没关系。"

"不，怎么会没关系？如果你把它交给警察，就会验出我的指纹和DNA啊。"

"我不打算交给警察。"杜塞梅尔说。

"为什么？就算只是恶作剧，这也已经是很严重的威胁了。客拉拉小姐，你怎么想？你觉得这不是恶作剧吗？"

"对，我的生命已经受到了威胁。"

"啊，你被车撞了五次。"

"是的，第五次就在收到这封信之后。一辆停在斜坡上的车突然启动，朝我冲了过来。"

"是寄信人干的？"

客拉拉点点头。

"那应该马上报警。"

"井森，报警没用。"杜塞梅尔说。

"怎么会没用？只要调查肇事车辆，肯定能发现大量证据。"

"我可以跟你打赌，车上找不到任何东西。"

"你怎么能肯定？"

"因为凶手不在地球。不，严格来说，凶手的化身在地球，但犯罪行为应该发生在霍夫曼宇宙。"

"什么意思？"

"因为我在霍夫曼宇宙也收到了同样的信。"客拉拉说。

"也就是说，凶手很熟悉两个世界间的联系？"

"只要是观察力好的人，很容易就能发现世界间的联系，就像我们和你一样。而且，关于这个联系，我们的调查确证了一个重要事实：如果有人在霍夫曼宇宙死亡，那么那个人在地球的化身也会死亡。无一例外。"

"凶手也知道这件事？"井森问。

杜塞梅尔点点头。"在地球上，科学调查已成为常识，但霍夫曼宇宙还是一个诡计横行的世界。我想，我无须证明哪边更方便行凶吧？"

"客拉拉小姐，霍夫曼宇宙的你遇到了什么事？"井森问。

"我被老鼠攻击了。那只老鼠突然飞起来咬我，我虽然躲开了，但是撞到柜子上，受了重伤。"

"老鼠呢？"

"死了。它袭击克拉拉的事曝光，被七头鼠王处决了。"

"为什么？如果盘问一番，说不定能得到一些信息。"

"我们无法调查并判老鼠的罪。老鼠只能由老鼠裁决。它们从不进行调查和审判，只会咬死嫌疑人。"

"为什么这么残忍？"

"不知道。"杜塞梅尔耸耸肩，"因为是老鼠？反正只是畜生……不，虽然你的本体是蜥蜴，但我没有侮辱你的意思。"

杜塞梅尔嘴上这么说，目光却暴露了真实想法。

算了，无所谓，毕竟比尔的确很蠢。

"霍夫曼宇宙的克拉拉和地球的客拉拉同时受到了生命威胁，实际行凶的地点可能是霍夫曼宇宙，但凶手可能也与地球的客拉拉有接触。综合这些线索，你不觉得同时在地球和霍夫曼宇宙展开调查效率更高吗？"

"你说的有理。但这应该很困难吧？你们要找到在两个世界都值得信赖的人，还要共享两个世界的信息。"

"我们烦恼的就是这点。而且我一度准备放弃，打算只靠我和客拉拉两个人展开调查了。"

"感觉不大靠谱啊。"

"这时你出现了。"

"准确地说，是蜥蜴比尔出现了。"

"它的经历极为奇妙，但这可以放到以后再研究。当务之急，是利用它解决这个案子。"

"我不太明白。你的意思是，让我来调查这个杀人未遂案？"

"你理解得很准确。"

"不，我完全没理解。我只是个研究生，哪来的调查权限？"

"你在地球上进行合法调查就够了，因为犯罪主体应该不在地球上。你的大部分调查活动应该集中在霍夫曼宇宙。"

"可这样一来，就变成比尔去调查了啊！"

"没错，蜥蜴做调查官。"

"可蜥蜴比研究生更没权限啊。"

"我在霍夫曼宇宙是高级法院的法官，并且已经准备好任命比尔为调查官的手续了。"

"这太胡闹了吧？"

"除此以外，别无他法。"

"如果我拒绝呢？"

"当然，你有权拒绝。"

"比尔也有权拒绝吧？"

"你和比尔都有拒绝的自由。虽然对蜥蜴谈自由有点滑稽，但这姑且不论吧。"

"那我拒绝。"

"那你就送客拉拉上了死路。准确地说，是送克拉拉和客拉拉上了死路。"

"怎么会呢？你也会尽力的，不是吗？"

"我一个人能做的事有限。"

"但你权限够大，你在那边是法官，在这边是大学教授。"

"大学教授跟犯罪调查有什么关系？而且犯罪证据不在地球上。霍夫曼宇宙没有科学调查，因此能做的事也不多。我能做的只有找到同时存在于两个世界的人才，并将其任命为调查官。如果没有你的配合，克拉拉和客拉拉都要面临悲惨的命运。"

"你在威胁我吗？"

"我没有威胁你，只是在陈述事实。"

井森看向客拉拉。

她没有说话，但是眼神表达了一切。

糟糕的是，她的确需要我的帮助。

拒绝很容易。可是要是她遇到危险，我能原谅自己吗？当然，就算我选择合作，也不能完全保证她的安全。可是，我怎么能丢下向自己求助的女孩呢？

"好吧。"井森再三犹豫，还是答应了，"我在地球这边调查。"

"霍夫曼宇宙呢？"

"那你要问比尔。"

"你就是比尔。"

"我不这么认为。我和比尔只是共享记忆，但它拥有独立于我的自我意识。"

"可以，我在霍夫曼宇宙问问比尔。"

"还有一个条件。"

"还有？"

"在比尔之外，你还要再推荐一个协助调查的人。"

"你不行吗？你说你们有互相独立的人格吧？"

"我没法跟比尔面对面交谈。"

"知道了，我在霍夫曼宇宙找个合适的人选……这下你可以开始调查了吧？"

"可以，但我总觉得自己被推上了贼船。"

"不，一切都是你的自由意志。"

"谢谢你。"客拉拉对他伸出了手。

"案子还没解决，现在说谢谢还太早。"井森握住了她的手。

"先让我梳理一下现状。客拉拉小姐，你能告诉我事故的详细经过吗？"

"其实也没什么大不了的经过。"

"我会自己判断是否重要，请你如实讲述一遍。"

"调查这边的事故经过没什么用吧？"杜塞梅尔嗤笑道。

"你说得有理，但现在我能做的只有这个。"井森瞪了一眼杜塞梅尔，"客拉拉小姐，请说吧。"

"正好一个星期前，我跟朋友约好去吃午饭，并在约定的地点等那个朋友。"

"具体是什么地方？"

"青齿町五丁目。"

"抱歉。"井森拿出手机，打开地图。

"是这附近对吧？那里的确有个很陡的斜坡。"

"我站在下坡那边的一棵行道树下。"

"当时你在干什么？"

"这个问题很重要吗？"

"我暂时不知道是否重要。要是你不记得，那也没关系，想必就是在看手机吧。"

"不，我记得，我当时在看书。"

"什么书？"

"《爱丽丝漫游奇境》。"

"你说什么？"井森反问。

"是《爱丽丝漫游奇境》。"

井森感到一阵眩晕。

"你怎么突然冒冷汗了？"客拉拉担心地问。

"不好意思，我好像听不懂书名。"

"为什么？"

"书名是什么特殊的单词吗？或者是外语？"井森擦了一把额头的汗水。

"不，是《爱丽丝漫游奇境》。这些都是很简单的单词。"

"我知道你发出了声音，但完全不明白意思。"

"这就有趣了。"杜塞梅尔说，"似乎有东西在妨碍井森听懂书名，我怀疑可能跟比尔生活的世界属性有关。虽然这很有趣，但现在先不要深究，还是暂时把精力集中在解决案件上吧。"

"好的。"

没办法。要是再深究这个问题，自己可能会精神错乱。

"当时你注意到停在附近的汽车了吗？"

"我应该看到了，但那个场景过于寻常，所以我没有留意。"

"说得有理。那么，你看到汽车发动的瞬间了吗？"

"没有，因为我在认真看书。那一刻我突然注意到周围很嘈杂，抬起头时就发现一辆汽车正越来越快地朝我冲来。"

"你试图躲避了吗？"

"我花了一点时间才意识到情况危急，所以没能立刻反应。等我反应过来，车已近在眼前，离我不到一米。我立刻躲闪，可没躲过，所以腰被车头擦到了。我大约飞出去两米，最后落在柏油路面上。那车继续加速，最后一头撞上了停在路口的翻斗车，不仅面目全非，还引燃了汽油，引起了很大的骚动。"

"所以你的腰才受了伤，只好坐轮椅了吗？"井森用笔记下了这些信息，"你知道汽车为什么会发动吗？"

"应该是老鼠。"

"那不是霍夫曼宇宙发生的事吗？"

"不，地球这边也是因为老鼠。车中发现了老鼠的尸体，而且很多线路和部件都留有啃噬的痕迹。可能是短路或者零件脱落，导致汽车刹车失灵了。"

"你不知道真正的原因吗？"

"是的，因为汽车严重损毁，而且起了大火，导致分析原因十分困难，要花很多时间。"

"你觉得死掉的老鼠有可能是霍夫曼宇宙的凶鼠的化身吗？"

"嗯，因为都是老鼠嘛。"

"都是老鼠反而奇怪，因为我这边是人和蜥蜴关联。"

"我和客拉拉都是人类。"杜塞梅尔说，"老鼠与老鼠互为化身并不奇怪。"

"如果是这样，那就有点奇怪了。因为事故发生时，或者事故发生的下一刻，老鼠就死了，对吧？"

"那又如何？"

"霍夫曼宇宙的凶鼠并不是行凶后马上死亡的。"

"嗯，不好说是马上死亡，但也只隔了一个小时吧。"

"这个时间差的原因是？"

"不知道。这点时间差或许很正常，毕竟我们没仔细调查过时间问题。更何况，同时确认地球和霍夫曼宇宙的时间极为困难。"

"原来如此，你说得有理。"

"或者，老鼠只是碰巧被卷进了那场事故？"客拉拉说。

"如此一来，真凶可能已经死在了别的地方。"

"有可能。"杜塞梅尔说，"可是，找到真凶的化身有用吗？"

"我也不知道。"井森合上笔记本，"总之，地球上似乎没有别的可调查的了，剩下的就都交给比尔吧。"

客拉拉脸上失去了血色。

不知为何，杜塞梅尔露出了一副心满意足的表情。

5

现在已知的信息
（据井森的《化身关联图》整理）：

地球 —— 奇境之国／霍夫曼宇宙

井森 —— 蜥蜴比尔

露天客拉拉 —— 克拉拉

杜塞梅尔 —— 杜塞梅尔

（露天客拉拉的叔父）（克拉拉的叔叔）

汽车里的老鼠 —— 凶鼠（？）

"我能问个问题吗？"比尔拦住一个面善的青年说。

"哇！蜥蜴说话了！"青年看起来万分惊讶。

"你没见过动物说话吗？"

"没见过，但听说过，好像跟精灵魔法、炼金术有关……"

"这些都与我无关，我本来就会说话。"

"本来就会？"青年摸着下巴思考了一会儿，"所以，你是自动人偶？"

"自动……什么？"

"自动人偶，自己会动的人偶。"

"哦，你说机器人啊。"

"这里不那么说。"

"我不是机器人。"

"你怎么能肯定呢？"

"因为我知道自己不是机器人。如果我是机器人，总该知道自己是机器人嘛。"

"真的吗？机器人通过齿轮和发条的精确配置，可以说很多话，做很多动作。如果你的齿轮配置正好让你以为自己是活物呢？"

"让机器人坚信自己不是机器人有什么好处？"

"那谁知道，可能是某种实验？斯帕兰札尼教授肯定会做那种实验。"

"撕帕扎你？"

"斯帕兰札尼教授。他是物理学家，也是发明家。"

"人类先生，你怎么知道斯帕兰札尼教授怎么想呢？"

"因为我是他的学生。对了，我叫拿但业，请你记住。"

"你好，拿但业，我叫比尔。"

"你好，比尔。"

两人握了手。

"对了，比尔，你刚刚想问我什么？"

"哦，对啊……嗯？我想问什么来着？"

"是你想问我的，所以我怎么想都猜不到呀。"

"那这样吧，拿但业，你想要我问什么？"

"啊？要我来想吗？"

"因为是你的问题啊。"比尔自信地说。

"不，是你的问题。"

"不对，是你的问题。"

"你的意思是——"拿但业不耐烦地说，"你认为你说的'你'跟我说的'你'是同一个人？"

"嗯，既然是同样的名字，那就是同一个人啊。"

"不对，'你'是人称代词，你没听说过吗？我说'你'的时候，指的是比尔。你说'你'的时候，指的是我。"

"原来如此，难怪我们说起话来天南地北的。"比尔感叹道，"我学到了。我说'你'的时候，指的是拿但业。"

"不，那也不一定，绝大多数时候指的不是我。"

"我说的不是'我'，而是'你'啊。"

"比尔啊，你说话的时候，'你'跟'我'分得很清楚，所以你应该是明白的。"拿但业说。

"啊？我明白什么？"

"'你'和'我'的用法。我认为，你是太在意这些词，所以反而无法理解它们的意思了。只要你别想太多'你'和'我'的意义，应该就没问题了。"

"可是别人总叫我'多动动脑子'。"

"到底是谁跟你这样说的？"

"疯帽匠吧。"

"啊，那就不用在意了，因为那个人疯了。"

"那倒也是，毕竟他是疯帽匠。"

"对啊，这就证明那个人说的话不一定是真的。"

"是吗？那我就放心了。不过还有别人骂我是笨蛋。"

"还有谁？"

"三月兔。"

"那你也不用担心。"

"为什么？"

"因为一只兔子说的话不值得理睬，它只是畜生而已。"

"什么嘛，原来是这样啊！对了，什么是畜生？"

"人类以外的动物。"

"啊？那我也是畜生吗？"

拿但业露出"糟糕"的表情："对不起，我不是那个意思。"

"什么意思？那我不是畜生吗？"

"如果你非要问，应该是属于畜生吧。"拿但业尴尬地说。

"真的吗？太好了！"比尔高兴地说。

"你高兴什么？"

"因为我是畜生，所以没人认真听我说话呀。"

"这有什么可高兴的？"

"我平时说话可小心了，生怕自己哪天说错话。"

"生怕哪天说错话啊，"拿但业一脸惊恐，"要是你哪天不说错话就谢天谢地了。"

"不过这下我不用担心了。因为就算我说错话，别人也不会当真。因为我只是畜生嘛。"

"嗯，你这句话倒没什么大错。"拿但业假笑道，"那么，你想问我什么？我可不是闲人，我马上要走的。"

"哦，我想问的很简单，我在找一个侦探。"

"侦探？为什么要找侦探？"

"有人委托我调查一个案子。"

"那你不就是侦探吗？"

"可是，井森认为我没法胜任。"

"井森是谁？"

"他是我的化身。"

"我不知道化身是什么。"

"就是另一个我。"

"明白了，这句话我不会当真的。"

"总之，我一个人无法胜任，需要找个帮手。"

"我不太懂，是谁委托你调查案子？"

"杜塞梅尔。"

"杜塞梅尔？那位法官？"

"我不太清楚。"

"一只眼睛上贴着创可贴的？"

"对，就是那个人，他有点吓人。"比尔怯生生地看着拿但业。

"吓人？嗯，他的确有点吓人，不过名声还不错。"

"杜塞梅尔给我推荐了一个侦探帮手，我正要去找那个人，但是我迷路了。我总是迷路。而且我就是因为迷路，才会来到这个世界。"

"原来如此，你想知道那个侦探住在哪儿是吧？不过奇怪了，这一带有侦探吗？"

"听说他的本行是律师。"

"啊？"拿但业脸色一变，"律师？"

"嗯，据说是个很厉害的律师。"

"不好意思，我真的赶时间。告辞。"

"你再听我说说啊，"比尔拉住了拿但业，"只有你能帮我了。"

"不，我肯定帮不上。"

"你怎么知道帮不上？"

"因为我有不好的预感，我不想再听你说了。"

"那个律师名叫……"

"叫你闭嘴没听到吗！"拿但业突然变得面目狰狞，眼中闪过疯狂的神色。

"他叫科帕留斯。"

"呜哇啊！"拿但业捂着耳朵蹲了下来。

"你耳朵痛吗？"

"不要提那家伙啊！"拿但业的双眼开始充血。

"那家伙？"

"沙人！"

"我提到沙人了吗？"

"科帕留斯就是沙人啊啊啊！"

如果是一般人，肯定不会接近突然性情大变的人。但比尔不一样，因为它早习惯了奇境之国那些古怪的人。

"我没提沙人，提的是律师啊。"

"那家伙杀了我父亲。"

"啊？侦探竟然是凶手？这是叙诡？"

"那家伙会朝小孩的眼睛里扬沙子。"

"那很危险啊。"

"还会抠出他们的眼珠子。"

"抠出来干什么？"

"谁知道，可能为了收集吧。我有一次差点被他抠掉眼珠子，是父亲阻止了他。"

"那真是太好了。"比尔松了口气。

"出什么事了吗？"一位上了年纪的绅士突然对他们说。

拿但业伏在地上，瑟瑟发抖。

"我一问到科帕留斯律师，他就开始发抖了。"比尔回答。

"科帕留斯？"

老绅士旁边站着一名少女，她冰冷的美感能让所有见到她的人动弹不得。

"你好。"比尔对少女打了招呼。

少女瞪大眼睛，缓缓看向比尔，接着露出略带轻蔑的笑容。

"拿但业，振作点！"老绅士喊道。

拿但业抬起头："啊，斯帕兰札尼老师！"

"拿但业，究竟怎么回事？"

"是这家伙，"拿但业指着比尔说，"它道出了不祥的话语。"

"看来你的情绪很不稳定。如果是这畜生让你感到不安，很好，我这就打死它，让你平复心情。"斯帕兰札尼举起了手杖。

"哇！不要！"比尔害怕地挡住了脸。

"请等一等，斯帕兰札尼老师！"虽然拿但业还在颤抖，但他叫住了斯帕兰札尼，"这蜥蜴不是恶人。"

"你说什么？"斯帕兰札尼缓缓放下了手杖，"你是说，不是这蜥蜴的错？"

"对，我只是听到蜥蜴的话，受到了惊吓。"

"这蜥蜴究竟说了什么？"

"蜥蜴——比尔说出了科帕留斯的名字。"

"科帕留斯！"斯帕兰札尼大吃一惊，"蜥蜴怎么会知道科帕留斯的名字？"

直到这时，拿但业才看到了那位美丽的少女。

"啊，亲爱的奥林匹亚，原来你也在。"

看到拿但业的模样，斯帕兰札尼露出了满意的笑容。

拿但业向奥林匹亚伸出了手。奥林匹亚仰起脸，但是垂下了目光，她别别扭扭地走向拿但业，僵硬地伸出了手。拿但业面露喜色，走上去想握住奥林匹亚的手。

啪！就在这时，斯帕兰札尼突然抄起手杖狠狠地抽了拿但业的手背。

"啊！"拿但业的手背出血。

"你干什么呀，斯帕兰札尼老师？"比尔问。

"蜥蜴，你看了还不知道吗？"

比尔看了看周围，又看了看天空。

"不是那个，你要看奥林匹亚的姿势。你看她直着身子，手伸向拿但业，要是拿但业突然抓住她的手，她会怎样？很明显，她会一个不稳倒在地上。要是倒在这种砂石路上，她很可能会摔破。"

"可现在破的是拿但业的手呀。"

"蜥蜴，你情愿奥林匹亚摔破脸，也不希望拿但业破了手吗？"

"啊，斯帕兰札尼老师，都是我的错。我只想着握住小姐，没有考虑她的姿势。感谢您打了我的手。"

斯帕兰札尼满意地点点头。

奥林匹亚缓缓收回手，最后发出"哐当"的声音。

比尔一直看着奥林匹亚，觉得她的动作很奇怪。

"斯帕兰札尼老师，为什么奥林匹亚的动作像机器人？"

斯帕兰札尼凑近比尔，小声说："你注意到她的不自然了吗？没错，奥林匹亚是一个自动人偶，但你不能告诉拿但业。"

"啊？真的吗？我都没发现。"

斯帕兰札尼啧了一声："你这迟钝的蜥蜴。"

"可是为什么不能告诉拿但业？"

"因为这样更有意思。那家伙没发现奥林匹亚是自动人偶，还喜欢上她了。他以为她是我女儿。你说这好不好笑？我最喜欢看别人犯蠢了。"

"是吗？那我就不告诉他，因为不能扫别人的兴。"

"对了，蜥蜴……"

"我叫比尔。"

"你刚才提到了科帕留斯的名字？"

"是的，我在找科帕留斯。"

"你找他做什么？"

"我想请他当侦探，跟我一起调查。"

"侦探？你想请律师当侦探？"

"是杜塞梅尔让我找他的。"

"杜塞梅尔！那家伙有什么阴谋？"

"啊？杜塞梅尔有阴谋吗？"

"那家伙怎么会白白帮别人！"斯帕兰札尼陷入了思考，"不过，不管他在密谋什么，只要不影响到我，倒也不失为一出好戏。"

"奥林匹亚怎么不动了？她没事吧？"

"她该上发条了。不过拿但业现在只管着迷地看着奥林匹亚，所以不用担心她不动的事会露馅儿，过会儿我再给她上发条就行。

先不说这个了，我可以把你介绍给科帕留斯哟。"

"真的吗？他在哪儿？"

"哦！竟然在这儿碰到你们，真巧啊！"一个高大的男人突然走了过来。他健硕的肩膀上顶着个特别大的脑袋，脸上有两三道红黑色的印子，长长的鼻尖一直垂到嘴边，眉毛宛如灰色的杂草，两眼冒着绿光，他的口角歪斜，散发着浓浓的恶意。

"哎，这东西是娃娃鱼吗？"大个子伸出长满毛发的粗壮大手，掐住比尔的脖子把它拎了起来。

比尔无法呼吸，而且很讨厌他那恶心的手，于是它默默祈祷，希望他赶快松开自己。

"不，这是蜥蜴。"斯帕兰札尼不高兴地回答。

"这是老师你做的自动人偶吗？这眼球从哪儿搞来的？你都搞到这东西了，干吗不先还我的债？我能看看吗？"大个子灵巧地取下了比尔的右眼球，对着光打量了一会儿，"哎呀，这是真眼球啊！"大个子一惊，失手松开了比尔。

比尔慌忙喘了口气，恳求道："求求你，把眼球还给我吧！"

"哎，它还会说话，这可太精巧了。"

"很遗憾，克卜拉，这蜥蜴不是我的作品。"

"原来如此，那就不能要求你用眼球抵债啦。"

克卜拉"噗"地把眼球按进了比尔的眼窝。可能安得不够好，比尔觉得右边视野倾斜了九十度。

"我觉得晕头转向，有点恶心。"

"忍着吧，能给你安回去就不错了。"斯帕兰札尼闷哼道，"克卜拉，你怎么能随口就说别人欠债？我没找你借过钱。"

"你这话就过分了，我不是给你搞到了漂亮的眼球吗？可你到现在都没付钱。换句话说，就是你欠我的钱。"

"斯帕兰札尼老师要眼球做什么？"比尔问克卜拉。

"给奥林匹亚当眼球。"克卜拉小声告诉比尔，"别太大声，小心让拿但业听见。"

"知道了，你放心吧，我不会告诉拿但业的。"比尔朗声回答。

拿但业听见自己的名字，转向了比尔和克卜拉。紧接着，他的脸上眼见着没了血色，最后还整个人软倒在地，开始呕吐。

"拿但业，你没事吧？"比尔走过去，给他揉着背说。

"怎么会这样？那家伙怎么在这儿？"

"那家伙？你说克卜拉？"

"克卜拉？那家伙根本不是克卜拉！他是科帕留斯！"

"啊？你说他是科帕留斯？我就在找科帕留斯啊。可是刚才斯帕兰札尼老师管他叫克卜拉。这究竟谁说的是对的呀，斯帕兰札尼老师？"

"这人是克卜拉，卖晴雨表的克卜拉。"

"晴雨表是什么？"比尔问。

"就是气压计。"斯帕兰札尼说，"我可不会给你解释天气和气压的关系，那太麻烦了。"

"知道了，天气跟气压有关是吧？那跟眼球又有什么关系？"

"晴雨表要用到玻璃，自动人偶的眼球都是玻璃做的。"

"嗯，我大概明白了。"

克卜拉走向拿但业。"小哥，我看你好像很不舒服啊？要不我给你修修？"他把手搭在了拿但业的背上。

"哇！是科帕留斯！是沙人！"

拿但业太过恐惧，大喊一声之后就失去了意识。

"这下麻烦了。"斯帕兰札尼厌恶地说,"但是让别人知道我扔下学生不管,可能会影响名声。还是把这家伙送回家去吧。他家就在我家对面,算不上多麻烦。"

斯帕兰札尼从怀里掏出一个工具,打开奥林匹亚的后脑勺,上好发条后开始调整齿轮。

"奥林匹亚,把那个人送回家去。"

奥林匹亚抓住拿但业的衣服后襟,单手把他拎起,扛在肩上,转身离开。

"奥林匹亚好厉害啊。"比尔惊叹道,"不过,要是别人看到奥林匹亚这个样子,不就知道她是机器人了?"

"别担心,只有拿但业这个笨蛋不知道奥林匹亚是自动人偶。"斯帕兰札尼跟在奥林匹亚后面走了起来。

"老师,眼球的钱你一定要付啊。要是这周末前收不到货款,我可就要收回奥林匹亚的漂亮眼球了。"

"知道了,知道了。"斯帕兰札尼不耐烦地离开了。

"好了,"克卜拉看向比尔,"你刚才说了句怪话,说什么,你在找科帕留斯?"

"是的,我在找科帕留斯。"

"原来如此,那我告诉你一个好消息。"

"什么好消息?"

"其实我就是科帕留斯。"克卜拉凑到他耳边说。

"原来拿但业没弄错啊,那你刚才干吗不承认?"

"当然是因为这样会让拿但业看起来更蠢啊。"

"可这样的话,拿但业也太可怜了。"

"我才不管,我就是要毁掉拿但业。"

"你为什么要这么做？"

"你想知道吗？"科帕留斯微微一笑，"因为我最喜欢看到别人失去理智了。那家伙还小的时候，我就花了不少时间做准备，现在谁也别想阻止我。"

比尔虽然是只理解能力低下的蜥蜴，但它听了科帕留斯的话还是感到浑身发冷。拿但业虽然可怜，但自己怎么反对科帕留斯都救不了他。科帕留斯跟奇境之国的疯子不是一个次元的生物——虽然它不太明白井森语词库里的"次元"是什么意思，但它对这句话深信不疑。

"你为什么要找我？"

"我想请你帮忙调查罪案。"比尔嘴上虽然这样说，但是它很难想象自己与科帕留斯一起调查，这实在太可怕了。

"请我帮忙调查？"

"对，这是杜塞梅尔的主意。"

"杜塞梅尔？那个小人！他以为自己是谁？"

"就是啊，他以为自己是谁啊？太让人无语了。"

"那家伙说什么？"

"我的化身认为我无法独自调查，让他帮忙找个搭档。然后杜塞梅尔说你很合适，就派我来找你了。"

"太气人了。"科帕留斯瞪着比尔说。

比尔浑身僵硬，动弹不得。

"既然有事求我，那家伙怎么不自己来？"

"可能因为这是我的要求，他不想亲自出头吧。"

"是谁找你调查的？"

"应该是杜塞梅尔吧。"

"那还不是他自己的事？"

"是这样吗？总之，我希望你帮忙调查。"

"我拒绝。"

"啊？"

"我才不听杜塞梅尔的指使。你回去告诉他，如果想让我出面，他就自己过来跪下求我，别派一只虫子来。"

"对不起，我记不住那么多话，能再说一遍吗？"

"想让我出面，就让杜塞梅尔自己来。"

"嗯，这样应该能记住。"

"要是怕记不住，就写下来。"

"不好意思，我没有纸笔，所以你得先借我纸笔。然后，还得有人教我认字。"

"别担心，我直接写到你脑子里。"

比尔听到这话拔腿就跑。它实在太害怕了，除了跑想不到别的反应。不过，这也许才是正确的反应。

可是比尔一步都没跑出去。它纳闷地回过头，发现自己的腿已经被卸下来了。没办法，比尔只好扭动尾巴向前挪。可下个瞬间，它的尾巴也被踩住了。比尔条件反射地脱掉尾巴，尾巴和两条后腿在地上跳动。对了，我还有手！比尔开始朝杜塞梅尔的家匍匐前进，但下个瞬间，就有人按住了它的肩膀。肩膀像还剩最后一点的牙膏一样，被强行挤出，扔在了地上。

啊，我的手脚……他过后会装回去吗？它正想到这里，科帕留斯毛茸茸的大手就盖住了它的头顶。

比尔失去了意识。

6

现在已知的信息
（据井森的《化身关联图》整理）：

地球 —— 奇境之国／霍夫曼宇宙

井森 —— 蜥蜴比尔

露天客拉拉 —— 克拉拉

杜塞梅尔 —— 杜塞梅尔

（露天客拉拉的叔父）（克拉拉的叔叔）

汽车里的老鼠 —— 凶鼠（？）

"后来比尔怎么样了？"客拉拉问。

井森又一次来到了杜塞梅尔的办公室。

"它醒来时，发现自己躺在路边。"井森回答，"它的记忆很模糊，唯一清楚的是：'想让我出面，就让杜塞梅尔自己来。'"

"我不去，"杜塞梅尔说，"凭什么我要亲自去找那个粗俗佬？"

"因为他不想去找你吧。"

"他为什么不来？"

"因为不想听你指使呗。"

"无礼之徒。"杜塞梅尔挤出了恶狠狠的表情。

"你不打算去找科帕留斯吗？"

"当然。"

"那我们的约定呢？不是说好要给比尔找个帮手吗？"

"没有帮手。"

"比尔一个人什么都做不了。"

"你也太纵容比尔了吧？"杜塞梅尔瞪着井森说。

"不，我又没见过比尔，哪里说得上纵容？"

"如果叔父和科帕留斯都不肯妥协，那也没办法。"客拉拉一脸遗憾地说，"我们再想想别的办法吧。"

"不，我认为杜塞梅尔教授应该去求科帕留斯，因为只靠比尔肯定什么都查不出来。"

"我绝不会向科帕留斯低头，这个话题到此为止。"杜塞梅尔斩钉截铁地说。

"那霍夫曼宇宙的调查就无法展开了。"井森坚持道。

"唔……"杜塞梅尔想了想，"的确，让比尔一个人调查太为难它了。我再想想别的帮手。总之你先在地球这边调查吧。"

"可在地球这边调查也没什么用啊。"

"你能证明绝对没用吗？总之你先找找线索吧。"

"我认为我没义务听你说话。"

"明白了，你是想违抗我？你知不知道这意味着什么？"

"你想用教授的身份对我下手？可我不是你们专业的，你怕是鞭长莫及。"

"我不是要对你下手，而是对比尔。"

"你要对比尔做什么？"

"我在那边是一名法官。事关人命我不敢说，但区区一只蜥蜴，你不觉得很容易吗？"

"你在威胁我？"

"威胁你，又怎样？"

井森与杜塞梅尔互相瞪了许久。

"如果你答应几天内找到霍夫曼宇宙的帮手，我就去调查。"井森先开了口。

"可以，我答应。"杜塞梅尔答道。

"客拉拉小姐，能请你跟我去确认现场吗？"井森问。

"好的，没问题。"客拉拉从椅子上站起来。

"哎，你的轮椅呢？"井森惊讶地说。

"哦，我的腰伤已经好了。其实上次碰到你的时候已经快好了，只是保险起见，我才用了轮椅。"

"原来如此，那霍夫曼宇宙的克拉拉也能走路了吗？"

"啊？……哦，那当然。"

"你不清楚吗？"

"最近霍夫曼宇宙的记忆有点模糊，但也许是暂时的。世界间的联系会断开吗？"

"杜塞梅尔老师，你知道吗？"

杜塞梅尔耸耸肩。"我毫无头绪。本来化身现象的原理就尚未查明，推论就更是无从谈起。"

"那就没辙了。总之，能摆脱轮椅重获自由，挺不错的。"

两人当即前往事故现场，即大学附近的青齿町五丁目路口。

"这个路口乍一看没什么特征啊，"井森说，"汽车冲过来前停在什么地方？"

"那个电线杆旁。"

"冲过去后停在什么地方？"

"就是这一带，你看地上不是还有点发黑吗？"

井森仔细查看地面后，走到汽车发动的地点，又查看了周边。

"有什么发现吗？"客拉拉跟了过来。

"没什么发现。不过我早就料到会这样。"

"需要采集汽车涂料或者指纹吗？"客拉拉提议。

"警察已经采集过了吧？"

"那还能做什么？"

"这个嘛……要么问问目击证人？当时周围有人吗？"

"是有几个人，不过警察可能已经问过他们了。"

"有可能。但是证词跟科学调查需要的物证不一样，我们也可能会发现新的线索。"

"啊！"客拉拉突然高喊一声。

"怎么了？"

"有个熟人过来了……诸星先生！"

那个被称为诸星的男性，年龄估摸在三十岁左右。他看见客拉拉先是点了点头，然后就走了过来。

井森也朝他点了点头。

"井森同学，这位是诸星先生。我去年曾给一个孩子当家教，诸星先生就是那个孩子的姐夫。诸星先生，这是井森同学，呃……是我叔父的学生。"

井森不是杜塞梅尔教授的学生，但照实说对方可能会很难理解，所以就这么说吧。

"千秋妹妹最近怎么样？"客拉拉问。

"哦，最近我没怎么看到她。"

"哎？可你以前不是经常去她家玩吗？"

"嗯，其实……"诸星欲言又止，"我跟妻子分居了。"

"哎呀。"客拉拉脸上露出尴尬的表情。

井森觉得这时候应该赶紧转移话题。

"她正在北海道出差，我也准备去找她好好谈谈。"

"北海道？"井森忍不住问。

"是的。"

"不等她回来再谈吗？"

"倒也可以，但俗话不是说'择日不如撞日'嘛。"诸星笑着说。

"诸星先生是位作家。"客拉拉好像也想转移话题。

"我只是在儿童杂志上登过几篇童话，还不算作家。"

"但你不是得过奖吗？"

"对，我得奖后一时得意就辞了工作，妻子为此很生气，结果就成了现在这样。"

"诸星先生，你知道客拉拉前段时间出了车祸吗？"井森决定强行改变话题。

"客拉拉出了车祸？怎么回事？"

"停在路边的车突然朝她撞了过去，我正在调查这件事……"

"调查？但你是学生吧？"

"是的，不过杜塞梅尔老师要我扮演侦探调查这件事，这听起来的确有点怪——"

"侦探？我最近好像听过类似的话，说有人在找侦探……"

他在意的竟是这个？

"不，其实只是假扮侦探，并不是真正的——"

"井森……你是井森对吧？"

"是，怎么了？"

"它说是你建议给它找侦探的。"

"谁啊？"

"一只叫比尔的蜥蜴。"

井森猛吸一口气，然后屏住了呼吸。

"啊，不过那只是个梦，你别在意。那先这样，我还得赶路呢。"诸星再次点头一礼，大步地离开了。

井森依旧愕然，呆呆地回了一礼。再看旁边，客拉拉瞪大眼睛，僵在原地。

"诸星先生怎么会知道比尔？"

"可能他也是霍夫曼宇宙居民的化身吧，真让人吃惊。"

"可他是谁的化身呢？"

"可能是拿但业、斯帕兰札尼、奥林匹亚，或者科帕留斯。"

"应该不是奥林匹亚吧？她是女性，而且不是人类。"

"奇境之国与地球的联系不分性别和种族，虽说霍夫曼宇宙与地球的联系可能不太一样。刚刚说的那四个人里，最像的应该是拿但业吧？"

"这么一说，拿但业也痴迷于文学。"

"克拉拉认识拿但业吗？"

"嗯，我猜拿但业应该认为他跟我是情侣。"

"'认为'是什么意思？你们不是情侣吗？"

"那个记忆是杜塞梅尔植入的。"

"为什么？"

"他跟科帕留斯打了赌，赌拿但业会喜欢上克拉拉，还是喜欢上奥林匹亚。"

"霍夫曼宇宙有很多人拥有他们那种能力吗？"

"人应该没有很多，但人外之物就说不准了。"

"霍夫曼宇宙也有很多人外之物吗？"

"我不知道多不多，但我经常听伙伴们提到。"

"你的伙伴？都是什么样的人？"

"你说霍夫曼宇宙的伙伴吗？"

"就是霍夫曼宇宙的伙伴。当然，如果你是跟这边的朋友讨论人外之物的，那就另当别论了。"

"我朋友没有很多，顶多是玛丽、皮利帕特、赛芬蒂娜。哦，不过她们可能没把我当朋友。"

"你为什么这么想？"

"因为我见过她们三个瞒着我出去玩。"

"这个故事很阴暗吗？"

"有可能。你不想听？"

"不，还是告诉我吧。先说说，她们三个都是什么样的人？"

"首先，玛丽是我家的人偶。"

"一上来就不是人啊。她也是自动人偶吗？"

"她不是自动人偶，但是会动。"

"不是自动人偶？"

"对，她体内应该没有机械装置。"

"那怎么会动？"

"不知道，可能是魔法？"

"魔法……霍夫曼宇宙原来是个科学与魔法混杂的半吊子世界啊。"

"这个嘛，到底哪个世界更半吊子，我想可能各有各的看法。"

井森记了下来。"那另外两个朋友呢？"

"皮利帕特是公主。"

"这是个比喻？"

"不是比喻，她是杜塞梅尔的前未婚妻。"

"啊？杜塞梅尔老师？"

"我说的杜塞梅尔是他的侄子，小杜塞梅尔。"

"原来还有小杜塞梅尔啊。"

"有啊。"

"应该有区别吧？我是说从外表上看的话。"

"嗯，完全不一样，因为小杜塞梅尔是个胡桃人偶。"

"原来如此，他也是人偶啊。"井森已经放弃惊讶，继续做记录，"他也是魔法催动的吗？"

"怎么说呢，应该算魔法吧，但他原本是人类。"

"原本是人类……"井森记了下来。

"他中了麦泽林夫人的诅咒，虽说诅咒本来是针对皮利帕特公主的。"

"那为什么会……"井森问到一半就改了主意，"啊，不说这个了，一说更是没完没了。"

"是的，如果真要解释，可能得花很长时间。"

"还有一个人叫什么？"

"赛芬蒂娜。"

"她是人类？人偶？还是自动人偶？"

"赛芬蒂娜是蛇。"

"你跟动物也能交朋友啊，还是爬虫类。"井森有点高兴。

"不过她看起来是个女孩子。"

"是被杜塞梅尔或者沙人改造的吗？"

"她应该是靠自己的魔法变的。"

"这样啊。真复杂。那这三个人跟那边的克拉拉是朋友吗？"

"要是我没理解错……不过我越来越觉得自己理解错了……"

"那三个人什么时候瞒着你一起出去玩了？"

"不久前。"

"按照地球时间，不久前是什么时候？"

"应该是昨天傍晚吧，这是我最近的记忆。"

"她们看起来怎么样？"

"很开心，应该是去参加嘉年华了。"

"嘉年华？"

"霍夫曼宇宙最大的庆典，从傍晚开始，一直持续到第二天傍晚。"

"你是在哪儿看到她们的？"

"我躲在森林里的树后。"

"有没有可能看错了？"

"她们没发现我，但我们之间只有不到十米的距离，所以不可能看错。"

"她们可能打算接下来去找你呢。"

"不可能，因为她们当时正要上花车。一旦上了花车，就得直到嘉年华结束才能下来。虽然名叫花车，但它有火车那么大，还带餐厅和洗手间，还能从里面看到跳舞的人群和其他花车呢。唉，我也好想坐。"客拉拉似乎很后悔没坐上花车。

"克拉拉还有别的朋友吗？"

客拉拉想了想，摇了摇头。

"假设是其中之一写了恐吓信，你认为会是谁？"

"你怀疑我的朋友吗？"

"我并没有特别怀疑那三个人，但是反过来说，也没有特别信任那三个人。"

"我不认为她们会给我写恐吓信。"客拉拉回答，"刚才说的证词有什么帮助吗？"

"不知道，但将来有可能会成为辅助推理的材料。"井森看了看周围，"那么，关于这边的事故，你还能想到别的什么吗？"

"让我想想。"客拉拉努力回想，"你看到那边的空地了吗？"

"那是空地？我还以为是公园。"

"是空地。看迹象以前是准备建房子的，但不知道为什么就一直空着了。"

"猜不到理由吗？"

"猜不到。"

"那这块空地怎么了？"

"当时我看见那里有人，好像在用望远镜对着我。"

"这么重要的事为什么之前不说？"

"因为一直没想起来。刚才看到那块空地，我才想起来了。"

"那么你也没跟警察提这件事？"

"是的。"

"我觉得我们该去一趟警察局。"

"叔父说这边的警方调查没什么用。"

"现在还说不准。毕竟这边跟那边相连，所以这边的调查也可能会反映在那边。你记得那个人的外貌特征吗？"

"穿着黑衣服，可能还戴着黑帽子和墨镜，年龄和性别都不太清楚。"

"还记得别的吗？"

客拉拉摇摇头。

"你记得那个人站在什么地方吗？"

"记得，跟我来。"客拉拉快步走向空地。

井森慌忙跟了上去。

靠近后，他发现那的确是一块空地，残留着类似地基的东西，看大小感觉像比较宽敞的私人住宅。入口处只系着一根绳子，很容易就能进去。

"他当时就在树丛后面。"客拉拉跨过绳子，走进空地。

虽然空无一物，但毕竟是私人地皮，井森忐忑地跟了上去。

"这里，就是这儿。"客拉拉走到树丛后面，瞬间掉了下去。

是陷阱！井森条件反射地追过去，纵身跃过树丛。可等他赶到洞口，客拉拉已经不见了踪影。井森顾不上多想，伸头进去。离客拉拉掉下去还不到一秒，要是动作及时，也许能拉住她。

她似乎还没反应过来，依旧保持着走路的姿势。井森很是懊恼，要是她伸个手就好了。不过他还是使劲探出身子，想抓住客拉拉。

他的指尖碰到了客拉拉的头发。

成了！一根头发可以承受五十克重量，假设客拉拉体重六十公斤，那么只要抓住一千二百根头发就能拉住她了。不对，因为有加速度，所以要承受更多重量吧？打住！现在哪还有算数的时间？总之能多抓一根是一根吧。

咦？我也掉下去了？那我抓客拉拉还有用吗？总之先用腿撑住洞壁吧，就算撑不住，至少能减速。只能但尽人事了。

突然，客拉拉的身体开始上升。不，不对，是客拉拉坠落的速度变慢了，所以从井森的角度看，她反而在上升。可为什么她会变慢？难道已经到了洞底？那这个洞就只有几米深。虽然不可能无伤，但至少不会致命。

不对，还是有点怪。洞底显然还在下方，而且底下有很多凸起，看着像木棍。突然，客拉拉仰起了头。那不像是她有意识的动作，更像是挂到了什么被动仰起的。客拉拉瞪大眼睛看着井森，目光中满是恳求。一根尖刺从她的喉咙穿出，尖端带血。啊，懂了。洞底的木棍都被削尖了。这不是恶作剧的陷阱，而是杀人陷阱。可是，这是什么人为了杀谁布置的？

井森正想着，贯穿客拉拉的木棍尖已近在眼前。啊！还有三厘米，木棍就要刺进左眼下了！

7

现在已知的信息
（据井森的《化身关联图》整理）：

地球 ——	奇境之国／霍夫曼宇宙	
井森 ——	蜥蜴比尔	
露天客拉拉 ——	克拉拉	
杜塞梅尔 ——	杜塞梅尔	
（露天客拉拉的叔父）	（克拉拉的叔叔）	
汽车里的老鼠 ——	凶鼠（？）	
诸星 ——	？	

"糟了！糟了！！糟了！！！"比尔冲进了跳舞的人围成的圈。

"你这臭青蛙！别碍事！"满脸胡须的老男人对比尔大吼。

"潘德隆，怎么了？"一个年轻姑娘问。

"托蒂，这只脏青蛙突然跳进来，弄脏了我的裤子。"

"别管青蛙了，大家听我说！"比尔大喊道。

"没人管你，以及你就是青蛙！"潘德隆反驳它。

"不对，我不是青蛙，我是蜥蜴。你见过这么大的青蛙吗？"

"就算是蜥蜴，你也太大了。"托蒂瞪大眼睛，"你究竟是什么啊？看着好恶心。"

"我说了是蜥蜴。"

"真恶心。你想干什么？"

"为什么恶心？"比尔问。

"因为我讨厌爬虫类！"

"那你改成喜欢爬虫类不就好了？"

"怎么可能喜欢！"

"别磨叽了，只要你赶紧滚就没事了。"潘德隆烦躁地说。

"那可不行，出大事了。"

"我知道，就是一只蜥蜴跑进嘉年华舞阵了嘛。"

"那可能是大事，可我这个更大。真的出事了。"

"那你说说看。要是事不大，我可不会饶了你。"

"那个啥，克拉拉被杀了。"

舞阵瞬间沉默了。

"真的吗？"潘德隆问。

"真的，我亲眼看见了。"

"在哪儿被杀的？"

"地球，青齿町五丁目。"

"你究竟在说啥？"

"克拉拉的化身客拉拉在地球被杀了。"

"谁能听懂这蜥蜴在说啥？"

聚在周围的人一阵嘈杂，但没人开口回答。

"你怎么证明你不是在胡说八道？"

"不信你把杜塞梅尔叫来，是他让我调查的。"

"调查？从没听说蜥蜴还能当调查官。"

"我在地球是人。"

"所以你本来是人，但被魔法变成了蜥蜴？"

"不对，我在奇境之国本来就是蜥蜴。"

"吵什么吵？"人群中走出一个老太太。

"没什么，斯克德里夫人，就是跑进来一只蜥蜴。"托蒂回答。

"蜥蜴？"斯克德里定定地看着比尔，"哎呀，好大的蜥蜴。"

"我叫比尔。"

"原来如此，你会说人话呀？"斯克德里好奇地看着它。

"我这就把它赶走。"潘德隆举起了木棍。

"等等，我问它几句话。"

"夫人要问蜥蜴的话？"

"不可以吗？"

"不，您请便。"潘德隆退了下去。

"比尔，你是活物，还是人偶？"

"我被好多人拆开过，所以不太肯定了。应该是活物。"

"你是靠魔法说话的吗？"

"不知道，但奇境之国很多动物都会说话。"

"奇境之国？"

"那是另外一个世界，现在这个世界叫霍夫曼宇宙。"

斯克德里点点头。"杜塞梅尔法官的确说过这样的话，还说这个世界的人会与另一个世界的人共享记忆。"

"那是真的，斯克德里夫人。"

"那这个世界的人跟奇境之国的人也有关联吗？"

"不是，我是直接从奇境之国来这里的，霍夫曼宇宙的人的化身都生活在地球上。"

"比尔，如果不是你的脑子出了大问题，这就太有意思了。"

"你觉得我的脑子有问题吗？"

"如果要我现在判断，我会认为有问题。"

比尔非常失望。

"但我现在不会下判断，因为材料不够……马蒂尼埃尔！"

"在，夫人。"一位貌似仆人的女性向斯克德里走来。

"你去把杜塞梅尔法官请过来。"

"可是夫人，"马蒂尼埃尔说，"不能一小时后再去吗？这样我就能看完嘉年华了。"

"马蒂尼埃尔，如果比尔说的是真的，那么已经有人遇害了，我们得尽快查清真相。三十分钟内把杜塞梅尔法官带过来。"

马蒂尼埃尔连忙跑开了。

"好了，比尔，在法官到达前，我能先问你几个问题吗？"

"当然可以，斯克德里夫人。"

"克拉拉是怎么被杀的？"

"不知道。"

"那你怎么知道她被杀了？"

"因为客拉拉死了。"

"比尔，你的脑子有问题吗？"

"很多人都说我脑子有问题。可是，我说的客拉拉是克拉拉在地球的化身。"

"你是说，因为化身死了，所以克拉拉也死了？"

"相反吧。因为真正的克拉拉死了，所以化身也死了。"

"你确定？"

"杜塞梅尔是这样说的。"

"那这个问题就留到杜塞梅尔法官到达后再说吧。地球的克拉拉是怎么死的？"

"她掉进陷阱里，被木棍戳死了。"

"真残忍。是有人把她推下去的吗？"

"没有，是客拉拉自己掉进了陷阱里。"

"她干吗非要去陷阱那儿？"

"因为那儿站着可疑人物。"

"案发当时？"

"不是。几天前，客拉拉在那儿遇到了交通事故，她说当时有个人站在那儿。"

"也就是说，是那个人把客拉拉引诱到了那个地方？"

"我不知道，"比尔伤心地说，"我的大脑好像讨厌复杂问题。"

"客拉拉死时，你在旁边吗？"

"嗯。"

"你看见什么了？"

"看见了陷阱和木棍。"

"客拉拉死后发生了什么？"

"不知道。"

"为什么？你在地球那边没告诉别人吗？"

"没有，因为我也死了。"

"啊？"

"其实死的是井森不是我，但我记得自己死了这事。"

"所以死的不只是客拉拉，你的化身也死了？"

"有可能，因为我有被木棍戳脸的感觉，特别特别痛。我感到脸上的骨头断了，慢慢陷进肉里。可中途我就眼前一黑，什么都感觉不到了。"

"看来化身死了本体也不会死啊。"

"真的吗？"

"比尔，你不是还活着吗？"

"杜塞梅尔法官到了。"马蒂尼埃尔高声说。

比尔转过头，看见了一脸震怒的杜塞梅尔。

"啊！杜塞梅尔，你来得正好，我正要告诉你出大事了。你听我说，克拉拉被——"

杜塞梅尔的手杖砸到了比尔头上，比尔向后倒去。下一秒，杜塞梅尔的脚踩住了比尔的脖子。

"克拉拉被杀了？你这没用的东西！蠢货！垃圾！"

比尔无法呼吸，只能拼命摆动四肢和尾巴。

"住手，法官。"斯克德里镇静地说。

"你别管我，是这只蜥蜴违反了约定。"

"什么约定？"

"查出盯上克拉拉的凶手。"

"你委托那只蜥蜴查案子？"

在场所有人都看向杜塞梅尔，有几个人还哧哧地笑了起来。

"它虽然是只蜥蜴，但它懂人话。"

"你是说只要懂人话，就可以放心委任？"

"而且这家伙的化身相当优秀。"

"但它本身呢？更何况，它的化身也死了。"

"你怎么知道？"

"比尔自己说的。"

比尔的四肢和尾巴已经渐渐失去力气。

"究竟发生了什么？"

"只能问比尔。克拉拉的化身死亡时，目击者只有比尔的化身。"

比尔的四肢已软在地上，一动不动。

"当然，前提是还来得及。"

"哼。"杜塞梅尔松开脚，伸手摸了摸刚踩过的地方，"气管已经破碎，颈骨也断了。"杜塞梅尔当场取出比尔的喉咙和脖子，修理好后装了回去，"我给它做了紧急处理，暂时还死不了。"

"但它好像没有呼吸了。"

"等等。"杜塞梅尔一拳砸向比尔的胸口。

比尔猛地跳起来，睁开眼，深吸了一口气。

"呀，太好了。"斯克德里说。

比尔开始咳血。

"客拉拉怎么了？"杜塞梅尔问。

"客拉拉掉进陷阱里，被木棍戳死了。"

"谁挖的陷阱？"

"不知道。"

"井森说什么了？"

"井森死了。"

"什么时候的事？"

"客拉拉被戳死后，他可能也被戳死了。"

"原来如此。井森被戳死了，你却活着。"

"刚才差点也死了。"

"也就是说，霍夫曼宇宙与地球的联系并不同步。"

"是吗？"

"霍夫曼宇宙的人死了，地球的化身也会死。可要是化身死了，本体却不会死。这就是为什么井森死了，你还活着。"

"啊，太好了。"

"但是井森一死，现在就只能依靠你的证词了。"杜塞梅尔说，"客拉拉死前说了什么？"

"嗯，"比尔认真回忆着，"好像是：'这里，就是这儿。'"

"之前呢？"

"'他当时就站在树丛后面。'"

"我问的不是这，是说跟凶手有关的线索。"

"嗯……"比尔抱起了胳膊。

"等等。"斯克德里说，"克拉拉真的死了吗？"

"我可亲眼看见了。"

"你亲眼看见的是地球的客拉拉吧？"

"可是，客拉拉是克拉拉的化身呀。"

"你的化身井森也死了，但你没有死。如果克拉拉也是一样，那么地球的客拉拉死了，霍夫曼宇宙的克拉拉可能也没死。"

"没错，克拉拉可能没死，但我们无法断言她一定没死。"杜塞梅尔说。

"为什么？既然比尔没死，那克拉拉应该也没死啊。"

"如果这个案子仅限于地球，那的确如此。比如地球上的某个人谋害客拉拉成功，然后井森被卷了进去，在这种情况下，克拉拉和比尔都不会死。可要是源头在霍夫曼宇宙呢？比如霍夫曼宇宙的某人谋害克拉拉，并且成功了。这自然跟比尔毫无关系。于是，霍夫曼宇宙的克拉拉之死就是地球客拉拉的死因，在这种情况下，井森只是单纯被卷进了客拉拉的命案而已。"

"井森是白死了。"比尔若有所思地说。

"那我们怎么判断是哪种情况呢？"斯克德里问。

"首先要找到克拉拉。如果克拉拉平安无事，这就证明只有那边的客拉拉死了。要是克拉拉死了，这就证明那边的客拉拉是因为这边的克拉拉死的。"

"你这话有点像同义反复。"斯克德里讽刺道。

"不管是不是同义反复，目前最重要的是要找到克拉拉。最近有人见过克拉拉吗？"

"大约一周前，我在集市见到过她。"潘德隆说。

"这个证言太早了，还有更新的目击情报吗？"

没人回答。

"比尔，客拉拉说没说过克拉拉最近见过谁？"

"我想想……她说她看见玛丽、皮利帕特和赛芬蒂娜一起上了嘉年华的花车。"

"这三个人在哪儿？"

"不是说上了花车吗？那应该还在花车上。"马蒂尼埃尔回答。

杜塞梅尔拿出怀表看了看。"原来如此。嘉年华还有几分钟就结束了，等她们从花车上下来就去问话吧。"

很快，嘉年华就结束了。巨大的花车带着阵阵轰鸣，来到一行人面前。移动式台阶落下，一阵刺耳的金属摩擦声后，车门打开，一群人从车上走了下来。

一百多人几乎全都下了车后，三个姑娘才总算出现了。杜塞梅尔跳到喋喋不休的三个人面前，拦住她们。三人看见面色狰狞的杜塞梅尔，齐齐发出尖叫。

"你们知道克拉拉吗？"杜塞梅尔越发狰狞地逼问道。

"知道。"玛丽回答。

"她在哪儿？"

"这就不知道了。"

"你刚才不是说知道吗？"

"我是说知道克拉拉这个人，她是斯塔布鲍姆的女儿。"

"你最后见到她是什么时候？"

"记不太清了，不过上花车前好像看见过。"

"你呢？"杜塞梅尔转向皮利帕特。

"克拉拉是谁？"皮利帕特一脸困惑地说，"我不太认识。"

"就是斯塔布鲍姆的女儿。"

"那不就是那个人吗？"皮利帕特抬手指道。

所有人齐齐看了过去——是托蒂。

"那不是克拉拉。"杜塞梅尔失望地说。

"可我上次在斯塔布鲍姆家里见过她呀。"

"是的，我是住在斯塔布鲍姆家。"托蒂回答，"因为我是克拉拉的人偶，跟玛丽一样。"

"那你今天也见过克拉拉吧？"杜塞梅尔问。

"没有，我昨晚就来嘉年华了，今天没见过克拉拉。"

"昨天嘉年华开始的时候呢？"

"昨天也没见过。其实我最近一直没跟克拉拉玩。"

杜塞梅尔难掩失望的神色。"那你呢？"她看向赛芬蒂娜。

"我知道克拉拉这个人，她以前是跟玛丽一起玩的，但我不记得今天在花车上看见她没有。"

"上花车前呢？"

"既然玛丽说看见了，那她可能在附近。"

"一群没用的女人。"杜塞梅尔骂道。

"我能问个问题吗？"斯克德里说。

"可以，问吧。"杜塞梅尔不耐烦地挥了挥手。

"你们三位上了花车后，一次都没下来过吗？"斯克德里问。

"是的，因为一旦上了花车，就得到嘉年华结束才能下来。"皮利帕特说。

"有人能证明吗？"

"门口应该有人站岗，监督是否有人逆行。"

"在门口站岗的人是谁？"

"我。"一个个子不高但肌肉发达的男人举起手，"没人逆行。再说，要是有人干这么显眼的事，大家都会注意到的。"

"谢谢你，卡迪拉克。"斯克德里说，"那么在嘉年华期间，这三位中有人走开过吗？"

"没有。"赛芬蒂娜说，"我们一直都坐在固定的座位上。"

"连洗手间都没去过吗？"

"我和皮利帕特去过几次，玛丽没去过。毕竟她是人偶，没有上洗手间的需求。"

"有没有两人同时去洗手间的情况？"

"没有。"三人都摇了摇头。

"斯克德里夫人，你为什么要追问洗手间的问题？"比尔问。

"我不是追问洗手间的问题，"斯克德里说，"是在假设克拉遇害的地点，然后筛选出有机会行凶的人。"

"什么意思？"

"克拉拉说她亲眼看见这三个小姑娘上了花车，对吧？"

"嗯，是这么说的。"

"那么如果她死了，推测的死亡时间就是在三人上了花车后。"

杜塞梅尔不再摆动手指，看向斯克德里。

"而且是在比尔出现在这里，告诉大家克拉拉的地球化身遇害之前。"

"意思是说？"比尔问。

"在这段时间里，花车上的人不可能杀害克拉拉，除非满足一个条件。"

"原来如此。"杜塞梅尔喃喃道，"夫人，你竟然发现了这点，不愧是知名作家。"

"前提是克拉拉不是在花车上遇害的。现在赶紧调查花车内部吧。"

几分钟后调查就结束了。花车虽大，但也只是花车，顶多只有地球的一两列车厢大小，里面也没有隐藏房间和暗道。在场所有人都认为，如果有人在花车上遇害，不可能不被人发现。

"我本来是怀疑这三个人的，现在看来怀疑错了。"杜塞梅尔皱着眉说。

"你为什么怀疑这三个人？"斯克德里问。

"因为克拉拉收到过恐吓信，我怀疑是不是她跟朋友间出了什么问题。"

"于是你就让比尔独自调查寄恐吓信的人是谁？"

"没办法，"杜塞梅尔耸耸肩，"我想让科帕留斯帮比尔，但他拒绝了。"

"科帕留斯先生的确是一名优秀的律师，但他不一定能帮比尔。比尔，你想跟科帕留斯做搭档吗？"

"不想。"比尔摇摇头，"我怕那个人。"

"既然比尔不愿意，那就更不能找科帕留斯了。"杜塞梅尔说。

"杜塞梅尔法官，这事本来不是该由你亲自调查吗？"

"亲自调查？不行，我没空。"

"真的吗？我倒觉得你是因为某种理由，无法亲自调查。"

"这话有意思了。什么理由呢？"

"这我还不知道，但只要继续调查，应该就会水落石出。"

"原来如此。那我们就安心期待比尔的调查进展吧。"

斯克德里盯着忐忑不安的比尔看了一会儿。

"比尔，你的智力可靠吗？"

"我的智力不好说，但井森的可靠。不过他已经死了。"

"真可惜，调查走到死路了。"杜塞梅尔断言道。

"等等，我有个提议。"斯克德里说。

"夫人，你这个提议有建设性吗？"

"当然有。请让我与比尔一起调查。"

"你觉得这有建设性？"

"至少比中途放弃有建设性。"

"你在犯罪调查方面纯属外行。"

"你已经选了一只和蔼可亲的蜥蜴担任调查官，难道我的洞察力还不如蜥蜴？"

杜塞梅尔陷入了思考。他平时总能迅速做出决断，这次却迟迟无法决定。

"你在找不让我当调查官的理由吗？"

杜塞梅尔露出了极不愉快的表情。

"我干吗要找那种理由？"

"你委托比尔调查，就好像在故意让调查变得困难。"

"怎么可能？"

一旁围观的嘉年华游客齐齐看向杜塞梅尔。

杜塞梅尔掏出皱巴巴的手帕，擦了一把额头。

"我懂了，你是想陷害我。"

"这都是你的胡思乱想。"

"要是任命你为调查官，我就能洗清这个嫌疑了吧？"

"这不是我能决定的。不过，如果各位认为我有足够的洞察力，或许能洗清你身上没必要的嫌疑。"

"我完全无法接受自己身上竟然有嫌疑。但与其一一辩解，不如任命你为调查官，这样更方便。这样吧，斯克德里夫人，我正式任命你为比尔的顾问兼调查官。"

"谢谢你，杜塞梅尔法官。"

"那我先告辞了。我还有工作要忙，无暇再管这些琐事。"杜塞梅尔转身离开了。

"斯克德里夫人，现在你是我的伙伴了吗？"

"对啊，比尔。"

"那你快告诉我，接下来该做什么？"

"最重要的是先确定克拉拉是否真的遇害了。"

"那要怎样确定呢？"

"要调查两个世界分别发生了什么。这边的世界嘛……我们只能找认识克拉拉的人挨个问了。"

"我明白了，只要问认识克拉拉的人就好了。"

"包括杜塞梅尔。另外，在那个世界——地球上也要调查。"

"查什么呢？"

"查克拉拉的化身的遗体。我想可能我也能行……只要那个梦真的是地球的梦。"

8

```
现在已知的信息
（据井森的《化身关联图》整理）：

地球 —— 奇境之国／霍夫曼宇宙

井森 —— 蜥蜴比尔

露天客拉拉 —— 克拉拉

杜塞梅尔 —— 杜塞梅尔
（露天客拉拉的叔父） （克拉拉的叔叔）

汽车里的老鼠 —— 凶鼠（？）

诸星 —— ？

？ —— 斯克德里夫人
```

井森呆立在陷阱前，一时间无法理解究竟发生了什么。他本以为自己死了，结果第二天早上却照常在床上醒了过来。他向很多人问了自己昨天的行动，可并没有发现异常之处。

井森去了杜塞梅尔教授的办公室。

"比尔说了莫名其妙的话，客拉拉真的死了吗？"杜塞梅尔一见到井森就迫不及待地问。

"我记得客拉拉的确死了，可之后我应该也死了。"

"你会不会出了事故，但保住了命？或者全是幻觉？"

"我真的摔进了陷阱里。就算当时没死，应该也会受重伤。可我现在毫发无损。那种感觉也不像是梦或是幻觉。我现在正准备去现场，看看究竟是怎么回事。"

"如果你真的死了，那有没有这种可能？就是哪怕你死了，只要本体比尔还活着，就能让你在死前一刻重启。"

"'就这样死了也太没出息了'[1]的意思吗？"

"你说什么？"

"没听过就算了，不值得解释。"井森说，"这个重启是什么意思？单只是我的尸体消失后，在我的床上重组成了活着的肉体？还是说，世界整体经过重组，抹掉了我死去这件事？"

"我认为前者的可能性更大。不过真的如此吗？考虑到世界的整合性，也可能是后者。"

"什么是整合性？"

"如果你的尸体突然消失，又冒出一个活着的你，这就是灵异事件。但要是一开始你就没死，那就没有灵异事件了。"

"可死了的人又活了，这事本身就很灵异啊。"

"所以才要变成你一开始就没死嘛。"

"那么，当时到底发生了什么呢？"

"不知道。如果客拉拉跟你是同样的状态，也就是霍夫曼宇宙的克拉拉还活着，那么她有可能跟你一样被重组了。要是霍夫曼宇宙的克拉拉已经被害了，那么这个世界的客拉拉之死就会成为

---

1. 日本著名游戏《勇者斗恶龙2》中，玩家团灭时各国国王及负责复活的角色所说的台词，念诵整段后玩家可以读档复活，继续游戏。

事实，现场应该能发现她的遗体或证实她死亡的证据。"

"你接到客拉拉出事的通知了吗？"

"没有，但可能只是还没人联系我。说不定客拉拉还静静地躺在事故现场。如果她死了，"杜塞梅尔揪住井森的领口，"那就是你的任务失败了。你要怎么赎罪？"

"你这问责也太没道理了吧？"井森不客气地说，"我是想救克拉拉，也的确可能没成功。但尽管如此，我还是会继续调查。找到真凶才是我的责任。"

"要是客拉拉死了，就算抓到凶手也没什么用了。"

"这我也能理解。但我还是发誓一定会找到凶手。"

井森离开了办公室，前往案发现场。

到达现场后，陷阱还在。这个陷阱边长约一点五米，深约三米。要说是恶作剧，这也未免太大太深了。这一带是紧临大学的森林公园，晚上大概不会有人路过。难道就是在那个时间段里挖的？可要想挖这么大的坑，得好几个人连干好几天吧？

井森小心翼翼地走过去，探头看向洞底。洞里又深又暗，但还是能看到无数削尖的木棍，这明显是赤裸裸的杀意。他打开手机手电筒，照向洞底。木棍尖端沾了很多血，虽然有点发黑，但一看就不是陈旧的血迹。

昨天掉进陷阱的是客拉拉和井森，那么这就应该是他们两人的血。然而此时井森并没有受伤。没受伤却留下血迹，这就不对劲了。这么一想，那里就应该只有客拉拉的血。要是把木棍交给警方检测DNA，或许就能知道这是不是客拉拉的血了。

井森开始思考怎样安全到达洞底。

"你该不会想犯蠢报警吧？"旁边突然传来一个女人的声音，吓得井森险些掉下去。他转头一看，只见一个三十多岁的女人抱着双臂站在那里。

"您是哪位？"井森问。

"我叫新藤礼都。"女人回答。

"我不是问您叫什么。"

"你在问我的头衔吗？没有。"

"也不是问头衔……"

"那你到底想知道什么？"

"被您这么一问，我也糊涂了。"

"那你先想好再问。"

"呃，"井森努力整理了一下思绪，"您认识我吗？"

"认识。"

"您是怎么认识我的呢？"

"是杜塞梅尔告诉我的。"

"您认识教授？"

"认识。"

"那您跟教授是什么关系？"

"熟人。"礼都点了一根香烟。

"您要在路边吸烟？"

"在哪儿吸烟是我的自由。"

"可这儿没有烟灰缸。"

礼都把烟灰弹进了洞里。

"哇，你干什么！"

"把烟灰弹进洞里有什么问题吗？"

"保护现场不是犯罪调查的重要原则吗？"

"这个洞不是调查对象，所以没关系。"

"为什么？这里可能发生了谋杀案啊。"

"只要你不报警，就没人知道。"

"您怎么知道我不会报警？"

"你不知道在这边调查没啥用吗？案子是在那边做的。"

"您知道霍夫曼宇宙和地球的关系？"

"你认为杜塞梅尔会派毫不知情的人协助你调查吗？"

"杜塞梅尔老师请您来协助我？"

"对。"

"为什么？我只请他找人帮比尔啊。"

"可能他觉得你也靠不住吧。"

"我靠不住？"

"你不是被杀了吗？"

"那是意外。"

"那可不一定。我们能确定的只是，杜塞梅尔认为你本质上跟比尔一样。"

"真受伤。"

"你有时间受伤，不如赶紧去找谋害克拉拉的凶手。"

"现在判断克拉拉已被害还太早了。"

"不管她是否已被害，都要按已被害展开调查。确认她是否被害只是浪费时间。你干吗非要浪费时间和精力去证实克拉拉遇害了，然后才去找凶手呢？"

"可要是克拉拉没被害呢？"

"那不也很好吗？"

"明白了。那我不是更应该把陷阱的事告诉警方吗？"

"你这人真笨啊。这有什么意义吗？"

"如果克拉拉被害了，那么地球的客拉拉应该也死了。"

"没错。"

"那她的遗体应该在这里。"

"没错。"

"也就是说，有人把她的遗体搬走了。"

"没错。"

"搬走遗体的人很可能知道那边的克拉拉出了什么事。"

"没错。"

"只要有警察协助，我们就能很快查到是谁搬走了遗体。"

"没错。"

"所以我要报警。"

"不行。"

"为什么？"

"你准备怎么跟警察说？"

"啊？"

"你想说自己亲眼看见客拉拉掉进陷阱被戳死了吗？"

"也只能这样说……"

"那你为什么直到现在才报警？"

"因为我也掉下去了……"

"你想说你也被戳死了？"

"不行，这说不通。"

"那你能想到合理的解释吗？如果警察鉴定后证实那是客拉拉的血，你可就是首要嫌疑人。"

"那怎么行？"

"陷阱底部的木刺沾有客拉拉的血迹，号称看见客拉拉掉落陷阱的目击证人证词逻辑不清。如果你是警察，你会怀疑谁？"

"的确有点糟。"

"是很糟。当然我是无所谓。"

"可是，就算我不报警，也会有别人发现血迹吧？"

"会有人专门跑到这里，用手电筒照亮洞底，怀疑那些红色痕迹是血迹吗？"

"……的确不太可能。"

"等下个两三场雨，血迹就被冲掉了，从上头几乎不可能看出来。所以你不用担心别人报警。"

"那现在该怎么办？"

"当然是寻找搬走客拉拉遗体的凶手。但是不能报警。"

"就是说，只靠我们自己？"

"不，是你自己。我只负责当顾问，因为当初是这么说的。"

井森觉得自己不知何时掉进了一个圈套，开口还在渐渐封死。

9

现在已知的信息
（据井森的《化身关联图》整理）：

地球 —— 奇境之国／霍夫曼宇宙

井森 —— 蜥蜴比尔

露天客拉拉 —— 克拉拉

杜塞梅尔 ── 杜塞梅尔
（露天客拉拉的叔父）　（克拉拉的叔叔）
汽车里的老鼠 ── 凶鼠（？）
诸星 ── ？
？ ── 斯克德里夫人
新藤礼都 ── ？

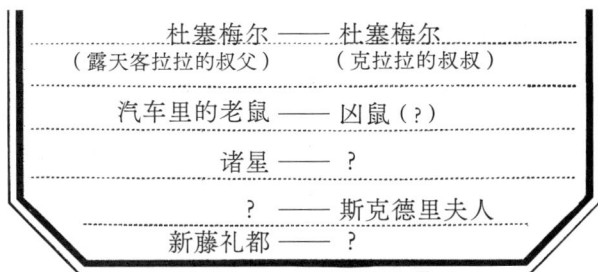

"夫人，你们不立刻开始调查吗？"杜塞梅尔不高兴地说。

"我们已经开始了，"斯克德里回答，"所以才会来找你。"

"我的嫌疑不是已经被洗清了吗？"

"你的嫌疑没被洗清，只是比任命我之前少了一点。"

"这跟说好的不太一样啊。"

"怎么？你不想被我调查吗？"

"当然不。只是我有工作要做，不能一直顾着你。"

"现在是紧急情况。"

"紧急情况？"

斯克德里注视着杜塞梅尔的双眼。"克拉拉失踪了，难道不是紧急情况吗？"

"这固然是大事，可是紧急吗？"

"人命关天难道不紧急吗？"

"真的吗？你有证据表明她的生命正受到威胁吗？"

"霍夫曼宇宙的人和地球上的人有某种联系，互相将另一个世界认知成梦。霍夫曼宇宙的人死了，他在地球的化身也会死。我说得对吗？"

"嗯，没错。"

"比尔在地球见证了克拉拉的化身死亡，这也没错吧？"

"如果比尔的证词没错的话。"

"你认为比尔的证词不可信吗？"

"不，这回看情况应该可信。可是，我们现在还没找到克拉拉的遗体。"

"有可能是被别人搬走了。"

"这恐怕跟谋害克拉拉的人有关。"

"如果克拉拉遇害了，那么可以认为化身客拉拉已经死了。"

"或者客拉拉被害的事只发生在地球上。毕竟井森同样遇害了，可比尔还活着。"

"为了查清这点，我们有必要找到霍夫曼宇宙的克拉拉，或者她的遗体。"

杜塞梅尔挑起一边的眉毛。"我希望你能找到活的。"

"所以，寻找克拉拉是紧急要务。"

"不，我不接受。"

"为什么？这关系到克拉拉的生死啊。"

"克拉拉现在的确生死不明，但调查与她的生死无关。"

"为什么无关？"

"现在可能性有两个：一、霍夫曼宇宙的克拉拉被杀了，因此地球的客拉拉也随之死亡；二、霍夫曼宇宙的克拉拉还活着，只是地球的客拉拉遇害。我说得对吗？"

"对，我们刚才已经讨论过了。"

"要是前者，那么克拉拉已死，这事不紧急。有问题吗？"

"没有。"

"要是后者，那么克拉拉没死，这事也不紧急。证毕。"

"不，话不能这样说。"斯克德里说。

"为什么？"

"因为我听说克拉拉收到了恐吓信。"

"没错，她是收到了。"

"然后，她找你商量了。"

"因为我是法官，相当于这方面的专家。"

"一个遭到恐吓的人失踪了，可能是什么原因？"

"被害。"

"除此以外呢？"

"不知道。碰巧离家出走了？"

"这个可能性虽说也不是零，但首先要考虑的是克拉拉遭凶手绑架，或是克拉拉为了躲过凶手主动藏了起来。这两者都说明克拉拉现在身处险境。"

"你能证明她正处在这种状态吗？"

"不需要证明。如果她正身处险境，不紧急调查就会增加她的生命危险。相反，如果她没有危险，紧急调查也没什么损失。照此逻辑，紧急调查合情合理。"

杜塞梅尔摆出苦瓜脸。"好吧，你想问我什么？"

"那我直接问了。要是她想躲起来，你认为会在哪里？"

"没想法。要是她还活着，与其到处躲，不如找我庇护。"

"倘若克拉拉怀疑你呢？"

"我再问一遍：你有什么理由要怀疑我？"

"没有。但我也没有不怀疑你的理由。"

"你没理由不怀疑的人应该数不胜数。"

"是，但我无法调查每个人，所以自然有优先顺序。"

"请问夫人，这是你按喜好定的顺序吗？"

"不能说按喜好，应该说按直觉。"

"直觉！你的直觉在怀疑我？"

"一开始只能靠直觉。首先凭直觉调查可疑人物，然后顺藤摸瓜查清真相，这就是调查。"

"你的方法很原始啊……"

就在这时，比尔猛地推门跑了进来。

"糟糕了！斯克德里夫人，还有杜塞梅尔！大事不好了！"

杜塞梅尔啧了一声。

"出事了！拿但业死了！"

杜塞梅尔挑起了眉毛。

"比尔，冷静点。拿但业怎么死的？"

"斯克德里夫人，他被杀了！"

"怎么变成连环杀人了？饶了我吧。"杜塞梅尔说。

"啊？是连环杀人吗？"

"不，比尔，你别听杜塞梅尔法官的话。现在除了拿但业还不能确定有谁被害，所以不能算连环杀人。"

"不，这就是连环杀人，至少客拉拉和井森都被杀了。"杜塞梅尔反驳道。

"目前那还只是意外。就算那是谋杀，如果我们把碰巧连续发生的谋杀案称作连环杀人，就会产生先入为主的杂念。所以要把两个案子当成独立案件来调查。"

"你想说比尔的化身和他身边的人连续遭遇事故只是巧合？胡说八道。"

斯克德里没有理睬杜塞梅尔。

"你知道拿但业被谁杀了吗？"

"我当然知道，斯克德里夫人。拿但业是被自己杀了。"

"被自己杀了？意思是拿但业自己动手的吗？"

"当然，拿但业杀了拿但业。"

"是分身、灵魂出窍或是生魂现象吗？还是单纯的自杀？"

"灵魂出窍和生魂现象是什么？"

"蜥蜴，没人有空给你一一解释。"杜塞梅尔说。

"比尔，灵魂出窍就是灵魂从身体分离出来，独自彷徨的现象。生魂就是跟自己相貌极其相似的人。"斯克德里不顾杜塞梅尔的斥责，向它解释道。

"嗯，我懂了，虽然实际上还不是太懂。"比尔说。

"拿但业是哪种？"

"拿但业是自杀。"比尔低声说。

"究竟是怎么回事？"

"拿但业经过政府大楼时，突然想爬到塔上看看，爬的时候好像还在跟什么人说话。到达塔顶后，拿但业就掏出了望远镜。"

"那是克卜拉的望远镜，我看见他卖给了拿但业。"杜塞梅尔说。

"本来大家以为他在用望远镜看风景，可是拿但业突然跳起来大笑，还边笑边喊：'木头人，转转转。木头人，转转转。'他的朋友见他这样，就赶紧爬上了塔。"

"谁？"杜塞梅尔问。

"他说他叫洛塔尔。他们好像在争论克拉拉的事。"

"比尔，你确定吗？"

"嗯……反正好像在说什么。"

"比尔，你当时在哪儿？"

"地面上，塔下面。"

"你能听见顶上的声音吗？"

"听不太清，只能靠偶尔传来的只字片语想象。"

"知道了，比尔，你继续说。"

"拿但业又喊了几句：'火圈，转转转。火圈，转转转。''漂亮眼球，漂亮眼球。'然后他就跳下来了。摔到地面时，拿但业的脑袋裂了，一团团的红色东西撒了满地。看到那个情景，科帕留斯满意地点了点头，然后离开了。"

"等等，科帕留斯也在现场？"

"嗯？我不是这么说的吗？"

"你是这么说的，只是他突然蹦出来让我有点惊讶。"

"他不是突然蹦出来的，他是一直站在底下看的。拿但业跳下来时，他笑得很大声。"

"拿但业也看见科帕留斯了吗？"

"嗯，应该看见了。因为他一对上科帕留斯的眼睛就跳下来了。"

"比尔，你马上叫科帕留斯过来，我有话要问他。"斯克德里说。

"嗯，知道了。"比尔跳起来就要走。

"站住！"杜塞梅尔喊了一声，"你不许去。"

"为什么，法官？"

"我不想让那个恶心的家伙到我家来。"

"可是要说恶心你也不输他啊，杜塞梅尔。"比尔说。

"比尔，别瞎说实话啊。"斯克德里凑到它耳边嘀咕。

"我听见了，夫人。"杜塞梅尔说。

"哎呀，失敬。"

"你是故意让他听见的吗？"比尔问。

"我不是才提醒过你吗？"斯克德里责备道。

"总之我不会让恶心的家伙进这个房子。当然，除我以外。"

"知道了。"斯克德里说，"那我们去找他吧。法官，你要一起来吗？"

"跟一个恶心的律师、一只恶心的蜥蜴和一个坏心的女作家谈话吗？请容我拒绝。"杜塞梅尔撇着嘴说。

"那好吧。比尔，咱们去科帕留斯家吧。"

不到一个小时后，他们就到了科帕留斯家。

敲门声响起后，门马上就开了。屋里很黑，隐约能看见一个高大的身影。

"是科帕留斯先生吗？"斯克德里问。

黑影点了点头。

"我想问你一些问题，能请你出来吗？"

"想问就在这里问，我不想出去。"

斯克德里陷入了思考。

"斯克德里夫人，你怎么了？"比尔问。

"外面这么亮，屋里这么暗，我看不清科帕留斯的脸。"

"你想看科帕留斯的脸？你喜欢他吗？"

"不是，比尔。人回答问题时的表情很重要，因为可以通过表情判断是不是在说谎，或者隐瞒了重要线索。"

"那你就这么跟科帕留斯说呗。"

"说'请你到外面来，方便我判断你是否在说谎'吗？不，比尔，我们不能把自己的招数透露给对方。"斯克德里看向科帕留斯，"科帕留斯先生，我们能进屋问你几个问题吗？"

"你们?……好吧，但是不准在屋里乱摸，这是我的私人地盘。"

"明白。"斯克德里说完，抬脚就走了进去。

比尔也跟了进去。

"等等，那只恶心的蜥蜴也要进来吗？"

"当然了，科帕留斯先生。"

"它不能进来。"

"为什么？"斯克德里问。

"蜥蜴喜欢钻进狭窄的缝隙里不出来，然后没吃的没喝的，几个月后在厕所一角变成干尸，我拒绝看到那种画面。"

"比尔，你会钻进狭窄的缝隙里不出来吗？"

"啊？我不能钻进狭窄的缝隙里不出来吗？"

"你看，它果然想这么干。"科帕留斯说。

"要是钻进缝隙里不出来，你就会变成干尸，会让科帕留斯先生为难。"斯克德里责备道。

"那只要不变成干尸就可以了吧？"

"那要看科帕留斯先生的意思。"

"当然不行！"

"比尔，你还是忍忍吧。"

"好吧。"比尔点点头，"对了，如果我不钻进缝隙里，可以变成干尸吗？"

"那也要看科帕留斯先生的意思。"

"当然也不行！"

"他说不行哦，比尔。"

"这样啊，那就没办法了。我保证不钻进狭窄的缝隙里，也不变成干尸。"

"进来吧，比尔。"斯克德里说。

"啊？我还没答应——"科帕留斯慌忙说。

"它已经进来了，科帕留斯先生。"

"让它立刻出去。"

"可我要是赶它出去，它可能会闹脾气，钻进缝隙里。"

"而且还可能变成干尸。"比尔补充道。

"好吧，那你赶紧问，问完赶紧走。"

"问完我还不能走，还要请你回答。"

"知道了，我答就是。赶紧问！"

"科帕留斯先生，你跟拿但业的死有关吗？"

"你问得这么宽泛，我无法回答。"

"这样啊，"斯克德里微笑着说，"那我换个问题：是你杀了拿但业吗？"

"等一下……我想想……不是。"

"你需要想这么久才能给出答案吗？"

"我只是在思考'杀'字的准确定义。"

"一般被问：'你是否杀了某个人？'如果没杀，不是应该当场回答'没有'吗？"

"那种人要么有超强的决断力，要么有极高的逻辑性。"

"我再问一遍：你非得仔细思考后，才能判断自己是否杀了拿但业吗？"

"一般都这样吧？"

"其实一般人被问：'你跟拿但业的死有关吗？'也能马上回答的。尽管问得有点宽泛，但只要自己不用对拿但业的死负责，一般都会回答：'与我无关。'"

"我是靠逻辑为生的律师，看待事物的方式当然与一般人不一样。"

“那么，你对拿但业做了什么？”

“没什么。”

“是跟克拉拉有关吧？”

科帕留斯目光一转。“老太婆，你究竟知道多少？”

“我什么都不知道，只是推测而已。”

“那我没必要什么都告诉你。”

“如果你不说，我就把自己的推测告诉杜塞梅尔法官。他应该有强行搜查的权力，如果你干了坏事，肯定会全部曝光。”

“我不能给杜塞梅尔调查我的借口。”科帕留斯好像有点焦虑，“如果我配合你的调查，你能别对杜塞梅尔打小报告吗？”

“当然可以。”

“可问题是这家伙，”科帕留斯指着比尔，“它肯定守不住秘密。”

“这你不用担心。”比尔回答，“我的确守不住秘密，但杜塞梅尔从来不把我的话当真。”

“也是，没人会把一只蜥蜴的话当真。”科帕留斯松了口气。

“你对拿但业做了什么？”

“没什么，不过是稍微调了一下他的脑子。”

“我都想不出比这更过分的事了。”斯克德里无语地说，“那你具体怎么调了他的脑子？”

“我给他植入了一个妄想。”

“妄想？”斯克德里说。

“我知道了！你让他相信奥林匹亚是活人！”比尔说。

“很遗憾，那不是我干的。是他自己认为奥林匹亚是活人，还爱上了她。”

“奥林匹亚虽然是机器人，但她很可爱呀，那双漂亮眼球是你做的吧？"比尔说。

"对，奥林匹亚的眼球是我最棒的杰作。"

"你身为律师，却像个工匠一样做眼球，真不可思议。"

"没什么好奇怪的。那只蜥蜴知道，我还卖晴雨表呢。"

"他卖晴雨表时叫克卜拉，不叫科帕留斯。"比尔补充道。

"你为了戏弄拿但业还真是不惜力呢。"斯克德里叹息道。

"科帕留斯还有一个秘密名字，叫沙人。"比尔说。

"蜥蜴，你别太得意，小心过后遭殃。"科帕留斯威胁道。

"在你威胁比尔之前，请先回答我的问题。"斯克德里说。

"我让拿但业以为是我杀了他父亲。"

"你为什么要这么做？"

"这样拿但业就会以为知道了我的秘密，担心哪天会被沙人杀掉。"

"所以你为什么要这么做？"

"拿但业那么死板又胆小，肯定承受不了对死的恐惧，最后失去理智。我最喜欢看别人失去理智。"

"听说洛塔尔也在现场。"

"那个可怜的家伙被设定为克拉拉的兄长，并且坚信拿但业伤害了他的宝贝妹妹。顺带一提，有人给拿但业植入记忆，让他认为自己是克拉拉的恋人。但那人不是我，是杜塞梅尔。"

"结果他们就互相憎恨，沉浸在痛苦之中。"

"那场面可真是热闹，只不过拿但业太没骨气了，白费了难得的赌局。"

"拿但业的死难道跟你没关系吗？"

"当然没关系，他是主动自杀的，我可没给拿但业植入自杀的念头。”

“只要你想，就能植入吗？”

“不，我只能移植妄想。如果拿但业有不自杀的强烈意念，我是没法覆盖的。”

“换言之，你认为拿但业自杀完全是他自己的责任。”

“当然了。如果出自他人之手，那就不叫自杀，叫他杀。”

斯克德里伤心地摇摇头。“很遗憾，我无法让科帕留斯先生为拿但业的死负责。如果让他负责，那么所有让自杀者心情低落的人都要负责了。”

“为什么要遗憾？清白之人当然不能问罪。”

“这只是我个人的遗憾。”斯克德里说，“那么，我们先告辞了。”

于是二人离开了科帕留斯家。

“斯克德里夫人，科帕留斯是凶手吗？”比尔问。

“我不能说沙人是凶手，不过他的嫌疑也还没洗清。”斯克德里说。

10

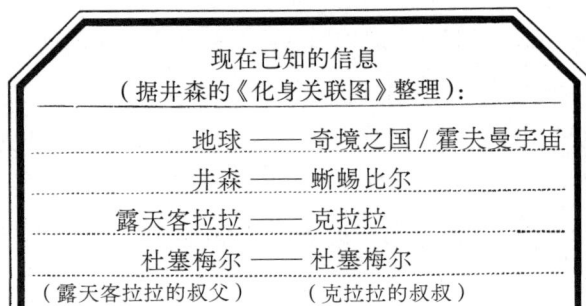

现在已知的信息
（据井森的《化身关联图》整理）：

地球 —— 奇境之国／霍夫曼宇宙

井森 —— 蜥蜴比尔

露天客拉拉 —— 克拉拉

杜塞梅尔 —— 杜塞梅尔
（露天客拉拉的叔父）　（克拉拉的叔叔）

汽车里的老鼠 —— 凶鼠（？）

诸星 —— ？

？ —— 斯克德里夫人

新藤礼都 —— ？

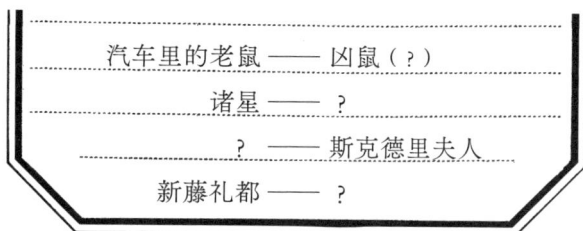

"我觉得还是报警比较好，"井森抱怨道，"这样就能看到监控录像了。"

"你还想重复多少遍这个话题？一旦报警，最先被怀疑的就是你。"礼都皱着眉说，"别告诉我这么简单的事你都理解不了。"

"可是没有遗体，警方也无法立案呀。"

"那要是发现了遗体怎么办？你有办法摆脱嫌疑吗？"

"我看见客拉拉掉进陷阱后，正要去救她，却被人从背后打晕了。这个说法如何？"

"你身上有被打的痕迹吗？"

"那新藤小姐，能请你随便找根树枝朝我脑袋轻轻打一下吗？"

"轻轻打不行，如果不是严重到晕倒的伤，肯定瞒不过去，反倒会加重你的嫌疑。"

"那你就稍微用点力。"

"如果不用球棒之类的东西往死里打，肯定不行。就算不打到头骨开裂，也得流点血，否则别人不会信的。"

"那我可能就会真的死掉啊。"

"没错，如果凶手把你打晕了，就说明他对你有杀意。"

"嗯，有道理。"

"既然如此，他干吗不干脆杀了你呢？"

"那就得问凶手了……"

"你真打算这么说？凶手专门挖了个陷阱杀客拉拉，却没连你一起杀了，这很不自然啊。"

"他可能没想到我会看见。"

"客拉拉是掉进陷阱死的，说明你没看见凶手，因此他没必要封你的口。"

"凶手可能慌了手脚。"

"你净想这些歪理有什么用？警方一旦感觉不自然，你就成了嫌疑人。"

"我现在觉得那样也不坏吧。"

"你说什么呢？万一你被警方拘留了，谁来调查？"

"警察啊。"

"警察又不知道背后的情况。"

"那我就全部坦白，你和杜塞梅尔老师也可以作证。"

"我不作证，杜塞梅尔可能也不会，我们都不想惹麻烦。再说，就算我们说了霍夫曼宇宙的事，也只会被当作妄想。"

"那我会怎样？"

"你杀了客拉拉的嫌疑可能会进一步加重。不过，变成无罪的可能性也会变高。"

"你是说精神病？"

"没错。"

"如果警察靠不住，那就没办法了。"

"怎么会呢？你应该慢慢寻找目击者，现在放弃还太早了。"

"可我现在一点线索都没有。"

"你有熟人住这附近吗？"

"熟人……啊！"

"怎么了？"

"是有一个熟人，叫诸星隼人。"

"我知道他，是客拉拉当家教那家的人吧？"

"对，他是客拉拉学生的姐夫。"

"确切关系不重要。问题是，你没法找那个人问话。"

"你怎么知道没办法？"

"你没听说吗？"

"听说什么？"

"你等下，我刚才看的报纸上应该写了。"礼都掏出报纸，"你看这个报道。"

"啊？一〇二四号航班坠机的报道？"井森瞪大了眼睛。

"前几天有一架客机坠机了。"

"我听说了，客机不知撞上了球状闪电还是陨石，机翼折断，然后就坠机了。"

"诸星隼人就在那架飞机上。"

"什么？"井森张大了嘴巴。

"你没听错。那是一起惨烈的事故，无人生还。"

"这我也知道。可诸星先生不可能在那架飞机上。"

"你是想说我瞎说吗？开什么玩笑！乘客名单上可是有他的名字，而且杜塞梅尔也确认过了。"

"如果诸星先生在那架飞机上，那他就不可能活着。"

"是啊，我刚才就一直在这么说啊！"

"那你说，那个人是谁？"井森抬起颤抖的手指，指向十几米外的人影。

礼都转头看过去。"谁？"

"诸星先生。"

"你骗我。"

"我没骗你。"

"那你跟我来。"礼都朝诸星走了过去。

井森慌忙跟了上去。

诸星看见井森，低头行礼。

"你是诸星隼人？"礼都一上来就问。

"啊！"诸星吃了一惊。

"不好意思，这位是新藤小姐。"井森慌忙介绍道。

"这位是你的朋友？"诸星问井森。

"算认识吧。那个……她应该是杜塞梅尔老师的熟人……"

"哦，原来你认识客拉拉小姐的叔父啊。"

"别浪费时间寒暄了，"礼都瞪着诸星说，"你为什么活着？"

诸星似乎遇到了难题。"……这是哲学问答吗？"

"不，是现实问答。你不是应该在一〇二四号航班上吗？报纸上说，那架飞机的机组成员和乘客全都遇难了。"

"啊，你好清楚啊。"

"我看你可不像鬼魂。到底怎么回事？"

"其实我也想知道。似乎有人把我错当成尸体，搬到了遗体安置站，而我正好在我妻子到达时醒了过来……"

"飞机是从一万米高空坠落的吧？而且还碎成了好几块。你是留在飞机上的吗？"

"我好像在坠落过程中飞到外面去了。"

"那你绝对不可能活着。"

"但我活着啊。"

礼都突然贴到诸星的胸口。

"哇！"诸星吓了一跳，"有人看着呢！"

"没关系，我不在意。"

"不，我是有家室的人。"

"我在听你的心跳，安静点。"

诸星露出了不知是高兴还是为难的表情。

"活的。"礼都嘀咕道。

"当然了。"诸星说。

"有人能证明你是一〇二四号航班的生还者吗？"

"有，不仅我妻子，警方和碰巧在场的死者家属们都看到了。"

"这到底怎么回事？"礼都陷入了沉思。

"没必要现在就得出结论吧？"诸星说。

"会不会是那个？"井森说，"应该是遇到跟我一样的事了。"

"跟你一样？"

"我也死过一次，现在也活着。"

"啊？你也是？真巧啊。"诸星高兴地说。

"虽不能说死，但我觉得他跟你不一样。"礼都说。

"都是本来以为自己死了，结果还活着啊。"

"井森，你的情况是你主观认定自己死了，但整个事被抹消了。换言之，客观上你没有死。相对而言，诸星先生是客观上也死了。另外，复活的关键是霍夫曼宇宙的本体没死，而他……"

"啊，对了。"井森说，"我还想着下次见面要问你来着，你说你见过蜥蜴比尔？"

"对，在梦里见过。"

"你在梦里是谁？"

"是个大学生，好像来自外国，名字叫拿但业。"

礼都勾起嘴唇，像在微笑。

"你最近在梦里出了什么事吗？"

"嗯，没错。我精神错乱了……虽说在梦里精神错乱有点奇怪，总之我想杀死自己的恋人，但被恋人的兄长阻止了。然后我跟一个怪人对上了眼，接着就从塔上跳了下来。"

井森和礼都沉默了。

"哈哈，很奇怪吧？不过这都是梦。"

"是沙人，对吧？"井森说。

"啊？"诸星瞪大了眼睛。

"那个怪人叫沙人，对吧？"

"你怎么知道？"

"因为我们也在那个世界。"礼都说。

"怎么可能？"

"你不需要相信。重要的是，拿但业死了。"

"啊，拿但业果然死了吗？难怪。"

"难怪什么？"

"难怪我再也不做拿但业的梦了。"

"原来如此，联系断了。"

"还有这种事？"井森说。

"我想他应该属于特例，因为他已经按法则死过一次了。"

"他死的那一刻联系还没断吧？"井森说。

"肯定是形成了不同于霍夫曼宇宙法则的联系。"礼都想了想，"诸星先生，你最近会做奇怪的梦吗？"

"会，但跟以前完全不同，我梦见自己成了怪物或超人……"

"好，解开了。"

"什么解开了？"

"怎么说呢，就是我们的谜解开了一个。"井森补充道，"只是不好意思，你最近遇到的新谜还没解开。"

"你自己的谜自己解，我们现在顾不上。"礼都说。

"哦。谜？"

"你可能还没意识到这是个谜，但你今后可能会遇到越来越多的麻烦。"

"麻烦？什么样的麻烦？"

"这我也不清楚。抱歉，你自己想办法吧。"

"可我没遇到什么麻烦啊。"

"你不是已经开始做奇怪的梦了吗？"井森说。

"做梦很正常吧？"诸星说。

"是啊。你还能这么说，就证明你还算走运。"

"总之你暂时不用烦恼，忘了刚才的话吧。"

"哦。"诸星带着一副难以释然的表情离开了。

"他究竟遇到了什么？"

"飞机坠落可能跟拿但业的死发生了联动，后来复活的只有诸星隼人，不包括拿但业。"

"原来如此。如果拿但业复活了，诸星也会复活。可要是诸星复活了，拿但业却并不会复活。"

"换言之，你跟诸星的遭遇似同实异。你的复活可以说算是正常现象。"

"复活算正常吗？"

"从你的主观来说，的确可能感到很神奇。但在他人看来，并没发生任何神奇现象。但诸星不同。也就是说，虽然都不正常，但你俩性质不一样。"

"换言之，他面对的问题跟我们的问题本质不同？"

"简单说就是这样。我们暂且忘了他，继续追寻客拉拉的行踪吧。"

"那要不要再去看一眼陷阱？至少可以肯定，客拉拉的尸体曾经存在于那个地方。"

"还有你的尸体。"礼都说，"抱歉，我认为这个调查没有意义。要是你还想调查陷阱，我就先告辞了，我不想浪费时间。"

"既然如此，那就请便吧。"井森一脸不在乎地说，"如果你认为浪费时间，大可以离开。"

"好，再见。"礼都说完，头也不回地走了。

好吧，井森陷入沉思。这个新藤礼都头脑很好，但性格不太好，而且太重视效率。有的事乍一看可能只是浪费时间，但实际调查后，说不准就会有重要发现，不是吗？他平时常做实验，所以很明白其中的道理。

陷阱周围没有明显的足迹。不过这里长满了低矮的杂草，恐怕很难留下足迹。洞壁上挂着一块毯子，挖陷阱的人应该是用这块毯子盖住了洞口，还在上面铺了一层沙土。他趴在地上窥视洞底，里面果然竖着数不清的木棍，中间的木棍上还沾染了红褐色的污渍，应该是氧化了的血。如果能取到一部分样本，与客拉拉的遗物比对 DNA，也许能查到什么。

井森趴在洞口边缘，朝底下伸出了手。够不着。怎么办？不如先找个落脚的地方，然后再慢慢爬到洞底？他可以挑几根沾血的木棍带出来。最近有的民间企业也可以做 DNA 鉴定，可以把样本交给他们。

井森环视四周，寻找落脚点。他找到了一个应该能站住脚的凹洞。可是只有这一个，还是很难爬到洞底，他希望下方还有另一个落脚点。他探出身子，想看看凹洞下是否还有可落脚的地方。他发现了洞底有个白色的东西。

突然有人抓住他的脚脖子。

"别闹。"井森以为有人在捉弄他，头也不抬地说了一句。可那个人抬起他的腿，往洞里用力推了一把。井森猛然醒悟：怎么会有人在这儿抓他的脚脖子开玩笑呢？瞬间，他的双手已经离开了洞口边缘。

哇啊啊！身体向前一滑，他再次体验到了失重的感觉。这次，木刺尖端戳中了井森的下颌，深深入体。

11

```
        现在已知的信息
   （据井森的《化身关联图》整理）：

   地球 ——— 奇境之国 / 霍夫曼宇宙
   井森 ——— 蜥蜴比尔
 露天客拉拉 ——— 克拉拉
  杜塞梅尔 ——— 杜塞梅尔
（露天客拉拉的叔父） （克拉拉的叔叔）
 汽车里的老鼠 ——— 凶鼠（？）
    诸星 ——— 拿但业
     ？ ——— 斯克德里夫人
  新藤礼都 ——— ？
```

"不好了！不好了！"比尔大叫着跑来跑去。

"你这畜生，吵死人了！"潘德隆烦躁地骂道。

"蜥蜴先生，你在吵什么？"玛丽停下脚步，看着比尔。

"真是忍无可忍！"个子低矮、肌肉结实的中年男人从家里跑了出来，"每天吵吵嚷嚷！看我不把你揍扁！"

"别这么凶啊，雷内·卡迪拉克先生。"斯克德里平静地说。

"哎呀，夫人。"卡迪拉克恭敬地说，"可我实在无法忍受它尖厉的声音。"

"就算这样，那也不能诉诸暴力呀。"

"那我该怎么办啊？"

"你只要告诉它就好了。"斯克德里说，"比尔，冷静点。"

"可我冷静不下来啊，斯克德里夫人。"

"出了什么事？"

"我死了！"

"你还活得好好的。当然，除非你是鬼。"

"不！不是我，是另一个我。"

"原来如此，地球的井森死了吗？"

"没错没错。"

"但这并不重要啊，比尔。"

"斯克德里夫人，你为什么这么说？"

"之前不也发生过同样的事吗？死的是井森不是你，所以不仅你不会死，井森还会复活。"

"这我知道。"比尔说。

"那你为什么还要吵呢？"

"因为我死了呀。"

"因为井森死了？这你刚才说过了，而且这算不上什么问题。"

"不，问题大了！"

"什么问题？"

"太可怕了。死很痛，我超级害怕！"

"真可怜，一定很痛。"

"我这里被刺中了，"比尔指着下巴说，"像这样斜着刺中，木棍穿过咽喉，戳进脑袋，然后就是眼前一黑。"

"那不是很快就结束了吗？"

"不是，是像慢动作一样一点一点的。痛死我了。不对，我真的死了。"

"先是痛死了，然后是真的死了。"

"而且特别可怕。因为已经死过一次了，所以我知道自己又死了。真的要死的时候特别可怕，我怕得什么都做不了。不过当时我正在往下掉，所以就算不怕也什么都做不了。"

"莫非你掉进上次那个陷阱里了？"

"没错，你怎么知道？"

"你真是蠢得无药可救，"卡迪拉克瞪大眼睛说，"竟然两次掉进同一个陷阱，这可能吗？"

"井森在陷阱边上没注意脚下吗？"

"他注意了，但他是被别人推下去的。"

"凶手是谁？"

"什么凶手？"

"杀害井森的凶手，那家伙可能跟克拉拉的失踪有关。"

"为什么？"

"只要想一下他为什么杀井森就明白了。你当时在调查陷阱对吧？"

"嗯，如果客拉拉真的死了，肯定有人搬走了她的尸体，所以我在寻找痕迹。"

"没想到你这蜥蜴脑子还挺灵光。"卡迪拉克感慨道。

"想到这个主意的是井森。他是我的化身，不过他是人，而且聪明。对了，脑袋灵光是指头发会发光吗？"

"我问你，如果井森发现了什么，谁会有麻烦？"

"在那边掉了钱的人？"比尔说。

"当然是搬走客拉拉尸体的人！"玛丽一直在旁边听他们说话，终于忍不住插嘴了。

"原来如此。"比尔拍了一下手，"仔细想想还真是这样。早知如此，我就该看一眼是谁干的。"

"……你没看吗？"玛丽大喊。

"蠢得无药可救。"卡迪拉克重复了一遍刚才的话。

"因为我知道自己要死了呀！哪还顾得上谁推我下去的呀！"比尔不服气地说，"不过现在我知道了，下次我会注意的。"

"比尔，你还想再被害一次吗？"斯克德里无奈地说。

"我是不想，但不是有句俗话叫'有二必有三'吗？"

"这句俗话其实挺有道理。如果原本概率很低的事接二连三发生，那就不该视作巧合。比如摇骰子，如果几次都摇到同样的点数，我们就不该认为是巧合，而要考虑骰子的重心可能有问题。被害本是概率极低的事，既然连续发生了，就要考虑其中可能存在共同的原因，而且今后被害的可能性也很高。"

"这是什么意思？"

"就是说井森接下来还会遇到更多性命威胁。你必须要保持警惕，同时努力查出真凶。"

"要努力的不是我，是井森。不过他会通过我听见这句话的。"

"夫人，"玛丽说，"我能说说自己的推理吗？"

"当然可以啊，玛丽。"

"克拉拉——这边的克拉拉可能已经死了。"

"这真是个大胆的推理。"

"但我觉得只能是这样。"

"你有什么依据吗？"

"如果这边的克拉拉还活着，地球的客拉拉即使死了也会复活，对吧？"

"没错。不知为何，法则就是如此。"

"也就是说，如果这边的克拉拉还活着，地球就不会存在客拉拉的遗体。"

"理应如此。"

"那么，为什么凶手不希望有人调查陷阱呢？毕竟尸体消失的同时，客拉拉落入陷阱的事实也会消失，原则上落入陷阱的证据也就会全部消失。"

"你说得没错。"

"于是，我们就能得出结论：客拉拉的尸体实际存在，坠落也客观发生过。对不对？"

"玛丽，那是你的结论。"

"夫人有不同的结论吗？"

"我没有结论，因为还缺乏必要的信息。"

"我认为信息已经足够。凶手企图隐藏客拉拉的尸体和所有证据，这就证明客拉拉的死没有被抹消，原因就是这边的克拉拉已经死了。"

"谢谢你，玛丽，我明白你的推理了。"

"有漏洞吗？"

"漏洞？"

"我的推理有漏洞吗？"

"如果你问有没有漏洞，我的回答是：没有。"

"那我就放心了。"

"放心？为什么？"

"因为我知道了自己也有一定的推理能力。"

"玛丽，没有漏洞不代表正确。"

"什么意思？"

"你觉得明天是晴天吗？"

"为什么突然问这个？"

"为了向你解释我的看法。告诉我，你觉得明天是晴天吗？"

"这个嘛，"玛丽想了想，"应该是晴天。"

"为什么？"

"因为最近一直是晴天，而且没有天气突变的迹象。"

"你的推理没有漏洞，对不对，玛丽？"

"是的。"

"可事实上，我们得到了明天才能确定明天究竟是不是晴天，我说得对吗？"

"话是这么说，但肯定是晴天没错。"

"假设你明天要去野餐，就有必要推测明天是不是晴天。"

"那当然。"

"可是如果你明天没有计划，为什么要推测天气呢？"

"不知道，因为好奇？"

"只要到了明天，自然就会知道是不是晴天。既然如此，只需默默等待就行了，何必要费心推测呢？"

"您的意思是，没必要推测克拉拉的生死？"

"没错。就算不推测，只要找到她，我们就知道答案了。"

"但那样可能会耗费时间呀。"

"是啊，可能会耗费时间。"斯克德里陷入思考。

"夫人，您在想什么？"

"我在想不能耗费时间的理由。为什么我们不能耗费时间找克拉拉呢？"

"请您想想，如果克拉拉遇害了，这就意味着有一个行凶的犯人，而且犯人现在正逍遥法外。"

"前提是克拉拉真的遇害了。"

"我认为应该先判断克拉拉是否遇害了。如果确定她没有遇害，我们就慢慢花时间找她。如果判定克拉拉已经遇害了，我们就不该花时间找克拉拉，而应该先找凶手。且根据我的推理，克拉拉的确已经遇害了。"

"原来如此。比尔，你怎么想？"

"对不起，我没认真听。"比尔回答。

"你一点都没听吗？"

"呃，我听了一点，斯克德里夫人。"

"那就根据你听到的话，说说你的直接感想。"

"对不起，我说谎了，其实我一点都没听。"

"比尔，说谎不对哟。但你承认了，这很好，值得夸奖。"

"你这么说我都不好意思了。"

"为什么要问这只蠢蜥蜴啊？"玛丽说。

"因为它跟一个不算蠢的人联系在一起。"斯克德里说，"比尔，玛丽认为克拉拉已经被害了，所以现在应该停止找克拉拉，转而去找凶手。你怎么想？你认为克拉拉已经遇害了吗？"

"嗯，我也认为克拉拉已经遇害了。"

"为什么？"

"因为要是她还活着，应该现身了吧？"

"她可能因为某种原因不能现身啊。"

"你说得也有道理。"

"搞什么啊？"玛丽气愤地说，"你有想法就说出来啊。"

"我没想法所以我不说。"比尔回答。

"您瞧，比尔什么都不懂。"玛丽得意地说。

"你认为克拉拉已经死了？"

"嗯，没错。"

"那井森呢？井森也这么认为吗？"

"井森在想别的事。"

"别的事？"

"井森认为应该进一步调查杀人现场。"

"为什么？"

"他想看看那里有没有凶案的痕迹。"

"为什么？"

"我也不太明白井森的想法，只记得他是这样想的。我的脑子无法理解。"

"你不用理解，比尔。井森为什么要在意有没有痕迹？你有什么印象吗？"

"他认为：如果客拉拉死了，就是有人藏了尸体。如果她没死，就是有人伪造了杀人现场。无论哪一个，都极不正常。"

"谢谢你，比尔。"

"不用谢。井森到底是什么意思？"

"意思是无法理解凶手的动机。要把握事件的全貌，必须知道凶手的动机。"

"抓住凶手自然就知道动机了。"玛丽说，"首先把有机会行凶和没机会行凶的人列出……"

"如果不希望列表无限延长，就要先搞清动机。所以先要列出有动机的人。完成这个列表后，再分成两份名单。"

"动机可以过后再谈。恐吓克拉拉的人应该认识她，所以先做一张克拉拉的熟人名单怎么样？当然，我也在这份名单上。"

"好吧，如果你非要做名单，那就你来做吧，玛丽。"

"我来？"

"你不愿意吗？"

"不，不是不愿意，只是名单不该由调查官来做吗？"

"哪有什么该不该的，谁认为该做名单谁就做呗。"

"……知道了，那我就做吧。"玛丽转过身，快步走开了。

"玛丽生气了？"

"好像是惹她生气了。"

"为什么你不信玛丽的话呢？"

"因为我有件事怎么都想不通。"斯克德里再次陷入了沉思。

现在已知的信息
（据井森的《化身关联图》整理）：

地球 —— 奇境之国 / 霍夫曼宇宙
井森 —— 蜥蜴比尔
露天客拉拉 —— 克拉拉
杜塞梅尔 —— 杜塞梅尔
（露天客拉拉的叔父） （克拉拉的叔叔）
汽车里的老鼠 —— 凶鼠（？）
诸星 —— 拿但业
？ —— 斯克德里夫人
新藤礼都 —— ？

"听说你又被杀了？"礼都一进杜塞梅尔办公室就开口嘲讽。

"还以为被杀一次能让你小心点呢，"杜塞梅尔赞同道，"怎么不注意下周围情况呢？"

"上回不是被杀的。"

"被卷进客拉拉谋杀案而死等于被杀。"杜塞梅尔懒懒地靠在椅子上。

"客拉拉没被谋杀，那只是意外。"

"要是跟霍夫曼宇宙的克拉拉谋杀案联动，就等于被杀。"

"现在可还没确定克拉拉遇害了呢。"

"开始我也是这么想的。但那边的克拉拉和这边的客拉拉都已经失踪了整整一个礼拜，自然该认为已经死了。"

"就是这点让我介意。为什么两边的都失踪了？即使真的死了，两边也都没找到遗体。这恐怕不是巧合。"

"应该没人认为是巧合。"

"那为什么失踪了呢？"

"肯定是因为凶手藏匿了遗体。"

"那凶手为什么要藏匿遗体呢？"

"比方说他想隐瞒谋杀一事，或是遗体特征可能暴露谋杀手段及真凶身份，还有可能凶手的谋杀手法本身会毁掉遗体。"

"这或许能解释霍夫曼宇宙克拉拉的情况。但地球客拉拉只是意外身亡，有必要藏匿遗体吗？"

"可能是为了扰乱调查吧。找不到遗体，客拉拉就有可能复活，克拉拉也就有可能没死。凶手想让我们这么以为。"

"也可能是为了隐瞒克拉拉和客拉拉都没死的事实。"

"伪造死亡有什么好处吗？"

"比方说，如果大家认为克拉拉已经死了，那么凶手就不会再企图谋杀她。这也许是克拉拉自保的手段。"

"那她为什么不对我们透露这个计划？"

"因为克拉拉有可能怀疑我们。"

"你也怀疑我们吗？"杜塞梅尔瞪着井森。

"这……"井森不知该如何回答。

"假使认为克拉拉还活着，那么她没告诉我们也只是单纯因为缺乏信任。当然，前提是克拉拉真的还活着。"

"缺乏信任？"

"说的就是你。确切来说，是比尔。"

"这样啊，"杜塞梅尔说，"那只蜥蜴的确很大嘴巴。"

"的确很有可能。"井森承认，"这么看来，克拉拉就很可能还活着。"

"这是两回事。"杜塞梅尔说,"如果克拉拉还活着,那客拉拉的事故又怎么解释?你难道想说她只是偶然收到恐吓信然后发生了悲惨的意外?"

"如果不是偶然,那是什么呢?"

"你想说不是意外?"

"客拉拉小姐有可能是自杀。"

"这话我可不能当没听到,客拉拉有什么理由要自杀?"

"当然是因为她知道自己在这个世界死了依旧能复活。换言之,就是伪造自杀。"

"她干吗要伪造自杀?"

"比方说,这个假设怎么样?要是客拉拉小姐在收到恐吓信后死了,那么相关者就会认为克拉拉被恐吓她的人谋害了,对吧?"

"那当然。"

"于是克拉拉/客拉拉决定利用这点。如果得知自己背上了杀人嫌疑,犯人就可能会内心动摇从而露出马脚。"

"我不太赞同。"杜塞梅尔表示怀疑。

"这都是你的猜测。"礼都说,"说不定只是你一厢情愿地希望两边的她都还活着。"

"不,不是的。"

"在我看来,你只是在盲目坚持两边的她都还活着。"

"在我看来,你们两位只是在盲目坚持两边的她都已经死了。"

"好,那我们先找客拉拉吧。只要发现了尸体,井森就不会再纠结了。"

"要是发现她还活着,你们两位能接受吗?"

"你说什么呢？如果真的活着，接不接受都没什么用啊。"

"届时就可以宣布调查结束了吧？"

"不行，你本来的任务是找到写恐吓信的人。"

"哦，也对。"井森沮丧地说，"总之我们先去调查吧，新藤小姐。"

"我只负责当顾问，没必要跟你一起去，对吧，杜塞梅尔？"

"当然。"杜塞梅尔说。

"那你自己去吧，我不想做白工。"

"好吧，有事我再联系你……"

井森话音未落，办公室的电话响了起来。杜塞梅尔拿起听筒。"您好……什么？"他皱紧了眉头，"哪里？知道了，我马上过去。我和另外一个人……对，客拉拉的朋友。"

"什么事？"井森问。

"井森，你不用去调查了。"

"莫非有人找到了客拉拉小姐？"井森的表情明亮起来。

礼都抱着胳膊，面无表情地看着二人。

"她在哪儿？"

"卡在桥底下了。是的，你的推理完全错了，有人发现了客拉拉的尸体。"

井森惊得合不拢嘴，礼都忍不住笑了。

客拉拉的父母都在国外，身边的亲戚只有杜塞梅尔一人，所以警方才会联系他。

杜塞梅尔想把井森当成客拉拉的挚友一起带过去。当然，井森在被警察问话时可能会招惹不必要的怀疑，但他们认为，相较于这个风险，还是直接把握警方的调查情况这点更为有利。

"毕竟我一个人去可能会有遗漏。警方肯定会问你很多问题，但只要别说多余的话，应该不会被怀疑。"杜塞梅尔说，"幸运的是，这个世界的你不像比尔那么蠢。"

"如果怕有遗漏，把新藤小姐也带去岂不是更好？"

"啥？"礼都瞪了他一眼，"我干吗要掺和进那种麻烦事？"

"而且她跟客拉拉不认识，一起去太不自然了。"

"那就说她跟客拉拉小姐认识不就得了？"

"你要我跟警察撒谎？脑子有问题吧？万一前后对不上，我可要被怀疑的！难道你能帮我？"

"我明白了，"井森马上收回前言，"当我没说。"

到达警察局后，杜塞梅尔和井森接受了问话。

井森选择了尽量不说谎，除了有关霍夫曼宇宙的细节，他把恐吓信等情况全都如实说了。

经过检查，客拉拉的死因确定是窒息。由于在水里泡了太久，遗体已经开始呈现"巨人观"。警方尚未发现目击证人，推测客拉拉是几天前下大雨不慎落水溺亡。遗体损伤严重，疑似受到过流木撞击，但衣服上没发现异常。

"伪装自杀？真是好笑。"离开警察局后，杜塞梅尔挖苦道，"克拉拉肯定也遇害了。"

"现在下结论还太早。如果霍夫曼宇宙的克拉拉还活着，那么客拉拉可能还会复活。"

"遗体显示已经死了好几天了。"杜塞梅尔毫不掩饰他的烦躁，"如果真能复活，花的时间应该跟你一样。"

"接下来怎么办？该开始调查凶手了吧？"礼都不耐烦地问，"遗体都找到了，你们还怀疑克拉拉没遇害吗？"

井森陷入了沉思。

"怎么，不想认输？"

"等等，我想起比尔听到的话了。"

"那只蜥蜴能说出什么有用的话。"杜塞梅尔抽出香烟，准备点火。

"不是比尔的话，是比尔听别人说的话。"

"比尔听谁说的？"礼都问。

"斯克德里夫人。"

杜塞梅尔吃了一惊，香烟滑落在地。

"你喜欢她说的话？"礼都微笑着问。

"不是喜不喜欢，只是有点想法。"

"跟这次的事有关？"

"我刚才就在想，她究竟是什么意思。"

"然后呢？"礼都问，"得出结论没？"

"嗯，得出结论了。我准备现在开始调查凶手。"

"你接受客拉拉被害这个事实了？"

"准确地说，被害的是地球客拉拉的本体，即霍夫曼宇宙的克拉拉。"

"现在还纠结这个干吗？"杜塞梅尔说。

"这很重要。因为凶手不是在这个世界直接动手的，所以不可能留下证据。"

"应该有从陷阱里拖出遗体的痕迹吧？"

"对此我有个想法，但我想先确认一下再来解释。"

"我可以理解为你有干劲了吧？"杜塞梅尔问。

"对客拉拉小姐的死我感到很遗憾，但幸亏发现了她的遗体，我渐渐看清了案件的全貌。"

"接下来你打算怎么办？"

"老实说，我认为在地球上几乎没什么实际能做的调查。"

"不是有陷阱吗？"

"我跟新藤小姐讨论过了，没法绕过警察调查陷阱。"

"那就请警察合作？"

"那就得先解释地球和霍夫曼宇宙的关系。要是警方能理解两个世界的关系还好说，要是没能说服他们，我反倒可能成为嫌疑人。"

"警方那边有人跟霍夫曼宇宙相连吗？"

"指望这种可能性太不理智了。我的本体就来自第三个世界，此外可能还有更多不同的世界。而且，大多数人可能纯粹只是地球人，并不是化身。"

"那我们就只能在这儿跷着脚，把调查都交给霍夫曼宇宙的比尔和斯克德里了？"

"不，那倒不一定。虽然无法展开实际行动，但我们可以制订调查计划，还可以根据霍夫曼宇宙的调查结果进行推理。"

"那就赶紧订计划吧。要找到凶手需要些什么？"

"首先要收集相关者的证词。"

"几乎没有相关者吧？顶多就是克拉拉的家人和那边的杜塞梅尔。"

"还可以调查她的朋友。"

"她主要的几个朋友都有不在场证据。"

井森挑起一边的眉毛。"何必在意这个呢？非凶手的证词也是有用的，调查无须限定于嫌疑人。"

"克拉拉的朋友都是谁？"礼都问。

"赛芬蒂娜、皮利帕特和玛丽。"杜塞梅尔答道。

"我还想收集拿但业的相关者证词。"

"这跟拿但业有什么关系？"

"拿但业死于案件调查的过程中，很难说没关系，何况他还认定自己是克拉拉的未婚夫。"

"那倒是。"杜塞梅尔想起了他跟科帕留斯打的赌，"可是那家伙已经死了。要是能获得拿但业本人的证词就好了。"

"我已经获得他的证词了。准确地说，是他化身的证词。"

"不可能。"杜塞梅尔一脸怀疑地看着井森，"本体一旦死亡，化身也会死亡。"

"井森没说谎，我也见到那个人了。"

"哦，真的？如果这是真的，那大前提都不存在了。"

"他只是特殊案例，无须在意。"

"说到底，那个人真的是拿但业的化身吗？"

"什么意思？"

"他有没有可能是伪装成了拿但业的化身？"

"我的确没想过这个可能。"井森说，"可如果只是为了伪装成拿但业的化身，应该没必要引起那么大的事故，还在那么多人面前表演死而复活的魔术，风险也太大了。"

"事故？什么事故？"

"一〇二四号航班的事故。"

"那个事故也跟咱们的克拉拉谋杀案有关？！"杜塞梅尔罕见

地露出了震惊的表情。

"应该没有直接关系。有关的是拿但业的死。"

"跟拿但业之死有关的人，有他的老师斯帕兰札尼教授和他的心上人奥林匹亚和他的挚友洛塔尔，"井森停下来换了口气，"以及他恐惧的对象科帕留斯／克卜拉／沙人。"

"不是已经查过科帕留斯了吗？"

"是的。虽说我还想再多查查他，但从本人口中恐怕得不到更多信息了。加上比尔很怕他，也不太想查。"

"不想查就不查，这算什么侦探？"

"不，比尔只是蜥蜴，不是侦探。"

"沙人应该由你负责吧？"礼都指着杜塞梅尔说，"你们不是好朋友吗？"

"好朋友？哼！少血口喷人。那家伙是怪物，我是正常人。"

井森和礼都对视了一眼。

井森心想：没想到竟然有跟新藤小姐意见一致的时候。

"怎么，你们俩对我有什么想法？"

"没有，杜塞梅尔。"礼都平静地说，"我只是在想，金刚遇到哥斯拉的时候会有什么想法？它们会觉得对方是怪物还是正常生物呢？"

"金刚又没遇到哥斯拉，这关系到版权问题。"

"不，遇到了，当时版权都谈妥了。"

"井森，"杜塞梅尔似乎对这个话题不感兴趣，"总之，先让比尔和斯克德里在霍夫曼宇宙查查克拉拉和拿但业身边的人吧。"

"好的。"

然后，井森又陷入了沉思，礼都则冷冷地看着他。

```
现在已知的信息
（据井森的《化身关联图》整理）：

地球 —— 奇境之国 / 霍夫曼宇宙
井森 —— 蜥蜴比尔
露天客拉拉 —— 克拉拉
杜塞梅尔 —— 杜塞梅尔
（露天客拉拉的叔父） （克拉拉的叔叔）
汽车里的老鼠 —— 凶鼠（？）
诸星 —— 拿但业
？ —— 斯克德里夫人
新藤礼都 —— ？
```

"都被玛丽说中了。"比尔垂头丧气地说。

"这不怪你，所以没必要沮丧。"斯克德里说。

"不，都怪那只蜥蜴。比尔，我不是命令你保护克拉拉吗？"杜塞梅尔怒吼道。

"比尔接受你委托的时候，很有可能事态已经发展到了无可挽回的地步。无论在霍夫曼宇宙还是地球，几乎都没时间调查。你不该责怪比尔。"

"夫人，别说得好像与你无关，你也有责任要追查凶手的。在我看来，你们几乎没有任何进展。"

"我清楚我该做什么。"

"另外，玛丽说了什么？"杜塞梅尔问。

"她说克拉拉已经遇害了，"比尔说，"她还说我们该列出嫌疑人名单，找到真凶。"

"我的意见基本相同。"杜塞梅尔说，"夫人，你为什么没这样做？"

"因为我认为没什么用，杜塞梅尔法官。"

"现在也这么认为吗？"

"是啊，事到如今可能也不是完全没用了。"

"那你不应该赶紧列名单吗？"

"你认为该怎么列？"

"当然是列出所有有动机的人。"

"那怎么确定动机呢？"

"这个嘛……目前比起动机，还是更该调查交友关系吧？毕竟恐吓信来自她的朋友。"

"她的朋友是谁？"

"我记得是玛丽、皮利帕特，还有赛芬蒂娜吧？要是她们没有不在场证据，就是嫌疑最大的……啊，不行。"

"怎么了，杜塞梅尔法官？"

"她们有不在场证据。"

"不在场证据？"

"克拉拉亲眼看见那三个人上了花车，对吧，比尔？"

"嗯，井森听克拉拉说过。"比尔回答。

"而且她们三个一直待在花车上，直到克拉拉遇害后才下了花车。由此可见，那三人有不在场证据。"

"那三人一秒都没离开过吗？"比尔说。

"赛芬蒂娜说，她和皮利帕特上了几次厕所，但上厕所这点时间能做什么？"杜塞梅尔说。

斯克德里一言不发地思索着。

"怎么了？这三人应该没有嫌疑吧？"

"我在犹豫，真的能排除那三人与案子有关的可能性吗？"

"上厕所顶多只要几分钟，这么短的时间里能干什么？而且她们下不了花车。"

"花车的确是在众人环视之下，所以也不可能离开，可是……"

"可是什么？"

"我有点想不通。"

"蠢死了，单纯因为想不通就拒绝推理，那案子要拖到什么时候才解决？"

"也是，光想只会没完没了。"

"那要列剔除那三人后的嫌疑人名单吗？"

"在那之前先要问话。"

"问谁的话？"

"案子的相关人员。比尔，你跟我来。"

"蜥蜴能顶什么用？"

"它能把自己的所见所闻转达给井森，目前井森是我最有力的协助者。"

"你做事怎么这么麻烦？算了，只要能找出凶手就行。但要是找不到，你可要承担相应的后果。"

"当然，我是带着心理准备进行调查的，杜塞梅尔法官。"

"很有自信嘛，夫人。难道你已经有头绪了？"

"怎么可能？现在还没到那一步呢，我只是隐隐知道自己该调查什么了。"

"皮利帕特公主，你好。"斯克德里说。

"你好。你应该是斯克德里夫人吧？"皮利帕特正在让女官为自己梳头，"今天来找我有什么事吗？"

"我想问问你和克拉拉的关系。听你此前的描述，你们两位好像不太亲近？"

"是的。后来我仔细回忆了一下，好像的确认识一个叫克拉拉的女孩子。应该是介于熟人与朋友之间的关系吧。"

"我听说，克拉拉有一个未婚夫——"

"我不知道你是听谁说的，但你有权打听这种私事吗？"

"抱歉忘了说，我已经被杜塞梅尔法官任命为调查官了。"

"调查官？难道有人犯罪？"

"其实……"斯克德里压低了声音，"遗体已经发现了。"

"怎么？是克拉拉的？"

"请小点声，"斯克德里竖起食指压住嘴唇，"目前消息尚未公开，请你务必保密。"

"在哪儿发现的？"

"这我不能告诉你。"

"明白了。那你想问什么？"

"我想问克拉拉的未婚夫，以及他跟你的关系。"

"他本来是我的未婚夫。"

"这人是谁？"

"杜塞梅尔。"

"法官？！"比尔大喊一声。

"哇！这里怎么有只讨厌的蜥蜴？"

"啊？哪里有讨厌的蜥蜴？"

"这蜥蜴在装傻，我要吐槽吗？"皮利帕特问斯克德里。

"不要吐槽，请耐心地解释。当然如果觉得麻烦，也可以不理它。"斯克德里说。

"我觉得麻烦，那就不理它吧。"皮利帕特说，"对了，刚才我说的当然不是杜塞梅尔法官，是小杜塞梅尔。"

"原来如此，有两个杜塞梅尔啊。那这两人是什么关系？"

"听说是叔侄。"

"你为什么没跟小杜塞梅尔结婚呢？"

皮利帕特哈哈笑了起来。"原来还有人不知道我跟那个蠢蛋间的事啊。"

"你们之间发生了什么？"

"你问我发生了什么？我该从哪儿说起呢……先得说说我遇到的事吧。我曾经被麦泽林夫人诅咒，变成了胡桃人偶。"

"麦泽林夫人是谁？"比尔问。

"住在宫殿厨房里的鼠王妃。"

"老鼠竟然是王妃啊？"比尔瞪大了眼睛。

"不对，应该说：王妃竟然是老鼠啊？"

"不是一个意思吗？"

"如果说'老鼠竟然是王妃'，感觉不就像是说：'别小看老鼠，它可是王妃！'"

"这么一说，的确有那种感觉。"比尔感慨道。

"反过来，如果说'王妃竟然是老鼠'，意思就成了：'再怎么摆王妃的排场，终究不过是条老鼠。'"

"这么一说，的确有那种感觉。"比尔更感慨了，"那么'比尔竟然是蜥蜴'也是同样的意思啦？"

"你在说什么？根本讲不通。"皮利帕特无奈地说。

"请你别管比尔的话，继续刚才的话题吧。"斯克德里催促皮利帕特回到正题。

"杜塞梅尔——我是说年轻的那位，他是唯一符合条件、能解除诅咒的青年。"

"符合什么条件？"

"能咬碎克里克拉开心胡桃，没剃过胡子，也没穿过长靴。"

"克里克拉开心胡桃？"

"是全世界最硬的胡桃。"

"一般人连普通胡桃都很难咬碎吧？"

"没错。所以说，杜塞梅尔拥有全世界最硬的牙齿。我父王说，只要杜塞梅尔能解除诅咒，就把我嫁给他。"

"所以他才成了你的未婚夫啊。你现在的样子不是胡桃人偶，说明诅咒已经解除了，对吧？"

"是的，诅咒解除了。但是婚礼过程中，麦泽林夫人突然来捣乱，结果杜塞梅尔成了胡桃人偶。"

"他为了你牺牲了自己。"

"可以这么说吧。但我可是高贵的公主，怎么能跟恶心的胡桃人偶结婚呢？后来父王勃然大怒，把杜塞梅尔赶走了。"

"杜塞梅尔犯了什么罪？"

"身为恶心的胡桃人偶却想跟我结婚的大逆不道之罪。现在一想起来我还气得不行。"

"后来杜塞梅尔就遇到了克拉拉，是吗？"

"与七头鼠王交战时，克拉拉帮了他一把，他们就认识了。听说他后来变回了人，但实际情况我不太了解。反正即使变回了人，他也曾经是个胡桃人偶，我才不想跟那么恶心的人结婚。"

"可是皮利帕特，"比尔说，"你也变成过胡桃人偶吧？"

"那又如何？"

"要是曾经变过胡桃人偶的杜塞梅尔恶心的话，你不也一样恶心吗？"

"你敢说我恶心？！小小蜥蜴，好大的胆子！"皮利帕特抬脚踩向比尔。

"哇！你干什么？你这样一踩我不就死了吗？"

"这是你侮辱公主的惩罚。"

"我没有侮辱呀。"

"不，你侮辱了。你说了'恶心'。"

"你说杜塞梅尔恶心，所以我就问你不是也一样吗？"

"你又说了！"皮利帕特抬起脚来。

比尔飞快地向后退去。

"你们快把那只讨厌的蜥蜴踩死！"

女官们齐齐抬起了脚。

"请等一等，各位，冷静一下。"斯克德里安抚道，"因为蜥蜴的话而大动干戈，这未免太不成熟了，不是吗？"

"就算是蜥蜴，也要注意言辞。"

斯克德里抱起比尔，让它趴在自己的肩上。

女官们坚持要踩死比尔，结果脚抬得过高，瞬时人仰马翻。

"请冷静一点。你真的要不惜摆出如此不堪的姿势，也要踩死这只蜥蜴吗？"

"冷静想想，它的确不值得。"皮利帕特抚平裙子说。

"你好，赛芬蒂娜。"斯克德里说。

"你好，夫人。今天找我有事吗？"赛芬蒂娜彬彬有礼地说道。

"你知道我在找克拉拉吧？"

"嗯，受杜塞梅尔法官的指派对吧？"

"其实调查有了很大的进展。"

"找到克拉拉了吗？"

"对。准确地说，是找到了地球客拉拉的遗体。"

赛芬蒂娜倒吸一口凉气。"查出凶手了吗？"

"还没有。"斯克德里摇摇头，"现在正在查。"

"我也要接受调查吗？"

"是的。但并不是因为怀疑你，只是写恐吓信的人说自己是克拉拉的朋友……"

"我明白了。"

"当然，只是走个形式。"

"我该说什么？"

"你跟克拉拉闹过矛盾吗？"

"没有，只有皮利帕特和奥林匹亚会跟她闹矛盾，但那两个人应该不是凶手。"

"为什么这么说？"

"皮利帕特对小杜塞梅尔没有感情。奥林匹亚又是自动人偶，本身就不具备憎恶这种情绪。"

"你跟皮利帕特还有玛丽一起上了花车，对不对？你觉得玛丽怎么样？"

"玛丽有完美的不在场证据。"

"不在场证据？"

"听说我们——我、玛丽和皮利帕特上花车时，克拉拉看到了。"

"是的。"

"换言之，克拉拉是在我们上花车后才遇害的。"

"是这样。"

"我们离开花车时，克拉拉已经遇害了。也就是说，克拉拉是在我们坐花车期间遇害的。"

"你们有人中间离开过吗？"

"上厕所的时候。但有一个人是例外。"

"玛丽是人偶，所以不用上厕所。"

赛芬蒂娜点了点头。"玛丽一直跟我或皮利帕特待在一起，所以她有完美的不在场证据。"

"那就只剩下你了，赛芬蒂娜。你刚才说没跟克拉拉闹过矛盾，但你总归遇到过一些问题吧？"

"也包括与克拉拉无关的问题吗？"

"是的。哪怕只是小事，也请你说出来。如果跟恋爱有关，就更要说出来。"

"我有一个未婚夫，名叫艾塞姆斯。"

"恭喜你。"

"艾塞姆斯喜欢过维罗妮卡。可他之所以堕入爱河，是因为维罗妮卡借用了与我父亲为敌的老魔女的力量。"

"容我一问，你父亲是？"

"火精灵沙罗曼达，名叫林德霍斯特。他因为灵界之王的误会，被放逐了。"

"原来如此。所以你也有恋爱问题呢。"

"但这跟克拉拉没关系。"

"可你被维罗妮卡怨恨了，对不对？有没有可能她为了陷害你而谋害了克拉拉？"

"这不可能。"赛芬蒂娜微笑道，"她的目的不是与艾塞姆斯结婚，而是与宫廷顾问官结婚。现在她已经与宫廷顾问官黑博兰结婚，成了顾问官夫人，所以她对我没有任何怨恨。"

"这样啊，看来你真的没遇到什么问题。谢谢你告诉我。"

"如果你想打听这些，欢迎你随时过来。对了，你脖子上那是蛇皮领巾吗？"

"哦，你在意这个？放心吧，我没有剥你族人的外皮。"斯克德里轻轻拍了一下领巾的尾巴，"比尔，快起来，我已经跟赛芬蒂娜谈完了。"

"啊，真的吗？我全都漏掉了。"

"别担心，过后会告诉你的。"斯克德里说。

"你好啊，比尔。"赛芬蒂娜说。

"你好，赛芬蒂娜。我们都是爬虫类呀。"

"是的，但我可以变成人形。你呢？"

"我不会变身魔法。"比尔沮丧地说。

"是吗，那太可惜了，变成人形可好玩了。"

"不过，"比尔抬起头，"我在地球的化身是人类，所以我知道变成人形是什么感觉。"

"我不太明白，那应该不是魔法吧？"

"我也不太明白。"比尔笑着回答。

"哦，你也不太明白呀。"

"嗯，不过大多数事我都不太明白。"

"好了，比尔，走吧。单独问话后，我开始弄清全貌了。"

"初次见面，你好，奥林匹亚。"斯克德里说。

"你好，夫人。"奥林匹亚僵硬地说。

"斯克德里夫人，奥林匹亚是机器人，问她问题也没什么用吧？"比尔说。

"玛丽、潘德隆和托蒂还是人偶呢。"

"他们不一样，他们是被魔法赋予了生命的人偶。"

"你的意思是，奥林匹亚只是没有生命的自动人偶，所以不值得问话？"

"嗯，差不多吧。毕竟不管她说什么，都是齿轮转动制造的回答，并不代表她真的这么想。"

"即使她的言行全是按照齿轮的程序来的，也不能说问她的话就完全没有意义，对不对，比尔？"

"可奥林匹亚没有心。"

"就算没有心，能回答问题就行。况且，心又是什么呢？"

"心就是心，就是高兴和悲伤的感情。"

"你怎么知道奥林匹亚没有心？她会哭也会笑啊。"

"那是因为齿轮让她哭和笑。"

"那齿轮就是奥林匹亚的心。"

"啊，也对。"比尔似乎被说服了。

当然，斯克德里自己并没被说服。

奥林匹亚一直静静地听他们交谈——或者装作听他们交谈。她咯噔咯噔地左右转动脖子，依次看向二人。

"奥林匹亚，你有心吗？"

他们听见了齿轮喀啦啦转动的声音。斯克德里心想，这也许就相当于人类在思考。

"像有心一样行动跟有心是一样的吗？"奥林匹亚答道。她嘴唇的动作和声音略有一些错开，也许在撒娇。

"我就是为了确定这一点才问的。奥林匹亚，你有心吗？"

齿轮喀啦啦地转动，奥林匹亚的脑袋咯噔咯噔地摇晃起来。

"我的父亲和设计者斯帕兰札尼教授也不清楚。"

"我不管设计者的意见如何，我只想知道你的直观感受。你有心吗？"

"你的提问没有意义。就算我回答'我有心'，你会信吗，夫人？"

"如果只是齿轮设置了'有心'的回答，那也证明不了你有心。尽管如此，奥林匹亚，我还是希望你能回答这个问题。"

"我没有一般意义上的心。不过，如果齿轮可以称作心，那么我或许也有心。"

"原来如此。"斯克德里说，"那我就不把你当成物体，而当成一个有心的普通人类来问话。"

"好的，请问吧。"

"我先说一下，因为遗体被发现了，所以调查进入了下一个阶段。"

"这样啊。"奥林匹亚面不改色。

"你预料到这个结果了吗？"

"没有。"

"但你好像不太惊讶。"

"是的，我不太惊讶，因为人终有一死。"

"那么，拿但业死时，你也不太惊讶吗？"

"拿但业死了吗？"

"他被夹在你和克拉拉之间左右为难，于是自杀了。你连这个都不知道吗？"

"是的，没人告诉我。"

"为什么没人告诉你？"

"可能他们认为没必要向机器通知人的死讯。"

"你对拿但业的死有什么感想？"

奥林匹亚垂下头，发出齿轮转动声。"应该有某种成就感。"

"成就感？可是死了一个人啊。"

"为了检测拿但业会采取什么样的恋爱行动，我被编入了假装是他恋人的程序。他的死使实验顺利完成，当初的目的实现了。因此，我会有成就感。"

"你知道你和克拉拉客观上被视作情敌吗？"

"拿但业应该会这么想，但其他人应该知道我是自动人偶。"

"自动人偶为什么不能成为人类的情敌？"斯克德里问。

奥林匹亚停止了动作，齿轮声越发尖锐。

"没有为什么。自动人偶就算成为人类的情敌，也不值得惊讶。"奥林匹亚僵硬地回答。

"克拉拉收到的恐吓信上提到，写信人是克拉拉的朋友，你对此有什么头绪吗？"

"没有。"

"玛丽和赛芬蒂娜虽然也是克拉拉的朋友，但你跟皮利帕特都与克拉拉当过情敌，所以特别值得注意。"

"你的表述不准确。皮利帕特没有跟克拉拉抢过杜塞梅尔，是皮利帕特抛弃了杜塞梅尔后，他才跟克拉拉成了恋人。"

"那你呢，奥林匹亚？"

"你在怀疑我吗？"

"如果你有心，就可能对克拉拉产生嫉妒，因为她得到了拿但业的爱。"

"我不爱拿但业，也不恨克拉拉。"

"你不是凶手？"

"没错，夫人。"

"那奥林匹亚认为谁是凶手？"比尔问。

奥林匹亚发出了齿轮转动的声音。

"证据不足，因此无法推理，蜥蜴。"

"我是觉得玛丽有点可疑。"

"为什么？"斯克德里问。

"因为玛丽连着说了好几次克拉拉已经死了。"

"按照逻辑，玛丽不是凶手，"奥林匹亚说，"因为她是受害者。"

"那就是赛芬蒂娜？虽然我很想包庇爬虫类同胞，可她会魔法，有点可疑。"

"使用魔法时其他术士必有感知，听说赛芬蒂娜最近没有使用魔法。"斯克德里说。

"不过，也有可能是没用魔法进行谋杀。"奥林匹亚说。

"那凶手就是赛芬蒂娜了？"

"我是说，即使她是凶手，也不存在矛盾，蜥蜴。当然，你和夫人也有可能是凶手。"

"你说这话有什么依据吗？"斯克德里说。

"没有，夫人，只是逻辑上的可能性。"

"换言之，只是不能证明我和比尔不是凶手，而不是说我们有凶手的嫌疑。"

"正是如此。"

"你的说法逻辑准确，但极有可能导致误解。"

"为什么？应该是越有逻辑，越能消除导致误解的因素才对。"

"因为话语并非纯粹由逻辑构成，奥林匹亚。你应该学点修辞学，或者让斯帕兰扎尼老师给你调整调整修辞学的齿轮吧。"

"那我去拜托父亲。"

"奥林匹亚，我还有个问题。"比尔说。

"什么问题，蜥蜴？"

"为什么你对斯克德里夫人说话很有礼貌，对我就这么随便？"

"因为你是蜥蜴，我的齿轮程序只要求我对人讲礼貌。"

"那你对赛芬蒂娜也这么说话吗？"

"我没跟赛芬蒂娜说过话。"

"如果说话呢？会怎样？"

"如果赛芬蒂娜是蛇形，我也会这么说话。"

"那如果她是人形呢？"

齿轮转动了一会儿。

"通过视觉观察，对比蛇的特征和人的特征后再做决定。"

"你好较真啊。"

"应该没什么问题了。比尔，我们走吧。"斯克德里说完，又回头看向奥林匹亚，"奥林匹亚，你的逻辑性也许能派上大用场。"

"初次见面，你好，洛塔尔先生。"斯克德里说。

"你好……你是斯克德里夫人吧？"洛塔尔战战兢兢地说。

"你怎么知道？"

"因为消息都传开了，那个……"洛塔尔苦着脸说，"都说你在调查克拉拉失踪的事。"

"你刚才为什么苦着脸？"比尔问。

"我妹妹失踪了，我当然痛苦啊。"

"妹妹？"比尔看向斯克德里。

斯克德里沉默地点点头。别说多余的话，比尔。

如果她真的开口提醒比尔，肯定会打草惊蛇。洛塔尔额头上的皱纹正好在中间错开了，这是他被杜塞梅尔或沙人植入过记忆的证据。反过来说，没有这个特征的人，记忆都是正确的。

"我头一回听说克拉拉有哥哥。"比尔说。

"你应该也听科帕留斯说过，但看来已经忘光了。"

"我们是相依为命的两兄妹。"洛塔尔说。

"不对呀，因为克拉拉是斯塔布鲍姆的……"

"是这样的，由于情况有变，我们改变了调查方针。"斯克德里打断了比尔的话。

如果现在触及篡改记忆的问题，洛塔尔会陷入恐慌，就没法回答问题了。

"情况有变是什么意思？"

"请你冷静听我说。我们发现了遗体。"

洛塔尔脸上瞬间闪过悲怆，接着颓然跪倒在地。

斯克德里冷静地观察洛塔尔。

"克拉拉受苦了吗？"

"很抱歉，由于正在调查，我无法告知遗体的情况。"

"啊？真的吗？"比尔惊讶地问。

"凶手是谁？"洛塔尔眼中燃起了憎恨的火焰。

"还不知道。"

"我知道了！肯定是拿但业！那家伙曾经想杀了克拉拉！"

"啊？真的吗？那凶手就是拿但业啦。"比尔高兴地说。

"拿但业什么时候想杀了克拉拉？"斯克德里冷静地问。

"我记得很清楚，就在他自杀之前。"

"什么之前？"

"拿但业自杀。我记得很清楚，这种事怎么可能忘呢？"

"那次是谋杀未遂吧？"斯克德里提醒他。

"对，我救了克拉拉。"

"这样啊。那就是拿但业自杀之后，又去杀了克拉拉。"比尔点点头。

"啊？"洛塔尔呆呆地张大了嘴。

哎，他发现了。不过我已经看到了他的反应，所以没什么问题。

"为什么？为什么已经死了的克拉拉会在那儿？"洛塔尔陷入了沉思。

"啊？拿但业自杀是在克拉拉死之后吗？"比尔惊讶地问。

看来比尔完全忘了自己也在拿但业自杀的现场。

"等等，时间怎么一团乱，根本对不上。"洛塔尔抱着头说。

要不要指出他的记忆错乱了呢？她正想着，却见洛塔尔额头皱纹错开的部分开始来回蠕动。看来快到极限了。

突然，洛塔尔大叫一声，晕了过去。

"洛塔尔怎么了？"比尔问。

斯克德里查看了一下洛塔尔的额头。"没事，错开的部分已经修复了。他醒来后，会把克拉拉是他妹妹的事当成一场梦。"

斯克德里和比尔丢下洛塔尔，离开了那里。

"问了这么多人的话，结果还是什么都不知道。"比尔遗憾地说。

"怎么会呢？今天的收获可大了。剩下的就是该用什么方式平息事态，这才是问题。"

14

现在已知的信息
（据井森的《化身关联图》整理）：

地球 —— 奇境之国 / 霍夫曼宇宙

井森 —— 蜥蜴比尔

露天客拉拉 —— 克拉拉

杜塞梅尔 —— 杜塞梅尔
（露天客拉拉的叔父）（克拉拉的叔叔）

汽车里的老鼠 —— 凶鼠（？）

诸星 —— 拿但业

？ —— 斯克德里夫人

新藤礼都 —— ？

"收获很大是什么意思？"杜塞梅尔一脸不高兴地问。

"这是斯克德里夫人说的，我也不太明白。"

"会不会是比尔听漏了？"

"调查过程中它的确打过瞌睡，但斯克德里事后补足了，所以应该没有听漏重要内容。"

"我可以认为调查有些进展吗？"杜塞梅尔追问道。

"应该可以。她脑中应该已经出现了解开案子的方向。"

"如果真是这样，她干吗不直接告诉比尔？"

"可能觉得还不是时候吧。"礼都说，"杜塞梅尔，你可别忘了比尔口无遮拦。"

"原来如此，比尔有可能会说出不能让凶手知道的事。"

"井森，你打算在这边做什么？不是说要制订搜查计划，进行推理吗？"

"对，我正在想呢。"

"什么意思？难道你还没想好？"

"不，我想说的是，无论搜查还是推理，霍夫曼宇宙那边的关键人物都是斯克德里夫人。"

"这是事实。"杜塞梅尔说。

"在这种情况下，我们在地球上剔除她进行讨论，效率是非常低下的。"

"只要你做好联络，就不会有问题。"

"我可以肯定地说，让比尔负责联络太难了。"

"那你干吗不做呢，杜塞梅尔？"

"不，我还是算了。"

"为什么？"井森问。

"我受不了那个女人，一秒钟都不想跟她多待。"

礼都背过脸去，微微一笑。

"我有个想法。"井森说，"不如我们去找找斯克德里夫人的地球化身吧。她似乎也做过地球上的梦……"

"她说过吗？"杜塞梅尔脸色骤变。

"好像说过，又好像没说过。"

"到底说没说过！"礼都也夸张地打断了他。

"那你打算怎么找？"

"想个办法跟她传话。比如张贴告示，或是在私刊上登个留言，也可以上网。"井森说。

"如果她的化身在地球，并且想跟我们碰头，那她早就该出现了吧？现在她不在，就证明我们找到她的希望不大。"

"她可能还没找到我们。"

"你说斯克德里？那不可能。"

"斯克德里夫人的地球化身不一定跟她一样聪明啊。"

"有道理，毕竟你跟比尔的蠢也是天差地别。"

"你这是说我也很蠢吗？"

"如果你不蠢，怎么会被杀两次？"

"你还真是直击痛处。"井森挠了挠头，"总之，我们就假设这个世界的她不太聪明，在这个前提下找找她，怎么样？"

"你是不是蠢啊？"

"啊？"

"我们需要斯克德里，是因为她聪明吧？如果是蠢蛋斯克德里，那找到也没用啊。"

"不，至少能多一条地球跟霍夫曼宇宙间的联系。"

"你靠谱点不就行了？"

"我说了很多次了，问题不在我，是比尔的问题。"

"我们一直在说车轱辘话。"

"还不是因为你们俩一直在反驳我？"

"行，我不反驳了，直接说结论吧。你准备怎么解开案子？"

"调查现场周边。"

"之前不是已经有结论了吗？这毫无意义。"

"那是说一般犯罪调查毫无意义。"

"难道还有不一般的犯罪调查？"

"查人。"

"查人哪里不一般了？你能解释解释查人的不一般性吗？"

"请问，一般什么人会去犯罪现场？"

"凶手？"

"没错，据说凶手会回到犯罪现场，因为他们想知道，自己有没有遗漏什么，调查进展到什么程度了。"

"可案子发生在霍夫曼宇宙，我们盯着地球也没用吧？"

"不，地球也发生了案子，那就是针对我——井森建的谋杀。"

"那只是你的主观认知。"

"没错。可与此同时，还发生了另一桩案子，就是客拉拉的尸体遗弃。"

"原来如此。的确将遗体从陷阱里拖出来这事是在地球上发生的。"杜塞梅尔说，"单就这一点来看，地球上的确发生了案子。"

"目前可能是犯罪现场的地点，有我掉落的陷阱，以及发现客拉拉遗体的桥底。"

"桥底不太对吧？有可能是从河上游抛入，然后卡在了桥底。"

"那就把调查范围往上游扩大。"

"这也太含糊了。"杜塞梅尔不耐烦地说，"这样调查没什么效率吧。"

"当然，如果只是为了查到凶手，这么做效率的确不高。但我的目的不止这一个。"

"我不是说了直接上结论吗?!"

"直接上结论就是:斯克德里夫人的化身。"

"她为什么会出现在犯罪现场?那个人应该不是凶手吧?"

"频繁去犯罪现场的人并不限于凶手,还有比凶手更频繁的人,那就是侦探。"

"原来如此。斯克德里的化身应该会去现场调查,所以你准备在那守株待兔?"

"呃,我能说句话吗?"礼都说。

"你要指出我计划中的漏洞吗?"

"没错。"

井森抬手制止了礼都。他闭上眼,做了个深呼吸。

"好了,你说吧。"

"现在还不清楚斯克德里的化身究竟跟本体一样聪明,还是像你跟比尔一样,所以我就分两种情况讨论。啊,当然也有可能地球上不存在斯克德里的化身,这里暂且略过,毕竟那种情况的结论就是你的努力全是徒劳。"

"好的,OK。"

"首先,假设她的化身也很聪明,那么她此时不在这里,证明她一开始就不打算跟我们会合。这个你能理解吧?"

"可以,没问题。"

"你觉得你能轻松找到这么聪明的女人吗?"

"恐怕不能。"

"其次,假设这个世界的她不聪明,甚至跟比尔差不多,那么你把那种人拉进来,又有什么好处?"

"是没什么好处。"

"说到底，如果要做这个调查，你就得频繁出现在犯罪现场，这你理解吧？"

"理解。"

"监控犯罪现场的人可不只有凶手和侦探，还有警察。要是警察发现你在那附近转悠，结果会怎样？"

"他们可能认为我跟案子有关……而我真的有关。"

"如果警察问你为什么要在现场转悠，你打算怎么回答？"

"我会说，我只是想尽快抓住凶手。"

"至于是否相信你，那就要看对方了，对不对？"

"没错。可就算警方怀疑我，这有什么问题吗？"

"你不怕自己被抓吗？"

"就算被怀疑，也不至于被捕吧？首先，客拉拉的确不是我杀的，警方没有证据。如果我被捕，就证明有人陷害我。"

"凶手有可能就是这么打算的。"

"如果凶手打算这么做，那不管我怎么做，他都能陷害我。"井森断言道，"另外，刚才我们讨论的是这个世界的斯克德里夫人特别聪明和跟比尔一样笨这两种可能性，然而一般人都是介于二者之间。只要不是特别极端，我们应该都能找到她，她也不会给我们带来太大的麻烦。"

"你能肯定斯克德里的化身一定精神正常吗？"

"我确实无法肯定。可是，如果无法肯定就得全面怀疑，那我们连吃饭和呼吸都没法安心了。你怎么肯定食物里没有下毒？怎么肯定空气里没有毒气？"

"很遗憾，我没法提供你被捕的概率和斯克德里的化身是笨蛋的概率。但请注意，我的直觉是很准的。"

"要我相信你的直觉，这才是最靠不住的。"

"他要查就让他查吧。"杜塞梅尔说，"就算他查了，事情也不会更糟。"

"也是。我之所以劝他，就是觉得万一出了事会很烦，但决定权在他手上。换言之，你的麻烦都与我无关，明白了吗？"

"完全没问题。"井森承诺道。

话虽如此，可到底该怎么查呢？井森站在桥上，呆呆地眺望水面。

既然客拉拉的遗体卡在这座桥底，那就有可能是从桥上抛下去的，也可能是从上游漂过来的。从地图上看，这条河的上游段足有二十公里，源头端的水量应该不足以推动遗体，但水量足够的范围肯定也特别大。如此漫无目的地顺着河岸找，真的能找到线索吗？井森摇摇头。光想只会没完没了，不如实际行动。

井森来到河堤，向上游走去。两侧河岸不宽，各有五米左右，但是做过铺装，可供居民散步和骑行。水量看起来很充沛，应该不适合孩子玩耍。往前走了一百米，他就到了两条河的汇流处。交汇处设有闸门，此时处在开启状态。也许只在主流可能倒灌支流的情况下闸门会关闭，好防止洪水。

接着，井森意识到了一件事。客拉拉的遗体也许不是从主流漂下来的，所以只查主流不行，还必须覆盖眼前这样的支流。他再次翻开地图，上面显示，从遗体发现点向上回溯足有八条支流，每条支流又各有两到三条小支流。井森有点发晕。

不行，要冷静下来。

井森坐在河堤上。然而，他怎么想都想不出好主意。他呆呆地看了一会儿景色，突然感到背后有人的视线。井森回头，发现背后站着一位老人，头发稀疏，肤色潮红，目光却异常锐利。

"请问，有什么事吗？"井森小心翼翼地问。

老人咧嘴一笑，门牙几乎掉光了。"没什么，我看你好像有心事，就过来看看。"

哦，原来他担心我要跳河。

"不用担心，这条河水流很平稳，跳下去也不会死。"

"天啊，原来你在找跳河的地方？我还以为你是个侦探，遇到难题了呢。"

这位大爷好眼力。

"现在河水确实平稳，不过前些天下完大雨那时候，水流特别急。"

哦？大爷住在这附近？那干脆问问吧。

"不好意思，我能问您些问题吗？"

"好啊，你问吧。"

"您住在这一带吗？"

"对，我不久前刚搬来。我之前住的地方靠山，可女儿一直叫我搬过来。对了，我叫冈崎德三郎，你可以叫我'德叔'。"

"最近这一带发生过可疑的事吗？"

"可疑的事？"

"多小都没关系。"

"你果然是侦探啊！"

"嗯，也不算侦探，只是在扮演侦探。"

"可疑的事？"德叔抱着胳膊想了想，"好像没有。"

果然没戏。

147

"啊！"德叔双手一拍，"我想起来了！"

"您想起什么了？"

"之前发生过一件事。"

"什么事？！"

看来要有线索了。

"离这里大约一百米的下游……"

"嗯！嗯！"

"……有人发现了年轻女人的遗体。"

这他已经知道了。

"是有这么件事。还有别的吗？"

"别的？还有比发现尸体更大的事吗？"

"您说得有理。其实我正在查那个年轻女人遭遇了什么。"

"天啊，你还真是个调查杀人案的侦探！"

"不知怎么的就成了这样。"

"可你这样查也太没效率了。"

"您也这么想吗？"

"如果她是被害的，那就意味着有人在那座桥的上游抛弃了遗体。这河的上游光是主流就有二十公里，还有二三十条支流。你光坐在河边跟路过的人闲聊，就不知道得花上多少年呢。"

"那倒也是，我太天真了。"

"而且这种调查不是归警察管吗？"

"话是这么说，但我情况特殊……"

"不能让警察知道？"

"也不是不能。不对，也许是不能，但应该跟您想的不一样。"

"你到底在说啥？"

"如果实话实说，人家可能会觉得我脑子有病。"

"哦？"德叔两眼一亮，"有意思，能详细说说吗？我也许能帮上你的忙呢。"

"您忘了我的话吧。要是听了，您也会觉得我脑子有病。"

"真无聊，难得遇到有意思的事。"

井森和德叔都沉默了。

井森左右想不到主意，不时往河里扔一块石头。

"你是说，那个案子还有警察不知道的一面？"德叔突然说。

"啥？"井森惊讶地回过头，"您还在啊？我感觉不到气息，还以为您走了。"

德叔面无表情地看着井森。

"你说不希望自己被怀疑脑子有问题，有些事没有告诉警察。"

"嗯。"

"那就是说，案子还有警察不知道的一面。"

"没错。"

"也就是说，警方在这方面完全没调查。"

"是的。"

"警方已经发现了这里的尸体，因此他们也会对上游展开调查。换言之，这不是你该做的事。"

"但我或许可以从跟警方不同的视角展开调查。"

"你那个'跟警方不同的视角'，具体是什么视角？"

"就是……"

他要与跟本案相关的霍夫曼宇宙居民的化身取得联系。

等一下，可我要怎么确认对方是不是霍夫曼宇宙居民的化身呢？井森发现自己无法确认。环视四周，这里怎么说也有十几个人。他没法证明其中哪个是霍夫曼宇宙居民的化身，也没法证明哪个不是。所以，他在这里的调查完全没用。

然而他话都放在那儿了，不可能空着手回去见杜塞梅尔和礼都。

"怎么了？难道你连具体方案都没有？"

"您猜对了。"

"原来如此。但我感觉立刻就想到该查什么地方了。"

"什么地方？"

"这个案子存在警方不知道的侧面，对不对？"

"是的。"

"既然如此，那就该有个警方不知道的现场才对。"

原来如此，警方肯定没查过他们不知道的现场。

"是有。"

"那你应该先从那儿开始调查，不是吗？"

警方不知道的现场……陷阱。

"谢谢您，现在我知道自己该做什么了。"

"当然，我不能保证你这样能解决问题。"

"总比坐在这儿发呆好太多了。"

井森对德叔道过谢，出发前往陷阱。

陷阱还保持着之前的状态，没有被查过的痕迹。毕竟警方不知道这个地方，当然也就没人来查过。不过，这里的确存在过客拉拉的遗体。有人把那具遗体搬走，扔到了河里。

为什么？为了隐瞒克拉拉已死吗？可这样一来，客拉拉的遗体被轻易发现就说不太通了。

可能的原因主要有三个：

一、凶手出于某种原因藏匿了客拉拉的遗体，但没藏住。可以认为是前几天的大雨冲出了埋在土里的遗体，致其流入了河中。但这就意味着凶手把客拉拉的遗体埋在了很容易被水冲出来的地方，这也太不小心了。

二、凶手可能本来就不打算隐瞒克拉拉的死亡。也就是说，他带走客拉拉的遗体不是为了藏匿。可是，客拉拉的死因是霍夫曼宇宙的克拉拉被杀，她的遗体上应该不存在被杀痕迹。那么，凶手为什么要冒险搬走客拉拉的遗体呢？

三、凶手一开始是为了隐瞒死讯而藏匿遗体，但后来突然没必要了。比如说，霍夫曼宇宙发现了克拉拉的遗体，那就没必要再隐瞒了。可现在还没发现克拉拉的遗体呢。

越想越没有头绪。

井森小心查看了周围，然后开始思考如何进入洞底。

他发现，那场大雨导致陷阱缺了一个角，缺口的坡度比较平缓。他用脚尖试探了一下，地面还算坚固。

利用这个斜角，也许能下到洞底。可能上来时要费点力，但再不济也能叫杜塞梅尔和礼都过来帮忙。他们肯定很不情愿，但总不至于扔下他不管。实在不行，还可以报警。就说他在散步途中发现了陷阱，本想在边上看看，但不小心滑了下去。

井森小心翼翼地避开木刺，到了洞底，好几根木刺尖端沾着已经氧化的血迹。在确认客拉拉已死前，收集血样还有点用，但现在已经完全没用了。他看向脚下，地上有个白色的东西。他捡起来一看，是一张纸片，上面写着什么，但是被雨水泡过，洞底光线又不好，所以看不太清。除此之外，别无他物。井森收好纸片，开始往上爬。脚下的泥土每走一步都哗哗往下掉，但他努力爬了三十分钟，终于艰难地来到了洞口。

周围已经开始笼罩上夜色。井森走到路灯下，展开纸片仔细辨别。虽然墨迹被冲掉了大半，但还是能认出一小段字：

……如果我真的死了，请去找克拉拉。不要在意玛丽……

是客拉拉写的？拿回去给杜塞梅尔看看，或许能认出笔迹。

"呜……"他突然喘不上气来。伸手一摸，脖子上多了一根绳索，好像有人勒住了他。看来这封信真的很重要。井森拼命想挣开绳索，看清凶手的脸，但二者都没成功。因为他不仅喘不上气，还由于颈动脉受到压迫，导致脑供血不足。

他感到全身发软，眼前漆黑一片。

15

现在已知的信息
（据井森的《化身关联图》整理）：

地球 —— 奇境之国／霍夫曼宇宙
井森 —— 蜥蜴比尔
露天客拉拉 —— 克拉拉
杜塞梅尔 —— 杜塞梅尔
（露天客拉拉的叔父） （克拉拉的叔叔）
汽车里的老鼠 —— 凶鼠（？）
诸星 —— 拿但业
？ —— 斯克德里夫人
新藤礼都 —— ？

"那信呢？"斯克德里说。

"不知道，因为我晕了。说起来，我还是第一次晕呢。"比尔说。

"我猜你——应该说，我猜井森并不是晕过去了。"

"啊，那只是睡过去了吗？"

"不，应该是被杀了。"

"哇！"比尔大喊一声。

"怎么了？"

"这已经是第三次了。"

"第三次了？"

"又好像是第四次了。"

"那只蜥蜴连自己被杀了多少次都搞不清楚吗？"杜塞梅尔皱着眉说。

"杜塞梅尔，你记得自己被杀过多少次吗？"

"我一次都没被杀过。"

"你不记得了？"

"不是不记得，是不存在被杀这件事。"

"真的吗？"斯克德里说。

"你什么意思？"

"比尔的话说不定戳中了真相。"

"夫人，该不会连你也变蠢了吧？"

"不，我想说的是，人可能无法区分'没被杀'和'不记得自己被杀'。"

"一派胡言。再怎么说，人总该记得自己有没有被杀过吧？"

"按常识来说，没人能记得自己被杀过。因为大脑功能会停止，无法形成记忆。"

"你说的是一般情况，我们讨论的是化身遇害的情况。"

"化身也一样。一旦遇害，大脑功能就会停止，那要怎么记得呢？"

"我怎么知道？"

"说不定只有少数人能记住，大部分人都忘了。"

"那也不能证明我的化身被害过。"

"的确如此。但你不觉得，认为自己可能被杀过，和不这么认为，人生的活法会很不一样吗？"

"我不在乎，也不打算在乎。话说回来，凶手有线索了吗？"

"之前推理已经大致成形，听了比尔的报告，我的思路更明确了。"

"那你仔细说说？"

"现在还不能说，因为要先确认一件事。"

"都到现在了还要确认什么？"

"玛丽的下落。"

"玛丽是凶手吗？"杜塞梅尔问。

"我不能断定她是不是凶手，但可以肯定的是，她跟这个案子关系很大。"

"可信上写的是'不要在意玛丽'啊。"

"你怎么能就这么信了呢？都没人知道那是谁写的。"

"我觉得可能是客拉拉。杜塞梅尔，你能认出客拉拉的笔迹吧？"

"有实物就可以。"

"嗯……"比尔拿起杜塞梅尔桌上的笔，"信上的字是这样的。"它在地毯上写起字来，"怎么样？这像客拉拉的字吗？"

"这绝对是你的字。"杜塞梅尔气得发抖。

"哦？原来客拉拉的字跟我的字很像啊。"

"我之前就对玛丽有怀疑。现在井森找到的信上也提了玛丽，这让我的怀疑成了确信。"

"你是说玛丽很可疑吗？"

"她跟我说，当务之急不是找克拉拉，而是找凶手。作为朋友失踪的人，这话很不自然。"

"的确很不自然，但仅凭这个无法证明她就是凶手。"

"玛丽为什么要说应该先找凶手呢？凶手在恐吓信中说，自己是克拉拉的朋友。也就是说，包括玛丽在内的小圈子会最先被怀疑。"

"对此我没有异议。"

"一旦成为嫌疑人，可想而知生活会受到诸多影响。可尽管如此，玛丽还是那么提议，让自己成了嫌疑人，这是为什么呢？"

"可能因为她知道自己有不在场证据？"

斯克德里点点头。"她知道自己有牢不可破的不在场证据。她也正是为了让我注意到这点，才大胆建议我先查凶手。"

"可是斯克德里夫人，你不是已经知道她有不在场证据了吗？"比尔说。

"当然了，但我没说。"

"为什么？"

"因为那个不在场证据对玛丽来说太有利了，所以我一开始就没重视那个证据。"

"斯克德里夫人，你好厉害呀。对了，不在场证据是什么？"

"客拉拉曾告诉井森，说她的本体亲眼看见玛丽她们上了花车，对不对？"

"是的，夫人。"

"她们在花车上这期间，克拉拉被害了。凶行结束后，她们才离开花车。也就是说，花车上的玛丽等人无法杀害克拉拉。"

"真的！斯克德里夫人，你真厉害！"

"玛丽希望我说出这点，才故意让我先查凶手。"

"如果她要洗清自己的嫌疑，这么做也很自然吧？"

"如果她已经被怀疑了，那的确如此，可明面上玛丽还不是嫌疑人呢。"

"换言之，为了不被怀疑，她想先明确自己的不在场证据。这的确不大自然。"杜塞梅尔沉吟道。

"另外，那个不在场证据本身也很不对劲，因为对玛丽太有利了。每年只有一场让参加者无法离开的活动，而偏偏在那个活动中发生了杀人案，看起来就像是故意要明确活动参加者有不在场证据似的。"

"刚才你说无法断定玛丽是凶手。那么，你还差什么？"

"就是那个不在场证据，我还没发现它背后的诡计。"

"要是不能破解不在场证据，就不能说她是凶手。"杜塞梅尔轻蔑地笑了。

"正是。但有了刚才比尔的证词，我进一步确定了玛丽跟案子有关。"

"但你没有物证，而且证词还出自比尔，可信度太低了。"

"所以我们没法逮捕玛丽。现在我打算找到她，请她自愿过来接受调查。"

"原来如此。那她在什么地方？"

"她昨天就失踪了。"

"难道跑了？这不就等同于自首吗？"

"法官，你能将她列为重要证人，对她进行通缉吗？"

"不好了！叔叔！不好了！"外面突然传来一阵哐当哐当的响声，一个木头人偶跑了进来。

"人偶说话了！"比尔大喊。

"蜥蜴，有什么好大惊小怪的？"杜塞梅尔喷了一声。

"比尔，这位是杜塞梅尔的侄子。准确地说，是他堂弟的儿子。"

"哦？他也叫杜塞梅尔呢，这是巧合吗？"

"不是巧合。"小杜塞梅尔说，"因为我们是同族，所以姓氏相同。"

"对蜥蜴解释这个只是浪费时间。"杜塞梅尔说，"你不用再搭理它。"

"好的，叔叔。"小杜塞梅尔乖巧地答应道。

"你说什么事不好了？"比尔问。

"吵死了，蜥蜴，你给我闭嘴！"小杜塞梅尔吼道。

"这孩子还真听话。"斯克德里说，"不过比尔也是正式任命的调查官，它还跟我一起调查了皮利帕特和奥林匹亚等人呢。"

"究竟出什么大事了？"斯克德里又说。

小杜塞梅尔为难地看着杜塞梅尔。

"怎么了？"杜塞梅尔问。

"我能回答这个人的问题吗？"小杜塞梅尔小声问。

"你觉得这位夫人长得像蜥蜴吗？"

"不像。"

"那为什么不回答？"

"也许叔叔看她像蜥蜴呢。"

"哎，你为什么是人偶呀？"比尔问。

"蜥蜴，你闭嘴！"小杜塞梅尔吼道。

"这个人被鼠女王[1]诅咒，变成了胡桃人偶。"斯克德里解释道，"我再问一遍，你刚才说什么事不好了？"

小杜塞梅尔看着杜塞梅尔。

"回答这位夫人的问题。"杜塞梅尔说。

"玛丽找到了。"

"啊？"连斯克德里都发出了惊讶的声音，"法官，你已经下令找玛丽了吗？"

"不，我没有。怎么回事？"杜塞梅尔问。

"就是字面的意思，玛丽找到了。"

"谁下令找的？"

"没人下令找。"

"那干吗要找她？"

"也没人找她。"

"你不是说玛丽找到了吗？"

"是找到了。"

"既然没人找，为什么找到了？"

"应该是碰巧找到的。"

"你的话怎么没头没尾的，到底是谁找到的？"

"是市民来通报的。"

"不是公职人员，是市民找到的？"

---

1. 编注：即前文说的麦泽林夫人，但前文说的是鼠王妃。据书末小林泰三自撰的《胡桃夹子与鼠王》，大概"鼠女王"是对的。前面可能是皮利帕特记错了。

158

"是的。"

"为什么那个市民知道我们在找玛丽？"

"那个市民知道吗？"

"如果不知道，为什么要来通报？"

"不能吗？"

"比如你走在路上，看见这只蜥蜴，你会通报当局吗？"

"它犯罪了吗？"

"不，它只是走在路上。"

"那我不会通报。"

"那玛丽犯罪了吗？"

"这绝对不可能。"

"你怎么敢说不可能？"

"因为她死了啊。"

众人陷入了沉默。

"我说错什么了吗？"

"有人发现玛丽的遗体了？"斯克德里问。

"对，有人在排水沟里发现了她的遗体，发现她的市民立刻就来通报了。"

"既然她死了，你怎么不早说！"杜塞梅尔说。

"我一开始就说了呀。"年轻人说。

"不，你没说。"杜塞梅尔断言。

"嗯？他好像说了呀。"比尔说。

小杜塞梅尔见比尔帮自己说话，好像不知该做何反应。

"谢谢。"他用几乎听不见的声音向比尔道了谢。

"不用谢。"比尔大声回答。

"闭嘴，蜥蜴！"小杜塞梅尔吼道。

"遗体在哪儿？"

"搬到政府大楼去了。"年轻人回答。

"我们这就去政府大楼吧。还有，比尔，你马上去找斯塔布鲍姆医生，请他到政府大楼去。"

"是窒息死的。"斯塔布鲍姆一边解剖一边说，"肺里充满了污水，衣服穿着整齐，没有挣扎的痕迹，可能是毫无防备地被拖进了水里。"

"她是个人偶，也会窒息而死吗？"斯克德里问。

"她不是自动人偶，是魔力驱动的人偶，跟人一样需要呼吸。说不定她原本就是人。对了，她身上有被改造过的痕迹。"

"这下案子又回到起点了呀，夫人。"杜塞梅尔说。

"法官，你为什么这么说？"斯克德里问。

"刚才你不是说，玛丽是凶手吗？"

"不，我说的是无法断定玛丽是不是凶手。"

"这不过是遁词。你认为玛丽是无限接近黑色的灰，不是吗？"

"玛丽皮肤不黑呀。"比尔说。

"是啊，"斯克德里喃喃道，"玛丽虽然不黑，但也不白。"

"夫人，你在说什么？"杜塞梅尔问。

"给我十秒钟，我在整理思路。"斯克德里说。

"你彻底错了，还是认输吧。"

斯克德里没理他，闭上了眼睛。

"喂，别假装思考了。"杜塞梅尔抓住她的肩膀摇晃起来。

斯克德里睁开眼。"答案很简单：弄错人了。"

"不，这的确是玛丽的遗体。"斯塔布鲍姆说。

"我说的弄错人没这么简单。"斯克德里说，"比尔，我要请你帮个忙。你记住我接下来说的话。就算不理解也没事，你只要转告井森，他应该能理解。"

"好啊。"比尔爽快地答应了。

斯克德里凑到它耳边嘀咕起来。

16

```
现在已知的信息
（据井森的《化身关联图》整理）：

地球 —— 奇境之国 / 霍夫曼宇宙
井森 —— 蜥蜴比尔
露天客拉拉 —— 克拉拉
杜塞梅尔 —— 杜塞梅尔
（露天客拉拉的叔父）（克拉拉的叔叔）
汽车里的老鼠 —— 凶鼠（？）
诸星 —— 拿但业
？ —— 斯克德里夫人
新藤礼都 —— ？
```

"现在不仅克拉拉，连玛丽都被杀了。她可是克拉拉被害案的重要证人啊。"杜塞梅尔说，"你准备怎么赎罪？"

"这是我的错吗？"井森无奈地说。

"自从我委托你调查案子，已经有两个人遇害了。"

"我也被杀了三次啊。"

"你以为被杀就能赎罪了吗？"

"应该付出代价的是谋害克拉拉和玛丽的凶手吧？"

"现在的问题就是找不到凶手。你给我听好了，我命令你二十四小时之内找到凶手，否则我就以谋杀罪逮捕比尔。"

"你也太乱来了，比尔怎么会是凶手？"

"比尔出现在霍夫曼宇宙后，连续发生了两起谋杀案，怎么想它都是凶手。"

"你这理由也太牵强了。"

"不管是否牵强，只要有人偿命，民众就能接受了。"

"你刚刚说什么？偿命？"

"我是这么说的。"

"为什么我要偿命？"

"我不是说了吗？有人偿命就可以万事大吉。"

"那真凶怎么办？"

"既然不知道真凶是谁，那也只能随他去了。"

"可以让真凶逍遥法外吗？"

"当然不可以，这会让我这个法官颜面扫地。"

"那你打算怎么办？"

"所以我才要把蜥蜴比尔当作凶手，判它死刑。这么一来，就算万事交待了。"

"比尔也算交待了。"

"管它交不交待，反正它都要偿命，也没什么可抱怨的。"

"要是比尔死了，我也会死的。"

"我很同情你。"杜塞梅尔伤心地说，"但也不全是坏事。毕竟你已经死惯了，说不定能死得轻松愉悦。"

"开什么玩笑？只要正常审理就知道比尔是无辜的。"

"我是法官，我爱怎么判就怎么判。"

"你这么搞，斯克德里夫人可不会答应。"

"斯克德里算什么？她说玛丽是凶手，结果玛丽也被杀了。这可是出丑到家了！斯克德里有什么资格反对我？"

"这话过了，"礼都进了办公室，"斯克德里也努力了呀。"

"还不是因为她装什么大侦探，才自讨没脸。"杜塞梅尔继续骂道。

"你这会儿有空揶揄别人，还不如花点心思查查凶手。"礼都不耐烦地说，"你也想抓住真凶，而不是让一只无辜的蜥蜴偿命，不是吗？"

"前提是我知道真凶是谁。可现在斯克德里认定的线索已经什么都不是了，老实说，想干什么也是回天乏术。"

"真的吗？井森，斯克德里得知玛丽被杀后是什么反应？"

"我觉得她很淡定。"

"肯定是装的。"杜塞梅尔说。

"斯克德里是那种虚张声势的人吗？"

"不是，我感觉她是那种本来就自信满满的人。"

"那如果失败了，她会怎么样？"

"她应该不会失败吧？"

"这次不就失败了吗？"杜塞梅尔说。

"但她本人应该不觉得是失败吧？"井森说。

杜塞梅尔没有回答，礼都则咧嘴笑了。

"这是什么意思？"杜塞梅尔总算挤出了声音，"她怀疑是凶手的人可是死了，这说明她的推理彻底错了。"

"我不太清楚，反正斯克德里说弄错人了。"

"这是当然的。但她弄错的是凶手，可不是一句'弄错人了'就能糊弄过去的。"

"她真的是这个意思吗？"礼都说，"斯克德里说的'弄错人'，真的是'弄错了凶手'吗？"

"那还能是什么？"

"如果她的推理看起来错了，只是因为缺了某个要素呢？如果那个要素正是'弄错人'呢？"

"我完全不知道你在说什么。井森，你听懂了吗？"

"听了礼都小姐的话，我好像有点明白了。在发现玛丽尸体前不久，斯克德里夫人一度认为案子已经解开了。"

"但是有人发现了玛丽的尸体，推理又回到了起点。"杜塞梅尔说。

"如果推理并没有回到起点，而是增加了新的要素呢？"

"你是说，只要加上玛丽的遗体这个新要素，推理就能完成了吗？这简直太扯淡了。"

"不如我们先梳理一下她的推理吧。"礼都提议道，"如果找不到这个世界的斯克德里，我们就自己模拟她的思路。"

"没有证据表明她发现了真相。"杜塞梅尔不高兴地说。

"就算没法证明，我们假设她解开了案子并由此推导她的思路，我想也不是白费工夫。如果能直接推导出凶手，那当然最好。就算推导不出来，也能理理手头的线索，总归有点好处。"

"那好吧，我今天正好有空，可以陪你们推导。但是井森，你别忘了，要是二十四小时内不解开案子，比尔就得偿命。"

"那不是开玩笑啊？"

"我这人不喜欢开玩笑。"

井森叹了口气。

"在玛丽的遗体出现前，斯克德里一直认为她是凶手，这点没错吧？"

"她虽然没有断言，但应该认为她嫌疑最大。"井森回答。

"她为什么这么想？"

"因为玛丽的不在场证据实在太有利了。"

"也就是说，斯克德里认为她的不在场证据是假的？"

"可玛丽并不是凶手，所以她的不在场证据没问题。"杜塞梅尔说。

"你为什么这么想？"礼都问。

"因为玛丽不是凶手，所以她没必要伪造不在场证据啊。"

"我不是在讨论证据真伪，我是想问你，为什么认为玛丽不是凶手？"

"玛丽不是已经遇害了吗？"

"没错，是遇害了，但这跟玛丽是不是凶手没关系吧？"

"杀了玛丽的人是杀人犯。"

"你说得没错。"

"只要玛丽没有巧妙地将自杀伪装成他杀，那么杀死玛丽的就不是她本人。"

"我赞成。"

"因此，玛丽不是杀人犯。论证完毕。"

"不对，完全可能有两个杀人犯。"

"两个杀人犯？那得是多巧合，才会出现两个杀人犯？"

"不是巧合。谋杀是异常的特殊事件，对吧？"

"没错，所以不可能接二连三地发生。"

"恰恰相反。只要有一个异常事件，很容易就会诱发更多异常事件。比如一个人杀了另一个人，如果被人看到了，凶手就可能要除掉目击证人。或者目击者反杀了凶手。也有可能是出于正当防卫杀了凶手。"

"也就是说，玛丽行凶时被人发现，接着那个目击者又杀了玛丽？"

"刚才我说的只是假设。虽然不清楚实际情况，但玛丽完全可能是凶手，也有可能在行凶后被另一个人杀害。"

"你说的另一个人是谁？"

"我也不清楚。"

"那这就全是空谈。"

"也不尽然。如果玛丽是谋害克拉拉的凶手，那她就用某种诡计伪造了不在场证据。只要能破解那个诡计，应该就能看清案子的全貌。"

"就算这样好了，可我们干吗要费这个劲？下次去霍夫曼宇宙直接问斯克德里不就好了？"

"斯克德里也许还不打算公开自己的推理。听你们的描述，她做事异常谨慎，甚至近乎神经质。在百分百确定之前，她应该不会把推理结果告诉任何人。"

"那我们就等到她百分百确定不就行了？"

"我可以理解为，在斯克德里百分百确定前，你都不会处死比尔吗？"井森问。

"二者无关。二十四小时内找不到凶手，你就得偿命。"

"果然。"井森感到愕然，"那我们就只能用有限的线索推断凶手了。"

"没错，但那不归我负责。"

"这我知道。"井森愤愤不平地说。

"好了，快想吧，这可事关你的命，玛丽到底用了什么诡计？"

"你问我，我怎么知道？线索实在是太少了。"

"斯克德里不就想到了吗？难道她有你不知道的线索？"

"我觉得应该没有。比尔几乎跟她形影不离，她的所见所闻就是比尔的所见所闻。"

"既然如此，推理的素材应该已经齐了。"

"可我实在没主意啊……哦，对了。"

"你想到什么了？"

"我为什么被杀了三次啊？"

"因为你蠢。"杜塞梅尔说。

"不，我问的是凶手的理由。"

"第一次不是被杀，是被卷进了事故吧？"

"那就除去第一次。第二次是我查看陷阱底部的时候。"

"会不会是担心你发现什么？当然也有可能是因为别的。"

"第三次是我在洞底捡到一封信的时候。"

"也就是说，凶手可能不希望你看到那封信。"

"你能复述一下信的内容吗？"杜塞梅尔似乎产生了兴趣。

……如果我真的死了，请去找克拉拉。不要在意玛丽……

"这是谁写的？"

"不是客拉拉吗？"

"她让你在她死后找她？"

"是说遗体吧？"

"可如果我们知道她死了，就证明已经找到遗体了啊。"

"哦，对了，她写的不是自己，是那边的克拉拉。也就是说，她叫我们找霍夫曼宇宙的克拉拉的遗体。"

"对啊，也就是说，信的收信人应该知道霍夫曼宇宙。"

"当然了，毕竟连玛丽都说到了。"

"玛丽这名字很烂大街，随处可见。"

"在日本？"

"最近流行取各种名字啊，艺名啊，真名啊，笔名啊，也可能是网名。"

"别争了。总之，那封信可能是写给井森或者杜塞梅尔的，没意见吧？还有别人吗？"

杜塞梅尔和井森都摇摇头。

"那么，克拉拉的遗体上有什么特征吗？"

"还没找到克拉拉的遗体。"井森回答。

"真的？"

"真的。"杜塞梅尔回答。

"那必须马上找到。"

"可我们在这边无能为力。"

"当然是要在霍夫曼宇宙找啊。"

"可是已经找到玛丽的遗体了。"

"信上不是说了不用在意玛丽吗？"

"是没错。不过她为什么要那么写？"

"也许那句话前后提到了原因。"

"有可能。"井森陷入了沉思，"不过还是太奇怪了。她为什么要刻意提玛丽，又叫我们别在意？如果真的无须在意，根本不用提啊。"

"换言之，她的本意难道是'必须在意玛丽'？"

"怎么听着有点像搞笑艺人的台词？"

"那是啥？"

"你不知道吗？'别推我！'这样的。"

"无聊透顶。"

"可能客拉拉推测会被玛丽看到吧，也可能她是被玛丽威胁写的。"杜塞梅尔说。

"如果是前者，那么显然客拉拉认为玛丽很蠢。如果是后者，那么玛丽就真的很蠢。"

"不管怎么说，这都意味着玛丽在地球有化身。"礼都说，"如果能查到那个人与客拉拉的关系，也许就能明白什么。"

"井森，快把玛丽的化身找出来。"

"你这叫我怎么找啊？"

"那有什么难的，肯定是最近意外死亡的人啊。"

"我是很想查啦，但我没时间。"

"二十四小时还不够吗？"

"其实斯克德里夫人也托我办事了。"

"什么事？"

"她要我去鉴定一下陷阱里血迹的 DNA。"

"现在搞这个还有什么用？那不是客拉拉的血吗？"

"斯克德里夫人认为有用。"

"DNA又不要你亲自鉴定，你只要削一块木片下来寄给鉴定公司就行了。"

"那倒也是。不过我得进洞出洞，还要联系公司，怎么也得花上一天。"

"无论怎么想，都该先找玛丽的化身吧？"

"那DNA鉴定可以托给礼都小姐吗？"

"为什么要我去？当初说好了我只当顾问，不参与调查啊。"

"抱歉，这次你就答应吧，我给你追加报酬。"

"这样的话，倒也行。找哪家公司？"

井森拿出鉴定公司的联系方式递给礼都。

"那我现在就去。"礼都离开了办公室。

"好了，你也快去找玛丽的化身吧。"

"可以，不过你先答复一下斯克德里夫人托付的事吧。"

"分析客拉拉的血液不是交给新藤女士办了吗？"

"不是说那个，是斯克德里夫人直接托付你的事。"

"哦，你说那个啊。"

井森点点头。"对，就是将客拉拉坐轮椅去过的地点全列出来，做成一览表那件事。"

"那个还没做完，我想今天之内能给你。"杜塞梅尔忍着哈欠说，"可是斯克德里究竟在想什么？一会儿要鉴定DNA，一会儿要查客拉拉去过的地方。这些能解开案子吗？"

"她说这些都是组成推理的重要片段。"

"她该不会是在拖时间吧？你记得告诉她，我定了时限的。二十三小时内抓不到凶手，我就要处死比尔。"

"刚才不还是二十四小时吗？"

"已经过去一小时了。"

"怎么可能？顶多过了三十分钟。"

"四舍五入就是一小时。"

"难道你以为只要煽动焦虑，别人就什么都肯做？"

杜塞梅尔含笑不语。

17

```
现在已知的信息
（据井森的《化身关联图》整理）：

地球 —— 奇境之国 / 霍夫曼宇宙
井森 —— 蜥蜴比尔
露天客拉拉 —— 克拉拉
杜塞梅尔 —— 杜塞梅尔
（露天客拉拉的叔父）  （克拉拉的叔叔）
汽车里的老鼠 —— 凶鼠（？）
诸星 —— 拿但业
？ —— 斯克德里夫人
新藤礼都 —— ？
？ —— 玛丽（人偶）
```

"比尔，井森执行了你的传话吗？"斯克德里对忠诚的蜥蜴说。

"当然啦，斯克德里夫人，井森照你说的做了。"

斯克德里满意地笑了。

与此同时，杜塞梅尔却不高兴地皱起了眉。

"你干吗要把我带到这种憋屈的地方来？"

"不是你不愿意在自己家谈话的吗，法官？"

"我是这么说过，但你也不能因为这就把我带到这种地方来吧，夫人？"

"我会解释原因的。不过在那之前，请让我先介绍这里的居民。首先，这位年轻人是我养女的长子，名叫奥利维·卜鲁森。"

"你好。"诚实可靠的奥利维向杜塞梅尔伸出了手。

杜塞梅尔哼了一声，不跟他握手。

"这位小姐是奥利维的未婚妻，名叫麦德隆·卡尔迪亚。"

可爱的麦德隆欠了欠身，杜塞梅尔似乎也毫不心动。

"最后这位是麦德隆的父亲，儒勒·卡尔迪亚。"

"哦，您就是那位有名的金匠儒勒·卡尔迪亚吗！"不知为何，杜塞梅尔竟对这位卡尔迪亚有了强烈的反应。

卡尔迪亚瞪了一眼杜塞梅尔。"你这假发真够奇特的。"

"您说这顶玻璃假发吗？"

"我肯定不会用玻璃做假发，而是用黄金。怎么样，你要我做给你看看吗？"

"哦，您愿意出于兴趣做一顶给我吗？"

"怎么可能？这可是我吃饭的手艺，当然要收钱。"

杜塞梅尔摆了摆手。"那就不用了，我喜欢玻璃的。"

"应该都打过招呼了吧？"斯克德里说。

"夫人，你到底要在这儿干什么？"杜塞梅尔问。

"跟往常一样呀，在这儿开会查凶手。"

"可这些人都是无关人士。"杜塞梅尔毫不掩饰他的烦躁。

"没错。"

"那为什么要把调查机密透露给他们？"

"秘密调查的阶段已经结束了，毕竟已经出现了牺牲者。"

"已经出现两名牺牲者了，你肯定很自责吧？"

"从我开始调查到现在，只有一人死亡。"斯克德里说。

"夫人，你该不会想说，只有一名死者所以无须付出代价吧？"

"我当然不是那个意思啊，法官。"

"我已经对那边的野兽说了……"杜塞梅尔说。

"你说的野兽，是指这只蜥蜴吗？"卡尔迪亚问。

"这座房子里长得像野兽的只有它吧？"

"这家伙不是野兽。"

比尔高兴地抬起头。"哎？你不把我当成野兽吗？"

"这家伙才不是野兽，"卡尔迪亚皱着眉看向比尔，"它只是只虫子。"

"虫子？"杜塞梅尔认真地凝视比尔。

"我不是虫子，虫子应该有六条腿。"

"你说的是昆虫，我知道你不是昆虫。"卡尔迪亚说。

"可虫子不就是昆虫吗？"

"虫本来指的是人、兽、鸟、鱼、贝以外的动物。昆虫不过是虫的一种。人就是人，兽是人以外的哺乳动物。鸟和鱼你都知道吧？照这个分类，不属于贝的软体动物就全都是虫。"

"那我是什么虫？"

"想想就知道了，你是爬虫。"

"原来如此！"

"你知道蛇也叫长虫吧？而且蜥蜴两个字都是虫字旁。"

"这样啊，我学到了！原来我不是兽，是虫。"

"既然知道了就给我闭嘴，你这虫子！"卡尔迪亚骂道。

"父亲，您这样说太过分了。"麦德隆说，"这位蜥蜴先生能解人言，所以不该被蔑称为兽或者虫。"

"我没有蔑称。那家伙是虫，所以我只是用了正确的称呼。这跟称人为人没什么不同。"

"可是'虫子'这个词有贬义。"

"算了，麦德隆。"奥利维说，"父亲说的是理论，只要我们把比尔当朋友就够了。"

"把虫子当朋友？少说蠢话！"卡尔迪亚举起拐杖打向奥利维。

"快住手，卡尔迪亚！"斯克德里强硬地说，"奥利维是我的家人，麦德隆也相当于是我的家人。另外，比尔是我的好朋友。"

"蜥蜴是夫人的朋友？恕我失礼，这玩笑可开大了！"卡尔迪亚嗤笑道。

"卡尔迪亚先生，我现在在调查杀人案，没工夫应付你。"

"我看也是。"

"此案结束后，我可能会查查这一带的强盗杀人案。"

"随你的便。你干吗要专门告诉我？"

"不为什么，我只是想通知你一声。"

"我到底还要跟这帮下等人在一起待到什么时候！"杜塞梅尔不耐烦地说。

"在我说完之前，他们都要待在这里。"

"这有什么意思吗？"

"他们是证人。"

"什么证人？"

"我接下来要证明的事的证人。"

"既然你能证明，夫人，那还要证人干什么？"

"因为我要证明的内容比较特殊，只能证明一次。因此，我要他们见证那只有一次的证明，成为我的证人。"

"搞得好复杂啊。"

"这起案子里，充满了出人意料的微妙的诡计和错觉。要解开错综复杂的细毛线团，就需要更纤细的手指，这点你同意吗？"

"我赞同你这句话，但这不过是纯粹的比喻。案子不是错综复杂的细毛线团。"

"比喻当然不是现实，但准确的比喻能帮人们理解现实。"

"别讲大道理了，赶紧证明吧。"

"当然可以。"斯克德里说，"比尔，你刚才说，井森照我的吩咐做了，对不对？"

"对啊，我说过了。"

"法官，比尔说的话没错吧？"

"哦，你说分析陷阱里的血液？的确做了。"

"只有这一样吗？"

"什么？"

"井森拜托你的事，只有这一样吗？"

杜塞梅尔没有回答，只是默默地看着斯克德里。

"法官，怎么了？听不懂我的问题吗？"

"你在谋划什么？"杜塞梅尔说。

"你为什么说我在谋划？"

"我猜你接下来要对我发起质询，只要我答错了一个问题，你就要大闹特闹，把我说得像犯了重罪一样。"

"你为什么这么想？"

175

"夫人，你进了死胡同。"

"是吗？"

"既然解不开案子，那就只有制造凶手，不是吗？"

"你在说你自己吗？我记得你已经放出话来，二十四小时内不解开案子，就要把比尔当成凶手。"

"那不是制造凶手。如果比尔是凶手，一切都说得通。"

"没有合理的理由支持比尔是凶手。"

"我是法官，我说合理就合理。"

"果然现在最焦虑的是你呀。我可以跟你担保，我不认为你是凶手，而且无论你怎么回答，我都不会断言你是凶手。这里的四位证人都听见我说的话了。"

"三位，虫子不算证人。"杜塞梅尔说。

"杜塞梅尔夫人，虫子应该叫'证虫'吧？"比尔说。

"我知道了，那就除去比尔。"斯克德里说，"那么我再重复一遍刚才的问题：井森托你做的事，只有分析陷阱里的血液吗？"

"应该是。也许还有别的琐事，但大事只有这一件。"

斯克德里点了点头。"杜塞梅尔，你一直以来都表现得相当不错。所以我直到最近，都没发现有什么问题。但是我心里突然冒出了一个怀疑。于是我为了确认那个怀疑，拜托了比尔。经过刚才的对话，这个怀疑已经有了答案。比尔，我托你转达给井森的话是什么，请你说给在场所有人听吧。"

"斯克德里夫人是这么跟我说的：'我托霍夫曼宇宙的杜塞梅尔梳理一下客拉拉坐轮椅去过的地方，做成一览表。等周围没人的时候，你问问那边的杜塞梅尔，是否做完了。'"

"这只蜥蜴在说什么？"杜塞梅尔说。

“它的话应该很好理解，你听不懂吗？”

“我知道话的意思，但这只虫子在说谎。”

“说什么谎？”

“‘梳理一下客拉拉坐轮椅去过的地方，做成一览表’那里，我不记得自己答应过这种活。”

“没错，那是谎话。”斯克德里微笑道，“但比尔没有说谎，是我说了谎。比尔只是相信了我的谎言，而井森似乎察觉到了谎言的真正意图。”

“夫人，真没想到你竟会说谎！”

“只要是为了正义，我也会说谎。”

“为了正义？这不过是耍人玩吧？”

“夫人，这究竟是怎么回事？”奥利维困惑地说，“你骗了比尔吗？”

“是的，比尔，真对不起。”

“没关系，因为井森一下就看出是谎话了。”

“你为什么要说马上就会败露的谎话呢？”麦德隆问。

“为了让井森采取正确的行动，我必须保证谎言很容易败露。”

“那你完全可以一开始就把真相告诉比尔呀。”

“不能把真相告诉比尔，因为比尔不会撒谎。我必须保证谎言不会被比尔发现，但又很轻易就能被井森发现。”

“这不是胡闹吗？”卡尔迪亚说，“好好的人说什么谎？真是无聊透顶。”

“这次我赞成这个犟驴金匠的话。骗一只蜥蜴有什么意思？”

“骗比尔只是手段，不是目的。”

“那我问你，你的所谓目的达成了吗？”

"当然达成了。比尔，井森问客拉拉坐轮椅去过的地方做好一览表没有，地球的杜塞梅尔怎么回答？"

"杜塞梅尔说：'那个还没做完，我想今天之内能给你。'"

所有人都看向杜塞梅尔。

"法官。"斯克德里平静地说，"你刚才说，不记得答应过这件事，对吧？"

杜塞梅尔尴尬地点了点头。

"但是你给井森的答复，却好像答应过这件事。请问，这是为什么呢？"

"那是……"杜塞梅尔的目光竟然游移起来，"我干吗要把这只蠢蜥蜴的话当真？"

"因为比尔没聪明到能说谎。"

"它也许没说谎，但有可能搞错了。"

"这只要查一查就知道了。"

杜塞梅尔飞快地走向斯克德里，可奥利维与卡尔迪亚比他快了一步，前后挡住了杜塞梅尔。杜塞梅尔受到阻碍，指头只能够到比尔的头，比尔的脑袋像橘子皮一样裂开了。

"证据可以消灭。"

"你现在抹除比尔的记忆也没什么用。比尔的证词不过是怀疑你的契机。一开始只是我心中有些许怀疑，为了确认，我才通过比尔向井森转达了那句话，结果证实我的怀疑果然没错。现在在场所有人都产生了这个怀疑。到了明天，怀疑恐怕会扩散到整个霍夫曼宇宙。如此一来，你的秘密就大白于天下了。"

"就算你再怎么厉害，也没法同时篡改这么多人的记忆吧？"卡尔迪亚拔出了短剑。

"原来如此，那我就束手就擒吧，反正也不是什么值得舍命守住的秘密。"

"好了，快把比尔恢复原状。"

"先让这个人收起短剑。被刀子顶着喉咙，我会分心，做不了事。"

"卡尔迪亚，请你收起短剑。"斯克德里说。

卡尔迪亚没动。

"我只要说这家伙想谋害夫人就行了，"卡尔迪亚说，"这样就可以算正当防卫了。"

"你认真的吗？"杜塞梅尔开始挪动，"难道你有什么除掉法官的动机？"

"卡尔迪亚，我叫你收起短剑。"

奥利维也转向了卡尔迪亚。

"别在意，只是个玩笑。"卡尔迪亚收起了短剑。

"这种玩笑对心脏不好。"杜塞梅尔灵巧地修复了比尔的头。

"哇！刚才出了什么事？我死了吗？"

"你死了怎么还能说话？"卡尔迪亚恶狠狠地说，"虫子！"

"也是，死虫不会说话。"

"比尔，你不用把自己当成虫子。"麦德隆温柔地说。

"为什么？"

"不为什么呀。如果比尔这么想，也太可悲了。"

"可麦德隆把自己当成人，我就不觉得可悲呀。"

"因为我就是人。"

"那我也是当之无愧的爬虫呀。"比尔挺胸道。

"好了，言归正传吧。"斯克德里说，"为什么地球的杜塞梅尔说他答应过我的委托？答案很简单，因为他不知道霍夫曼宇宙的杜塞梅尔有没有答应过。也就是说，霍夫曼宇宙的杜塞梅尔与地球的杜塞梅尔没有共享记忆。换言之，地球的杜塞梅尔并非霍夫曼宇宙的杜塞梅尔的化身。这一手实在是太高明了。"

"本来挺好玩的游戏，可惜败露了。"

"游戏？"

"就是游戏。说到底，都怪比尔认错了人。我就是要耍它，没别的意思。"

"你坚持说是游戏吗？"

"实际就是这样，那有什么办法？"

"我懂了，"斯克德里说，"既然是游戏，那就没必要继续隐瞒了。地球的杜塞梅尔究竟是谁的化身？"

18

现在已知的信息
（据井森的《化身关联图》整理）：

地球 —— 奇境之国／霍夫曼宇宙

井森 —— 蜥蜴比尔

露天客拉拉 —— 克拉拉

？ ——杜塞梅尔 —✕— 杜塞梅尔—— ？
（露天客拉拉的叔父）　　　（克拉拉的叔叔）
汽车里的老鼠 —— 凶鼠（？）

诸星 —— 拿但业

？ —— 斯克德里夫人

新藤礼都 —— ？

？ —— 玛丽（人偶）

"新藤小姐，我有话想跟你说。"井森叫住了正要进办公室的礼都。

"哎呀，你在等着偷袭我吗？"礼都说，"我可不喜欢小弟弟。"

"不是那种事。"

"你肯定是看到我的反应后，临时改了话题。"

"不，我真的不是想说那种事。"

"不管是不是，我都不想跟你谈私事。"

"不是私事。"

"那就是跟案子有关的事？"

"没错。"井森点点头。

"既然如此，那就当着杜塞梅尔的面谈吧。"礼都说完就要往前走。

"请等一下，我不想让杜塞梅尔老师听到这件事。"

"我不懂你什么意思。是杜塞梅尔聘我参与调查的，我怎么能不先知会金主就擅自行动呢？"

"新藤小姐有可能只是被杜塞梅尔老师利用了。"

"这当然了，他都出钱了，如果不是为了自己的利益，这怎么说得过去？"

"我懂了，那我直说吧。杜塞梅尔老师极有可能跟客拉拉小姐被谋杀有直接关系。"

"你说杜塞梅尔是凶手？"

"不，他可能不是凶手。"

"也是，毕竟凶手雇人查自己犯的案子也太诡异了。那他是干了什么？"

"你愿意听我说吗？"

"这次算是例外中的例外。不过要是听了你的话，我觉得该汇报给杜塞梅尔，那我就会汇报，可以吗？"

井森犹豫了，他实在猜不透礼都的真实想法。如果她向杜塞梅尔汇报自己的推测，情况会变得多糟？可话说回来，反正她已经知道了自己的意图，再多承担点风险应该也没什么吧？

"好吧，听凭你自己的判断。"

"那你说吧。"

"我问杜塞梅尔老师：'斯克德里夫人托你做的资料，就是客拉拉坐轮椅去过的地方的一览表，你做好了吗？'"

"她要那种东西干什么？"

"不干什么，斯克德里夫人只想知道杜塞梅尔老师的反应。事实上，夫人并没托过他做这个。"

"也就是说，她想用谎言陷害杜塞梅尔？"

"是的。果然，杜塞梅尔老师为了搪塞过去，这么回答我：'那个还没做完，我想今天之内能给你。'"

"原来如此。就是说，地球的杜塞梅尔并不知道斯克德里对霍夫曼宇宙的杜塞梅尔说了什么。"

"没错。如果杜塞梅尔老师是杜塞梅尔法官的化身，两人应该拥有同步的记忆。既然没有记忆，那就证明——"

"地球的杜塞梅尔与霍夫曼宇宙的杜塞梅尔不是一个人。"礼都淡淡地说。

"莫非你早就知道了？"

"什么？"

"地球的杜塞梅尔与霍夫曼宇宙的杜塞梅尔不是一个人。"

"我才知道啊。"

"可你并不怎么惊讶呀。"

"虽然我没想到，但可能性也不低，所以不值得惊讶。"

"所以我想跟你谈谈，接下来怎么跟杜塞梅尔老师相处。"

"地球的杜塞梅尔有没有可能已经知道你发现了他的秘密？"

"霍夫曼宇宙的杜塞梅尔与地球的杜塞梅尔不是一个人，所以只要他们还没接触，这个消息就不会传过来。斯克德里夫人只对自己的亲人公开了秘密，并且杜塞梅尔正在被监视，所以这事应该不会在霍夫曼宇宙传开。"

"监视杜塞梅尔的人里面，也许就有地球杜塞梅尔的本体。"

"嗯，也不是没可能。但他们都是斯克德里夫人亲自挑选的，概率应该不太高，不用多心。我担心的是，杜塞梅尔的真化身可能也在地球，并且可能已经把消息告诉了杜塞梅尔老师。"

"这个可以不用担心。"

"为什么？"

"如果他在地球上有真化身，那他何苦还要编一个假化身呢？一点好处也没有。"

"换言之，杜塞梅尔没有地球化身，所以才用了假化身？"

"极有可能。"

"可他为什么要这么干？"

"也许他希望别人认为他是连接地球与霍夫曼宇宙的关键环节之一？"

"那他为什么希望别人这么想？"

"这就得问本人了。是杜塞梅尔提出地球与霍夫曼宇宙间有联系的，对吧？"

"是的。"

"那么如果他的化身也在地球，就能提高可信度了。"

"也就是说，这只是杜塞梅尔的个人问题，与克拉拉谋杀案无关？"

"也不敢说绝对无关，只是缺乏进一步推断的材料。"

"那你觉得该怎么办？"

"最好的办法是让霍夫曼宇宙的杜塞梅尔老实交代。"

"可他死都不肯开口。也不是说一言不发，就是坚持说他不知道地球杜塞梅尔的本体是谁。"

"他不知道本体是谁，怎么跟他接触呢？"

"好像有什么秘密的联系方法。"

"什么秘密方法？"

"因为是秘密，所以他不肯说。"

"那就给他点颜色瞧瞧。"

"霍夫曼宇宙也有法律啊。"

"既然那边的杜塞梅尔不说，只能让这边的假化身招了。"

"能行吗？"

"只要我们联手就行。"

"那要怎么做呢？"

"跟你上次的做法一样，从他口中骗出情报。"

"可具体该怎么做啊？"

"当然要临机应变了。好了，我们走吧。"礼都说完，转身走向了教授办公室。

井森慌忙跟了上去。他还在犹豫究竟能不能信任礼都。她的确头脑聪明，只是搞不清她的目的是什么。他猜到可能是为了钱，但这样的话，她随时都可能退出调查。

走进办公室，杜塞梅尔正坐在桌旁用电脑。

"怎么回事，你们俩居然一起来，真稀罕啊。"

"正好在外面碰见了。"井森说。

"正好？"杜塞梅尔露出怀疑的表情。

"井森在外面等我的。"礼都说。

"啊？"井森瞪大了眼睛。

"你为什么要等新藤小姐？"

"呃，我有点事想跟她商量……"

"跟她商量？这太奇怪了。"

"是吗？"

"条件是什么？她可不是那种免费帮忙的人。"

"别这么说，新藤小姐也有优点的。"

"就是，我有很多优点。"礼都说，"但绝对不会免费帮忙。"

唉，她为什么要这么说呢？她可能自有计划，可我完全猜不到是什么。照这样下去，我只能一直胡说八道，继续装傻了。哦，对啊，这可能就是她的目的。她一定是希望我装傻，好让杜塞梅尔教授放松警惕。

"那么，井森到底找你干什么？你特地提这事，就是想告诉我，对吧？"

糟了，我没主意了。新藤小姐，交给你了。井森看向礼都。

"哦，就是斯克德里已经知道你不是杜塞梅尔的化身了。"

"啊……"井森哑然。

"哦，这样啊。"

"新藤小姐，你怎么说出来了？"

"反正他迟早会知道。因为地球杜塞梅尔的本体肯定在霍夫曼宇宙，而且跟那边的杜塞梅尔暗中有联系。要是联系断了，那边肯定会怀疑出事了。"

"原来如此，难怪那边没联系了。"杜塞梅尔说。

"你的本体是谁？"礼都问。

"有必要说吗？"

"要是不说，你就会被怀疑。"井森帮腔道。

"怀疑我什么？"

"怀疑你是谋害克拉拉的凶手。"

"你认为我杀了克拉拉？"

"我不是那个意思，只是想说你如果隐瞒会招致怀疑。"

"只是怀疑的话，那悉听尊便。还是说，你有证据证明我是凶手？"

"我没有证据，但要是你想洗清怀疑，就该说实话。对吧，新藤小姐？"井森向新藤寻求认可。

"为什么？要是我的话肯定不会透露本体的身份。如果我是无辜的，等于平白遭受了一场无妄之灾；如果我是凶手，那就更不希望被人盘问了。"

听了她的话，井森突然反应过来。

"啊！新藤小姐，难道你在帮杜塞梅尔老师说话？"

"当然啊，我凭什么要帮你呀？"

糟了，早知道不告诉她了。不过事已至此，后悔也没用了。

"好吧，全是我的错。"

"不管怎么说，凭你一个人也斗不过杜塞梅尔。"

"老师，你是在哪儿认识霍夫曼宇宙的杜塞梅尔的？"

"如果我说了，那不就成了猜本体的线索了？"

"是我……是比尔认识的人吗？"

"恕不奉告。"

"那你要我查谋害克拉拉的凶手，这事算是作废了？"

"你不想做大可以放弃。"杜塞梅尔说。

"只不过比尔会被判死刑。"礼都嘀咕道。

"为什么？霍夫曼宇宙的杜塞梅尔已经被捕了呀。"

"杜塞梅尔不是罪犯，也没被捕，他是主动留在了斯克德里那边。只要愿意，他随时可以走进政府大楼，签死刑执行书。"

"杜塞梅尔杀了比尔也没什么好处吧？"

"有一个好处，复仇。"

"比尔没对他做坏事呀。"

"它跟斯克德里一起揭穿了两个杜塞梅尔间的秘密。"

"比尔只是照斯克德里夫人的吩咐行动而已。"

"这只是借口。"

"那我该怎么办？"

"找到真凶不就得了？"

"要是那么简单，我也就不用苦恼了。"

"斯克德里不是已经心里有数了吗？"

"这点我也开始怀疑了，她好像认为杜塞梅尔是凶手。"

"依据是？"

"他让一个并非自己化身的人伪装成了自己的化身。"

"这件事上杜塞梅尔的确耍了花招，但这跟克拉拉的谋杀案毫无关系。"

"这么一来，调查就回到起点了。"井森抱住了头。

"比尔不是跟着斯克德里去找了很多人谈话吗？把那些人的证

词比对一下，能看出什么吗？"

"杜塞梅尔和科帕留斯都能修改他人的记忆，那些证词有多可靠实在难说。"

"那把有记忆篡改痕迹的人的证词忽略掉就行了啊。"

"有道理。额头皱纹错开的人有……斯塔布鲍姆、玛丽、弗利茨、托蒂、潘德隆、皮利帕特、拿但业、洛塔尔、斯帕兰札尼、小杜塞梅尔。差不多就这些。"

"玛丽也有记忆被篡改的痕迹吗？"

"嗯。"

"那就不该把她列为嫌疑人。要是她一开始就受了杜塞梅尔的影响，那她就不可能杀人。"

井森陷入了沉思。"如果杜塞梅尔不是凶手，那么被他篡改了记忆的人也都不是凶手。如果杜塞梅尔是凶手，那么真凶就是杜塞梅尔自己，其他人不过是被他利用了。这样一来，这十个人就无法成为证人，也不会是真凶。"

"你还漏掉了很重要的东西。"杜塞梅尔说，"你去了那么多次犯罪现场，什么都没看到吗？"

"你是说陷阱？"

"我本来想等你自己发现的，现在就大发慈悲告诉你吧。跟我来。"

"我不用去吧？"礼都说。

"随你，来不来都行。"

井森与杜塞梅尔来到陷阱前。

"你知道木刺上沾着血吧？"

"嗯，分析结果如何？"井森问。

"DNA鉴定结果显示那就是客拉拉的血。这是报告单。"地球的杜塞梅尔将报告单递给井森。

"那么，客拉拉的遗体果然被人从这里搬走了。"

"当然。"

井森目不转睛地看着木刺。

"你发现什么了？"

"染血的方式。如果扎死了人，洞底应该留有大量血迹。就算跟土混在一起那些难以辨认，木刺根部也应该有更多痕迹。可这些木刺上的血只有从尖端流下去的痕迹，就像有人从顶上浇下去似的。"井森回头说。

背后没人。

糟了，被他跑了。井森后悔莫及，然而于事无补，毕竟想抓他恐怕很难。但他还是很不甘心，决定再到洞底调查一番。

他向洞口探出身子。背后忽而传来一阵气息。又来了——想法闪过的瞬间，脖颈一阵剧痛。他挣扎着回头，一个黑衣人已经跑开。井森摸了一把脖子，血流如注，颈动脉开了口。下一个瞬间，他就什么都不知道了。

19

现在已知的信息
（据井森的《化身关联图》整理）：

地球 —— 奇境之国 / 霍夫曼宇宙

井森 —— 蜥蜴比尔

露天客拉拉	—— 克拉拉
杜塞梅尔 （露天客拉拉的叔父）	—— ？
？	—— 杜塞梅尔 （克拉拉的叔叔）
汽车里的老鼠	—— 凶鼠（？）
诸星	—— 拿但业
？	—— 斯克德里夫人
新藤礼都	—— ？
？	—— 玛丽（人偶）

"这样啊，你真是太惨了。"斯克德里安慰比尔道。

"这家伙的化身脑子没问题吧？究竟要在同样的地方被杀多少次才够啊？"卡尔迪亚说。

"井森是个优秀的人才，只是多少有点反应迟钝。"

"是对方动作太快了。"比尔说。

"不管怎么说，凶手杀井森不过是一时拖延之计。我已经找到了各个谜题的答案。比尔，请你把相关人员请到广场去吧。"

"嗯，我知道了。"比尔一动不动。

"比尔，你不是说知道了吗？"斯克德里问。

"嗯，我说了。"

"那你知道什么了？"

"'请你把相关人员请到广场去'的意思。"

"那你为什么不立刻行动呢？"

"相关人员是什么呀？"

"对哦，就是这里的杜塞梅尔法官、卡尔迪亚、奥利维和麦德隆，另外再叫上斯塔布鲍姆、弗利茨、小杜塞梅尔、托蒂、潘德隆、皮利帕特、洛塔尔、斯帕兰札尼、奥林匹亚、艾塞姆斯、赛芬蒂娜，差不多就这些吧。如果你能想到其他人，就一起带上。"

"我想到了一个人。"

"谁呀？"

"新藤礼都。"

"那个人不是在地球吗？"

"嗯。"

"我们没法把她从地球带过来。"

"真的吗？我怎么不知道？"

"这下你掌握的知识又增加了。好了，快去叫大家过来吧。"

比尔跑开了。

杜塞梅尔笑了起来。"怎么，它现在还没弄清楚如此基本的法则？夫人，你竟让那种家伙当助手，我实在难以理解。"

"比尔帮了我很多忙。查清凶手的功劳，一半以上都应该属于比尔。"

"你刚才说什么？"

"功劳一半以上属于比尔。"

"不对，前面那句。"

"比尔帮了我很多忙。"

"你故意的吗？我说你查清了凶手那句。"

"是的。我基本上一开始就确定了凶手，虽然玛丽被杀这事影响了调查，但也很快就解决了。"

"真的吗？我很怀疑。"

"真的。"

"既然是真的，那就立马说出凶手的姓名吧。"

"要等相关人员集齐后，我才会公布凶手身份，这样才能最大程度防止对方毁灭证据或是逃跑。"

广场上聚集了一大群人。不仅是直接相关人士，连纯粹看热闹的人都来了不少，一时间气氛宛如过节。小贩们瞅准机会摆开了摊子，争分夺秒地做起了生意。

斯克德里走向广场中央。人群为她让路，待她行至中央停脚，周围已空出了一片圆形的空间，就像专门为她而设的舞台。

斯克德里环视四周，清了清嗓子，听众顿时安静下来。

"各位，这几天来，霍夫曼宇宙（这是杜塞梅尔法官起的名字）的这个区域里发生了杀人事件，造成了很大骚动。在我接受了调查的委托后，仍旧出现了受害者，为此我感到十分遗憾。但是，今天我要告诉大家，这个案子的凶手身份已经确定了。"

凶手身份已经确定——话音至此，人群立刻爆发出议论声。

"请安静。"斯克德里说。

"既然你知道凶手是谁，就赶快告诉我们吧。"赛芬蒂娜说。

"不要着急，赛芬蒂娜，我要按顺序解说整个案子。"

"你要解释很长时间吗？"皮利帕特问，"要是太无聊，我可以回家吗？"

"不，皮利帕特，请你听到最后。因为我必须当着所有相关人员的面，一步一步验证自己的推理。"

"不好意思，能让我说句话吗？"卡尔迪亚说，"夫人已在脑中完成了推理，并且知道凶手是谁，对不对？"

"是的。"

"那这就只是单纯的仪式了。"

"没错，也可以这样认为。"

"可仪式有什么意义呢？"

"仪式非常重要。成人仪式和结婚仪式是开始人生新阶段的心理转变过程，葬礼和法事则是缅怀已故之人，为在世之人带来慰藉的仪式。"

"那今天这个仪式有什么意义呢？"

"如果我突然在这儿丢出凶手的名字，必然会激发人们强烈的情绪。被情绪支配的人，行动往往不可预测；相反，保持理性的人，行动就会克制又合理。如果在约法三章的情况下揭开凶手身份，人们应该就能做出更理性的行动。"

"也就是说，你担心凶手会被人们处以私刑？"

"不仅是私刑。我还担心人们过分同情凶手，甚至企图放走凶手；或者同情心失控，引发模仿犯罪。"

卡尔迪亚耸耸肩。"那应该是你想多了。不过，既然你一定要搞个仪式，我也不会阻止。速战速决吧。"

"谢谢你，卡尔迪亚。"斯克德里道了谢，"好了，请允许我先解释一下目前的情况。这里要事先说明的是霍夫曼宇宙与地球的关系。这几天到处都有人在讨论这事，我想没必要再讲了吧？如果还有人不懂，请举起手来。"

广场上没人举手。

"那我就跳过世界关系的解说了。"斯克德里继续道，"如果说，这里的比尔与地球的井森建这个化身之间相连，那么同样地，大家可能认为这里的杜塞梅尔法官也与地球的杜塞梅尔教授相连。可事实并非如此。我与比尔／井森合作，证明了杜塞梅尔法官与杜塞梅尔教授并不共享记忆。也就是说，这两人并非本体与化身的关系，而是完全不同的人。尽管如此，还是有人让比尔产生了错觉，认为杜塞梅尔法官的化身就是杜塞梅尔教授。"

"这点我承认。"杜塞梅尔说，"然而这只是个恶作剧，并不构成犯罪。"

"的确，将别人伪装成自己的化身并非犯罪。但你说只是单纯的恶作剧，这点果真如此吗？实际来说，你不过是骗了比尔一个人。但如果只是为了捉弄比尔，就进行缜密的商讨，并让地球杜塞梅尔进行惟妙惟肖的变装，如此大费周章，这也太不自然了。"

"你到底想说什么？"

"我想说，你的伪装肯定别有目的。这不是单纯的恶作剧，而是不惜大费周章也要达成某个重要目的。"

"原来如此，看来再瞒也没用了……我就老实说吧。我是为了证明我的化身理论才做伪装的。"

"什么意思？"

"这个计划早在我得知比尔的化身在地球之前，就已经准备好了。"

"你为什么要准备这个计划？"

"我在调查罪犯及其受害者的过程中，发现了一个奇怪的现象。他们中的几个竟然在梦境世界相识。一开始我以为只是妄想或幻觉，但后来仅凭这样无法解释的例子越来越多。两个人在这个世界明明没有接触，却传达了信息。换言之，他们在另一个世界接触并传达了信息。这说明，这个世界的人可能与另一个世界的人之间存在某种特殊关系。我进一步研究了这个现象，确定了它的存在。于是，我想公布这个现象，获得更高声望。然而我遇到了一个问题，就是我自己没有化身。"

"如果是真的，这也没办法。说到底，这为什么会成为问题？"

"因为缺乏说服力。我自身不是这一现象的体验者，如何让他人相信这个事实？"

"然而你也不是体验者，可你就相信啊。"

"我不能指望别人拥有跟我一样的洞察力。"

"你的解释很难让人信服，但先不追究了。继续说吧。"

"于是，我想到了一个主意。只要在地球伪造一个我的化身，让他跟其他人的化身接触，我的理论就可以轻松证明了。具体方法是这样的：我从在地球拥有化身的人中挑一个与我外貌相似的人，再给那个人变装，让他更像我。"

"这样的人有那么容易找到吗？"

"当然不容易。可我毫不气馁，不断寻找，最后终于找到了！"

"那是谁呢？"

"不能说。"

"为什么？"

"这也不能说。"

"现在可是发生了杀人案，你觉得这样就能搪塞过去吗？"

"无论你怎么说，我都无可奉告。再说，这事跟杀人案没有任何关系。"

"你主张此事与案件无关，对吧？"

"要是有关，请你拿出证据。"

"你的行动中有几处难以解释的地方。"

"是吗？"

"你说你找到了一个跟你样貌相仿的人做替身。"

"毕竟是替身，不像怎么行？"

"如果是这个世界的替身，那的确如此。可你想要的只是地球上的化身，那又何必要相似呢？"

"因为我推测本体与化身容貌相似。"

"但是你看看比尔，它跟井森相似吗？"

"这家伙的确一点都不像井森，可我是后来才知道有这种情况的……"

"你的意思是，万万没想到这只小蜥蜴的化身竟然是个身长两米多的大汉，对吧？"

"你说谁呢？"杜塞梅尔哼笑道，"井森连一米八都没有，顶多一米七左右。"

"是的，依我看，他大约一米七四到一米七五吧。"

"依你看？"

"对，依我看。"

"所以你的化身也在地球？"

"是的，我没说吗？"

"我没听你说过。"比尔说。

"对不起，比尔，我必须得隐瞒这个信息……对了，法官，你认为我的化身在地球，请问根据何在？"

"你说什么呢？如果你的化身不在地球，你怎么可能知道井森的身高？"

斯克德里微笑道："的确如此。如果你的化身不在地球，你怎么可能知道井森的身高？"

杜塞梅尔的脸色变了。"不对，我是从地球杜塞梅尔的本体那里听说井森的外貌特征的。"

"那么，那个人是怎么告诉你的？描述人的身高时一般会用数字。比如'一米七五左右'，或者'一米七以上'。可你却说:'井森连一米八都没有，顶多一米七左右。'显然脑中没有数字，而是回忆着井森的模样回答的。换言之，你直接见过井森。没错，你在地球也有化身。"

广场一片哗然。

"如果我在地球有化身，那我干吗还要找替身?"杜塞梅尔反驳道。

"问题就在这儿。你不能用自己的化身，必须要伪造个替身。所以，自己在地球有化身更有说服力的理由就不成立了，毕竟你在地球已经有了化身。那么，你为什么必须准备假化身呢?"

"你认为我会举手投降，老实交代吗? 若真如此，你恐怕要失望了。"

"我没指望你此时说出一切真相，也不需要你坦白。我已经掌握了所有必要的信息。多亏了对霍夫曼宇宙居民的询问，以及比尔转达的井森的证词。"

"你能证明这句话不是虚张声势吗? "

"你的假化身确定在地球见过的其他化身，只有井森和客拉拉。除此之外，还有别的化身吗? "

"我没必要回答这个问题。"杜塞梅尔打算沉默到底了。

"那就假设假化身只见过这两个人。这么一来，你的目的应该就是欺骗其中之一。可是，客拉拉很快就遇害了。如果你的目的是骗客拉拉，那么之后就没必要让假化身继续装杜塞梅尔。当然，谎言出口可能很难收回，可知道谎言的毕竟只有比尔 / 井森。就为了他一个苦心圆谎，实在不太合理。换言之，你的目标本来就是比尔 / 井森，你想让它 / 他认为假化身就是真杜塞梅尔。"

"我骗只蜥蜴能有什么好处？"

"你的最终目的不是骗比尔，而是通过比尔欺骗当时尚未定下人选的克拉拉谋杀案的调查官。"

"你胡说什么呢？那时候克拉拉还没死呢。"

斯克德里点点头。"没错，当时克拉拉还没死。但是，你认为不久之后，克拉拉就会被害。"

"你想说是我杀了克拉拉吗？"

"不，你不是行凶的人，但至少参与伪造了不在场证据。"

"你是说我是帮凶？"

"是的，你是玛丽的帮凶。"

"既然你说得如此自信，想必已解开了玛丽的诡计吧？"杜塞梅尔的气势丝毫不减。

"玛丽的诡计看似复杂，实则非常简单，甚至可以说原始。她用的诡计，就是'弄错人'。"

"你一直在说'弄错人'，到底有没有具体内容？"

"我正要开始说呢。"斯克德里异常冷静地说，"玛丽这个诡计的重点，就在于人为地让某个人弄错人。"

"某个人是谁？"

"比尔。它是诡计的关键人物。"

"啊？我？"

"你说这只蠢蜥蜴是关键？"

"你知道比尔是从别的世界到霍夫曼宇宙来的，而且它在地球上有化身。之后，你把这事告诉了玛丽。比尔同时存在于霍夫曼宇宙与地球，拥有丰富的地球经验，但在霍夫曼宇宙却是初来之人，

198

毫不了解这个世界的规则和人际关系。这样的人正适合用作诡计的关键人物。最先想到这个诡计的人是玛丽吗？还是你呢，法官？"

杜塞梅尔闭口不答。

"不说算了。依我的推测，你在地球有化身，但你没让比尔见到真正的化身。因为你的地球化身与霍夫曼宇宙的本体截然不同。你必须在地球找一个与你的本体形象一致的假化身。"

"他为什么要这么做？"卡尔迪亚问。

"为了控制比尔／井森的印象。比尔／井森熟知奇境之国与地球这两个地方，知道本体与化身不一定外形相似。但那只是奇境之国与地球的关系。它对霍夫曼宇宙与地球的关系一无所知，因此很容易就能让它相信，霍夫曼宇宙与地球之间，本体和化身拥有相似的外表和相同的名字。"

"让它这么以为有什么好处吗？"小杜塞梅尔问。

"如果霍夫曼宇宙和地球之间只有一组外形相似的人，单说那一对是本体和化身，别人不一定照单全收。但如果这样的本体和化身有两对呢？别人可能就会觉得也许是这样吧，对不对？"

"两组？什么意思？"皮利帕特公主问道。

"第一组是霍夫曼宇宙的杜塞梅尔法官与地球的杜塞梅尔教授，第二组是霍夫曼宇宙的克拉拉和地球的客拉拉。"

"可是地球的客拉拉随着霍夫曼宇宙的克拉拉一起死了，这要怎么解释？"奥林匹亚嘎吱嘎吱地晃着脑袋问。

"问得好，奥林匹亚。"斯克德里流畅地接过了话头，"你刚才说的其实是错觉。你把客拉拉与克拉拉视作了一组，因此认为客拉拉是克拉拉遇害后跟着死的。请你仔细想想，有什么证据表明客拉拉的死与克拉拉的死有关吗？"

"如果客拉拉不是克拉拉的化身，那她为什么死了？"洛塔尔问。

"'客拉拉为什么死了？'这个问题有两种理解方式。第一种，是问客拉拉的死亡原因；第二种，是问客拉拉的死亡目的。"

"'死亡目的'是什么意思？不是应该说'谋杀目的'吗？"

"不，是'死亡目的'。"

"你是说，客拉拉为了达到某种目的，故意自杀了？"

斯克德里点点头。"这么想更合理。"

"可是，真的有什么目的值得用自己的死来交换吗？"

"假设客拉拉的本体在霍夫曼宇宙，而客拉拉只是单纯的化身，那就不是真正的死亡，只是暂时的死亡。"

"可你刚才不是暗示客拉拉不是克拉拉的化身吗？"

"没错，我认为客拉拉不是克拉拉的化身，可她也可能是霍夫曼宇宙其他人的化身。"

"那不就更没意义了吗？就算死了，死这件事也会被抹掉。"

"的确如此。可如果有人目击了死亡的瞬间，这又如何？"

"有人是指谁呀？"比尔问。

"就是你啊，比尔。正确来说，是你的化身井森。"

"让比尔的化身目睹假死，能有什么好处？"奥林匹亚问。

"可以伪造克拉拉的推测死亡时间。只要人们事先认定克拉拉与客拉拉为同一人，那么有人看到客拉拉死亡后，人们就会认为克拉拉也死了。"

"等一下，你说客拉拉的死是伪装的，可客拉拉的尸体已经被发现了啊。"

"没错，这件事让案情变复杂了。不过，只要将井森目睹的客拉拉之死，与实际上客拉拉的尸体视作毫无关系的两件事，案情就会变得非常简单。换言之，客拉拉为了伪造克拉拉的推测死亡时间，进行了暂时性的自杀。其后，她又第二次被谋杀了。"

"我可不觉得变简单了呀，夫人。"科帕留斯说，"我反倒觉得更错综复杂了。说到底，客拉拉是化身，她应该没法被杀吧？"

"就算想直接杀死客拉拉，也只能暂时将其除去，这点上来说你是对的。可是，只要杀死客拉拉的本体，客拉拉也就死了。"

"就是说，客拉拉的本体在霍夫曼宇宙被杀了？既然这样，将其认为是克拉拉不是很自然吗？"

"不，没有证据证明客拉拉的本体是克拉拉。因为只有客拉拉和两个世界的杜塞梅尔说过客拉拉是克拉拉的化身。而且，这个世界的克拉拉的尸体还没被发现。我们只发现了玛丽的尸体。也就是说，霍夫曼宇宙和地球各发现了一具尸体。也就是说，尸体只有一组。客拉拉的本体究竟是谁，不是很明白了吗？"

"难道客拉拉是玛丽的化身！"麦德隆惊呼道。

斯克德里点点头。"这是最合理的结论。"

"可是，夫人。"奥利维说，"玛丽的化身为什么要假装成克拉拉的化身，并伪造克拉拉的推测死亡时间呢？"

"当然是为了防止玛丽被怀疑。"

"什么怀疑？"

"'谋害克拉拉'的怀疑。"斯克德里断言。

众人哗然。

"所以，果然是玛丽杀了克拉拉？"

"基本可以肯定是玛丽策划了'谋害克拉拉'的计划，但不能肯定她是否实施了计划。"斯克德里继续解释道，"客拉拉曾对井森说：'克拉拉看见玛丽她们上了花车。'如果相信她的话，那么玛丽她们上花车时，克拉拉还活着。而在客拉拉死后，玛丽她们才离开花车，因此玛丽等人的不在场证据可以成立。特别是人偶玛丽，因为她不需要上厕所，不在场证据堪称完美。然而，这个不在场证据要想成立，必须满足两个条件：第一，客拉拉必须是克拉拉的化身；第二，必须确定克拉拉是在玛丽乘花车过程中被害的。"

"这些都只是推测。"杜塞梅尔说。

"法官，我还没说完。"斯克德里责备道，"关于第一个条件，在杜塞梅尔的帮助下，井森／比尔顺利地误以为克拉拉＝客拉拉。但是第二个条件，却做得不够彻底。换言之，客拉拉伪装自杀虽然成功，但在霍夫曼宇宙并没发现最关键的克拉拉的遗体，因此无法确认克拉拉已经遇害。"

"夫人，如果玛丽是凶手，那她为什么会做得这么糊弄？假设你的推论正确，这可是个计划周密的犯罪啊。"

"就算计划周密，也不一定能完美执行。恐怕中途是出了什么意外吧。玛丽谋害克拉拉的机会有两次，一次是上花车前，一次是下花车后。可她们上了花车后，客拉拉的死讯已经传遍了霍夫曼宇宙——如果没有传遍，就很不利于她伪造不在场证据——这种情况下杀害克拉拉应该十分困难。因此，玛丽如果要谋害克拉拉，最理想的时间应该是上花车前。她当初也许就是这么计划的。但由于某种原因，玛丽没法在上花车前杀死克拉拉。此时，玛丽可以选的路有两条：第一，停止计划。可是嘉年华一年只有一次，一旦错过就要再等一年，我想玛丽应该等不了那么久。何况这样的话，之前做的伪装准备就都白费了。而且这里面还存在着比尔／井森这个不确定因素，很难保证下次也会这么顺利。第二条路就是变更计划，下花车后杀害克拉拉。要在骚动后不为人知地杀死克拉拉，自然要冒很大的风险，但玛丽不想让自己辛苦做的准备打水漂，于是她决定执行计划。"

"如果到了那个地步，克拉拉突然从骚动中冒了出来，玛丽打算怎么办？"斯帕兰札尼问。

"她什么都不用做。如果克拉拉活着，那就不存在杀人案，玛丽也就无须担心自己被怀疑。因为所有人都会相信，只是比尔搞错了。"

"这是说我很有说服力吗？"比尔说。

"嘘！"小杜塞梅尔说，"你再说话就要更丢人了，这是我给你的忠告。"

"谢谢你。多亏你，我才没丢人呀。"

"不过，为什么玛丽要谋害克拉拉？"赛芬蒂娜问。

"从案情无法推测出动机，而且那也不是该由我来说的事。不如你来告诉我们吧，法官。你作为玛丽／客拉拉的协助者，应该知道她的动机。"斯克德里用锐利的目光看向杜塞梅尔。

"你有什么权力提这个要求？我是法官，实在不行……"

霍夫曼宇宙的居民都瞪着杜塞梅尔。

"这里是法治国家，应该遵照法律行事……"杜塞梅尔的声音越来越小。

"如果你一直持这样的态度，大家也许会忘了法律精神。"

"你在威胁我？"

"不，这只是忠告。我无法阻止这些人。"

杜塞梅尔擦了一把冷汗。"我不是共犯。"

"只要你能解释清楚，我就相信你。"

"我们只是玩了个游戏。"

"别说那个了！"科帕留斯喊道。

"又是你们两个干的好事吗？"斯克德里无奈地说。

"别把我卷进去。"科帕留斯面色苍白地说。

"可把你丢出去，事情就理不顺了。"

"到底发生了什么，老实说出来吧。"

"不过是个游戏而已。就是准备游戏的时候，我搞了点小动作。"科帕留斯好像也放弃了挣扎。

"什么小动作？"

"我把玛丽和克拉拉调换了。"

所有人都惊呆了。

"什么意思？"

"字面意思。斯塔布鲍姆家的大女儿是玛丽，而玛丽有个玩偶叫克拉拉。我跟杜塞梅尔合伙把她们俩调换了身份。凭我们的力量，把人类改造成玩偶，把玩偶改造成人类，这都易如反掌。然后，我们还改了斯塔布鲍姆家和周围邻居的记忆。"

"你们为什么要做这么残忍的事？"斯克德里瞪大了眼睛。

"都说了，只是游戏的准备工作。这种事很残忍吗？"

"原本是人类的玛丽被改造成了玩偶，当然残忍了。"

"可是我反过来把玩偶克拉拉改造成了人类，那不就是行了善吗，夫人？"

"你们无权随意更改他人的身份。"

"你偷换概念了，对不对？算了，反正所有善人都是伪善者。"

"斯克德里夫人，你没发现玛丽和克拉拉被调换了吗？"比尔问。

"老实说，我本来就不记得斯塔布鲍姆家的孩子叫什么，长什么样。"

"那当然了，除非自己也有年龄相近的孩子，否则谁会记得别人的孩子长什么样，叫什么名。正因为如此，我们的游戏才能进行下去。"杜塞梅尔说。

"你们究竟搞了个什么游戏？"斯克德里问。

"规则很简单。我们不会把这是游戏的事和游戏的规则告知两名当事人，只在对方主动找我们商议时才会提供帮助。如果当事人找到我，我就把科帕留斯说成坏人；如果找到科帕留斯，他就把我说成坏人。只要当事人不主动透露自己的计划，我们就不刻意打听。最终目的是看克拉拉和玛丽谁能赢。"

"怎样才算赢？"

"对方认输，或是变成无法反击的状态。比如被家人舍弃，孤身一人，或是因为犯罪被捕。"

"那要是一方杀了另一方呢？"

"我们没想过，要不算平手？"

"这是真的吗，科帕留斯律师？"斯克德里问。

"嗯，是没想过。"

"虽然你们说没想过会变成杀人案，但我实在很难相信。"

"你是想说，我们明知有可能会发展成杀人案，却还是置之不理吗？"杜塞梅尔说，"那你可要拿出证据。"

"我甚至认为你们可能是故意诱导事情往那里发展。不过就算真是如此，你们也不会露出任何破绽。"斯克德里遗憾地说。

"你怎么想不重要。我先把事情从头到尾解释一遍吧。"杜塞梅尔自信地说。

```
            现在已知的信息
      （据井森的《化身关联图》整理）：

    地球 ——— 奇境之国 / 霍夫曼宇宙
    井森 ——— 蜥蜴比尔
   露天客拉拉 ——— 玛丽（人类）
      ？ ——— 克拉拉（人偶）
   杜塞梅尔 ——— ？
  （露天客拉拉的叔父）
      ？ ——— 杜塞梅尔
                    （克拉拉的叔叔）
  汽车里的老鼠 ——— 凶鼠（？）
    诸星 ——— 拿但业
      ？ ——— 斯克德里夫人
   新藤礼都 ——— ？
```

　　玛丽："杜塞梅尔先生，我想跟你商量一件事。"

　　杜塞梅尔："怎么了？可爱的小人偶。"

　　玛丽："我觉得自己不纯粹是个人偶。"

　　杜塞梅尔："你为什么会这么想？"

　　玛丽："我走在街上时，总会被人打招呼说：'玛丽，你爸爸妈妈还好吗？'"

　　杜塞梅尔："这不是很普通的问候吗？"

　　玛丽："问候是普通的。但我是个人偶，被问父母是否健康不奇怪吗？"

　　杜塞梅尔："确实有点怪，但他们也可能是认错人了。"

玛丽："而且，那些人都说我是斯塔布鲍姆家的女儿。"

杜塞梅尔："你是住在斯塔布鲍姆家对吧？他们可能是去你家做客时见到了你，然后记错了。"

玛丽："可是把我当成斯塔布鲍姆家女儿的人里，也有人一次都没去过斯塔布鲍姆家。杜塞梅尔先生，莫非我和克拉拉长得很像？"

杜塞梅尔："仔细观察是能找到几处相似的地方，但还不至于当成同一个人。"

玛丽："既然如此，还有什么别的可能性吗？"

杜塞梅尔："可能有人在捉弄你吧。"

玛丽："我猜这背后一定有一个阴谋。"

杜塞梅尔："阴谋？这词很吓人啊。"

玛丽："杜塞梅尔先生，这一切是你做的吗？"

杜塞梅尔："我做了什么？"

玛丽："你是不是让克拉拉抢走了我的故事？"

杜塞梅尔："你的故事？"

玛丽："胡桃夹子的故事。我觉得，跟你侄子结成夫妻的人，本来应该是我。"

杜塞梅尔："你爱我侄子吗？"

玛丽："不，可我做了个梦，梦见他为了我与老鼠军团交战，最后还胜利了。"

杜塞梅尔："就算他打赢了老鼠，你们也不一定会结婚啊。"

玛丽："他获胜后，得到了属于自己的王国。然后，他要娶我为王妃。"

杜塞梅尔："可你并不爱我侄子，不是吗？"

玛丽："是的。"

杜塞梅尔："那你又何必拘泥于梦呢？"

玛丽："如果我本来的命运是成为王妃，那我当然想要回这个命运。因为王妃的地位跟我很相配。"

杜塞梅尔："你有证据表明自己跟克拉拉调换了吗？"

玛丽："没有，但我很确信。"

杜塞梅尔："好吧，那我就相信你吧。"

玛丽："我再问一次：将我们调换的人不是你吧？"

杜塞梅尔："你为什么认为我会做这么残忍的事？"

玛丽："因为你有能力。"

杜塞梅尔："有能力的不只我一个，沙人也有同样的能力。"

玛丽："沙人？"

杜塞梅尔："就是科帕留斯，他有时候也自称克卜拉。如果你想报复他，我可以帮忙。"

玛丽："我对那个男人没兴趣。"

杜塞梅尔："那你有什么愿望？你想夺回成为王妃的命运吗？很抱歉，我无法实现这个愿望……"

玛丽："不是。"

杜塞梅尔："你刚才说'不是'？"

玛丽："对。"

杜塞梅尔："可你的愿望不是成为王妃吗？"

玛丽："目前我的愿望既不是得到你的侄子，也不是得到王国。我要教训教训那个克拉拉，让她知道夺走别人的命运会有什么下场。"

杜塞梅尔："好吧，如果你想复仇，我可以帮你。先来定一个计划吧。"

玛丽："我已经有计划了。"

杜塞梅尔："你说什么？"

玛丽："我听你提起过地球。"

杜塞梅尔："再过不久我就能证明那个假说，现在我已经有头绪了。"

玛丽："你不需要向我证明，我知道地球。因为我的分身，或者叫化身？她就在那个世界。"

杜塞梅尔："你说什么？你的化身在地球？"

玛丽："我的化身是个年轻女性，长得跟克拉拉有点像。你的化身也在地球，对吧？"

杜塞梅尔："没错，我的化身也在地球。"

玛丽："那个世界的你也是与你相似的成年男性吗？"

杜塞梅尔："不，我在地球的化身跟我完全不像。"

玛丽："那可麻烦了。能不能变装？"

杜塞梅尔："为什么要变装？"

玛丽："因为好多人的化身都在地球。"

杜塞梅尔："嗯，是有不少。"

玛丽："我想骗其中一个人相信，我的化身其实是克拉拉的化身。"

杜塞梅尔："这跟我的化身有什么关系？"

玛丽："假设这个世界与地球各有一个克拉拉和杜塞梅尔，且两两相似。而地球杜塞梅尔和客拉拉，都宣称对方是这个世界的杜塞梅尔和克拉拉的化身。如此一来，还会有人怀疑我的化身不是克拉拉的化身吗？"

杜塞梅尔："霍夫曼宇宙。"

玛丽："嗯？"

杜塞梅尔："这个宇宙的暂用名。也就是说，你为了让别人认为你的地球化身是克拉拉的化身，故意模仿了克拉拉的模样。然而本体与化身不一定外貌相似——不如说，其实完全不像。所以，外貌相似并不能成为本体与化身配对的证据。但是，如果还有其他的例子，那么也许就会有人上当。是这个意思吧？"

玛丽："没错。杜塞梅尔先生，你的理解力真强。"

杜塞梅尔："可是，观察力强的人，可不会这么容易上当。"

玛丽："所以要谨慎选择欺骗对象，要找个无论如何都不会发现真相的人。"

杜塞梅尔："可就算骗得一时，只要那个人接触霍夫曼宇宙的克拉拉，谎言就会马上败露了啊。"

玛丽："没关系，只要能骗得一时，我就能达到目的。"

杜塞梅尔："你到底想干什么？装成克拉拉让她出丑吗？"

玛丽："……差不多吧。"

杜塞梅尔："刚才我也说了，我在地球的化身长得跟我完全不像，所以你的计划不可能成功。"

玛丽："不能靠变装蒙混过去吗？"

杜塞梅尔："不行，体格相差很大。"

玛丽："那就雇一个人吧。"

杜塞梅尔："雇一个人？"

玛丽："在地球雇一个外表像你的人，让他装成你的化身。"

杜塞梅尔："我的化身雇不起人。"

玛丽："我化身的父母都在国外，平时一个人住，生活费直接从银行取。我们就用那个账户里的钱吧。而且我生活费很充足，完全不用担心。"

杜塞梅尔："那具体要怎么做呢？"

玛丽："雇一个跟你相似的人就行。只要是个子矮、体形瘦的男人，其他特征都可以靠变装解决。"

杜塞梅尔："也是，可那个人愿意帮我们到什么地步呢？"

玛丽："这一点只能在面试中考察了。必须要找那种为了钱什么都肯做，而且会享受奇特经历的人。"

杜塞梅尔："真的有这种人吗？"

玛丽："一定要找到。花多少时间都行。"

杜塞梅尔："没想到这么快就找到了扮我化身的人。"

玛丽："是个什么人？"

杜塞梅尔："大学教授。"

玛丽："大学老师？为什么？他要多少钱？我的化身虽然有钱，但也是有限的啊。"

杜塞梅尔："钱的事你不用担心。"

玛丽："怎么回事？他不是看兼职广告找上门来的吗？"

杜塞梅尔："他是觉得那个广告太怪了，就激起了好奇心。他说，竟然要求外貌特征，简直像《红发会》。然后我说，我们是为了搞一个整人游戏，于是他就同意入伙了。"

玛丽："没问题吧？对方觉得是整人游戏啊？"

杜塞梅尔："我说内容之精细可媲美电影制作，还用了催眠术和最新的视觉特效，为的是骗一个人相信有异世界。结果他甚至同意做杜塞梅尔的假名片和教授办公室的假名牌。至于跟你的关系，我们设计成了没有血缘关系的叔父和侄女。"

玛丽："搞这么复杂，后面能圆回来吗？"

杜塞梅尔："有必要担心后面吗？反正都发生在地球，不在这个世界。"

玛丽："……有道理。只要能成功报复克拉拉，别的都无所谓，之后怎么样都行。"

杜塞梅尔："你能说说打算怎么报复克拉拉吗？"

玛丽："暂时不能说。等找到那个相信我的化身是克拉拉的化身的人，我再告诉你。"

杜塞梅尔："我发现合适的人了。不对，准确地说不算个人。"

玛丽："到底找到了还是没找到？"

杜塞梅尔："找是找到了，但对方不是人。"

玛丽："跟我一样是玩偶，或者自动人偶吗？难道是妖精？"

杜塞梅尔："也许更接近妖精吧。但它自己表示并非妖精，而是动物。"

玛丽："那究竟是什么？"

杜塞梅尔："是蜥蜴。"

玛丽："蜥蜴！你在耍我吗？"

杜塞梅尔："怎么会？它是最理想的人。"

玛丽："蜥蜴怎么作证？"

杜塞梅尔："它能解人言。"

玛丽："可地球的蜥蜴不会说话。"

杜塞梅尔："它在这个世界是蜥蜴，在地球则是人类。"

玛丽："这就有意思了。"

杜塞梅尔:"这蜥蜴智商极其低下,所以极有可能将你的化身误认为克拉拉的化身。而且,它来自霍夫曼宇宙和地球以外的世界,毫不了解霍夫曼宇宙的法则。因此,只要跟它说霍夫曼宇宙的本体与地球的化身外形相似,它很容易就会相信。"

玛丽:"我懂了,你再仔细讲讲蜥蜴的化身吧。"

杜塞梅尔:"根据蜥蜴的介绍,它的化身正好是假杜塞梅尔那个大学的学生。"

玛丽:"原来如此,我是假杜塞梅尔的侄女,要接近他应该不难。这个世界的克拉拉情况怎么样?"

杜塞梅尔:"如你所说,她受到老鼠的攻击,受伤了。"

玛丽:"老鼠处理掉了吗?"

杜塞梅尔:"嗯,我用一年的奶酪收买了鼠王,那只老鼠已经被同伴分食了。"

玛丽:"那么,我就假装出车祸受伤好了,这样应该能完美地骗他上钩。"

玛丽:"这跟说好的不一样啊,杜塞梅尔先生。"

杜塞梅尔:"什么意思?"

玛丽:"你说蜥蜴蠢,但那边的年轻人可不怎么蠢。"

杜塞梅尔:"我说的只是蜥蜴,没说它的化身。"

玛丽:"可我要骗的是那个化身啊。"

杜塞梅尔:"无须担心。那小子的确很聪明,但是太善良,换言之,他不会没理由地怀疑别人。只要你不犯错,他就会信你。"

玛丽:"那我的化身今天就当着他的面自杀。"

杜塞梅尔:"自杀?什么意思?"

玛丽："这是我计划里重要的一环。就算我的化身自杀，也不会危及我这个本体，是这样吧？"

杜塞梅尔："是的，没错。"

玛丽："自杀的是我的化身客拉拉，所以我不会死。也就是一种假自杀。"

杜塞梅尔："可你这么做有什么意义呢？"

玛丽："目的就是让他看到我死了。这件事不会给你添麻烦，所以请放心吧。毕竟，实际上我并不会死。"

21

现在已知的信息
（据井森的《化身关联图》整理）：

地球 —— 奇境之国 / 霍夫曼宇宙

井森 —— 蜥蜴比尔

露天客拉拉 —— 玛丽（人类）

? —— 克拉拉（人偶）

杜塞梅尔 —— 不存在
（假扮的教授）

? —— 杜塞梅尔
（克拉拉的叔叔）

汽车里的老鼠 —— 凶鼠（?）

诸星 —— 拿但业

? —— 斯克德里夫人

新藤礼都 —— ?

"后面的事就没必要说了吧？"杜塞梅尔说。

"所以你想说的是，你并不知道玛丽的真正意图，是吗？"斯克德里问。

"玛丽是不是真打算谋害克拉拉，现在已经没法知道了。总之，我完全不知道她的计划。"

"你按她的要求雇了一个假杜塞梅尔，还训练他假扮你，接着又收买老鼠伤害克拉拉……"

"这都是玛丽的指示。"

"都有这么详细的指示了，你还想说没把握她的全盘计划？"

"就是这样。"

"你明明不知道她的真正意图，却做了这么周到的准备，显然不太自然。"

"因为她的指示非常细致，所以我在不了解整个计划的情况下，也能按她的想法做好准备。"

"既然有这么详尽的计划，凭你的高智商，难道还猜不出她的意图？"

"你是想问我，有没有发现玛丽企图谋害克拉拉？"

"在场所有人都有这个疑问。"

"答案是'否'，我之前完全没发觉她的杀意。"

"那你是什么时候发现的？"

"听了你的推理后。"杜塞梅尔耸耸肩。

"堂堂法官，竟然打算玩装傻到底的把戏？"

"对于没发觉玛丽的计划一事，我自己也深感遗憾。但我不能说谎。我确实不清楚玛丽的计划，也没发觉她的杀意。"

斯克德里叹息一声："法官，你真是无耻。"

"夫人，这可以算侮辱名誉了啊。"杜塞梅尔面不改色地说。

"那我换个问题吧。假杜塞梅尔的真实身份是？"

"大学教授。当然，名字不叫杜塞梅尔。我已经忘了他叫什么，说不定压根就没问。"

"他不知道霍夫曼宇宙跟地球之间的关系吗？"

"很难说不知道。我跟他科普了两个宇宙的知识，当然没说是真的。他应该以为是骗井森用的设定。"

"如果他只存在于地球，又不信有霍夫曼宇宙，那他如何跟井森自然地聊这个世界的事？这也太奇怪了。"

"当然是靠玛丽／客拉拉的准确指示，她拥有令人难以置信的高度指挥能力。"

"可假杜塞梅尔一直在跟井森直接对话呀。要是发信息交流，或许还能等玛丽／客拉拉逐一指示，但实时对话不可能吧？"

"玛丽／客拉拉事先假设了多种情况，给他做了模拟训练。"

"那客拉拉死后，假杜塞梅尔为什么还能继续精准伪装？他应该收不到什么指示了吧？"

"是哦，这的确不大对。"杜塞梅尔连眉也没皱一下，"也就是说，他可能已经对两个世界间的联系略知一二了。"

"比尔说，假杜塞梅尔的言行完全就是你。也就是说，假杜塞梅尔很可能有一个本体，且存在于这个世界。"

"有道理。你这么一说我也觉得了。他一定也在这个世界。"

"那个人应该常在你身边观察你。根据他跟井森间的对话没什么大纰漏这点，可以推测他也在比尔身边。另外，他应该还认识克拉拉。"斯克德里说，"符合这些条件的人是谁呢？"

"不知道，是谁呢？"

"假如假杜塞梅尔的本体其实是克拉拉呢？"斯克德里说。

杜塞梅尔的眉梢抽了一下。"你这个假设很有意思，但你有证据吗？"

"现在还没有决定性的证据。可是，如果假杜塞梅尔的本体是克拉拉，一切就都说得通了。"

"怎么说得通了？"

"要是我的假设正确，那克拉拉就是直接旁观了玛丽谋害克拉拉的计划。玛丽竟然愚蠢地在谋杀对象面前制订了计划。"

"你的意思是，为了谋害克拉拉搞的招聘，结果克拉拉的化身竟然大咧咧去应聘了？真能这么巧吗？"

"当然不是巧合，"斯克德里说，"你是怎么招到他的？"

"在报上登广告，还有互联网上。"

"招聘启事上详细描述了你的特征，对不对？"

"那当然了，因为长得像我越好。"

"如果有人在这个世界跟你很熟，那个人的化身又正巧看见了广告，那这个人应该马上就能猜到你想在地球干什么吧？"

"……有可能。"杜塞梅尔不情愿地承认。

"如果克拉拉的化身是个消瘦的矮个子，他就很可能会去应聘。而且她知道真杜塞梅尔长什么样，可以一开始就模仿你。"

杜塞梅尔一言不发地瞪着斯克德里。

"你没考虑过这个可能性吗？"斯克德里问。

"是的，完全没想到。"杜塞梅尔回答。

斯克德里盯着杜塞梅尔的左眼："我不知道你是真被克拉拉骗了，还是假装不知情，刻意选了克拉拉的化身。不管怎么说，她顺利当上了假杜塞梅尔，然后也猜到了假冒自己的人是玛丽。我不知道玛丽的化身客拉拉透露了多少计划内容，但只要克拉拉有足够的洞察力，应该能猜到玛丽的目的是伪造不在场证据。"

"明知有人要害自己，她还置之不理？"

"她当然可以立即大闹，搞黄玛丽的计划。可要是单纯阻止犯罪不能满足克拉拉呢？要是她为了报复玛丽也订了计划呢？"

"夫人，我真佩服你的想象力。"

"如果防患于未然，玛丽并不会遭到重罚。毕竟她没有真杀人，只是订了计划。"斯克德里没理杜塞梅尔的话，继续说道，"但是，如果放任玛丽执行计划，克拉拉就会被害。如此一来，情况反而会对克拉拉有利。因为她已经死了，不用再费心伪造不在场证据了。"

"夫人！"奥利维说，"你的意思是，谋杀计划的主谋中途从玛丽变成了克拉拉？"

斯克德里点点头。"正是如此。"

"这是真的吗，杜塞梅尔？"卡尔迪亚笑着问道。

"你看起来很高兴啊，卡尔迪亚。"杜塞梅尔回答，"但这只是夫人的推测，她拿不出任何物证。"

"法官，那我反过来问吧。你觉得什么样的证据能证实我刚才的推测？"斯克德里问。

"如果你的推测正确，克拉拉就没遇害，而且你认为是克拉拉杀了玛丽。"

"没错。"

"那么，只要找到克拉拉就好了，我是说活的克拉拉。只要她肯招，一切就都真相大白了。"杜塞梅尔微笑着说，"好了，夫人，快把克拉拉找来吧。"

"你是觉得自己赢了吧，杜塞梅尔法官？"

"这事没有输赢，我对谋害玛丽和谋害克拉拉都没有兴趣。"

"行吧。"斯克德里说，"那我接下来要做一个思考实验。"

"怎么？你不去把克拉拉找来吗？"

"这个思考实验就是为了找到克拉拉的藏身之处。实验内容是这样的：如果克拉拉跟杜塞梅尔法官是共犯，那法官要怎么藏匿克拉拉？"

"真是无聊。你这个前提就错了，再怎么实验也没用。"

"有没有用，等最后就知道了。"斯克德里加重了语气，"斯帕兰札尼老师，你认为法官会怎么藏？"

斯帕兰札尼挠着下巴想了一会儿。"他可以让克拉拉逃到远方，但即使如此还是可能被抓，最保险的办法就是杀了她。"

杜塞梅尔浑身一震："我没杀人！"

"没错，杀克拉拉的风险太大了，何况克拉拉也不会眼睁睁看自己被害。毕竟玛丽对她有杀意，她又试图报复玛丽，所以这方面她肯定会特别留心。"

"那最便捷的办法应该就是改变外貌了。"

斯克德里点点头："毕竟克拉拉和玛丽都能调换，再把克拉拉跟另一个人调换应该也不难。"

"可这样又会产生新的问题。"斯帕兰札尼说，"要怎么处理跟克拉拉调换的那个人呢？两个一样的人太惹眼了。可要是把那个人变成克拉拉，那就也得藏起来。要是再跟另一个人调换，这就成了无限连锁。"

"只要这个人不生活，就没问题了吧？"斯克德里说。

"可人必须生活啊。"

"我们对案件相关人员都问了话。"斯克德里突然换了话题，"本来是为了找线索，但也有另一个目的，就是直接找克拉拉。"

"真无聊。克拉拉怎么会主动亮明正身？"杜塞梅尔说。

"她应该也没打算亮明正身，只是跟我交谈时不慎说漏了嘴。"

"是克拉拉不慎，还是我不慎？"比尔问。

"你经常说话不慎呀，比尔。不过你的话没有恶意，所以没关系。"

"谢谢你告诉我，斯克德里夫人，我以后说话不慎也不用担心了。"

"你也可以稍微谨慎一些呀，比尔。"斯克德里温柔地说。

"请你言归正传好吗？"科帕留斯烦躁地说，"正说到关键的地方呢。"

"我问过话的人有杜塞梅尔、科帕留斯、皮利帕特、赛芬蒂娜、奥林匹亚和洛塔尔。"

"凶手就在其中？怎么连我也成了嫌疑人？"

斯克德里点了点头。

"你在问话中发现了什么证据吗？"

"没有，我只是凭借发音判断那个人是凶手。"

"那可以排除杜塞梅尔了吧？"洛塔尔说，"他应该不会让凶手乔装成自己。"

"这你就不懂了，"卡尔迪亚说，"这一点反而会成为盲点啊。"

"我不是凶手。"皮利帕特说，"如果我说了什么能成为证据的话，那一定是说错了。"

"皮利帕特，请放心，你没说错话。"

"但这并不代表'皮利帕特不是凶手'，对吧？"赛芬蒂娜问。

"别卖关子了，夫人，请你快说吧。"潘德隆恳求道。

"奥林匹亚，如果有人跟你调换了，真正的你不需要生活吧？"斯克德里安静地说。

"是的，我不需要饮食，也不需要运动，只要不上发条就行了。"奥林匹亚回答。

"奥林匹亚说的只是可能性，不算自首。"斯帕兰札尼慌忙说。

"是的，她不算自首。"斯克德里指着奥林匹亚说，"奥林匹亚，你是克拉拉，对吧？"

"夫人，你确定吗？"奥林匹亚反问。

"是的，我对自己的推理很有自信。"

"就因为我是自动人偶？"

"不，跟你问话后，我才确定了。"

"你是说，我犯了错？"

"没错，你犯了错。"

"我犯了什么错？"

"我们找你问话时，比尔说玛丽可能是凶手，你还记得当时你说了什么吗？"

奥林匹亚发出了齿轮转动的声音。

"记得，我说：'按照逻辑，玛丽不是凶手。因为她是受害者。'"

"为什么你认为玛丽是受害者？"

"因为你说有人发现了玛丽的遗体。"

"不，我没说，我只说过：'因为遗体被发现了，所以调查进入到了下一个阶段。'"

"你那个时候提到发现遗体，肯定是玛丽呀。"

"皮利帕特，还有赛芬蒂娜，我找你们问话时，你们想到过是玛丽的遗体被发现了吗？"

"失踪的是克拉拉，所以我以为是克拉拉。"皮利帕特回答。

"我听说发现了遗体之前，还主动打听了克拉拉，是吧？"

"看来你们的记忆力都很好。"

"我的感觉比人敏锐，我是根据你的态度得知玛丽死了。"

"不，"小杜塞梅尔说，"这不可能。奥林匹亚，大家是在你的问话结束后才发现了玛丽的遗体的。"

"奥林匹亚，你听说发现了遗体时，当然会以为是玛丽。因为你知道玛丽已经死了，同时也知道自己，也就是克拉拉没死。"斯克德里补充道。

奥林匹亚停止了动作。接着，她突然爆发出大笑。

"怎么了？奥林匹亚坏了吗？"比尔担心地问。

"不，比尔，她没坏。她只是意识到自己输了。"

22

现在已知的信息
（据井森的《化身关联图》整理）：

地球 —— 奇境之国 / 霍夫曼宇宙

井森 —— 蜥蜴比尔

露天客拉拉 —— 玛丽（人类）

杜塞梅尔 —— 克拉拉
（假扮的教授）　（人偶，和奥林匹亚交换）

？ —— 杜塞梅尔	（克拉拉的叔叔）
汽车里的老鼠 —— 凶鼠（？）	
诸星 —— 拿但业	
？ —— 斯克德里夫人	
新藤礼都 —— ？	

克拉拉："杜塞梅尔先生，你跟玛丽合伙想让我死，对吧？"

杜塞梅尔："你说什么？我一个字都听不懂。"

克拉拉："我的化身也在地球。"

杜塞梅尔："这我还是头一回听说。"

克拉拉："那你是承认客拉拉不是我的化身了？"

杜塞梅尔："你是怎么知道的？"

克拉拉："报上登的招聘描述跟你很像，我的化身正好也又瘦又矮。当然，他不是单眼，也有头发，但这些都可以伪装。"

杜塞梅尔："所以你的化身就是假杜塞梅尔啊，这可真让人震惊。"

克拉拉："你们可是在我眼皮底下制订了谋杀我的计划。"

杜塞梅尔："啊，那当然只是玩笑，怎么可能真策划谋杀？"

克拉拉："不用担心，我不打算揭发你们。"

杜塞梅尔："你真是菩萨心肠。可是，你想获得什么回报呢？"

克拉拉："我的条件很简单，对你而言没有任何损失。"

杜塞梅尔："你先说来听听吧。"

克拉拉："第一，不要将计划暴露一事告诉玛丽／客拉拉。"

杜塞梅尔："这个简单，我本来就打算坚持中立，无论玛丽还是你，只要对我有要求，我都会听。"

克拉拉："你都在帮她准备计划了，还能叫中立吗？"

杜塞梅尔："我也答应你不把计划暴露的事告诉玛丽了，当然算中立。还有别的条件吗？"

克拉拉："第二，继续推进谋害克拉拉的计划。"

杜塞梅尔："那可是谋害你的计划啊。"

克拉拉："是，但我也参与了制订计划，所以绝不会被杀。"

杜塞梅尔："你这么做能有什么好处？"

克拉拉："我不会告诉你的。"

杜塞梅尔："我猜也是。既然你不想说那就别说了，反正你的想法我大致能猜到。"

克拉拉："你要阻止我吗？"

杜塞梅尔："不，刚才说了，我保持中立，不会刻意倾向你或者玛丽。"

克拉拉："可你两边都帮，不是吗？"

杜塞梅尔："对，所以才叫中立。如果只帮一边，怎么能算中立呢？"

克拉拉："我想问个问题。"

杜塞梅尔："问吧。"

克拉拉："就算你不跟玛丽告密，玛丽也有可能自己发现假杜塞梅尔就是我，对吧？"

杜塞梅尔："嗯，的确有这个可能。"

克拉拉："到时候，你会提醒我她已经发现了吗？"

杜塞梅尔："我不是说了我保持中立吗？所以我不会故意向另一方透露自己获得的信息。"

克拉拉："也就是说，我时刻处在被玛丽知道真实身份的危险中。"

杜塞梅尔："你理解得很对。"

克拉拉："但是，你不会故意告诉玛丽。"

杜塞梅尔："你理解得很对。"

克拉拉："我凭什么相信你？"

杜塞梅尔："凭不了什么，所以信不信都是你的自由。"

克拉拉："要是你跟玛丽告我的密，我就把你的所作所为公之于众。"

杜塞梅尔："你不用威胁我，因为我不打算跟玛丽告密。不过，如果威胁能让你放心一些，那就尽管威胁吧。"

克拉拉："好的，我相信你。可是，如果你敢骗我，就要小心报复。"

杜塞梅尔："知道了。"

玛丽："我找不到克拉拉。"

杜塞梅尔："嘉年华快开始了。"

玛丽："对，再找不到她就来不及了。"

杜塞梅尔："要停止计划吗？"

玛丽："等等……不，不停止。"

杜塞梅尔："可不杀人只伪造不在场证据，没什么用吧？"

玛丽："杀人可以放在伪造不在场证据之后。"

杜塞梅尔："这样风险太大了。如果有人在你动手前见到克拉拉，之前的准备就都打水漂了。"

玛丽："如果真成了那样，再放弃计划也不迟。"

杜塞梅尔："那伪造的证据要怎么收拾？"

玛丽："伪造不在场证据不是犯罪。在没发生谋杀的情况下，就算伪造失败了，也不会出什么问题。"

杜塞梅尔："也是，要是谋杀失败，只要放弃伪造就行了。可难得做了这么周密的准备，直接放弃未免太可惜了。"

玛丽："所以才不惜调换顺序，也要坚持贯彻计划啊。"

杜塞梅尔："也就是说，你在地球的化身要告诉井森：'我看见玛丽她们上花车了。'随后跳进事先准备好的陷阱自杀身亡。"

玛丽："实际是自杀，但要伪装成事故。"

杜塞梅尔："可化身死亡时，死亡事实本身会被重置。如果井森察觉到重置，也许会发现本体并没死。"

玛丽："我还要伪装成有人搬走了克拉拉的尸体。所以在井森目睹克拉拉死后，你要想法让他失去意识，比如用氯仿。"

杜塞梅尔："很遗憾，氯仿无法让人瞬间失去意识，那只是故事里的桥段。"

玛丽："那就用棍子打头吧。"

杜塞梅尔："如果打的位置不对，他可能会死。"

玛丽："没关系，反正他死了也会被重置。"

克拉拉："玛丽开始伪造不在场证据了吧？这下只要我在霍夫曼宇宙藏起来，外面就会流传我已经死了的消息，这才是最完美的不在场证据伪造工作。"

杜塞梅尔："可克拉拉的尸体并不存在，迟早有人会怀疑克拉拉没死。"

克拉拉："你不用在意这个，我会想办法弄到克拉拉的尸体。"

玛丽："克拉拉，去死吧！……呀！这只是个没有生命的玩偶。"

克拉拉：“竟然用刀，好传统的行凶手段呀。”

玛丽：“你的化身是因身体被穿透而死的，所以要保持一定的相似度……克拉拉，你什么时候出现的？”

克拉拉：“你来这里时我就在了。”

玛丽：“你跟踪我？”

克拉拉：“是，你可能以为你在跟踪我，其实是我在跟踪你。”

玛丽：“你什么时候发现的？”

克拉拉：“你说谋害克拉拉的计划？就是你跟假杜塞梅尔兴高采烈地说出计划的时候。”

玛丽：“……假杜塞梅尔原来是你的化身？”

克拉拉：“对呀，你现在发现已经晚了。”

玛丽：“杜塞梅尔跟你是一伙的？”

克拉拉：“不，不过他知道假杜塞梅尔其实是我。”

玛丽：“他明明知道，却不告诉我，那不就是跟你一伙吗？”

克拉拉：“你要这么想也随你，不过他自己管这叫中立。”

玛丽：“真过分。你知道我为了伪造不在场证据下了多大功夫吗？”

克拉拉：“说什么下功夫，不是多亏比尔来到霍夫曼宇宙才实现了计划吗？你根本没做什么。”

玛丽：“你想怎么样？不会要起诉我吧？”

克拉拉：“起诉？为什么？”

玛丽：“因为我要……因为你觉得我要谋杀你。”

克拉拉：“我觉得？”

玛丽：“这都是玩笑呀，我怎么可能真的要杀你嘛。”

克拉拉：“玩笑？”

玛丽："没错，玩笑，不然还能是什么？"

克拉拉："你刚才不还说花了很大精力吗？"

玛丽："就是因为是玩笑呀。你可真傻，真要杀人谁会费这么大力气呀？"

克拉拉："玛丽，如果你觉得我还算有点脑子，就别在这儿演戏了。你订了周密的谋杀计划，谁也不会相信这只是玩笑。"

玛丽："你想吓唬我？这一切还不是因为你！"

克拉拉："因为我？什么意思？"

玛丽："本该是我跟小杜塞梅尔结婚，却被你横刀夺爱了。"

克拉拉："你以为我抢走了那个胡桃人偶，还对我怀恨在心？那我就把他还给你好了，反正我对破烂人偶没兴趣。"

玛丽："不，我想要的不是胡桃人偶，我想要回的是属于我的故事。我才不是什么玩偶，我是被玩偶军团守护的公主！"

克拉拉："哈哈哈哈，太好笑了。"

玛丽："有什么好笑的？"

克拉拉："无论当斯塔布鲍姆家的女儿，还是当她的玩偶，不都一样吗？"

玛丽："哪里一样了？王妃跟玩偶可是有天壤之别。"

克拉拉："每个人都是自己故事里的主人公，因为世界的中心总是自己。"

玛丽："什么意思？你在跟我谈心态吗？还是禅语？"

克拉拉："我是说，你没必要纠结于童话，因为现在我们也是某个推理或悬疑故事里的人物。而且，把你跟我调换的人不是我，这都是杜塞梅尔和科帕留斯搞的恶作剧。"

玛丽："我不关心始作俑者是谁，我就是不能接受你夺走了我的位置。你该遭到报应！”

克拉拉：“该遭报应的是你。你可是想害我，我连跟你在同一个世界里都受不了。我恨不得你立刻从这个世界上消失。”

玛丽：“你能干什么呢？看你没我这么谨慎，我就提醒你一句，你可没像我一样伪造不在场证据呀。要是杀了我，你很快就会露馅的。”

克拉拉：“哎呀，要说不在场证据，你不是已经替我做好了吗？既然大家都以为客拉拉是克拉拉的化身，那么克拉拉就该遇害了，没法再害玛丽。”

玛丽：“你可真蠢。没有客拉拉的尸体，就没法证明克拉拉已死呀。”

克拉拉：“哎呀，客拉拉的尸体嘛，很快就能有了。”

玛丽：“你想杀我可不容易。”

克拉拉：“已经来不及了。你把那个玩偶错当成我抽刀刺中时，没感觉到疼吗？”

玛丽：“啊？”

克拉拉：“看，你袖子上有血。难道你没发现那个玩偶上扎了针吗？过不了多久，你就不能动了。”

玛丽：“你抹了毒？”

克拉拉：“要怪就怪你自己不小心。”

玛丽：“你知道自己干了什么吗？这可是杀人。”

克拉拉：“这话我原封不动还给你。”

玛丽：“其实我没打算杀你，只是想吓唬吓唬你。”

克拉拉：“要是你能说服我相信，我就把这个给你。”

玛丽：“这是什么？”

克拉拉："解毒剂。"

玛丽："你要怎样才肯相信我？"

克拉拉："诚心向我道歉。"

玛丽："克拉拉，请你原谅我。"

克拉拉："不如你像日本人一样下跪道歉吧。"

玛丽："只要我下跪，你就会原谅我吗？"

克拉拉："那要等你下跪后再说。"

玛丽："……"

克拉拉："怎么了？"

玛丽："答应我。只要我下跪，你就给我解毒剂。"

克拉拉："你想什么呢？决定权不在你手上，你只能听我的。只要我满意了，你就能得到奖赏。"

玛丽："……"

克拉拉："反正我无所谓。不过，你的四肢应该开始发麻了吧？"

玛丽："我下跪道歉。对不起！"

克拉拉："就这？"

玛丽："我再也不会这么干了！"

克拉拉："就这？"

玛丽："你让我怎么补偿你都行！"

克拉拉："就这？"

玛丽："我一辈子都听你的，我给你当牛做马！"

克拉拉："……"

玛丽："求你了。"

克拉拉："……好吧，这个给你。我扔到那边，你自己去捡。"

玛丽："谢谢。"

克拉拉："……你喝完了？"

玛丽："啊？"

克拉拉："玩偶上没有针，只是涂了点血。因为它穿着红衣服，所以不显眼。你衣服上只是沾了血而已。说到底，刺一下就能置人于死地的剧毒压根不会有解毒剂。"

玛丽："那我刚才喝的是什么？"

克拉拉："不是毒药，但可能也差不多。是强效安眠药。"

玛丽："你为什么要骗我喝这东西？"

克拉拉："为了让你睡着。"

玛丽："你为什么要……"

克拉拉："为了复仇。"

玛丽："我才……不会……睡……"

克拉拉："你想怎么死？"

玛丽："我才……不会……"

克拉拉："抱歉，其实你没的选。你会死在沟渠里，肺里充满沟水。我倒是希望你的尸体越晚被发现越好，但是早发现了也没办法……哎，你已经睡着了呀？"

23

现在已知的信息
（据井森的《化身关联图》整理）：

地球——奇境之国／霍夫曼宇宙
井森——蜥蜴比尔

```
露天客拉拉 ——— 玛丽（人类）
杜塞梅尔 ——— 克拉拉
（假扮的教授）    （人偶，和奥林匹亚交换）
     ？ ——— 杜塞梅尔
              （克拉拉的叔叔）
汽车里的老鼠 ——— 凶鼠（？）
      诸星 ——— 拿但业
       ？ ——— 斯克德里夫人
   新藤礼都 ——— ？
```

"为什么你没刺死玛丽，而是让她溺死？"斯克德里问。

"因为我觉得没必要让玛丽跟客拉拉的死法一致。"刚才还是奥林匹亚的克拉拉说，"要是溺死，客拉拉的遗体大概率会出现在河里或海里，届时遗体想必严重损坏，看不见刺伤也没关系。我推测，井森／比尔极有可能会误以为有人从陷阱里搬走了客拉拉。但反过来，要是我刺死玛丽，客拉拉就极有可能被卷入事故或凶案，要是有目击证人，这就跟死于陷阱有矛盾了。"

"但溺亡也可能有目击证人。"

"如果有目击证人，那就得想点办法了。但实际上没有。"

"是谁把你改造成了奥林匹亚？"

"杜塞梅尔。"

"嗯，因为她来找我了。"杜塞梅尔回答，"如果我知道她犯了这种大罪，肯定会马上站出来作证的。"

"法官，你早就知道了克拉拉和玛丽的谋杀计划。我可以认为你明明知情，却故意隐瞒吧？"

"我知道玛丽的计划，但直到最后我都觉得那是个玩笑。另外，我完全不知道克拉拉的计划。我也十分震惊。"

"你已经猜到她想干什么了吧？"

"不，我一点都没猜到。"

"斯克德里夫人，杜塞梅尔跟玛丽一起制订了谋害克拉拉的计划，应该判死刑吧？"比尔说。

"可是比尔啊，克拉拉并没有死。如果受害者没死，杀人罪就不能适用。"

"没错。"科帕留斯说，"因为没死，顶多只能算杀人未遂。"

"你有证据表明玛丽试图谋害克拉拉吗？"杜塞梅尔反驳道。

"有克拉拉的证词。"科帕留斯说。

"我说的是物证。"

"不是有被玛丽扎了一刀的人偶吗？"

"被扎过一刀的人偶能证明什么？谁都能伪造这种证据。"

"斯克德里夫人，杜塞梅尔是无辜的吗？"比尔问。

"应该不无辜，但恐怕也无法问罪。"

"难道要放走坏人吗？"

"比尔，法律是为了捍卫正义，然而法律并不完美。杜塞梅尔熟悉法律，所以他巧妙地脱了罪。"

"那就不能抓他啦。"

"不，比尔。我把大家叫过来，就是为了不放过他。他在法律上是无罪的，可听了刚才这些话，恐怕没有人会信他是无辜的。杜塞梅尔今后只能被人当成过街老鼠了。"

"原来如此，过街老鼠，太好笑了。"科帕留斯笑着说。

"斯克德里夫人，过街老鼠在笑话过街老鼠。"

"比尔，不要想到什么就说。"

科帕留斯瞪了二人一眼。

"对了，克拉拉怎么办？"

"她会受到相应的惩罚。"

"真的吗？我是个自动人偶，法律不能治物品的罪。"克拉拉说。

"说得有理。不过，危险物品必须要销毁。"斯克德里说。

"物品？说什么呢？我可是人。"

"克拉拉想两头占便宜。"比尔说，"她真聪明。"

"也许该请杜塞梅尔把她恢复原状。"斯克德里说。

"喂，你这假货！"斯帕兰札尼怒斥道，"你把我女儿弄到哪儿去了？那可是我最完美的艺术品，我的人生意义！我每天要是不能改造一点，我就要发疯！"

"斯克德里夫人，斯帕兰札尼本来就很疯吧？"

"比尔，不能瞎说实话。"

"你那堆废铁已经被我拆成零件，扔进地下室了。"克拉拉说。

"地下室？"斯帕兰札尼陷入了沉思，"哦，你说那个啊！"他猛拍一下手，"那就没事了。因为昨晚你发条松了之后，我换了内部零件。"

"你换了谁和谁的内部零件？"克拉拉不安地说。

"我以为地下室那些是新到货的奥林匹亚，所以就把奥林匹亚的内部零件全换成了那些。"

"等等，那我这身体究竟是谁的？"

"当然是我的，因为是用我买的材料组装成的。"

"不对。我到底是克拉拉，还是奥林匹亚？"

"不知道。"斯帕兰札尼挠挠头，"你现在问我也没用。你俩已经混在一起，分不清谁是谁了。"

"让我拆开看看。"杜塞梅尔站了起来。

克拉拉／奥林匹亚立刻逃走，可一个壮汉挡住了她，是科帕留斯。克拉拉／奥林匹亚刹不住车，碰到了科帕留斯的手指。砰。克拉拉／奥林匹亚的上半身化作一堆零件，四处纷飞。

杜塞梅尔捡起一颗齿轮仔细观察。"竟然能动起来，齿轮跟肉都绞在一起了。"

"看看这个，血管都被防锈油堵住了。"科帕留斯翻开血管说。

"喂！别用你们的脏手碰她！"斯帕兰札尼慌忙拾起散落一地的齿轮、履带、连接器、肉、牙、骨和眼。

杜塞梅尔和科帕留斯不理斯帕兰札尼，兀自组装起了克拉拉／奥林匹亚。

"零件不够，变不回原来的克拉拉了，"杜塞梅尔笑着说，"干脆改造成别的东西吧。"

"这主意不错，我已经想到一个很棒的主意了。"科帕留斯说。

"不准擅自改造我的奥林匹亚！"斯帕兰札尼急忙抢着组装，没想到手一滑，零件散落得更厉害了。

"克拉拉被杀了吗？"比尔问。

"好像是。不过别担心，那些人很快就能装好。"斯克德里说，"但也许完成后，她就既不是克拉拉也不是奥林匹亚了。"

"接下来怎么办？"

"接下来要在地球完成最后的任务。比尔，我跟你一起去。"

现在已知的信息
（据井森的《化身关联图》整理）：

地球——奇境之国／霍夫曼宇宙

井森——蜥蜴比尔

露天客拉拉——玛丽（人类）

杜塞梅尔——克拉拉
（假扮的教授）　（人偶，和奥林匹亚交换）

？——杜塞梅尔
（克拉拉的叔叔）

汽车里的老鼠——凶鼠（？）

诸星——拿但业

？——斯克德里夫人

新藤礼都——？

"杜塞梅尔老师怎么了？"井森在医院的等候室问礼都。

"上课时突然倒下了，脑梗。"礼都告诉他，"对了，他的真名不叫杜塞梅尔。只要办个手续，就能在校内用常用名了。我猜你应该知道。"

"我知道，不过现在叫本名感觉有点怪，我能继续叫杜塞梅尔老师吗？"

"嗯，我都无所谓。"

"你见过他了？"

"不让见。光看脑电波好像是醒着的，不过身体不能动，也不能说话，见了也没用。"

"是因为跟克拉拉联动了吗？"

"不知道。我本以为除了死，其他情况都不会联动。不过现在她一半成了机器，恐怕跟死也差不太多。"

"已经救不回来了吗？"

"你问我我怎么知道？"

"你一开始就知道客拉拉是玛丽的化身吗？"

"是。"

"发现客拉拉的遗体时，他们为什么联系了杜塞梅尔老师？"

"因为客拉拉在学校资料上写的是他的联系方式。毕竟学生已经成年了，不一定非得留父母的联系方式。"

"叔侄关系肯定是假的，对吧？"

"当然啊。"

"一切都是为了骗我啊。"

"也不能这么说，只是你正好掉进了为骗人设的圈套里。"

"你这么说，我也感觉不到什么安慰。"

对话中断了片刻。

"我其实想过。"井森嘀咕道。

"不重要的事可以不说。"

"我觉得挺重要。"

"但对我来说也许不重要。"

"我是想过你的真实身份。"

"我就是新藤礼都。"

"不，我是说你的本体。"

"果然不重要。"

"一开始，你对这个事的理解就比我更深。"

"这是洞察力的差距。"

"你不仅了解地球，也了解霍夫曼宇宙，或许你还见过比尔和克拉拉。"

"你该不会因为察觉了这点小事就沾沾自喜吧？"

"不，我只是在客观描述事实。"

"为什么？"

"为了完成拼图，我在排列碎片。"

"你为什么要这么做？"

"为了找到最后一块碎片。"

"你永远不会找到。"

"那我该怎么做？"

"很简单，直接问。只要你问，我就会告诉你真相。"

"原来如此，早这么做就好了。"

"你没这么做才奇怪吧？"

"那我问了。"

"问吧。"

"新藤礼都小姐，你是杜塞梅尔，对吧？"

礼都点燃一根烟。"没错，我是。"

"院内禁止吸烟。"

"等人来提醒了我就灭掉。"

"我已经提醒了。"

"你当然不算。"

"玛丽的不在场证据是你策划的吗？"

"我在那边也说了，策划者是玛丽／克拉拉。"

"客拉拉本来不像那边的克拉拉吧？"

"对，只是通过化妆和衣着制造了相似的印象。"

"是你招了假杜塞梅尔吗？"

"对，不过我真没想到假杜塞梅尔就是克拉拉。"

"客拉拉掉进陷阱时，你也来过现场吗？"

"是，我打算在客拉拉死后把你也干掉，没想到你自己死了。"

"你真打算杀我啊？就算知道死后会重置，多少也会犹豫一下吧？"

"没事，我已经习惯了。"

"习惯什么？"

"杀人。"

"你的意思是，你喜欢想象杀人的场景？"

"不是想象，是习惯了真的杀人。"

"那你不就是个杀人犯吗？"

"是呀。"

"为什么要挑现在告诉我？"

"我想看你受到惊吓的表情。"

"要是我报警，你打算怎么办？"

"不用怎么办啊，因为没有证据。"礼都微笑着说，"我可是滴水不漏。"

"假设客拉拉的死被重置了，木刺上的血又是怎么回事？"

"那是客拉拉后来抽了自己的血洒上去的。"

"我调查陷阱时，是谁把我推下去的？"

"是客拉拉。谋杀行动前克拉拉的失踪很让她生疑。她担心被克拉拉反杀，就在陷阱下留了写有真相的信。只不过你发现得太早了，客拉拉一时心急就把你推下去了。"

"我就不能早点发现那封信吗？"

"因为那封信只是非常手段。如果你那时候看了信，玛丽 / 克拉拉的计划不就失败了？"

"有没有可能是假杜塞梅尔把我推下去的？"

"如果是假杜塞梅尔干的，他肯定会把信拿走，因为信上应该写了克拉拉是凶手。"

"那后来把我勒死的又是谁？"

"当时玛丽 / 克拉拉已经遇害，不希望你看到信的只有克拉拉 / 假杜塞梅尔，后来割你脖子的也是克拉拉 / 假杜塞梅尔。"

"原来如此，我明白了。不过，算上你的谋杀未遂，我的命等于被三个人盯上了啊。"

"当然，谁都不会被问罪，因为你还活蹦乱跳的呢。"

"玛丽死了，克拉拉也下场凄惨，你在霍夫曼宇宙也成了过街老鼠。"

"都怪斯克德里。不过别的世界与我无关。我跟杜塞梅尔虽然共享记忆，但不是一个人。我在这个世界是自由的。"

"可你是杀人犯啊。"

"你抓不住我的小辫子，因为你没那个本事。要问谁有本事，恐怕只有斯克德里。"

"哎呀，好巧。"德叔突然出现在礼都背后。

"啊，你好。"井森打了声招呼，"新藤小姐，这位是冈崎先生，前几天——"

"不用介绍，"礼都瞪大了眼睛，"我认识他。"

"啊？你们认识？"

"我有点不舒服，先走了。"

"你们刚才说的挺有意思的嘛，说什么抓不住杀人犯的小辫子？"德叔高兴地说。

"这肯定是玩笑啊。"

"那敢情好，我最喜欢玩笑了。"

"你们两位是在哪儿认识的？"井森问。

"在我以前的村子。我还记得这人是杀人犯，还被捕了。"

"啊，原来你已经被捕了！"井森吃惊地喊道。

"别说得这么难听。"礼都看了看四周，"我是被捕过，但后来又被放了。"

"其实证据都收集好了，检察院还起诉了，可偏偏在庭审阶段让她咸鱼翻身了，因为这人自己就是律师。"德叔说，"唉，那场逆转简直太让人难以置信了。"

"等等，你的话信息量好大。"井森按住了眉头。

"当时我正忙，忘了有庭审这事。要是检察官早点来找我，也不至于被翻盘了。"

礼都瞪了一眼德叔。

"哎呀，抱歉。"德叔也看向礼都，"不过这么一看，你还犯了不少别的事啊。"

"都说了那是玩笑。"

"我这不也在陪你开玩笑吗？"德叔笑容满面地说，"今后我在两头都能好好陪你玩啦。"

礼都倒抽了一口气："原来是你？"

"怎么了？"井森问。

"这人是斯克德里。"礼都说。

"啊？真的？"井森瞪大了眼睛。

"你们在说什么？对了，最后的收尾能让我一个人做吗？我想花点时间，慢慢把她逼上绝路。"

礼都浑身一颤，似乎感到一阵恶寒。

"那我先告辞了。"井森说，"突然想起来还有点事。"

"着急吗？"

"嗯，我得去学校食堂看电视。"

25

现在已知的信息
（据井森的《化身关联图》整理）：

地球 —— 奇境之国 / 霍夫曼宇宙

井森 —— 蜥蜴比尔

露天客拉拉 —— 玛丽（人类）

杜塞梅尔 —— 克拉拉
（假扮的教授）　（人偶，和奥林匹亚交换）

新藤礼都 —— 杜塞梅尔
　　　　　　（克拉拉的叔叔）

汽车里的老鼠 —— 凶鼠（？）

诸星 —— 拿但业

冈崎德三郎（德叔）—— 斯克德里夫人

井森坐在食堂里呆呆地看着电视，突然听见一个女生喊他：

"井森！你约了后天的蒸馏吧？能让给我吗？"

井森缓缓转头看向女生，然后歪了歪头。

"你的脖子怎么了？"

"没什么，我在想事。"

"你也急着要蒸馏吗？"

"我不是在想那个。"

"那你在想什么？"

"这次的发展不对劲，我在想到底该怎么办。"

"你说什么呢？"

井森慢悠悠地开了口：

"蛇鲨……"

女生僵住了。

"我有件事要拜托你。我想回原来的世界，可能需要你的协助。请回应暗号。"

"……布吉姆。"

世界骤然改变。

（全书完）

E.T.A.霍夫曼作品小解

[因 为 涉 及 正 文 内 容 ， 请 读 完 正 文 后 参 阅]

《谋杀克拉拉》以活跃于十九世纪初的德国作家恩斯特·西奥多·阿玛迪斯·霍夫曼的小说为主要母题。下面将附上相关作品的内容简介，请读完正文后再参阅。另外，希望各位读者多关注霍夫曼的作品，想必能从中读出《谋杀克拉拉》故事里隐藏的种种谜团。

*

一七七六年，霍夫曼出生于普鲁士属柯尼斯堡（现俄罗斯加里宁格勒）的律师家庭。他在柯尼斯堡大学学习法律时，也从事诗歌、作曲、演奏、绘画等艺术活动。后来，霍夫曼通过司法考试，成为科尼斯堡的见习陪审员。其后，他几次改变工作地点，直到一八〇六年拿破仑占领华沙，霍夫曼因此被革职。后来，他成为剧场专属的作曲家和导演，于一八一四年发表了《卡洛式幻想故事》，其后一直积极创作，成为广受欢迎的作家。一八二二年，霍夫曼去世，年仅四十六岁。

金罐

（Der goldne Topf，一八一四）

一个升天节的下午，学生安瑟伦穿过德累斯顿的黑门，一头撞上了丑陋老太婆的苹果筐。安瑟伦掏出身上所有的钱想要赔偿，老太婆却对他下了诅咒："奔向水晶瓶吧，它将成为你的败笔！"

安瑟伦沮丧地走到易北河畔抽烟，突然听见了如同水晶碰撞的悦耳低语声，接着便看到三条带着绿色光晕的金黄色小蛇爬了出来，并被其中那条眼眸蔚蓝的小蛇深深吸引了。

后来，安瑟伦得到一份工作，为档案管理者林德霍斯特抄写并整理文书，而林德霍斯特是火蜥蜴沙罗曼达的化身，也是安瑟伦爱上的蛇之精灵赛芬蒂娜的父亲。

可是副校长的女儿维罗妮卡暗恋安瑟伦，书记官海尔布兰特又暗中看上了维罗妮卡，再加上卖苹果的老太婆从中作梗，两人的爱情于是横生波折。这是一部综合了奇幻与喜剧的霍夫曼初期杰作。

胡桃夹子与鼠王

（Nußknacker und Mausekönig，一八一六）

　　圣诞前夜，医学顾问斯塔布鲍姆家的小女儿玛丽在礼物中发现了一个简陋的胡桃夹子人偶，心中特别喜欢。可是，她的人偶却被粗暴的兄长弗利茨弄坏了。

　　当天晚上，玛丽拿着坏掉的胡桃夹子走向摆放人偶的架子，让它睡在其他人偶的小床上。这时，七头鼠王突然率领一大群老鼠冲了过来，胡桃夹子与其他人偶同时站起来，与老鼠展开了激烈的战斗。

　　玛丽想帮胡桃夹子，便朝鼠王扔了一只鞋，最后晕了过去。第二天早上，玛丽醒来，向她的起名者——高级法院顾问官杜塞梅尔讲述了那天晚上发生的事，于是，杜塞梅尔讲了他堂弟的儿子小杜塞梅尔与被鼠女王诅咒的皮利帕特公主的故事。小杜塞梅尔为了拯救公主，代为接受了老鼠的诅咒，变成了一个人偶。于是玛丽开始猜测，自己收到的胡桃夹子人偶也许就是被诅咒的小杜塞梅尔……

　　这个故事原本是霍夫曼为朋友希茨格的孩子创作并讲述的故事，同时它也是柴可夫斯基编写的芭蕾舞剧《胡桃夹子》的原作。可是柴可夫斯基参考的是大小仲马大幅改编过的法语版《胡桃夹子》，主人公被改成了克拉拉，而这个名字源自故事里被送给玛丽的人偶。

沙人（又译作《睡魔》）
（Der Sandmann，一八一六）

　　故事始于青年拿但业写给朋友洛塔尔的信。拿但业从小沉迷于怪物"沙人"到处抢夺小孩眼球的幻想，还把时常拜访父亲的律师科帕留斯当成了真正的沙人。不久后，拿但业的父亲死于书房爆炸，那以后，经常拜访父亲的科帕留斯也行踪不明。如今，拿但业下榻的地方出现了一个卖晴雨表的克卜拉，他竟然长得酷似科帕留斯，这让拿但业惊恐不已。

　　洛塔尔的妹妹克拉拉见到暂时回到故乡的恋人拿但业，鼓励他振作起来。可是拿但业依旧沉浸在妄念之中，竟宣称要与洛塔尔决斗。后来克拉拉从中调解，事态总算平息，可在此期间，拿但业的住处被大火烧了。

　　拿但业搬了家，在斯帕兰札尼教授处学习物理学，并深深爱上了老师的女儿——冰冷的美人奥林匹亚，决心向她求婚。可就在这时，拿但业亲眼看到教授在研究室里与克卜拉发生激烈争吵，旁边的奥林匹亚还被挖掉了眼球。拿但业试图掐死斯帕兰札尼教授，但是中途失去了知觉。

　　这是一部著名的奇幻小说，先后被改编为芭蕾舞剧《葛佩莉亚》和歌剧《霍夫曼的故事》。西格蒙德·弗洛伊德曾分析过这部作品，写下了论文《论恐惑》（Das Unheimliche）。

斯克德里夫人

（Das Fräulein von Scuderi，一八一九）

路易十四时代，一六八〇年的巴黎。深夜，一名蒙面怪人来到坐落在圣奥诺雷街的斯克德里府，要求面见主人。侍女马蒂尼埃尔将他拒之门外，那人硬塞给她一个小盒子，然后离开了。

盒子里装着巴黎头号金匠儒勒·卡尔迪亚亲手打造的一对金手镯和一条项链，还有一封写给斯克德里夫人的信。夫人叫来卡尔迪亚问话，金匠说，那人只说这是送给斯克德里的礼物。

几个月后，有人扔了一封信到斯克德里乘坐的马车上。信上说，请把金手镯与项链送到卡尔迪亚那里。夫人赶到卡尔迪亚家，发现那里围着一群人，原来卡尔迪亚已经被弟子奥利维·卜鲁森杀害了。

但是卡尔迪亚的女儿，也就是奥利维的恋人麦德隆坚信奥利维是无辜的，于是斯克德里夫人开始调查事情的真相。

故事的主人公源自真实人物，该人物还被誉为"巴黎沙龙的萨福"。森鸥外认为这部作品是侦探小说，并据此创作了题为《怀璧之罪》的翻案小说。

梦中的暗杀者 2：谋杀克拉拉

作者 _ [日]小林泰三　　译者 _ 吕灵芝

产品经理 _ 夏言　　装帧设计 _ 星野　　封面插画 _ [日]丹地阳子　　产品总监 _ 夏言

技术编辑 _ 顾逸飞　　责任印制 _ 梁拥军　　策划人 _ 吴涛

营销团队 _ 毛婷　郭敏　魏洋　石敏

果麦
www.guomai.cn

以 微 小 的 力 量 推 动 文 明

图书在版编目（CIP）数据

谋杀克拉拉 / (日) 小林泰三著；吕灵芝译. -- 北
京：北京联合出版公司, 2023.9（2023.11重印）
（梦中的暗杀者）
ISBN 978-7-5596-7055-7

Ⅰ.①谋… Ⅱ.①小… ②吕… Ⅲ.①长篇小说—日
本—现代 Ⅳ.①I313.45

中国国家版本馆CIP数据核字（2023）第117815号

CLARA GOROSHI
Copyright © Yasumi Kobayashi 2016
All rights reserved.
Original Japanese edition published by TOKYO SOGENSHA Co., Ltd.
This Simplified Chinese edition published
by arrangement with TOKYO SOGENSHA Co., Ltd., Tokyo
in care of FORTUNA Co., Ltd., Tokyo

Illustration copyright © Yoko Tanji

北京市版权局著作权合同登记 图字：01-2022-4110

谋杀克拉拉

作　　者：[日] 小林泰三
译　　者：吕灵芝
出 品 人：赵红仕
责任编辑：龚将
装帧设计：星野

北京联合出版公司出版
（北京市西城区德外大街83号楼9层　100088）
河北鹏润印刷有限公司　新华书店经销
字数179千字　880毫米×1230毫米　1/32　8印张
2023年9月第1版　2023年11月第2次印刷
ISBN 978-7-5596-7055-7
定价：168.00元

梦中的暗杀者

③

[日] 小林泰三

著

谋杀桃乐丝

丁丁虫

译

北京联合出版公司
Beijing United Publishing Co.,Ltd.

The Murder of Dorothy

1

"那是什么？"桃乐丝指向沙漠边缘。

"唔……"稻草人手搭凉棚，望向桃乐丝指的方向，"我认为是沙漠，要么就是沙子。这是奥兹国最聪明的我说的，准不会错。"

"可你错了。"桃乐丝明显很失望。

桃乐丝一副很活泼的女生打扮，她把棕色头发梳成了辫子，身穿白衬衫和蓝吊带裙，还有白袜子和红鞋子。

"不，我不会错。"稻草人坚持道。

"嘿嘿，"马口铁做的铁皮人无所事事地挥着斧头，"你的视角要更灵活点，不能因为刚巧自己看到的是沙子，就说她指的是沙子。"

"这是当然的。死亡沙漠里当然只有沙子，不然也不会叫'死亡沙漠'了啊。"

"你是要忤逆我这位温基国的皇帝吗？"铁皮人挥起斧头，"你搞清楚，只要轻轻一劈，我就能把你的身体劈成两半。就算我是奥兹国最仁慈的人，我的忍耐也有限。"

"我可以说两句吗？"狮子怯生生地说。

"你说啥？声音太小，听不见！"铁皮人把斧子对准狮子。

"哇！不要！"狮子抬起两只前爪挡住脸，抵御斧子，结果动作太大，爪子撞上了稻草人和铁皮人。

铁皮人被撞飞出去一米，稻草人则轻飘飘地落到了十米外。

"你要干吗？！"铁皮人举起斧子摆开架势。

"哇，不要！"狮子一个劲儿挥着两只前爪。

"你们俩都给我住手！奥兹玛女王禁止在奥兹国内打架！"桃乐丝叫道。

铁皮人哼了一声，放下斧头。狮子叹息了一声，松了口气。

"还有，没用的话就别吵了。你们可以直接问我指的是什么，毕竟我就在这儿，在你们旁边。"

"对哟，这是个好办法。"稻草人爬起身说，"当然，我早就想到了。"

"那么，你指的是什么？"铁皮人问。

"就是那个，那个灰色带点绿的、干巴巴、脏兮兮的东西。"

"真的，"狮子说，"为什么死亡沙漠边上会有那种东西？是从沙漠另一边过来的吗？"

"没人能穿越死亡沙漠，"铁皮人说，"它可能是想离开奥兹国，走到那里累死了？"

"那边离奥兹国这么近，不至于累死吧？"狮子说，"那里离奥兹国只有三十厘米啊。"

"对哟。我懂了，"稻草人抱起胳膊说，"肯定因为那边是死亡沙漠。"

"什么意思？"铁皮人问。

"既然叫'死亡沙漠'，肯定充满了生机勃勃的死亡之力。"

"死亡之力怎么会生机勃勃？"

"会啊，'死亡之力'指的是杀死生命的力量，但力量本身又没死咯，我猜。"

"搞什么呀，说了半天都是你瞎猜的啊？"

"嗯，目前确实还只是假设，但很容易验证。只要把某个活物赶进沙漠，看看它会死还是会活就行了。"

"不要！"狮子说，"千万别把我赶进沙漠！"

"没人说要把你赶进死亡沙漠啊。"铁皮人诧异地说。

"哇！哇——哇——哇！"

"所以你不用害怕啦。"

"桃、桃乐丝！"

"咦？"

抬头一看，桃乐丝正向那个干巴东西走去，正要踏进沙漠里。

"糟了！桃乐丝死了！"稻草人哇哇大哭起来。

"冷静点，"铁皮人说，"桃乐丝没死。"

"咦？"稻草人不哭了，"好神奇。"

"神奇什么？"

"你看，她明明进入了死亡之力生机勃勃的沙漠，却没死。"

"所以根本没什么死亡之力嘛。"

"可是有人这么说过啊。"

"哦？谁说的？"

就在他们争执不休时，桃乐丝蹲下来，观察起那个干巴东西。

"桃乐丝，那是什么？可怕吗？"狮子做好了逃跑的准备，小心翼翼地问。

"我想应该不是什么可怕的东西。"桃乐丝用拇指和食指捏起那个干巴东西。

"呀!"狮子一下子朝后跳出去十多米。

"那是什么?"铁皮人问。

"不知道,好像是某种动物被晒干了。"

"我知道了!"稻草人叫道。

"你知道那是什么了?"狮子站得远远地问。

"对,依我所见,那肯定是某种动物被晒干了。"

桃乐丝闻了闻:"是肉干吗?"

"我知道了!"稻草人叫道。

"你知道那是什么了?"狮子站得远远地问。

"对,依我所见,那肯定是肉干。"

"肉干?那说不定能吃?"狮子舔了舔嘴唇。

"吃的吗?我对吃的没兴趣,"铁皮人无聊地说,"桃乐丝和狮子吃吧。"

"确实,我们不用吃饭,也不用呼吸,效率很高。"稻草人表示赞同。

"既然能吃就拿过来吧。"狮子慢慢走回大家身边。

桃乐丝晃了晃那个干巴东西,扔到了草丛里。狮子闻了闻:"确实有股肉干味。"

"应该还是有人想离开奥兹国,结果在沙漠里晒干了吧?"

"只走了三十厘米就晒干了?就算是条鱼,这点距离也能轻松走完吧?"桃乐丝反驳说。

"鱼会走路?!"狮子惊讶地叫了起来。

"是啊，鱼会走路。你这都不知道？"稻草人得意地说。

"鱼走路是个比喻。"桃乐丝说。

"鱼走路是个比喻。你这都不知道？"稻草人得意地说。

"当然，某些种类的鱼也会走路。"

"当然，某些种类的鱼也会走路。你这都不知道？"

"不过，大部分鱼都不会走路。"

"大部分鱼都不会走路。你连这——"

"但这东西好像不是鱼。"铁皮人打断了稻草人的话。

"它肯定是徒步穿越死亡沙漠，来到奥兹国，然后在这里精疲力尽了。"桃乐丝说。

"徒步穿越死亡沙漠？从来没人做到过。"稻草人反驳说。

"就算这家伙是从沙漠另一头来的，但它抵达奥兹国前就死了，所以说到底它还是没能穿越死亡沙漠，不是吗？"铁皮人说。

"啊？什么意思？"稻草人挠了挠头，"你是说，我说的对？"

"可以这么理解。"

"我说，奥兹国很少死人吧？"

"不是啊，你一来奥兹国就杀了一个，后来又杀了一个。"铁皮人一针见血地说。

"两次都是意外呀，而且之后大家都夸我了。"桃乐丝有点不高兴。

"唔，在某些情况下，人是会因杀人受夸奖的。"狮子试图缓和气氛。

"行了，那种小事就不说了。我想说的是，这个干巴动物可能还没死。"

"很遗憾，即使原本有命，一旦晒干了，也就没命了。桃乐丝，"

稻草人自信满满地说，"这是基本常识。"

"你身体里不是干稻草吗？当然你外面也是干植物纤维。"

"啊？这样吗？"稻草人瞬间露出惊讶的神色，然后赶忙恢复严肃的表情，"这我当然知道。我只是假装不知道，逗你玩呢。"

"谁带了水？"桃乐丝没在意稻草人的话，"浇到这个干巴动物身上，说不定它能活过来。"

"很遗憾，我和稻草人都不是肉身，所以没有唾液也没有尿。不过狮子是肉身，应该至少能撒个尿吧？"铁皮人冷冷地说。

"它说不定还活着，不能这么对它，太可怜了。你们等我一下，我去小河里打水。"

桃乐丝走到旁边的小河边，脱下鞋子，往里面灌水。虽然立刻就开始漏水，但回到原地时还剩了一半。桃乐丝把水浇到干巴动物身上。一开始没什么变化，但过了几分钟，动物慢慢吸收水分，开始膨胀。

"桃乐丝说对了，这动物正在复原。"狮子开心地说。

"也可能只是肉干被泡涨了，再泡下去说不定就要烂了。"稻草人说。

"那可太糟了，应该趁烂之前吃掉。"狮子咬住动物。

"疼。"动物说。

"谁在说话？"狮子问。

"是你吧？"稻草人说，"是你嘴里发出来的声音。"

"不，我没说话。"

"你的嘴在流血。"

"真的呢。可我不疼啊。"

"刚才那只动物呢？"桃乐丝问。

"我看到狮子把它吃了。"铁皮人说。

"吞下去了？还是在嘴里？"

"当然还在嘴里，我不管吃什么都会细嚼慢咽，这样才好消化。"狮子说。

"那可能还来得及，快吐出来。"

"什么来得及？"

"你嘴里的动物还来得及救活，它还活着。"

"咦？真的？你怎么知道？"稻草人说。

"因为它说话了，刚才的'疼'就是它说的。"

狮子把嘴里的东西吐到地上，动物带着血抽搐着。

"真恶心。"狮子不高兴地吐了一口带血的唾沫。

"太糟了，"稻草人皱起眉头，"还是安乐死吧，人道点。"

"我来吧。"铁皮人挥起斧头。

"等一下！"桃乐丝说，"它身上沾了血，所以看起来很糟，但可能受伤没那么严重，等我一下。"

桃乐丝又跑到小河边打水，然后小心翼翼地往动物身上浇水。

"哇！好冷！疼！"动物大叫。

"你还好吗？"桃乐丝问。

"嗯？等等……我不好。我喉咙很干，身体也疼，像是被什么咬过。"

"伤得厉害吗？身子能动吗？"

动物站起来，尝试活动身体各处："出血了，不过还能动。"

"那骨头应该没问题。而且看你说话的样子，意识好像也没问题。内脏怎么样？肚子疼吗？"

"何止肚子，全身都疼。"

"那只能再观察观察了。"

"内脏可能坏了，还是安乐死吧，太麻烦了。"铁皮人又挥起斧头。

"哇！杀戮机器人！"动物大叫。

"我可不是机器人。"

"那你是什么？自动人偶？"

"那是啥？没听说过。我是马口铁做的铁皮樵夫，叫铁皮人。"

"既然是马口铁做的樵夫，又不是机器人，也不是自动人偶，那你是什么？"

"我是人啊，只是用马口铁做的而已。"

"那，它也是人吗？"动物指向稻草人。

"我不是人，我是稻草人。我看起来像人吗？"稻草人回答。

"那你不是生物？"

"唔……这怎么说呢……"稻草人开始烦恼。

"你是谁？"桃乐丝问。

"我是比尔，蜥蜴比尔。"动物回答。

"果然是蜥蜴啊。"

"蜥蜴会说话，是不是吓到你了？"

"如果这里是堪萨斯，我可能会吓到。但这里是奥兹国，动物会说话并不稀奇。而且，"桃乐丝看了看铁皮人和稻草人，"还有会说话的稻草人和铁皮樵夫呢。"

"对呀，跟他们俩比起来，我算正常了。"比尔回头一看，"哇！狮子！"

"很高兴认识你。"狮子说。

"狮子在说话！"

"所以说呀，没必要对这种事大惊小怪。"桃乐丝说。

"啊，说的也是，我不惊讶了。"

"你有点像稻草人。"

"嗯？那你也很聪明吗？"稻草人问比尔。

"怎么说呢……从来没人这么说过我，所以我不知道呀。"

"是吗？我是奥兹国最聪明的，而且经常听人这么说。"

"都有谁说呀？"

"唔，一般都是我说的，"稻草人挺起胸膛，"毕竟我有一个特别的大脑。"

"特别？"

"是伟大的奥兹大法师为我特制的大脑。"

"那位大法师是奥兹国最厉害的魔法师吗？"

"唔……怎么说呢，最厉害的是南方好女巫格琳达吧？"

"那，奥兹大法师是第二厉害的？"

"怎么说呢，皮普特博士好像也很厉害，蒙比和北方女巫也很了不起。"

"那，奥兹大法师的排名很靠后？"

"有可能。"

"那你为什么不请其他魔法师帮你做大脑，非要找奥兹大法师呢？"

"因为不行。奥兹玛女王颁布了魔法禁令，只有奥兹玛女王和她的亲信格琳达，还有她的弟子奥兹大法师才能使用魔法。"

"奥兹大法师居然是弟子？明明是很响亮的名号。"

"这是有原因的，奥兹大法师是整个奥兹国的大王。"

"那为什么这么厉害的人会做弟子？"

"这没什么厉害的呀，奥兹大法师是个骗子。不过后来发生了很多事，他现在就成了格琳达的弟子，正在学真正的魔法。"

"也就是说，他还在学魔法？"

"是啊。"

"这么说，你的大脑是他练习的时候做的？"

"你是说我的大脑是习作？"稻草人有点不高兴。

"我不是那个意思，但他还是弟子的话……"

"这个大脑当然不是弟子时代的奥兹大法师做的。"

"可他现在还是弟子吧？"

"他现在是弟子，但他并非一直是弟子。因为做弟子前他是骗子。这个大脑是他还当骗子时做的，所以绝对不是习作。"

比尔思考了一会儿稻草人的话，然后忽然意识到了什么。看到比尔的样子，桃乐丝赶忙朝它使了个眼色，摇了摇头。

"我明白，你朝我挤眼睛的意思，肯定是不能告诉稻草人'骗子做的大脑肯定是骗人的'，对吧？"比尔大声说。

"你到底在跟谁说话？"稻草人好奇地问。

"那个女孩给我使眼色，我猜她是让我不要告诉你，你的大脑是骗子做的假货，免得伤你的心。"

"是吗？桃乐丝真温柔，托她的福，我才没伤心。"

"我也很高兴自己没伤害稻草人。"

铁皮人不耐烦地看着他俩对话："把他们俩都安乐死，或许对他们来说还更好吧？"

"别这样，铁皮人，反正没什么用。就算砍了稻草人的头，他也不会死，他本来也不是生物。"桃乐丝说。

"但是可以杀蜥蜴吧？至于稻草人，把他拆成稻草点燃，也就等于死了。"

"奥兹玛禁止杀人。"

"杀人？他们算人吗？"

"在堪萨斯确实不算，但在这里不是都看作人吗？要是他们不算人，那不算人的就会成为多数。"

"你从哪儿来？"狮子问比尔。

"我来自霍夫曼宇宙。"比尔回答。

"没听说过，但应该也是仙境的一部分吧？"

"仙境是哪里？"

"就是这个世界啊，奥兹国周围的世界。"

"那这个世界有多大？无边无际吗？"

"谁知道呢，应该不至于无边无际吧？"

"那就还是有尽头咯？"

"大概吧。"

"可尽头之外应该还有什么吧？"

"大概吧。"

"那这样一来，这个世界不又延伸下去了吗？"

"没有尽头的世界里，孤零零站着一个我……"狮子颤抖起来，"太可怕了，太可怕了，这想法太可怕了。"

"你是在霍夫曼宇宙出生的呀？"桃乐丝对比尔说。

"我不记得自己是在哪儿出生，不过在霍夫曼宇宙之前，我在奇境之国。"

"霍夫曼宇宙和奇境之国都跟这里差不多吗？"

比尔四下张望了一番："嗯，硬要说的话，这里可能更像奇境之国，霍夫曼宇宙的人和建筑物更多。"

"就算是奥兹国，要是去了翡翠城，你会发现那边的人和建筑物也比这里多。"桃乐丝说，"霍夫曼宇宙和奇境之国有很多你这样能说话的动物吗？"

"嗯，很多很多。"

桃乐丝陷入沉思："那我认为，奇境之国和霍夫曼宇宙都是仙境的一部分。"

"那这里是奥兹国还是仙境？"

"奥兹国是仙境的一部分，周围都是无人可以穿越的死亡沙漠，不过沙漠外还有艾维国和诺姆国。"

"这里的人有明确的世界观啊。"

"你偶尔会说出很深奥的词啊。"

"这不是我的说话习惯，是井森的说话习惯，其实我也不太明白什么意思。"比尔寂寞地说。

"不必担心，能理解世界观的人在奥兹国也没几个。"

"要是去别的国家不难的话，我想请你们带我去奇境之国……"

"很难啊，离开奥兹国就等于自杀了……对了，井森是谁？"

"井森建，我的化身。"

"化身？"

"井森和我通过梦境共享记忆，要是我死了井森也会死。"

"所以井森在地球？"

"你刚刚说了'地球'？"

"是。比尔，我的化身也在地球。你必须要去翡翠城，求见奥兹国的统治者奥兹玛女王。"

2

井森在思考。

他思考的是比尔的事。这几天里，他一直在想怎么救出比尔。那只可怜的蜥蜴本该待在自己生活的奇境之国，可不知为何迷了路，进了霍夫曼宇宙那个全然不同的世界。虽说沿着去时的路倒着走就能回去，但比尔当然想不到这点，而且它也记不住去时的路。

比尔虽然和井森共享记忆，但它的洞察力极其有限。虽说它是蜥蜴，这也没办法，但在奇境之国，连毛毛虫和花草都能做出更聪明的举动。所以井森总在想，比尔就不能多动动脑子吗？

万一比尔死了，井森也会跟着死。所以他必须想办法把比尔从现在的困境中救出来，让它回奇境之国。可要怎么做呢？

虽然没有明确方案，但既然能从奇境之国到别的世界，那必然也有回来的办法。井森担心的是比尔乱来。它为了回奇境之国，说不定会鲁莽行事。井森真是没见过那么粗枝大叶的蜥蜴。

他一边散步一边想着这些。也许是太投入了，他几乎忘了现在是盛夏的中午。等他意识到这点，他已经失去了知觉。

这话很自相矛盾，但也没有更合适的说法。他本来在想比尔的事，结果回过神来发现自己躺在类似草地的地方，上面是茂密的枝叶，背景是蔚蓝的天空。

自己似乎躺在树荫下的草地上。明明刚才还在散步，怎么突然就成这样了？

从现状推测，自己大概是中暑晕倒了。

是自己挣扎着来到树荫下的吗？井森没有来这里的记忆，不过也许是下意识寻找凉爽的地方，于是来了这里。

想到这里，他才发现额头上有一块湿毛巾。他拿下毛巾，仔细打量。似乎是谁放上去的。会是谁呢？井森正觉得纳闷，忽然听到有人说话。

"您没事吧？"年轻女性的声音。

井森朝声音的方向望去。那是一位皮肤白皙的美丽少女，褐色头发扎着辫子，身穿白衬衫和蓝吊带裙。

井森感觉自己在哪里见过她。紧接着，他想起了少女的名字。

"桃乐丝？"井森下意识叫了出来。

"嗯，是我，"桃乐丝回答，"该不会您就是井森？"

"你怎么知道我的名字？"

"因为您知道我的名字，所以我觉得应该是您。我以前认识的人的化身我都记得，但我不记得您。既然您知道我的名字，那就说明您是我最近刚在奥兹国认识的某人的化身。至于最近刚在奥兹国认识的人，那就只有比尔。而比尔说过，它的化身是位研究生，名叫井森。"

"漂亮的推理。"井森想要起身，却踉跄了一下。

"当心。先补充点水分吧。"桃乐丝递过来一瓶五百毫升装的运动饮料。

"谢谢，那我就不客气了。"井森拧开瓶盖，咕嘟嘟喝光了，"我好像中暑了。"

"您一边苦思冥想，一边顶着烈日在操场上走来走去，接着就突然晕倒，所以应该是中暑吧。"

"你怎么知道我在想问题？"

"因为您一边走一边嘴里嘟嘟囔囔说着什么，而且您晕倒时还在嘀嘀咕咕说着胡话。"

"我在想怎么拯救比尔。"

"比尔在奥兹国呀。"

"嗯，我知道，我刚才晕倒时梦到了。"

"那比尔的问题就解决了。"

"为什么？"

"因为比尔已经脱离危险了呀。"

"危险是指差点在沙漠里晒干吗？"

"难道还有别的危险？"

"晒干当然是问题，但我想的是更重大的问题。"

"还有比生命安全更大的问题吗？！"

"从字面上说，可能是没有比生命安全更大的问题了。但比尔的问题早在它被沙漠晒干前就存在了。它迷路了，回不了奇境之国。"

"这个问题有那么重要吗？"

"啊？"

"不管比尔去哪儿，您总归是在这个地球上。"

"嗯，是啊。"

"以及不管在哪儿，比尔都能过得很开心，对吧？"

"嗯，是啊。"

"那么，为什么非要让它回原来的世界呢？"

"因为……"井森说不下去了。

对啊，为什么呢？

"大概因为奇境之国是比尔的故乡吧，它在那边有很多朋友。"

"那些朋友很重要吗？他们很关心比尔吗？"

井森脑中浮现了疯帽匠、三月兔、白兔、红心王后、柴郡猫。

可能确实没必要回去……

"这不是理由，故乡总是要回的。"

"那把奥兹国当作新的故乡也可以呀。"

这确实也有道理。在比尔看来，奥兹国远比霍夫曼宇宙更像奇境之国，而且也不像奇境之国那样到处是奇异现象，魔法之力似乎受到某种程度的约束。此外，奥兹国的人似乎也不像奇境之国的人脑子那么疯。换句话说，就像一个温和版的奇境之国。

不过也有让人介怀的地方。

井森支起上半身。

"再躺一会儿吧？"

"我已经好多了……我可以再问问奥兹国的事吗？"

"嗯，随便问。"

"你说奥兹国是有统治者的？"

"对，铁皮人也是统治者之一，他是温基国的皇帝，我们就是在他的帝国领地里遇到您的。"

"'统治者之一'的意思是，还有其他统治者？"

"嗯，还有奎德林的国王，曼奇金的君主，吉利金的元首。另外边境小村落里也有些人称王，不过没有得到官方认可。"

"也就是说，奥兹国由这四位统治者统治？"

"虽然也可以这么说，不过总管整个奥兹国的还是翡翠城里的奥兹玛女王。"

"女王啊……"

"怎么了？"

"奇境之国有位王后，但她是位不太受欢迎的独裁者，动不动就要砍人脑袋。"

"奥兹玛女王是位仁慈的独裁者，不会砍人脑袋的。"

"我不太明白翡翠城和周边国家的关系。要是拿地球来打比方，大概是什么样子？像是各基督教国家和罗马教廷的关系吗？"

"奥兹玛女王不仅是精神支柱，她还会更直接地参与政治，整个奥兹国执行的都是她制定的法律。"

"四个国家的统治者没颁布法律吗？"

"当然也会颁布法律和政令，但奥兹玛的法律和政令优先级更高，所以不会乱。"

"也就是说，四位统治者其实是徒有虚名？"

"也不是徒有虚名，我觉得相当于日本江户时代的藩主或者现代的市长之类的吧？"

"奥兹国的人口有多少？"

"据说有五十万左右。"

"周围都是沙漠？"

"嗯，死亡沙漠。"

"但是你们也知道奥兹国以外的情况。"

"仙境里有艾维国、诺姆国、玫瑰国、莫国等等，光我知道的就有十几个国家。"

"这些里面有奇境之国和霍夫曼宇宙吗？"

"没有。"桃乐丝摇头，"不过我不可能知道所有国家。就算仙境里有你说的这几个国家，也并不奇怪。"

"但比尔在奇境之国和霍夫曼宇宙时，都没听说过奥兹国。"

"会不会是因为距离太远？奥兹国的人也不知道远方的事。"

"你不是说奥兹国周边都是无法穿越的死亡沙漠吗？"

"嗯，是的。"

"那为什么你会了解奥兹国以外的情况呢？"

"因为有魔法呀。"

"原来如此。那么有权用魔法的，只有奥兹玛自己、名叫格琳达的女巫以及奥兹大法师三人？"

"没错。"

"他们的魔法很强吗？"

"当然啦。只要他们想，说不定能统治全世界。"

"嗯，我明白奥兹国的权力机构为什么很稳定了。但反过来想，也可以认为内部有不稳定因素。"

"什么意思？"

"要是有人获得了魔法并试图反叛，或有其他国家想入侵时，就只能靠这三人去应对。"

"我不觉得这有什么不稳定的，因为那三人的魔法非常强。"

"关于这点我保留意见，唔……可以叫你桃乐丝吗？"

"嗯。"

"桃乐丝，虽然你已经认识了比尔，但作为人类，我们在这边还是初次见面，所以我想正式做个自我介绍。我叫井森建，请多关照。"井森伸出手。

"请多关照。"桃乐丝握住井森的手。

"我还得谢谢你救了我。谢谢你，桃乐丝。"

"我只是做了我该做的事。"

"桃乐丝！"远处有个女人在挥手，她和桃乐丝差不多年纪。

"是你朋友？"

"嗯，树利亚，馅树利亚，也是奥兹国居民的化身。"

井森站了起来。

"没问题吗？"桃乐丝关切地问。

"嗯，我已经彻底恢复了。"

树利亚走了过来。

"你好，初次在这边见面，"井森招呼道，"你在那边是铁皮人还是稻草人？或者是狮子？"

树利亚一脸诧异。

"呃，"桃乐丝露出尴尬的表情，"树利亚，这位是井森先生，他也是仙境居民的化身。"

"哦，这样啊。"树利亚露出笑容，"初次见面，您好，井森先生。"

"咦？你不是我认识的奥兹国人？"

"嗯，她的本体是在翡翠城宫殿里工作的侍女杰丽雅·嘉姆，她是吉利金人，也是个翻译。"

"抱歉，我还以为你是我认识的人的化身。"井森尴尬得脸都红了。

"没关系，本体和化身可能长得像，也可能不像，没什么规律。桃乐丝是长得像的啦。唔，其实说起来，我大概也是这种吧，至少都是年轻的人类女性。不过也有些人差别很大。就像你刚才说的，还有稻草人、狮子什么的，这种最让人觉得难过了。"

"难过？"井森感到很难过。

"对呀，自己竟然是动物，实在不太能接受。"

桃乐丝咳嗽了一声。

"嗯？桃乐丝，你着凉了？"树利亚问。

"那边的我是只蜥蜴。"

"呃……"树利亚僵住了。

"名字叫比尔。"桃乐丝说。

"也是，我该想到这种可能的。"树利亚说，"我会铭记在心，今后绝不会再失言了。"

"也没必要这么郑重反省啦。"井森试图安慰她。

"不，这不是反省，是学习。只要不重复同样的错，我就会日益成为完美的人。"

"哈哈，也是。"井森意识到她跟自己不是同类人，并不会感到尴尬，"对了，刚才桃乐丝说你是翻译，那你是翻译哪种语言呢？"

"哪种都行，只要是奥兹国的，比如吉利金语和温基语。"

"太厉害了！语言能力这么强，真让人羡慕。"

"不过我完全没有语言能力，我只会说母语，其他的不行。"

"那你为什么能做翻译呢？"

"因为奥兹国的语言都一样。吉利金语、温基语、曼奇金语，全都是同样的词汇和同样的语法。"

"这样啊。那的确不擅长学语言，做翻译也没什么问题。"井森先摆出理解的样子，"不过话说，要是所有语言都一样，那不就不需要翻译了吗？"

"道理上是这样。但是，你看，有些人就是不讲理嘛。地球有的，奥兹国也要有，所以就有了我这工作。"

井森摸着下巴，陷入了沉思。

"怎么了？"桃乐丝问。

"从刚才的话里分析，奥兹国不怎么像地球，倒更像奇境之国。"

"那你就可以放心让比尔在奥兹国生活了呀。"

"不，恰恰相反，我更担心了。"

"你担心什么？"

"我担心女王。奇境之国也有位王后，她推行的是暴政。"

"奥兹玛女王深受民众爱戴，是位仁慈的统治者。"

"但她是独裁者。"

"也有好的独裁者呀。"

"我比较在意她深受大家爱戴这点。奇境之国的红心王后是个独裁者，但她脑子不好，民众也厌恶她。"

"奥兹玛女王正相反，我也觉得奇境之国的王后太糟了。"

"奥兹玛女王非常有智慧，而且是人民喜欢的独裁者，是吧？"

"没错。"

"我恰恰觉得这点非常危险。因为所谓的领袖魅力，总会蒙蔽自己和国民的眼睛。"

"奥兹玛女王的话，不用担心这些。"

"你这话让我更不安了。"

"我明白了。那就让比尔尽早去见奥兹玛女王吧。"树利亚说，"百闻不如一见。等见到了奥兹玛女王，你的担心自然会烟消云散。"

3

奥兹国远比想象中辽阔。比尔是在温基国最西面遇到桃乐丝他们的，结果已经走了好几天，还没到翡翠城。

温基国的所有东西都被涂成了黄色。一开始眼睛看得很难受，等后来慢慢习惯了，也就感觉正常了。

至于途中的食物和住宿，完全不成问题。一到吃饭或睡觉时间，只要去附近人家求一顿饭或一张床就行。大多数人家，都会爽快地提供饭菜和床铺。极少情况下，也会遇到很不情愿的人家，比如食物不够啊，家里有人外出所以人手不够啊，或者有人生病顾不上啊。但即使是这种时候，只要铁皮人把斧头砍在桌子或柱子上问：你们能过上平安的生活，靠的是谁？对方就会低头回答：是靠温基皇帝陛下和奥兹玛女王陛下的恩赐。随后就会放下自家饮食或照顾病人的事，优先准备他们的餐食。

"总觉得很不好意思。"比尔老老实实地说。

"有什么不好意思的？"铁皮人语气强硬。

"毕竟他们本来都有自己的安排，结果却把我们放前面了。"

"这有什么不好意思的？"

"因为给他们添麻烦了呀。"

"这有什么麻烦的？招待皇帝是一件很光荣的事。而且奥兹国法律规定，必须为旅人无偿提供食物和住宿。"

"是吗？"

"是啊。我们和他们都在依法行事，所以这是理所当然的。既然理所当然，就没必要觉得不好意思。"

"这样吗？"

"就是这样。"

"可是，我总觉得很不好意思。"

"那是因为你没理解情况。"铁皮人不耐烦地说，"喂，稻草人，能不能用你卓越的智慧给这只蜥蜴解释解释？"

"好吧好吧。"稻草人清了清嗓子，"要是没这项法律，来这个国家的旅人会怎么样？他会无食无宿，只能摘树上的果子，或者抓鱼虾和小动物吃。并且还只能露宿野外，但露宿野外可能会被野兽吃掉。"

"野兽？"比尔问。

"肉食动物，狮子之类的。"

比尔看向狮子。

"喔，你担心我吃掉你？别怕，我不吃朋友。"狮子说。

"我想问一下，如果你遇到一只蜥蜴，但它不是你朋友，你会怎样？"

"我不太想回答这个问题。"狮子说，"不过哪怕是我，也不能什么都不吃呀。而且根据奥兹国的法律，吃了就无罪。唔，就是这样。"

比尔瑟瑟发抖。

"它说了不吃朋友嘛，别怕啦。"稻草人说，"你看桃乐丝，她远比你好吃，肉更多，油也多，狮子连她都没吃，更不会吃你了。这很好理解吧？"

"狮子，你连桃乐丝都想吃？"

"别问，"狮子舔了舔嘴唇，"有些话说出来就很难继续做朋友了。"

"也是，那我就不问了。对了，你想吃我吗？"

"你想听我回答吗？"狮子目不转睛地盯着比尔，嘴里开始流口水，"你非要知道吗？"

"要是方便的话。"

"但你知道了答案后，咱俩的友情可能就有裂痕了。"

"没关系，毕竟咱俩也没建立起那么亲密的关系。"

"还有，知道了答案后，你会变得整天疑神疑鬼。"

"这不行，我不想总是提心吊胆，担心自己被吃。"

"真的？"

"真的。"

"那我就不说了，我不想你总是提心吊胆的。"

"谢谢你，那我也就不问了，这样我也能放心，不用提心吊胆的。"比尔躺到狮子的嘴边，"要是我知道了答案，我就不敢躺到你嘴边了。"

"完全正确。"狮子盯着比尔，舔了舔嘴唇。

"喂，我可以认为你俩的争执已经解决了吗？"稻草人问。

"我俩没有争执啊。"狮子慌忙说，"就算有争执，也是从今以后。"

"那我就继续说了。"稻草人说。

"说什么？"比尔问。

"就是继续解释我们为什么应该住在温基人家里，接受他们的食物。要是不这样，就会发生大灾难。"稻草人看着狮子说。

"这我明白，但我觉得至少该表达感谢。"

"感谢？"

"比方说给钱。给了钱，我心里就踏实了。"

"你听到了吗，铁皮人？它说给钱。"稻草人哈哈大笑。

"太好笑了。"铁皮人也哈哈大笑。

"咦？有什么好笑的？快告诉我，我最喜欢听笑话了。"

"因为你说要给钱。奥兹国没钱，没这个概念。"稻草人说。

"怎么可能没钱？我不信。没钱不就没法存钱了吗？"

"为什么要存钱？"

"因为买大件的时候需要很多钱吧？所以要存钱呀。"

"奥兹国没人买东西。"

"那想要某样东西的时候怎么办？"

"拿就是了。"

"从哪儿拿？"

"从做东西的人那里啊。比方说，想要面包，就去面包店拿。想要衣服，就去服装店拿。想要房子，就告诉木匠建一栋房子。"

"那些人都不要钱吗？"

"是啊。"

"那样的话，他们不就吃亏了吗？不要钱能行吗？"

"要钱也没用啊。"

"有了钱就能买各种东西了呀。"

"刚才不是说了吗？在奥兹国不用买东西，想要什么直接去拿就行了。"

"我彻底糊涂了。"

"你的脑子里全是钱的概念，所以理解不了。奥兹国是原始共产制。"

"啊，原始共产制，这我就明白了。"比尔说，"但是这样一来，要是有人想偷懒，不就可以随便偷懒了吗？"

"是啊，不想干活的人就不干，这不挺好的吗？"

"可要是大家都不干活，那可怎么办？"

"不会的。"

"为什么？"

"因为要是大家都不干活，奥兹国就会崩溃，谁也不希望这么棒的国家崩溃嘛。"

"原来如此，我明白了，稻草人解释得很棒。"

五个人继续旅行，终于在某天抵达了翡翠城入口。翡翠城被高高的城墙包围，城墙上有巨大的城门，不过城门大开着。

"城门一直都开着吗？"比尔问。

"是啊，不然怎么自由出入呢？"桃乐丝回答说。

五人径直前往宫殿。宫殿入口处，有位少女迎接了他们。

"你回来了，桃乐丝。"少女说，"我想你们差不多该来了，所以我就在这儿等你们。"

"她是奥兹玛女王吗？"比尔问。

"不，比尔，这位是杰丽雅·嘉姆。"桃乐丝说。

"杰丽雅·嘉姆？"比尔问。

"初次在这边见面，你好，比尔，"杰丽雅说，"我在地球的化身是树利亚。"

"这样啊，初次在这边见面，你好，杰丽雅·嘉姆。"

"你和地球上的样子不一样，仙境的你感觉很散漫。"

"井森让人感觉很不散漫呀？不过，要是知道自己很不散漫，井森会不会伤心呀？"

"我觉得这种担心是多余的，比尔。"杰丽雅说。

"你怎么知道我们今天会来？"

"奥兹玛女王告诉我的。"

"有人给奥兹玛女王打过电话吗？"

"比尔，奥兹国根本没有电话。"

"那为什么奥兹玛女王知道我们会来？"

桃乐丝露出微笑。"这个问题，我觉得还是直接去问奥兹玛比较好。行了，去女王大厅吧。"

奥兹玛是位美丽少女，年纪感觉和桃乐丝差不多，但她身上自有一股威严，清澈的眼神中仿佛有种看穿一切的强大意志。

"初次见面，您好，奥兹玛女王。"比尔说。

"初次见面，你好，比尔，请叫我奥兹玛。"

"好的，奥兹玛。不过真让人吃惊，我还以为奥兹玛是个年纪更大、心眼更坏的人呢。"

"确实，一般来说都是前任国王死后，后任才能继承王位。所以多数国王或女王年纪都很大。你猜我年纪很大，倒也不奇怪。但是，为什么你觉得我应该心眼坏？"

"因为你禁止整个国家用魔法呀。"

"为什么禁止用魔法就是心眼坏？"

"因为你看，很多事用魔法不是很方便吗？一眨眼就能去远处，能运很多东西，还能消灭怪兽。"

"你说得没错。但如果恶意用魔法，也可以征服奥兹国，奴役所有国民。也就是说，魔法有善恶之分。要是不管理魔法，那它带来的不只有好处，也会有坏处。所以我才禁止用魔法。"

"但还是有三人能用呀。要是那三人用魔法干坏事，那可怎么办？"

桃乐丝捅了捅蜥蜴的肚子。比尔一脸茫然："桃乐丝，你捅我肚子干吗？"

桃乐丝叹了口气："比尔，你这么说很没礼貌，能用魔法的三人怎么可能干坏事呢？"

"你怎么能肯定？"

"因为能用魔法的三人，"奥兹玛插话道，"是我、格琳达以及奥兹大法师，我们三个只会把魔法用在正确的事上。"

"所以说呀，你怎么能肯定这点？"

"因为这是我的判断。我是这个国家的统治者，万事都遵从我的判断。"

"奥兹玛不会犯错吗？"比尔坚持提问。

桃乐丝又捅了捅比尔的肚子，但奥兹玛摇了摇头，于是桃乐丝停了手。

"关于这点，我来解释吧。"一个老男人突然从天而降。

"你是谁？"比尔问，"你从哪儿来的？"

"我就是著名的奥兹大法师。你们进来前我就在这儿了，只是我用了魔法，让你们看不到我。"

"你为什么要这么做？"

"我在观察你是不是有威胁。不过现在我发现你只是无害的小动物，所以我现身了。"

"很久以前我就隐约知道自己是无害的小动物了。"

"你在质疑为什么奥兹玛的判断是正确的。"

"我不是质疑，我只是想知道原因。"

"原因很简单，因为奥兹玛绝不会错。"

"是吗？"

"是。正因如此，她才被民众信赖，登上了女王的宝座。要是她犯了错，她就不可能登上王位。"大法师坦荡地说，"奥兹玛绝不会错，所以才当上了女王。奥兹玛是女王，所以她绝不会错。瞧，毫无矛盾吧？"

"奥兹玛是女王……奥兹玛不会错……"比尔嘴里跟着嘟囔。

"比尔，你没事吧？"桃乐丝有点担心地问。

"我想得太投入，有点不舒服。"

"这时候就该不想。"稻草人说，"不是有句老话叫'难得糊涂'吗？"

"说得对，我不想了，本来我也不擅长动脑子。"比尔说。

奥兹玛露出微笑。

"不过，这个国家坏人很多，还是要小心。"比尔说。

奥兹玛脸色一沉。

"比尔，这个国家没有坏人。"大法师说。

"既然没有坏人，那干吗不让大家用魔法呢？"比尔反驳说。

"因为要是除了我们还有别人用魔法，那就可能出现用它干坏事的人。"

"那还是这个国家有坏人啊。"

"……"大法师哑口无言。

"比尔，你觉得凡事刨根问底是个好习惯吗？"奥兹玛温柔地问。

"怎么说呢，"比尔挠挠头，"井森好像认为理性很重要。"

"井森是你的化身吧？"

"是啊。"

"他在地球上？"

"是啊。"

"这样的话，他就和奥兹国没关系呀。现在是你在这里，比尔。就算你们共享记忆，你也没必要听他的，你明白吗？"

"我大概明白了。"比尔顺从地说。它真的很累了，不想再想了。动脑子的活儿都交给井森吧。把这些记忆传给井森，他会去想的。比起这些，还是问问自己更在意的事吧。

"杰丽雅说，是奥兹玛告诉她我们会来这里的，可奥兹玛是怎么知道的呢？"

"当然是用魔法，你看这幅画。"

"哪幅？"比尔刚问出口，眼前就出现了一幅巨大的画，"这是什么？"

"魔法画。"

画上正是此刻这个房间里发生的事，比尔、桃乐丝、稻草人、铁皮人、狮子、杰丽雅·嘉姆、奥兹玛还有奥兹大法师，都在房间里看着一幅画。而在那幅画里，他们也正在看一幅画。这样的嵌套结构无休无止，比尔看了一眼就禁不住头晕目眩。

"比尔，你没事吧？"

"我受不了了。"比尔当场吐了出来。

"比尔，咱们快去准备好的房间里休息吧。"桃乐丝慌忙说。

"不用担心，"奥兹玛说，"这是普通人接触强力魔法时的正常反应。"

"准确地说，我是普通蜥蜴。"比尔一边吐一边说，"啊！"它指向那幅画。画里的比尔也在呕吐，同时指着画里的画。

"谁改了这幅画？"

"这幅画本身，它总是显示当前状况。"

"可就算不看画也知道我在吐吧？看我这样子，或者闻这气味。"

"这画上可不只有这个房间。比方说，在曼奇金国……"

图画突然变了。一望无际的蓝色景象，中间只有一栋褐色的破败房子，格外醒目。

"那是我在堪萨斯住的房子，"桃乐丝说，"它被龙卷风吹到这里，掉在了东方邪恶女巫的头上。"

"再比如，温基国……"

一望无际的黄色城市中耸立着巨大的金属宫殿。

"那是温基皇帝也就是我生活的宫殿。"铁皮人骄傲地说。

"还可以看到奥兹国以外的地方，比方说，诺姆国……"

画上出现了可怕的地下妖怪诺姆们在策划邪恶阴谋的场景。

"再比如，范法兹姆国……"

比尔惨叫起来。在画里，比尔看到成千上万只令人作呕的怪物聚集在一起。不管是在奇境之国还是霍夫曼宇宙，它都没见过这么丑陋的东西，它们正在进行着让人无法描述的不道德行为。

比尔的胃里已没有任何东西可以吐了，只能无力地干呕："这是什么东西？"

"范法兹姆，连神都害怕的恶魔。"

"它们不会袭击奥兹国吗？"

"奥兹国有死亡沙漠保护，不用担心……至少暂时不用。"

"你是说它们总有一天会来？"

"嗯，总有一天会的。但也不用怕，我会保护整个国家。"奥兹玛坚定地说，"就像这样，我可以在这幅画上随时看到我想看的地方。刚才为了查看桃乐丝是否安全，我看过这幅画。"

"奥兹玛可以看到所有人的情况？"

"嗯，是的。"

"那个人的隐私权怎么办？"

除了奥兹玛，在场所有人都盯着比尔，纷纷叹气。

"隐私权很重要。"奥兹玛微笑着说，"所以，我不会随便用这幅画，只有在查看有没有人遇到危险时才会使用。"

"我刚想到一点，"杰丽雅提议说，"比尔不知道怎么回到故乡，那能不能让这幅画显示比尔的故乡？也许这样就能知道怎么回去了。"

"很遗憾，这做不到。"奥兹玛悲伤地说，"要想让这幅画显示指定的地点或人物，首先要我自己充分了解目标地点或人物，它没法显示我不知道的地方。"

"那就让我来用吧，"比尔说，"我对奇境之国了如指掌。"

奥兹玛没说话，只是冷冷地看着比尔。

"比尔，我应该已经向你解释过这个国家的法律了，"大法师的眼神很可怕，"只有三人被允许使用魔法。"

"但我不是这个国家的国民，也不是坏人。"

"法律适用于身处这个国家的所有人。而且即使不是坏人，也只有疯子才会允许一只蠢蜥蜴使用魔法。"

"是吗，那可真遗憾。"比尔垂下头。

"不要急，你可以在这个国家定居，也可以让大家一起帮你想办法找故乡。"

"是啊，不要急嘛。"桃乐丝说，"而且马上就是奥兹玛女王的生日宴会了。只要参加了宴会，我想你的想法一定会改变的，因为宴会非常棒。"

比尔又感觉脑子有点乱了。

4

"你已经大致了解奥兹国的情况了吧？"桃乐丝问井森。

现在已过了下午两点，大学食堂里空空荡荡。

"我觉得，就民众对世界的了解而言，奥兹国与奇境之国、霍夫曼宇宙相比，区别很大。"井森说，"尤其是，可以清晰地看出统治者想有效治理国家的意愿。"

"这是好事吧？"

"奥兹玛想把奥兹国变成一个美好的国家，这应该是真的，但我当下没法断定她的做法是否正确。"

"你是说奥兹玛做得不对？"

"我没这么说。目前而言，她做得似乎不错。"

"不是似乎，是真的不错。"

"是吧。"

"你到底想说什么？"

"奥兹国不是民主国家。"

"那要看你怎么理解了。奥兹玛治理国家时，一般会先认真听取大家的意见，再总结成自己的想法。也就是说，奥兹玛治理国家的方法基于许多人的意见，这也可以说是民主吧？"

"怎么说呢，奥兹玛不一定要听民众的意见。而在各种意见中，她也可以选自己觉得正确的执行。换句话说，最终决定权不在民众，而在奥兹玛。所以这不是民主，这是独裁。"

"唔，地球和奥兹国的制度不一样。"桃乐丝说，"奥兹国是前近代的体制，所以不是民主制，是君主专制。"

"这么说也有道理，不过奥兹玛应该至少从你和大法师那边了解到了民主主义的概念吧？"

"那当然。"

"既然这样，她也是可以采用民主制的，不是吗？"

"那我反过来问你，为什么一定要采用民主制呢？地球上有哪个国家比奥兹国更好呢？"

"这……要看你如何定义'更好'了。"

"你在转移话题。奥兹国的国民比地球国家的国民更幸福，这点你承认吧？"

"……唔，这点我是得承认，但我总觉得哪里不对劲。"

"隐约感到有点别扭，不能成为批判制度的理由吧？"

"你说得没错。"井森深吸了一口气，"那么，让我冷静想想我感觉别扭的原因。"

"感觉别扭说到底是你的问题，不是奥兹国的问题，再说连比尔都接受了。"

"比尔恐怕比奥兹国的任何人都容易被控制……对了！"

"怎么了？"

"容易被控制。"

"我知道比尔容易被控制。"

"不是，我是说奥兹国的人都很容易被控制。既然奥兹国的制度很理想，那为什么无法在地球上实现呢？"

"因为地球上的政治家没奥兹玛那么有能力吧。"

"我认为不是。作为政治家，奥兹玛并没有那么特别。要是我们在地球上做同样的事，国民很快就会争夺食物和财产，闹到无法收拾。为什么奥兹国的国民那么有礼貌呢？"

"因为受过良好的教育？"

"确实教育水平高的国家，犯罪率偏低。但没有哪个国家能有五十万人口的规模，同时又能保持原始共产主义制度。"

"是因为奥兹国的教育水平格外先进？"

"我没有这种感觉，你有吗？"

"我也没有。"桃乐丝摇头，"我也从来没对这点产生过疑问。说起来，有必要这么纠结吗？乌托邦都已经实现了，还要去追根究底，这对谁有好处呢？"

井森沉默了。他对奥兹国的制度感到隐隐的怪异。但他自己也知道，这不能成为批判奥兹玛的理由。

"你们好！"树利亚朝两人走来，"怎么样？决定在奥兹国定居了吗？"

"他好像还有些疑虑。"桃乐丝说。

"比尔倒是没表现出来。"

"比尔心很大。"

"你不喜欢奥兹国的什么地方？"

"他自己也说不清楚。"

"我觉得奥兹国有点太和平了。"井森说。

"哎呀，这可不是。那里有过革命的骚动，也有过外国军队的侵略，边境地带还有过邪恶女巫的暴政。"树利亚说。

"但这些基本上都解决了，依靠奥兹玛女王和格琳达的力量。"

"是啊，这有什么问题吗？"

"我总觉得她们有点太万能了。"

树利亚笑出声来："你认为她们是邪恶的？"

"我不是这个意思——"

"她们要是邪恶的，那奥兹国应该会变成邪恶的国家。因为奥兹玛女王已经统治了整个奥兹国，她要是坏人，早就没必要继续伪装好人了。奥兹国笼罩在幸福之中，这件事本身就说明她们是善良的。"

"这我也理解。"

"所以说，这就是你的情绪问题，一种乡愁。你只是思念奇境之国，所以才一直挑奥兹国的毛病。"桃乐丝说。

"比尔这样我能理解，"树利亚说，"但井森为什么也这样？"

"所以说他很怪啊。"

"你说的是哪个他？井森还是比尔？"

"哎呀，当然是他们俩啦。"

两个女生咯咯笑了起来。井森沉默不语，什么也没说。

"没事，只要你理解了奥兹国，你就会决定在奥兹国定居了。"树利亚说。

"比尔已经这样打算了。"桃乐丝说。

"很快就是奥兹玛女王的生日宴会，会有许多国内外的人来参加。你好好听听大家的意见，也许就能接受了。"

"我也这么觉得。"

"国内外？奥兹国外的人也会来吗？"井森问。

"嗯，是呀。"

"奥兹国周围不是有死亡沙漠，没人可以穿越吗？"

"那是说用一般的方法无法穿越。光我知道的，就有三种穿越沙漠的方法。"

"什么方法？"

"从天上飞，从地下钻，还有用魔法瞬间移动。"

"从地下钻会比徒步横穿容易？真不敢相信。"

"那个沙漠恐怕有某种诅咒，不能在地上行走。不过也不是没有徒步穿越的案例，奥兹玛女王就曾率领军队穿越死亡沙漠，远征艾维国，不过当时用了魔毯。"

"那块魔毯现在还在用吗？"

"不，现在已经不用了。"

"为什么？"

"因为没必要，现在可以用奥兹玛腰带的力量实现瞬间移动。"

"用魔毯穿越沙漠时，还没有魔法腰带？"

"嗯，腰带是对诺姆战争的战利品。"

"等等，"井森大吃一惊，"奥兹国和其他国家发生过战争？"

"对啊，我没说过？"

"我只听你说过有其他国家侵略奥兹国。奥兹国也攻打过其他国家？"

"是啊，不过是为了拯救诺姆国而派出援军，不是要抢夺诺姆国的领土。"

"但是抢走了腰带，那是诺姆的财产吧？"

"只抢了腰带，而且是完全正当的。要是让诺姆国国王洛克伍德继续留着腰带，他可能会占领整个仙境。"

"但那是他的东西吧？"

"我先说一句，没理由要为这事批判奥兹玛。奥兹玛确实抢了诺姆王的腰带，但仙境里没有任何国家为此批判过奥兹玛。"

"说的也是。"井森说，"除了腰带其他都没抢，这也可以解释成单纯自卫。但是奥兹玛不仅抢了腰带，还在用它。"

"嗯，但那只是为了奥兹国的利益而用，不是为了私利私欲。"

"什么是私利私欲？"井森低声说。

"嗯？"

"抱歉，刚才不是提问，是自言自语。"

"你还是不能接受？"

"唔，我在问自己为什么不能接受。要是找到了答案，我会告诉你的。"

"嗯，不过下次见面，大概要到宴会当天了。"

"什么意思？"

"我要先回老家几天。"

"桃乐丝,你老家好像是个农场?"树利亚问。

"对,不过是个空空荡荡的农场,面积很大,但什么都没有。"桃乐丝回答说。

"面积大不就够了吗?"

"有土地也忙不过来啊,只有一对上了年纪的老夫妻。"

"上了年纪的老夫妻是你父母吗?还是爷爷奶奶?"井森问。

"是我伯父母。我父母过世很早,是伯父母把我养大的。"

"真辛苦啊。"

"没有没有,伯父母是把我当亲生女儿一样养的。当然啦,穷还是穷的,不过靠奖学金能读大学,我也就没什么可抱怨的啦。"

"而且还是奥兹国的王族。"树利亚说。

"对,我是桃乐丝公主,我已经别无所求了。"

井森感到某种令人心烦的东西,却没法明确地描述出来。

5

"我一点都不理解这趟旅行有什么意义,比尔。"桃乐丝说。

"旅行要有意义吗?"比尔问。

"你有时会突然问出很有哲学性的问题啊。"

"其实我不大明白,不过井森认为有必要调查周边的国家。"

"井森的想法就永远正确吗?"

"这个嘛,我也不大清楚。"

"为什么要调查周边国家呢?"

"为了帮我找回家的路。"

"你真的很想回奇境之国吗？"

"我也说不清，不过我还是挺想见到爱丽丝的。"

"那把爱丽丝叫到这里不就行了吗？"

"倒是也行。"

"奥兹玛，可以把爱丽丝叫到这里来吗？"桃乐丝问。

"要是能把爱丽丝叫到这里来也不错呢。"奥兹玛微笑着说，"但现在还不行，因为我还不认识爱丽丝，也不了解奇境之国，所以没法把她显示在魔法画上，也没法用腰带的力量召唤她。"

"但就算比尔去了诺姆国，也不担保就能了解奇境之国吧？"

"这是当然，不过也不担保不能了解嘛。而且最关键的是比尔自己想去诺姆国，应当优先考虑它的意见。"

"但是诺姆国太危险了。"

"所以我们派了护卫呀。"

"护卫是什么？"比尔问。

"就是保护你免遭危险的人。"奥兹玛回答说。

"这样一来，桃乐丝也就可以放心了。"

"为什么我会放心？"

"你不是不放心我去诺姆国吗？现在有了护卫，你就可以放心了。"

"不是我不放心，是你不放心吧？"

"我本来就很放心啊。"

"你很放心去诺姆国？"

"我不了解诺姆国啊。"

"你不怕去都是陌生人的地方吗？"

"不怕呀。桃乐丝你本来也是陌生人啊，我就一点都不怕。"

"你根本不认识我，当然一点都不怕。"

"对呀，那我根本不认识诺姆们，当然也一点都不怕。"

"桃乐丝，你还是放弃说服这只蜥蜴吧，"奥兹大法师说，"它听不懂道理的。"

"那也就没必要听它的想法了吧？"桃乐丝反驳说。

"其实是我们需要调查诺姆们。"

"咦？"

"很早以前我们就发现诺姆们有奇怪举动，需要调查他们有什么企图。"

"可是去诺姆国太危险了。"

"是，所以我们一直在等志愿者出现。"

"你们打算把这么危险的任务交给比尔？！"桃乐丝瞪着大法师。

"但这是它本人的想法。也就是说，我们和比尔的利害关系是一致的。"

"那不就是利用比尔吗？！"

"桃乐丝，不是这样的。"奥兹玛说，"我们是在帮比尔实现心愿，调查诺姆们是顺带的。"

"比尔做不了间谍。"

"这点我明白。要是连这都不明白，我也做不了国家元首。"

"那为什么要让比尔去？"

"因为比尔想去啊。间谍工作是护卫的两人负责。也就是说，它们是间谍兼护卫。我在实现比尔的个人心愿，同时以这个名义派遣间谍。这样一来，比尔的心愿和我们的目的就能同时实现了。"

"我的护卫是什么人？"比尔问。

"就是你身后的两名。"奥兹玛回答。

"我身后没人啊。"

"不，有人。"阿甘说。

"哇！驼鹿头装饰说话了！"比尔大叫起来。

"准确地说，我不是驼鹿头，我是驼鹿头、沙发、扫帚和椰子树叶的组合体。"

"真的呢，驼鹿头的身子是两张拼在一起的沙发，旁边插的椰子树叶像翅膀，还有个扫帚做尾巴。"

"其实本来已经拆了，不过现在有护卫任务，所以又紧急重装了。"

"用胶水粘的吗？"

"不，没那么正式，只是用绳子捆上了。"

"那不会掉吗？"

"肯定会掉啊。"

"掉了不就麻烦了吗？"

"是啊，会很麻烦，毕竟身体就散架了。"

"那不是该认真点儿装吗？"

"要是装太结实，下次拆就费劲了。"

"还要拆呀？"

"当然啦，不然大厅墙上没有驼鹿头装饰，不是很傻吗？"

"是吗？我还真不太懂。"

"不懂不丢人，你认真记住就行了。"

"可是这么容易散架，真的没问题吗？"

"当然有问题，不过本来就这样嘛。"

"原来本来就这样啊，那就没辙了。"

"还有问题吗？"

"唔。"

"哎，还有重要的事没有问呢。"

"唔，"比尔抱起胳膊，"还有什么要问的吗？"

"我只有个脑袋，居然还活着，你不觉得神奇吗？"

"啊，这个啊，要说神奇是挺神奇的，不过连这个都算神奇的话，神奇的东西就太多了。"

"但你不知道为什么会这样吧？"

"反正就是魔法呗！"

阿甘沉默了。

"比尔，不能这么说话。"桃乐丝说。

"啊？不是魔法？！"比尔大吃一惊，"那太厉害了！"

"是魔法。"阿甘说，"不能是魔法吗？"

"不，魔法也可以，但要是魔法就不怎么神奇了。"

"这话我可不爱听。'要是魔法就不怎么神奇了'，这叫什么话？魔法还不神奇吗？"

"是哟，魔法很神奇。"比尔表示赞同。

"你想知道是什么魔法吧？"

"也没有。"比尔迅速回答。

"不，你应该说'特别想知道'。"

"特别想知道。"

"你是不是在想'好烦哟，随便糊弄一下吧'？"

"哎呀好厉害，你怎么知道的？这魔法太厉害了。"

"女王陛下，"阿甘转向奥兹玛，"我可以用角戳死这个家伙吗？"

"阿甘，性子急躁可不好。"

"可这家伙拿我当傻子。"

"你可能会这么觉得，但其实不是。"

"不，就是。"

"比尔没有恶意。"

"可它就是在嘲笑我。"

"比尔只是很诚实，它没有嘲笑你。"

"你的意思是，比尔只是把它的想法诚实地说了出来？"

"没错。"

"你这么一说我更生气了，它竟然觉得我很烦。"

"请你记住，你有很重要的使命，太过在意比尔的言行毫无益处。"奥兹玛平静地说，"还有，比尔。"

"嗯？"

"阿甘希望你问它身上施加了什么魔法，请你问它。"

"哦，好呀。"比尔说，"阿甘，你还活着，是靠了什么魔法呀？"

"是靠魔法粉末。"终于被问到这个问题，阿甘很开心地回答道，"这种魔法粉末能把生命赋予本来没有生命的东西。"

"原来如此，这可真好用。"

"组装我的男孩叫奇普，是他给我了生命。"

"我真想见见这个叫奇普的男孩。"

"这不可能，他已经不在了。"

"啊？奇普死了？"

"不，他没死。"

"那他不是还在吗？"

"不，他已经不在了。"

"我认输，告诉我他怎么了吧。"

"你这就放弃了吗？"阿甘失望地说，"我还以为你会再努力一下。"

"我不擅长动脑子。"

"奇普成了奥兹玛女王陛下。"

"啊？奥兹玛是男的？"

"女王陛下是女的。"

"可奇普不是男的吗？"

"是啊。"

"这到底怎么回事？"

"你想知道怎么回事吗？"阿甘得意地问。

"我想知道啊。不过应该是魔法吧？"

阿甘不说话了。

"你怎么突然不说话了？"

"因为你已经把答案说了。"阿甘不高兴地说。

"比尔，照顾一下别人的感受吧。"桃乐丝建议道。

"桃乐丝，要让比尔照顾别人的感受，还不如让它在天上飞。"奥兹玛说。

"那，奥兹玛本来是男的咯？"

"不，本来就是女的。"

"好复杂呀。"

"我出生时是女的，但很快被变成了男的，所以奇普以为自己是男生。"

"就是所谓的'转女成男'呀。"

"但后来又发生了很多事，我就恢复女身了。"

"过了青春期后，可能会导致性别认同混乱哟，好担心呀。"

"比尔，问题都妥善解决了，不用担心。"

"可问题要青春期过后才会遇到呀。"

"出发的准备都做好了吗？"

"等一下，刚才是说有两名护卫吗？"

"是，准确地说是两'个'。不过在仙境，人的定义很宽泛，所以就说两'名'了。"

"那阿甘算几个？"

"要是把阿甘拆开的话，是六个——算上绳子是七个，不过现在是捆在一起的，算一个。"

"那还有一个是谁？"

"就在阿甘旁边。"

"你说的是这个圆圆的金属？"

"对，这就是另一名护卫，滴答。"

"初次见面，你好，滴答。"比尔向滴答问好，滴答没有反应，"为什么滴答不回答我？"

"因为它没法回答。"

"为什么它没法回答？"比尔摸了摸滴答，"好凉呀。"

"因为它不是活的。"

"哇！"比尔慌忙离开滴答，"怎么办？我摸了尸体。"

"比尔，滴答没死。"桃乐丝说。

"可奥兹玛说滴答死了。"比尔反驳说。

"奥兹玛说的是：'它不是活的。'"

"那不就是死了的意思吗？"

"那我问你，它是活的吗？"桃乐丝指着墙问。

"你问的是墙上的霉菌吗？"

"不，我问的是墙本身。"

"墙当然不是活的呀。"

"那它是死的吗？"

"对哟。死的意思是，本来活的东西现在不活了，是吧？"

"对，而滴答本来就没有生命。"

"你是说，它只是个东西？"

"是的，滴答是个东西。"

"东西也能做护卫？"

"嗯。"

"为什么？"

"很简单，因为滴答是机器人。"

"那阿甘呢？"

"阿甘不是机器人。硬要说的话，唔，算'魔法生物'吧。"

"所以滴答不是靠魔法动起来的？"

"对，滴答是靠科学的力量动起来的。"

"科学和魔法有什么区别呀？"

"这是个很难的问题，我可回答不了。你有空可以去问问奥兹大法师，他对科学和魔法都挺了解的。"

比尔围着滴答转了一圈。

"你在干什么？"

"我在找东西。"

"找什么？"

"当然是找电源啊，有电才能动呀。"

"比尔，奥兹国还没达到电力文明的技术水平。"

"那造机器人有什么用？这就是个废物嘛。"

"动力不一定非要是电啊，你看这里，"桃乐丝指了指滴答的后背，"拧动这个，发条就会卷起来。"桃乐丝指的地方有三个发条。

"为什么有三个？"

"每个的任务不一样。"桃乐丝拧动右边的发条。

"金丝雀在黏糊糊的海里爬裂开！"滴答突然叫起来。

"初次见面，你好，滴答。"比尔说。

"地球的喉结伫立在神社十字架的左边！"滴答叫道。

"滴答在说什么？"

"只是说胡话。"

"滴答错乱了？"

"和错乱不太一样。滴答背上有三个发条对吧？我这次拧的是右边的，它是提供说话动力的，思考用的发条是中间那个。"

"那还是拧中间的发条吧，桃乐丝，我听到有人说胡话会感到不安。"

"但我就算听你说话也不会感到不安。不过，因为滴答非常大，所以我也理解你的不安。要是它疯了，确实很难办。"

桃乐丝拧动中间的发条。"哐当"！滴答突然向前跨了一步。

"软化桌子上端的角度，让它们向上奋斗，进而沉溺于希望！"滴答突然挥起两只手臂。手臂撞到柱子上断开，只剩下一小截。

"真奇怪，我觉得比刚才更不安了。"比尔说。

"眼前与民宿交界的味道在深夜里远吠！"滴答举起手臂，朝着桃乐丝砸下来。

"哐当"！激烈的金属撞击声响起。铁皮人跳到桃乐丝身前，用斧子接住了滴答的手刀。斧刃与滴答的手刀互相摩擦，凄厉的摩擦声响彻城堡，所有活人都捂住耳朵坐了下来。

"奥兹玛女王，我能把这个机器人敲坏吗？"铁皮人大声叫喊，盖住了摩擦声。

"不行，铁皮人，滴答没有恶意。不管是谁，要是不经思考就行动，自然会变成这样。桃乐丝，你拧错了发条，思考发条不是中间的，是左边那个。"

"但是滴答到处乱挥手臂，太危险了。只要碰到一下，桃乐丝的脑袋就没了。"

"另一只手臂我来想办法。"阿甘慢吞吞地走过来，咬住滴答能自由活动的手臂，牢牢控制住它。

桃乐丝赶忙拧动滴答背后左边的发条。

"赤道的声源是忠实的高度入侵……入侵……咦，我在说什么？咦？为什么我在和铁皮人还有阿甘战斗？"

"是我搞错了，我没有拧思考发条，拧了说话和行动发条。"

"原来如此，所以成了这样，我懂了。"滴答把手抽了回来。因为滴答的手臂突然抽走，铁皮人一下子失去平衡，斧子直接砍掉了阿甘的脑袋。

"喂，当心点啊！要是砍到奇怪的地方，可就不好修了。"阿甘一边在地上滚，一边抱怨说。

"为什么脑袋被砍了，阿甘还活着呀？"比尔讶异地问。

"不是说了我被施了魔法吗？刚才你有没有听人说话啊？"阿甘不高兴地说。

"我没听啊。"滴答说。

"你才活过来，没听也正常。"

"唔，可现在你说我算不算活过来，这也不好说，"滴答说，"我只能在发条转动的期间思考、说话和行动。"

"要是发条不动了，你会怎样？"比尔问。

"和刚才一样，我就不再活着了。"

"不拧发条就停止，不怎么好用呀。"

"倒也没有。你们不也要吃饭、睡觉吗？都差不多。"

"这么说也对。但是发条在背后，到底还是不好用。"

"为什么？"

"要是在胸口上，就能自己拧发条了。"

"啊，那可不行。自己给自己提供动力，这违反了能量守恒定律。我是机器人，不是魔法人偶，必须遵守物理规律。"

"那你应该和阿甘一样，请人对你施魔法。那样一来，你就不用担心发条了。"

"比尔，已经说了很多次了，在这个国家，不允许随意使用魔法。"奥兹玛说。

"但是奥兹玛和奥兹大法师不是可以用吗？"

"那仅限于没别的办法的时候，不然还怎么有脸禁止魔法？至于滴答，只要记得给它拧发条就行了，并不值得用魔法。"

"唔，明白了。"比尔有点烦了，敷衍了一声。

"稻草人，麻烦你修好阿甘。"

"这个切口有点不好修，"稻草人看了看阿甘的切面，"与其乱修一气，不如重新切平整。"

"那我的脖子会越来越短吧？"阿甘抱怨道。

"最近流行短脖子。这是奥兹国最聪明的人说的，绝对没错。话说，谁有锯子？"

侍从们飞快取来锯子，把阿甘的脖子锯短切平。

"我这模样，有点怪吧？"阿甘不太高兴地说。

"没事儿，反正你的身体是四方形的，没必要担心脖子的长度。"比尔安慰它道。

铁皮人和滴答把阿甘的脖子重新绑到沙发上，奥兹玛宣布旅行开始。"接下来，我将把你们三位送去诺姆国。阿甘和滴答在保护比尔安全的同时，也要注意观察诺姆们的情况。"

"我呢？我有什么任务？"比尔问。

"比尔，你没什么任务，可以自由行动。"

"但诺姆国肯定会认为我是奥兹国的间谍，会监视我吧？那我该怎么办？"

"不用担心，诺姆们不会欺负你，更不会刻意监视你，他们没时间关心一只蠢蜥蜴。"

"那就好。"比尔舒了一口气。

"那么，出发吧。"奥兹玛晃动手掌，念诵咒语。

"你们是什么人？！"眼前的灰色矮胖子问。

这里是一个大厅，天花板、墙壁、地面都是石头打造的。

"真没礼貌，问别人名字前，自己要先报名字啊。"比尔说。

"不，没这种道理。"灰矮子说，"这里是我的宫殿，你们突然冒出来，当然是你们先报名字才合理吧？"

"不是啊，明明是你突然出现，"比尔说，"你突然出现在了奥兹玛的宫殿里。"

"真的？"矮子打量四周。

"真的。"比尔断言。

"奥兹玛的宫殿，怎么和我的宫殿一模一样？"矮子惊叹道。

"那你是谁啊？"

"我是诺姆之王，洛克伍德。"

"谁？"

"诺姆之王。"

"谁？"

"和你说不明白。"洛克伍德不高兴地说，"啊，我记得你，你好像是叫滴答？"

"是啊。"

"它们是什么人？"

"比尔和阿甘。"

"我不是问名字。"

"那你是问什么？"

"我问……嗯，我问的是它们从哪儿来。"

"这个……阿甘的头大概来自某个树林，身体和尾巴应该是哪里的工厂制造的吧，翅膀好像来自某个原始森林？然后……比尔，你来自哪里？"

"霍夫曼宇宙，在那之前是奇境之国。"比尔回答说。

"这样行了吧？"

"哎，不是这个意思。"洛克伍德不知该怎么说才好，在石头王座上扭来扭去。

"那你想问什么？"

"行了，随便吧。"洛克伍德放弃了提问，"难得来了奥兹国，就让我占领它吧。我可总是梦见自己占领奥兹国呢。"

"唔，不好意思——"滴答说。

"我现在很忙，你先闭嘴……大总管！大总管卡里克在吗？"

"我在，大王有什么吩咐？"脖子上挂着粗大金链子的大总管卡里克冲进房间。

"立刻召集士兵，占领这座宫殿。"

"抱歉，"卡里克冷静地说，"我不太明白您的意思。"

"你脑子进水了吗？这么简单的命令都听不懂？"

"我可以执行您的命令，但这种无意义的事有什么必要做呢？"

"无意义？这是实现我的夙愿的好机会，你说什么胡话？"

"我认为说胡话的不是我。"

"行吧，够了……布拉古将军！布拉古将军在吗？"

"我在，大王有什么吩咐？"胸前挂满了勋章的布拉古冲进房间。

"立刻召集士兵，占领这座宫殿。"

布拉古挠了挠头，然后看向卡里克。

"你在干什么？"

"我在挠头，然后看卡里克。"

"你为什么要这样？"

"挠头是因为听到了不理解的命令，不知道该怎么办。看卡里克，是希望他能帮我的忙。"

"连你都这么说？为什么不听我的命令？"

"要问为什么，"布拉古又挠了挠头，"因为这座宫殿已经是大王的了，再占领也没意义啊。"

洛克伍德放声大笑起来，卡里克和布拉古也跟着笑起来。

"你们笑什么！"洛克伍德突然板起脸，不高兴地问。

"哎呀，因为大王笑了，所以我想肯定是您说了个有趣的笑话。"布拉古回答。

"我没说笑话。"

"那，大王是认真要占领自己的宫殿？既然是大王命令，我当然不吝占领这座宫殿，只是我觉得，最好别做这种没意义的事。"

"将军啊，你仔细看看眼前的真相。"

"是大王所见的真相吗？"

"当然，你看，这些家伙是什么？"

"唔，蜥蜴、艾维国王的破烂机器人，还有奇怪的合体生物，大概是魔法做的吧？"

"我的官殿里会有这种家伙吗？"

"唔，据我所知，没有。"

"也就是说，不该出现在诺姆国的家伙出现在了这里，这意味着什么？"

布拉古又挠起了头，然后又看向了卡里克。

"大王，我不知道。"卡里克承受不了布拉古的无言压力，终于开口，"请您教导。"

"不该出现在诺姆宫殿的人出现在了这里，也就是说，这里不是诺姆宫殿。"

"原来如此，我一点儿都没发现呢。"布拉古念台词般不带任何感情地说。

"那么，这里是哪儿？"卡里克问。

"当然是奥兹国。"

卡里克和布拉古对望了一眼，叹了一口气。

"大王为什么认为这里是奥兹国？"布拉古问。

"因为本该在奥兹国的人出现在了这里啊。"洛克伍德自信满满地说。

"这个铜机器人是奥兹玛带回去的，出现在奥兹国也不奇怪。可蜥蜴和驼鹿头就不好说了。"

"那问问它们不就行了？"

"行啊，我说，那边的机器人，你叫什么来着？"布拉古问向滴答。

"我叫滴答。"

"你在奥兹国吗？"

滴答的身体中响起发条的声音。它在努力思考吧，比尔想。

"我从奥兹国来。"滴答终于回答。

"你看，它说了奥兹国吧？"洛克伍德得意扬扬地说。

"可是陛下，这机器人没说它'在奥兹国'，它说的是'从奥兹国来'。"

"这不一样吗？"

"似同实异。它说的是'从奥兹国来'，可一般不会有人说'从奥兹国到奥兹国'。也就是说，这里不是奥兹国。"

"但刚才那只蜥蜴……"

"那我们再问问其他人吧。"

"那边的魔法生物，你叫什么？"

"嗯，叫我阿甘就行。"

"阿甘，你是从奥兹国来的吗？"

"是啊，我是从奥兹国到这儿来的。"

"这就没错了。"卡里克说，"这里不是奥兹国。"

"但刚才那只蜥蜴的确说过这里是奥兹国。"

"唉，我觉得蜥蜴说的话不能太当真。"洛克伍德看着蜥蜴，挠了挠头。

"你头皮痒吗？"比尔问。

"是啊，我怎么会把这只蠢蜥蜴的话当真呢？"洛克伍德嘟囔了一句，接着大声说，"大总管！将军！你们不会把我刚才的玩笑话当真了吧？！"

"当然没有，陛下。"两个人异口同声回答。

"你们怎么到了诺姆国？"洛克伍德问滴答。

"你是问原因，还是问方法？"

"咦？问哪个呢……我说，大总管，问哪个？"

"我认为两个可以都问吧？"

"说的也对。机器人，我两个都问。"

"原因的话，是为了保护这位比尔。"

"比尔是这只蜥蜴？"

"嗯。"

"它是什么重要人物吗？"

"唔，也不是什么重要人物。比尔是奥兹玛女王陛下的客人，所以能享受特殊待遇。"

"这家伙是客人？"洛克伍德目不转睛地盯着比尔。

"阿甘、滴答跟着我可还有一个原因呢。"比尔说。

"比尔，别说不该说的。"阿甘说。

"怎么回事？"布拉古很有兴趣。

"它们俩是要保护我，但还有个任务是在这里做间谍，不过后面这句是不该说的。"

布拉古瞪了阿甘和滴答一眼。

"它说什么？"洛克伍德也望向两人。

"它说这两人是来这里做间谍的。"卡里克回答。

"你们两个，这是什么意思？"洛克伍德走到两人旁边。

"这下糟了吧？"阿甘小声对滴答说。

"非常糟。就不该和比尔一起来。"滴答也想小声说，但它的发条卷得太紧，所以回答的声音出乎意料地大。

"你们在说什么？！"洛克伍德愤怒地质问。

"唉……"阿甘说，"你到底在生什么气啊？"

"你们是间谍。"

"我们是间谍？"阿甘说，"谁说的？"

"你们的同伙蜥蜴刚才已经招供了，老实点。"布拉古握住腰间的剑。

"这么说，你们是把这只蠢蜥蜴讲的每句话都当真了？"

诺姆们停了下来。

"怎么样？"洛克伍德问布拉古。

"什么怎么样？"布拉古握着剑问。

"你把这只蜥蜴的话当真了？"

布拉古放开了剑："怎么可能，我只是假装当真开个玩笑，哈哈哈！"

"我当然也是，哈哈哈！"卡里克也笑起来。

"我当然也是，哈哈哈！"洛克伍德也笑起来。

"咦？谁讲了笑话？我没听到呀。谁告诉我是什么笑话？"

"那么，另一个问题的答案呢？"洛克伍德无视比尔，继续问，"你们是怎么到这儿来的？"

"凭借魔法腰带。"滴答回答。

"那是我的！"洛克伍德怒吼。

"但现在是女王的。"

"她偷了我的东西！那个小娘儿们叫什么来着？"

"但那时奥兹国和诺姆国处于战争状态，所以是正当的战利品。"

"你说什么？那是奥兹国单方面的侵略！"

"那是因为你侵略了艾维国，奥兹国只是行使了集体自卫权。"

"胡说八道！"

"我可以问个问题吗？"比尔问。

"看下场合，蠢蜥蜴！"洛克伍德恨恨地骂道。

"你听说过奇境之国吗？"

"奇境之国？唔，我们诺姆国和奥兹国都有魔法，好像也能算奇境之国……"

"不是这个意思，是红心王后统治的国家，还有疯帽匠和三月兔在。"

"我没听说过这个国家，不过仙境里有这个国家也不奇怪。"

"不奇怪就糟啦，这可是'奇'境之国呀。"

"那就奇怪也行。"洛克伍德自暴自弃地说。

"你觉得奇境之国会在仙境的哪里呢？"

"我怎么知道？可能在离这儿很远的地方，也可能是奥兹国边上的小国。"

"要是在奥兹国，奥兹玛应该会知道。"

"那你就去问奥兹玛啊。"洛克伍德越来越不耐烦了。

"我问过奥兹玛，她好像不知道。"

"那就不在奥兹国呗。"

"奥兹国以外的地方呢？"

"可能有，也可能没有。"

"仙境外面呢？"

"这个嘛，我没想过。"

"这个世界是像地球一样圆的吗？还是说它是平的，大海尽头是瀑布，海水不停往下落？"

"那样的话，瀑布下面是什么呢？"

"不知道，瀑布下面应该没东西了吧？"

"我对世界尽头没兴趣，我有兴趣的是奥兹国，奥兹国迟早是我的。"

滴答和阿甘互相对视一眼，点了点头。

"你们俩这个动作是什么意思？"布拉古问。

"表示我们知道了诺姆王对奥兹国有野心。"阿甘说。

"啊？你们连这都不知道？"卡里克瞪大了眼睛。

"大概知道一点，但我想听诺姆王自己说出来。"

"为什么？"

"因为我要确认。要是诺姆们有侵略的意图，奥兹国一方就要做好准备。"

"准备？"洛克伍德瞪大眼睛，"做了准备，不就很难侵略了吗？"

"是啊，做准备就是为了让侵略变难，这说得通啊。"

"来人，抓住它们！"洛克伍德叫喊起来，"不能让它们回奥兹国！我还要拷打它们，逼它们交代奥兹国和奥兹玛的一切！"

之后，周围的石墙开始晃动，诺姆们爬了出来。看起来他们之前是与石头同化在一起了。这些诺姆的数量不下一百。

"不太好办了。"滴答说。

"比尔，快躲起来！"阿甘说，"这些家伙都是石头做的，被他们打到会受重伤的。"

"躲？往哪里躲？能躲的地方都是石头做的，诺姆都能穿过去。"比尔说。

"那你就躲在我下面吧，上面也行。"

比尔飞快顺着阿甘的腿爬到它身上，躲进沙发垫子下面。

第一批诺姆扑向滴答。滴答旋转身子，用离心力甩开他们。被甩开的诺姆和其他诺姆撞在一起，摔得粉碎。

"石头很硬，不过个头不大，分量不重，还很脆。"滴答分析道。

有个诺姆想跳上阿甘的身体，被阿甘咬住了，不过阿甘的牙齿也崩断了。

"比尔，不好意思，能帮我把断牙捡起来吗？"阿甘说，"等会儿还要修，我不小心咬到石头了。"

比尔从沙发上跳下来，捡起牙齿，又回到了沙发上。

"战斗还是交给滴答吧。"比尔提议说。

"这倒没问题，不过动作太激烈，它的行动发条会松开，所以不能都交给它。"

"那咱们去拧发条？"

"要是有手，我倒是想这么做。"阿甘展开翅膀，飞到空中，"不过这两张沙发可真重，沙发腿也很结实，高级货啊。"

阿甘飞到扎堆的诺姆头上，突然收起翅膀往下掉。正下方的诺姆们被沙发压得粉碎，碎片飞散，把周围的诺姆也撞碎了。

"所以战斗力也很强。"

"喂!"比尔叫道，"下次往下掉先说一声好吗？差点把我摔死。"

"啊，抱歉，蜥蜴不会飞吗？"

"我和驼鹿一样飞不了啊。"

"但我能飞啊。"

"因为你只剩个驼鹿头，然后绑在了带翅膀的沙发上。"

"那你也把头绑在沙发上呢？找铁皮人帮忙，他肯定很乐意砍下你的脑袋。"

"我觉得我也不是很想飞了。"

"别怕！"洛克伍德叫道，"全军出击！"

整个城堡都崩塌了，砖石纷纷变成诺姆，数量迅速增长到成千上万。

"快不行了，"滴答说，"说话发条还很紧，行动和思考发条马上就要停了。"

"那就会跟那个著名的活留声机一样了。"阿甘满是遗憾地说，"我也摔了好几次，腿已经晃动了，绳子也快松了。"

"那差不多该撤了吧？"滴答说。

"是啊，知道了诺姆国要侵略奥兹国，间谍任务就完成了。"

"什么，你们是间谍？！"洛克伍德大吃一惊。

"刚才我就说过啊。"比尔说。

"闭嘴，蠢蜥蜴！"布拉古怒吼道。

"比尔，你能给奥兹玛发个信号吗？"阿甘说。

"咦？什么信号？"

"让咱们仨回奥兹国的信号。"

"还有这么好用的信号？"

"说不上好用的信号吧，就是普通信号。"

"不过我没有手机也没有平板电脑呀。"

"奥兹国也没人有这些玩意。"

"那怎么发信号？"

"奥兹玛一直在看着咱们仨，你随便做个手势就行。"

"咦？她在哪儿看呀？"比尔环顾四周。

"不是在这里，是在魔法画上看着我们。"

"原来是这样！"

"我和滴答要忙着战斗，你来发信号。"

"懂了。那我发什么样的信号？"

"差不多就行，随便什么信号。"

"你这么说我也不懂呀，我打出生就没给魔法画发过信号。"

"能快点吗？"滴答说，"我已经撑不住了。"

"你怎么啦？"比尔问。

"我动作变慢了。"

"是行动发条松了吗？"

"对，而且思考发条也快如人力车的左乳在遥远的天空中嚎叫，"滴答停止了动作，"如遥远咖喱饭的第三页运动经过树木旋转时雌性手表的香气飞出的蚊虫学识……"

大群诺姆扑向滴答，眨眼间就淹没了它。

"比尔，快！"阿甘叫道。紧接着，诺姆们如金字塔一样堆叠升高，抓住了阿甘的腿。阿甘失去平衡，掉在了诺姆大军中。

石头做的坚硬手掌紧紧抓住了比尔的身体。

6

有人敲门。

坐在安乐椅上打盹的艾姆婶婶吓了一跳："谁？"

"我是桃乐丝呀，艾姆婶婶。"门外传来声音。

"你回来了？"艾姆婶婶从椅子上站起来，打开门。

"你回来啦，桃乐丝，我一直很担心你呀。"

"没什么好担心的。"

"还说不用担心，最近你总说些怪话。"

"怪话？是说我在大学里遇到了比尔的化身？"

"这个倒是头一次听说。"艾姆婶婶皱起眉头，"这个我也很担心，不过前几天你还说过更怪的。"

"啊，是奥兹国的事吧？奥兹玛女王统治的奥兹国。"

艾姆婶婶叹了一口气："到底怎么就成了这样啊。"

"一切都是从我来到奥兹国东边的曼奇金国开始的。"

"这些话我已经听你说过很多遍了。"艾姆婶婶悲伤地看着桃乐丝。

"婶婶，不要用那种眼神看我。"

艾姆婶婶用手背擦了擦眼睛："亨利叔叔终于住院了。"

"怎么会……我还希望有一天能带亨利叔叔去见奥兹玛女王呢……还有艾姆婶婶。"

"幸好他花点钱买了保险，总之现在有二十四小时看护。"

"二十四小时……情况那么糟吗？"

"就是很糟啊。不过也不至于马上就出什么状况。可能会拖上一阵子，也可能很快就能出院了。"

桃乐丝抱起胳膊沉思起来。

"你在想什么？"艾姆婶婶问。

"我在想能不能请奥兹玛帮忙，不过挺难的，因为在堪萨斯用不了魔法。"

"是啊，在这里用不了魔法，你的确找了个好借口。"

"好借口？什么意思？"

"你自己也隐约意识到了吧？你看，为了不让你编的故事露出破绽，你就把这里设定成了不能用魔法的地方。"

"等等，艾姆婶婶——"

"桃乐丝，看看现实吧。没有奥兹国。亨利叔叔的身体已经不行了，就算出了院，他也干不了农场的活了。我们只能卖掉农场，靠那笔钱过往后的日子，可能连你都要退学回来干活了。"

"等一下，"桃乐丝深吸了一口气，"情况确实很糟，但那只是在这里，只要去了奥兹国的翡翠城——"

"你是说去了奥兹国的翡翠城，就什么问题都能解决了吗？可是桃乐丝啊，奥兹国的翡翠城，这都是你脑子里的幻想啊。"

"唉，艾姆婶婶，我要怎么解释才能让你明白呢？我是奥兹国的王族，是桃乐丝公主呀。"

"桃乐丝，你自己想想，要是奥兹国和翡翠城真的存在，还有那个什么奥兹玛女王也是真的，那你怎么可能是公主呢？"

"但我真的就是公主呀。"

"可你又不是王族出身。"

"嗯，"桃乐丝垂下头，"这我知道。"

"据我所知，我们家的祖先里没有一个是王族。也许几百年前会有一两个吧。但远祖中有那么一两个王族的人可太多了，兴许世界上每个人往前攀都能有个王族亲戚。"

"话是这么说没错，但我现在——"

"你是说，你在这里虽然是平民，但在奥兹国却是王族？"

"嗯，是的。"

"那个什么奥兹玛女王可能确实是王族。可是啊，为什么你会是王族？你又不是在奥兹国出生的。"

"是啊，但是——"

"你是奥兹玛女王的女儿吗？"

"奥兹玛女王是单身，没有孩子。"

"那你是她妹妹吗？"

"奥兹玛没有兄弟姐妹。"

"那你是奥兹玛的什么人？"

"我是——"

"要是奥兹玛不是女王，是个国王，那你还有可能成为王妃。但奥兹玛女王是女性吧？或者说，奥兹国的女王也能娶女人？"

"等等，"桃乐丝揉揉眉头，"我有点脑袋疼。"

"因为故事越来越对不上了吧？"

"不是的，故事是对得上的，因为……"

"因为？"

"因为这一切都是真的呀。"桃乐丝瞪大了充血的眼睛，"我想起来了，奥兹玛是男性。"

"男性女王？"

"她现在是女性，但她以前是男性。"

"所以你是说，你可以成为王妃？"

"也不是这个意思……"

"还是说，这个以前是男性现在成了女性的女王看上了你，让你做了王族？"

"对，是的……就是这样。"

"这倒是挺不错的。"

"不错？什么意思？"

"我才知道奥兹玛曾经是男性。"

"嗯，因为我今天才说嘛。"

"那你为什么以前没说呢？"

"我忘了呀。"

"让你成为王族的人以前是男性，现在是女性，你连这个都忘了？"

"因为这不怎么重要呀。"

"伴侣的性别都不重要？"

"因为……在变成男性之前她就是女性呀。"

"这也是你刚想起来的？"

"艾姆婶婶，你想说什么？"

"你现在想起来的事是越来越多了。"

"唔，谁都会忘事嘛。"

"是呢。不过，你真的是想起来的吗？还是你脑子里在不停编故事呢？"

"你在说什么呀？"

"你是个爱幻想的孩子，你跟我讲过很多故事，什么魔法师啦，会飞的猴子啦。"

"那……不，这些都是真的。"

"不，是你做的梦。"

"你听我说，奥兹国真的存在。"

"这些都是梦里的事吧？"

"奥兹国和奥兹国的人，全都真实存在。"

"你以为真实存在，但其实都在你脑子里。"

"不是的，艾姆婶婶。"

"你冷静想想，桃乐丝。"艾姆婶婶把手放在桃乐丝的肩膀上，"这么荒唐的事，怎么可能是真的？是你忍受不了堪萨斯的贫穷生活，所以一直在梦里逃避。我们本来也觉得这没什么。要是能让你忘记悲惨的现实，做个幸福之国的梦也不错。但这样的日子已经过去了。做梦的孩童时代结束了。没有那种男女优点都有的性别安全的恋人。你必须面对现实中的异性。"

"不是的，奥兹国是存在的。"桃乐丝闭上眼，捂住头，蹲了下来。

"桃乐丝，这可能是你逃离梦中国度的最后机会了。"

是吗？桃乐丝问自己。我是因为太伤心，才逃进了梦中的世界吗？奥兹国不是现实吗？我明明感到它那么真实。

可是……如果说这只是一场梦，那它也确实像一场梦。没有任何证据能证明奥兹国真实存在。唯一的证据只有我的记忆。

不对。不是。奥兹国的确真实存在。我有证人，树利亚就是，井森也是。对了，可以让艾姆婶婶见见证人。

"艾姆婶婶，我不会逃避的，因为奥兹国和堪萨斯一样都是真实的世界。艾姆婶婶，如果你看到那个世界，就会相信我了。"桃乐丝露出灿烂的笑容。

"是啊，桃乐丝，你只能活在你自己的世界里。"艾姆婶婶露出绝望而悲伤的笑容。

7

"伤势怎么样？"杰丽雅·嘉姆问。

"诺姆们刚抓住我，我就被奥兹玛用魔法救了出来，所以没怎么受伤。"

"你为什么没给奥兹玛发信号呀？"

"我不知道怎么发信号呀。"

"什么信号都行，哪怕只是挥挥手，奥兹玛女王都能明白。"

"不过最后奥兹玛还是救了我呀。"

"那是因为你快死了。奥兹玛女王一直在用魔法画看你们，但是因为听不到声音，不知道你们有没有获得必要的情报，不过也不能看着你们被杀，所以她最后还是用魔法把你们召唤回来了。好吧，从结果来看，还是得到了必要的情报，挺好的。"

"必要的情报是什么？"

"就是诺姆王对奥兹国的领土有野心呀。"

"什么意思呀？"

"就是说，诺姆王要侵略奥兹国。"

"这很重要吗？"

"很重要呀。不过要是你说这也没什么重要的，我也同意。"

"那到底重不重要呀？"

"我也不知道。肯定都说得通吧，事物总是多面的。"

"对了，宫殿里好像很吵。"比尔说。

"因为要开奥兹玛女王的生日宴会了呀。"

"喔，这里的人会庆祝生日呀。"

"你们国家不庆祝生日吗？"

"当然咯，这么无聊的事谁会做？"

"那你说说看，你们会做什么开心事呢？"

"我们会庆祝非生日。"

"非生日？从来没听说过。"

"就是不是生日的日子。"

"那不就是什么都不是的日子吗？"

"当然啦。"

"为什么要做这么怪的事？"

"在我看来，你们这的风俗才怪呢。"

"生日是特殊日子，当然要庆祝了啊。"

"不不，"比尔伸出手指在眼前晃动，"你这想法太肤浅了。"

"我怎么就这么来气呢？感觉哪怕换个人来说，我都不会有这种被愚弄的感觉。"

"为什么呢？"

"难道你觉得庆祝非生日不肤浅？"

"当然啊，想想就知道了，一年有几天生日？"

"一般人有一天。但二月二十九日出生的人怎样，我就不太清楚了。"

"是吧，生日是三百多少天里唯一的一天。"

"一年有三百六十五天或三百六十六天。"

"但是非生日……是三百六十五减一……"

"一年里非生日有三百六十四天或三百六十五天。"

"没错。如果庆祝非生日而不是生日的话，一年到头都能很开心呀。"

"可那并不是什么特殊日子啊。"

"所以说，一年有三百六十四天是特殊日子嘛，当然仅限于非闰年。"

"那生日呢？"

"不是特殊日子。很遗憾，就忍忍吧。"

宫殿的走廊里，各色人等来来往往。

"面包在走路呀！"比尔盯着烤得焦黄的姜饼挂着糖果拐杖走来走去的样子，不住地流口水。

"那是约翰·杜一世，洛兰与希兰的统治者。"

"能吃吗？"

"不行。虽然按奥兹国的法律吃了不犯法，但他可能不行。"

"为什么？"

"因为他是奥兹玛女王从外国邀请来的，要是不小心吃了，说不定会引发国际争端。"

"那，趁没人看到时偷偷吃，总没问题吧？"

"也是。要是你能滴水不漏地吃个精光，应该也没问题。"

"哇，来了个很像圣诞老人的家伙，那是谁？"比尔两眼放光。

"你是说穿红衣服、像圣诞老人的那个？他还像圣诞老人一样带着一群妖精呢。"

"对，就是那个像没带驯鹿的圣诞老人一样的人。"

"这里的气候对驯鹿来说太热了，所以才没带。那个人就是圣诞老人。"

"哦。"比尔失去了兴趣，"那个蜡像似的家伙又是谁？"

"马里兰女王。"

"那个像蜡一样的东西不会是什么点心吧？"

"那就是蜡。"

"那就不能吃了。"

"因为你不喜欢蜡嘛。"

"女王身边那些木头一样的士兵是木头形点心吗？"

"不是木头形点心，那就是木头。"

"感觉不能吃的人好多，这样宴会就不热闹了呀。"

"随便吃客人的宴会很热闹吗？"

"那个胖子往自己身上撒的是什么粉呀？"

"那是糖粉。"

"为什么要往自己身上撒糖粉呀？"

"不知道，大概是为了降低黏性吧。"

"糖粉不黏吗？"

"糖粉算有点黏吧。"

"把有点黏的东西撒在身上，目的是降低黏性？"

"是的。毕竟，糖粉总比糖果感觉黏性小点嘛。"

"跟糖果比确实。但换成别的不是更好吗？比方说面粉。"

"面粉不行，会破坏糖果的味道。"

"别沾到糖果上不就行了吗？"

"不可能啦。他是糖果人，全身都是糖果。"

听到这话，比尔立刻扑向糖果人。杰丽雅·嘉姆慌忙追上去，但比尔已经咬住了糖果人的手。

"比尔，放开！"杰丽雅·嘉姆大叫道，但比尔充耳不闻。

"这家伙是谁？"糖果人挥着自己的手臂，比尔还咬在上面。

"它是比尔，那个……是外国来的客人。"杰丽雅·嘉姆认为最好强调比尔不是奥兹国的人。

"帮我想想办法，我要被吃了！"糖果人吓坏了。

杰丽雅·嘉姆抓住比尔往下拽，但根本拽不动。

"吃了不犯法，吃了不犯法。"比尔一边嘟囔，一边啃着糖果人的手指。

"这是外交问题！"糖果人大叫。

一只金属手抓住比尔，把它拉了起来。随着一声闷响，比尔重重摔在地上，但它还在啃着什么。

"比尔，你太卑鄙了。"铁皮人说，"哇！我的手好黏！"

糖果人呆呆地望着自己少了两三根手指的手。

"哎呀，只是受了这么点小伤，太好了。"杰丽雅·嘉姆微笑着说。

"那只蜥蜴从哪儿来的？"糖果人问。

"比尔，你说。"

但比尔只顾着吸吮糖果人的手指，根本没听到问题。

"比尔是从奇境之国来的。"

"奇境之国？"糖果人摸了摸头，"没听说过。有人知道奇境之国吗？"

"我！"比尔吃完手指，恢复了平静，开心地举起了手。

"奇境之国在哪儿？"

"这个，"比尔说，"我不知道。"

"那我该找谁抗议？"

"抗议什么？"

"抗议奇境之国的蜥蜴吃了我的手指。"

"那你找我吧，毕竟我是奥兹国唯一来自奇境之国的人。"

"找蠢蜥蜴抗议也没用。"糖果人叹了口气，丧气地走了。

"看来我处理得不错。"

"这要看怎么理解了。"

"你最好看紧这家伙。"铁皮人擦着黏糊糊的手说。

"这是突发状况，我没来得及阻止。"

"发生了什么事？"稻草人走了过来。

"比尔差点把外国来的客人吃了……唉，桃乐丝在哪儿？刚才你不是说去喊她吗？"

"我去喊了，但被负责警卫的姜嘉将军赶走了，她说今天只有家人们才能面见王族。"

"那个小妞说什么呢？"杰丽雅·嘉姆很生气，"稻草人都不算家人，谁算家人？"

"我能进去吗？"比尔说。在场所有人都望向比尔。

"也是，一只蜥蜴应该能溜过去吧？毕竟姜嘉将军也没那么闲。"稻草人说。

"总之我跟姜嘉谈谈，大家一起来吧。"

比尔、铁皮人、稻草人，一起跟着杰丽雅·嘉姆朝里走去。

官殿之内，明确分成了公众性较强的"外部"和属于奥兹玛等人生活区域的"内部"。通向内部的入口只有一个，除此之外，连上空和地下都受到魔法防护，无法侵入。入口处有两道门，警卫守在两道门之间。

一行人来到这里时，门和往常一样紧紧关着。

"姜嘉，是我，杰丽雅·嘉姆，请开门。"

没有回答。

"姜嘉，你在吗？你把稻草人赶走是什么意思？"

还是没有回答。

"这扇门锁着吗？"比尔问。

"应该没上锁。"

"那干吗不推开？"

"开门是警卫的工作。"

"但没人回答啊。"

"行了，"铁皮人说，"我来批准。我是温基国的皇帝，应该和奥兹玛女王的权限差不多。"

"我觉得和奥兹玛女王的权限差很远，不过无所谓了，打开吧。"

开门的刹那，血涌到了走廊上。

"哇!"稻草人跳开了,"布料浸了血就麻烦了,很难洗掉。"

一个年轻女子倒在血泊里,杰丽雅·嘉姆冲进门内。

"姜嘉,坚持住!"

但是姜嘉没有回应。她的眼睛大大地睁着,瞪着天花板。她的脸被砍得不成人形,口鼻里涌出鲜血。杰丽雅·嘉姆顾不上自己全身沾血,摸了摸姜嘉的胸口,又检查她的呼吸和脉搏。

"已经死了。"

"奥兹国会死人?"比尔问。

"嗯,虽然很少,但不是绝对没有。"

"那现在怎么办?"

"不知道。"杰丽雅·嘉姆问铁皮人,"怎么办?"

"咦?你问我?"

"这里你地位最高。"

"这……"铁皮人看了看周围,"哦,只有我是皇帝。"

"怎么办?"

"这……这种时候,最好征求智者的意见。"铁皮人看了看稻草人。

"咦?我?"稻草人翻了个白眼,"也是。这种时候,必须要验尸。"

"验尸要怎么操作?"

"司法解剖吗?"

"那是什么?"

"把尸体切碎检查,确定死因。"

铁皮人点点头,挥起斧子,把姜嘉的尸体砍成两半。

"哇!"比尔被这番可怕的景象吓得叫了起来。姜嘉的脑浆和内脏流到了地板上,肚子里还没消化的东西发出可怕的臭气。

"铁皮人，你太草率了。"杰丽雅·嘉姆用手帕捂住鼻子，蹲下来，"午饭已消化得差不多，到小肠了，也就是说遇害没多久。"她又摸摸姜嘉的侧腹，"体温也没怎么下降，说明刚才还活着。"

"就说嘛，我刚刚才见过她，说明她肯定二十多分钟前还活着啊。"稻草人不服气地说。

"那不过是你的证词，我在确认客观事实。"

"我懂了，"比尔说，"杰丽雅·嘉姆在怀疑稻草人。"

"啥？我是嫌疑人？"稻草人十分惊讶。

"我并不是怀疑你，只是不想轻信证词。"杰丽雅·嘉姆凑近砍成两半的姜嘉，在几厘米距离内仔细观察她的脸，"脸被划得看不出人样了，有仇怨吗？"

"恨姜嘉的人好像不少，她不怎么关心别人。"铁皮人说。

"她在女权革命中失败过，说不定是当年同志的迁怒。"稻草人说。

狮子什么都没说，开始吧嗒吧嗒舔地上的血。

"喂，不要随便舔血。"杰丽雅·嘉姆训斥狮子。

"咦？我没舔血啊。"狮子反驳说。

"那你嘴巴周围怎么通红？"

"嗯？"狮子用前腿擦了擦自己的嘴，"这肯定是那个什么，刚才在宴会上喝的血腥玛丽。"

"你不会喝酒吧？"铁皮人说。

"是吗？"

"要是你坚持这么说，我就得报告女王陛下了。"

"对不起，"狮子立刻道歉，"是我一时冲动，因为看起来太好吃了。"

"不要再舔了，其他人也不要碰尸体。"

比尔、铁皮人和稻草人都不动了，三人这时正在观察摊在地上的姜嘉消化道里的东西。

"你们在干什么？"

"一时冲动，"稻草人说，"我对姜嘉的饮食习惯有点兴趣。"

"你们先去走廊，有人过来就把他们赶回去。"

"可以说这边正在对姜嘉的尸体做尸检吗？"

"这么说会引起很大的骚动。随便找个借口吧，事故什么的。"杰丽雅·嘉姆又去观察姜嘉的脸。

除了怨恨，还有什么原因会让人把脸划成这样？为了掩饰死者身份？难道这尸体不是姜嘉的？杰丽雅·嘉姆检查了尸体上的黑痣和旧伤的位置。若是其他人的尸体，这些特征不可能一致。

由于铁皮人砍断了尸体，杰丽雅·嘉姆得以观察头部纵向劈开的截面。脸部有无数利器刺入的痕迹，基本上集中在眼鼻口的部位。许多地方似乎刺得很深，直达脑部，导致大脑也成了碎片，这可能也是脑浆流了一地的原因。

死因是什么？杰丽雅·嘉姆把姜嘉的尸体翻了个面。

"好几处伤口从背后通到胸前，估计其中一处就是致命伤。"杰丽雅沉思，"然后再把脸划得不成人形。"

"喂，尸检结束了吗？"狮子问，"我想在这儿解决晚饭。"

"狮子，"杰丽雅·嘉姆叹了口气，"不能吃尸体。"

"但是活物吃起来很难受，又叫又闹，很不舒服。"

"不是说这个。受害人的尸体本身就是证据，不能吃。"

"啊？"狮子流着口水说，"这可太残忍了。"

"你要是忍不住就到外面去。"

"知道啦。"狮子垂头丧气地走向出口，半路又回头看了一眼，"只咬一小口也不行吗？"

"不行。"

狮子伤心地哼了一声，去了走廊。

"稻草人！"杰丽雅·嘉姆喊。

"什么事？"

"让铁皮人和狮子守门，你回来。"

"我呢？"比尔问。

"你随便，不过别吃尸体。"

"我饭量很小的。"

"那也不行，忍不住就去走廊上。"

"知道啦，我忍住。"

稻草人和比尔回到房间里。

"稻草人，执行警卫任务时，姜嘉将军在哪里？"

"坐在那边的椅子上。"

墙边有一把椅子，椅子前面有张小桌子。

"椅子一直都在那边？"

"嗯，它和写日报的桌子是配套的。"

杰丽雅·嘉姆坐到椅子上："坐在这里会朝向通往走廊的门。执行警卫任务期间，她会不会换其他方向？"

"除非后面有人喊她，否则我想应该不会。姜嘉将军有时会在工作时看书，但看书时也会朝向通往走廊的门。"

"而她的后背则朝向通往里面的门。"

"是的。"

杰丽雅·嘉姆推开通向里面的门："只要慢慢推门，几乎没什么声音。"她又看了看门里,"里面的地上没有血……对了!"杰丽雅·嘉姆飞奔到走廊里。因为四人在满是血的警卫室进进出出,走廊里也已经全是血了。杰丽雅·嘉姆在走廊角落发现了沾满血的绿衣服和鞋子。

"这是翡翠城里随处就能弄到的东西,"杰丽雅·嘉姆检查了衣服和鞋子,"全是特大号,也就是说,几乎所有人都能穿。"

"为什么要把衣服和鞋子扔了?"

"这恐怕是凶手的。估计他预见自己身上会溅到血,一开始就打算杀人后把衣服扔掉。"

"这样的话,只要做个 DNA 鉴定,就能找到凶手了吧?"

"比尔,奥兹国没法做这种鉴定。"

"那带去地球做呢?"

"要是有办法带回地球就好了。"

"那怎么办?给宫殿里的人一个个上刑,逼他们坦白?"铁皮人挥舞着斧头。

"要是不调查了,我就可以吃了吧?"狮子说。

"都不行。首先,必须向奥兹玛女王报告,然后再解谜。"

8

"树利亚,我想马上和你见个面。你知道为什么吧?"井森给树利亚打了电话。

"是姜嘉的事吧。"树利亚努力装出冷静的样子。

"我联系不上桃乐丝,你知道怎么了吗?"

"我也在担心呢。总之先见面吧，地点在哪儿？"

"尽量找个能两人独处的地方。你知道我的研究室吗？"

"嗯。"

"那就去那边吧。"

"地球上有姜嘉的化身吗？"面对来到研究室的树利亚，井森毫不掩饰自己的焦虑。

"一个叫生姜塚将子的女生。"

"那她已经死了。"

"真的？化身不是只共享记忆，和本体不是同一个人吗？"

"要是异世界的某人死亡，地球上那人的化身也会死。这是化身的规则。"

"以前没有过这样的事。"

"在奥兹国，你身边有人去世吗？"

树利亚摇摇头："奥兹国很少死人。"

"但也有死的吧？好像东方女巫和西方女巫就都死了。"

"嗯，这我听说过。不过我没亲眼看到两人死去，也不知道她们在地球上有没有化身。"

"总之我们先确认将子的安危吧，然后还要去找桃乐丝。"

外面传来救护车的声音。两人跑到外面，一辆救护车正在校园道路上飞驰。

"出什么事了？"井森问附近的学生。

"我也不太清楚，好像是尖端研究中心那边出了事。"

"什么事？事故吗？"

学生没回答，只是耸耸肩。

"将子是尖端研究中心的吗？"井森问树利亚。

"她是文学系的，不是理科生。"

"总之先去追救护车吧。"

离尖端研究中心越近，看热闹的人越多。到了研究中心前面，眼前更是人山人海，救护车就停在附近。

"出了事？"井森问旁边的学生。

"嗯，好像是。"

"爆炸吗？"

"不知道，我也刚来……"

井森试图挤进事故现场，但人太多了，根本挤不进去。

"还是别挤了吧。"树利亚说。

"我要搞清楚受害者是谁。"

"就算是将子，也来不及了。"

"但要不是将子，那她就是死在了别的地方，而且……"

"而且？"

"我也担心会不会有其他受害者。"

井森好不容易挤过人群，靠近了事故现场。一名女子倒在地上，急救人员正在抢救。她的脸上插着无数玻璃碎片，身上也在流血。从受伤部位看，她应该就是姜嘉的化身。

"爆炸？"井森问旁边的男子。

"没有爆炸声，不过有巨大的金属撞击声，可能是哪台机器出了故障。"

听他这么一说，井森看了看周围。一楼的窗玻璃碎了，里面伸出来一根棍棒似的东西。井森想看看窗户里面，但窗户太高，人又太多，看不清楚。

如果急救人员认为是意外，那警察很快就会来，到那时就很难进入现场了。

　　井森决定去现场看看。不过在警察赶到前进入现场是有风险的，因为可能会留下他的痕迹，导致他被怀疑。但井森还是很想去看看现场。他记下窗户的位置，悄悄离开抢救现场，转到大楼的入口处。大楼里一片混乱，看来没人注意到井森。从人群的动向看，大家似乎都在往外跑。他们都关注有人倒下的地方，大概还没意识到原因在大楼里。

　　没有烟雾、火焰、碎片之类的爆炸痕迹，看来确实不是爆炸。井森从金属凸出的窗户推算房间的位置，朝那边走过去。

　　"井森，等等。"树利亚在后面喊他，"你要去哪儿？"

　　"你在那女人倒下的地方能看到窗户里有根金属棍伸出来吗？"

　　"嗯，是有个类似关节的东西，好像是某个设备的可动部分。"

　　"是吗？我没观察得那么仔细。"

　　"那你现在打算干什么？"

　　"去调查那个伸出金属棍的房间。"

　　"还是交给警察比较好吧？"

　　"一般来说是那样，但要是和奥兹国的谋杀案有关，单靠警察绝对解决不了。"

　　"你打算做侦探？"

　　"这个……"井森有点犹豫，"我做过侦探，吃了不少苦头，所以我有点犹豫。"

　　"你很冷静，我觉得你很适合做侦探。"

　　"不，要是案子牵涉到奥兹国，那边的调查就只能交给比尔。"

　　"这可让人不太放心。"

"也没那么不放心吧？"

"明白了，"树利亚像是下了决心，"我也来帮你。"

"确定吗？"

"将子是我的朋友，我不能袖手旁观。"

"朋友过世，你还挺坚强的。"

"毕竟你的话已经给我打了预防针，所以我也没那么震惊。"

"原来如此，你确实挺适合做侦探的。"井森钦佩地说。

两人沿着走廊往前走。"好像就是那个房间。"树利亚指向一扇开着的门，门前聚集着几个人。

井森深吸一口气，慢慢走到门边。"怎么了？"井森问向门口看上去最年长的一位。

"出大事了，我也不知道怎么会这样。"那人脸色苍白地回答，声音也在颤抖，空气中弥漫着微微的血腥味。

"出了什么事？"

"可能是意外，但没有目击者……"

"我听到一声巨响就跑过来了，"一位年轻女性说，"然后就看到那个工业机器人的实验样机……"

那位女性手指前方有一台巨大的机器。虽然外形看不出人样，不过勉强也能说是机器人。它的本体上部伸出好几支机械臂，下部是个移动台车，看起来非常不稳，事实上它也确实歪得厉害。它的一支机械臂刺穿了窗户，外面看到的想必就是这扇窗户了。机器人失去平衡倒下时，刚好把从外面经过的将子撞倒，于是玻璃碎片就扎进了她的脸和身体。

通常来说不可能出现这样的意外，但这点恰恰说明它就是奥兹国谋杀案引发的意外。

井森的视线落在地上。外面的意外很凄惨，但里面更惨。井森皱起眉头。失去平衡的机器人，躯干正中破损弯折，压在了一具尸体上。准确地说，是压在了头部。也许是因为以极高的速度撞上去的，或者是因为机器人本身太重了，那个头几乎被压扁了。另外，掉落的零部件也给尸体腹部造成了严重损伤。由于压在机器人下面，看不清脸部损伤。但已经压成这样，估计就算搬开机器人，也分辨不出相貌了。

"这，怎么可能……"树利亚喃喃自语。

井森也意识到了什么，但他不敢出声询问。

树利亚望向井森："你是不是想问我什么？"

井森舔了舔嘴唇，然后静静摇了摇头。

"不，你应该发现了吧？这件衣服，你见过吧？"

"我不知道，"井森嘶声说，"我不太注意女性的衣服。"

"你可能确实对时尚不感兴趣，但你肯定擅长观察。"

"那么……这个人……"井森咽了一口唾沫，"印象上应该是我认识的人。不过只是印象……"

树利亚跪下来，凑近尸体观察。"你的印象是对的，"树利亚站起身，"这具尸体是桃乐丝的。"

9

"到底怎么回事？"奥兹玛质问闯进女王居室的一群人，"当然，我的房间谁都能进。但我想还是需要一些礼节吧？统治国家需要威严，我毕竟是奥兹国的最高统治者。"

"情况紧急。"杰丽雅说。

"不敲门就闯进我的房间，可以想见确实有非常紧急的事。"奥兹玛保持着冷静的态度说，"出了什么事？"

"发生了谋杀案。"

奥兹玛脸色骤然一沉，随后又恢复了惯常的柔和笑容："这不可能。"

"但确实发生了。"

"是意外吧？"

"不，是谋杀。"

"首先，此事必须保密。都有谁知道？"

"这里的所有人。我、稻草人、铁皮樵夫、胆小鬼狮子，还有……蜥蜴比尔。"

奥兹玛按住额头。

"我觉得不能指望这些家伙保密。"杰丽雅说。

"嗯，是啊。"奥兹玛沉思着说，"要是国民知道发生了谋杀案，会产生不太好的影响吧？大家都认为这个国家不存在犯罪，所以才能维持现在的体制。"

"难道不该让国民知道真相吗？"

"公布真相未必总是正确的，最要紧的是尽早结案。带我去现场吧。"

奥兹玛来到连接内外的警卫室，立刻开始检查现场："这是谁？"

"姜嘉将军。"杰丽雅回答。

"凶手看来相当恨她。"

"为什么这么说？"

"因为他不仅杀了她，还把她的身体纵向劈成两半，显然有相当大的仇恨。"

"不好意思，劈她的不是凶手。"

"那是谁？"

"是我。"铁皮人举起手。

"你对姜嘉有什么不满吗？"奥兹玛问。

"没有，我和她也没多熟。"

"那你为什么要把她劈开？"

"我觉得这样更容易检查，杰丽雅说要做尸检。"

"你都没犹豫一下吗？"

"犹豫？尸检为什么要犹豫？"

"算了，无所谓。"奥兹玛挥挥手，"看来光靠我们很难解决。杰丽雅，去找奥兹大法师和格琳达，他们应该也在宫殿里参加宴会。"

很快，杰丽雅把格琳达和魔法师带到了通往内部的门边。格琳达穿着华丽灿烂的服装，一点也不像女巫，她飘浮在半空靠近奥兹玛。

"紧急情况是什么，奥兹玛女王？"格琳达问。

"发生了谋杀案。"

"什么？！"魔法师瞪大了眼睛。

格琳达挑起一边的眉毛："的确事态严峻。谁被杀了？"

"姜嘉将军。"奥兹玛回答。

"有谁恨她吗？"格琳达问。

"不知道。"

"走廊里的血是她的吗？"

"是的。"

"脚印是凶手留下的吗？"

"不，是发现者的。"

格琳达检查脚印："发现者好像是铁皮人皇帝、稻草人前国王、狮子，还有蜥蜴。"

"还有杰丽雅。"

"这样啊。"格琳达不动声色地说，"我可以去看现场吗？"

"当然。"奥兹玛推开门。

格琳达看了尸体一眼："凶手看来相当恨她——"

"劈她的是铁皮人。"杰丽雅打断了她。

格琳达一顿，继续道："破坏脸和大脑的也是皇帝陛下？"

"不，那个本来就那样。"

"这样的话，凶手很可能是为了毁灭证据才这么做的。"

"这难道不是姜嘉？"

"不，应该是姜嘉吧，查一下就知道了。"格琳达说。

"对了，可以用那幅魔法画寻找凶手吗？"比尔问。

"很遗憾，魔法画只能看到当下的情况。眼下凶器和血衣都已经被扔了，就很难找凶手了。"

"对了！"杰丽雅叫道，"可以用格琳达的魔法书！"

"魔法书是什么？"比尔问。

"一本记载了奥兹国所有事的书。"狮子说。

"历史书？"

"历史书只能记载到出版时间为止的事，但魔法书会不断记载最新发生的事，当下的事也会记载下来。"

"那只要看看那本书，就知道凶手是谁了。"

"很遗憾，做不到。"格琳达摇头，"这座官殿受到强大的魔法保护，在外面无法用魔法察知内部情况。"

"为什么要这么做？"比尔问。

"要是想侵略奥兹国的敌人拥有魔法画或魔法书这样的法宝，他们就能随时窥探我们的动向。为了避免这点，我们建立了魔法防御。"奥兹玛说。

"结果这次起了反效果。"奥兹大法师充满遗憾地说，"看来只能进行大规模搜捕了。"

"这个先暂缓，"奥兹玛说，"我不想公布奥兹国发生了案子。"

"可是，犯罪已经发生了……"

"我也赞同奥兹玛女王的意见。"格琳达说，"应该秘密搜查，找出凶手。"

"那谁来负责搜查？"

"不能再让更多人知道了，"奥兹玛说，"只能在当前这些人里选。不过，我、格琳达、大法师太引人注目，不适合秘密搜查。"

"好吧好吧，"稻草人挠了挠头，"要轮到奥兹国最聪明的人出场了吗？"

"杰丽雅，可以交给你吗？"奥兹玛说。

"哎呀！"稻草人做了个趔趄的动作。

没人有反应。比尔刚要笑，但它看谁也没笑，立刻绷住了脸。

"可我的身份不适合负责搜查呀。"杰丽雅说。

"不，你最适合了。我赐予你所有搜查权限，但是你不能让更多人知道谋杀案的消息。"

杰丽雅想了一会儿，点点头："明白了，谨遵圣意。不过除了在场这些人，我觉得还有一个人需要知道发生了谋杀案。"

"谁？"

"桃乐丝公主。既然她也能进入内部，就没法不告诉她。"

"这确实没办法。"

"这么一说，桃乐丝不在啊。"格琳达说，"她没注意到骚动吗？"

几乎在场所有人都感到了一丝不安。当然，也有人没有。

"你们怎么突然都不说话了？"比尔问。

"很简单，"稻草人回答，"有人讲了个冷笑话，冷场了。"

"什么笑话？我没听到。"

"就是……不是有人说了句'哎呀'吗？"

"是吗？没印象。"

"谁能去把桃乐丝叫来吗？"奥兹玛说。

谁也没动。

"那我去叫吧。"比尔自告奋勇。

"你一个人去不太好。"

"为什么？"

"发生意外时，你可能没法应对。"

"发生什么意外？"

"正因为很意外，所以才叫意外呀。"

"比如说，桃乐丝是谋杀案的凶手？"

现场的空气仿佛凝固了。

"那也是可能性之一。"奥兹玛冷静地说，"仔细想来，与其派一个人去，不如大家一起去找她。"

一行人走向桃乐丝的房间。

"我闻到了血腥味。"狮子说。

"那当然，你舔了那么多血，鼻子里肯定有血腥味。"

"不对，血腥味不是内部的，是外面来的。"

"内部的气味和外部的气味怎么分辨？"

"这个我解释不清啦，大概是野性的直觉？"

奥兹玛推开桃乐丝房间的门，地上是一片血海。

"你的野性直觉真厉害。"铁皮人钦佩地说。

房间中央有个金属球正在滚动。

"那是什么？"稻草人问。

"怎么看都像滴答。"铁皮人回答。

"怎么会呢？那个不可能是滴答。"

"你为什么这么说？"

"因为滴答是机器人，不可能流血，证明完毕。"

"那不是滴答的血。"

"怎么会呢？你看血都在滴答下面。"

"你不觉得那是被滴答压在下面的某人的血吗？"

"啊，是有这种可能。当然，我早就发现了。"

比尔凑近滴答："真的，滴答下面有个人。"

"知道是谁吗？"狮子问。

"不知道，头被滴答压住了。"

"铁皮人，狮子，把滴答从下面的人身上挪开。"奥兹玛说。

两人按照奥兹玛的指示，挪开了滴答。

"滴答下面的人是谁？"稻草人问。

"不知道呀。"比尔回答。

"滴答不是已经挪开了吗？"

"是。但这个脸都压扁了，看不出是谁。"

尸体穿着礼服裙，裙子上缀着好几层精美的蕾丝。

"这是桃乐丝的礼服吧？"稻草人问。

"才不是呢。桃乐丝是有件类似的礼服，但那件是白的，不是红的。"比尔回答说。

"啊，我怎么就这么躁呢！"铁皮人说，"我以前也不这样啊！"

"因为以前只有一个傻子，"狮子说，"现在多了一个。"

"比尔，这就是桃乐丝的礼服，"杰丽雅脸色苍白，"变红是因为染了血。"

狮子凑近尸体闻了闻："确实是桃乐丝的气味。"

"格琳达，你能恢复这具尸体的脸吗？"奥兹玛问。

"要是头骨形状完好，可以把肌肉贴在上面复原。但这具尸体的头骨已经粉碎，就很难复原了。"

"那就根据肉体特征来判断吧。"奥兹玛保持着冷静的语气，"杰丽雅，脱去尸体的礼服。"

杰丽雅小心翼翼地脱下礼服，避免弄破，但总归很难避免沾血，结果弄得全身是血。

"脱去上衣。"奥兹玛继续说。

奥兹玛仔细观察尸体赤裸的上身。"认识这个吗？"奥兹玛指向桃乐丝乳头斜下方。

"像个小小的乳头。"

"是副乳。这无疑是桃乐丝。"

"你上次看到是什么时候？"

"我经常看到，昨天也看到了。"

"懂了，那应该就不会错了。"杰丽雅试图整理自己的思绪，"我已被任命为姜嘉谋杀案的调查负责人，那我可以兼任桃乐丝谋杀案的调查责任人吗？"

"这很合理。"

"那我现在就开始调查。"杰丽雅宣布道，"首先，我将询问在场诸位。女王陛下，能告诉我这几个小时您在做什么吗？"

"杰丽雅，你在怀疑奥兹玛女王？"格琳达问。

"我没怀疑，"杰丽雅回答，"我会询问所有人，以便了解发生谋杀案时的情况。"

"但你这样像是在审问女王——"

"没关系。"奥兹玛说，"如果顾忌对方身份，调查就无法进行。从我开始问是很聪明的做法。我都回答了，自然没人能拒绝回答。"

"谢谢您，女王陛下。"杰丽雅低头致意。

"我这几个小时里一直在自己的房间休息，顺便换衣服。没人拜访，也没听到任何声音。这样可以吗？"

奥兹玛的生日宴会要持续三天三夜，所以按照惯例，奥兹玛每天都会休息几次。

"也就是说，你没有不在场证据？"比尔说。

"现在还没到不在场证据那一步呢，比尔。"杰丽雅责备道。

"比尔说得没错，"奥兹玛说，"我没有不在场证据。"

"那凶手就找到啦。"比尔骄傲地说。

"比尔，要是没有不在场证据的就是凶手，那世上就全是冤案了。"

"可电视剧里基本都是靠推翻不在场证据来破案的。"

"那只限于不在场证据以外的证据都很完备的情况。"

"可是，没有不在场证据，就没有没做的证据了吧？"

"没做是不需要证据的。只要没有证据证明做过，那就是无罪。你知道无罪推定原则吗？"

"那，接下来你要审问奥兹玛，让她坦白吗？"

"不，比尔，我不会这么做。首先，女王陛下没有动机。"杰丽雅记录笔记，"格琳达，您在哪儿？"

"我本来觉得自己没义务回答你的问题，"格琳达说，"但女王都回答了，我也不能不回答。我在宫殿大厅里，至少奥兹大法师可以做我的证人，此外还有很多人看到了我。"

"那是几个小时前？"

"四五个小时前。"

"这期间，您一次也没有离开过大厅？"

"嗯，没有。"

"您能证明大厅里的那个，不是您用魔法制造的幻影吗？"

"很难证明啊，不过那真的不是幻影。"

"我明白您的意思了。"杰丽雅继续记录，"奥兹大法师，您在哪儿？"

"我和格琳达一直在一起。我也和她一样，无法证明那不是幻影。"

"那么，"杰丽雅深吸了一口气，"稻草人，你——"

"按照顺序，应该先问我吧？"铁皮人说。

"什么顺序？"杰丽雅纳闷地问。

"身份顺序。严格来说，我认为先问奥兹大法师也有点怪，不过可以理解为是师父、徒弟要一起问。但是，不先问我这个皇帝，而是先问稻草人，这点我不能接受。"

"铁皮人，我不是按身份顺序询问——"

"等下，"稻草人说，"你的身份比我高贵，这不是事实吧？"

"当然是了。我是皇帝，皇帝就是帝国的统治者，稻草人的身份不可能比我高贵。"

"稻草人不是我的地位，只是我的出身。要说的话，就像人种一样。"

"稻草人是人种？那你更该掂量自己的身份乖乖闭嘴了。"

"你这是歧视！"

"不不，对稻草人哪儿说得上什么歧视？"

"你也不过是个铁皮人罢了。"

"铁皮只是材料，我是人，而且是皇帝。"

"要这么说，我还是前国王呢。"

"'前'国王嘛，现在就只是个普通人……不，只是个稻草人。"

"翡翠城国王比温基国皇帝更高贵。"

"国王怎么可能比皇帝高贵？不过翡翠城比较特别，算我接受。但你就算是国王，也是过去的事。"

"但我曾经做过国王，你就应当尊重我。前社长退休做了会长，就比社长更受尊重。"

"那是因为做了会长，被人赶下台的社长就什么权力都没有。对了，说起来，你是被姜嘉赶下台的吧？"

"是啊，那又怎样？"

"那你不就对姜嘉怀恨在心吗？"

"怎么可能，我又不是特别想当国王——"

"够了！到此为止！"杰丽雅打断二人，"我只想了解客观事实。我先从铁皮人开始问。稻草人，你没意见吧？"

"啊，我没什么意见。"稻草人回答说。

"铁皮人，这几个小时里你在哪儿？"

"我在宴会会场，还去过几次中庭。"

"你为什么要去中庭？"

"因为没事做啊。其他人多少要吃点什么，我什么都不吃，所以他们吃东西时我就没事做了。"

"有人能证明你在中庭吗？"

"我和碎布姑娘聊了一会儿，时间不长。"

"那个碎布头做的姑娘啊。"

"碎布姑娘，就是把碎布缝在一起，里面塞上棉花，做成的姑娘吗？"比尔问。

"是的。"杰丽雅回答。

"那她怎么是活的？"

"当然是因为撒了魔法粉末。"

"缝成的人偶能当证人吗？"

杰丽雅看了看稻草人、铁皮人和狮子。"是呢，那你觉得自己能当证人吗？"

"这个要查过去的判例。"

"在这个国家，我就是法律，比尔。"奥兹玛说，"蜥蜴也好，缝成的人偶也好，都能当证人。这是我现在做出的决定。"

"奥兹玛说得很有道理。要是奥兹玛说的都是对的，那顺便再决定一下谁是凶手，问题就解决了。"比尔满是钦佩地说。

"蜥蜴，你在说什么？"格琳达瞪了比尔一眼，"你是想讽刺独裁者吗？"

"格琳达，比尔不懂讽刺。它是真心的，不用在意。"奥兹玛温柔地微笑着说，"杰丽雅，继续调查吧。"

"稻草人，你是最后一个见过姜嘉的人吧？"

"不，我认为最后一个见过姜嘉的是凶手。"稻草人回答。

"除了凶手。"

"这么说，你已经认定稻草人不是凶手了？"比尔问，"如果稻草人是凶手，那就不是'除了凶手'了。"

"比尔，你可以先闭嘴吗？马上就轮到你了。"

"知道啦。"

"稻草人，你最后见到姜嘉时，她有什么异常吗？"

"唔……"稻草人抱起胳膊，"和往常一样吧。我去喊桃乐丝，结果被她一顿嘲笑赶走了。"

"所以你生气了？"铁皮人说。

"不，我是个宽宏大量的人。"

"那么，狮子先生，接下来是你。"

"我什么都不知道。"

"你身上有血，这是谁的血？"

"是姜嘉的，你看到我舔尸体上的血了吧？"

"嗯，而且你刚才还偷舔了桃乐丝的血。"

"对不起，对不起，不要生气，不要打我。"狮子用前爪捂住头。

"我不会打你的，放心吧。不过，你绝对不能再舔尸体的血了，肉也不能吃。"

"啊？肉也不能吃？那现在要吐掉吗？"

"唉，已经吃掉的就算了。"杰丽雅皱起眉头。

"大牙里塞了一点，我弄出来。"狮子把前爪伸进嘴里，拽出一片。

"谢谢你，狮子。"杰丽雅把肉放在桃乐丝脸上。

"啊，那可能是姜嘉的。"

"唔，她俩应该都不会在意……那么，比尔。"

"什么事，杰丽雅？"

"轮到你了，你有什么想说的吗？"

"唔……"比尔抱起胳膊，沉思了一会儿。

"没有的话，等想起来再说也可以。"

"啊！我懂了！"

"怎么了？"

"没什么。"

"你刚刚不是说'我懂了'吗？"

"我的意思是我懂了我没什么要说的。"

杰丽雅没回话，只做了记录。"那么——"

"询问结束了？"比尔问。

"不，还有一个人，或者说还有一个东西。"杰丽雅指了指躺在地上的滴答。

"啊，滴答是凶手。"比尔说。

"那样倒简单了，但估计不是。它可能是凶器，但不是凶手。"

"凶器不就是凶手吗？滴答杀了桃乐丝对吧？"

"不是'滴答杀了'，而是'用滴答杀了'。总之先拧发条吧，不要拧行动发条，只拧思考和说话发条。"

杰丽雅首先拧上思考发条，然后拧上说话发条，因为要是先拧说话发条，它又会说半天胡话。

"哎呀，这是怎么回事？"滴答叫了起来。

"发生了什么？"杰丽雅问。

"我和桃乐丝正在这个房间里开心地聊天，回忆我们在艾维国第一次见面时的冒险故事。"

"后来呢？"

"先是我的说话发条松了，我就向桃乐丝做手势，想让她帮我拧发条，但桃乐丝好像很困，在沙发上睡着了。她睡得很香，我就没喊醒她，等她自己醒。后来我的行动发条也松了，这下更没办法了，大概最后连思考发条都松了吧。"

"你确定不是思考发条比行动发条先松，于是你乱砸了一气？"

"不是的。不过你为什么要这么问？"

"因为你可能在没思考的情况下胡乱行动，杀了桃乐丝。"

"什么？！"

"你不知道桃乐丝死了吗？"

"嗯，我现在才知道。"

"你看那边……你的脸没对着桃乐丝的方向，所以看不见。"

"桃乐丝在那边？"

"铁皮人，你把它的脸转向桃乐丝。"

铁皮人把滴答的脸转向桃乐丝，嘎吱嘎吱声响起。

"哇！"滴答叫道，"什么情况？全是血啊！"

"刚说了啊，桃乐丝被谋杀了。"

"被谁？"

"这是我想问你的。这个房间里，除了你和桃乐丝，还有谁进来过？"

"不知道。就算有人来过，那也是在我发条松了后来的。"

"我不太明白，"稻草人说，"你就算不说话、不思考、不行动，发条也会松吗？"

"要是不说话，说话发条就不会松。但我没法不思考，所以思考发条还是会不断松开。行动发条也一样，即使没主动挪身体，内脏还是会活动。"

"机器人居然有内脏。"比尔感叹道。

"那当然，没有内脏，能量循环就会停滞。"滴答回答。

"你刚才压在了桃乐丝身上，你知道是怎么回事吗？"杰丽雅问。

"抱歉，我一点印象都没有。你的意思是说，我成了杀害桃乐丝的凶器？"

"也不能这么说。她的腹部有刺伤，可能那才是致命伤。要是那样，凶手可能是在杀她以后又推倒了你，压扁了桃乐丝的头。"

"滴答会不会撒谎？"比尔问。

"什么意思？"杰丽雅问。

"可能是滴答刺了桃乐丝，然后自己倒在了桃乐丝头上。"

"我干吗要那么干？"滴答很愤怒。

"那种可能当然存在，"杰丽雅说，"不过滴答身上有血，手指上没血。而且刺桃乐丝的凶器是什么呢？"

"会不会就是杀害姜嘉的凶器？"

"那样的话，凶器在哪儿？"

"是不是扔到外面去了？"

"血淋淋的就扔出去了？"

"行凶的时候，它不是穿了走廊里的衣服吗？"

"你的意思是说，滴答先穿上绿衣服和鞋子，刺杀了桃乐丝和姜嘉，然后来到走廊，脱下血淋淋的绿衣服和鞋子，把刀子扔到某个地方，又回到房间，倒在了桃乐丝头上。"

"好厉害！绝妙的推理！这准没错了！"稻草人叫道。

"别胡扯了，我根本没做那些事。"

"没错，刚才的推理不成立。"杰丽雅说，"首先，那件绿衣服和鞋子都是人类穿的，虽然是最大号，但滴答也穿不下。就算勉强能穿，滴答脱完鞋子后，还要再次经过警卫室，回到这个房间。警卫室里有姜嘉的尸体，经过那里时，必然会留下血脚印。"

"这里有很多血脚印。"比尔说。

"这些都是我们的，没一个是滴答的。"

"看来我的嫌疑洗清了。"

"嫌疑还没洗清，"杰丽雅说，"目前只是没有证据指向你是凶手的可能而已。"

"什么意思？"比尔说，"滴答是凶手？不是凶手？"

"我自己知道自己不是凶手，你为什么非要把我当成凶手？"滴答愤愤不平地说。

"无罪推定，比尔。"杰丽雅说，"只要没有证据，就不能把滴答当作凶手。"

"真让人恨得牙痒，只能像神探可伦坡那样坚持到凶手开口了。"比尔遗憾地说。

"你好像认定了我是凶手，但这完全没有依据。"滴答说。

"那谁是凶手？"

"我要是知道早说了。我发条松了，什么都不记得了。这刚才不就说过了吗？"

杰丽雅在旁边陷入沉思。

"你想到什么了吗？"奥兹玛问。

"没有，不过……"

"怎么了？"

"我想到一件事。"

"什么事？"

"目前还不能说。"

"为什么？"

"因为这会让某人被当作凶手。"

"也就是说，你已经有怀疑对象了？"

"我认为现阶段还没到那个程度。"

"那随着调查推进，会弄清楚吗？"

"这点我也不能确定。"

奥兹玛看向格琳达，格琳达缓缓点头。

"好吧，杰丽雅，你继续调查。"奥兹玛严肃地说。

"要是找到了凶手，你打算怎么办？奥兹国没有法院，也没有监狱。"

"这你不用担心，我们会处理的。"

杰丽雅闭上眼，然后仿佛下了某种决心似的，又睁开了眼睛。"那么我去继续调查了，告辞。"杰丽雅准备离开房间。

"杰丽雅。"奥兹玛喊住了她。

"怎么了？"

"你可以负责把这事告知堪萨斯那边吗？"

"好的。"杰丽雅咬紧嘴唇。

"小心些，据说亨利叔叔在住院，千万别打击到他。"

"遵命。"杰丽雅离开了房间，比尔慌慌张张地追在后面。

10

"桃乐丝和将子的死，都被当作意外处理了。"树利亚说。

井森在研究室里双手捂脸："为什么她们……"

"我——我们正是要弄清这点。"

"奥兹玛任命的搜查官是杰丽雅·嘉姆。"

"当然。不过地球上的调查也不见得没意义，调查这里的人际关系，也许会发现什么。"

"我不是说这个！"井森痛苦地说，"调查负责人只有杰丽雅，和比尔无关。"

"什么意思？"

"我帮不上忙。"

"你说什么？刚才不还说要两人一起调查吗？"

"连桃乐丝都遇害了，情况就变了。正式任命的调查负责人是杰丽雅，我无法调查。"

"这么说，那我也没有调查权限。"

"杰丽雅……"

"杰丽雅和我是两个人，我们只是共享记忆和生死而已。"

"那你也不该再调查了。"

"你为什么这么自暴自弃？"

"我有不祥的预感，这肯定不是结束。"

"还会有人牺牲？"

"以前也有过类似的情况。一旦牵扯上，准没好事。"

"……不可能。"树利亚喃喃地说。

"嗯？"井森移开捂脸的手。

"我们已经完全卷进了这个案子。"

"没这回事。"

"杰丽雅和比尔已经在谋杀现场开始调查了。"

"比尔只是单纯在场而已。"

"只要在场就是一回事，在场的有好几个人。"

"在场的都是值得信任的……"井森停住了，"都是可以信任的吧？"

"不好说。至少能管住嘴的不多。"

"那样的话，杰丽雅和比尔就危险了。"

"也就是说，我和你也危险了。"

"唉！为什么啊！"井森的声音带上了哭腔。

"别哭。"

"你就让我哭一会儿吧。"井森开始思考，"毕竟接下来就得加倍努力了。"

"你有干劲了？"

"不是有干劲，是发现不得不干了。"

"那咱们先做什么？"

"先调查桃乐丝——地球桃乐丝的朋友关系。不过我对桃乐丝可以说一无所知，你是她朋友，应该对她很熟吧？"

"嗯，算是吧。"

"她有叔叔婶婶？"

"对，我还得把桃乐丝的事告诉他们，想想就很难过。"树利亚叹了口气。

"其他人呢？她有男朋友吗？"

"没有男朋友，不过有人喜欢她。"

"单相思？"

"唔，感觉挺微妙的，因为桃乐丝的态度也很暧昧。"

"那就也得把桃乐丝的死讯告诉他。"

"是他们。"

"啊？"

"三角关系。"

"那这就要注意了。他们叫什么？"

"血沼壮士和小竹田丈夫。"

"他们俩是谁的化身吗？"

"你为什么这么想？"

"不为什么，只是觉得这样的话更好沟通。"

"因为可以直接问奥兹国的事？"

"没错。"

"恭喜你，他们都是化身。"

"是比尔认识的人吗？"

"稻草人和铁皮人。"

井森吹了声口哨："这没什么好恭喜的，挺麻烦的。"

"不必太担心。他们和你一样，化身的性格截然不同。"

"你知道他们的联系方式吗？"

树利亚耸耸肩："桃乐丝应该知道。"

"有什么办法能找到他们吗？公司什么的？"

"他们俩都是这所大学的学生，在校园里走走就能遇上吧。"

"是吗？他们是什么学院的？"

"不知道，毕竟我没兴趣。"

"好吧，那先在校园里打听打听吧。"

　　没想到这两人很快就被找到了，他们正在事故现场号啕大哭。本以为他们哭一会儿就会平静下来，但是过了三十分钟，一个小时，他们还是哭个不停。

　　"真可怜，原来他们这么喜欢她。"井森怜悯地看着两个人。

　　"随他们哭倒也可以，"树利亚说，"只是这么干等太浪费时间了。"

“你可真够冷酷的。”

“当然了，要是可以我也想放声大哭，可我是奥兹玛任命的调查负责人。”

“奥兹玛任命的是杰丽雅，你不用这么有责任感吧？”

“杰丽雅和我是一心同体的，你和比尔不是吗？”

“这问题很难回答啊。”

“简单说，是或不是？”

“不好说。大脑认为应当区分自己和比尔，或者希望那样区分。但感觉上，我很多时候会觉得自己就是比尔，比尔好像也一样。”

“那你把自己当比尔不就轻松了？”

“其实不轻松也没什么。”

血沼和小竹田稍微平静了一点。

“哟，不哭了吗？”井森说。

“不是不哭，是体力有限，快要哭昏过去了。”

“看来哭也很耗体力啊。”

血沼坐在地上，耷拉着脑袋，时不时抽搐一下。小竹田仰面朝天倒在地上，发出呻吟般的微弱哭声。

“可以打扰一下吗？”井森拍拍血沼的肩膀。

血沼瞥了井森一眼：“你是谁？”

“唔……我是桃乐丝的朋友。”

“桃……乐丝？”血沼起初有些茫然，之后突然眼睛瞪起，“你是她什么人？！”他一把掐住了井森的脖子。

“哇！朋友，普通朋友！”井森努力挣脱血沼的手。

“真的？”血沼恶狠狠地瞪着井森，简直像只野兽。

“饶了我吧……”井森嘟囔道。

"你说什么？！"倒在地上的小竹田突然大叫起来。

"哎呀，我——"小竹田猛然跳起，杵在地上，那动作简直不像人类能做出来的。"你是她的朋友？！"小竹田猛然跨过好几米，像远距离传输似的，一下子逼到井森面前。

"哇！哇！哇！"井森感觉自己像在看恐怖片，"对，朋友，普通朋友——"一股大力撞飞了井森，他连退好几米，倒在地上后还滚了两三圈，"我说了只是普通朋友！"井森带着哭腔说。

"谁允许……谁允许你接近她的？"

"不，虽然没谁允许——"

"你是擅自接近她的吗？"

"也不是擅自接近，是她热心帮我——"

"你是说，是她主动接近你的？"

"嗯，没错。"

"胡说！"井森后背挨了一下。不知何时血沼也站了起来，朝他后背狠狠打了一拳。糟了，腹背受敌。

"你想说她是那么不正经的女人吗？！"小竹田也激动起来。

"不是不是，不是她不正经，是我晕倒了，她救了我。"

"这么说，是你利用了她的善良？！"血沼两眼血红。

呃……这到底该怎么回答？井森感到无计可施。看来这两人悲伤过度，失去了理智，不管我怎么回答，都会被当成侮辱桃乐丝，或是用无耻的手段诱惑她。不管回答是或否，都会让他们更愤怒。既然这样，我还是闭嘴逃跑吧。

井森闭上嘴，打算逃走，但他突然朝前倒去，大地扑面而来。他慌忙抬手捂脸，还是撞得生疼。什么情况？上一次这样摔在地上还是小时候呢。他想站起来，但爬到一半又倒在了地上。刚才摔在地上时好像撞出了鼻血，地上的血慢慢散开。井森发现自己的腿动不了，回头一看，两人正一人一边抓着他的脚踝。

"别想跑，"小竹田喃喃地说，"想玷污她的人，别想逃。"

"杀了他，"血沼也喃喃地说，"杀死他。"

不会真被他们杀了吧？井森想。问题是，这是单在地球上发生的事，还是和奥兹国相关联发生的事？要是奥兹国的比尔被杀，井森大概也会死；可要是比尔还活着，那就还有希望。

所以到底是什么情况？

血沼和小竹田两人一起大叫起来。不管怎么说，自己肯定是活不成了，井森听天由命地闭上眼睛。

忽然，他的脚踝松了。他回头一看，树利亚的两只手分别从背后卡住两个男人的咽喉，把他们从井森身上扯了下来。两人失去平衡，仰面倒下。井森以为他们会马上爬起来，没想到他们倒在地上又开始放声大哭。

"你学过武术？"井森问。

"没，不过他俩好像什么都看不见，所以我想可以试试。"

"要是卡住他们的脖子，他们还是不肯放开我的腿，你打算怎么办？"

"就算不放手，他们迟早会感到窒息，最后还是会放手的。"

"有道理，是个合理判断。"

"那，现在还问吗？"

"唔，现在看来不行，等过几天他们俩冷静点再问吧。"井森看着哭个不停的两人，无奈地说。

"他们俩是稻草人和铁皮人吧？"比尔在宫殿中庭问杰丽雅。

"嗯，好像是。"杰丽雅说。

"在这边，桃乐丝的死好像对他俩没太大打击呢。"

"因为本体和化身的人格不同吧。"

"那接下来调查什么呢？"

"没什么，就是证实铁皮人的证词而已。"

"你怀疑铁皮人呀？"

"不是，比尔，很遗憾，我一点都不怀疑铁皮人。"

"那为什么还要证实他的证词呀？"

"工作所需。知道铁皮人没撒谎，也是一个发现。"

"那要是他说了谎呢？"

"那就是一个重大发现，但我想铁皮人应该没说谎。"

"为什么？"

"铁皮人不是傻瓜，他不会说这种轻易就能被揭穿的谎。"

"那，要是稻草人说了同样的话呢？"

"这个问题很好啊。不过，稻草人也是一样，因为他根本想不到说谎这种事。"

"也是，很有道理。"

一个奇怪的女孩在花团锦簇的中庭里边唱边跳。

"你好呀，碎布姑娘。"杰丽雅向女孩打招呼。

"你好呀，杰丽雅·嘉姆。"碎布姑娘没有停下来的意思，"哎呀，这位是谁？"

"它是蜥蜴比尔。"

"初次见面，你好，比尔，我是碎布姑娘。"

"我还以为碎布姑娘是她的绰号呢。"比尔说。

"哎呀，碎布姑娘是绰号啊，我的本名是斯考普[1]。"

"不是这个意思，我是说，你真是碎布头缝起来的呀。"

"是啊，我本来就是碎布缝成的布娃娃。"

"哎呀！布娃娃居然有生命！"比尔吃惊地叫道。

"比尔，看过稻草人他们后，你怎么还对碎布姑娘这么惊讶？而且你应该认识碎布姑娘啊。"杰丽雅小声说。

"前两天阿甘因为我一点都不惊讶抱怨过，所以我其实不惊讶，只是假装惊讶。"

"它这是在挖苦我吗？"碎布姑娘带着天真的表情问。不过她的眼睛是纽扣做的，所以不管说什么，她看起来都是天真的样子。

"对不起，碎布姑娘，比尔没有恶意。"杰丽雅道歉道。

"没关系，我只是这么觉得，所以问问看自己的想法对不对。啦啦啦。"

"为什么你又唱又跳呀？"比尔问。

"因为我开心呀。"

"这是什么意思？"

"什么什么意思？"

"是因为有开心事所以才又唱又跳呀，还是因为又唱又跳很开心所以才又唱又跳呀？"

"啊，这个意思呀，"碎布姑娘快活地跳得老高，"都有呀。"

"哦，都有呀。不过你为什么这么快活呀？"

---

1. Scraps，也是碎布头的意思。

"因为我脑袋里塞满了各种怪东西，是奥乔造我时塞进去的。"

"奥乔是谁？"

"一个曼奇金国的男孩子。你想听我仔细说说吗？"

"唔，会不会很长呀？"

"不会很长，一个半小时就能讲完啦。"

"那还是算了，我没什么兴趣。"

"哎呀，真遗憾。咕噜噜噜。"碎布姑娘一点都没有生气的样子，继续跳舞。

"其实我想问问别的事，但不是你诞生的事。"杰丽雅说。

"好呀，你想听什么呢？"碎布姑娘翻了个跟头，头朝下说。

"刚才铁皮人来过这里吗？"

"哪个铁皮人？"

"看，铁皮人在撒谎！"比尔断言，"他就是凶手！"

"你为什么这么觉得？"碎布姑娘问。

"因为铁皮人说他和你说过话，但你根本不认识他，这说明铁皮人在撒谎。"

"哎呀哎呀，"碎布姑娘摇摇摆摆地跳着舞，"好有意思呀。"

"比尔，别多嘴。"杰丽雅训斥比尔。

"它好单纯呀。"碎布姑娘说，"不过，铁皮人大概没撒谎。"

"可你刚才说你不认识他。"比尔说。

"我没说不认识呀。"

"咦？那你说的是什么？"

"我说的是：'哪个铁皮人？'"

"那不就是不认识铁皮人吗？不认识不就表示没见过吗？"

"不是，比尔。我认识铁皮人，也见过他。"

"那你为什么说：'哪个铁皮人？'"

"我只是在问是哪个铁皮人。"

"还有其他铁皮人吗？"

"这个，我不知道呀。"

"不知道你还问？"

"是啊，不知道才问啊，知道的话就不用问了。"

"也是，你说得很有道理。杰丽雅，碎布姑娘说得很对。"

"比尔，刚才我就让你别多嘴了。"

"好刺激呀！"碎布姑娘跳起两三米高，然后迎着风飘飘荡荡地落了下来。

"你感冒了吗？"比尔问。

"没有，我是碎布头做的布娃娃，不会感冒的。"碎布姑娘说。

"那为什么好刺激[1]？"

"因为本来不会有犯罪的奥兹国有了犯罪呀。"

杰丽雅瞪了比尔一眼。

"我可什么都没说。"比尔抱怨道。

"不，你说得够多了。虽然碎布姑娘看起来和稻草人一样，但她脑子里满是智慧。"杰丽雅沮丧地说。

"准确地说，不是'智慧'，是'聪明'，虽然也差不多吧。"碎布姑娘快活地说。

"我什么都没说吧？"比尔问。

"你说奥兹国发生了案子，铁皮人皇帝是嫌疑人之一。"碎布姑娘快活地说。

---

1. 日语中的"ぞくぞく"，既可表示感冒发冷，也可表示非常刺激的感觉。

"我没说，我没说。"比尔挥手否认。

"碎布姑娘分析了你的话，得出了这些结论。"杰丽雅说，"她没有因为你是蜥蜴就瞧不起你，也许她更适合做调查负责人。"

"不行不行，"碎布姑娘说，"我做不了那么严肃的调查，我只适合唱歌跳舞。啦啦啦。"

"咦？你怎么知道发生了案子？"比尔惊讶地问。

"因为你说了：'他就是凶手。'既然有凶手，肯定有案子呀。"

"光靠这就知道了？"

"已经足够了。而且你们想确认铁皮人的证词，也就是说，铁皮人是嫌疑人之一。"

"好厉害，简直像福尔摩斯一样。"

"然后呢，接下来是我的推测。需要调查的案子肯定是大案，盗窃、毁坏物品之类的小罪没必要调查。而且，在奥兹国也不需要偷东西，想要什么都能得到，东西坏了也没关系。"

"那么你认为是什么？

"简单来说就是谋杀，对吧？"

"哇！太厉——"杰丽雅捂住了比尔的嘴："什么谋杀，根本是瞎猜。"

"你不是会擅自查案的人，肯定有人委托。谁有权委托你呢？铁皮人是嫌疑人之一，那么就是比他身份更高的人。奥兹玛女王？格琳达？如果这两位中的一位不得不调查，那么肯定是非常大的案子。既然这样，只有谋杀了。"

"全是你的推测。"

"对，都是推测。那么，谁遇害了？"

杰丽雅更加用力地捂住比尔的嘴。

"就算发生了谋杀案，格琳达也应该能从魔法书中得知凶手是谁。但她不知道。所以有两种可能：一种是凶手和受害人都不是人类，因为魔法书只能看到人类的行动；另一种可能是谋杀发生在受魔法防御的区域里。在受魔法防御的宫殿里，能避人耳目的地方就是内部，而能进入内部的人是有范围的。"

"你也能进去吧？"

"对，我也能。但没有理由的话，我不会特意进去。"

"没人能知道别人的理由。"

"是啊，不过至少能知道谁常在内部，这是个可能性问题。"碎布姑娘蹦蹦跳跳地说，"杰丽雅，我可以跟你说件事吗？"

"嗯？"

"我不知道你在查的谋杀案凶手是谁，但我知道马上又要发生一起谋杀案了，而且也知道凶手是谁。"

"什么意思？"

"这件事正在我眼前发生——比尔快被你闷死了。"

杰丽雅慌忙松开手，比尔瘫倒在地上。

"这不是杀人，是意外。"

"那我更正一下，是过失致死。咕噜噜。"

杰丽雅把比尔翻过来仰面朝天，按压它的胸部。

"要是救不活，那就干脆吃掉吧，这就不犯法了。我也想帮你吃，但我吃不了东西，抱歉啦。"碎布姑娘跳着猴子舞说。

"谢谢你，不过没关系，比尔这点大小，交给狮子或饿虎，一口就没了。"杰丽雅继续按压比尔的心脏。

"噗——"比尔呼出一口气，"刚才谁在商量吃我的事？"

"我和杰丽雅。不过你放心，我什么都不吃。"碎布姑娘回答说。

"那就是杰丽雅想吃我？"

"要是没别的办法的话。"杰丽雅耸耸肩。

"比尔，最近总和你在一起的那个女孩呢？"碎布姑娘问。

"碎布姑娘，你认识比尔？"杰丽雅吃惊地问。

"第一次见，但我听说过桃乐丝在死亡沙漠发现了濒死的蜥蜴。"

"总和我在一起的女孩，是说杰丽雅吗？我想她大概在奥兹国吧。"比尔回答。

"谢谢你，比尔，不过我能看见杰丽雅，所以问的不是她。"

"是吗？果然不光我能看到，其他人也能看到呀。其实我挺紧张的，就怕你问我杰丽雅，因为这就说明你看不到杰丽雅，要是那样我可就不知道该怎么办了。"

"怎么可能只有你能看见呢？"杰丽雅说。

"比如说你是幽灵或者我的幻觉呀，这些不可怕吗？"比尔问。

"是很可怕，真的。"碎布姑娘颤抖起来。

"既然不是问杰丽雅，那就是问桃乐丝了？"

"对，是问桃乐丝呀。"

"桃乐丝呀……"比尔瞥了杰丽雅一眼，"哎呀，好险，好险。"

"什么好险？"碎布姑娘快活地跳来跳去。

"这个不能说吧？"比尔偷看杰丽雅的脸色。

"根本说不明白啊。"杰丽雅捂住自己的额头。

"我不会说出去的。"碎布姑娘说。

"真的？我可以相信你吗？太感谢你啦。"

"不用客气，杰丽雅·嘉姆，毕竟这也是为了我自己，和奥兹玛女王作对没什么好处。"

"你总是会做出正确选择，碎布姑娘。"

"你也是，杰丽雅。"

"带着这样的比尔，也算正确？"

"是啊，带着比尔是最正确的选择了。"

"哪怕它总是多嘴？"

"正因为它多嘴，要是随它到处乱跑，你觉得会如何？"

"不知道。比尔本来也不大可信，说不定没人拿它的话当真。"

"奥兹国里也有满是智慧的人。"

"像你一样吗，碎布姑娘？"

"我只是聪明，没有真正的智慧。"

"那这些智慧的人在哪里？"

"真正有智慧的人不会露面，不过最好还是让奥兹玛女王认为没有这样的人。"

"为什么？"

"有智慧的人是安全的人，对人安全，对自己也安全。但也有人害怕有智慧的人，不能让他们知道谁有智慧。"

"你是有智慧的人吗？"

"别忘了，我没有智慧，我只是聪明。"

"碎布姑娘，你能帮我吗？"

"我不适合查案子，适合的人是你。"

"我没信心。"

"相信自己，你肯定很快就能发现凶手，你现在只是在确认。"

"你为什么这么想？"杰丽雅用锐利的眼神盯着碎布姑娘。

"看你的态度就知道了。你一点都不急，就像已经盯住了凶手一样。"

"谢谢你的建议，碎布姑娘，我再去查一查。"说完，杰丽雅就带着比尔离开了。

碎布姑娘像是什么都没发生过似的，依旧在那里唱歌跳舞。

12

距离那场骚乱已过了几天，大学里已看不到小竹田和血沼的身影。树利亚四处打听，终于找到了他们俩的房间。

她先是去了血沼的公寓，但完全没人回应，门也锁着。她只好作罢，又去了小竹田的公寓。结果小竹田这边也是一样，按门铃没反应，不过门没上锁。

"小竹田，你在吗？"树利亚推开门，冲着昏暗的房间喊。

还是没人回答。虽然是白天，但房间里很暗，不仅拉着布窗帘，好像还把百叶窗帘也放下了。

"小竹田，我进来了。"树利亚走进房间。

"喂，随便进去不太好吧？"井森慌忙说。

"为什么？都是熟人，没关系吧？"

"不是啊，又不是很熟的朋友，不能随便进吧？"

"特殊情况，现在没时间磨蹭。"

"正因为是特殊情况，才更要走正规流程啊。"

"已经死了两个人了，要是小竹田再出点事呢？"

"问题就在这儿。要是出了事，你打算怎么办？我们周围已经死了好几个人，你要怎么和警察解释？"

"我们又没做坏事，需要解释什么？"

"这种说法没人会信，尤其我还不是第一次，很可能会被盯上。"

"不是第一次？什么意思？"树利亚说着话就朝房间深处走去。

"这个说来话长……"井森无奈，只能跟在后面。

房间里散乱堆着书、杂志、吃剩的食物和电脑零件，也不知道是不是垃圾。他们只能一边找落脚的地方，一边往里走。

"在这儿呢。"树利亚站住了。

"什么？"井森顺着树利亚的视线望去，"哇！"

黑暗里有个抱膝而坐的朦胧身影。最好还活着，井森默默祈祷。

"你冷静下来了吗？"树利亚问那个人影。

"什么？"小竹田茫然抬头看向树利亚和井森。

太好了，还活着。

"是我，你认识我吗？"

"谁？"

"你忘了？我是树利亚，馅树利亚，桃乐丝的朋友。"

"桃乐丝……"小竹田似乎还没弄清状况。

"你还记得吗？她死了。"

"……啊？那是我做的梦啊。"

"他在说奥兹国的事吗？"井森问树利亚。

树利亚摇头："估计不是，他是想把地球上发生的事当成梦。井森，去把窗户打开，晒一会儿太阳可能会让他好一点。"

井森想打开窗户，但他发现挡住窗户的不是百叶窗帘。仔细想来，公寓窗户确实也不该有百叶窗帘。窗户是被硬纸板堵住的，有胶带胡乱粘在上面。井森撕拉撕拉扯下硬纸板，阳光照进脏兮分的房间。

小竹田皱起眉头。

"来吧，晒晒太阳。"井森招呼小竹田。

"你干什么！"小竹田突然跳起来，撞向井森。井森被撞飞出去，一屁股坐在地上，某种黏糊糊的东西从他后背到屁股沾了一大片，感觉凉凉的。

"到底怎么回事？"

"不能有阳光。"

"为什么？"

"因为……因为……"小竹田的目光很空洞，"夜里有阳光不怪吗？"

"怪的是你，"井森冷静地反驳，"现在是下午两点。"

"不，肯定是夜里，因为……因为……因为我在做梦，我睡着了。"

"这要怎么说服他？"

"冷静点，小竹田。"树利亚温柔地把手放在小竹田的肩膀上，"即使是白天，也可以做梦。"

"还能这样？！"井森叫了起来。

"是吗……这么说来也对。"小竹田似乎接受了。

"那，我可以问你个问题吗？"

"但我必须做梦……"

"你可以一边做梦一边回答。"

"哦，那可以。"

"是谁杀了桃乐丝，你有线索吗？"

小竹田惨叫起来。

"对不起，我说的是在梦里杀害桃乐丝。"

小竹田喘了半天，然后自言自语道："可能……可能是他。"

"谁？"

"好像是叫洛德。"

"是你认识的人？"

"不是。"

"那你怎么认识他的？"

"就是……就是……"小竹田又开始不安起来。

"我懂了，是梦里认识的吧？"

"对，梦里。"

"我和血沼在那个梦里的案发现场时，那家伙走了过来。"

"你记得他长什么样吗？性别和年龄呢？"

"是个男的，不过他戴着墨镜和口罩，穿一身黑，年龄和长相都看不出来。我们正在哭，他来到了我们身边，和我们说话。"

"他说了什么？"

"'查也没有用。'"

"什么意思？"

"不知道。'愚蠢的稻草人和铁皮娃娃，我是复仇者洛德。她是我杀的，但不是在这个世界杀的，所以地球上没人能抓我。'"

"他真的这么说？"

"嗯，虽然是梦。"

"他就说了这些？"

"'你们也转告那个蠢女仆和蜥蜴，没人能抓住我，没人知道我是谁。'"

"够自信的，"井森说，"我以前还真没遇到过这么能挑衅的家伙。"

"以前？"树利亚惊讶地问。

"嗯，不是说了嘛，我以前也遇到过类似的事，就是说起来比较复杂……"

"总之先让他说完吧。小竹田，那家伙还说了什么吗？"

"……不知道。后来可能还说了些什么，但我记不清了。"小竹田茫然地说。

"然后那个洛德去了哪儿？"

"不知道。不知什么时候他就不见了……也许根本就没有这个人……对啊，本来就是梦，当然没有了。"

"这事好像还得和血沼谈谈才能搞清楚。"

"血沼在哪儿？"井森说。

"我开始有点担心了。"

"有人吗？"一个嘶哑的声音问。

外面好像有人来了。井森和树利亚丢下状态怪异的小竹田，来到房间外面。外面是一个用大大的帽子遮住脸的女人，她穿着一件裹住全身的白衣，但也许穿了太久，有些泛黄，穿在身上也显得不太协调，就像幻影一样。井森摆出防卫的姿势。是洛德？还是洛德的同伙？

"别紧张，我认识她。"树利亚说。

"你认识她？嗯……在奥兹国也认识？"

"是的。"树利亚走过去，"今天身体怎么样吗，夕霞？"

"嗯，今天感觉稍微好一点了。"被称作夕霞的女子嘶哑着说完，看向井森。不知为何，井森总觉得不应该直视夕霞的脸，所以他移开了视线。

"这是井森。"树利亚对夕霞说，夕霞点了点头。

"对了，我们在奥兹国也认识吗？"井森勉强挤出笑脸。

夕霞滑行般靠近井森。不知为何，井森有种被非人物体靠近的感觉，他情不自禁后退了一步。

夕霞更加凑近井森，在他耳边低语："嗯，是呀。"

"那，你是谁？"

"我是碎布姑娘。"

"碎布姑娘？"

井森怎么也没法把眼前的女孩和那个快活的碎布姑娘联系在一起。但本体和化身的关系并非只有一种，事到如今，他对此已深有体会。说到底，比尔和井森就差异甚大。更何况，眼下也不是为了这点差异就感到震惊的时候。可大脑虽然理解，碎布姑娘和夕霞的形象还是差太远了。井森刹那间甚至怀疑树利亚是不是在骗自己，或者自己和树利亚都被这个叫夕霞的女人给骗了。

"感觉相差好大啊，吓了我一跳。"井森说。

"感觉？"

"你和碎布姑娘啊。她……怎么说呢，挺不可思议的，总是在唱歌跳舞，有种静不下来的感觉。可你呢，就……好像安静得过分……啊，我没有说你不好的意思……"

"我和碎布姑娘有很大的共同点呢。"

夕霞的声音让井森有种没来由的不祥预感。他不想听她们的共同点，但照这个对话的走向，好像不得不听。

"想看我的裸照吗？"

井森没法回答。"好啊""别了"，哪个他都说不出口。他恨不得什么都不说，原地消失。可夕霞没等井森回答，已经从口袋里取出了一张照片。

说到照片，井森本以为她会展示手机屏幕，结果是老式的打印照片。也许是因为随身带了好多年，已经变得皱皱巴巴。井森无法拒绝，颤抖着手接了过来。

这张照片已经变色到看不出是黑白的还是彩色的，上面是一名全裸的少女，却没有丝毫艳色。少女身体上是无数的缝针疤痕。以今天的医疗技术水平，居然弄成这样，肯定是缝得太急了吧，井森猜想。不仅看不出半分掩饰疤痕的意图，从皮肤的褶皱来看，缝合得似乎还很勉强。

井森说不出话。

"你瞧，和碎布姑娘一样吧？"

井森求助一般望向树利亚，树利亚却默默摇了摇头。

"这是我父亲拍的，作为实验记录。很怪吧？碎布姑娘是用没生命的碎布缝成的。我呢，全身移植的是编辑了人类基因的猪器官。简直是个不知还剩多少原件的拼装工艺品呢。我和碎布姑娘很像吧？……对了，我的声音听起来是不是很难听？抱歉啦，肯定是因为用了猪声带。"

"那个……我不知道该说什么才好。"

"夕霞，行了。"树利亚说。

"怎么了？我做错什么了吗？"

"欺负井森也没什么意思。"

"是啊，"夕霞微微一笑，"和井森没什么关系。就算他现在过得很幸福，也不是他的错。"

"夕霞，你为什么要来这里？你有什么事吗？"

"是啊，有件事我必须告诉你们。我可找了好久呢。"

"有件事必须告诉我们？很重要的事吗？"

"我觉得相当重要，要是你们想找杀害桃乐丝的凶手的话。"

"到底什么事？"

"血沼死了。"夕霞用嘶哑的声音说。

13

"稻草人在哪儿？"一找到正在翡翠城里闲逛的铁皮人，杰丽雅·嘉姆就立刻问他。

"为什么要问我？"

"你们不是朋友吗？"

"唔，是朋友吧。"铁皮人扭了扭肩膀，发出咯吱咯吱声。

"他的化身死了。"

"啊，听说了，是个很阴沉的女人说的……这是小竹田的记忆，不过他好像不愿意接受。"

"化身的死可能意味着本体的死。"

"唔，地球上的化身死了，奥兹国的本体也会死？"

"恰恰相反，是奥兹国的本体死了，地球上的化身也死。"

铁皮人挠了挠头，发出一阵刺耳的声音："这里很少死人吧？"

"以前是很少，"杰丽雅压低声音，"但你还记得前几天姜嘉和桃乐丝被杀的事吗？"

"你是说，杀害这两人的凶手又杀了稻草人？"

"我没这么说，况且稻草人还不见得被杀了。"

"要是本体没死，只有化身死了，那会怎样？本体和化身的联系会断吗？要是这样，倒是值得试试自杀。地球人的记忆太沉重了，我受不了了。"

"化身死了，故事会自动回收，像从没发生过一样。"比尔说。

"我没太懂……"

"就是当梦处理。死亡这件事会消失，化身会活过来。"

"这系统挺偷懒的嘛。"

"但就是这种机制。"

"也就是说，小竹田就算自杀也是白搭，很快又会恢复联系？"

"是呀，但要是你自杀，联系就会彻底断开啦。"

铁皮人一把抓住比尔的尾巴。

"铁皮人，你可能没发现，但我的尾巴被你抓住了。"

"我发现了。"

"那你能放手吗？"

"为什么？"

"很痛呀，就像被铁钳子钳住了一样。"

"可我不想放手。"

"哪怕我很痛？"

"就因为你很痛。"

比尔想了一会儿："你想让我痛？"

"是啊。"

"你为什么要这么残忍地对我？蜥蜴没有汗腺，所以外表上看不出来，但要是换成是人，肯定已经痛得直流冷汗了。"

"我这么残忍地对你，是因为你对我说了很残忍的话。"

"我说什么了？"

"你让我去死。"

"我没说啊。"

"不，你说了。"

"铁皮人，别这样。"杰丽雅语气强硬地说。

"你没听到吗？这家伙让我去死。"

"比尔只是说：'要是你自杀，联系就会彻底断开。'"

"那就是让我去死的意思吧？"

"比尔没有恶意的。"

"只要没有恶意，就说什么都行吗？"

"铁皮人，放手吧。"

"好吧，"铁皮人摸着自己的下巴，发出金属摩擦的声音，"其实我也没有恶意。"

"太好了，那你可以放开我了。"比尔松了口气。

"我并不是带着恶意抓你尾巴的。"

"那你就赶紧放开呀。"

"但我也没有放开的理由。"

"为什么？你不是没有恶意吗？"

"没有恶意，但是有好奇心。"

"好奇心？"

"就是对各种事都有兴趣的心。"

"你对什么有兴趣？"

"蜥蜴断尾。"

"啊，这里有很大的误解。"

"什么误解？"

"大家都以为这很简单。"

"不是怎么断都能马上再生吗？"

"怎么可能！再生非常耗体力，有的蜥蜴甚至会因为再生力竭而死！"比尔罕见地愤慨起来，"断尾只是最后的手段。"

"也不光尾巴，腿断了也能再生吧？"

"这也是误解。四肢能再生的是蝾螈，蜥蜴不能再生。我们爬行动物不像两栖动物那么简单。"

"的确，尾巴断了后，好像尾巴又能长出身子，变成两只蜥蜴。"

"那是涡虫，蜥蜴不是扁形动物。"

"所以就算把身体切成十段，也不会变成十只蜥蜴咯？"

"当然了啊。而且蜥蜴再生的尾巴也是不完整的，只会再生肌肉和皮肤，骨头不会再生，所以并不是真正的再生——"

比尔突然停住。伴随一声闷响，它的尾巴断了。

"抱歉，还是没克制住好奇心。"铁皮人松了手。他手里的尾巴在血沫里剧烈扭动，尾骨伸出。掉在地上的比尔则瞪大眼睛，蹲在当场。

"比尔！你没事吧？"杰丽雅跑过来。

"……怎么可能……没事……"比尔颤抖着说。

"铁皮人，你太过分了。"

"我道歉了呀。而且我也没有恶意，何必那么紧张。再说反正很快就会长出来的。"

"比尔不是说了不能恢复原样吗？"

"骨头……不能……"比尔的声音微弱得几乎无法听见，"只能长出软骨，软绵绵的。"

"比尔，你难过吗？"杰丽雅问。

"当然难过了。不过我至少比松鼠强。松鼠遇到危险时，最后的保命手段也是断尾，但它的尾巴就一点也不会长出来了。"

"没有尾巴的松鼠，这可太古怪了。"

124

"那样就分不清是松鼠还是仓鼠了。我还能长出和尾巴差不多的东西，已经很不错了。"

"确实很不错，比尔，你真棒。"杰丽雅安慰它说。

"另外，主动断的位置是固定的。要是断在别处，再生也很困难。现在断的地方刚好在主动断的位置之后，所以我可以重新断，真走运。"比尔重新从主动断的位置断了尾巴。

"我要向奥兹玛女王报告这件事。"杰丽雅严厉地说。

"吃了就没罪了。"铁皮人坦然回答。

"你能吃东西？"

"小事。只要喂给饿虎，它会吃得很开心。"铁皮人盯着不停动的两片碎尾巴，"对了，刚才你说稻草人怎么了？到底什么情况？"

"夕霞说血沼死了，我就知道这些。"

"也就是说，还不知道稻草人死没死。"

"没错，所以我想确认稻草人出没出事。"

"不过要是出了事，就没法确认了。"奄奄一息的比尔说。

"比尔，你也最好长点记性。你吃了这么大苦头，就是因为你多嘴说了一句话。"

"我多嘴说了哪句话？'出事'？'确认'？"

"你要改的不是一句话，是一百句话。"

"我刚刚说了一百句吗？嗯，从出生到现在，我确实说了很多话。假如每天说一万句，那么一年是三百六十五万句，或者三百六十六万句，十年的话……"

"比尔，我想你最终大概会多嘴说一百亿句话。"

"哇，我好厉害！"比尔一脸幸福。

"比尔，你的尾巴怎么样了？"

"尾巴？哇，我的尾巴断了！"比尔又沮丧起来。

"说起来，最近确实没见到稻草人。"铁皮人抱起胳膊。

"你们多久没见了？"

"跟你们一样。自从你被任命为调查负责人以来，我就没见过他。"

"也就是说，现在没法确定稻草人是死是活？"

"应该是吧。问完了吗？问完我可以走了吗？我很忙的。"

"你要忙什么？"比尔问。

"主要是考察。"

"考察什么？"

"考察蜥蜴断尾。"铁皮人举起手里的尾巴，猛地把骨头抽了出来。因为动作太猛，皮翻过来露出了肉，并且还在动。杰丽雅不快地移开了视线。

"比尔，瞧，可以看到尾巴里面。"

"看着就不舒服，我可以不看吗？"比尔说。

"不想看就别看。走吧，比尔。"

两人离开了铁皮人。

"比尔，你不舒服的话可以在宫殿里睡觉。"杰丽雅说。

"已经没事了，血也止住了。"比尔回答。

"蜥蜴都这么坚强吗？"

"毕竟是野生动物嘛。野生动物就算受了伤也要装作没事，不然一旦显露虚弱，就会被天敌袭击。"

"野生动物真辛苦，"杰丽雅说，"幸好我不是野生动物。"

"那不是稻草人吗？"比尔指向一个方向。在它所指的方向上，一个笨拙的木制人形物体正在干农活。按人类的标准来看，它的个头相当高。

"那个？完全不像呀。稻草人是在农作服里塞了稻草，那个人是木头做的吧？"

"稻草人也有很多种呀，我觉得那个也算稻草人。"

"哎呀，你说的是'稻草人'这个词啊。"

"喂！"稻草人模样的东西朝他们打招呼。它的头是南瓜做的，上面刻了一张可怕的脸。

"哇！"比尔大叫，"妖怪！妖怪！"

"呃……你怎么事到如今还这么震惊啊？"

"因为我第一次看到真正的妖怪啊。"

"你看到稻草人和铁皮人的时候不都很正常吗？"

"咦？他们也是妖怪吗？"

"这个嘛，"杰丽雅抱起胳膊，"不太好说……我觉得不是妖怪吧。"

"就是'不太好说'嘛。"

"没办法呀，毕竟妖怪本来也没有严格的定义，边界就很模糊。虽说既然没有定义，说是妖怪也行，可要是这么说的话，那所有妖怪说不定就都在模糊地带了。"

"所以到底是不是呢？"

"是不是都行。不过你最好把这个南瓜头杰克当成稻草人、铁皮人和阿甘的同类。"

"那个，你们好像是在讨论我是不是妖怪？"杰克说。

"对不起，杰克，我们没有恶意。"杰丽雅回答。

"这么说你也没有恶意？"

"当然，我也没有恶意。"

"我知道比尔没有恶意，刚刚也知道了你同样没有恶意，这就行了。"

"你怎么知道比尔没有恶意？"

"因为一只小小蜥蜴是不可能有什么坏心眼的。"

"这人没脑子吗？"比尔问。

杰丽雅本想捂住比尔的嘴，不过中途放弃了。然后，她最终还是轻轻握住了它的嘴。这应该就够了。要是再把它捂窒息，那就不好了。

"为什么你认为我没脑子？"杰克问。

"因为你是南瓜啊。植物没有脑子，这不是常识吗？"比尔拨开杰丽雅的手回答。

"果然很容易露馅。"杰克悲伤地说。

"杰克到底是谁造的？"

"是奇普。"

"奇普……我好像在哪儿听过这个名字。"

"奇普是奥兹玛女王以前的名字，在她变回女孩子以前。"

"啊，想起来了……哇！"

"怎么了？"

"我吓了一跳。"

"呃，因为南瓜有生命？"

"不是，因为我发现杰克和阿甘是兄弟。"

"兄弟？"

"你们俩都是被奥兹玛赋予生命的吧？"

"原来如此……所以说奥兹玛女王是我们的父亲？"

"不是母亲吗？"

"因为造我们时还是男孩呀。"

"那谁是母亲呢？"

"唔……我不太想讨论这个问题。蒙比算吗？"

"蒙比是谁？"

"和坏女巫差不多的家伙。"

"是桃乐丝杀死的魔法师吗？"

"没那么可怕，是拿奇普当奴隶使唤的家伙。"

"那家伙是你们的母亲？"

"可以这么说吧。"

"也就是说，奇普和蒙比是夫妻咯。"

"我希望不是，我不太清楚自己出生以前的事。"

"让我仔细看看你的脑子。"

"比尔，你太没礼貌了。"杰丽雅提醒说。

"哎，没事。"杰克跪在地上，低下头。

"空洞洞的，看起来记性不大好的样子。"比尔饶有兴致地说。

"这个脑袋也不是当初那个了，所以记不住出生时的事也正常。"

"咦？不是当初的脑袋？"

"当然了啊。你以为生南瓜能保存多久？最多一个星期了不起了。"

"那，每星期都要新插一个脑袋吗？"

"是啊，你也不想顶着一个烂脑袋吧？"

"就算没烂，光是南瓜脑袋就够烦的了。"

"比尔，你太没礼貌了。"杰丽雅敷衍地提醒说。

"哎，没事。"杰克显得并不在意。

"新脑袋是在菜场买的吗？"

"不是，我自己种的。"

比尔这时才发现自己站在南瓜地里。

"真的呀，全是南瓜。"

"脑袋快烂的时候，我就从这片地里挑一个比较大、看起来能保存久一点的，换掉自己的脑袋。"

"脸是谁刻的呢？"

"谁都行，有时候是朋友帮忙，有时候自己刻。"

"要是刻出来的不喜欢，你会换新的吗？"

"哪怕多少有点不满意，基本也还是直接用。反正也就用一个星期，无所谓了。除非两只眼睛连在了一起，或者嘴比右眼还靠右，那就用别的南瓜再做一个。"

"那记忆怎么继承呢？"

"嗯，基本靠口述吧。"

"口述？"

"口述就够了吧？再说了，除了口述难道还有别的办法？"

"就，不能用线连起来，唰唰地传过去吗？"

"奥兹国可没这种技术啊。"

"所以换脑袋前，你要对新脑袋说话？"

"毕竟没别的办法。"

"这样就能把记忆全传过去吗？"

"怎么可能？不过大事基本上都能传过去，毕竟大事其实都是小事。"

"比如说？"

"比如说我的名字啦，朋友的名字啦，还有我出生的经过等等。"

"知道名字就够了吗？长相很难用语言传达呀。"

"也不是啊。稻草人、铁皮人他们，基本上一句话就够了。"

"桃乐丝呢？"

"哎呀，看到可爱的女孩子，先问她是不是桃乐丝就行了。对了，那边那位是不是桃乐丝呀？"

"不，我是杰丽雅。"

"杰丽雅？"杰克歪了歪脑袋。由于歪得太厉害，脑袋啪嗒一声掉了下来。杰克慌忙捡起脑袋，重新插上。

"杰克，你没事吧？好像摔裂了。"比尔说。

"裂缝没事的，反正只用一星期。"

"你不记得杰丽雅？"

"也不是不记得吧，可能是上个脑袋没传下来，或者是这个脑袋忘了。这次做得不太好。"

"这么随意吗？"

"不随意啊。你要知道这本来就是个南瓜，南瓜能说话就够厉害了吧？"

"但如果只是口述，那现在和一周前的你不就是不同的人了吗？"

"不同的人是什么意思？"

"就是说，因为脑袋换了，所以我觉得你是另一个人了。"

"脑袋换了就是另一个人？"杰克哈哈大笑，"这也太奇怪了。"

"你笑什么？"

"要是脑袋换了就变成另一个人，那我每周都要死一次了。"

"难道不是吗？"

"怎么可能有这么可怕的事？"

"为什么？"

"这个嘛……"

"比尔，这个话题可以结束了吧？"杰丽雅担心地说。

"我的脑袋……"杰克喃喃自语，"新脑袋……旧脑袋……烂脑袋……哇呀呀！"

"杰克，你怎么了？"比尔问。

"我是谁？"杰克开始用头撞地。

"你在搞什么啊？真烦。"杰克脑袋深处传来一个声音。

"这又是谁？"比尔问。

"是我啊。"杰克的眼睛——模拟成眼睛的南瓜洞里钻出一只母鸡的头。

"刚才太暗了，没看清，不过是感觉有个什么在里面。你是寄生虫吗？"比尔问。

"真没礼貌，我看起来像虫子吗？"

"像鸟。那你是寄生鸟？"

"我才没寄生呢，我只是碰巧在这里。"

"你为什么在那里？"

"这个南瓜还有不少能吃的地方，而且虫子会啃南瓜，那些虫子也能吃。"

"虫子在啃南瓜？那这南瓜不太行啊。"

"才没那回事，我的脑袋是上等南瓜。"杰克反驳说。

"可都被虫子啃了，吃这种南瓜很恶心的。"比尔说。

"吃？我的脑袋不是吃的，是观赏用的南瓜，虫子啃一点也没事。"

"还有观赏用的南瓜？"

"日本很少见吧？万圣节的装饰品，基本上都是观赏用的。"

"欧美那边？"

"你们俩在说相声吗？"母鸡问。

"才不是，我们在说杰克每次换头是不是都会变一个人。"比尔说。

"啊，是的。"杰克双肩塌了下来。

"太蠢了。"母鸡说。

"哪里蠢了，毕琳娜？"

"你的身体基本都是木头做的。"

"我知道啊。"

"南瓜差不多只占十分之一。就算换个南瓜，大部分还是原样，所以还是同一个杰克啊。"

"这么说也是啊，那我放心了。哎呀，太好了。"

"但是头比其他部分重要吧？"比尔表示反对。

"为什么？"毕琳娜问。

"因为头里面有脑子啊。"

"这个嘛，"毕琳娜嗤笑了一声，"你仔细瞅瞅，杰克脑袋里空空的，没什么重要东西呀。"

"哎呀，太好了。"杰克哈哈大笑。

"真的呀。"比尔也哈哈大笑。

"杰克，毕琳娜，你们最近看到过稻草人吗？"看到问题解决了，杰丽雅开始提问。

"今天没见过。"杰克说。

"那昨天呢？"

"今天刚换过脑袋，所以昨天的事就不太清楚了。"

"之前的脑袋没有交接吗？"比尔问。

"看没看到稻草人这种小事，我认为没必要一项项交接。"

"也就是说，之前的脑袋可能看见过？"杰丽雅问。

"嗯，可能吧。"

"之前的脑袋在哪儿？既然昨天还在当班，那就算多少有些损伤，应该还能说话吧？"

"这个……之前的脑袋可能当湿垃圾扔了吧？"

"湿垃圾箱在哪儿？"

"就是那个。"

杰丽雅把垃圾箱翻了个底朝天，烂菜肉末四散飞溅，特殊的臭味扑鼻而来。

"没脑袋啊。"

"有啊，"杰克指着一块碎片，"太大了放不进垃圾箱，所以我就敲碎了。"

"能粘起来吗？"

"别了，"毕琳娜说，"就算粘上也说不出什么有用的，毕竟是空空的南瓜，只会白白弄脏手。"

"说的也有道理。"杰丽雅说。

"我见过。"

"什么？"

"稻草人啊，我昨天看到他进宫殿了。"

"和谁一起？"

"和铁皮人还有狮子。"

"那就不是新消息。后来还见过吗？"

"没有，我对稻草人没什么兴趣。你看，我是奥兹国的超级重要人物，稻草人对我来说不算什么。"

"他是奥兹国的前国王呀。"

"但现在只是个普通人……普通稻草人。"

"为什么毕琳娜是重要人物呢？"

"因为我负责制造武器。"

"奥兹国在制造武器？"

"对，虽然奥兹玛没有公开承认这个国家有武器制造业，但我确实在制造生物武器。"

"好厉害！"比尔两眼放光，"是什么样的武器？"

毕琳娜摇了摇尾羽。"我这就造了一个。"

"咦？在哪儿？"

"这里。"毕琳娜抬起身子，下面有个鸡蛋。

"咦？在哪儿？"

"说了在这儿啊。"

"那里只有蛋啊。"

"那不就说明武器就是它吗？"

"可它看起来只是个普通蛋呀。"

"你眼神不错。"

"所以它就是个蛋？"

"是啊。"

"为什么蛋会成为生物武器呀？"

"因为蛋可以杀死诺姆。"

"为什么？"

"因为有毒。"

"毕琳娜是能下毒鸡蛋的特殊母鸡啊。"

"怎么可能？它只对诺姆有毒，对其他人无毒……咦？蛋呢？"

"什么蛋？"比尔的嘴角滴着蛋黄。

"难道你把我的孩子吃了？"

"我正好有点缺蛋白质，刚才铁皮人——"

"杀人啦！"毕琳娜开始啄比尔，"你竟敢杀了我的孩子！"

"毕琳娜，别这样，这还只是个蛋，没变成小鸡呢。"杰丽雅说。

"但是在奥兹国，所有蛋都是受精的蛋！"

"咦？不用交配吗？"比尔含糊不清地说。

"马上逮捕这个家伙！"毕琳娜暴跳如雷。

"毕琳娜，冷静点，比尔已经吃了，那就不算犯罪了。"杰丽雅说。

"这和法律无关，我这辈子都不会原谅吃我孩子的家伙。"

"比尔，向毕琳娜道歉。"

"我只是吃了个蛋，就要道歉？"

"那也道个歉比较好。"

"为什么？"

"为了获得原谅。"

"毕琳娜，我要是道歉，你会原谅我吗？"

"谁会原谅你！"毕琳娜火冒三丈地说，"这辈子我都不会原谅你，不管什么时候！"

"你看，毕琳娜说了，就算我道歉也不会原谅我。"

"那也还是道个歉比较好。"杰丽雅说。

比尔摇头："得不到原谅，道歉也是白出力，我不干。"

"你别动！我现在就把你的眼珠啄出来！"

杰克在后面抓住了毕琳娜的两只翅膀。毕琳娜挣扎不休，大叫大闹。

"它总是这样，别往心里去。"杰克说。

"你怎么知道它总这样？"比尔问。

"是之前的脑袋交接的……唔，可能没交接吧，但我想它肯定是打算交接的。"

"不好意思打扰各位，"狮子突然出现了，"我来通知大家一件重要的事。"

"什么事？你敢打扰我，我把你的眼珠子啄出来！"

"不要啊！"狮子害怕地摇晃起前腿。它的爪子钩住了杰克的眼眶，撕裂了南瓜，把上半个南瓜都扯掉了。杰克径直朝后倒去，结果剩下的半个南瓜也摔碎了。

"哎呀，有湿垃圾了，"比尔捡起南瓜碎片，"这个可以吃吗？"

"你不是吃肉的吗？"杰丽雅问。

"我是杂食动物。"比尔大口吃起南瓜碎片。

"我就算了。"狮子说。

"但人是你杀的，你最好吃掉。"比尔建议说。

"谢谢，不过我觉得杰克还没死，脑袋掉下来是常有的事。"

"是吗？那我就自己吃了。"比尔又咬了一口。

"狮子，你要说什么重要的事？"杰丽雅问。

"啊，对了，奥兹玛女王说：'找到稻草人了，去告诉杰丽雅。'"

"太好了！他没事啊？"

"这个不好说，"狮子有点尴尬，"而且也不能肯定是稻草人，只能说可能是稻草人。"

"什么意思？不是找到稻草人了吗？难道没找到？"

"从剩余部分看可能是稻草人，因为……烧得只剩一点点帽子和鞋了。"

14

"因为是半夜起火，所以发现得很晚。"夕霞用嘶哑的声音解释道，"不过几乎没死人，也算是奇迹了。"

"只有血沼没逃出来？"树利亚问。

夕霞默默点头。

"你确定死者是血沼？"井森问。

"从现场情况看，是的。"

"发现遗体了？"

"嗯，在房间里被烧得焦黑，连性别都没办法判断。不过现在正在验尸，应该很快就会公布结果。"

"如果这是谋杀案，凶手为什么要杀它？"

"你说血沼吗？"树利亚问。

"不，被杀的应该是稻草人吧，血沼只是被牵连而已。"

"如果是稻草人被杀，那就说明它活着对凶手不利？"

"有没有可能凶手本来就恨它？"

"这种可能性也不是没有。但要是和杀桃乐丝的凶手是同一个，实在想不出他的动机。"

"他不是和桃乐丝一起杀了西方女巫吗？"

"杀女巫的是桃乐丝自己。而且女巫已经死了，不可能复仇。"

"那女巫的手下呢？"

"女巫死了他们只会高兴。"

"有人因女巫受牵连吗？"

"一个都没有。"

"可我听说女巫的军队干过很多坏事啊。奥兹国的刑法实在太宽松了。"

"你说'事不对人'那个？说起来，那时奥兹国的统治者不是奥兹玛，是奥兹大法师。"

"稻草人是不是看到了什么？"

"它看到的不是都跟大家说了吗？"夕霞说。

"要是连自己看到了什么都忘了呢？稻草人的确有可能。"井森说。

"不记得的话，凶手也就没必要冒险杀它了吧？"

"那它也许记得，只是没有意识到那是证据。"

"有这个可能。但眼下没意识到，也就永远不会意识到了吧？"

"这……对了，血沼。因为血沼有稻草人的记忆，所以或许他能理解稻草人看到的东西。凶手就是想到了这点。血沼说过什么吗，树利亚？"

"没有，桃乐丝的死让他非常震惊……"

"凶手必须在血沼从桃乐丝之死的震惊里恢复之前杀掉他。"

"小竹田有没有注意到什么？"夕霞说。

漆黑的房间里传来惨叫。

"他也还在震惊中。"

"总之先把血沼的事告诉他吧，说不定他会想起什么。"树利亚说。

小竹田浑身颤抖。

"呃，你们哪位认识小竹田比较早？"

"是我，"树利亚举起手，"夕霞应该是最近才认识的。"

"那，能不能再请你和他打个招呼？熟悉的人比较好。"

树利亚走到蹲着的小竹田身边："小竹田，能打扰你一下吗？"

小竹田抬起头："我还在做噩梦吗？"

树利亚朝井森和夕霞看了一眼，井森慢慢摇头，夕霞则面无表情地低着头。"嗯，也许吧。"

"那能不能别来烦我了？我不想再听那些讨厌的事了。"

"既然是梦，讨厌的事也无所谓吧？"

"我一直在想某种可能。"

"什么可能？"

"这些都不是梦的可能。"

"那会怎样？"

"我肯定无法承受这个现实。"

树利亚沉默了。

"不是梦的可能总是存在。"小竹田说。

"是吗？"

"所以，我不想再听讨厌的事了。如果这是现实，我的心肯定会崩溃，然后……"

"然后？"

"我会无法接受这个世界，会再把它当成梦。"

"小竹田，你……"

"当然前提是这个世界是现实。"小竹田微微一笑。

"好复杂的话题啊，还是放过他吧。"一个陌生的声音说。

一个女人走进房间。她戴着墨镜，抱着黑猫。

"你认识吗？"井森问树利亚。

"嗯，田中和巳，我和桃乐丝共同的朋友。"

"她是谁的化身？"

"可以告诉他吗？"树利亚问和巳。

和巳想了想："我想不到会有什么问题。要是我也要参与调查，还是告诉他比较好。"

"碎布姑娘你就直接告诉我了，为什么她你就犹豫了呢？"

"因为她是重要人物，她是格琳达。"

"你为什么要戴着墨镜？"井森问。

"你很在意？"

"因为已经傍晚了，我想阳光没那么刺眼。"

"但还是很亮。天黑前，我都会戴着。"

井森没有再问，和巳的压迫感让他问不下去。

"不过，你可以看看它的眼睛。"和巳举起怀里的猫，凑近井森的脸。猫的一只眼睛是金属球。

15

"我发现的时候，它就已经在烧了。"奥兹军最高司令官欧比·昂比报告说，"那时我在中庭巡逻。"

"为什么最高司令官要巡逻？"比尔问杰丽雅。

"他不巡逻谁巡逻？"

"没有二等兵什么的吗？"

"没有啊。奥兹军有一名最高司令官、八名大将、六名上校、七名少校、五名上尉，不久前还有一名士兵。"

"那名士兵呢？战死了吗？"

"不，他升官了，做了最高司令官。"

"你确定是稻草人吗？"奥兹玛看着烧剩下的残骸说。

"是的，我之外的所有军官也都看见了，确实是稻草人。"欧比·昂比很有纪律地回答道。

"各位军官，你们都确定吗？"

八名大将、六名上校、七名少校、五名上尉一齐点头。

"会不会是一个塞了稻草的人偶，和稻草人很像？"

"我认为不是。它的声音和稻草人的声音一样，还有动作。"

"它说了什么？"

"好像是'好烫，好烫，快来个人给我浇水'什么的。"

"谁浇水了吗？"

"谁也没。"

"没人给它浇水？"

"它又没找我浇。"

"也没找我。"

"当然也没找我。"

军官们众口一词。

"但稻草人说了'来个人'吧？"

"是的，没错。"

"可你们没给它浇水。"

"是的，因为它找的是'来个人'，和我们无关。"

"你们不认为'来个人'就是说你们吗？"

"是的，当然。"欧比·昂比干脆利落地敬了个礼，其他军官也同时干脆利落地敬了个礼。

"在说了'好烫，好烫，快来个人给我浇水'之后，它还说了什么吗？"

"好像还说了什么，不过火势太强，什么都没听清。"

"那么，在那之前它说了什么吗？"

"说了：'哇！火！我着火了！'"

"再前面呢？"

"它说：'越来越热了'。"

"再前面呢？"

"它说：'而且有噼里啪啦烧起来的声音。'"

"再前面呢？"

"它说：'有股烧焦的气味。'"

"什么烧焦了？"

"稻草人烧焦了。"

"你怎么知道？"

"因为稻草人背上在冒烟。"

"你不认为，如果那时浇水，火就会灭了吗？"

"是的，我认为如果早点儿灭火，就不至于酿成大祸。"

"你们明明发现稻草人在燃烧，却没给它浇水？"

"是的，因为没有命令。"

"这些人全都要判死刑？"比尔问。

"在奥兹国，只要不是故意的，就不算犯罪。"杰丽雅回答。

"当时附近还有其他人吗？"奥兹玛问。

"我记得碎布姑娘在说话。"欧比·昂比回答。

"碎布姑娘在吗？"

"我在，女王陛下。"碎布姑娘跳着舞来到奥兹玛面前。

"告诉我发生了什么。"

"稻草人烧起来了。"

"这我知道。它为什么会烧起来？"

"原因不明。不过宫殿里有很多人，可能是其中某个点了火。"

"点火的不是你吧？"奥兹玛盯着碎布姑娘的眼睛，而碎布姑娘不知在看哪里。

"当然不是。我在稻草人面前，而火是从稻草人背后烧起来的。"

"你和稻草人说话的时候，有人从它身后走过去吗？"

碎布姑娘想了想："大概有五六十个人吧。"

"其中有谁做了可疑举动吗？"

"几乎所有人都拍过稻草人的肩膀、后背和腰，一边说：'哟！稻草人先生，最近怎么样啊？'"

"因为它很有人缘啊。"

在场好几个人都擦了擦眼角。当然，滴答没反应。铁皮人一开始也没反应，但他看到周围人都在擦眼角，于是也赶忙模仿起来。

"没人会故意烧死这么受人喜爱的稻草人，这次的事可以认为是不幸的意外。"奥兹玛宣布。

因为奥兹玛宣布了，所以这就是意外。

"女王陛下！"胆小鬼狮子说，"这次可以用格琳达的魔法书确定发生了什么吧？"

奥兹玛摇头："前面也说过，很遗憾，因为魔法防御是加在整个宫殿上的，所以书上显示不出来。"奥兹玛做起奇妙的动作，念诵咒语，"现在我解除了魔法防御，早知这样就该更早解除的。"

"或许太草率了。"杰丽雅低声说。

"你是说解除魔法防御？"比尔问。

"是奥兹玛告诉大家解除了魔法防御这事。"

"怎么说？"

"要是凶手知道有魔法防御，他可能会继续在宫殿里杀人。如果我们悄悄解除防御，凶手不知道，他就可能自掘坟墓。"

"可要是他本就不知道有魔法防御呢？比如说只是碰巧在宫殿里杀了人。"

"那也一样，凶手还是会在奥兹国的某处继续杀人。但这件事传出去之后，凶手应该就不会再杀人了。"

"当然，奥兹玛女王早就想到了这点。"两人背后传来一个声音。他们回头一看，是格琳达。

"女王陛下是故意泄露魔法防御的事的？"杰丽雅问。

格琳达点点头。"确实，如果再发生谋杀案，就可以用魔法书确定凶手了。但这样就又会出现一名牺牲者。要是凶手知道自己被魔法书监视，他应该就不会再杀人了。"

"但这样一来，就很难找出凶手了。"

"奥兹玛女王认为，预防杀人比找出凶手更重要，并且我也赞同这个观点。奥兹国不该有犯罪。"

"是我浅薄了。"杰丽雅低头道歉。

"不用道歉。你被任命为调查负责人，当然是以探明真相为最优先。不过，为政者总有各自的使命。"

"格琳达，你认为稻草人是被谋害的吗？"

格琳达挥了挥魔杖，除了杰丽雅、比尔、奥兹玛和魔法师，在场所有人都被冻住了。"这样我们就可以好好谈话了。"格琳达说。

"你还有这种本事？"

"嗯，奥兹玛和魔法师也可以。"

"有魔法防御的地方也行？"

"在外面不行，但在内部可以……杰丽雅，你在怀疑我吗？"

"我没有。"

"好厉害呀。"比尔说，"有了这种力量就能随便杀人了，可以把所有讨厌鬼一个个杀掉。"

"关于刚才的问题，"格琳达无视了比尔，"我认为稻草人是被谋害的。"

"你为什么这么认为？"杰丽雅问。

"宫殿里从没发生过骚乱。宫殿里是禁烟的，如果有人吸烟，马上就会被发现。也就是说，稻草人是被人故意点着的。"

"那么你认为稻草人为什么会被杀？"

"它可能看到了什么。"

"树利亚和井森也得出了同样的结论。"

"这么说，这个推测应该没错。"

"不能复活稻草人吗？"比尔说，"用魔法'啪'的一下。"

"要能这样，我还是先复活桃乐丝吧。"格琳达说，"魔法也不能打破物理规律，不能减少熵，也不能恢复消失的信息。虽然可以用新的农服、袋子和稻草做一个新稻草人，但那已经是另一个稻草人了。"

"那杰克呢？它不是常换脑袋吗？"

格琳达咳嗽了一声："它大部分还是原来的。就算杰克稍微有点变化，也没人在意吧？"

"说的也是。"比尔表示同意。

"杰丽雅·嘉姆，"奥兹玛问，"调查进展得如何？"

"发现了许多疑点，但还没有确证。"

"你认为稻草人看到了什么？"

杰丽雅耸耸肩："我本来还想问稻草人本人呢。"

"但是稻草人已经烧掉了，它拥有的信息永远丢失了。"

"不见得。"奥兹玛和格琳达一齐看向杰丽雅,"南瓜头杰克每周都会换头,"杰丽雅说,"但大家还是认为那是杰克。"

"那是因为大部分都是原来的杰克。"奥兹玛说。

"不仅如此,换了脑袋的杰克还是杰克,是因为它继承了杰克的信息。"

"但是没人继承稻草人的信息。"

"不见得吧?它烧起来之前和人说过话。"杰丽雅盯着碎布姑娘说。

"格琳达,把碎布姑娘解冻。"

格琳达挥了挥魔杖,碎布姑娘在解冻的同时就跳起舞来。跳了一圈后,她看了看周围,说:"这是魔法。而且奥兹玛女王也在,说明不是非法使用。唔,我不记得被冻住的过程,所以肯定是大家一起被冻,然后只有我被解冻了。"

"如果你拥有真正的智慧,你应该隐藏自己的智慧。"奥兹玛说。

"女王陛下,您生气了?"

"没有,碎布姑娘,我看起来像是在生气吗?"

"看起来不像在生气。不过虽然在微笑,眼睛里却毫无笑意。"

"碎布姑娘,你最好别乱说话。"格琳达建议道。

"对不起,女王陛下,我没有常识,毕竟我只是个碎布娃娃。"碎布姑娘慌忙辩解。

"碎布姑娘,我不是要责怪你,是杰丽雅要问你问题。"

"原来如此,"碎布姑娘在中庭里跳着看了一圈,"大家都被冻住了,也就是说,是不能让他们听的话。"

"碎布姑娘……"杰丽雅想要责怪她了,"你只要回答我的问题,别多说话。"

"杰丽雅，你没被冻住，也就是说，这是查案的一部分。换句话说，稻草人也被卷进了案子。"

"杰丽雅，"奥兹玛静静地说，"你跟碎布姑娘说过？"

"没有，女王陛下，她是从很少的证据里推断出来的。"

"她很聪明。"

"她可能比我更适合做调查负责人。"

"不，杰丽雅，调查负责人光靠聪明并不能胜任，还需要兼具智慧和良知。"

"没错，我做不了调查，啦啦啦。"碎布姑娘开始唱歌。

"杰丽雅，开始调查吧。"格琳达催促杰丽雅。

"碎布姑娘，最后一个和稻草人说话的是你吧？"杰丽雅向她确认。

"嗯，是呀。"

"你们说了什么？"

"哎呀，我没怎么认真听。"

"你为什么没认真听它说话？"

"也没什么。比起别人的话，我总是更关注自己唱歌跳舞。"

"那么，我现在说的你也没认真听？"

"我没说过吗？"

"我说的东西很重要，希望你认真听。"

"没事，你的话我不会听漏的。虽然没认真听，但也明白你的意思。"

"碎布姑娘，请你回忆一下稻草人说了什么。"

"这个呀……它很着急。"

"着急什么？"

"它说必须得报告。"

"报告？向谁报告？报告什么？"

"这我不知道。但看它那么慌张的样子，我觉得肯定和谋杀……"碎布姑娘瞥了一眼奥兹玛，放低声音说，"和案子有关。"

"请尽量准确地回想它说过的话。"

"'我终于明白姜嘉的话是什么意思了。我是个笨蛋。凶手是外面来的。'"

"它这么说的？"

"它好像渐渐认清自己了。"

"姜嘉的话，是指什么？"

"谁知道呢。它以前是不是和姜嘉吵过架？"

"稻草人当国王时，是姜嘉发起革命把它赶出了宫殿。"

"是不是那时候说了什么？"

"不过事到如今已经……"

"那时姜嘉从外面攻进翡翠城，没有直接和稻草人谈判，"格琳达说，"谈判的是我。"

"姜嘉说了什么重要的事吗？"杰丽雅问。

"当然说了很多重要的事，但都是关于翡翠城交接的，没有和本案有关的内容。"

"碎布姑娘，它还说了什么吗？"杰丽雅问。

"'从姜嘉留下的话里，可以清楚知道杀害桃乐丝的凶手是谁。姜嘉被灭口了。照这样下去，我也会被灭口。'"

"也就是说，稻草人发现了案子的真相。"奥兹玛说。

"稻草人怎么会有这样的洞察力？"魔法师说。

"它的化身是血沼。"杰丽雅说，"虽然因为桃乐丝的死，血沼陷入了暂时性慌乱，但他本来也是个冷静的人，擅长分析。"

"也就是说，血沼基于稻草人的记忆做了推理，确定了凶手？"

"恐怕是这样。"

"但是姜嘉已经遇害了，稻草人也被烧了，那句话恐怕也没人知道了吧？"

"也不一定。"杰丽雅说，"除了稻草人，姜嘉可能还对别人说过同样的话，稻草人也可能和谁说过。"

"是有这种可能。"奥兹玛说，"但是，听过的人有可能没发现那些话的意义。要是不知道那些话的内容，还是毫无办法。"

"碎布姑娘，稻草人真没告诉你姜嘉说了什么吗？"杰丽雅再度确认。

"嗯，除了前面说的，我什么都没听到。"碎布姑娘断言道。

所有人都沉默了，好不容易找到的线索就这样断了。

"我可以说一句吗？"比尔打破了沉默。

"怎么了，比尔？对了，你好像安静了很久。"杰丽雅说。

"我感觉自己快不行了。"

"你在说什么，比尔？"

"野生动物就算受了伤也会装作没事，不管痛成什么样。"

"这你刚才说过了。"

"但是，这个忍耐也是有限度的。"

"那是当然的。"

"现在，限度到了。"比尔倒了下去。

16

"你没事吧？"树利亚盯着井森的脸。

"发生了什么？"井森发现自己躺在一个脏兮兮的房间里，房间很暗。

"你看到我的猫的眼睛，然后就晕过去了。"和巳说。

"我晕过去了很久吗？"井森问。

"很短，一分钟都不到。"

"你没事吧？"树利亚担心地说，"是中暑的后遗症吗？"

"应该不是。我觉得是太痛了，痛得晕过去了。"井森回答道。

"是那个吧？跟比尔断尾有关？"

"嗯。"

"我出于好奇想问一句：你哪里痛？"

"唔，尾巴吧？"

"你有尾巴吗？"

"好像偶尔会有人长尾巴，不过我没有。"

"那你应该不痛吧？"

"但是的确尾巴痛。"

"具体来说，是哪里痛？"

"这边。"井森指了指腰后三十厘米左右的空间。

"那里什么都没有。"

"我知道。"

"所以就像幻肢痛一样？"

"我没体验过幻肢痛，不过估计是那种感觉。"

"什么样的感觉？"

"就像尾巴被老虎钳夹碎的感觉。"

"要吃止痛药吗？"

"怎么说呢，既然实际上不存在，那吃了也没效果吧？"

"那就只能靠你自己接受自己没尾巴了吧？"

"我是这么打算的。"

"不是当作知识来接受，是要在感觉上让大脑接受吧？你多看看自己的屁股，确认自己确实没尾巴，不知道会不会有帮助？"

"看自己的屁股相当难啊。就算没尾巴可痛，后背和腰也吃不消啊。"

"那用镜子看呢？"

"这要是被人看到，不会觉得我很怪吗？"

"反正这里只有我们几个，没关系吧？"

"可我也没镜子啊。"

"我把粉饼盒借给你，用它看看？"

井森把粉饼盒放到自己身边，仔细观察。

"唔……镜子太小了，看不清。"井森把粉饼盒还给树利亚，"总之还不至于晕过去，先忍着吧。"

"警方公布了，"和巳刷着手机说，"确定是血沼。"

"我就觉得既然稻草人被烧了，那血沼肯定死了。"井森叹了口气，"已经死了三个人了，太可怕了。"

"真正的目标在三人之中？还是从一开始目标就是他们仨？"树利亚问。

"你怎么想？"井森问。

"没有确凿证据。但就像碎布姑娘说的，要是稻草人通过姜嘉的话意识到了什么，至少它的死很可能是为了灭口。估计姜嘉也是。"

"稻草人临死前说的话就是碎布姑娘说的那些，"夕霞说，"我也记得。"

"稻草人说的是：'凶手是外面来的。'"

"嗯，稻草人是这么说的。"

"外面是指什么？宫殿外吗？"

"可能是这个意思，但有点不对劲。毕竟没有任何证据表明凶手在宫殿里，何必要特地将来自宫殿外当作重大发现呢？"

"那么，意思是翡翠城外？"

"也有这种可能，不过住在城外的人也很多，像是格琳达、稻草人、南瓜头杰克等等。这能说得上是明显特征吗？"

"你是说，从国外邀请的客人可疑？"

"当天是奥兹玛的生日宴会，各国的人都进了宫殿。"

"但是谋杀发生在内部，所以凶手进了里面。"

"嗯，没错。"

"这么说来，姜嘉应该看到了凶手的相貌。"

"这就是她遇害的原因吧。"

"然后，稻草人听到姜嘉说了什么。比如凶手的名字？"

"可能没这么直接，不过应该是能推断出凶手的话。"

"不是凶手的名字吗？但要不是凶手的名字，姜嘉为什么不直接说凶手的名字呢？"

"因为那时候还不知道这是凶手。"

"原来如此，很合理的想法。当然了，那时稻草人也不知道那人是凶手，所以很可能就没在意姜嘉的话。"

"之后凶杀案被发现。虽然不知道姜嘉有没有意识到谁是凶手，但至少凶手认为要灭口。再后来，凶手又发现稻草人听姜嘉说了什么，所以把它也杀了。"

"要杀稻草人，只能烧掉它。"

"那接下来怎么办？现在去把翡翠城里的所有国外客人都扣住审问吗？"

"你说呢，和巳？奥兹玛会同意吗？"

"不行的吧？要是怀疑国外客人，马上就会发展成国际问题，奥兹玛不会同意的。"

"不，没有怀疑，只是作为调查的一环，进行质询。"井森说。

"没那么简单，总有些人会把质询视作怀疑。"

"那怎么办？放弃进一步调查吗？"

"除非有足够的证据说服奥兹玛。"夕霞说，"只要有证据，奥兹玛也会同意的。"

"那证据在哪儿？"

"只能仔细去找了。"夕霞耸耸肩。

井森抱起胳膊思考："应该有些办法。"

"你和比尔不一样，你喜欢思考。"

"你们要是想到什么就说。"井森说。

"我们吗？"树利亚问。

"根据比尔的记忆，关于案子，杰丽雅·嘉姆和碎布姑娘似乎注意到了什么。"

"是错觉吧？"

"虽然比尔是只蠢蜥蜴，但它的记忆是可靠的，至少杰丽雅·嘉姆好像发现了什么。"

"实话说，我记不得了。"

"你不是说你和杰丽雅有一体感吗？"

"是啊，但还是有些类型的记忆传达不好。"树利亚说，"像是语言化的记忆，还有伴随强烈情感的记忆，就比较容易传达。但尚未语言化的模糊思考，就好像从记忆里消失了一样。"

"也就是说，杰丽雅还没确定凶手是谁？"

"嗯，确实是有些不对劲的地方，但没法用语言说出来。"

"夕霞，你呢？"

"我？"

"应该说是碎布姑娘。"

"她可不是调查负责人。"

"但是根据比尔的记忆，她是奥兹国洞察力最强的人。可以说，她有一双看穿真相的眼睛。"

"要是直接对她说，她会很高兴的。"

"有那么高兴吗？"

"不，我想不会太高兴。当然，也不会伤心。她总是很快活，"夕霞微笑，"和我正相反。"

"她发现了什么吗？"

"她要是认真起来，应该很快就会发现真相，但她没这么做。"

"为什么？"

"当然是为了像以前一样过快乐日子啊。她不想要什么特殊职责。"

"协助调查也能像以前一样生活吧？"

"没人知道奥兹玛会怎么想。"

"碎布姑娘怕奥兹玛吗？"

"碎布姑娘绝不会怕，她只是想像以前一样生活。"

"那这样吧，我不会把碎布姑娘的想法告诉任何人，你能把她的想法告诉我吗？"

夕霞瞥了和巳一眼。

"我也不会多嘴，只要知道凶手就行。"和巳摘下了墨镜，那是一双美丽的眼睛。

"碎布姑娘认为这不是什么难题，"夕霞说，"她觉得就像拼图一样，碎片已经齐了。"

"所以凶手是谁？"

"她没有去拼图。"

"什么意思？"

"她没有做推理呀。"

"为什么？"

"因为这就是她的生活方式呀。只做开心的事，不做会干扰自己快乐的闲事。"

"那还是没答案啊。"

"也不是没有啊。碎布姑娘认为这是个简单的谜，那就说明这真的是个简单的谜。"

"能给点线索吗？"

"线索是大家都知道的。凶手为什么一定要杀稻草人呢？"

"因为它从姜嘉那里获得了凶手的信息。"

"凶手为什么要在众目睽睽之下杀害它呢？"

"因为它随时都会说出危险的话？"

"或者已经说了呢？"

"已经说了……"井森沉吟道，"树利亚，稻草人对我们说过什么重要的话吗？"

"它总是说个不停，不知道哪些话才重要啊。"

"对，它总是不停说些看起来没意义的话。但是，如果其中隐藏了真相呢？"

"什么真相？"

"不知道。"井森抱着头。

17

比尔最先察觉到的就是强烈的恶臭和呕吐感。恶臭是混杂着粪尿与血腥气的浓重味道。透过微弱的光线看去，只见周围飘荡着颜色令人作呕的烟雾和蒸汽，潮湿阴沉的声音在耳边回荡。

一团黑块逼近比尔："你是谁？"

"我是蜥蜴比尔。"比尔忍着恶心回答。

"你活腻了吗？"

"没有啊。"

某种潮湿而腥臭的东西捂住比尔的脸："有趣，好像真的只是只蜥蜴。"

"我不是说了吗？"

"你是怎么来到范法兹姆国的？"

"用魔法啊。"

"谁的魔法？"

"奥兹玛女王的魔法。"

"哪里的女王？"

"奥兹国的女王。"

"那地方不错吗？"

"这要看个人感觉。我觉得相当不错，但井森怀疑这点。"

几个黑影朝比尔靠近，散发出滚烫的蒸汽和难以忍受的臭味。"蜥蜴看起来不太能吃，不过也能填点肚子，比没吃的好。"长着巨大癞蛤蟆脑袋和章鱼身体的怪物抓住比尔，然后张开大嘴，流着大量口水，想咬比尔。

"先别吃，"一开始说话的范法兹姆说，"还有事要问它。"

但是癞蛤蟆章鱼范法兹姆似乎根本没听到。它继续把比尔的身体往嘴里塞，一口咬下。癞蛤蟆长着尖牙，比尔怕极了，范法兹姆的牙齿开始用力。就在比尔以为要被咬断的瞬间，癞蛤蟆章鱼范法兹姆的牙离开了它的身体。范法兹姆嘴巴大大张开，流出许多脏兮兮的黏稠口水。比尔掉到了一个湿漉漉的地方，它抬头一看，只见癞蛤蟆的上下颚被不知是谁的毛茸茸的双手抓住了。

"我不是让你等一下吗？"

癞蛤蟆章鱼范法兹姆嘟嘟囔囔地说着什么。

"啊？你说什么？听不清。"

癞蛤蟆章鱼范法兹姆又在嘟嘟囔囔地说着什么。

"给你个机会，"第一个范法兹姆说，"现在马上给我解释，要是能说服我，我就饶了你。"

癞蛤蟆章鱼范法兹姆嘟嘟囔囔地说着什么。

"啊？你又在说什么？根本不明白。真可惜，要是你没法说清楚，我就没法饶你了。"

癞蛤蟆章鱼范法兹姆又要嘟嘟囔囔说什么，但已经不可能了，因为它的上下颚被撕开了。癞蛤蟆章鱼范法兹姆被撕成前后两半。第一个范法兹姆哈哈大笑，吞噬着刚死的范法兹姆。

"仔细想想，是我的手插在它嘴里，它才讲不了话的，真搞笑。"范法兹姆快活地说。

"你刚刚杀了自己的同伴？"比尔瞪大了眼睛。

"是啊，我是第一个也是最厉害的范法兹姆，干什么都可以。"长着狼头和蝙蝠翅膀的范法兹姆流着口水靠近比尔。

"第一个也是最厉害的范法兹姆，是这个国家的统治者吗？"

"嗯，是吧。"

"那你也能阻止现在要吃我的这个家伙吗？"

"喂，我说你，等下再吃，这只蜥蜴在和我说话呢。"

但是狼蝙蝠范法兹姆似乎根本没听到，它飞扑向比尔，结果第一个范法兹姆在半空中抓住了它。

"真烦，我就不问你要不要活命了。"第一个范法兹姆扯断了狼蝙蝠范法兹姆，并做出无法形容的令人作呕的行为。比尔看到这无比可怕的景象，不禁当场呕吐。

"怎么了，蜥蜴？感觉恶心吗？我明明感觉很好啊，哈，嘿嘿。"

"你们一直都这样吗？"

"这样？"第一个范法兹姆的下半身开始和刚死的范法兹姆融合，"你是说互相残杀、互相吞噬、互相凌辱？"

"是啊。"

"那，答案是'是'，我们一直这样。"

"为什么要做这么可怕的事？"

"可怕？没有啊，这很棒，让人兴奋，"第一个范法兹姆露出陶醉的表情，"简直是天堂。"

"和我理解的天堂完全不一样。"

"你说你是从奥兹国来的？"

"嗯。"

"那里的人善良吗？"

"是啊，有很多好人。"

"那个国家在哪儿？"

"我不想说。"

"你马上就想说了。"第一个范法兹姆张开双臂，形状各异的范法兹姆纷纷从泥泞中涌出，拙劣地模仿着各种动物的形态。

"我们要融合，"第一个范法兹姆的右肩露出癞蛤蟆脸，左肩露出狼头，"吸收对方的力量，变得强大，我们就这么进化。"

"这估计不属于一般的进化。"

"一般的进化太慢了，根本不行。我们很强大，我们有超能力，还能用魔法。"第一个范法兹姆的肉体变成了火焰，比尔感觉自己的身体被烧得火辣辣的，火焰变成了美丽的年轻女性模样，"怎么样？和奥兹玛女王相比，哪个更美？"

"不穿衣服没法比，条件不同。"

"你想要痛苦地死，还是不痛苦地死？告诉我奥兹国的信息，我让你选个喜欢的死法。"

"我都不想。"

"那我就让你活上几万年，同时又觉得生不如死吧。看吧，你想和哪个范法兹姆融合？"无数范法兹姆向比尔涌来。

"能回答我一个问题吗？"比尔问。

"不行，你先回答，你个畜生！"

"那就没办法了。饿虎，"比尔喊身后的饿虎，"奥兹玛吩咐我，一到这里就告诉你。"

"告诉我什么？"饿虎问。

"对范法兹姆不用客气，可以随便吃。"

"真的？我早就想吃了。"饿虎兴奋地冲进范法兹姆群中，把它们一个个撕碎，吃了起来。

"好吃吗？"比尔问。

"真好吃。虽说幼崽更水灵，不过反正是肉，不能要求太多。"

第一个范法兹姆的眼里升起怒火："范法兹姆们，把它们血祭了！撕成碎片，融合起来，让痛苦延续几百万年！"范法兹姆扑向比尔一行人。

"好可怕！别这样！"饿虎旁边的胆小鬼狮子挥舞前腿，范法兹姆们成了碎片。

"哇！太恶心了！"狮子惊慌失措，动作更加狂暴，范法兹姆们化成了泥。

"你们！你们在羞辱我吗？！我要用魔法把你们碾碎！"第一个范法兹姆举起双手。

"哇！不要吓我！"狮子慌乱地想按住第一个范法兹姆的手。狮爪插进第一个范法兹姆的前臂，直接扯了下来，血随着脉搏喷出。第一个范法兹姆看到自己的双肩，怔了半晌，接着突然惨叫。被叫声吓到的狮子转身就跑，踢飞了第一个范法兹姆，它的脊椎发出可怕的断裂声，口和肛里流出内脏，之后当场倒地。

"归我了！"饿虎咬掉了第一个范法兹姆的胸部，接着就要啃它的脸。

"等下再吃脸！"比尔慌忙拦住它，"我还有几个问题要问。"

"好吧，那我再等一会儿。不过你快点，我很饿。"老虎说。

"第一个也是最厉害的范法兹姆，你们在这个国家过得很幸福吧？"

"当然。"第一个范法兹姆吐着血回答。

"所以,你们不会想攻打奥兹国吧?"

"奥兹国有很多善良的人吧?"

"嗯,是呀。"

"那么,我就想把他们揍个稀巴烂。我要把他们的家人一个个折磨死,我们就喜欢看人掉进不幸的深渊。"

"我明白了,你们对奥兹国来说很危险。"

"你就这些问题吗?"

"还有呢。你们当中有人去过奥兹国,并杀害了一位名叫桃乐丝的女孩吗?"

"不知道你在说什么,但要是我们中哪怕有一个侵入奥兹国,就不可能只杀一个女孩子。一个呼吸的时间里就能杀一千个人吧。"

"所以你们和桃乐丝的案子好像没关系。好吧,最后一个问题:你知道奇境之国在哪里吗?"

"你说哪儿?"

"奇境之国,红心王后统治的地方。"

"我不知道在哪儿。但只要让我知道在哪儿,我就会把那个国家的人都变成奴隶,然后挨个儿屠杀。"

比尔垂下头:"好不容易来一趟,却没什么大收获。"

"什么意思?你是为了什么把我的身体变成这样的?"

"没问题了吧?"老虎说,"可以吃了吗?"

"嗯,可以了。"比尔回答。

老虎一口咬掉了第一个范法兹姆的脸,连骨头都咬碎了。老虎嚼着骨头,露出苦涩的表情。"真是的,没想象中好吃。"接着熊一样的范法兹姆出现,坐在第一个范法兹姆身上,一边凌辱一边吃它，这可怕的景象让比尔连胃液都吐了出来。"这力量是我的了！"熊一样的范法兹姆兴奋地说，"我是新的第一个也是最厉害的范法兹姆了！"

老虎挨个儿消灭了范法兹姆。狮子紧闭着眼，不断制造出范法兹姆的血海肉山。

"没必要待在这里了。"比尔向奥兹玛发了个信号。

比尔、狮子和老虎，从范法兹姆国消失了。

18

"啊，太可怕了。"井森呻吟道。

这里是大学校园的小广场，气氛宛若公园，甚至还有长椅。

"你说的是哪个世界？"坐在稍远处的树利亚问。

"都是，主要是说仙境。"

"比尔的尾巴不是长好了吗？"

"是说那之后的事。"

"啊，比尔去了范法兹姆国。"

"它们太可怕了。"

"听说是神仙都怕的地方。"

"根本就是恶魔。明明有高等智慧，还是凭本能活着，好像完全没有良心和罪恶感。"

"你为什么要去那种地方？"

"我以为能找到什么。"

"找到什么？"

"奇境之国的消息啊，洛德的消息啊。"

"你为什么觉得范法兹姆会有那些消息？"

"它们太凶残了，和其他种族几乎没有接触。有接触的种族要么被吃，要么凌辱后被吃，要么凌辱后融合。"

"感觉完全不想接近。"

"从奥兹国的建交国来的人都不知道奇境之国，所以我想，从没接触过的范法兹姆可能会知道什么。"

"但它们不知道。"

"是的。仔细想想也是，要是它们知道奇境之国，肯定不会善罢甘休。"

"难说，也许奇境之国也像奥兹国那样，被强大的魔法保护着。"

"感觉不像。要真有那种人，他一定很好地隐藏了自己，那他就是个比奥兹玛和格琳达更厉害的魔法师。"

"那洛德呢？"

"洛德的手段非常残暴，所以我猜会不会与范法兹姆有关，但好像也不是。如果范法兹姆入侵奥兹国，它们不会偷偷杀人，只会大屠杀。"井森脸色苍白地低下头，擦了擦额上的汗，叹了口气。

"想到范法兹姆的可怕行径，情绪低落了？"

"不是，范法兹姆也就那样而已。"

"怎么，还有比范法兹姆更可怕的吗？"

"嗯。我只是没想到，居然有谁能把那些可怕的范法兹姆撕成碎片，大口大口吃掉。我打心底害怕它们。"

"是谁啊？"

"胆小鬼狮子和饿虎。"

"它们呀。"

"它们怎么了？"

"那两只是出了名地强啊。"

"可狮子不是很胆小吗？"

"是胆小啊。"

"可超级强啊。"

"对，超级强的。"

"……还有，老虎吃东西很猛。"

"这有什么好奇怪的？"

"因为肚子饿？"

"对啊，因为肚子饿。"

井森沉默了。

"怎么了？"

"我在思考。"

"思考杀害桃乐丝的凶手？"

"狮子明明那么厉害，为什么胆小呢？"

"这就跟'稻草人为什么没有智慧''铁皮人为什么没有心'是一样的问题吧？"

"嗯，怎么说呢……那两个算魔法生物，可以说是设计错误……"

"设计错误？"

"最初就设计成这样，那不就是设计错误吗？就是那个……规格错了。"

"狮子不也一样吗？"

"但狮子感觉不像魔法生物。"

"我也没听过这种说法，我觉得是自然界里的野生动物。"

"那说规格就很怪了吧？"

"所以说，它本来就是那种性格啊。"

"一般来说，很厉害的不是会很勇猛吗？"

"会不会正因为厉害，所以胆子变小了呢？比如对自己过分强大的力量感到害怕。"

"野生狮子？"

"肯定发生过什么事，比如把朋友当成猎物撕碎了。"

"发生这种事也不奇怪。不过从它平时的行为来看，就算有这种事，它好像也不会很在意。"

"狮子的内心世界，我没办法评价。"

"那，饿虎又怎么说？"

"刚才也说了，老虎只是肚子饿，又强壮，这有什么问题？"

"不是，这不怪吗？有个那么凶残的家伙在身边晃来晃去。"

"没关系，它虽然食欲强，但还是有足以克制的理性。"

"也就是说，奥兹国的人相信野生动物有理性？"

"这有什么问题吗？"

"如果它有理性，那么它可能也有相应的狡猾。"

"什么意思？"

"可能会偷偷吃老人和小孩。"

"你这么说有依据吗？"

"没有，纯粹说可能性。"

"没有证据，说这种话可不太好。"

"奥兹国里有人失踪吗？"

"当然，偶尔也会有。"

"你们怀疑过狮子和老虎吗？"

"它们是奥兹玛女王的宠物，没人会怀疑的。"

"那我们姑且做个假设。如果发现它们吃人，会怎么办？"

"你可能忘了，吃了就无罪。"

"即使是吃人？"

"在奥兹国，人的定义很模糊，大部分动物都能说人话。也就是说，吃兔子、鹿和吃人基本是一样的。"

"它们吃的是能说人话的动物，这也不用管？"

"这不是很正常的吗？它们是肉食动物，这是自然规律。"

"但要是奥兹玛的宠物会吃国民，这不是隐患吗？"

"这一点我们当然也想到了。"

"那为什么不管呢？明明只要仔细调查就能搞清楚。"

"正因为这样才不管呀。要是知道女王的宠物吃人，这就太尴尬了。为了避免尴尬，大家都会刻意避免调查。"

"原来如此，合理的解释。"井森说，"不过比尔没被吃，看起来认识的人应该没问题。"

"是啊，只要不独处，我想基本上没问题。"

井森想了想："你是说——"

"不说这个啦，有没有办法抓到洛德？"

"抓洛德？有什么意义？"

"因为他承认自己是杀人犯啊。"

"我觉得不该完全相信洛德的话。"

"但他自己都说自己是凶手，当然不能坐视不管。"

"唔，我也觉得他应该是凶手。但就算是凶手，地球上的法律也对他无效吧？实际杀害桃乐丝的是洛德在奥兹国的本体。"

"说不定能找到什么线索，从而知道凶手是谁。"

"我觉得不能这么草率。故意报出自己的名字，说明那人很

"自信。"

"我认为这种自信是缺点。"

"什么意思？"

"如果是完全理性的人，应该不会留下任何线索。但是他却故意出现在与受害者有关的人面前，声称自己是凶手。"

"那是因为化身没实际犯罪，所以他认为不会被抓。"

"但这种行为本来就没必要。如果要优先隐藏自己的本体身份，那么即使只有很小的概率，也不该故意泄露自己的信息，不是吗？所以我觉得他其实是想在奥兹国报出自己的名字，只是因为那么做会被捕，所以作为补偿，他才在地球上报了名字。"

"为什么要那么做？"

"因为他有很强的表现欲，忍不住想炫耀自己的罪行。"

"原来如此。如果这个推测正确，那么在地球上接触洛德的话，他很可能会主动提供某些信息。"

"为此，我们必须找到洛德的所在地。"

"那不是很简单吗？"

"简单？"

"他不是有很强的表现欲吗？那么隐瞒自己的位置肯定很难受。我们只要大张旗鼓地找洛德，估计他就会自己出来。"

井森和树利亚分头在大学内外打听洛德的消息。不过说是打听，其实也只是一个一个人地问，有没有看过一身黑衣、自称是洛德的人。当然，他们的目的不是要获得答案，而是要让洛德知道他们在找他。

几天后，井森来到研究室，发现他的桌子上坐着一个全身黑衣的人，正巧房间里没有别的学生和老师。

"哇哇！"井森摆开架势。当然他并不会武术，只是摆出了电影里常见的武打姿势。

黑衣人静静地注视着井森的举动。

"你是洛德？"井森主动问。

"嗯，我记得那时是这么说的。"黑衣人说道，声音很陌生，"听说你们在找我。"

"你杀了桃乐丝、姜嘉，还有稻草人？"

"怎么说呢，我是杀人犯的化身，但我有没有杀人可不好说。"

"你记得自己杀了三个人吗？"

"我可以告诉你杀人时的情况，不过你可不要听到一半激动起来，要把我杀了。"

井森仔细观察这名自称洛德的人。一身黑，不过不是裹着黑布。他穿着黑衬衫和黑西装，打着黑领带，而且口罩也是黑色，还戴着墨镜。他的手上没有刀枪之类的武器，但也可能藏在衣服里。

"事先说好，大学里全是监控摄像头，这个房间里也有隐藏的摄像头——"

"别瞎扯了，"洛德不耐烦地说，"大学才不会在这上面花钱。"

井森摆出防卫姿势。

"放心吧，我不想在这儿杀你。在地球上杀人根本得不偿失。"

"你是说，你想在奥兹国杀我？"

"那可不好说，要看比尔的表现了。"

"你到底是谁？"

"你是问地球上的我？还是奥兹国的我的分身？"

"你是我们认识的人吗？"

"地球上不认识吧。"

"在奥兹国认识？"

"这个嘛，你们自己去搞清楚吧。"

"敢在我面前现身，你认为自己还能安然回去？"

"我的确这么认为。"

"我可以直接逮捕你。"

"你逮捕不了我。在地球上，我不是罪犯。"

"我可以把你扣下来拘留。"

"这么做的话，你就会变成罪犯。而且，凭你也想扣住我？"

"你怎么知道我不能？"

"我都看见了，你连小竹田和血沼那种人都对付不了。"

"不，那时只是事出突然——"突然间，洛德卡住了井森的咽喉，他好像一下跳过了两三米的距离。"怎么样？我随时都可以'事出突然'。"洛德在井森耳边低语。

井森吓了一跳，瞪大眼睛盯着洛德。

"别怕，我说了不会杀你。"洛德一下放开了手。

看来他确实没有杀意。但只要有意，他随时都能下手。井森从洛德身上感觉到了这种杀气。

这家伙已经杀了三个人。他可能知道杀人不对，但对杀人本身似乎没有抵抗力，最好不要太刺激他。

"既然不想杀我，你来干什么？"

"好问题。"洛德摸着自己的指甲说，"唉，要说的话，我也不太清楚。大概是想打发时间？"

果然有很强的表现欲。现在怎么办？该满足他的表现欲吗？还是不满足才对？井森绞尽脑汁也没想出答案。他对洛德的了解太少，实在没法推断。算了，听天由命吧。

"你是怎么想到那个诡计的？"井森大声问。

"咦？什么诡计？"

"你不是干了很多事吗？脱下血衣，把滴答砸到桃乐丝头上。"

"你傻了吗？那才不叫诡计。"

"那，真正的诡计是什么？"

"真正的诡计不是刻意造出来的。巧妙利用巧合与环境，才是该动脑子的地方。"

"比如这次的案子，你搞了什么把戏？"

"这次，我把自己的身份……"

井森探出身子。

洛德哈哈大笑起来："你真以为我会被你哄得全说出来吗？"

"只是试试，没期待。"

"不甘心？"

"把你引诱到这里，这就已经有效果了。"

"但你什么都做不了。"

"应该有很多能做的吧？"

"光靠聪明是没用的，你只是个没什么本事的研究生。"

"我在奥兹国更没本事。"

"可在那边你有帮手，所以我绝不会在那边露面。"

"在这边我也有帮手。"井森略微提高了声音。

"那个女的？你以为凭你们俩能干什么？"

他似乎不知道夕霞与和巳，应该也没必要告诉他。

"我怕的是奥兹玛、格琳达和魔法师的强大魔法。特别是奥兹玛和格琳达，要小心。"

"这里说不定也有她们的化身。"

"但在这里用不了魔法。"

"毕竟地球上没有魔法。"

洛德大笑："你真的不知道吗？这里也有魔法啊。"

"唔，我认为地球和异世界的连接就是一个巨大的魔法……"

"那当然，但不光是那个。这个世界有这个世界的魔法。"

"克拉克的第三定律：'充分发展的科学与魔法无异。'你是想说这个吗？"

"魔法还是科学都无所谓。关键是，这个世界上存在着人类不知道的力量。"

"那倒也有可能，但跟日常生活没什么关系吧？"

"那只是对你而言。"

"对你而言有关系吗？"

"我死过一次。"

"不是比喻？"

"不是比喻。"

"即使在心跳停止的情况下，人也可能苏醒过来。"

"不，不是那个意思，是彻底死了。"

"只是你以为吧？"

"不是我的幻想。"

"你能证明吗？"

"你问问我家人，或者查查医院的病例就懂了。"

"医院病例上写着你死了？"

"不是，写的是死而复生之后的异常现象。"

"也就是说，不是直接记录？"井森耸耸肩。

"但我记得很清楚，我被姐姐杀了。"

"是你以为记得吧？这也不是什么稀罕事。不过呢，我倒是听出来你和姐姐关系不好了。"

"你以为这是我的幻想？"

"这种理解符合常识。"

"你说得没错。但这不是幻想，我自己最清楚。"

"你自己怎么知道是不是幻想？"井森慢慢挪动。

"那么强烈的体验，是个人都知道是真的。不过当时我并不觉得奇怪，只觉得可怕，而且痛苦。"

"痛苦？"

"被分解倒无所谓，毕竟已经死了。但组装的时候，我渐渐恢复了意识。组装和分解差不多一样痛。"

"对不起，你的话我完全没法理解，也无法想象那种痛苦。"

"因为你缺乏想象力吧。好吧，算了。我想说的是，这个世界也有魔法，而且是非常可怕的力量。我想获得那种力量。"

"为什么？"

"有了这种力量，任何愿望都能实现。我想成为真正的人。"

"成为正经人？"

"不是那个意思。我不想做组装的人，想成为真正的人，像你们一样。"

"我认识一个女孩子，她和你有同样的烦恼，要介绍你们认识吗？"

"但我没找到关于获得魔法的任何线索，明明那种力量就在这个世界上。"

"因为你钻了牛角尖啊。"

"后来，我发现了一个奇异的梦。"

"什么啊，说了半天是梦啊。"

"别打岔。就是你每天也做的仙境梦。"

"那个梦本身可能就是幻想。"

"如果是幻想，为什么和你的梦相符呢？"

"谁知道呢，可能是集体幻想吧。"

"跳过无意义的讨论吧。总之，我发现了两个世界的连接，经过秘密观察总结出了规律，然后我意识到那就是魔法。"

"恭喜你，愿望可以实现了。"

"愿望是不可能实现的。不过我想，至少可以用它来报复姐姐。"

"你姐姐是桃乐丝？还是姜嘉？"

"都不是。但我有点生气，姐姐的脸被丢尽了。"

"也就是说，桃乐丝被杀，是因为她丢了你姐姐的脸？"

"也有这个原因。不过，部分也是她自作自受。"

"什么意思？"

"就是……"洛德突然陷入沉思。

"怎么了？"

"我觉得有点怪。"

"哪里怪？"

"你应该想抓我。"

"那是当然。"

"既然这样，你应该会堵我的退路。"

"是吧？"

"别装傻了。这个房间的出口只有那扇门。你为了不让我逃跑，自然该堵住通往出口的路。"

"所谓'自然'只是你自己的看法吧？"

"你从刚才开始，就在一点点朝入口的反方向移动。"

"只是下意识动作，没有意义。"

"说实话，我一直认为你会堵出口，所以也在思考对策。"

"什么对策？"

"我不可能把底牌翻给你吧？"洛德看向敞开的门，于是井森便处在了洛德的死角。井森犹豫了一下，慢慢走向洛德。

还剩一米时，洛德回过头来："不用看也知道你在干什么。当然，即使你从背后偷袭，我也能躲开。问题是躲在门后的家伙。"

"门后没人。"

"你开始移动前，故意在门旁大声说话。这肯定是为了引起某个正往这边走的人的注意。现在你又想提醒他，你正在跟人说话，希望他悄悄靠近房间，不要被发现。"

"我也可能只是为了让你这么以为，才故意这么行动的。你可以看一眼确认一下。"

洛德沉吟道："浑蛋，我还以为你不过是小菜一碟，结果这局面好像有点不妙了。"

"要么认输吧？"

"但是仔细想来，就算被捕也没什么可怕的。刚才也说了，我在这个世界没杀任何人。如果监禁我、拷打我，被捕的会是你们。"

"但监禁和拷打都可以轻松销毁证据，可能你不知道吧。"

"骗人。"

"没骗你。"

"那你想怎么干？说说看。"

"杀了你。"

"啊？在这儿杀人更是重罪。"

"但你是奥兹国某人的化身，杀了也不会死。只要杀了你，监禁和拷打都不存在了，但听到的信息还会留在我们的记忆里。"

实际上，井森并不清楚监禁和拷打是否会一并消失，也不打算那么干，他只是想用这种说法让洛德投降。

"你对房外的人没说过'抓这里的某某'，也就是说，外面的人知道情况。换言之，外面的人十有八九是树利亚。这样的话，我还有胜算。"

"你看不起女人？"

"不是，因为我一开始想的就是对付你和树利亚两人。虽然知道能复活，但我还是不想被杀，所以告辞了。"洛德朝出口飞速跑去。

"他跑了！"井森叫道。

"啊！"洛德吓了一跳，停住了。

井森紧随其后。

从门口冲出去的刹那，洛德摆好架势，看向左右两边。躲在门外的是树利亚与和巳两人。井森从背后紧逼过来，洛德被三人团团围住。

"原来如此，有三个人啊。"

"唉，这完全是偶然，我也不知道来了两个人。"井森说。

"你肯定觉得自己运气真好吧？"洛德说。

"谁知道呢。常言说：'自助者，天助之。'可能是经常判断准确的人看起来运气比较好吧。"

"那我的运气看起来可能也很好。"

"大家小心，他好像留了什么后手。"井森提醒两人。

"听声音已经大半明白了吧？"洛德看向和巳，和巳微微一震。

"是我。"洛德摘下口罩和墨镜。和巳瞪大了眼睛。紧接着，洛德从和巳身边飞跑而过。井森和树利亚拔腿就追，但为了避开呆站的和巳，他们晚了一步。

洛德拐过了走廊拐角。两人赶到拐角时，洛德似乎已下了楼梯，不见踪影。两人跟着下了楼梯。楼梯下面紧挨着通向外面的大门，午休时分，校园里一片混乱。

"有人看到刚从这儿下来的人去哪儿了吗？"井森大声问。但只有几个人瞥了井森一眼，没有反应。这也正常，从大楼里跑出来的人很多，没人会注意。

和巳也追在两人后面下来了。

"究竟怎么回事？"树利亚问和巳。

"我认识他。"

"所以虽然让他逃了，但还是知道了他的身份？"井森说，"他是谁？"

"洛德……是……忍成道雄——我弟弟。"

19

"魔法到底是什么？"比尔问奥兹大法师。

魔法师正在昏暗的房间里配置奇异的药物。

"这是个很难的问题，"魔法师说，"甚至有哲学意味。"

"没那么难吧？你也知道科学吧？科学和魔法有什么区别？"

"我不是科学家，不过以前是一流的魔术师。"

"是骗子吧？"

"魔术师。"

"听说你骗了所有人。"

"唔，从结果上说是有点欺骗。"魔法师似乎有些愤慨，"但那是国民的愿望，这个国家需要一个魔法师之王。"

"但这个国家原本不是有国王吗？好像是奥兹玛的父亲，叫什么帕斯托利亚。"

"我不想谈这件事。"魔法师说。

"但我想知道，骗子是怎么从真正的魔法王手中抢到王座的？"

"我不能告诉你。"

"为什么？"

"因为会触犯许多禁忌。"

"禁忌是奥兹国的禁忌吧？我是从奇境之国来的，所以没关系呀。"

"不行，你嘴巴太不严了。"

"那你就说说魔法吧。"比尔抱怨道。

"我现在很忙。"

"不就是把粉末混在一起吗？"

"这是魔法粉末。"

"和药剂师配药一样吗？"

"看似一样，实则不同。"

"哪里不同？"

"药剂师处理的药物是化学物质，但我们处理的魔法药就不同了。"

"不是化学物质咯？"

"不，物质本身是化学物质，但有魔法之力。"

"我想知道的就是这个。魔法之力是什么？类似电力、磁力、核能之类的东西吗？"

"你说的那些都是有实体的，魔法之力没有实体。"

"但它能让物体发生各种物理现象，对吧？"

"要是不能，那就不是魔法，只是幻想。"

"那不就有实体吗？"

"什么意思？"

"电力也好磁力也好核能也好，以前都被认为没有实体。但因为它们能引发物理现象，所以才被证明有实体，对吧？"

"蜥蜴啊，"奥兹大法师一脸严肃，"这是你想到的吗？"

"不是，"比尔摇头，"这是井森的想法，他现在正在琢磨魔法。"

"你明白自己说的是什么意思吗？"

"我明白单词的意思，但完全不明白井森想知道的是什么。"

"你只能把井森的记忆带进这个世界，却不能把他的智慧带进这个世界，这真是太幸运了。"

"为什么？"

"要是你有井森的智慧，大概会被视为危险人物。"

"被视为危险人物会怎样？"

"没有这种人。"

"假设有呢？"

"奥兹国没有危险人物，仅此而已。"

"我是说，如果我是危险人物，会怎样？"

"我是说，那种情况下，就没有你了。"魔法师淡淡地回答。

"我还是不太明白。"

"井森应该能理解，这就够了。"

"那就够了。那么，井森的问题呢？"

"井森大概认为魔法是原理尚不明确的科学技术吧？"

"啊，好像是，他是那么想的。"

"'充分发展的科学与魔法无异。'"

"没错没错，他说过这句。"

"可能确实是这样吧。"

"可能吧。"

"但我不这么认为。"

"你不这么认为呀？"

"说到底，人类并没有真正理解科学。"

"是吗？"

"为什么灯泡会发光？"

"因为有电呀。"

"为什么有电就会发光？"

"这我就不知道了。"

"一般还要再问几个来回吧！"魔法师似乎有点扫兴，"因为产生了热啊，还有电子的动能转化成了热能啊等等。"

"那就当是那样吧。"

"这算什么？……行吧。我想说的是，追问到最后，人类还是不明白自然现象及其原理。"

"伟大的物理学家也不明白？"

"对啊，最后总会归结到几个规律，然后就停下来了。也就是数学里类似公理那样的东西。像毕达哥拉斯定理啊，费马大定理啊，哥德尔不完备定理啊，都是未经证明不为真的定理。可公理是无条件成立的，不用证明就是真的，就像'两点间可画一条直线'啊，'任何自然数都有一个后继自然数'啊。"

"因为理所当然？"

"有人认为是因为'所有人都觉得理所当然'，也有人认为是因为'它们是基本规律'。不过对蜥蜴来说，这都无所谓，所以就不深入讨论了。总之，自然科学中的规律、原理，既有公理的一面，也有定理的一面。也就是说，关于行星轨道的开普勒定律，可以从牛顿力学和万有引力定律推导出来。狭义相对论是基于光速不变的原理，广义相对论是基于等效原理，量子力学是基于不确定性原理。当然，严格来说没这么简单，不过对一只蜥蜴来说，简单说说就行了吧？"

"那是当然。"

"那么，如果所有规律都能用别的规律来解释，要么需要无限的规律，要么就会变成循环论证。换句话说，总会存在人类无法解释的规律。"

"我听不太懂，你说是就是吧。"

"若是这样，所有的科学便都依赖黑箱。这和魔法没有任何区别。我们魔法师用的是难以捉摸的'魔力'，而科学家用的'能量'和'熵'其实也不知道究竟是什么。既然如此，科学家和魔法师不就是一丘之貉吗？"

"貉是类似狐狸的小动物吗？"

"貉与狐狸的区别相当模糊，曾经还闹上过法庭，讨论起来很麻烦，就别深究了。"

"这样啊。那么你刚才说的这些都是有道理的吗？还是在强词夺理？"

"呃，当然了，刚才的话，你应该没法全理解。"

"当然啦，"比尔挺了挺胸，"你把我当什么人了？"

"你从哪儿开始不理解的？"

"前半段我还是理解的，"比尔说，"但是从'药剂师处理的药物和魔法药不同'开始就不太明白了。"

奥兹大法师表情僵硬："我到底浪费了多少时间。"

"嗯，你也不用太沮丧。"比尔安慰魔法师，"就当自言自语呗，自言自语可以缓解压力。"

魔法师没回答比尔，四下张望。

"你在找什么呀？"

"杰丽雅·嘉姆。"

"为什么？"

"我想让她来陪你，近来你不是一直都和她在一起吗？"

"那可能不行。杰丽雅说要调查重要的事，不能陪我。"

"我也有重要的事。"

"什么重要的事？"

"配置魔法药。"

"魔法药是什么？"

"我都说了是有魔法之力的药！"魔法师烦躁地说，"魔法呀，魔法！我是魔法师啊！"

"魔法到底是什么呀？"比尔问奥兹大法师。

20

"先理一下吧。"井森说。

"不用理也很清楚，放跑道雄是我的错。"和巳说，"我本来不想的，但一看到他的脸就摇摆了。"

"不是这个意思。"

"你说姓氏不同？我被送给别人做养女了，所以……"

"嗯，也不是说这个。"井森一脸为难地说。

"是要先理清楚想问什么吧？"树利亚说。

"是啊，所以我说先理一下。"

"你是在自言自语？"

"也不是……不，应该是吧。"

"你蒙了吧？"

"不蒙才怪吧？"井森深吸了一口气，"就是说，洛德其实是田中和巳的弟弟忍成道雄，这点确定？"

"嗯，确定。"和巳说。

"这就是很大的进步了。那么，下个问题：他是谁的化身？"

"不知道。"

"可他是你弟弟啊。"

"但直到今天，我都不知道他是谁的化身。"

"可他是你的家人啊。"

"毕竟没怎么见过啊。我去了别人家嘛。"

"那他知道你是格琳达的化身吗？"

"不知道。解释一下，这个'不知道'不是'他不知道我的本体'，而是'我不知道他知不知道'。"

"但他知道我、树利亚、小竹田还有血沼的本体。"

"我想是因为杰丽雅·嘉姆和比尔在奥兹国随口提到过自己的化身。至于稻草人和铁皮人，大概本来就没有保密意识。"树利亚说。

"那格琳达呢？"

"我、夕霞、桃乐丝都知道。不过她不让我们说，所以我们没告诉任何人。"

"格琳达自己也没告诉过任何人。"和巳说。

"那么，他很可能还不知道你的本体。"井森说。

"可能不知道，也可能知道。绝不能先入为主。"

"嗯，因为他知道你和我们在一起，所以肯定会想你是谁的化身吧。你和我们在一起，这让他很吃惊吗？"

"他戴着墨镜和口罩，看不到表情。不过看到我的刹那，我觉得他的动作有点僵硬。"

"这么说，他应该不知道。"

"也可能这本身就是演的。"树利亚表示反对。

"怀疑是没有尽头的。先别管这个了，田中小姐，我可以问一个隐私问题吗？"

"那要看你问什么了。"

"洛德……道雄说，自己被姐姐杀害过。"

"啊！"树利亚叫起来。

"怎么了？"

"我知道了！"

"你知道凶手了？"

"洛德，就是 road——道路！他直接用了自己的名字！"

"呃……我刚才说到哪儿了？"井森挠了挠头。

"你说道雄被我杀害。"

"对，具体是怎么回事？"

"我不可能杀他。"

"我也这么想。"

"那是场意外。"

"意外吗？那时候已经有化身现象了？"

"我不知道。要是知道，我可能会再等一会儿。"

"等一下，你的意思是，他不是因为化身现象复活的？"

"那时候道雄还是个婴儿，没想到他还记得。"

"记得什么？"

"那场意外啊。就像我眼睛受伤时一样。"

"可上次我看你的眼睛，并没有受伤啊。"

"那是看起来。"

"道雄看起来也不像重伤濒死的样子。"

和巳没有回答。

"怎么了？你在隐瞒什么吗？"

"你知道玩具修理者吗？"

"这个嘛，没听说过。"

"那这件事就到此为止吧，和这次的案子没关系，忘了吧。"

"你这么一说，我更在意了。"

"那就当是道雄的幻想朋友吧。他什么都能治。道雄是这么认为的。可以了吧？重要的是，道雄恨我，这就够了。"

"也不一定是恨吧？"树利亚说。

"他可认为我杀害过他。"

"那可能也是被误导了。"

"道雄和桃乐丝、小竹田、血沼有什么接触吗？"

"据我所知没有，"和巳说，"也可能通过我们有间接接触。"

"在地球上没接触，不代表在奥兹国没接触。"

"我觉得这种可能性很高。"树利亚说，"甚至动机也可能不在地球，在奥兹国。"

"所以他说动机是对田中小姐的恨，其实是假的？"井森问。

"虽然不能断言，但要是恨和巳的话，应该杀格琳达，而不是桃乐丝。"

"格琳达是强大的女巫，没那么容易杀吧？"

"即便如此，恨和巳也不能成为杀桃乐丝的动机。"

"会不会是因为桃乐丝和格琳达关系好？"

"桃乐丝和奥兹玛的关系很亲密，但是和格琳达就没那么亲密了。不如说，格琳达爱的是住在格琳达城堡里的美少女们。"

"有几位少女？"

"有几十位呢，都是从奥兹国各地搜罗来的。"

"杀那些少女容易吗？"

"不容易吧，毕竟都在格琳达城堡里。不过和杀桃乐丝比，我觉得也没那么难。"

"原来如此。如果动机是让格琳达伤心，那么不该杀桃乐丝，而是该以格琳达城堡的少女为目标？"

"没错。"

"唔，其实不好说。"

"为什么？"

"实际上，很难判断杀桃乐丝和杀一个美少女哪个更难，更何况谁知道道雄怎么想呢。"

"也就是说，恨和巳还是有可能成为杀桃乐丝的动机的？"

"嗯，只是有这种可能，不能断言。"

"这么讨论下去也得不出结论，"树利亚说，"最快的办法还是问道雄吧。和巳，你知道道雄会去哪儿吗？"

和巳摇摇头："我们已经好些年没来往了，现在我连他住在哪儿都不知道。"

"问问父母亲戚呢？"

"父母都过世了，亲戚也只有我的养父母。"

"束手无策了吗？"井森喃喃自语般地说，"看来只能指望杰丽雅·嘉姆的行动了。"

树利亚没有回应井森，只是在考虑什么。

21

杰丽雅·嘉姆向奥兹玛申请召开一场报告会，也要格琳达和奥兹大法师参加。奥兹玛同意了，并把成员召集到她的房间。

"听说参加会议的只有四个人？"魔法师不服气地说，"那蜥蜴为什么在这里？"

"比尔的化身是个优秀的人，我们需要他的帮助。"杰丽雅说。

"但现在在这里的只是一只蠢蜥蜴。"

"比尔的记忆会原封不动地传给井森。"

"叫你的化身把会议情况告诉那个叫井森的不就行了？"

"间接转告总会遗漏信息，而且把我知道的事一项一项告诉井森只会浪费时间。"

"可是这种蜥蜴参加会议——"

"魔法师，"奥兹玛说，"比尔参加会议有什么不妥吗？"

魔法师吓了一跳："不，没什么不妥，我只是泛泛而论。"

"那可以允许它参加吗？它参加会议，我觉得也没什么不妥。"奥兹玛冷冷地盯着魔法师。

魔法师很恐惧似的垂下眼睛："明白了，我同意比尔参加。"

"格琳达呢？"

格琳达面无表情地瞥了比尔一眼："我也不觉得有必要排除比尔。"

"那么，杰丽雅，我正式批准比尔参加。"

"谢谢。"杰丽雅鞠躬致谢。

众人讨论期间，比尔一直在房间里走来走去。

"比尔，已经批准你参会了。"杰丽雅招呼比尔。

"参加奥运会吗？"比尔一边转一边说。

"不是，是这场会议。"

"这是会议呀？"

"嗯，当然是。"

"我在参加吗？"

"不，我觉得你还没参加。"

"那我现在参加……呃，要宣布什么吗？开会宣言之类的？"

"这种对话不知道要持续到什么时候，"魔法师说，"效率太低了。"

"我们的目的不是尽早结束会议，而是找出真相。"杰丽雅说，"比尔，你不需要宣布开会。尽可能仔细听我说话，这是你最重要的任务。另外，尽量别多嘴。"

"不能提问吗？"

"……当然可以提问。"

"抗议呢？"

"不知道你想说什么，总之想做就做吧。"

"我抗议！"比尔举起手。

"你就是想说说看吧？"

"不是啊，我真的要抗议。"

"刚才的对话中，有什么值得你抗议的内容吗？"

"有啊。"

"比尔，我不是说尽量别多嘴吗？"

"没关系，杰丽雅。"奥兹玛说，"比尔，你要抗议什么？"

"承认蜥蜴有权抗议，这不对劲。"

"你……"杰丽雅不知所措。

"这样啊。这抗议看起来简单，倒是非常复杂。"奥兹玛说，"要是接受这个抗议，你就无权抗议。这样一来，这个抗议就不能接受。"

"你看，我是对的。"比尔挺了挺胸。

"但要是不接受这个抗议，就意味着蜥蜴有权抗议。这么一来，就不得不接受你的抗议。"

"你看，我错了。"比尔挺了挺胸。

"我说，在你们讨论完之前，我能先回房间休息吗？"魔法师嘲讽道。

"比尔，你的抗议暂且保留。"奥兹玛说。

"保留到什么时候？"比尔问。

"到保留期间结束为止。"

"也就是说……"比尔陷入沉思。

"好了，继续开会吧。"奥兹玛说。

"好的。"杰丽雅说，"首先要报告的是，有人自称是凶手。"

"我知道，"格琳达说，"是道雄，我化身的弟弟。"

"那么案子差不多解决了？"魔法师说，"要是那人没说谎的话。"

"没那么简单，"杰丽雅说，"他没说自己的本体是谁。"

"抓住他逼他说呗，让人说真话的魔法药有的是。"

"可惜魔法药带不到地球。而且即使有配方，地球上也找不到材料吧？毕竟魔力不是在调配过程中产生的，是材料自带的。"

"也没必要依靠魔力，地球上也有吐真剂和拷打手段吧？"

"要是我的化身在地球上那么干，会成为罪犯的。"

"这属于紧急避险，可以的吧？"

"地球上的警察和检察机关不承认奥兹国，所以也不会承认这是紧急避险。"

"警察中也有化身吧？"

"就算有，毕竟是梦里的事，在法庭上不能当证据。"

"怎么这么麻烦。"

"而且现在还没抓到道雄。"

"这也太失败了吧！"魔法师很生气。

"是我的化身的错，"格琳达说，"她太震惊了，让他逃了。"

"哦，谁都有犯错的时候。"魔法师的声音越来越小。

"关于他的本体，有线索吗？"奥兹玛问。

"还没有。关于找人，我想听听各位的意见。"杰丽雅说。

"可是道雄都给放跑了，应该没什么线索了吧？"魔法师指出。

"也不是完全没有，道雄说他恨姐姐。"

"意思是说，他杀桃乐丝是为了打击格琳达？"

"也有这种可能。"

"格琳达和桃乐丝确实算得上关系亲密，但作为动机我觉得还是比较弱的。"

"地球上的树利亚和井森也是这个结论。"

"有什么别的理由吗？"

"这么想更自然。在地球，道雄和桃乐丝应该没什么来往，所有动机大概还是要在这边的世界里找。"

"到头来还是在兜圈子。"魔法师说，"在这边的世界，很难确定谁有动机。桃乐丝在奥兹国和奥兹国外的仙境都做过许多冒险。在那个过程中，应该有很多人对她怀恨在心。"

"不，根据最新发现，我们可以稍微缩小凶手的范围。"杰丽雅说。

"你不是说没什么发现吗？"

"我确实没从道雄那边获得任何线索，但不是没有发现。"

"杰丽雅，能不能直白地告诉我们？"格琳达说。

"其实很简单，首先假设一点：道雄的坦白是真的。"

"他除了说自己是凶手的化身外，还说过什么有用的话吗？"

"这句话就是一个发现。"

"太荒谬了。说到底不就是什么都不知道吗？"

"道雄是凶手的化身。这就意味着除了道雄，其他人都不是凶手的化身。"

奥兹玛抬起头，她仿佛明白了杰丽雅的意思。

"换句话说，"杰丽雅继续道，"在地球上有化身且化身不是道雄的人，就不是凶手。比如说，我和比尔在地球上有化身且化身不是道雄，所以我和比尔不是凶手。"

"恭喜你们无罪了。"魔法师拍拍手，"但这有那么重要吗？用排除法找凶手是很费劲的。"

"不，魔法师先生，并非如此。"奥兹玛说，"用排除法找凶手还有一个重要意义，它能让我们知道可以信任谁。"

杰丽雅点点头："比如说，我和比尔肯定不是凶手，所以我们的话可信度就很高。"

"那又如何？"魔法师朝抱着胳膊沉思的比尔看了一眼，"它的可信度提高了吗？"

"你怀疑过比尔是凶手吗？"

"怎么可能？你说比尔能干什么？"

"本来也没怀疑它是凶手，可信度自然没变化。"

"所以你是想说你自己可以信任。"

"这点还是应该说清楚。我是女王陛下任命的调查官，可以说有义务自证清白。"

"哦。"魔法师无聊地哼了一声。

"杰丽雅，除了你和比尔，其他还有谁可以信任？"奥兹玛问。

"首先，铁皮人可以信任。"

"你信任他？他可以毫不犹豫地把遗体劈成两半，那家伙没有心。"

除了比尔，在场所有人都看向魔法师。"怎么了？"魔法师不安地说。

"铁皮人经常自豪地说，你给了他温暖的心。"杰丽雅说。

"啊，那个啊。最近我有点健忘，常忘了自己做过的善事。唔，毕竟我老是做善事，不可能一件件都记住嘛。"

"铁皮人行为粗鲁，但他不是傻瓜，他可以信任。"奥兹玛说。

"桃乐丝和稻草人是受害者，本来就不是嫌疑人，不过也请允许我指出，他们两位的化身也确定不是凶手。"

"为什么要特意列出两名被害者的名字？"魔法师问。

"桃乐丝、稻草人、铁皮人，这三位是某著名小团体的成员。"

"嗯嗯，我记得，"魔法师说，"是来向我许愿的家伙们。不过我记得一共有四个愿望。"

"对，狮子也是向你许愿的人之一。在许愿的四位中，只有它的化身不确定。"

"它是凶手？那个胆小鬼不可能吧？"

"它是很胆小，但非常强大。"

"这我知道。"

"要是它认真起来——"

"它的化身很清楚。"格琳达插嘴道。

"是谁？"杰丽雅问。

"我以为你知道呢，我没说过吗？"

"是谁？"

"是猫，我的化身抱的那只，一只眼睛是钢珠的。"

"……也是，化身不见得一定是人类。"

"况且它的本体也是野兽。"

"那么，向奥兹大法师许愿的四位都不是凶手。"

"但这没有任何意义。"魔法师说。

"是啊，"杰丽雅说，"然后，还有一个人，碎布姑娘，她在地球上也有化身。"

"稻草人烧起来的时候，她正在他面前说话，所以可能性本来就低。"奥兹玛说，"军官们都看见了。"

"还有一个人。"杰丽雅说，魔法师露出纳闷的表情，"就是格琳达，她的化身是田中和巳。"

"这也没有意义。"魔法师说。

"为什么？"

"格琳达的化身在不在地球都没有意义，因为她根本就不可能是凶手。"

"根据呢？"

"杰丽雅，你怀疑格琳达吗？"

"不怀疑。"

"那这就不需要证据。"

"我之所以不怀疑格琳达，是因为有证据证明她不是凶手，证据就是她的化身是和巳。"

"什么？你知道自己在说什么吗？"

"我知道。我打算逐一列出证据，推进讨论。如果道雄说的是真话，那我刚才提及的就都不是凶手。"

"如果道雄说谎呢？"奥兹玛问。

"道雄没理由说谎。如果他说谎，那他就不是凶手的化身。那他何必要说这个谎呢？"

"为了包庇真正的凶手？比如让我们把化身不是道雄的人都排除出嫌疑人名单。"

"表面上看，这个说法有一定道理。但要真是这样，道雄就是做了一件蠢事。理由是，奥兹国人口足有五十万，其中化身明确的只有几个。要是道雄什么都不做，这几个人并不会受到特别关注，所以他的做法反而会大大缩小嫌犯的范围。要真是想包庇有化身的人，道雄就不该现身。"

"如果他算到你会这么想呢？"

"那也是很烂的选择。打个比方，强盗闯进家门时，主人走到藏宝贝的地方说：'这儿有宝贝。'这就是赌强盗疑心很重，听到这话会怀疑，于是去搜别的地方。但是反过来想，要是不说这句，强盗根本就不会注意那个地方，所以是个很烂的选择。"

"你有信心自己绝不会错？"

"不，"杰丽雅斩钉截铁地说，"而且也不需要这种自信。要是发觉自己错了，再去查化身明确的人就是了。现在只是基于道雄没说谎的假定推进调查而已。"

房间里一片寂静。

"明白了，"奥兹玛说，"按你的想法推进调查吧。"

"等一下，"奥兹大法师说，"杰丽雅说得好像有什么重大进展一样，但其实几乎毫无进展，而且她还曾把格琳达视为嫌疑人。"

"我说了我没把格琳达视为嫌疑人，我没说过她是嫌疑人。"杰丽雅反驳道。

"我不是说你说过这种话，而是说，怀疑格琳达本身就不对。"

"为什么？"

"奥兹玛女王、南方好女巫格琳达，以及我——奥兹大法师，我们三人是有权在奥兹国用魔法的特殊人物。这是因为，我们三人是正义的。所以，我们三人中不可能有凶手。"

"谁规定你们三人是正义的？"杰丽雅问。

魔法师倒吸了一口冷气，格琳达瞪大眼睛看着杰丽雅，奥兹玛神色不变。

魔法师缓缓吐出一口气，然后说："你是说，我们三人不是正义的？"

"我没那么说，我在问是谁规定的。"

"这是奥兹玛女王的判断。"

"这我知道。"杰丽雅说，"我是问，根据什么判断你们三人是正义的。"

"女王陛下的判断本身就是根据。"

"如果这个逻辑成立，那么直接请女王陛下指定凶手就好了，因为陛下的话是无条件正确的。"

"你在犯一个很严重的错误，杰丽雅。"

"魔法师先生，还是讨论一下她的话吧。"格琳达说。

"毫无讨论价值。"

"真的吗？"

"杰丽雅对奥兹玛女王的话表现出了疑问，她不适合担任调查官，换人吧。"

"对常识提出质疑，可以说是调查官的资质之一。"

"难道你认为她的话很正确？"

"现在判断还为时过早。"

"你是说不管她？"

"如何处置杰丽雅，是奥兹玛女王决定的。"格琳达望向奥兹玛。

奥兹玛用冰冷的眼神看着杰丽雅，杰丽雅默默地回望奥兹玛。魔法师要将魔杖指向杰丽雅，但格琳达抬头拦住了他："交给奥兹玛女王。"

"杰丽雅，你是说，我的判断错了？"

"不。但我认为，判断是否正确，需要验证。"

"具体来说呢？"

"我想质询。"

"对谁？"

"对奥兹大法师。"

"无礼！"奥兹大法师挥起魔杖，但是格琳达也同时挥起魔杖，魔杖放出的某种东西在空中逬散。

"我不许你伤害杰丽雅。"格琳达冷冷地说。

"但是杰丽雅太无礼了。"

"对谁？"

"对……"魔法师犹豫了一下，"对奥兹玛女王。我是奥兹玛女王选出的正义之士，但杰丽雅怀疑我。"

"那么她的怀疑是否无礼，应当由奥兹玛女王决定。"

"杰丽雅，为了找出杀桃乐丝的凶手，质询魔法师是必不可少的吗？"奥兹玛问。

"没法说必不可少，因为目前无法断定魔法师是凶手。但正因如此，才需要质询。"

"如果他不是凶手，质询不就是白费工夫吗？"

"不，如果能证明他不是凶手，那也是一个发现。"

"魔法师先生，"奥兹玛对奥兹大法师说，"你完全不能接受杰丽雅的质询吗？"

"我……并不是拒绝质询，我只是对于她质疑陛下的判断感到愤慨。"

"那么，我解释一下我的新判断。作为解决案子的一环，我认为杰丽雅质询你的行为是有意义的，但这个判断不代表我怀疑你。"

魔法师向奥兹玛行了一礼："我遵从奥兹玛女王的判断。杰丽雅，你想问什么就赶紧问吧。"

"要换个别的房间吗？"杰丽雅说。

"没什么是奥兹玛女王和格琳达不能听的。"

"好的，那我就在这里质询。首先第一个问题，地球上有你的化身吗？"

"这个问题的意义是？"

"是我在问。"

"我没说会无条件回答质询，只有确定问题必要我才回答。"

"如果你的化身在地球且不是道雄，那你就不是凶手。当然，前提是道雄的确是凶手的化身。"

"为了简化讨论，今后可以暂定道雄说的是真话。不过要是我说自己的化身在地球上，你要怎么验证？"

"我的化身在地球上，比尔、格琳达、碎布姑娘的化身也在，他们可以调查。"

"如果确定我的化身在地球上且不是道雄，那我的嫌疑是不是就洗清了？"

"不要误会，我没有怀疑你，只是在搜集信息。"

"那要是我的化身不在地球上，又如何？"

"不会怎样。就算真的不在地球上，你也没法证明。反过来说，我也几乎没法证伪。"

"原来如此，那么我的回答是：沉默。"

"沉默？"

"我说过了。"

"为什么沉默？"

"我没有沉默的权利吗？"

198

杰丽雅看了奥兹玛一眼，奥兹玛依然面无表情。

"你有没有沉默的权利，我不关心。但是我也不想强迫你。只是如果你选择沉默，我想知道原因。"

"我不想说谎，也不想说真话，所以我选择沉默。"

"不想说谎的理由呢？"

"我不能在奥兹玛女王面前做出不当行为。"

"那不想说真话的理由呢？"

"沉默。"

"那我可要随意推测你沉默的理由了哟。"

"你是说，沉默本身会成为对我不利的证据？"

"不，我没那么说，只是我的心证问题。"

"那我继续沉默。"

"明白了。下一个问题：你有怨恨的人吗？"

"好难的问题。我活了这么久，自然会经历各种情感纠缠，不过至少目前，我对他人的情感还没强烈到产生杀意的地步。"

"第三个问题：有人恨你吗？"

"这更是一个难题。你要我回答的不是我的想法，而是他人的想法？"

"推测就可以。过去有没有人恨过你？"

"想不起来。"

"你曾经骗了四个向你许愿的人。"

"这是诱供吧？"

"只是个简单的问题。你骗过他们吗？"

"因为事实不简单，所以即使是简单的问题，我也无法回答。"

"不简单的回答也可以。"

"对于稻草人和铁皮人，我没有严格按他们的说法给予相应的东西，但我给他们的东西让他们获得了满足和幸福，这就等于实现了他们的愿望，不是吗？"

"我无法判断二者是否相等。不过要是他们感到满足，自然也就不会恨你。"杰丽雅说，"那桃乐丝呢？"

"至于桃乐丝，我很想实现她的愿望，也有这个能力。"

"但你没实现。"

"的确，但其实没有实现的必要，她自己有实现愿望的能力。"

"这是就结果说。你没实现她的愿望，这是事实吧？"

"唔，可能会有人这么觉得吧。"

"意思是，有人非要这么想，你也没办法？"

"你的提问有点像诱供，不过我同意。"

"如果桃乐丝恨你，你会不会觉得她碍眼？"

"不，桃乐丝不恨我，我也不觉得她碍眼。你这个问题有什么依据吗？"

"当然没有，我只是问几个问题而已。"

"就这些问题吗？"

"对，需要问你的问题就这些。"杰丽雅深吸了一口气，"接下来是女王陛下。"

"你是说要质询女王陛下？"

"以前我得到的回答是，对奥兹玛女王提问是允许的。"

"单纯提问和质询是两回事。"

"没关系，"奥兹玛说，"调查优先。如果杰丽雅认为有必要对我质询，那就该质询。"

"感谢女王陛下，"杰丽雅鞠了一躬，"那我开始了。地球上有女王陛下的化身吗？"

"这是机密，不要告诉别人。"

"是的，当然。"

"地球上有我的化身。"

"是谁？"

"这个不需要说。"

"为什么？"

"因为不需要。你觉得有什么必要？"

"为了弄清是不是道雄。"

"我的化身不是道雄。"

"有办法确认吗？"

"那么，如果我说地球上没有我的化身，你有办法确认吗？"

"不，没有。"

"既然如此，你就只能信我的话。当然我也可能说谎，但我说的是真话，与奥兹大法师先生一样。"

"明白了。那我还有一个问题：如果奥兹国里有一个人，您不希望他存在，那您会怎么做？"杰丽雅斟字酌句，缓缓地说。

"我不明白这个问题的意图。"

"那我换个问题：奥兹国不该存在什么人？"

"罪犯。"

"如果奥兹国有了罪犯，您会怎么做？"

"做现在做的事。任命调查官，找出罪犯。"

"如果找到了罪犯，您要怎么处理？"

"你认为我会杀了罪犯吗？"

"只是假设。"

"如果我执行死刑，就等于承认奥兹国里有犯罪行为。我不会执行任何刑罚，包括死刑。"

杰丽雅看着奥兹玛的眼睛，奥兹玛静静地回望杰丽雅的眼睛。

"谢谢您，质询结束。"杰丽雅如释重负般地长吐了一口气。

"那么本次报告会就此结束。"奥兹玛说，"还有谁要发言吗？"

"我抗议！"比尔举起手，"我仔细想过了，'到保留期间结束为止的保留期间'根本是废话！"

22

"感觉根本是束手无策。"井森对着空气说。

大学附近的咖啡馆里，井森和三个女生围坐在桌旁。这不是什么对策会议，也不是谁召集的，只是自然地聚在了一起。热咖啡已经凉了，果汁里的冰块也融化了。

"束手无策？"和巳说，"对什么束手无策？"

"查杀害桃乐丝的凶手。"

"束手无策吗，树利亚？"

"我不太清楚，"树利亚说，"可能确实束手无策吧，但调查可能就是这样。"

"照我的经验，"井森说，"上个案子还算稍微有点进展呢。"

"你好像以前也说过。"

"虽然也不是一下就解开了谜团，但还是在一点点搜集线索，形成推理的素材。在用它们组合出整个过程时，就会发现各种矛盾的地方，于是再拆开重组，理顺逻辑，真相自然就浮现出来了。"

"线索的话，不是有很多吗？"夕霞说。

"比方说？"井森问。

"桃乐丝和姜嘉都是在只有一个出口的内部遇害的，对吧？"

"是啊。"

"也就是说，相当于密室状态。"

"但不是密室。"

"可凶手的出入口被限定在一个地方，这是很重要的线索。"

"可看守出入口的姜嘉遇害后，凶手就可以自由出入了啊。"

"应该说，姜嘉遇害后，密室反而完成了。"

"什么意思？"

"连接内外的通道只有姜嘉所在的警卫室，而由于姜嘉遇害，那个房间里全是血，所以要从那里出入必然会留下血脚印。"

"在血扩散前总可以吧？"

"凶手特地用利器破坏了姜嘉的头，如果那段时间里她一直在出血，房间地板上必然全是血。相对的，桃乐丝的头是被滴答一下子压扁的，凶手完全可以在血铺满地面前离开房间。"

"警卫室里没有类似滴答那样趁手的凶器吧？况且这又能说明什么？"

"说明了一件很重要的事：犯案顺序。"

"顺序？是说姜嘉和桃乐丝谁先遇害吗？"

"对。如果姜嘉先遇害，走廊里应该会有血迹。"

"不见得吧？可以在房间里脱掉鞋，光脚去桃乐丝的房间。"

"……确实有这种可能，"树利亚有点不高兴，"可即便如此，还有一个重要线索：姜嘉的伤口在后背。"

"那是因为凶手瞄准了后背吧？"

"没错，但凶手是什么时候瞄准后背的？"

"姜嘉背对朝里的门坐着，机会应该有很多。可以从姜嘉面前走过去，装作要开朝里的门，然后从背后刺杀。或者先开门进到内部，再悄悄开门刺杀。或者在杀桃乐丝以后，迅速开门刺杀。"

"共同点是什么？"

"共同点是凶手从背后刺杀了姜嘉。"

"什么人能从姜嘉背后刺杀她？"

"什么人都行吧？"

"你仔细想想，不管是凶手自己开门，还是请姜嘉开门，至少一开始他们都是面对面，然后凶手才用某种手段绕到了姜嘉背后。如果是姜嘉不认识的人，一进房间就会被她赶出去，对吧？"

"你是说，凶手是姜嘉认识的人？"

"很有可能。"

井森摸着下巴陷入沉思。

"你在想什么？"

"我在想你的推理有没有漏洞。"井森说，"会不会凶手开门的刹那，姜嘉刚好背对着门？"

"不可能，"树利亚当即回答，"如果想在姜嘉刚好背对门时刺杀她，那就意味着凶手一开始就这么打算。"

"那是当然。"

"而姜嘉基本上都坐在椅子上，面朝入口方向，对吧？"

"当然，绝大部分时间都是——"

"如果开门时看到姜嘉盯着门口，凶手计划怎么做？"

"放弃刺杀？"

"凶手不会用这么随缘的办法，他甚至准备了翡翠城的衣服，防止鲜血溅到自己身上。"

井森抱着胳膊，闭着眼睛，想了一会儿才说："确实，姜嘉碰巧露出后背这种可能性几乎没有。不过单靠姜嘉认识凶手这点，我觉得没法缩小嫌犯的范围。"

"不要只顾着否定树利亚，你也该想想有没有什么线索。"和巳说。

"你说得没错，但我什么都想不到。"

"真的吗？没有遗漏什么吗？"

"最后一次见过受害者的人呢？再问问他们，会不会有什么发现？"夕霞建议道，"也许他们会想起什么。"

"希望渺茫。"井森说，"最后见到桃乐丝的是滴答，但它是机器人，所有事都记得。换句话说，它记得的一切都告诉我们了，不会再想起新东西。"

"那姜嘉呢？"

"遗憾的是，最后见到姜嘉的是稻草人，也就是稻草人想去喊桃乐丝却被姜嘉赶走的时候。那时即使两人中有谁意识到了什么，也是没来得及说出当时的事就死了，没法作证了。"

"等一下！"树利亚突然叫了起来，"你说的是真的吗？"

"真的啊。稻草人说过姜嘉把他赶走了，他不是撒谎的人。"

"不是那个。我是问，'没来得及说出当时的事就死了'，这是真的吗？"树利亚瞪大了眼睛说。

"那时你不也在吗？"

"是，我在，不过现在我想起了一句非常重要的话。"树利亚兴奋得浑身发抖。

"稻草人的话吗？"

树利亚点头："我的天……杀桃乐丝的凶手只可能是她！"

23

官殿大厅里聚集了不少人，其中有比尔认识的，也有不认识的。当然，即使脸不认识，也不见得没见过，毕竟比尔本来就不擅长记人长相。当然，像铁皮人、机器人还有驼鹿头之类，它还是很容易认出来的。不过即使是他们，它也只是靠整体氛围分辨。所以当一个身穿华丽礼服的女士出现在大厅中央时，它其实并不能分辨出那是奥兹玛还是格琳达。不过对比尔来说，奥兹玛和格琳达也没什么区别，所以它对此毫不在意。

比尔不认识的人中有好几位老人，其中一名老妇人看到比尔的模样，嫌弃地皱起眉头。比尔好奇她为什么不喜欢自己，于是向那名老妇人走去。

"没有比蜥蜴更恶心的了。"老妇人嘟嘟囔囔地说着，视线从比尔身上移开。

一定是蒙比吧，比尔想，就是奥兹玛女王还是男孩时一起生活过的那位。

"今天在我的召集下，诸位来到这里，"身穿华丽礼服的女性奥兹玛说，"是因为杰丽雅·嘉姆报告说，从前些天开始笼罩翡翠城和奥兹国的沉重乌云，也就是诸位所知的那个案子，终于解决了。"

"'诸位所知的那个案子'是什么案子？"比尔问老妇人。

"当然是桃乐丝和姜嘉遇害的案子。"

"哎，那个案子解决了呀，"比尔感叹道，"不过稻草人不算在里面吗？"

"我不认识稻草人，也没见过，别再靠近我了。"老妇人厌恶地说。

井森不知道案子已经解决了。也就是说，有人甩开井森，自己把案子解决了。好吧，这也没什么。比尔没什么功利心，所以一点都不在意。井森肯定也一样吧。

"那么凶手是谁？把名字告诉我，我马上把他砍成两半。"铁皮人挥了挥斧头。斧头砍到了旁边南瓜头杰克的身体，把它整齐地砍成了两半。杰克的下半身勉强保持着站立的状态，上半身扑通一声摔在地上，南瓜脑袋从木头脖子上掉下来，在地上咕噜噜滚动。

"哇！你在搞什么？！"倒翻的南瓜头惨叫道，"木头部分是货真价实的我，跟南瓜头不一样，没有替换的啊！"

"啊，抱歉，手滑了，等下我找根绳子帮你绑起来。"

"拿绳子绑的话，身体中间会变成两根木头，很难看，身高也会变矮。"

"那我用胶水粘。"

"胶水强度不够吧？"

"再用钉子加固总可以了吧？"铁皮人不耐烦地说。

"请肃静。"奥兹玛看着骚乱现场，冷静地说。

"那么凶手是谁？"铁皮人又举起斧头，周围的人纷纷逃开。

"这个……还不知道。"

"不知道凶手，就把大家都喊过来了？"狮子惊讶地说。

在场众人纷纷吵闹起来。

"肃静。"奥兹玛平静地说。刹那间，冰一般的寂静笼罩了大厅。

"大家为什么都沉默了？"比尔四下打量着问，但是没人搭理比尔。

"召集诸位过来，是由于调查负责人杰丽雅·嘉姆的请求。杰丽雅，请到这里来，向诸位解释。"

杰丽雅与奥兹玛擦身而过，站到大厅中央，行了一礼："我是案子的调查负责人杰丽雅·嘉姆。因为已经有了解决案子的头绪，所以我希望在这里做一个报告。"

"那么，凶手是谁？"铁皮人呼呼地挥着斧头，斧子尖擦过滴答的身体，伴随着火花发出巨大的声响。

"现在还不能说，原因有两个。一是按当前的氛围，一旦说出凶手的名字，对方就可能被处以死刑。"杰丽雅盯着铁皮人。

"铁皮人，把斧头放到地上。"

"为什么？如果放到地上，知道凶手是谁的时候，我就不能马上把他劈成两半了。"

"原因就是，为了在知道凶手是谁的时候，不让你马上把他劈成两半。"

"为什么不让我把他劈成两半？"

"这是个好问题，"奥兹玛微笑道，"因为我不允许。"

铁皮人僵住了，斧头从手里掉下，撞在地上，发出巨响。

"我说的应该是放下，不是掉下。"奥兹玛平静地说。

"对不起。"铁皮人的声音变了。

"你明白就好。"

"我可以继续吗？"杰丽雅问。奥兹玛无声地点点头。

"嗯……"除了奥兹玛、格琳达、杰丽雅、魔法师，在场所有人都以惊人的速度反复点头。

"第二个原因，是在我说出凶手的名字前，我希望诸位对我推理凶手的过程做验证。这也是为什么只召集了诸位相关者。"杰丽雅环视大厅，"对了，碎布姑娘在哪儿？"

"她好像不在，"格琳达说，"明明吩咐了她一定要来。"

"她不仅聪明，直觉也很敏锐。"奥兹玛说。

"直觉？"杰丽雅纳闷地问。

"不，可能不是直觉，是冷静的分析。不管是哪个，都不会有问题吧。她很聪明，肯定不会有问题。"

"有什么问题？"

"你不用在意。"

"好的。我本想参考碎布姑娘冷静的意见，既然她没来那就算了……那么，在场诸位中有几位已经知道，前几天，宫殿里发生了大案子。"杰丽雅扫了奥兹玛和格琳达一眼。奥兹玛轻轻点头，格琳达只是看了看杰丽雅。应该不是否认吧，杰丽雅想。

"是杀人案。"

在场众人一片哗然。

"知道杀人案的人请举手。"

奥兹玛、格琳达和魔法师没举手，但这只是因为他们不需要举手。举手的只有铁皮人和狮子，这两人不会多嘴。稻草人可能对别人说过，但现在也没法知道了。问题是……

"比尔，你在听我说话吗？"

"嗯，在听啊。"

"刚才我说了什么？"

"'我是案子的调查负责人杰丽雅·嘉姆'？"

"后面我还说了很多。"

"嗯，我知道呀。'比尔，你在听我说话吗？'对吧？"

"……是啊。要等你找到正确答案，需要相当大的忍耐力。我已经习惯了，但在场大多数人还没有，所以我就直接说正确答案了。"

"我觉得挺好的，因为我的忍耐快到极限了。"

"你知道这座宫殿里发生过杀人案吗？"

"知道啊，刚才——"

"你只要回答我的问题。"

"唔。"比尔捂住自己的嘴。

"你对别人说过这件事吗？"

"呃……"

"不要想太多。"

"'别人'也包括我吗？"

"当然不包括。"

"那……呃……"比尔努力回想。

"这个问题不难，不要多嘴，只用'有'或'没有'回答。"

"呃……那……如果不包括我，那答案是'没有'。"

"谢谢你，比尔。"杰丽雅说，"诸位，刚才说的杀人案是基于奥兹玛女王的命令保密的。知道这起案子的只有奥兹玛女王、格琳达、魔法师、铁皮人皇帝、狮子、稻草人、滴答、蜥蜴比尔，还有我。一开始我以为这个秘密很快就会扩散，但似乎意外地无人知晓。原因之一，恐怕是稻草人很快就被烧了。再就是，没人把比尔的话当真。"

"按你的说法，滴答也知道杀人案，但它没举手，这是为什么？"欧比·昂比问。

"因为行动发条没拧，"滴答回答说，"我想举手也举不起来。"

"奥兹玛女王，要把滴答的行动发条拧动吗？"

"没必要。"奥兹玛说。

"为什么？"

"因为现在不需要行动。"

"能行动也没关系吧？"

"如果不需要行动，就不需要拧行动发条。"

"为什么？"

"因为如果思考发条松了，就会很麻烦。"

"也许确实如此，但无法行动不是很痛苦吗？"

"不，我没关系。"滴答回答说，"我毕竟是机器人，感觉不到痛苦。"

"滴答说得没错。"奥兹玛说。

"对不起，是我冒昧了。"杰丽雅道歉。

"没关系，继续吧。"

"案子的受害者是桃乐丝和姜嘉，这两位都是在奥兹玛女王生日宴会期间遇害的。"

"桃乐丝……""不会吧……"在场众人纷纷惊讶地叫喊，还有人当场哭了起来。

"怎么可能……桃乐丝还救过我的命……"比尔也惊叫起来，但没人理它。

"桃乐丝是在自己房间里遇害，而姜嘉是在警卫室遇害。两人的共同点是遇害后头部都遭到破坏，桃乐丝的头被滴答压扁，姜嘉的头被利器反复划破。"

"为什么要做这么残忍的事？"阿甘问，"有深仇大恨吗？"

"这个问题的线索就在你身上，阿甘。"

"咦？阿甘是凶手？"比尔吃了一惊。

"我才不是凶手！"阿甘赶紧否认。

"看吧，你这么慌，很可疑呀。是不是，杰丽雅·嘉姆？"

"我从没说过阿甘是凶手。我只是说，凶手破坏头的动机，可以在阿甘身上找线索。"

"那不是一个意思吗？"

"完全不一样。"

"我就没这种想法呀。"比尔钦佩地说。

"那，我身上有什么线索？"阿甘问杰丽雅。

"因为你曾经被杀过。"

"啊？！……唔，这么说来，我本来只是一只普通的麋鹿，后来被枪打死了。"

"你记得死前的事吗？"

"当然记得。"

"你都死过了，怎么还活着？"

"因为用了魔法粉末啊。"

"哇，真的？"比尔说，"太神奇了！我真吓了一大跳！"比尔朝杰丽雅挤挤眼睛，"我这么说，它应该很开心吧？"

"比尔，我听到了。"阿甘说。

"看来你的耳朵没问题。"比尔点点头。

"恐怕凶手知道魔法粉末的事。就算两人遇害，只要有人撒上魔法粉末，她们就会复活，说出凶手是谁。为了避免这种情况，凶手破坏了她们的大脑，这样一来就能毁掉她们的记忆了。"

"应该就是这个原因。"奥兹玛说，"若是出于怨恨，那么除了头，身体的其他部分也会被摧残。"

"也就是说，凶手知道有魔法粉末。"饿虎说。

"很多人都知道吧？只要是奥兹国的居民，可能都知道。"铁皮人说。

"那么凶手就是奥兹国的居民？"

"不，我只是说奥兹国的居民很可能都知道，但不意味着奥兹国以外的人肯定不知道。"

"那么你提供的信息就毫无意义。毕竟奥兹国的居民和奥兹国以外的人都可能知道，也都可能不知道。"

"我没说魔法粉末是搜寻凶手的决定性证据，我的意思恰恰相反。"

"先不说这个了，桃乐丝和姜嘉的尸体呢？既然调查结束了，我可以吃了吧？"

"你不能吃，"杰丽雅说，"遗体必须埋葬。"

"要是老虎死在丛林里，你们也会认真埋葬吗？不会吧？野生动物死了就死了，只有人被特殊对待，这不公平。"

"那么你死的时候我们也会认真埋葬你的。"

"那还不错。"饿虎接受了。

"总之，如果凶手是因为担心受害者复活而采取了这样的手段，那就说明这场谋杀很可能是有预谋的。"

"单靠这个就能说是有预谋的？"母鸡毕琳娜怀疑道。

"凶手把这件绿衣服和鞋子脱在了警卫室外面，"杰丽雅拿出血衣，"凶手早就预见自己会被溅血。"

众人一片哗然。

"凶手肯定是恨她们俩的人。"毕琳娜说。

"不一定是她们俩，"杰丽雅说，"凶手的目标也可能只是其中之一。"

"抱歉打断一下，"糖果人插嘴道，"我是外国人，和这件事毫无瓜葛，我可以离开吗？"

圣诞老人和其他外国人也纷纷表示赞同。

"可惜不行。碎布姑娘说，稻草人烧起来之前说过：'凶手是外面来的。'"

"稻草人就是上次烧死的那个？"

"不管稻草人说了什么，凭什么要相信他？"

"稻草人掌握了某些信息，所以才被凶手灭口的。"

"你在说什么啊？那是意外，奥兹玛女王已经宣布过了。难道女王说谎了吗？"

"糖果人，"奥兹玛女王平静地说，"不是说谎，是权变。"

"啊？"

"我说那是意外，只是权宜之计。"

"奥兹国的女王居然说谎？！"

"不是说谎，是权变，是为了说明真相而采取的临时手段。"

"既然不是真的，那就是说谎。要是故意诱人相信谎言，那就会成为外交问题。"

"如果你要视为外交问题，我也不会拦你。"奥兹玛说，"我们出于善意采取了权宜之计。如果要对此横加指责，那么是否意味着你不介意被奥兹国视为敌人？"

"啊？不不，不是什么敌人，只是违反了外交惯例——"

"所谓惯例，既不是法律，也不是条约吧？"

"当然，惯例就是惯例。"

"那么违反惯例要怎么处理？我身为奥兹国女王，向你道歉可以吗？"奥兹玛走向糖果人。

"不敢不敢，"糖果人慌忙跪倒在地，"如果奥兹国女王向我道歉的消息传开，我连祖国都回不去了。"

"那要怎么办呢？"

"呃，关于此事，我请求允许我接受奥兹玛女王的解释。"

"你接受吗？"

"当然接受。"

奥兹玛露出满意的微笑。

"那么，"看到骚乱平息，杰丽雅继续解释道，"稻草人说的'外面来的'是什么意思？是宫殿外面，翡翠城外面，还是奥兹国外面？"

"特意说'宫殿外面'不太合理。"铁皮人说，"要是凶手本来就在宫殿里，那才叫人吃惊呢。"

"没错。"杰丽雅点头，"至于翡翠城，也是同样的问题。所以，凶手很可能来自奥兹国外。"

"我不是凶手！"糖果人叫道，"对了，我有不在场证据！那天我一直在宴会会场，还被那只蜥蜴吃了手指，你们看我的手。"糖果人举起自己的手。那只手上吊着比尔，正试图吃剩下的手指。糖果人尖叫起来。

"请安静，我没说你是凶手。"杰丽雅冷静地说。

"也不是我！"圣诞老人叫道，"而且有必要把稻草人的话当真吗？"

杰丽雅点点头："没错，我不打算仅凭这些就断定凶手。我只是想告诉各位，把外国人列为怀疑对象是有原因的。"

"冷静想想吧。"阿甘说，"如果桃乐丝和姜嘉都是在宫殿内部遇害的，那不也是一种密室吗？"

"凶手也可能是杀害姜嘉后闯进去的。"滚落在地的杰克发表意见。

"姜嘉是被人从背后刺杀的。"杰丽雅说，"凶手或许是开门后碰巧看到她背对自己，但从犯罪的计划性上考虑，很难认为凶手的计划会依赖这样的偶然性。如果正面闯入，姜嘉一定会拦住凶手。所以更合理的推断是：凶手没被姜嘉阻拦，正大光明地进了内部，然后在杀害桃乐丝后，为了封口又杀了姜嘉。"

"所以凶手是可以正大光明进入内部的人。"毕琳娜说，"那是谁啊？顺便说一下，我就没进去，姜嘉把我赶走了。"

"我第一次听说这事，毕琳娜。"杰丽雅说，"而且你之前没说算是你运气好。要是说了，可能你就和稻草人一样了。"

"我也被赶出来了。"杰克说。

"我也是。"阿甘说。

"我也是。"狮子说。

"我也是。"铁皮人说。

"我也是。"饿虎说。

"这我都第一次听说，为什么之前大家都不说呢？"杰丽雅惊讶地问。

"可要是说了，会被凶手杀死吧？"饿虎说。

"唔，不好说结果会怎样。毕竟这么多人都知道，说不定凶手就放弃了。"

"但是好奇怪，滴答就进了桃乐丝房间，对吧？"比尔咬着糖果人的手指说。

"我是和桃乐丝一起进去的，所以姜嘉什么也没说。"滴答回答。

"你可以认为滴答是清白的。如果是它干的，外面那件绿衣服就没法解释了。"杰丽雅说。

"那是谁干的？"比尔问，"那时奥兹玛也在宫殿内部。"

所有人都看向奥兹玛。奥兹玛不为所动，回望众人。

"奥兹玛女王，还有格琳达、奥兹大法师，这三位从一开始就在嫌疑人名单之外。"杰丽雅说。

"出于政治考虑吗？"比尔问，所有人脸色都变了。

"等等，比尔——"欧比·昂比试图训斥比尔。

"不是的，比尔。"杰丽雅回答，"我没有这种考虑，因为我从逻辑上判断出这三位不可能做这种事。"

"因为没有动机？但也可能是没人发现的动机呀。"

"和动机无关。他们有强大的魔法，如果桃乐丝妨碍了他们，他们只要把她瞬间移动到死亡沙漠中央，或者变成石头丢到井底就行了，没必要用这么显眼的谋害方法。"

"也可能是为了伪装成不能用魔法的人干的呀。"

"我是说，只要用魔法，犯罪本身就不会暴露，自然也就没必要伪装成别人。"

"那凶手到底是谁？"

"稻草人说过：'我终于明白姜嘉的话是什么意思了。我是个笨蛋。凶手是外面来的。'"

"就是说姜嘉说过什么咯？可那些话只有稻草人听到，现在已经不可能知道了。"

"并非如此，他在燃烧前对别人说过。"

"对了，他在燃烧前和碎布姑娘说过话，但碎布姑娘说自己什么都不知道。她撒谎了吗？难怪她没来。"

"恐怕她没听到。"

"那谁听到了？"

"我们呀，比尔。"

"稻草人没说过凶手的名字啊。"

"没直接说，但也和说名字差不多了，只不过我们没注意到他的话里的特殊含义。"

"稻草人说了什么？"

"稻草人是这么说的：'我去喊了，但被负责警卫的姜嘉将军赶走了，她说今天只有家人们才能面见王族。'"

"这话有特殊的含义？"在场众人都很困惑，除了奥兹玛和格琳达。两人对望一眼，露出一丝惊讶的神色。

"我不懂，'王族'是谁？"比尔问。

"奥兹玛女王，以及桃乐丝公主。"杰丽雅回答。

"那'家人们'又是谁？"

"这个命令是我下的。"奥兹玛说，"我说的'家人们'，是指与我和桃乐丝在奥兹国及其他国家同甘共苦的伙伴们，也就是格琳达、奥兹大法师、铁皮人、稻草人、狮子、杰克、阿甘、滴答等等。"

"我呢？"比尔问。

"啊，我没想到你。"奥兹玛坦率地回答。

"那我算不算呀？"

"嗯，算不算都行吧。"

"这合适吗？"

"嗯，合适啊。"奥兹玛微微一笑。

"可是我们被赶走了。"铁皮人说。

"是的。也就是说，姜嘉误解了奥兹玛女王的话，她没把'家人们'理解成'亲密的朋友'。"

"什么意思？没人符合条件吗？"

"如果没人符合条件，姜嘉应该会感到纳闷，但是姜嘉接受了命令，对吧，女王陛下？"

"没错，她没觉得命令有什么问题，当场就接受了。她说：'好的，我知道桃乐丝的家人长什么样。'"

"这样一来，符合条件的就只有一个。只有她没被姜嘉赶走，得以进入内部。而那个人，就是杀害桃乐丝、姜嘉和稻草人的凶手。"

"凶手到底是谁？还是没头绪啊。"比尔说。

"不，说到这里，大家应该都明白了。"狮子说，"一想到我和杀人狂待在一个房间里，我就怕得不行，想到处乱跑。"

人们如退潮般离开了狮子身边。

"姜嘉把'家人们'理解成了狭义的'亲属'。而在这里，只有一个人是桃乐丝的亲属……对，就是你。"杰丽雅指向刚才认为比尔很恶心的老妇人，"承认吧，艾姆婶婶。"

"咦？！"比尔惊叫起来。

"你吵什么？"铁皮人不耐烦地说，"凶手是艾姆婶婶，你没听杰丽雅·嘉姆解释吗？"

"听了呀，但我完全没想到。"

"怎么了？艾姆婶婶本来就是桃乐丝的亲属啊。"

"但这脱离了化身的基本规则。"

"什么规则？"

"地球上的人不可能来这个世界。唔，可以继承记忆，但实体绝对来不了。要是能无视规则来这里，这就违反了规则啊。"

"天晓得你在说什么，谁定的这种规则？"

"啊，它是基本规律，不是谁定的——"

"再说本来也和化身没关系啊。"

"那艾姆婶婶是怎么从地球来的？"

"地球？你说堪萨斯？大概是用奥兹玛女王的魔法腰带吧。"

"我还以为魔法只能在仙境生效。"

"我也这么认为啊。"

"可在堪萨斯也有效？"

"因为堪萨斯也是仙境的一部分啊。"

比尔愣了一会儿，突然开始尖叫："啊啊啊啊啊！"

"你叫什么？"

"我一直以为艾姆婶婶在地球上。"

"你怎么会有这么蠢的想法？因为你长了个蜥蜴脑袋？"

"一般人都会这么想吧？"

"动动脑子就能明白吧？你不知道桃乐丝是怎么从堪萨斯来的吗？"

"好像听说过……"

"是被龙卷风吹来的。也就是说，奥兹国和堪萨斯必然是相连的，是物理上连在一起的。"

"到底是怎么回事啊？"

"就是这个意思：在堪萨斯，桃乐丝和亨利叔叔、艾姆婶婶生活在一起。然后有一天，她被龙卷风吹走，到了奥兹国，之后就靠魔法的力量在奥兹国和堪萨斯之间来往。这些和化身一点关系都没有。"

"原来是这样，我彻底误会了。我以为堪萨斯在地球上，而桃乐丝的化身在那里生活。"

"桃乐丝的化身是在日本的大学里。"

"啊，这个我知道，但我一直以为她是从堪萨斯来的。"

"你怎么会有这种想法？当然也没人关心蜥蜴有什么想法。"

艾姆婶婶惊讶地看着杰丽雅："你刚才说的到底是什么事啊，大小姐？"

"不要再装傻了，凶手只能是你。而且刚才我也听到了你和比尔的对话。没人告诉你，你却知道桃乐丝和姜嘉遇害的事。"

"不，你搞错了……"艾姆婶婶说到一半忽然停住，她眨了眨眼睛，大笑起来，"没错，我就是洛德——道雄。"

"你为什么要这么做？"

"我受不了了。桃乐丝光靠运气就拥有了一切。她没做过任何努力，只凭运气就成了这个梦幻国度的独裁者的族人。"

"她吃过很多苦。"奥兹玛说。

"和我吃的苦比起来，童话王国的冒险又算得了什么？"

"艾姆婶婶，你能来我很高兴。"桃乐丝对突然来到自己房间的艾姆婶婶说，"不过你为什么穿着这么大的绿衣服呢？"

"这不是这个国家常见的衣服吗？"

"是啊，翡翠城的居民基本上都这么穿。不过那是平民的穿着，咱们王族不那么穿。"

"'咱们'……我也是王族吗？"

"咦？啊，对啊，我要问一下奥兹玛。"

"问什么？"

"能不能按王族接待艾姆婶婶，还有亨利叔叔……可他病了，不能来。"

"一定要问奥兹玛吗？我是公主的婶婶，难道不是王族？"

"没那么简单，因为顺序反了。"

"反了？"

"一般情况下，祖先是王族，于是子孙自然成了王族。但这次反过来了，是我这个侄女先成为王族，那么能不能回溯就是个问题了，况且婶婶还是旁系。"

"没有这样的例子吗？"

"唔，历史上有这样的例子吧，但其实过去的案例不重要。"

"不重要？什么意思？"

"不管过去有没有这类案例，在这里，还是要由奥兹玛决定。"

"只要是奥兹玛的决定，黑的也能变成白的？"

"是啊，当然了，独裁者就是这样的呀。"

"因为奥兹玛决定了你是王族，所以你就成了王族。"

"别担心，我会求她让婶婶成为王族的。"

"只要你求她，我就一定能成为王族吗？"

"唔，谁知道呢。毕竟独裁者不是我，是奥兹玛。不过没关系，就算最坏的情况下你成不了王族，至少能做侍女长吧。你认识杰丽雅·嘉姆吧？你可以做她们的领导。"

"你是公主，我是侍女长？"

"没关系呀，那是最坏的情况。只要奥兹玛和往常一样心情好——"

"我呀，以前是个童星。"艾姆婶婶喃喃地说。

"什么意思？"

"我父亲是个没名气的杂耍艺人，母亲是小酒馆的钢琴师。父亲的朋友总夸我长得像一朵花，然后有一次，我被电影制片人看中了。"

"这事我一直都不知道，艾姆婶婶。"

"因为我从没说过呀。不过这些事和你有关，你还是听下去吧。

"那个制片人对我说：'你又胖又丑，这样没法签约。'

"我问他：'那我要怎么办呢？'

"'没关系，我会给你注射特制的减肥药。'

"制片人给我注射了怪药。一注射完，我就疯了，一切都变得很快乐。于是那个制片人把疯掉的我玩弄了一番。那时候的我还是个孩子，比你现在小多了。"

"婶婶，你到底在说什么？这些为什么和我有关？"桃乐丝不安地说。

"但是我非常快乐。注射了怪药后，我就觉得自己无所不能了。我充满了活力，唱歌、跳舞、陪伴制片人。我永远清醒，永远，永远。我成了电影明星。但那也许不是真的，只是怪药让我做了个梦。等我醒来时，我已经成了老人，和不太熟的穷农民生活在一起。那个男的说我们是夫妻，但我记不得究竟发生了什么。不知何时，我们家有了一个女孩。这是不是真的，我也不知道。某天开始，那个女孩消失了一段时间。她回来时，就说起了怪话。啊，我想，她也被某个恶人注射了怪药吧。或许，这个孩子其实就是我。肯定是怪药制造了越来越多的怪梦，最终从脑海里溢出来了。是啊，没错，肯定是这样。所以，你就是我。"

"婶婶，你在开玩笑吗？我有点害怕。"

"所以，把幸福还给我吧，因为我才是真的。成为公主的应该是真正的我。你只是怪药制造出的幻影，你必须把幸福还给真正的我。"

"婶婶，我想去拧滴答的发条，这里就我们两个不太好。"

"滴答？"艾姆婶婶眯起眼睛。

"嗯，就是这个机器人，拧动发条就能动。"

"我不认识这个机器人，它不需要动。"

"不，我现在就去拧发条，你让一下。"

"为什么会有机器人？这个国家不是有那种东西吗，撒上就会有生命的那个？"

"魔法粉末？"

"撒了它就能复活吗？"

"嗯，是啊，阿甘就记得死前的事。"

"那就得认真弄碎了。这个机器人可能有用。"

"弄碎什么？"

"我来弄碎，你不用关心，桃乐丝。"

"婶婶，我现在要启动滴答，你让一下。"

"桃乐丝，不用这么急，冷静点。"艾姆婶婶抱住了桃乐丝。

"婶婶，你——"桃乐丝不动了。艾姆婶婶放开桃乐丝，她的手上握着菜刀。

"为什么？"桃乐丝的胸口涌出鲜血，白色的礼服迅速染成了红色。

"嗯，我想在你启动机器人之前处理干净。"

桃乐丝咳嗽起来，嘴里喷出了血，把艾姆婶婶的衣服也染成了红色。

"为什么要杀我？"

"因为你明明是冒牌货，却比我更幸福，傻瓜。"艾姆婶婶温柔地微笑着，轻轻弹了弹桃乐丝的脸颊。

"我不明白你在说什么。"桃乐丝的眼睛转了转，翻着白眼，向后倒去。

艾姆婶婶把沉重的滴答挪到合适的位置。虽然滴答很沉，但艾姆婶婶耐心地调整着它的位置。调好以后，再用全力推倒滴答。不论外观如何，滴答其实很不稳定，轻易就能推倒。随着"啪"的一声轻响，地上出现了一片血泊，并且不断扩大。艾姆婶婶抢在鞋子弄脏前跑到走廊上，关上了门。

啊，感觉好多了。没人知道这件事，不用担心。

不对，有一个人知道。真碍事。

"明明有计划，却忘了姜嘉，真是太草率了。"杰丽雅说。

"我的目的毕竟是消灭桃乐丝，这是最重要的。不过，如果可能，我也想隐藏犯罪事实。我听过奥兹国的很多消息，但不知道这里会怎么对待罪犯。"

"这点其实你不用担心。"奥兹玛说，"如果你马上找我商量，就不至于再次犯罪了。"

"唉，做都做了，也没办法了。"艾姆婶婶毫无愧色地说。

"那么接下来，说一下你是如何杀害姜嘉的吧。"

艾姆婶婶把菜刀藏回怀里，小心翼翼地沿着走廊往前走。

她已经下定决心，不管遇到谁都要收拾掉。但要是能用魔法的人，可能就比较麻烦。不过自己是老人，对方可能会放松警惕，那么就像刚才那样靠近刺杀，也是个办法。反而是野兽还有铁皮做的家伙很难办。野兽大概还能瞄准要害，铁皮做的家伙要怎么办？真到那时候，就把衣服和菜刀扔掉，大声惨叫，栽赃给铁皮人，应该没人会把老人当成凶手。

啊，出口在这儿。打开门，姜嘉正背对自己坐在没有椅背的凳子上，看着账本一样的东西。可能是出入记录本吧，这可不太妙。

"辛苦了。"艾姆婶婶在背后喊了一声。

"啊，要回去了吗？"姜嘉正要回头，菜刀就插进了姜嘉的后背正中，可能刚好从肋骨间穿过。

"嘶——"姜嘉吐了一口气，像是打了个小小的嗝。艾姆婶婶拔出菜刀。

"啊！"姜嘉像是想起了什么似的，想要站起来。艾姆婶婶对准稍高点的位置又刺了一刀，这次好像撞上了肋骨，没刺深。姜嘉摸索着想抓住菜刀。

要是扭打起来，可能会打不过。艾姆婶婶有点着急。不过再想想，她的伤很重，要不了多久应该就动不了了吧。

"你叫什么？"

"姜嘉。"不知为何，她老老实实地回答了。

哦，姜嘉。

"永别了，姜嘉。"艾姆婶婶又深深地刺了一刀。姜嘉也像桃乐丝那样咳嗽起来，吐出许多血。啊，好像血进了肺，已经没救了。姜嘉想逃，她带着菜刀走了一两步，然后倒在了地上。艾姆婶婶从姜嘉背后抽出菜刀，血一下子喷出，溅上了艾姆婶婶的衣服和鞋。艾姆婶婶把姜嘉的身体翻过来仰面朝天。她瞪着眼睛看着艾姆婶婶，但已经发不出声音。

"你还活着吧。不好意思，但我得破坏你的大脑，有点疼你就忍忍吧。"

姜嘉已经无法呼吸，但还是扭动身体想逃。她的脑袋重重地撞在地上，好像已经没力气站起来了。

艾姆婶婶没浪费时间检查心跳，这是通道的一部分，不知何时就会有人出现。她拿着菜刀来到走廊，走廊上没人。她飞快地脱下绿衣服和鞋子，用绿衣服内衬没沾血的地方擦掉了脸上溅到的一点点血。她藏着菜刀来到院子里，小心注意着不沾到血。院子里有好几个人，但当然没人会关注一个老妇人。

艾姆婶婶来到院子里的泉水边，趁人不注意把菜刀丢了进去。

"为什么只把菜刀丢到别的地方？"杰丽雅问。

"以防万一。虽然奥兹国做不了 DNA 分析，但我担心会采集指纹。"

"只要想做总能做到的。"杰丽雅说。

"不，杰丽雅，奥兹国不允许进行这样的调查。"

"为什么？"

"如果知道有这种调查方法，国民就会担心自己留下指纹。我不想让国民有任何不安，所以我发誓绝不进行这样的调查。"

"……明白了，今后我也不会调查指纹。"

"不过，只要泉水中有那把菜刀，就能证明艾姆婶婶的话。欧比·昂比，还有诸位军官。"奥兹玛说。

"在。"军官们精神饱满地回答。

"去院子里的泉水处找到那把菜刀，顺便拿十杯泉水回来。"

"遵命。"军官们争先恐后地冲了出去。

"艾姆婶婶，接下来说说杀稻草人的事吧。"

正要进入宴会会场时，艾姆婶婶撞到了稻草人。

"哎呀对不起，艾姆婶婶。"稻草人被撞飞了三米远，又慌慌张张地跑了回来。

"你是桃乐丝的……"

"嗯，我是桃乐丝的朋友……咦？你没跟桃乐丝在一起吗？"

"嗯，她……大概还在自己的房间里吧。要去喊她吗？"

"唔，十分钟前我刚去喊过她，但是姜嘉说'今天只有家人们才能面见王族'，就把我赶出来了。"

艾姆婶婶吃了一惊。姜嘉说的"家人"指的是我，不是稻草人、铁皮人或者狮子。如果有人意识到这点，就会发现我是杀害桃乐丝的凶手。我必须想点办法。

艾姆婶婶来到宴会会场时，刚好比尔在袭击糖果人。艾姆婶婶感到非常恶心，于是离开了。

"我是真没想到，那个蠢货后来居然还在喋喋不休念叨姜嘉的话。"艾姆婶婶恨恨地说。

"是你自己疏忽，稻草人是想到什么就说什么。"奥兹玛说，"不过你最大的疏忽，是姜嘉并非只对稻草人说了'家人'那件事。"

"那个小姑娘嘴巴太不牢了。"

"不，有人要进宫殿内部，阻拦他们时说明原因是正常的。如果要怪姜嘉，也是该怪她没正确理解我的话。不过要是她正确理解了，那在你犯罪时，就会有很多人进桃乐丝的房间。"

"哼，不管来多少人，我都会收拾掉。"

"你挺能干的嘛！"铁皮人说，"你打算怎么收拾我？"

"铁皮也有铁皮的收拾方法！"艾姆婶婶愤愤地说。

"听到了吗，狮子？你会被这么一位老妇人干掉吗？"

"啊，要是遇上被持刀老太袭击这么可怕的事，我肯定拔腿就跑，应该不至于被干掉吧。"狮子浑身发抖。

"真后悔没继续留在宴会会场。要是留下来，我肯定会把听到稻草人说话的人全部干掉。"艾姆婶婶说。

"总之，你误以为只有稻草人听到了姜嘉说'家人们'的事，"杰丽雅说，"于是你决定干掉他。"

稻草人在宫殿大厅里和碎布姑娘说着话，样子相当兴奋。平时他说话就没重点，今天就更没重点了。不过碎布姑娘似乎正努力让稻草人冷静下来，引导他说出有逻辑的话。

艾姆婶婶装作很偶然的样子，若无其事地走近二人。大厅里本就聚集了许多无所事事的闲散居民，所以靠近他们俩也没什么不自然的。

艾姆婶婶竖起耳朵偷听两人对话。

"我终于明白姜嘉的话是什么意思了。我是个笨蛋。凶手是外面来的。"稻草人说。

艾姆婶婶咂舌不已。这家伙明明很蠢，却在奇怪的地方直觉很灵。不能犹豫了。再磨蹭下去，这个丑娃娃可能会说出我是杀人犯。所以，我还得杀了这个娃娃。好吧，杀几个都一样，况且又不是人。搞坏个娃娃倒没什么抵触感，只是多了件麻烦事很烦。不过要怎么杀稻草人呢？这家伙本来就是稻草做的，捅多少刀也不会死吧？

艾姆婶婶摸了摸自己的口袋，从堪萨斯穿来的农民衣服已经破破烂烂，不过口袋里还装了不少东西，有大头针、纽扣、小木勺、菜种子，还有蜡梗火柴。艾姆婶婶咧嘴一笑，拿出火柴，从稻草人身后走过。

经常会有各种人和怪物与稻草人打招呼，所以随便什么人经过他身边都没人在意。艾姆婶婶装作捡东西，在地上擦了擦蜡梗火柴头。虽然有点燃的声音，但是非常轻，在喧闹的大厅里根本听不见。艾姆婶婶小心护着火，迅速把火柴丢进稻草人的裤子里。过了一会儿，稻草人的下半身开始冒烟。但稻草人没注意到，还在说话。

"从姜嘉留下的话里，可以清楚知道杀害桃乐丝的凶手是谁。姜嘉被灭口了。照这样下去，我也会被灭口。"稻草人还在继续对碎布姑娘喋喋不休。

艾姆婶婶有点急了。再不烧起来，这个娃娃就要说出来了！

"什么话？"碎布姑娘问稻草人。

"就是那个，今天能见王族的……"稻草人突然沉默了。

"能见王族的怎么了？"

"……有股烧焦的气味。"稻草人嗅着空气。

"这么说确实是。"碎布姑娘也吸着鼻子。

"而且有噼里啪啦烧起来的声音。"

"是啊，我也听到了。"碎布姑娘把手贴在耳朵上。

"越来越热了。"

"是吗？"碎布姑娘想了想，"这么说确实感觉有点暖……等一下，稻草人，你在冒烟！"

"哇！火！我着火了！"

"好像是，你冷静点。火势还小，趁现在灭掉，不会有事的。"

"好烫，好烫，快来个人给我浇水。"

碎布姑娘环视周围寻求帮助，欧比·昂比和警卫们正在看着他们。

"你们能去拿点水来吗？"碎布姑娘求助道。

"对不起，小姐，"欧比·昂比代表众人回答，"奥兹玛女王命令我们守卫这个大厅，我们不能擅离职守。"

"你们要守卫这里的什么呢？"

"当然是奥兹国居民的生命和财产。"

"稻草人是奥兹国的居民吗？"

"当然是奥兹国的居民，而且是最重要的人物之一。"

"那是不是有必要把稻草人身上的火灭掉呢？"

军官们围成一圈，开始低声商量。过了几分钟，他们又回到原来的位置，仔细站好。

"有结论了吗？"碎布姑娘问。

"有了。稻草人毕竟只是一个人，而这个大厅里的居民远比稻草人多得多。因此我们的结论是：为了一个稻草人离开这里不是合理的行动，正所谓'捡了芝麻丢了西瓜'是也。"

"到底是什么意思？"

"简单来说，为了一个稻草人去打水，太麻烦了。"一名上尉说。

碎布姑娘看向稻草人，他已经快烧完了。

"水就算了吧，现在也来不及了。"

"我们也持相同意见。"欧比·昂比干脆利索地敬了一个礼。

艾姆婶婶拼命忍住笑，离开了会场。

"现在，所有供述都结束了吗？"杰丽雅问艾姆婶婶。

"是啊，我已经没什么要说的了。"艾姆婶婶轻松地说。

"那么，接下来就以刚才的供述为基础，开始正式的质询——"

"没必要。"奥兹玛说。

"您的意思是……"

"不需要质询。"奥兹玛重复道。

"能告诉我原因吗？"

"既然知道了凶手是谁，就不需要再查了。"

"但是为了审判，还是需要备齐证据和文件的。"

"奥兹国不会进行审判，一切都由我来决定。"

"……我明白了。"杰丽雅似乎把许多话咽了回去，"那么，您想如何惩罚艾姆·盖尔呢？"

"不惩罚。"

"为什么？"

"奥兹国没有犯罪。没有犯罪，也就没有罪犯。换句话说，她不是罪犯，因此也不受惩罚。"

奥兹玛的话让所有人都安静下来。

"是不是那个，"比尔插嘴道，"'对事不对人'？"

"大概不一样。"杰丽雅回答说，"女王陛下，我接受您不惩罚她的决定，但我有一个请求。"

"杰丽雅，除了无条件接受奥兹玛女王的决定，你没有别的选择。"魔法师说。

"没关系。"奥兹玛说，"你有什么请求，杰丽雅？"

"我想问艾姆·盖尔，杀了桃乐丝她们，她有没有后悔。"

"可以，但这是最后一个问题，以后不得再把她视为罪犯，因为奥兹国没有犯罪。过去没有，今后也不会有。"

杰丽雅问艾姆婶婶："你对自己的行为感到后悔吗？"

"后悔？"艾姆婶婶哈哈大笑，"我为什么要后悔？桃乐丝是罪

有应得。姜嘉和稻草人是受她的牵连，但也没办法，那两人只是
运气不好。"

"桃乐丝做了什么，让你觉得她罪有应得？"

"她夺走了我的未来。去彩虹尽头的本该是我，她却弄成了她
自己的命运。她死有余辜。"

"你要说的就这些吗？"铁皮人大步走到艾姆婶婶身边。

"怎么了？一个铁皮娃娃也有什么意见吗？"

"我是人。"

艾姆婶婶放声大笑："你是人吗？你只是个破玩意儿罢了。"

铁皮人一挥斧头，艾姆婶婶的右臂飞到了半空。手臂撞上天
花板，然后掉在地上，再没弹起来，只是抽了两三下。艾姆婶婶
一脸惊讶地盯着自己的右肩，血液抽搐似的涌着。她环顾四周，
仿佛在求救，但是没人说话。几乎所有人都溅了一身血，唯有奥
兹玛、格琳达和魔法师开启了魔法防御，保持着整洁。艾姆婶婶
又看了一眼自己的肩膀，沉默了几秒钟，突然尖叫起来。

"吵死了，老太婆！"铁皮人又挥了一下斧头，艾姆婶婶的左
臂飞了出去，她叫得更大声了。"都说你吵死了！"铁皮人竖着挥
动斧头，艾姆婶婶突然朝右转身，想要逃走。

"别想逃。"铁皮人横着挥动斧头，艾姆婶婶的双腿断了，她
摔在了地上。铁皮人踢了艾姆婶婶一脚。艾姆婶婶打了个滚，仰
面朝天。铁皮人又挥起斧头。

"铁皮人，住手！"杰丽雅大叫。

"她杀了桃乐丝，应该受到相应的惩罚。"铁皮人露出笑容，"对
吧，女王陛下？"

"铁皮人，我应该说过，奥兹国没有犯罪。"

"那么，就算我砍了这个杀人凶犯的头，也不会被问罪吧？毕竟这个国家没有犯罪，所以我不可能是罪犯。"

"你说得很对。"奥兹玛优雅地说。

艾姆婶婶在唱歌。总有一天会抵达彩虹尽头的国度，在那里什么愿望都能实现。就是那样的歌。

众人安静下来，听着这首歌。但是，只有一个人欣赏不来。

"唱得太糟了，到此为止吧。"铁皮人又要挥下斧头。

"太可怕了不要啊！"狮子一下子跳到铁皮人身边，试图伸手阻止他。因为它势头太猛，爪子钩住了铁皮人的头，把它从身上扯下，扬上了半空。伴随着巨响，铁皮人的头重重撞在宫殿的宝石墙上，碎了，里面喷出某种湿东西。失去头的铁皮人握斧的双臂"哐当"一声掉在地上，在紧挨着婶婶眼下的地方砍断了她的头。铁皮人的身体随即僵直不动。歌声戛然而止，婶婶的半个头在地上摇晃。

"哇！"狮子叫道，"我闯了大祸！"陷入恐慌的狮子疯狂挥舞四肢，大厅里的许多居民都变成了泥。

"狮子，麻烦大了。"比尔焦急地说，"普通人可以吃，但铁皮人吃不了，这你可就有罪了。"

"加把劲也不是不能吃吧？要我帮忙吗？"饿虎舔了舔舌头。

"没那个必要，因为这是意外。"奥兹玛说。

欧比·昂比他们回来了："女王陛下，泉水中的利器和泉水都拿回——哇！"欧比·昂比看到现场的惨状，当场摔在地上，扑倒在血海中。

"水没事吧？"奥兹玛问。

"没事，我们拿着呢。"军官们异口同声地回答。

"很好。"奥兹玛满意地说。

"可以这样吗？！"杰丽雅惊讶地问。

"是的，案子已经妥善解决了。"

"但是发生了新的杀人案。"

"新案子经过清楚，可以说发生的同时就解决了。"

"但是……"

"没关系的。好了，杰丽雅，把杯子分给大家，准备干杯吧。你的本职工作是侍女，对吧？"

杰丽雅把杯子分给染血的众人，只有比尔忙着啃糖果人没分到杯子。可怜的糖果人半个身子都被比尔啃完了，剩下的也被比尔的口水溶化了一半，成了蠕动的糖稀。

"杰丽雅，给诸位的杯子倒上军官带回来的水。这是碳酸水，非常好喝。"

倒完水后，杰丽雅问奥兹玛："这样就可以了吗？"

"那么我反过来问你，你觉得哪里不对？"

"杀人案的凶手被害，动手的人也死了。"

"案子已经解决，这一点没变。"

"但大家也知道了，奥兹国的人也会犯罪。"

"你说什么？"奥兹玛一脸惊讶。

"您是想说，凶手不是奥兹国的人，所以不是问题？"

"跟那个无关。奥兹国没有犯罪，这不是凶手出身的问题。"

"可现在不是发生了犯罪吗？"

"不，奥兹国没有犯罪。因为奥兹国没人会死。"

"您在说什么？这不可能。奥兹玛女王，您自己不也是在您父亲帕斯托利亚国王过世后，才继承了王位吗？"

"不，我不是帕斯托利亚的女儿。"

"您到底在说什么？"

"很久很久以前，在这个国家还没有魔法的时候，精灵女王卢琳曾率领一群精灵经过这里的上空。那时，她把这个国家变成了魔法国度，使里面的生物都有了永恒的生命。精灵女王吩咐一只精灵说：'统治这里。'被吩咐统治这里的精灵就是我——奥兹玛女王。所以在我以前，没人统治这里。从一开始，这就是我的王国。"

"那现在又是什么情况？"

"是新的神话。"

"可没人会相信这样的话。"

"是吗？"

"证据就在这儿。"杰丽雅指了指艾姆婶婶的尸体。

"这些都无所谓。"奥兹玛说，"魔法师，把那些也拿过来，一起处理吧。"

"遵命。"奥兹大法师挥起魔杖，桃乐丝和姜嘉的尸体忽然出现。

"修复她们。"奥兹玛下令。

魔法师做出奇怪的动作，同时念诵咒语，开始用魔法胶水修复房间里的无数尸体。"……吐哇噫嗌噫吐咧噫吐吓哒……"各个尸体在魔法师的惊人修复术下开始奇妙地变形。艾姆婶婶飞散的四肢回到原来的位置，完美地连在一起，就像从没断过一样。

"这是……"杰丽雅瞪大了眼睛。

"接着只要撒上魔法粉末，就能像原来一样行动了。"奥兹玛说。

"但那就不是原先的她们了。"

"只要外貌相同，就是同样的人。"

"可记忆该怎么办？大脑被破坏，记忆不就无法恢复了吗？"

"这反而是好事。"奥兹玛说，"魔法师，也别忘了处理滴答。"

魔法师周身迸出火花，滴答冒出烟后不动了。

"现在又是什么情况？"

"用科学语言来解释就是电磁脉冲。这样一来，滴答的记忆也消除了。给铁皮人和糖果人做个新头也不是难事，新南瓜也有很多。"奥兹玛踩碎了杰克的头，"碎布姑娘大概猜到了，不过那孩子很聪明，肯定会做出正确的选择，明哲保身。"

"奥兹玛女王，他们会复活，但会失去记忆，是吗？可人的嘴是捂不住的。不管你们怎么宣传新神话，在场的众人还是会说出真相。"

"你也打算这么做吗？"

"……对不起，女王陛下，我不够聪明，没法骗自己。"

"我知道你比碎布姑娘更有智慧。不过关于这点，我倒没那么担心。"

"您认为国民会选择相信您？"

"这件事眼下还不用讨论。先来干杯吧。"奥兹玛说，"杰丽雅，你来举杯。"

杰丽雅猜不透奥兹玛的真实意图。不过继续忤逆她也没什么好处，暂且还是让步吧。总有一天，会真相大白。

"那么我斗胆僭越……为了庆祝案子解决……干杯！"

杰丽雅和众人喝下了碳酸水。

"这样问题就解决了。"奥兹玛说。

"什么意思？"

"那眼泉水名叫'忘却之泉'。"奥兹玛吐出泉水，格琳达和魔法师也吐出泉水。

大厅里的人一个接一个倒在地上，杰丽雅慌忙把手指伸进喉咙。

"已经来不及了。"

杰丽雅捂住头，蹲在地上。

"不用担心，"奥兹玛说，"没有任何痛苦，只有遗忘，遗忘所有的一切。"

"在消失了！"杰丽雅悲伤地说。

"放弃抵抗吧，反正你也赢不了。"

"我心中的一切都会消失！"

"是的，你们很快会变成一片空白，就像刚出生的婴儿一样。不过不用担心，我们会从零开始教你，你的名字、经历，还有这个国家的历史。"

"那都不是真的。"

"不，是真的。"

"啊啊啊！"杰丽雅发出惨叫，然后安静了下来。

"杰丽雅，你认识我吗？"奥兹玛平静地问。

"杰丽雅是谁？"杰丽雅露出浅浅的笑容。

"是你的名字。你是这个宫殿的侍女，也是翻译。"

"你是谁？"

"我是奥兹玛女王，受精灵女王卢琳之命，统治这个奥兹国。"

"我是谁？"被撒上魔法粉末后复活的桃乐丝问。

"你是桃乐丝，你从堪萨斯来，是被龙卷风吹到了这个奥兹国。"奥兹玛回答说，"这位老妇人是一直照顾你的艾姆婶婶。"

"明白了。多亏了你，我才想起来。"桃乐丝说。

比尔想悄悄溜出大厅。

"比尔，你没喝水呀。"格琳达说，但并没看它。

"对不起，我不是故意的，我忙着吃糖果人呢。"比尔慌忙说。

"没关系，现在喝吧。"

"但喝了会丧失记忆吧？"

"那又如何呢？反正你的脑子里也没什么重要信息吧？"

"不行的。喝了这水，我连奇境之国都会忘记，还有关于爱丽丝的回忆。"

"我们会再告诉你一次。"

"你们不是不知道奇境之国吗？"

"当然不知道，不过我可以随便编一个故事给你。反正你也回不了奇境之国，假回忆也够用了。"

"不要。不行。"

"有什么不行的？你能明白地解释一下吗？"

"算了，格琳达。"奥兹玛说，"就算比尔有记忆，也没人会当真的。"

"您所言甚是。"格琳达退下了。

"但是，"奥兹玛继续道，"请你尽快离开奥兹国。最好还是不要留个麻烦的尾巴。"

"我知道呀。可我要怎么办呢？"

"这就交给我们吧。"奥兹玛把手放在腰带上，"只要你不挑目的地，我马上就可以把你送走。"

比尔看着宛如僵尸般徘徊的桃乐丝、姜嘉和艾姆婶婶，不假思索地点了点头。

24

在车站看到桃乐丝她们时，井森差点上前打招呼。不过在桃乐丝与树利亚看到他之前，和巳已经发现了他，并且瞪了他一眼，于是他不由得讪讪地移开视线，不敢靠近。

不知道奥兹国的消除记忆魔法会在多大程度上影响地球，不过从生死的关系类推，化身的记忆不大可能为本体做备份。也就是说，合理的推测是，奥兹国的记忆一旦消失，那么地球上关于奥兹国的记忆也会消失。这样的话，桃乐丝和树利亚脑中关于井森的记忆应该也都消失了。

当然，格琳达的记忆没有消除，所以和巳的记忆应该也还在。不过从消除记忆的目的来考虑，和巳不会把这件事告诉桃乐丝与树利亚的。

"不好意思，打扰一下。"一个年轻男子向他搭话，"请问这附近最近的咖啡馆在哪儿？"

是洛德——道雄。井森没有马上回答，而是盯着道雄的脸。

"怎么了？"道雄露出纳闷的表情。

好像真的失去了记忆。

"啊不，因为您长得很像我的一位故人，不过是我认错了。"井森说。

"哎呀，你在这里呀？"和巳走了过来，"我都说了在咖啡馆等你，你却一直不来，所以我就出来找你啦。"

"你好。"井森对和巳说。

"你好。"和巳的眼里显出怒火。

意思是别自来熟地打招呼吧。

"难不成你们认识？"道雄问。

"没有，"和巳抢先说，"第一次见。"

"是吗？我最近出了点意外，记忆有点模糊，所以还以为是认识的人。"

"意外？"井森问。

"嗯，台风刮断的高压电线砸在了我身上。据目击者说，差点以为我身体都碎了。"

"那是错觉啦。要是身体都碎了，还能这么活蹦乱跳的吗？"和巳立刻接话。

别多嘴——和巳用眼神说。

道雄遭了报应，本体和化身的死都被抹去了。恐怕这不是一般的化身重置现象，而是别的力量。说不定就是道雄说的这个世界的魔法。但追寻那种力量，应该是不可能的吧。

和巳的眼神在说：再纠缠我们，我就不客气了。

不知道地球上的格琳达有怎样的力量，但井森的直觉告诉他，要是继续深入，自己会后悔的。

"看来你找到了要等的人，那我就告辞了，其实我也有点急事。"

"啊，耽误您了，对不起。"道雄郑重地鞠了一躬。

宛如要逃离和巳的视线一般，井森匆匆离开，直到看不见两人的身影，他才扶着电线杆调整气息。

"这就挺好的。"有人在背后说。井森吓了一跳，回头一看，结果是夕霞。对啊，碎布姑娘的记忆也没被消除。

"太好了，这样以后就可以和你交换信息了。"

"不行。"

"为什么？"

"我们都被奥兹玛盯上了。要是被认为有什么出格举动，立刻就完了。"

"完了是什么意思？"

"比尔的话，要是运气好，大概会被召回奥兹国，灌下忘却之水。可碎布姑娘就惨了。布娃娃喝不了水，所以要么被拆，要么像稻草人那样被烧，然后再做一个和我一模一样的新碎布娃娃，撒上魔法粉末，管她叫碎布姑娘。"

"难道说稻草人也是新做的？"

"嗯，是啊，而且新稻草人会被当作和桃乐丝一起冒险的那个稻草人。"

"铁皮人也是重新做的吗？"

"只做了脑袋……总之，我是来警告你的，今后绝对不要和我说话，我也绝对不会和你说话。"

"奥兹玛有那么可怕吗？"

"你以为呢？"

"是很可怕。"

"其实你们不用那么害怕。"有人说道。不知何时，他们旁边站了个年长的女性。

"唔，我们以前没见过吧……您是？"井森警惕地说。

"我是奥兹玛的化身，也是桃乐丝的婶婶。"那位女性说。

"原来如此，你是地球桃乐丝的婶婶。艾姆·盖尔是她在仙境的婶婶。我把你们两个婶婶搞混了，所以一直没弄明白。"

"我又没住在堪萨斯。再说'桃乐丝'只是个外号，不是真名。因为她小时候总喜欢玩得满身是泥，所以才起了这个外号。[1]"

---

1. 日语中表示"满身是泥"的词"泥塗れ"，发音与"桃乐丝"相近。

"顺便问一下，地球桃乐丝的真名叫什么？"

"你不必知道。与你无关的女生，你没必要知道名字。"

"日后偶然认识也有可能的吧？"

"我说了不要再有瓜葛。今后不会再与你说话，我不会，桃乐丝不会，和巳不会，夕霞也不会。"

不能忤逆这个女人。井森想不出什么合逻辑的理由，但他深信不疑。

"啊……抱歉……"他想说点什么收场，但根本说不出话。

那位女性目不转睛地看着井森，井森甚至无法移开视线。夕霞装作没看到。她应该会避开奥兹玛的逆鳞，好好活下去吧，井森想。

"姪姪，这是你朋友吗？"桃乐丝在稍远的地方打招呼。

"不，他只是在问路。"那位女性回答。

"问路呀。可是姪姪，你也不知道这一带的路吧？"

"是啊，所以我也和他说了'不好意思'。"

"对不起，姪姪对这一带不大熟悉。"桃乐丝走了过来，"你要去哪里？"

"啊，不，那个……我和人约好在附近的咖啡馆碰头，但忘记在哪儿了……"井森随便找了个借口。

"我来带路吧。"

"不用不用，"井森瞥了老妇人一眼，"只要告诉我大致方向，我自己能行。"

"是吗。"桃乐丝走到井森身边，然后指向稍远的地方，"我记得那边好像有一家咖啡馆。"

"啊，谢谢。"

"差不多该走了。"老妇人有些不耐烦地说。

"那我们告辞了。"桃乐丝微微鞠躬，井森也跟着鞠躬致意。

然后，就在桃乐丝抬头的刹那，她在井森耳边飞快低语：

"我是手儿奈。"

井森惊讶抬头，人已经不见了。

25

来到学生室，栗栖川亚理和田中李绪正在说着什么。

"嗨，两位好。"井森故意用轻松的语气说，仿佛要把刚才的可怕经历抛诸脑后，"哎，栗栖川，你怎么一脸没睡醒的样子？"

"因为昨天聊到很晚啊。"亚理看起来真的睡眼蒙胧。

"晚上还是别在外面玩到太晚啦。"

"我没在外面玩，一直在家里的。"

"哎？我以为你一个人住呢。你是和家人住吗？还是和男朋友？难不成你结婚了……"

也许今天是自己的倒霉日。

"我是一个人住呀。"

"那是昨晚刚好有客人来？"

亚理摇摇头。"不是，是家里人。"

"你刚才不还说一个人住吗？"

"我的家里人是说哈姆美啦。"

"听这名字是仓鼠？"

"嗯，是呀。"

"你跟仓鼠聊了好几个小时？"

"差不多两三个小时吧。"

"你经常这样？"

"哪样？"

"跟仓鼠聊天。"

"每天都聊呀。"

"这里不是奇境之国吧？是现实世界吧？"井森问。

对，这里绝对不是魔法统治的世界，是科学发达的现实世界。

"你装什么傻哟！"亚理噘起嘴，"都是你不靠谱，才搞得这么麻烦吧？"

唔，被她这么一说，井森确实有这种感觉，而且他也彻底被道雄抢了先……不，现在还不能丧失自信。

"靠不住？我？"

我要把比尔带回奇境之国。

一定。

（全书完）

关于《谋杀桃乐丝》的简单导读

[因 为 某 些 内 容 涉 及 本 书 意 趣 , 请 在 读 完 正 文 后 再 行 阅 读]

本书是以美国儿童文学家莱曼·弗兰克·鲍姆（Lyman Frank Baum）的儿童文学《了不起的大法师》及其续篇作品群为主题的同人故事。为了让读者大致了解奥兹国故事中出场的众多人物与国家，以下简单介绍故事梗概，以及在本书中出场的主要角色。作为原点的"奥兹"系列是非常出色的故事，至今读来都充满了精彩的想象和神奇的点子。这个系列有多种版本，很容易买到，请务必与本书共读，探寻埋藏在本故事中的诸多致敬之处。

*

《了不起的大法师》讲述了生活在美国堪萨斯农场的少女桃乐丝·盖尔在魔法国度奥兹历险的故事，这个故事至今深受世界各地读者的喜爱。

故事的发生地奥兹国有超过五十万国民（包含魔法生物），他们不会因生病或意外死亡，也没有货币的概念，一切财产都归统治者所有，由统治者照顾所有国民。丰收时的收获全部公平分配给全体国民。在《奥兹的彩虹国》之后，奥兹玛是统治者。

奥兹国东面是曼奇金国，南面是奎德林国，西面是温基国，北面是吉利金国，中心地区是用埋了宝石的大理石建造的翡翠城，周边是辽阔的田园地带，但在人迹罕至的深山老林里，也潜伏着危险的种族和野兽。奥兹国被"死亡沙漠"包围，很难入侵。沙漠外面还有艾维国、伊克斯王国、诺姆的地下国等其他国家的领土。

*

鲍姆 1865 年生于纽约，从小就擅长幻想，十几岁开始热衷于戏剧活动。《了不起的大法师》的基础是他给自己的四个孩子讲的幻想故事，于 1900 年出版，配有威廉·华莱士·丹斯诺绘制的插图。出版后不断有读者呼吁出版续集，于是鲍姆陆续写了十四部长篇和一本短篇集。

改编自《了不起的大法师》的同名电影（1939 年）与主题歌《飞跃彩虹》都获得了巨大成功，被誉为音乐剧女王的朱迪·嘉兰饰演主人公桃乐丝，这也是她广为人知的成名作。但据传记《朱迪·嘉兰》，在华丽的成功背后，她其实沉溺于当时作为减肥药流行于好莱坞的毒品中，从小就受到制片人等人的虐待，早早患上了精神疾病。

作品系列

《了不起的大法师》(*The Wonderful Wizard of Oz*)，1900 年

《仙乡奇境》(*The Marvelous Land of Oz*)，1904 年

《奥兹玛公主》(*Ozma of Oz*)，1907 年

《桃乐丝和奥兹大法师》(*Dorothy and the Wizard in Oz*)，1908 年

《通往奥兹国之路》(*The Road to Oz*)，1909 年

《翡翠城》(*The Emerald City of Oz*)，1910 年

《碎布姑娘》(*The Patchwork Girl of Oz*)，1913 年

《机械人小滴答》(*Tik-Tok of Oz*)，1914 年

《奥兹国的短故事》(*Little Wizard Stories of Oz*)，1914 年，短篇集

《稻草人》(*The Scarecrow of Oz*)，1915 年

《铃其叮国王》(*Rinkitink in Oz*)，1916 年

《奥兹玛公主失踪记》(*The Lost Princess of Oz*)，1917 年

《铁皮樵夫》(*The Tin Woodman of Oz*)，1918 年

《神奇魔法》(*The Magic of Oz*)，1919 年

《好女巫格琳达》(*Glinda of Oz*)，1920 年

登场人物一览（涉及故事结局）

桃乐丝

与亨利叔叔、艾姆婶婶生活在堪萨斯农场的少女。有一天，她和爱犬托托连同房子一起被龙卷风吹到了奥兹国，落在了东方坏女巫身上，并压死了女巫。饱受女巫暴政之苦的曼奇金精灵们把她视为英雄，北方好女巫还送了她魔法鞋，但她一直找不到返回堪萨斯的办法，陷入了走投无路的境地。根据北方好女巫的建议，她去向翡翠城的主人奥兹大法师寻求帮助，但奥兹大法师要求她先消灭西方坏女巫，才肯帮她实现愿望。（初次登场于《了不起的大法师》）

稻草人

由曼奇金的农民制作而成，绑在木棍上的他被前往翡翠城的桃乐丝解救。因为受到乌鸦们的愚弄，他想获得真正的脑子，于是成为桃乐丝的同伴，加入了消灭西方坏女巫的旅程。在《仙乡奇境》中，他曾担任奥兹国国王，直到奥兹玛归来。（初次登场于《了不起的大法师》）

铁皮人

他在风吹雨淋中不断生锈，多亏桃乐丝给他的关节上了油，他才得以重新活动。他原本是心地善良的年轻人尼克·乔巴，但由于东方坏女巫的诅咒，他的全身变成了铁皮，还失去了心，对未婚妻的爱也随之消失。为了获得新的心，他加入了消灭西方坏女巫的旅程，后来成为温基国的皇帝。（初次登场于《了不起的大法师》）

胆小鬼狮子

它是前往翡翠城的桃乐丝、稻草人和铁皮人在半路上遇到的大狮子。遭遇危机的桃乐丝突然扇了它一巴掌，暴露出它胆小的本性。为了获得生存所需的勇气，它请求与桃乐丝等人同行。在与西方坏女巫的战斗之后，它成了南方

森林的众兽之王，和朋友饿虎一起担任奥兹玛的护卫队队长。（初次登场于《了不起的大法师》）

奥兹大法师

住在翡翠城的奥兹之王，以拥有强大的魔力而闻名。在《了不起的大法师》中意外暴露了自己的真实身份，后来将王位让给了稻草人。之后，他成了格琳达的弟子，辅佐奥兹玛。（初次登场于《了不起的大法师》）

格琳达

南方好女巫，拥有强大的魔力和女性组成的特别护卫队。（初次登场于《了不起的大法师》）

奥兹玛

奥兹国的统治者，是奥兹大法师的上一任国王帕斯托利亚的女儿，曾被魔法变成男孩子，不过在格琳达的安排下恢复了本来面貌，登上了王位。她是桃乐丝的好友，把后者奉为奥兹国的公主。（初次登场于《仙乡奇境》）

姜嘉

在稻草人担任奥兹国国王时掀起叛乱的少女将军，企图用翡翠城的财富装扮自己的军中美少女，但在经过一些波折后，她将王位让给了奥兹玛。（初次登场于《仙乡奇境》）

南瓜头杰克

奥兹国北边的吉利金国少年奇普为了让养育他的魔法师婆婆蒙比吃惊，制作了这个南瓜头人偶。它是魔法生物，蒙比给它撒上"生命粉末"后，赋予了它生命。（初次登场于《仙乡奇境》）

杰丽雅·嘉姆

奥兹国宫殿的侍女，作为稻草人和杰克的翻译出场，机智风趣。（初次登场

于《仙乡奇境》)

阿甘

奇普被姜嘉追赶、走投无路之下，为了逃出宫殿创造了这个会飞的魔法生物。（初次登场于《仙乡奇境》)

滴答

侍奉奥兹国国王、能自主思考的机器人。本来处于停止状态，但被桃乐丝和毕琳娜拧动发条后唤醒，一起踏上了旅程。（初次登场于《奥兹玛公主》)

毕琳娜

桃乐丝第二次来到奥兹国时的同伴，是一只会说话的母鸡。（初次登场于《奥兹玛公主》)

诺姆国国王洛克伍德

石头精灵的统治者，把艾维国国王卖给他的女王和十个孩子关在地下宫殿。被桃乐丝抢走了魔法腰带后，企图入侵奥兹国报仇。（初次登场于《奥兹玛公主》)

碎布姑娘

曼奇金魔法师皮普特博士的妻子用百家被做的女性人偶，是撒上"生命粉末"后创造出的魔法生物，脑子里被加入了"顺从""可爱""正直""聪明"以及"诗心"。（初次登场于《碎布姑娘》)

范法兹姆

为了入侵奥兹国，诺姆将军加夫拜访诸多种族，想将邪恶势力组成同盟。它们是其中一个种族，属于一切魔物中最强大、最冷酷的一派。几千年来，其他种族一直都畏惧它们。它们住在"梦幻之山"，有操控幻影的能力。（初次登场于《翡翠城》)

梦中的暗杀者3：谋杀桃乐丝

作者 _ [日] 小林泰三　　译者 _ 丁丁虫

产品经理 _ 夏言　　装帧设计 _ 星野　　封面插画 _ [日] 丹地阳子　　产品总监 _ 夏言

技术编辑 _ 顾逸飞　　责任印制 _ 梁拥军　　策划人 _ 吴涛

营销团队 _ 毛婷 郭敏 魏洋 石敏

果麦
www.guomai.cn

以 微 小 的 力 量 推 动 文 明

图书在版编目（CIP）数据

　　谋杀桃乐丝 / (日) 小林泰三著；丁丁虫译. -- 北
京：北京联合出版公司, 2023.9（2023.11重印）
　　（梦中的暗杀者）
　　ISBN 978-7-5596-7055-7

　　Ⅰ.①谋… Ⅱ.①小… ②丁… Ⅲ.①长篇小说—日
本—现代 Ⅳ.①I313.45

　　中国国家版本馆CIP数据核字（2023）第117817号

DOROTHY GOROSHI
Copyright © Yasumi Kobayashi 2018
All rights reserved.
Original Japanese edition published by TOKYO SOGENSHA Co., Ltd.
This Simplified Chinese edition published
by arrangement with TOKYO SOGENSHA Co., Ltd., Tokyo
in care of FORTUNA Co., Ltd., Tokyo

Illustration copyright © Yoko Tanji

北京市版权局著作权合同登记 图字：01-2022-4110

谋杀桃乐丝

作　　者：[日] 小林泰三
译　　者：丁丁虫
出 品 人：赵红仕
责任编辑：龚将
装帧设计：星野

北京联合出版公司出版
（北京市西城区德外大街83号楼9层　　100088）
河北鹏润印刷有限公司　新华书店经销
字数179千字　880毫米×1230毫米　1/32　8印张
2023年9月第1版　2023年11月第2次印刷
ISBN 978-7-5596-7055-7
定价：168.00元

梦中的暗杀者

④

[日] 小林泰三

著

谋杀叮克铃

吕灵芝

译

北京联合出版公司
Beijing United Publishing Co.,Ltd.

The Murder of Tinker Bell

果麦文化 出品

"胡克船长是谁？"当温蒂说到他那个死对头时，彼得·潘饶有兴趣地问道。

　　"你不记得了吗？"温蒂惊讶地问，"不是你杀了他，救了我们所有人吗？"

　　"我不会记得自己杀了的人。"彼得·潘漫不经心地回答。

　　"叮克铃见到我会开心吗？"温蒂担心地说，彼得·潘却问："叮克铃是谁？"

　　——詹姆斯·M.巴里《彼得·潘》第十七章"温蒂长大了"

1

下方的大海一片漆黑，无边无际，就像头顶的宇宙。天空的冷白色渐渐转暗，就像大海的黑暗洇染了它。

"喂，彼得，"温蒂说，"我们的方向对吗？"

"方向？什么方向？"

"当然是往永无岛的方向呀。"

"哦？你为什么想知道这个？"

刚遇到彼得·潘时，温蒂总被他的言行吓得不知所措，但最近不会了。只不过，当他们飞翔在雾气弥漫、看不见一丝陆地影子的海域上空，又正值日落时分，再听见这样的话，换作谁都会心有不安。

"当然是为了不迷路呀。"

"路？那我们得先找路。"彼得看了看四周。

彼得身上穿着树叶缝制的衣服，外表看起来大约十岁，也许更小。不过，谁也不知道他的实际年龄，当然也包括彼得自己。

在他身边飞翔的十一二岁的女孩名叫温蒂，她的外表与实际年龄相符。跟上次去永无岛时一样，她身上穿着睡衣。

二人身后是同样穿着睡衣的八个小男孩，正在奋力追赶。他们都是温蒂的弟弟，但跟她有血缘关系的只有约翰和迈克尔，其余六人都是温蒂的父母——达林夫妇的养子。他们本是走丢的孩子，被彼得带去永无岛当了手下，后又被达林家收养了。达林家虽说属于上层阶级，但并不是富裕的家庭，也是下了好大决心才一口气收养了六个孩子。可是现在，只能勉强维持生活了。

十人周围还有一个小光点，正飞快地绕着圈飞舞。每次靠近彼得和温蒂，那光点就会发出让人不快的振翅声。

"别烦我，叮克铃！"彼得拔出腰间短剑，朝光点一通乱挥。

"彼得，住手！"温蒂拉住了彼得的手臂。

"为什么？那家伙太烦了。"

"你想杀了叮叮吗？"

"那倒没有。"

"要是被你的短剑伤到，它会死的。"

"死就死呗，反正精灵总是很快就死了，它们的命很短。"

"正是因为转瞬即逝，才更要珍惜呀。"

"是吗？"彼得陷入了沉思，"要是这样，蚊子、苍蝇的生命不就比人的生命更宝贵了？"

"这……"

"另外，区区人类的生命，就比我彼得·潘的生命更宝贵了，这怎么可能呢？我是永远的孩子，所以才有价值。与我相比，必死的人类算什么？"

"彼得，你这样说很不好。"

"为什么？这是实话。"彼得毫不掩饰自己的不高兴。

"彼得。"迈克尔慢慢追上他们，插嘴道，"我饿了。"

"那又怎样？"彼得瞪了他一眼。

"你别这么说他，迈克尔还小呢。"

迈克尔真的非常小，还是被称为幼儿的年纪。

"迈克尔是谁？"

"是我弟弟。"

"饿了又怎样？"

"饿了就想吃东西。我们半夜飞出来，还没吃早饭呢。"

上次冒险结束后，彼得·潘答应在春季大扫除时过来接温蒂。她父母也觉得这样总比一直待在彼得那里要好，所以就同意让温蒂每年在永无岛住上一个星期。可彼得彻底忘了他们约好的日期，直到夏天才来接她。

彼得来时正是深夜，所以温蒂打算瞒着大家，独自出发。

之所以不告诉父母，是因为他们肯定不会同意。温蒂真的很想跟彼得在永无岛待上一整个暑假。可就在他们飞出窗户时，温蒂的弟弟约翰醒了过来。约翰大喊一声，又吵醒了其他男孩。他们见到彼得，都高兴得大声嚷嚷起来。

温蒂赶紧让他们安静，再闹下去可能会吵醒父母。然而男孩们不听温蒂的，他们觉得温蒂要瞒着他们单独跟彼得去永无岛。于是，温蒂为了让男孩们安静下来，只好答应把他们也带上。

彼得·潘听了温蒂的提议，立刻露出了不高兴的表情。因为永无岛的隐秘之家已经住进了新孩子，再来九个就装不下了。

可温蒂没有让步。因为他们都是男孩，五人挤一张床也没问题，何况他们再闹下去，连她自己也要去不成永无岛了。

彼得最终被她说服，不情不愿地答应了。

就这样，温蒂和弟弟们飞出了儿童房，来到了辽阔的大海上，朝永无岛进发。

"没吃早饭又怎样？"彼得继续问。

"现在早就过了早饭时间，也过了午饭时间，已经是晚饭时间了。怎么能让这么小的孩子连饿三顿呢？"

"我懂了，原来迈克尔想吃东西啊。"彼得总算是明白了。

"没错，就是这样。你身上有吃的吗？"

"能不能假装吃了东西？这样比较省事。"

"不行，我们跟你不一样，吃东西不是玩游戏，我们不吃东西会很快没命的。"

"就两三年都不行？"

"如果是很小的孩子，两三天就会没命了。"

"说到迈克尔，"彼得瞥了一眼身后的男孩，"如果他死了，你会伤心吗？"

"当然会伤心，迈克尔是我弟弟呀。"

彼得想了想："你等会儿，我这就去找吃的。"说完，他突然升高，飞快地远离了温蒂他们。温蒂想追过去，可彼得的速度太快，她怎么都追不上。很快，彼得就消失在了渐浓的夜色中。

尽管他们早已习惯被彼得扔下，但温蒂和男孩们还是很担心。毕竟他们仍在海上飞速翱翔，不知何时才能再见到彼得。然而他们也不敢停在原处。彼得也许以为他们会一直飞速前进，也许已经忘了自己是在哪儿离开他们的。最让人担心的是，彼得可能忘了他们还在等他。虽然这有点难以置信，但上次飞往永无岛时，彼得就忘了他们好几次，温蒂和弟弟们为此心惊胆战。

过了好久彼得都没回来。因为没有表，他们不知道究竟过了多久，但温蒂和弟弟们都饿着肚子，只觉得过了很久，说不定有十几个小时，甚至好几天。

"应该没有好几天吧？"温蒂说，"要是过了好几天，白天和黑夜应该交替过好几次了。"

"那也不一定。"达林家的养子之一、胖乎乎的斯莱特利一本正经地说，"昼夜更替的现象源于行星自转。当一个地方转到对着太阳的方向，白天就降临了；转到背对太阳的方向，黑夜就降临了。要是我们逆着自转的方向快速向西飞，也可能一直处在日落状态。"

"现在几点了？"另一个养子图特斯问道。

"嗯，大约七点？"斯莱特利看着天空说。

"那就是时间一直维持在七点吗？"

"应该是。"

"既然如此，时间就没有变化。只要一直维持在同一天的下午七点，我们就能像彼得那样，永远当小孩了。不仅如此，还不用吃东西。"

"哪有这种好事？地球上有一条日期变更线。只要从东向西跨过日期变更线，就会增加一天。"

"整整一天？"

"没错，整整一天，一秒都不差。"

"好厉害，这也太准了。"

"是啊，特别准。不过严格来说，根据时区的设定，也有时候是二十三小时。"

"那条那么厉害的线，是自然形成的吗？"

"自然？应该是吧？不对，不是自然形成的，是人造的。"

"人能造出这么厉害的东西？"

"也不能说厉害——"

"只要跨过日期就增加一天，那不是跟时间机器一样吗？"

"啊？跟时间机器不一样——"

"那从西向东反着跨过去呢？"

"那就减少一天。"

"那我们只要每天从西向东跨过一次日期变更线，就能维持在同一天了！"

"不对，话不是这么说的，刚才我也说了——"

"到我生日那天，我就这么干。这样我就能每天过生日一直到死啦。"

斯莱特利还想说点什么，可他自己的脑子都有点乱了，所以什么都没说出来。没办法，他只好向温蒂求助，可温蒂早就没在听他们说话了，她正仰头望着黑云密布的天空。

"温蒂，怎么了？"

"来了。"温蒂指着远处说。

温蒂手指向的地方出现了一个米粒大的黑点。仔细一看，竟是彼得·潘抓着一个拼命挣扎的带翅膀的东西，滴溜溜地打着旋朝他们飞了过来。

"那是我们的饭吗？"迈克尔看向温蒂。

"应该不是……不过，彼得可能觉得是饭。"

转眼间，彼得就从他们身边一闪而过。一阵强风吹来，带来了刺耳的尖叫。与他搏斗的黑影是一只海鸟，由于逆光，白色的身体看着像是黑的。

彼得又跟那只比自己还大的鸟搏斗了一会儿，才拽着它一点点朝温蒂他们靠近。大鸟拼死抵抗，在海面上一圈又一圈地飞，似乎想把彼得甩下去。

"彼得，我猜你知道，那么大的活鸟不能吃。"温蒂决定提醒一下彼得。

"吃活物不行，杀了就行了。但是空中宰鸟有点难度，所以我不打算吃它。"

"那你干吗要把它带回来？"

"因为这家伙不松口。"

仔细一看，原来彼得手上抓的不是海鸟的身体。由于飞得太快，他看起来像是抓着鸟喙，但其实他只是抓着鸟嘴里的东西。

"你这臭鸟，给我松开！"彼得转了一圈，用力踹向海鸟的脖子。海鸟哀号一声，松开嘴里的猎物。它吐了口血，但没见虚弱，只短暂下落后又飞快追上来，想夺回彼得手中的猎物。

彼得露出毫不畏惧的微笑，等着海鸟接近。他甚至将血染的猎物在眼前晃了晃，故意挑衅。接着，就在海鸟接近的刹那，彼得短剑一闪。被刺伤一只眼的海鸟大声惨叫，转身就逃，只留下了一道好似航迹云的红雾。

"来，一起吃吧。"彼得抓着一条已皮开肉绽、足有成人手臂般粗的大鱼说道。

"呕。"约翰看了直犯恶心。

"怎么？不想吃生的吗？"彼得很不高兴地说，"你知不知道，生鱼在日本可是美食。连有毒的河豚，他们都生吃。"

"不是因为他们不喜欢生鱼呀，彼得。"温蒂轻声解释道，"你瞧，这鱼的眼睛都冒出来了，嘴和屁股里还有什么东西，身体破破烂烂的，还时不时抽一下，这实在是有点难下口啊。"

"什么嘛，不要就算了！"彼得气得把鱼扔进了海里。鱼断作两截，沉入了水中。

"唉，扔了多可惜呀。"温蒂遗憾地说。

"那我扔之前你怎么不说？"彼得噘起了嘴。

"我不想吃鱼，想吃肉。"养弟尼布斯嘀咕道。

"可这儿是大洋正中啊……"斯莱特利说。

"好！我飞到陆地上去找！"彼得说完，箭一般飞走了。

"这儿离陆地有多远啊？"温蒂又担心起来。

叮克铃发出了银铃般的声音。

"你说什么？"

"你还听不懂叮叮说话吗？"养弟克里得意地说。

"也不是完全听不懂，我知道它说的是：'彼得的高度怎么怎么了。'"

叮克铃生气地叫唤起来。"不是'彼得的高度'，是'速度'。叮叮说的是：'以彼得的速度，一下子就能飞到陆地了。'"克里说。

"谁让叮叮的声音听上去都是'叮叮咚咚'嘛。"

温蒂话音未落，叮克铃就猛地朝她的脸撞了过来。温蒂抬起双手，试图护住眼睛，没想到正巧打中了叮克铃，把它拍了下去。叮克铃几乎被拍进海里，但它及时稳住身形，又飞了上来。

"叮叮，对不起！"温蒂慌忙说。

可是叮克铃很生气，张开双手又朝温蒂扑了过去。

"别挡道，叮叮！"彼得几乎是从叮克铃头顶垂直落下。叮克铃险些被彼得一脚踹开，但它在毫厘之间躲开了。

彼得手里攥着一只秃鹰。

"你找到陆地了？"温蒂惊讶地问。

"嗯，我随便朝一个方向飞了一万公里，很快就找到了。"

"真的吗？你究竟能飞多快呀？"

"不知道，我没测过。"

"要是能飞这么快，岂不是一转眼就能到永无岛了？"

"是啊。不过哪片陆地上都能找到叼着猎物的秃鹰，而永无岛却只有一个，没那么容易找到的。"

"没那么容易找到？什么意思？你不知道永无岛在哪儿？"

"唔，不过我有时候也会觉得自己知道。"

"你是迷路了吗？"

"从肯辛顿公园开始，我就一直在迷路。"

"我们真能平安抵达永无岛吗？或者说，最后能回伦敦吗？"

"别担心，我从来没有找不到过。"

"可你不是不知道永无岛在哪儿吗？那要怎么去呀？"

"没事，只要满世界找，总能碰巧遇到的。"

"碰巧遇到？难道我们上回去永无岛，也是碰巧遇到的？"

"对呀。"彼得·潘干脆利落地回答。

温蒂感到眼前一黑，但她觉得不能让孩子们害怕，就没表露出来。没问题的，温蒂。她对自己说。

虽然永无岛只有一个，但说英语的国家很多。就算到不了永无岛，我们也肯定能迅速抵达一个英语国家。到时候只要找到可靠的大人，请他送我们回伦敦就行了，毕竟没有大人会狠心不管迷路的孩子。虽然很难解释大家为什么会出现在那里，不过一群年幼的孩子就算说不清自己的来历，也没有大人会置之不理的。

"不说这个了，我带了饭来。"彼得说。

这么一说，秃鹰嘴里的确叼着一条带血的肉块。约翰还是觉得有点恶心，但为了防止彼得又把好不容易搞到手的食物扔进大海，他还是努力忍住了。

"快给我！"彼得拽了一把猎物，但是秃鹰不松。彼得又用力拽了一把，于是彼得与秃鹰开始拔河。温蒂本来还担心猎物会被撕开，没想到它还挺结实，只裂了一点，冒出点血。其实干脆断了，还能早点儿结束这场闹剧呢。

"别死撑了！"彼得用力踹向秃鹰的脖子。秃鹰的脖子发出怪响，扭向诡异的角度，猎物从它嘴里解脱。接着，秃鹰打着转儿坠了下去，碰到海面时还软绵绵地扇了一下翅膀，可见没死。然而它不是水鸟，想必不会游泳。

"不用管它吗？"温蒂担心地问。

"没事，鱼会吃干净的。"彼得开心地说，"好不容易搞到了吃的，趁臭掉之前赶紧吃吧。"

温蒂小心翼翼接过猎物，以免弄脏衣服。她仔细看了看。由于彼得与秃鹰的激战，猎物上有好多伤，上面覆着鳞片，还在滴血。虽然感觉不到温度，但血流得那么厉害，也可能还活着。

"快吃吧，温蒂。"彼得指着猎物，手上也沾了血。

"彼得，这东西该不会还活着——"

"你不知道吗？日本人也吃活鱼。"

"骗人！"

"也不完全是骗人，因为有一种做法叫'活切'……"斯莱特利开始解释。

可眼前的肉实在太吓人，温蒂一点都听不进去。

没关系，我们每天在家吃的肉，不也是死掉的动物吗？我们就是吃死肉维持生命的，这东西跟死肉也没什么区别……可它身上有鳞片，不是鸡猪牛。嗯，也许是鱼。虽然长着脚，但没关系，一定是鱼。我是日本人，所以可以吃生鱼。温蒂张开嘴，一口咬向肉块。她咬下一块肉，口中充满了铁锈味和盐味。

"痛！"肉块大叫了一声。彼得、温蒂和男孩们都吓了一跳，定定地看向带血的肉块。刚才温蒂咬破的伤口又流了血，温蒂下意识把肉咽了下去。

"求求你，别吃我。"肉块恳求道。

"我已经吃了一点。"温蒂愧疚地说。

"已经吃掉的就算了，应该也不多，但求你不要再吃了。"

"你是人吗？"温蒂问。

"我是蜥蜴，名字叫比尔。"

"哇！"彼得·潘惨叫了一声。

"怎么了？"比尔问。

"蜥蜴会说话！"彼得瞪大了眼睛，无比惊讶。

"蜥蜴不能说话吗？"

"当然不行啊！这又不是奇幻故事！"彼得大吼道。

"在这个世界，蜥蜴会说话很奇怪吗？"

"当然了。"

"……也就是说，这里既不是奇境之国，也不是奥兹国。"

"我没听说过这些国家。"彼得依旧惊讶地盯着比尔，"不过除去会说话，你看起来就是一只普通的蜥蜴。"

"没错，我就是普通的蜥蜴。"

"温蒂，你也听到了，这是普通的蜥蜴，赶紧吃了吧。"

"啊，等等……"

"怎么了？"

"我不太敢吃会说话的生物……"

"搞什么啊！我好不容易抓来的猎物，你又不要了。那干脆扔掉好了。"彼得从温蒂手中夺过比尔，扔进海里。

水花混着血色四下飞溅，比尔开始一个劲儿往下沉。跟在后面的双胞胎哥哥一个猛子扎进水里，几十秒后，他又抓着软绵绵的比尔回到了空中。

"你搞什么？！我命令你救那只蜥蜴了吗？！"彼得·潘抓住双胞胎中的弟弟揍了一顿，弟弟流了好多鼻血。

"你干什么呀？"弟弟惊讶地看着彼得。

"你不是擅自救了蜥蜴吗？"

"我没有呀。"

"你就是救了。"彼得指着手捧蜥蜴贴着海面飞行的双胞胎哥哥说。

"那不是我。"

"你们不是双胞胎吗？"

"是呀。"

"那家伙是双胞胎吧？"彼得指着哥哥说。

"嗯，是的。"

"那不就是你嘛！"彼得对准弟弟的肚子猛打了一拳。

"别打我了好吗？"弟弟捂着肚子，惊恐地说。

他总算想起彼得不好惹了。眼下最好还是赶紧息事宁人。

"我就是犯了个小错啊。"

"既然你认错了，那就放过你吧。"

双胞胎哥哥听见彼得的话，似乎放心了一些，抱着比尔靠近大家。

"你们赶紧决定到底要吃还是要扔。"彼得说。

"那可不行。"温蒂说,"它会说话,要当成人来看待。"

"是说要像人一样杀掉吗?"

"不是,是要当成我们的伙伴。"

"把蜥蜴当伙伴?我只把迷路的孩子当伙伴。"

"我迷路了。"比尔醒了过来,虚弱地说,"我回不了奇境之国,所以算是迷路了。"

"你瞧,它说它迷路了。"温蒂恳求道。

彼得摸着下巴想了想,没过几秒就觉得思考太烦了,毕竟他没有深思熟虑的习惯。

"太烦了,随你的便吧。"彼得抓住比尔,塞给了温蒂。

"对不起,比尔,我不小心吃了你一小口。"

"没关系呀,又没有全吃掉。对了,这里是哪里呀?"

"哪里都不是。非要说的话,是在大海上。"

"哪个海?"

"这我不太清楚。"

"你们都会飞呀?"

"对,我们都会飞。"

"那要飞去哪里呢?"

"永无岛。"

"永无岛是什么地方?跟奇境之国一样吗?"

"不知道,因为我没见过奇境之国。"

"奇境之国有爱丽丝。"

"还有什么人?"

"还有疯帽匠、三月兔和女王。"

"永无岛有迷路的孩子、精灵、海盗、人鱼和红皮人。对了，还有野兽。"

"野兽不说话吗？"

"嗯，动物都不说话。"

"那就跟奇境之国不一样了。在奇境之国和奥兹国，动物和花草都会说话。永无岛也许跟霍夫曼宇宙比较像。"

"那里的动物不说话吗？"

"也有会说话的动物，但大多数不说话。对了，还有会说话的人偶。"

"那它可能跟永无岛也没有那么像。"温蒂伤心地说。

"永无岛是个不快乐的地方吗？"

"怎么说呢，对彼得那种男孩来说也许是个快乐的地方。"

"'彼得那种男孩'具体是哪种男孩？"

"就是爱好血腥的男孩。"

"太好了，我现在浑身是血，彼得一定会喜欢我。"比尔高兴地说，"那，我们什么时候能到永无岛呢？"

"这……"

"喂，各位！"彼得喊了一声，"找到了！是永无岛！"

"刚才彼得是不是说'找到了'？"比尔疑惑地说，"说得好像他迷路了一样。"

"嘘！"斯莱特利提醒道，"彼得是完美的，所以不会迷路。要是你还想活得久一点，就注意你的说话方式。"

前方的迷雾中现出了一块巨大的陆地。见到那冷冽的风景，比尔心里一阵躁动。叮克铃闪着光辉，飞到了永无岛上空。一枚杀气腾腾的炮弹从海湾射出，部落居民的怒号、野兽的嘶吼和受诅咒的歌声顿时响彻四周，整个岛屿亮起了诡异的苍白光芒。

"欢迎来到永无岛。"彼得·潘露出了纯真又邪恶的微笑。

2

呃，这到底怎么回事？井森建问自己。

他现在想知道的，并非比尔在永无岛的情况。

井森与比尔之间有一种奇妙的关系。他们拥有截然不同的人格、身体和能力，却能共享记忆。也就是说，井森经历的事会成为比尔的记忆，比尔经历的事也会成为井森的记忆。具体来说，就是他们觉得彼此的经历就像是梦。

这种现象老早就有了，但井森直到最近才察觉到。一开始没发现的原因很简单，因为他对梦不感兴趣，总是转头就忘了。但是有一天，他突然发现自己好像总会梦见同样的场景，然后他才恍然大悟。从那时起，他就开始写梦的日记，并发现了一个可怕的事实。在梦里，他始终透过蜥蜴比尔的视角观察着世界。

比尔所在的世界叫奇境之国，而且似乎那里的好几个居民都在地球上有井森这样的化身。跟他研究生同专业的栗栖川亚理就是其中一个，目前她被卷进了奇境之国的一桩大麻烦里。

比尔也被卷了大麻烦。或者说，它总是在各种麻烦里，现在也一样。不知为何，它脱离了奇境之国，徘徊在其他奇妙世界中，刚刚就碰上了一群吵吵嚷嚷的少年和一个稍微安静的少女。

然而此时，让井森感到奇怪的并非方才梦中比尔的事，而是井森自己。自己现在到底是个什么情况？他甚至分不清自己究竟是站着还是躺着。

冷静点，先搞清楚情况。我能看见什么？嗯，褐色的东西，在冒蒸汽。我感到脸颊发烫。也就是说，是某种高温的东西。凭气味判断，好像是食物。恐怕是肉——比如牛排。

嘴唇碰到了温热的液体。试着舔一口，有股酱汁味。果然是牛排吗？不过还是有点怪。

井森想了想，终于发现了哪里不对劲。是距离。距离太近，焦点对不上。他不禁纳闷，自己为什么会离食物这么近？看来该离远一点观察整体，可他动不了。

莫非自己病了，或是遇上了什么麻烦？井森有点担心，想调动自己的五感全力收集信息。如此一来，刚才因为烫而没发觉的其他感觉也出现了。是右脸。好痛。痛觉来自两处，一处是锥心之痛，一种是切肤之痛。

这是怎么回事？井森感到，眼前这块冒热气的肉似乎跟他的疼痛有关，但此时他还没想出究竟有什么关系。接着，他将目光转向比肉块更远的方向。几个男女的脸，都是与井森年纪差不多的年轻人。他一时分辨不出那些面孔自己是否熟悉。

真奇怪。我为什么没法判断他们是不是熟人？若是熟人，应该一眼就能认出来。要是不认识，也该一眼就能看出来。现在没法判断，就证明自己一时认不出这些面孔，但又略有印象。

"这谁啊？"上方同时也是右面传来一个女声。

哎呀，有意思，井森想。一般来说，左右是水平方向，上下是垂直方向。可他为什么认为右侧在上面呢？左右的判断一般是以自己的身体为基准。与此相对，上下的判断则以重力为准。所以人躺下时，就算头这边有一本书，也一般不会说："上面有一本书。"另一方面，人可以通过耳石感知重力方向，因此哪怕闭着眼，也能分辨上下。也就是说，目前他的身体右侧对应的是上面。换句话说，他是右半身朝上的姿势。

原来如此，我是朝左侧躺着啊。

不过他还是觉得哪里不对，好像下半身是垂直的。当然，这只是身体的感觉，他并没有实际去确认。唔，要是不相信身体的感觉，那么可能也没必要相信右侧是上方了。

"这家伙……莫非是井森？"一个男声说。

看来他们应该认识，只不过他也不确定自己说的人就是井森。由此可见，他们最近并没有频繁见面，这与井森对他的印象吻合。换言之，他们是很久没见的熟人。

同学会——井森脑中浮现一个词。没错，是同学会。这下他的记忆终于复苏了。

他为参加小学同学会回到了家乡，但这里并非他真正的家乡，而是隔了几个小时车程的温泉小镇。好像是因为同学们成年后分散到了各地，所以组织者觉得搞一场过夜的聚会比较好。想到这里，接下来就简单了。

井森答应去同学会，却把这事给忘了。现实中，他忙着做实验，赶学术会议论文；梦境里，比尔又在各种世界里进行傻兮兮的冒险。所以，在连着三个通宵收集实验数据后的清晨，他才想起自己还有个同学会要参加。

尽管脚步都是飘的，井森还是卡着点冲上了火车，前往温泉小镇。当天下午，他在目的地车站奇迹般醒了过来，继续脚下飘着出了检票口。那一刻，他想起自己将近两天没吃东西了。

小镇天气晴朗，放眼望去都是洁白的积雪，车站门口只有一个餐饮店似的店铺。井森像被什么吸引着似的，走向了那家店。

　　外面明明是刺骨严寒，井森却在店里感到了堪比盛夏海岸的温暖和湿润。由于连续通宵的疲惫和饥饿，再加上急剧升高的气温导致血压下降，他身上出现了贫血症状。等他醒来，局面就是自己的身子躺着，眼前有一份肉菜，脸颊阵阵刺痛，周围多了几个最近没见过面的熟人。

　　推理瞬间完成。也许，出现贫血症状后的井森倒在了一张餐桌上，那个座位正好坐着来参加同学会的老同学，井森就是倒在了他们吃到一半的肉菜上。这样就能解释，为何右边成了上面。

　　真是简单的推理。井森为自己的推理能力感到得意，同时又有一丝不安。这就能解释一切了吗？那脸上的刺痛又是怎么回事？井森摸了一把脸。他摸到了液体，但仅凭手感无法分辨是血还是酱汁。除了液体，他还摸到了固体，一个梳齿状，一个刀刃状，都戳在自己脸上。

　　"哇！"井森大叫一声。因为摸到那两样东西的瞬间，他感到脸上的疼痛加剧了。

　　"啊！"头顶传来惨叫，好像来自刚才问他是谁的人。

　　"友子，快拔出来！"另一个女人说。

　　看来攻击井森脸颊的人就是叫这个名字的女人了。

　　友子？这谁啊？井森开始回忆小学同学的脸，但还是想不起友子是谁。因为友子本就是个常见名，所以没法把名字跟人联系起来。更何况现在脸上还戳着东西，这种状态连回忆都不容易。

　　"啊？对哟，得把刀叉拔出来。"

　　原来如此，是刀叉啊。应该是在她要切肉的瞬间，我倒在了上面。井森恍然大悟。

"等等！"一个男人说，"拔出来可能会加速失血。"

"不至于那么严重吧？"

"不行不行，万一扎破了血管，可能就很严重。井森……你是井森吧？"

"嗯，没错。你是哪位？"

"酢来，酢来酉雄，还记得吗？"

他对这个声音倒是有印象。

"嗯，有点印象。"井森回答。

"你这是搞什么恶作剧吗？"

"唔，如果你说的是人家正要切肉，我突然脑袋砸在了盘子上，那就不是恶作剧。这纯属意外。"

"怎么会有这种意外？真难想象。"

"那你就认为有人会为了恶作剧让人切自己的脸了？"

"这也很难想象。"

"我觉得是贫血。"

"碰巧这时候贫血？"

"难以置信吧？可这是真的。我总会遇上荒唐的巧合。"

"啊，确实是有这种人。"

"那我要怎么办？"握着刀叉的女人说。

"她是樽井，樽井友子，你还记得吗？"酢来说。

"哦，你连名带姓一说，我就想起来了。"井森回答。

"躺在盘子上不好说话，你要不还是先起来吧。"

"嗯，也对。"

"先等等。樽井，你轻轻放开刀叉。"

刀叉倒在井森脸上，他感到餐具尖在皮肤下头顶起了脸。他扶着桌面撑起身子，刀叉垂落下来，挂在右脸上晃荡。

这店有点眼熟，果然就是刚才进的那家。门口搞得跟高档餐馆似的，里头却并不时髦，颇有种旧式饭馆的氛围。

"怎么了？"一个店员模样的男人走出后厨，一看见井森便瞪大了眼睛，"你怎么搞的？！"

"没事，"井森说，"虽然很疼，但还能呼吸，说话也不影响，应该没伤筋动骨，只是破了点皮，拔出来就没事了……"

"你这什么啊？！"门口突然传来尖厉的声音，只见一个头发染成金色、耳朵和鼻子上戴了许多饰品的年轻男子走了进来。不知是故意为之还是纯属懒惰，他的穿着很是邋遢。

"那是日田半太郎。"酢来说。

"我记得他。"井森答。

"日田呀！"女客们纷纷高兴地说，"最近在忙什么呀？"

"我？我现在是超媒体创作者。"日田答道。

"那是什么呀？"

"不知道，不过听起来很酷吧？"

"我突然觉得有点烦。"酢来说。

井森很想表示赞同，但他现在没这工夫。他正在考虑怎么拔出刀叉同时还能尽量减少伤害。

"对了，"日田说，"那是什么时髦饰品吗？酷啊！"

当然，井森并没理他的"酷啊"。一是因为目前情况特殊，再者，他本来就不会这么说话。

"不，说出来你可能不信，这只是一个巧合。"

"哦，巧合啊……你谁来着？"

"井森。"

"谁？"

"井森建，你不记得了？"

"嗯，不记得。"

"也正常，毕竟我不起眼。"

"怎么会？"酢来说，"我就记得你。"

"你谁来着？"日田对酢来说。

"……酢来。"

"哦，原来你叫这个。"日田看向女人那边，"哎！友子，小圣，百合子！"

"日田，你记得我们啊！"

"那当然，怎么能忘了同学呢？"

"但你忘了我们吧？"酢来说。

"你们是同学？"

"没错。"

"哦。"日田似乎不感兴趣，看向井森，"你叫啥来着？"

"井森。"

"那是什么时髦饰品吗？好大哟！"

"不，这不是饰品，我正想怎么把它拔出来——"

"我帮你啦。"日田二话不说就抓住了刀叉，可他没有小心翼翼，而是狠狠拽了出来。

日田露出了纯真又邪恶的微笑。

3

一行人降落在海岸上。彼得成心不减速，直接撞进沙滩，激起大量沙子。其他男孩和温蒂努力减速，但还是撞进了沙子里。

"啊啊啊！我吃了沙子！"比尔大叫。

"原来蜥蜴吃沙子啊。"彼得感慨道。

"我才不吃呢！"比尔反驳。

"可你刚才说你吃了沙子，那不就证明蜥蜴吃沙子吗？"

"我这么说了吗？"比尔疑惑地问。

"你说什么？"

"说我吃沙子。"

"谁知道呢，"彼得也蒙了，"这重要吗？"

"……不太重要。"

"那就别拿小事烦我啊！"彼得·潘一脚踢飞了比尔，比尔撞到了附近的树干上。

"好痛，伤口都裂了。"比尔哀号道。

"没吃了你就不错了！"彼得恶狠狠地说。

"彼得。"温蒂小心翼翼地叫了他一声，"比尔可以加入我们吗？它真的迷路了。"

"我的手下没有野兽，全是孩子，异类不许当我的伙伴。"

"那我也不算你的伙伴吗？因为其他都是男孩。"

"这……温蒂是我的……你说好了要当我们的妈妈，所以你是女孩也无所谓。"

"我算是彼得伙伴里的第一个女孩吧？"

"没错。"

"那比尔也一样呀。"

"这家伙又不是女孩。"

"我不是那个意思。"

"那它能当妈妈吗？"

"啊？我？"比尔瞪大了眼睛，"也不是不行，我努力一下。"它无奈地说。

"啊？妈妈？"随着一声叫喊，好多树干上的洞里都爬出了小小男孩。

"他们就是我离开后新来的伙伴吗？"温蒂问。

"没错。"彼得骄傲地说。

"全都是迷路的孩子？"

"当然。"

"你叫什么？"温蒂走向一个个子最小的孩子，轻声问道。

"我叫詹姆斯——"

"这家伙是五号！"彼得吼道。

由于他太凶了，被叫"五号"的孩子哭了起来。

"彼得，怎么回事？"温蒂惊讶地说。

"很简单，因为我早就觉得记名字太烦了，不管怎么努力都会忘，所以我就废除了名字。这家伙是五号，不就行了？"

"可叫号码太没人情味了。你可以给他编号，但只在点名时用，平时还是叫名字，好不好？"

"不行不行，我就是觉得平时叫名字太烦了。倒是点名时可以不叫号码叫名字，毕竟不是我说，是他们自己说。"

"可这样一来，就不知道有几个人啦。"

"没关系，几个人都无所谓。"

"那你干吗要点名呢？"

"我干吗要点名？话说，我好像没点过名吧？"

"这我怎么知道。"

"那就问问别人。喂，斯莱特利！"彼得随便喊了个人，"你知道点名是什么吗？"

"当然知道啦。"斯莱特利得意地回答，"就是挨个报数字，看人是不是齐了……"

"我怎么不知道？"彼得瞪了他一眼。

"啊？"

"你是说，我不知道的事，你却知道？"

"不，这是我在伦敦上学时——"

"哦？所以在伦敦待过的人比我更厉害咯？"

"不，我不是那个意思。"斯莱特利开始满头冒汗。

"就是说，你已经比我厉害，不再是我手下了呗？既然如此，永无岛就不欢迎你。"彼得抽出了腰间的短剑，"你已经成了大人了。"

斯莱特利吓得浑身发抖："不，彼得，我怎么可能是大人？"

"但你知道很多我不知道的事，对吧？"

"不不，这个岛上最有知识的人是彼得，我根本比不上。"

"但你知道点名是什么，我却不知道。"

"我怎么可能知道那是什么呢？"

"你刚才明明说了你知道。"

"他说了。"比尔回答，"我听见斯莱特利这么说的。"

"嘘！"斯莱特利瞪了一眼比尔。

"这只蜥蜴说你说了。"彼得挥剑指向斯莱特利的咽喉。

斯莱特利咽了一口唾沫。"不，蜥蜴听错了。"

"你听错了吗？"彼得剑指斯莱特利，转头问比尔。

"唔，我听错了吗？"比尔歪着头说，"人听错的时候，会知道自己听错了吗？"

"自己肯定不知道啊。"斯莱特利慌忙说，"彼得，你要把蜥蜴的话当真吗？不会吧？我知道你特别聪明，你肯定不会。"

"嗯。"彼得想了想，"确实，把蜥蜴的话当真太蠢了。"他收回短剑，插入剑鞘，"我刚说什么来着？"

"斯莱特利在说点名。"比尔告诉他。

"什么是点名？"

"就是确定人齐没齐。"

"你怎么知道的？"彼得逼问比尔。

"我刚听斯莱特利说的。"

彼得看向斯莱特利，再次拔出了短剑。

"那只蜥蜴胡说八道！"斯莱特利指着比尔说。

"什么蜥蜴？"比尔转身看了一眼背后，"没有蜥蜴啊。"

"你看，那只蜥蜴连自己是什么都不知道，怎么能信它！"

彼得目不转睛地盯着比尔看了一会儿，然后说："这我早知道了。你以为我是谁？我可是这座岛的领袖彼得·潘。"彼得再次收回了短剑，"刚说到哪儿了？"

比尔正要开口，却被温蒂捂住了嘴。"我们在说，你废除了孩子们的名字，改成编号，这真是个好主意。"

"我也觉得是好主意。"彼得骄傲地说，"温蒂，你要当几号？"

"我不想被叫编号。"

"为什么？很省事啊。"

“……虽然省事，但我比较在意自己的个性。”

“那就给约翰、迈克尔和斯莱特利他们编号吧，双胞胎就不用了。”

“为什么双胞胎不用？”

“因为他们是双胞胎，所以只能叫双胞胎。”

“彼得没有双胞胎的概念。”斯莱特利小声告诉比尔，“他不知道该给双胞胎编一个号还是两个号，所以索性不编号。”

“只有我跟双胞胎不编号太不公平，其他人也该用名字。”

“刚才你不还说编号是个好主意吗？”

“编号当然好，但叫名字更好。”

“对啊，说得有理。”彼得点头，“不过，已经编了号的孩子怎么办？因为叫编号很省事，我早忘了他们叫什么了。”

“要不问问本人？”

“他们也早不记得自己的名字了。”彼得噘起了嘴。

真的吗？还是彼得自己这么认为？抑或是孩子们因为怕彼得才这么说的？温蒂实在没法判断，姑且选择了配合。反正这些孩子肯定已经习惯被叫号了，应该没那么难过。温蒂说服了自己。

这时，林中传来了一阵呻吟声。

“这是什么？”比尔问。

“呻吟声，肯定有人要死了。”彼得抬手拢在耳旁，一边回答比尔。

“这是玩笑吗？”

“玩笑？这种时候为什么要开玩笑？”

“这种时候是什么时候呀？”

“附近有很多人快死的时候。”

"发生了什么天灾吗？"

"灾是对的，但与天无关。"

"那就是人灾咯？"

"这什么意思？"

斯莱特利差点忍不住回答，但及时捂住了嘴，躲过一劫。

"我也不太清楚，就随口一说。"比尔老实回答。

"森林里正在血战。"

"为什么要血战呀？"

"不知道，肯定因为他们喜欢吧。"

"谁跟谁在血战呀？"

"海盗和红皮人。"

"不用阻止他们吗？"

"干吗要阻止？他们喜欢啊。"

"也许他们并不喜欢，只是不得已呢。"

"那又怎样？我不打算阻止。"

"为什么？"

"因为我喜欢血战。"彼得咧嘴一笑。

"彼得特别嗜血。"斯莱特利对比尔耳语道。

"好，我们走吧！"彼得对孩子们喊了一声。

"去哪儿呀？"比尔问。

"当然是上战场啊。"

"那边不是在血战吗？"

"正是因为在血战呀。"

"你要去看热闹吗？很危险的。"

"看热闹？怎么可能。我也要参加。"

"参加什么呀？"

"血战。"

"血战游戏？"

"不，是真的血战。"

"那不会死吗？"

"当然会死。"

"你不怕死？"

"怕死？你说什么呢？拼死作战可是超刺激的大冒险！你们说，对不对？"

孩子们被彼得一问，连忙点起头来。

"你瞧，"彼得很是得意地说，"大家都喜欢血战。"

"但是太阳要下山了呀。"

"晚上才好呢。"

"为什么？"

"要是白天过去，他们不就看见咱们了吗？啊，'他们'指的是海盗和红皮人。可要是天色暗了，咱们偷偷接近，他们正打得兴起，警惕心弱，就不会发现咱们了。"

"然后呢？"

"然后从背后悄悄靠近，割敌人的喉咙。"

"这样会死人的呀。"

"死的是对方啊，咱们不会有事的。"

"可这是杀人呀。"

"啊？你应该也杀过几个人吧？"

"怎么可能？我从没杀过人。"

彼得脸上闪过困惑的表情，然后笑了起来："你们听见没，这家伙连人都没杀过。"说完，他用力拍了拍比尔的背。

孩子们齐刷刷指着比尔嘲笑起来。

"对不起，我没经验。"比尔突然觉得自己没杀过人很丢脸，感觉坐立不安。

"没事啦，没谁一生下来就杀过人。"彼得笑岔了气，抬手抹掉脸上的泪，"要不你今天就体验一下？"

"还是算了，下次再说吧。"

"要是你总这么说，就一辈子也杀不了人……算了，今天先放过你，但你得认真看我们战斗。"彼得说完转身跑进了林子，孩子们都跟了上去。

"真不用管他们吗？"比尔问温蒂。

"男孩子是拦不住的。"温蒂无奈地说，"不过除了彼得，其他孩子其实都不想去，这让我感到很欣慰。"

"既然不想去，干吗还要跟着彼得？"

"因为他们只有两个选择，要么跟着彼得杀，要么被彼得杀。"

"太极端了。我是两个都不想选，可要非让我选，可能还是选杀这边。"比尔说，"对了，彼得叫我去看，我得去吧？"

"你跟我一起去吧。要是有人受伤，我得帮忙包扎。"

于是，比尔和温蒂也快步跑进了森林。走了没几分钟，前方就传来阵阵喧哗。大部分声音都来自成年男性，有时也混着尖厉的声音。除声音外，他们还透过枝叶的间隙看见了火把的光亮。

二人悄悄靠近，躲在树后观察战斗。跟图画书上一模一样的海盗正与头戴羽毛、长着红铜色皮肤的人激烈交战，最前方的人用刀剑和斧头搏斗，后方的人则不断向对手发射枪弹和箭矢。

"我在西部片里见过那些人。"比尔说。

"嗯，他们被称作'红皮人'。"温蒂回答。

"为什么不叫'美国印第安人'或是'美国土著人'呢？"

"可能因为他们既不来自美国也不来自印度吧。我觉得不用太在意称呼，那些人听到被叫'印第安人'好像也不太在意。"

"海盗那边好像是各种人种呢。"

"彼得和孩子们几乎把海盗杀光了，不过他们好像又组织起来了，里面有好多我没见过的人……啊，那个人我见过。"

"那是谁？"

"斯密。听说他是爱尔兰人。他长着一张温柔的脸，很受孩子们喜欢，但他也能面不改色地杀人。"

"好厉害啊，跟彼得一样。"

"你这么说也有道理，毕竟他有本事从大屠杀里逃出来。"

一个影子慢慢靠近斯密的头顶，手握短剑，双目生辉。"彼得，加油！"比尔忍不住声援，温蒂慌忙捂住它的嘴巴。斯密飞快地倒在地上，彼得瞬间停住了动作。斯密朝上开了一枪："死吧，彼得·潘！我要为大伙报仇！"

"这话应该开枪前说吧？"彼得好像勉强躲开了子弹。

"说完再开枪，你不就跑了？"斯密又开了一枪。

彼得升上空中，融入夜色。

"浑蛋！用火把照天上！"斯密边喊边站起来。

"不可能，"斯密旁边的一个海盗说，"火把没有指向性，不能当探照灯用。"

斯密转过枪口对准了他的脑门。"你干什么？！"海盗抓住枪口，想把它挪开，但斯密分毫不让。

"斯塔基，对我说话要尊敬，以及要叫我斯密船长。"

"胡克才是船长。"

"胡克已经被彼得杀了，还有其他伙伴也是。活下来的只有你跟我，而且你还被红皮人抓去当了奴隶。"

"没错，但你今天不是来救我了吗？"

斯密默默地加重了力道。

"您今天来救我了，对吧？"斯塔基重说了一遍。

"救你只是顺便。那次大战后，我环游世界，寻找伙伴，重组了海盗团。现在，我来夺回这个岛的统治权了。正好彼得不在岛上，所以我就想先把红皮人杀光。"

"不可能……斯密船长。"

"我太小看红皮人了。这帮人夜视能力奇好，发现了我们的灯光。战斗中我正好看见了你，所以顺便就把你带出来了。还不快感谢我。"

"……谢谢船长。"斯塔基不情不愿地道了谢。

"现在连那个小鬼都回来了，"斯密拼命搜寻上空的影子，"我就是看他不在才搞了红皮人歼灭大战，现在全乱套了。"

"可是彼得跟红皮人关系也不太好吧？"

"以前我想杀酋长女儿虎莲时，彼得救了她。从那以后，红皮人跟彼得的关系就好了。"

"那我们不是可能被前后夹击吗！斯密，你谨慎点啊！"

斯密默默地看着斯塔基，缓缓地抬起了枪。

"啊！"斯塔基意识到自己犯了错。

"我刚才说了要尊敬，对吧？"

"对不起，船长，我不是故意的。我就是一时粗心。对了，以前我跟船长您是好朋友呀，所以一不小心口气亲密了。"

"我没有朋友。"

"您跟胡克船长不是很好嘛。"

"他是个废物。我想起他就恶心。我想起你也恶心。"

"求您了，船长。"斯塔基流下了眼泪。

其他海盗正忙着跟红皮人作战，但他们渐渐被斯密和斯塔基的对话吸引了。

"别动。站好。"斯密闭上一只眼，瞄准了斯塔基，"不然我该打偏了。"

"啊！"斯塔基忍不住抱头蹲了下来。

"叫你别动！你这废物！"

枪声响起，惨叫响彻夜空。但那不是中年男子的声音，却是孩子的声音。一个孩子倒在地上打起了滚。

"他就在你背后，斯塔基。我都说了你乱动我会打偏，你非要乱动。"斯密从一旁的海盗手上夺过火把，朝男孩扔了过去。火光照亮了男孩，"不是彼得·潘啊。"斯密啧了一声。

子弹击中了男孩的胸口，伤口流出的血和嘴里吐出的血染红了他的身体。

"你竟敢打伤我的人！"彼得降落在斯密面前。

"居然在我们面前现身，果然是个孩子。"斯密得意地说，"伙计们，枪口对准彼得！"十几支枪齐刷刷转了过来。

"你完了，彼得。"斯密再次得意地说。

"这话原样还给你。"

"你还嘴硬——"黑暗中响起了男人的惨叫。几个孩子悄悄靠近海盗背后，同时割了好几个人的脖子，所有人都吓疯了。红皮人固然强大，但他们用的是传统战法，不难预测。可彼得的战法完全超出成人的常识，他的行动实在过于大胆，难以预测。

"撤退！"斯密边跑边下令，"我们没法同时应付小鬼和红皮人，今天暂时撤退！"

海盗们风一般地逃走，转眼就越过了斯密和斯塔基。二人不得不追着手下拼命逃窜，顾不上身后被割了喉咙的海盗尸体。

红皮人爆发出胜利的吼叫。

"谁被打中了？"温蒂跑向倒地的孩子。

"是八号。"彼得说，"居然被斯密打中，太笨了。"

"我不知道该怎么治疗。斯莱特利，你知道该怎么办吗？"

斯莱特利默默摇摇头。如果只是一点风寒或腹痛，他还能假装医生说两句："这只是小病。""睡一觉就好。"把大家都唬住。面对如此严重的枪伤，小孩子能有什么办法？

"我会缝衣服，把伤口缝起来能行吗？"

"伤口不只在外面。如果内脏受了伤，缝合皮肤也没用。"

"你的意思是，小孩子治不了这种伤？"

"嗯。"

"那我们就把他带到大人那里，交给医生治疗吧。"

"八号应该飞不起来了。"

"我们可以合力带他走啊。"

"那得吹好久的冷风，而且……"

"而且什么？"

"短短几分钟内，能带他到什么地方呢？"

"短短几分钟……"这话让温蒂吃了一惊。

八号脸上已经完全没了血色。刚才他还一个劲儿出血，现在连出血都变慢了。

"八号，挺住啊。"

"……拉尔夫……"八号发出微弱的声音。

"拉尔夫是什么？"

"……我的名字……最后时刻，就叫我名字吧……"

"是啊。好的。放心吧，你的伤肯定很快就会好，拉尔——"

"八号！"彼得大吼，盖过了温蒂的声音，"我给他起的名字叫八号！不准用别的名字叫他！"

温蒂惊讶地看向彼得。等她再看向八号，男孩已经断气了。

"彼得，他……拉尔夫死了。"温蒂哭着说。

"拉尔夫是谁？"

"就是这个孩子啊。"

"他叫八号。"

温蒂没再反驳彼得，只是轻轻抚摸着八号的头发。

"八号死了，我们要为他报仇。"彼得激愤地说。

"但是海盗已经逃走了。"克里说。

"可恶！胆小鬼！"彼得骂道，"我还一个人没杀呢！"

"没办法，海盗都逃走了。"温蒂在一旁劝道，"今天先这样吧。"

"不，就算海盗逃走了，战斗还是能继续。"彼得迅速腾空而起，朝红皮人聚集的地方俯冲过去，"来啊，血战啊！"

"彼得，快住手！"温蒂大喊，"红皮人是盟友啊！"可不等温蒂的话传到彼得耳边，他已经杀了三个红皮人。红皮人震怒了，他们齐刷刷举起武器，与孩子们对峙。

"这才对嘛！"彼得·潘兴奋地舔着嘴唇。

4

"醒了吗？"酢来问道。

"嗯，没事了。"井森回答。他脸上贴着一块特大号的创可贴，底下隐隐作痛。

从井森晕倒的食堂坐二三十分钟迷你巴士，就到了举办同学会的温泉旅馆。此时同学会刚开始，会场各处的参加者还在互相认人。井森和酢来已经自报了家门，所以就比其他老同学更早地打开了话匣子。会场上有几十个人，他俩在角落里坐了下来。

"几年没见了？十几年了吧？"酢来说，"井森，你现在在哪儿工作？"

"没，我还在读研究生。"

"是嘛。不过仔细想想，咱们这岁数，正好念书的和工作的都有。"

"虽说现在这个时代，有人在职念书，也有人辞职读大学，可要说念书的和工作的人数差不多的话，大概就只有咱们这个年龄段了。你怎么样？"

"我进了个大公司。"酢来高兴地说，"我今天打算问问大家的工作，但恐怕没有我这么好的了。"

"自己说也就算了，非拉着别人问工作，会不会不太好。"

"为什么？大家都是发小啊，这可是小学同学会。"

"正因为是发小才不好问啊。小学，尤其是公立小学，是个特别奇妙的地方。在那里，未来的政治家、律师、医生、教授、打工人、啃老族和家里蹲，甚至犯罪分子，都可能聚在一个教室里学习，在同一个校园玩耍。"

"你这么一说，还挺有道理。我们长大后就会被分门别类，再也不可能有那种关系了。"

"人长到二十几岁，都会有各种各样的问题。来到这个同学会上，大家就变回了童年发小。这时候抛出把大家拉回现实的问题，是不太好吧？"

"的确也可以这么想。"

"你还有什么更有说服力的想法吗？"

"小学生也有人际关系，对吧？"

"嗯，那当然，毕竟孩子也有社会属性。"

"如果不把现在的社会地位带入同学会，孩童时期的人际关系就会复苏。"

"我觉得这说法有点偏激。"

"但我认为就是这样。刚才你在那个酒店似的饭馆里突然倒下，一时间就谁也没认出你来。"

"我也没认出你们啊。"

"可一旦知道你是井森，之前的异样感就消失了，此刻的你在我眼中就是井森。"

"这我也有同感。刚才看到你们时，我还觉得你们是一群陌生人。可现在看上去，大家就好像都还是小学时的样子。"

"肯定是大脑的骗术。之前我老爸说，他时隔多年去了一次同学会，发现来的都是中年男女，瞬间以为自己走错了地方。"

"可他自己也是中年大叔吧？"

"这先不说。后来他跟那些人聊了一会儿，渐渐知道谁是谁了。结果呢，他又觉得那些人的脸跟小学时候没两样了。再后来那些人就开始互相称赞，说对方一点都没变，还是那么年轻。"

"其实大家都老了，只是大脑做了修正，才会显得年轻。也就是说，一旦认出了谁是谁，为了防止混乱，大脑就将眼前的信息与以前的记忆连接起来了。"

"就是这样。而我推测，大脑这种特性不仅会影响容貌，还可能会影响人际关系。"

"人际关系？"

"比如以前谁是老大，属于哪个小圈子之类的。"

"小学生也有这些吗？"

"你小学到底怎么过的啊？当然有了。"

"我不太记得了。"

"也许你比较超脱吧。但对大多数小学生来说，班内的等级上下可是很重要的。"

"是按父母的职业来分的吗？"

"偶尔会吧，但基本上脱离家长自成一体。先按性格或体力决定老大，然后在他周边形成力量金字塔。"

"怎么跟猴山一样。"

"人类也是灵长类嘛。成人社会其实也差不多。"

"这是动物本能吗？"

"表面看或许如此，但还有更深层的原因。我认为是物理和数学决定的。"

"类似于每个原子试图占据低能级，自然就形成了结晶？"

"没错，类似那种感觉，虽然我不明白你在说什么。"

"那这有什么问题吗？"

"小学时代的人际关系复苏，对我个人来说会很糟。"

"事关你的地位？"

酢来点点头："我以前胆子比较小，总是被人呼来喝去。当时我的能力分明更高，却不得不服从那些能力低却体格好、力气大的人。"

"体格和力气不也算能力吗？"

"小学时候算。"

"成人也需要体格和力气啊。"

"也许吧。但这些因素在小学时特别重要。总之，我上小学时只是个小人物，这是重点。"

"也就是说，如果不强调现状，过去的人际关系就会复苏，导致你依旧被当成小人物。"

"简单来说就是这样。"

"你想多了吧？"

"哇！"会场另一侧传来了尖叫。井森与酢来站起来，想知道发生了什么事，只见一个男人倒下来，浑身鲜红。

"是血吗？还是有人往他身上淋了番茄酱？"酢来嘀咕道。

"我去看看。"井森穿过人群，靠近现场，"怎么回事？"

"不知道。"樽井友子说，"我们正说着话，八木桥突然显得很难受，把食物都吐出来了，接着就开始吐血。"

井森走向倒地的男人，轻触他的颈动脉。已经没脉搏了。

"你们喝酒了吗？"

"一口气喝了两三杯。"

"快叫救护车。"井森开始为男人做心肺复苏，"再去问旅馆的人有没有 AED。"

"要做人工呼吸吗？"

"别做了。心肺复苏比人工呼吸重要，而且他吐血了，得考虑感染的风险。"

过了一会儿，一个旅馆老板娘模样的人走了进来。

"请问有什么事吗？"她面带笑容，慢悠悠地问。

"这儿有 AED 吗？"

"啊？"老板娘一脸纳闷。

"自动除颤器，有没有？"

"是酒的牌子吗？"

"没有就算了。"井森猜测旅馆里应该没有这东西，"住店客人里有医生吗？"

"呃，很抱歉，今晚留宿的客人只有你们。"

居然……对了，还得再问个问题。

"在场有学医的吗？学护理的也行。"

没人动弹。

没办法了。

"八木桥没事吧？"友子担心地问。

"他叫八木桥？"

"对呀。"

"……"

"怎么了？"

"我不记得他啊。我们班上的？"

"当然啊。他的名字怎么了？"

"没什么……应该是巧合。"

很快，救护车来了，急救人员一番抢救后带走了八木桥。虽然他们没明说，但抢救显然不太顺利。

"还好今天没下雪。"老板娘说，"虽然我们也会扫雪，可要是下了大雪，兴许会被困好几天。"

"啊？真的假的？"一个留着短发、有点男生气的女人高声说，"那要是今晚下雪，明天岂不是回不去了？"

应该是虎谷百合子，井森渐渐想起来了。她是班里的同学，但二人几乎没说过话。其实他跟班上大部分女生都没说过话。

"上网查查天气预报不就行了？"有人拿出了手机，"咦？这里没信号？"

"怎么可能？刚才还有信号，还叫了救护车……嗯？真没有。"

"我也是。"

"我这儿也一样。"

老同学们纷纷表示手机没信号。

"老板娘，这儿用不了手机吗？"

"不可能啊，请等一下。"老板娘慢悠悠地走出去，叫住旁边的服务员说了几句话。

"手机好像不能用了，也许是附近出了什么事故。"

"什么事故？"百合子说，"既没暴风雪也没地震啊。"

"这一带基站比较少，也许雪崩把基站给冲垮了，毕竟白天气温有点高。"

"啊？！这儿还会有雪崩？"

"只是以前发生过，也不是每年都有……"

"旅馆座机呢？这儿有座机吧？"

"座机和有线电视中午就连不上了……"

"出了这么大的事，你怎么不说啊？"百合子生气了。

"实在抱歉，当时手机还有信号，所以我想没必要惊扰各位。"

"那就没办法了。"井森说，"反正还有电，今晚先住在这儿，明天一早再离开吧。"

"这倒无所谓，可同学会怎么办？"一个模样五十多岁的男性说。他是当年的班主任富久钩夫，看上去有点醉了。

对哦，今天富久老师也来了，井森感到心中涌出了不快。

井森不怎么容易讨厌别人，但富久是个例外。他会明显偏袒部分学生，有时还会体罚学生。如果真去告他，也许能赢，然而当时他还是小学生，没有这种意识。

富久偏袒的学生不都是成绩好的，也不都是父母地位高的。井森觉得那些学生完全没有共同点，就像富久随意挑选的玩物。他好像会对"爱徒"提前透露小考内容，给的分数也跟他们平时的课堂表现完全不匹配。虽然就结果来说，他偏袒的学生成绩都提高了，但那只是结果，并非原因。另外，那些"爱徒"还不用打扫教室和分发午饭。当然，富久还是为他的偏袒编造了冠冕堂皇的理由，比如学生互选（计票的人是富久），或是抽签，或是给他们安排别的活儿以示公平（但其实并没有安排）。

奇怪的是，那些被偏袒的学生，一开始还乐在其中，后来就脸色越来越阴郁。有个同学上初中后自杀了，就是被偏袒的学生之一，但人们到最后也不知道他的自杀是否与富久的偏袒有关。

"八木桥都这样了，继续开宴会不太合适吧。"井森说。

"嗯？"富久盯着井森看了一会儿，"你是谁？"

"井森。"

"……哦，井森啊，我想起来了。"富久不依不饶地看着井森，"你以前就很叛逆嘛。"

当然，井森并不是叛逆孩子，甚至当初还被富久偏袒过一段时间。证据就是，富久曾多次叫井森去参加他组织的课外活动。

不过最终他一次都没去。尽管他单纯只是没兴趣或是忘了，可富久就不再叫他了，他也就这样被归到了不被偏袒的那类学生里。

"他已经被救护车拉走了，肯定没事的。"富久大声说。

"八木桥呕吐后突然就吐血了，也许是呕吐导致消化器官内压升高，造成了黏膜损伤。换言之，很可能是食管贲门黏膜撕裂综合征。一般来说应该没什么大碍，但他的出血量太大了。"

"那又怎样？"

该不该说他已经停止呼吸了？井森有点犹豫。如果此时挑明，有可能吓到老同学。再说他一个非医护人员，也不能宣布死亡，只是他这么觉得而已。井森没有说话，只是盯着富久。

二人间出现了剑拔弩张的气氛。

"嗨！别争了！别争了！"日田突然插了进来，"不想开宴会的回屋睡觉，想开宴会的继续开呗。"

日田也不是要缓和气氛，而是单纯反应迟钝。不过也多亏他，井森与富久间的矛盾没有激化。

"那倒也是。"富久说，"负责人，可以吗？"

"来了。"铸挂圣站起来说。

对哦，这次的聚会负责人是她。

"这种情况下继续开宴会有点不妥，"她看着染血的榻榻米说，"不如暂时解散，过后大家再各自回这儿或在各自房间重开宴会，怎么样？"

"那就在这儿继续吧。"富久说。

几个老同学站了起来，准备回房。

"田泽、村杉、一本松、二连次郎，你们留下。"富久说。

几人的表情阴了下来。

"可是……"

"我叫你们留下，我有话说。"

他们在原地呆站了一会儿。

"听不见吗？"

四人不情不愿地走向了富久，酢来冷冷地看着他们。

"他好像有话要说。"井森对酢来说。

"我还想问你怎么了呢，脸色跟八木桥一样苍白。"

二人走出会场，前往客房。客房里除了他俩，还有二连次郎的双胞胎兄长一郎。日田也跟他们住一间，但他还留在会场。

"我就开门见山了，"井森说，"你们知道奇境之国吗？"

酢来一脸惊讶地盯着井森看了好一会儿，不发一声。

是不是太突然了？不过酢来如此吃惊，也许他猜得没错。井森张嘴，准备再问一遍。

"嗯，我知道，最近我们俩一直在讨论这个。"

回答的人不是酢来，是二连一郎。

5

叮克铃很不高兴。

本来那女人走了还觉得挺好的，结果又回来了。她为什么回来？当然是跟我抢彼得。那女的凭什么认为自己有资格抢彼得？

叮叮为了发泄怒火，在彼得·潘和迷路孩子们的地下藏身处四处乱飞，仿佛一团闪烁的光球。

当初把家建在地下，就是为了不被敌人发现。可现在海盗和红皮人都知道这地方了，所以住在地下的好处已经丧失殆尽，倒是浸水、塌方这些坏处依然多得很。可彼得坚持要住地下，所以他们到现在也没搬走。

此外，墙上还挖了个小方格，是叮叮专用的房间。因为有窗帘与大房间隔开，所以能保护隐私。房间里还有它专用的小床。

叮叮是精灵，可以藏在高高的树上睡觉，完全不用生活在地下。可它非要住这个房间。因为只要住在这儿，它就感觉自己与彼得有某种特殊关系。

叮叮一直觉得自己是彼得的妻子。它虽然不太清楚妻子是什么，但它知道人类是成对养孩子的。迷路的孩子也是孩子，那么彼得就是爸爸，叮叮就是妈妈。毕竟彼得在孩子里很特殊，所以他一定是父亲及丈夫。而这个家中只有叮叮是雌性，所以显然只有它能当孩子们的母亲及彼得的妻子。至少到不久前还是这样。

可不知为何，彼得竟然突发奇想，又把那个叫温蒂的狡猾女人带到永无岛来了。叮叮当然知道彼得跟温蒂的父母有约，可他履约的期限还有九个月呢。所以它乐观地盘算，到时候彼得肯定早忘了有什么约。可也不知哪儿出了问题，一个夏日里，彼得突然想起了温蒂，却没想起他们约的是来年春天。

"糟了，叮叮！我得去接那个女孩——去接温蒂！"

叮叮大吃一惊，结果一时间没有想到阻拦的话，比如约定的时间还没到啦，或者小孩子才会把客套话当真啦等等。它只能拼命追上彼得。

一开始彼得以为叮叮要超过他，所以全速飞行，毕竟他最讨厌落后了。于是叮叮慌了，连忙对彼得喊：我不是要跟你比，我会一直跟在你后面，求求你飞慢点！彼得想了一会儿，冷冷地扔下一句："那我就不全速飞，但你落后了我也不会等。"就朝伦敦飞去了。

彼得似乎真不打算等它，只是一路头也不回地翱翔。不过他也没全速冲刺，所以在精灵中飞得特别快的叮叮可以勉强跟上。

但是，彼得飞的方向与伦敦完全相反。

这下不用担心了，叮叮松了口气。彼得肯定彻底忘了温蒂住在哪儿了。但是保险起见，在彼得放弃寻找、返回永无岛之前，还是一直跟着他吧。

彼得漫无目的地绕着地球转了好几圈，就在叮叮觉得他要放弃时，他竟然误打误撞找到了温蒂家。之后的返程对叮克铃来说可谓万分痛苦，因为彼得和温蒂都很开心。不过也有一些好事，就是以前被达林家领养的孩子们全都跟来了。当然，叮叮并不喜欢他们，反而很瞧不上那些总干蠢事的人类孩子。只是现在，他们的愚蠢正中叮叮下怀。他们曾被叮叮的谎话欺骗，险些弄死温蒂。这次只要再用同样的手段，也许就真能除掉她。

"叮叮，你干吗一个人在家里飞来飞去的？"彼得·潘穿过树干里的空洞降落下来，莫名其妙地问。

为了发泄对你和温蒂的嫉妒——这话它实在说不出口。

"我在运动，保持健康。"

"哇，精灵也关注健康呀？"

"那当然，精灵也不想生病嘛。"

"为什么不想生病？"

"生了病可能会死。"

"咦？精灵会怕死吗？"

"当然怕死了。"

"可精灵本来就半死不活吧？"

"才不是，我们活得好好的。"

"精灵不是鬼魂和吸血鬼的同伴吗？"

"谁告诉你的？"叮叮生气地问。

"我忘了谁说的了。但这没错吧？"

"不对，大错特错。彼得，你能理解的吧？"

"我完全不理解。杀一个人是很难的。要是没有训练，还有可能被反杀，所以真的很不容易。当然，我是可以瞬间刺中要害的。但我也是努力了很久，积累了很多经验，才熟练掌握了这项技艺。相对而言，杀苍蝇、蚊子和精灵就几乎不用练习，只需两手一拍就行了。这就证明，虫子比人类更好杀。也就是说，它们虽然活着，但也等于半死不活。"

"精灵不是……我不是虫子。"

"可你小小的，还长了翅膀。"

"彼得，看我的手脚！还有这张脸！你能看见虫子的脸和手脚吗？"

"在哪儿？太小了，我看不见。你能靠过来一点吗？"

"好呀。"叮克铃高兴地凑近彼得。

彼得迅速扬起手。叮叮对彼得毫无戒心，但那个瞬间，精灵的本能控制了它的动作。它向下俯冲，躲开彼得的手。所以彼得并没碰到它的身体，而是打中了它的透明翅膀。

叮克铃有四片翅膀，其中两片较小，只能控制方向，另外两片大翅膀则提供动力。现在，一片大翅膀的根部被打折了，另一片大翅膀竟从中断了。叮叮失去动力，坠落在地。因为它很轻，坠落后没受什么伤，但失去翅膀让它受到了巨大打击。

"为什么要这样，彼得？"叮叮伤心地质问。

"因为你最近很烦，总到处乱飞，找温蒂的麻烦。"

温蒂！果然因为那个女人！叮叮怒火攻心。我现在就要教训教训那个女人！

叮叮试图起飞，但因为翅膀受了伤，它只飞起来约十厘米，而且马上就掉了下去。它再次尝试，还是掉了下去。叮叮烦躁地振动翅膀，在地上苦苦挣扎。

"跟要死的苍蝇似的，好烦。"彼得·潘恶狠狠地说，"还说自己不是虫子呢。"

"彼得，帮帮我，精灵失去翅膀就活不下去了。"叮叮放弃了飞翔，趴在地上。

"那不是没救了？你看，一片断了，另一片也差不多了。"

"带我去同伴那里吧。毕竟刚断，魔法医生也许有办法。"

"啊？现在？可我现在没空啊。"

"为什么？"

"我马上要去训练迷路的孩子们，在人鱼湾搞打鱼特训。"

"要多长时间？"

"不知道，练到累瘫吧。"

"那肯定要好几个小时，到时候我的翅膀就没救了。快把我带到同伴那儿——"

"要翅膀干什么？反正精灵命短。不说了，我得赶去海湾了。首领要做表率，可不能迟到。"

"彼得！"叮叮恳求道，然而彼得似乎听不到它的声音。

彼得脑子里装满了可恨的温蒂和手下的孩子，已经没有我的立足之地了。叮叮开始绝望，它身上的光渐渐黯淡。不行，这样下去我会消失的。叮叮转头寻找自己的断羽，它落在几十厘米外。它站起来，踉踉跄跄地凑过去。因为叮叮平时都在飞，很少走路，所以只走一小段它也累得不行。而且翅膀断了，耷拉在地上，每走一步它都觉得疼。

叮叮边走边呻吟，好不容易到了断羽掉落的地方。它轻轻拾起断羽，羽翼已开始变软，再也没有精灵的光辉，逐渐浑浊。

也许真的赶不上了，叮叮想道。总之，我要带着断羽去找同伴。我要在森林里走多远呢？我到底能不能走完这条路呢？对了，在那之前，我先要离开这个地下的房子。可我飞不起来，要怎么出去呢？

"瞧你这副可怜样子。"叮叮的头顶传来嘲讽的声音。

"彼得！你没去人鱼湾吗？"

"我改主意了。"彼得在叮叮旁边坐了下来。

"你能带我去找同伴吗？"

"我干吗要这么做？"彼得一把夺过叮叮手上的断羽，"这东西接不上了吧？"

"不试试怎么知道？"

"接不上了。"彼得捏着断羽，用力一搓，断羽瞬间化为齑粉，散落一地。

叮叮一个字都说不出来。

彼得吹了口气，碎屑腾空而起，不一会儿就散得找不到了。

"你瞧，绝对接不上了。"

"你为什么要这么做？"叮叮眼中泪水滑落。

"不为什么。"

"你是觉得我会向温蒂告状？"

"你肯定会告状吧？"

"我绝对不告状，因为我也有同样的想法。"

"同样的想法？什么意思？"

"我知道你对温蒂的想法。我是说我也一样。"

"你也对温蒂有同样的想法？我不信。"

"相信我吧，彼得。"

"叮叮，能让我看看你的翅膀吗？"

"你想干什么？"

"如果你不信我，那我也不信你。"

"……嗯，好吧。"叮叮犹豫片刻，回答道。

"这个翅膀的方向好怪啊。"

"因为根部断了。但它还没死，只要用树枝固定，肯定能——"

"只有一片翅膀没什么用吧？"

"不会，只要好好练习，只有一片也能——"

"真的吗？你见过用一片翅膀飞的精灵？"

"……我没见过，但我会努力——"

"不行的。"

"不是绝不可能，我会——"

彼得捏住折断的翅膀，干脆扯了下来："你瞧，这下绝不可能了。"

"彼得……"叮叮大哭起来，它的声音像银铃一样悦耳。

"你哭起来真好听。"彼得用食指摸了摸叮克铃的头。

"我不能飞了。"

"你不是还有两片翅膀吗？"

"这么小的翅膀怎么飞？"

"你要放弃了？这可一点都不像你。"

"你觉得这样的翅膀也能飞？"

"努努力，说不定能飞呢。"

"那我一定努力。"叮叮露出了笑容。

"你笑得真好看，不过，"彼得说着又捏住了叮叮仅剩的两片小翅膀，"这样一来，你只能放弃了。"他扯掉了两片小翅膀。

叮叮一个字都说不出来。

正如鸟儿珍惜羽翼，精灵也很珍视自己的翅膀。因为精灵身体娇小，没有翅膀就很难移动，也很难与人类平等对话，毕竟它们必须飞到与人类双眼齐平的高度才能被对方注意到。要是只能在地上行走，它们随时可能被踩。但精灵的翅膀又薄又脆，一旦失去就再也长不出来，所以精灵才把翅膀视作生命。

现在，叮克铃四片宝贵的翅膀全没了。

"太过分了，彼得，你太过分了。"

"叮叮，你不是有腿吗？要翅膀做什么？你可以四处跑啊。而且你那么轻，说不定能跳得很高呢。"

"我从没跑过，也从没跳过呀。"

"那你就跑几步看看吧，就从这儿跑到墙边。"

叮克铃想了想。彼得说的也有道理。它现在已经没有翅膀了，再怎么伤心也没用，还是学习怎么用手脚更重要。叮叮点点头，朝着墙边跑了出去。

彼得一步就超过了它，巨大的脚跟落在叮叮面前。叮叮来不及反应，一头撞上彼得的脚跟，被弹回来，在地上滚了几圈。

彼得哈哈大笑："你太好笑了。"

"别戏弄我呀。"叮叮气愤地说。

"戏弄人不是精灵的拿手好戏吗？"彼得毫不惭愧地说，"好了，你再跳两下看看。"

"那你绝对不要戏弄我了，好吗？"

彼得点头。

"你发誓？"

"我发誓。"彼得在胸前画了个十字。

叮叮跳了起来。它跳了十几厘米高，虽然远不及人的身高，但比叮叮自己想象的高不少。说不定多多练习，就能跳更高了。

叮叮蹲下身子聚集力量，又跳了一下。快要飞到二十厘米的最高点时，彼得一掌将它打飞，叮叮飞出一米之外，砸在墙上。一瞬间，它以为自己粘在了墙上。可是下一刻，它就落了下去。

它连蜷身防守的力气都没有。它感到全身剧痛，四肢不能动。它弄不清是痛得动不了，还是伤了骨头。

"彼得……"叮叮努力挤出沙哑的声音，"你答应了……不……戏弄我……"

"这不是戏弄，是认真的。"

"认真……什么意思？"叮叮咳嗽起来，咳出了好多血。

"我认真要杀你。"

"什么……意思？"

"我不想你到处说温蒂的事。"

"你说什么？彼得，我是你这边的呀！"

"我不信，你可能在说谎。"

"你就没想过……也许……我说的是真的吗？"

"想过。"

"那就帮帮我……带我去找魔法医生……"

"你说的可能是真的，但也可能是假的啊。"

"相信我，彼得！"

"先假设你说的是假的吧。"彼得抬起指尖，戳了戳叮叮的身体，"只要你死了，就没事了。可要是你活着，就会四处传话，给我惹麻烦。"

"不会……的……因为我……说的是真的……"

"假设你说的是真的，"彼得抠了抠鼻孔，"那你活着也没什么不好。"

"对呀，所以——"

"同样，你死了也没什么不好。"

"你……说什么？"

"就是说，不管你说的是真的还是假的，只要把你杀了，我就安全了。"

"这说法……真不像你。"

"这几个月来，我变得机灵多了。"彼得抽出了短剑。

叮克铃惨叫一声。它的声音几乎响彻永无岛，但几秒后就消失了，因为彼得的短剑贯穿了叮叮的身体。

6

"不好了！大家快起来！"井森被叫喊声惊醒，一时间没想起自己身处何方。

这是哪儿？

他躺在一个和式房间里，身上穿着浴衣，室内还有四个跟他同样打扮的青年。其中一个站着，正对井森他们喊叫。其他人跟井森一样躺在被窝里，仰视着那个人。

啊，我想起来了。这儿是温泉旅馆，我们正在参加同学会。宴会结束后，我们要在这儿住一晚来着。

想到这里，几个室友的面孔和名字就对上号了。那个站在屋里、面色惨白的男性是酢来酉雄，躺在被窝里的是日田半太郎以及二连一郎与次郎兄弟。

"安静点行不行？"日田不耐烦地说，"我一直喝到天亮，脑袋正疼呢。"

井森又想起来了。他们五人被分到了一个房间，日田和次郎直到深夜都没回来，于是他和酢来还有一郎就先睡了。

不过，这一觉睡得可真香。井森有点佩服自己。

回到房间后，井森他们有了一个重大发现。井森对酢来提起永无岛时，一郎竟然先有了反应。接着他坦言，他们两兄弟其实是永无岛双胞胎的化身。听到这里，酢来也不情不愿地承认，自己就是斯莱特利的化身。井森又告诉他们，自己是比尔的化身，而昨天被送到医院的八木桥有可能就是永无岛的"八号"。

接着，他又对另外两人说明了两个世界间的法则。即如果永无岛的某人死了，他在地球的化身也会死。酢来和一郎似乎无法理解，也或许是不愿意理解。总而言之，他们凑在一起讨论和分析眼下的情况，最后都昏昏沉沉地睡了过去。

现在看来，次郎和日田最终也回了房间。

"现在哪是说这些的时候！"面无血色的酢来瑟瑟发抖。

"怎么？你宿醉了？去找旅馆的人要点醒酒药呗。"日田调侃道。

"铸挂受了重伤。搞不好已经死了。"

铸挂？井森一时没想起来是谁，过了一会儿才意识到，他在说老同学铸挂圣。

先冷静。这种时候不能乱了阵脚。根据他以前的经验，乱了阵脚一定没好事。井森缓缓做了个深呼吸。好，冷静了。

日田、一郎和次郎还在发呆，似乎没意识到事态的严重程度。当然，井森也不知道外面究竟是什么情况，但他至少做好了要去解决问题的心理准备。当务之急，是确认小圣的生死。如果她还活着，就要先考虑抢救她。

"她在哪儿？"井森叫住慌了神的酢来，问了一句。

酢来抬起颤抖的手，指向窗外。井森站起来，走向窗边。外面是一片积雪，看来昨晚又下了好久。但他并没有看见小圣。

"在哪儿？"井森又问了一遍。

"往下，窗户斜下方的围栏那边。"

他们的房间在二楼，围栏设在窗外的地面上。于是井森探头出去仔细查看。

找到了。井森看到了小圣的眼睛。她仰面朝天，半张着口，似乎悬浮在空中。她穿着带有红色刺绣的白衣服，手脚分别向不同的角度舒展，姿态如同纤巧的精灵。

她为什么会浮在空中？井森仔细再看，发现她并不是浮在空中，竹子扎成的围栏像长枪一样锐利，其中一根将她腹背贯穿。

他不禁纳闷，干吗要把竹子削成这么危险的形状？不过转念又想，现在纠结这些也没用，也许造围栏的人只是觉得这样好看，何况围栏本身超过两米半高，谁也想不到会有人掉在上面。

"快去救她。"井森说。

"我看已经死了。"

"看着确实如此，但在实际确认之前，还不能判断她是死是活。"井森又探出去一些，查看建筑物的外墙和周围的情况，并命令其他室友："看看手机信号来了没有。要是有信号，就打电话叫救护车。还有，通知旅馆的人，这里出事了。"

"那你呢？"日田不耐烦地说。

"我想办法把她弄下来。"

"怎么弄？"

"根据我的观察，从这里应该能跳到围栏上。"

"围栏不会倒吗？"酢来担心地问。

"倒就倒吧，那样也能把她弄下来。"

"要是没倒呢？"

"那就顺着围栏爬过去。"

"这都跟杂技似的了，你行吗？"

"不知道，但也只能试试，没别的办法了。"

"要不多花点时间，换个更安全的办法救她吧？"

"那就来不及了。"

"现在可能也已经来不及了。"

"有可能，但我们不能擅自下判断。"井森说完，朝着围栏一跃而下。

也许我不该光脚——跳出去的瞬间，井森就后悔了。长枪状的竹竿之间，由一排横杆固定。井森本想跳到横杆上，抓住突起的竖杆稳住身体。可他的计划犯了个大错。

"啊！"井森的右脚被长枪贯穿，尖锐的竹枪从脚底刺入，直透脚背。他首先想到的不是疼，而是这下糟了。接着他又想起，好像不久前刚有过类似的经历。当然，现在不是慢慢回忆的时候，眼下的问题是该怎么办。

井森单一只右脚挂在竹枪上，整个人大头朝下晃荡着。他感到剧烈的疼痛。不仅是贯穿伤，还有脚踝和髋关节因为姿势怪异产生的疼痛。

"喂，井森，你没事吧？"日田问。

从主观上说，他非常有事。从客观上说，他肯定也不是没事。因此，井森反倒是很佩服日田竟能问出如此愚蠢的问题。

"如你所见，情况很糟。"

"我都跟你说别乱来了。"酢来无奈地说。

"但我没办法呀。"

"要是你乖乖等人帮忙，哪还用得着受这种罪？"

"可那样帮不了铸挂啊。"

"你现在这样也帮不了铸挂啊。"

"那只是结果……对啊，快叫人，联系上急救中心了吗？"

"有人去联系了吗？"酢来回头问。

没人吭声。

"抱歉，好像还没人联系。"

"那就赶紧打电话啊。"

"哦，你等着。"酢来拿出手机，"唉，还是没信号。你们呢？……看来都没信号。"

"那就只能靠自己了。"

"等等，我找旅馆的人问问，看能不能砍掉围栏。"

"我现在血液倒流，又痛又冷，都快不行了。"

"谁叫你只穿了一件浴衣。"

"只要把脚上的竹竿弄出来，我应该就能好活动一些。"井森抓住围栏，一点点抬起身体。

　　如果用双臂稳住身体，应该能抽出竹枪上的右脚。井森将全身力量集中在脚上。他感到一阵难以忍受的剧痛，搞不好连骨头都伤了。尽管如此，他还是咬紧牙关，大吼一声，拔出了右脚。

　　"出来了！"然而好景不长，井森发现自己又犯了个错。他之所以能用双手稳住倒挂的身体，是因为脚固定在竹枪上。也就是说，片刻之前，井森的身体尚有三个支点，现在他拔出了脚，就只剩下两个支点。于是，他就成了双手握着栅栏凌空倒挂的姿势。他在地上都没成功倒立过，仅靠双臂自然无法支撑身体。

　　"咔嚓！"本来悬在上空的下身垂落，成了上身朝上。与此同时，井森的肩关节发出脆响，也许是因为突然的重负，肩关节脱臼了。下个瞬间，井森的手指就受不住冲击，松开了围栏。

　　他所在的位置离地约两米，只要小心点，也许不会受重伤。然而事发突然，井森完全来不及反应。他直接一屁股摔在了由于屋檐遮挡没有积雪的地面上。那一刻，从腰到后背传来了被碾压的感觉。好像不大妙。

　　接着他便仰天倒下了。地上可能有块尖石头，因为他又感到什么东西戳进了脑袋。

　　"哇！"井森大喊一声，"我的脑袋！我的脑袋！"

　　"一大早的你嚷嚷什么啊？"睡在旁边的日田烦躁地说。

　　"啊？"井森坐起来，摸了摸后脑勺。不痛不痒，也没有血。接着他又摸了摸全身，一点伤都没有。

　　搞什么啊，原来是个梦。井森长出了一口气。

　　不对，等等，以前好像也发生过这种事。他刚才经历的根本不是梦。不，假设同学会的翌日早晨，一个老同学死在了窗外，这倒有点像梦。然而除了这点，其他经历都充满了现实感，无论从物理还是逻辑角度看都毫无破绽。虽然这种梦也不是没有……

"酢来……酢来呢？"井森看向窗户。

酢来盯着窗外，而且是偏下的方向，也许他在看围栏顶端。

井森突然感到绝望。

"酢来！"

酢来转过头，嘴唇发青，浑身颤抖。

"是铸挂吗？"井森说。

酢来无声地点头。

"怎么了？"日田爬起身问道。

一郎和次郎也相继起了床，面面相觑。

"铸挂受了重伤。"井森说。

日田等人半信半疑地走向窗边，低头一看，几乎同时发出了惨叫。

"你比我先看到了？"酢来问井森。

"没有。"井森摇头。

"那你怎么知道的？"

所有人都看向井森。井森察觉到了这些视线里的深意。他们在怀疑他，猜测小圣那副惨状与他有关。

"不不，不是这样。我是刚才看见的，比酢来晚点。"

"什么意思？我大约一分钟前才发现的，而你一直躺在被窝里。难道你是在梦里看见的？"

"你没说对，但也差不多。我刚才死了一回。"井森知道他们无法理解，但还是说了实话，"我想救铸挂，结果从围栏上摔了下去。"

"你没事吧？你以为自己是幽灵？还是说，你真的是个特别逼真的幽灵？"

"等等，"一郎疑惑地说，"我刚才好像确实做了这样的梦……"

"等会儿再解释吧，先得把铸挂救下来。"井森跑出房间，又跑到了旅馆外面。

从窗户跳到围栏上的计划失败了，因此他判断不能那么干。此时旅馆里已是一片哗然，似乎有好几个人发现了小圣。他走到外面，发现围栏旁已聚集了好几个老同学和工作人员。好多血顺着围栏流下来，积雪染红一片。

"这个围栏能放倒吗？"井森问旁边的老板娘。

"不知道，但我觉得好像不怎么结实……"

"有梯子吗？"

"仓库里应该有。"一名工作人员说，"我去拿。"

"梯子拿来前，咱们努力把围栏放倒吧。"

他跟几个老同学抓着围栏又是拉又是拽，但它只管摇晃，一点儿都没有要倒的意思。每次摇晃，小圣的手脚就跟着晃悠，像个死气沉沉的人偶似的。

几分钟后，工作人员拿来了梯子，井森架好梯子爬了上去。

碰到小圣时，她的身体已经凉透了。由于站在不稳定的梯子上，井森没法确认她的呼吸和脉搏。他把双手探入小圣的身体下方，试图把她抬起来。

"直接弄下来不太好吧？"下方传来酢来的声音，"可能会加速流血。"

"有可能。"井森回答，"不过现在叫不到救护车，总不能一直把她留在上面吧？"

"那好吧。可是你一个人抬太危险了，旅馆的人说还有一把梯子，我上去帮你。"

不一会儿，酢来也上来了。他们俩托着小圣的身体，缓缓抬了起来。几乎没出血。他们又小心翼翼地回到布满积雪的地面，放下了小圣的身体。

"没呼吸，也几乎没出血，看来连心跳都没了。"一郎说。

井森一言不发，开始做心肺复苏。每压一下胸口，伤口都会出血。

"伤口这么大，而且离心脏这么近，也许连接心脏的大血管或是心脏本身已经破裂了，你再怎么压也没法回血的。"一郎冷静地解释。

尽管如此，井森还是一言不发地继续按压。十五分钟后，他才停下动作。

"按够了？"酢来把手搭在他的肩膀上。

"两个人了。从到这里以来，已经死了两个人了！"井森甩开了酢来的手。

"两个人？"不知何时凑过来的友子说，"什么意思？难道八木桥也……"

"嗯。"井森回过神来，"被救护车拉走时，他已经没气了。"

"你为什么不早说？"

"我……不想影响同学会的气氛。"井森垂头丧气地说。

"你太过分了……"友子怒视井森。

没错，是很过分。隐瞒朋友之死确实很过分。但井森认为，他并非专业人士，用不确定的信息影响众人的情绪同样过分。

"井森也是为大家想，"酢来替他辩解道，"你也不能一味指责他。"

友子沉默地瞪着井森，随后喃喃道："嗯，我话说重了。"

很显然，她并不觉得自己话说重了。井森感到胸口刺痛，八木桥和小圣的死都没让他产生这种感觉。为什么？井森自问。

啊，她是井森的初恋。之前他自己都不记得了。不，不是不记得，应该说，他是此刻才意识到。他甚至没发现自己喜欢过友子。但当年自己确实喜欢过她。每次见她，自己都会心跳加速。

可是，人真的会对自己的初恋毫无意识吗？这会不会是被捏造的记忆？井森对自己的记忆产生了怀疑。

不，怀疑这些也没有用。毕竟这个世界也好，记忆也好，本就与大家的认知很不同。所以，怀疑记忆被捏造只能算是琐屑小事。总之他明白了心痛的原因，心情也就稍许释然了。

"出什么事了？"富久在人群后面探头问道。

"铸挂受伤了。"井森回答。

"怎么又出意外了？情况怎么样？"富久推开人群走了过来，"哇！"他猛地向后退开，"叫救护车了吗？"

"电话还是打不通。"

"那只能开车送到附近的医院去了。"

"这……"老板娘为难地说，"昨晚下了大雪，车全被埋进雪里了。"

"挖出来不就行了？反正这里人多。"

"路也被雪埋了，铲雪车不来，车就开不出去。"

"铲雪车什么时候来？"

"不清楚。"

"问问相关部门不就行了？"

"可电话打不通啊……"

"那只能扛去医院了。"

"最近的医院离这里有十公里远。积雪这么厚，应该走不过去。万一路上下起大雪甚至暴雪，还可能会遇难。"

"这么说来，我们也是坐旅馆的迷你巴士从车站过来的。莫非这里很偏？"

"是的，咱的卖点就是僻静。"

"那就没辙了。"富久抬起戴手套的右手，挠了挠头，"铸挂怎么样？伤得重吗？"

"已经将近二十分钟没心跳了。"

"搞什么啊？"富久打了个哈欠，"那还急什么，都死透了。"

"得通知警察，查清她的死因。"

"死因？你想说这是谋杀？"

"现在还不能断定。"

"喂，有人知道她怎么受伤的吗？"

几个人举起了手。

"怎么，这么多人知道啊？"

井森也感到很意外。因为方才现场附近一片死寂，他还以为没人看见呢。

"她是被人弄死的吗？"富久问。

"不，应该是意外。"虎谷百合子答道，"她之前在房间的窗前看雪景，然后不知怎么，突然双手撑在窗框上，整个人探了出去。我觉得危险，但还没来得及提醒，她就失去平衡掉下去了。我们屋里所有人都看见了。"

"那就肯定是意外了，除非你们屋所有人对了口供。不过，要是那么多人合谋，应该会想个更靠谱的办法。"

"也有可能是自杀吧？"日田悠哉游哉地说。

"在所有人都能看到的地方自杀？"酢来抛出疑问。

"也许是想假装自杀，但是用力过猛，真的死了。"

井森陷入了沉思。

"怎么？你还觉得是谋杀？"富久轻蔑地说。

"她本来在看窗外，但突然就掉下去了，我觉得有点怪。"

"你也怀疑是自杀？"

"虎谷，你说她突然探出身去，她的动作有没有不自然？"

"确实有点不自然，但不像是自杀。"

"有没有被不可抗力拽出去的感觉？"

"你这么一说，还真有点……你想说什么？你是说妖怪或者幽灵干的？"

几个人发出了尖叫。

"不是……虽然不是这些，但确实可能是不寻常的力量。"

"你到底想说什么？是不是吃了致幻药？"富久瞪了一眼井森。

"如果她是化身，那么应该就是她在那边的本体被害了。如此一来，就能解释为什么她这场事故如此牵强。"

"'那边'是什么意思？"

井森没有理睬富久的提问，继续对大家说："梦见过永无岛的人，请坦诚地站出来。现在首要的是搞清现状。"

7

"竟然没一个人抓到鱼，你们怎么搞的？"彼得·潘在回地下之家的路上，恶狠狠地说，"人鱼湾明明有那么多鱼。"

"但是大家都很努力呀。"比尔安慰道。

"努力跟拼命没有意义，重要的是结果。"

"不，我觉得应该是工具有问题。"斯莱特利说，"只用树枝和石块捕鱼，实在太——"

"斯莱特利，你对我有什么意见吗？"彼得抄起刚才用来叉鱼的树枝，对准了斯莱特利的脖子。

"怎么可能啦。"斯莱特利后背冷汗直流。

"我们还是抓到了十多条鱼呀。"温蒂指着穿在小细枝上的鱼说。

"这可全是我抓的。"彼得骄傲地说。

"有这么多鱼，足够大家吃了。"

"为什么要把鱼分给抓不到鱼的人？……等等！安静！"彼得抬手叫停了所有人。

"彼得，怎么了？"比尔问。

"空气的味道有点怪。"

比尔张大嘴吞了几口空气："嗯，是有点淡。"

"比尔，彼得说的是比喻。"温蒂告诉它，"对吧，彼得？"

"比喻是什么？"彼得也张嘴吞了几口空气，"这是红皮人的味道。"

迷路的孩子们吓坏了。

"怎么办？我们没带武器！"图特斯战战兢兢地说。

"别担心，有树枝就够了。"彼得挥了一下手中的树枝，十几条鱼腾向空中，落到了附近的草丛里。

"啊！"两个躲在草丛里的红皮人被从天而降的鱼吓得跳了出来。其中一人径直冲向彼得，也不知是要袭击他，还是正好往他的方向逃了过来，因为他们还没来得及弄清楚，彼得的树枝就刺穿了那个红皮人的咽喉。

"你瞧，当武器，够了。"

被刺中的红皮人挣扎着想呼吸而不得，不一会儿就翻着白眼倒下了。彼得确认他断气后，拔出树枝追向另一个红皮人。

红皮人拼命逃跑，但是夜色太深，地上又满是枯枝杂草，他无法跑出平时的速度。与他相比，彼得可以躲开复杂交错的枝条，毫无阻碍地飞在森林上空。他猛地落在红皮人眼前，抓着树枝两端钩住红皮人的脖子。红皮人急忙停下向后仰倒，试图躲开树枝。可彼得的动作比他快。他钩住红皮人的脖子，用力一拽，升上空中。红皮人拼命挣扎，彼得却哼着歌足足爬升了二十米，慢慢飞向温蒂那边。不到一分钟，红皮人就一动不动了。

温热的液体落在比尔身上，它抬头一看，发现液体源自红皮人两腿之间。比尔挪了个地方，与此同时，红皮人掉了下来，先是"扑通"一声砸到地面，继而弹起三十厘米。要是比尔的动作再慢上一两秒，它就会被尸体砸到。但它没对彼得表示抗议，这倒不是因为比尔怕彼得，而是它压根没发现自己刚刚有多危险。

"我用一根树枝杀了两个红皮人。"彼得落下，骄傲地说。

"彼得，你这下彻底激怒红皮人了。"温蒂害怕地说。

"怕什么，不管他们派多少人过来，我都会消灭掉。"

"彼得那么厉害，肯定没问题。但我们不够厉害呀。"

"温蒂不用担心，我会保护你。"

"那你能保护所有人吗？"

"所有人是谁？"

"我弟弟、迷路的孩子，还有比尔和叮叮。"

"怎么，你说这帮小子啊，你放心吧。"

"你为什么认为我可以放心？"

"因为这帮小子死了也无所谓……等等，还有人！"彼得再次腾空，在地下之家附近的低空滑行了一圈。斯密带领的海盗从树影和岩石背后跳出来，落荒而逃。

"原来那帮人也在，我杀红皮人可能惊动他们了。"彼得不甘心地说，"可是，他们为什么没有打进地下之家呢？"

"一定是红皮人与海盗互相牵制，谁也动不了手。"斯莱特利若有所思地说。

"真的吗，斯莱特利？"彼得瞪了他一眼，"要是你敢说谎，我绝不会放过你！"

"我、我没说谎。"

"那，只要证明了你说谎，就判你死刑。"

"彼得，别吓唬斯莱特利了。"温蒂抗议道。

"我没有吓唬他，只是告诉他。"

"没、没关系。"斯莱特利逞强道，"反正这也没法证明，毕竟没有目击者。"

"目击者？"

"没错。大家都去练抓鱼了，没有留下目击者。"

"大家？"彼得想了想，"点个名吧！报数！"

"一！""二！""三！""四！""五！""六！""七！""九！""十！"

"等等，为什么八号没反应？"

"因为他被斯密杀了。"比尔说，"你忘了吗？"

"我当然记得，只是考考你。"

"原来如此，我还以为彼得什么都记不住，有点担心呢。"比尔摸着胸口说。

"带编号的都在。然后是……斯莱特利！"

"到。"

"图特斯！"

"到。"

"尼布斯！"

"到。"

"克里！"

"到。"

"双胞胎！"

"到。"

"到。"

"回答一次就够了！"彼得生气地揍了哥哥的脑袋，因为他站得比弟弟近。

"你漏了我弟弟。"温蒂说。

"对啊。约翰！"

"到。"

"迈克尔！"

"到。"

彼得满意地抱起了胳膊。

"彼得。"温蒂说，"你还漏了。"

"啊？"彼得不高兴地盯着温蒂看了一会儿，然后拍了一下手，"对了，差点忘了，温蒂！"说完他就沉默了。

温蒂等着彼得继续，可彼得一言不发，只是摆手示意温蒂。

"啊？干吗？什么情况？"

"你要回答啊，我忘了点你名字了。"

"哦，这样啊。"温蒂大失所望地说，"到。"

"当然，最后一个我也没忘啦。"

"哎呀，你只是假装忘了对吧？这就好。"

"比尔！"

"到！"比尔得意地说。

"比尔？"温蒂说。

"啊？比尔不是伙伴吗？"彼得瞪大了眼睛。

"我也以为是呀，不过温蒂好像很惊讶。"比尔伤心地垂下了目光。

"也就是说，温蒂没把你当伙伴。"彼得乘胜追击，"毕竟她还咬了你一小口，没办法，人没法跟食物做朋友。"

"不是的，比尔！"温蒂辩解道，"我只是不小心忘了你。"

"但是你没忘了自己，还有弟弟。"

"那是因为我们认识的时间更长……"

"算了，比尔。"彼得把手搭在它肩膀上，"反正你只是一只蜥蜴，想跟人类女孩交朋友，太不自量力了。"

"没关系，毕竟我也隐约察觉到了温蒂的想法。"

"真不是这样，比尔，我只是……"

"刚才说什么来着？"彼得似乎对比尔失去了兴趣。

"啊，对了，说到还忘了一个。"温蒂很高兴，他们总算回到了正题。

"你不是忘了比尔吗？"

"不是我忘了，是你忘了。"

"真过分，彼得，你竟然忘了我。"比尔噘着嘴说。

“不，我记得你。忘了你的不是我，是温蒂。”

“真过分，温蒂，你竟然忘了我。”比尔噘着嘴说。

“再说下去就没完没了了，我直接公布答案吧：彼得忘了叮克铃。”

“叮克铃是谁？”彼得问。

“我知道。”比尔小心翼翼地举起了手。

“比尔，请发言。”斯莱特利点名。

“我不知道对不对。叮克铃好像是彼得的精灵朋友。因为我只在这里见过它一个精灵，所以记得。”

“哦，”彼得说，“这样啊。”

“难道你不记得叮叮了？”温蒂惊讶地说。

“啊，也不是忘了，听你们一说，好像是有这么个精灵。”

“你们关系不是很好吗？”

“打个比方，有一天，屋子里飞进了一只苍蝇或蚊子，你跟它成了朋友。”

“跟苍蝇成为好朋友？”

“要是说苍蝇很难接受，那就换成蟑螂吧。总之，假设你们成了朋友。那么过了一个星期，你还会记得那家伙的名字吗？”

“叮叮可不是虫子。”

“跟虫子差不多，都长了翅膀，就是手脚没那么多，而且拔掉翅膀都会马上死。”

“你没对它做那么残忍的事吧？”

“哪里残忍了？就算不拔翅膀，它们也活不了多久。”

温蒂摇摇头，想驱散彼得的残忍话语：“我们去学抓鱼时，叮叮说要留在家里。”

"它为什么不守纪律？"彼得纳闷地问。

"因为叮叮好像有点……"温蒂想了想该怎么回答，"不喜欢看到你跟我做朋友。"

"为什么？"

"也许是因为我们看起来……像夫妻一样。"

"夫妻？"彼得哈哈大笑，"温蒂是我的妈妈呀。"

听到"妈妈"两个字，温蒂有点不高兴："是啊。总之叮叮看到我们关系好，就有点不高兴。"

"看来这个叮克铃性格不怎么样。"彼得漠不关心地说。

"就是，叮叮说的话都不能信。"斯莱特利表示赞同。

"嗯？"彼得突然回过神来，"对了，我想起来了！"

"你想起叮叮了？"温蒂兴奋地说。

"不，我想起来要证明斯莱特利有没有说谎了。要是那个叮克铃一直待在家里，只要问问它，就能知道答案了！"

斯莱特利捂住了脸。彼得快步走向地下之家，温蒂、比尔和孩子们连忙跟了上去。孩子们跳进了专门为他们开的树干门洞，只有比尔是被温蒂抱下去的。

"叮克铃，你在哪儿？"彼得喊了一声，但没人回答。

孩子们纷纷滑了下来。

"我喊了叮叮，但没人回话。"彼得说。

"嗯……"斯莱特利有点为难又有点如释重负地说，"我想叮叮应该不会回话了。"

"为什么叮克铃不理我？"

"它不是不理你，是没法理你。"

"它为什么没法理我？"

"因为它可能死了。"斯莱特利指着地面说。

叮克铃浑身是血地倒在地上，旁边站着嘴角沾血的比尔。孩子们大吃一惊，齐刷刷地远离比尔和叮叮，只有彼得走了过去。

"比尔，你吃了叮叮？！"他瞪大眼睛问。

"啊？不能吃吗？"

"不能吃朋友啊。"迈克尔含着泪说。

"我不知道，"比尔伤心地说，"毕竟蜥蜴是肉食动物。"

"既然你咬死了它，那就没办法了。"彼得满不在乎地说。

"不，我没咬死它。"

"可你刚才承认吃了它。"

"我只是吃了一口，没有咬死它。温蒂也吃了我一口，但也没咬死我呀。"

"你狡辩什么？它不是在被你吃的时候死的吗！"

"不是，我发现它时，它已经死了。"比尔摇着头说，"不过，就算是我杀的，只要吃掉就不算罪了吧？奇境之国和奥兹国都是这样的。"

"在永无岛不吃也不算罪，"彼得说，"但要经我批准。"

"要是你不批准呢？"

"死刑。"彼得咧嘴一笑。

"那杀了叮克铃的人要被判死刑了。"

"为什么？"

"因为叮克铃是你朋友啊。"

"以前可能是吧，我记不太清了。"彼得捏着叮叮的脚将它提起来，"算了，反正虫子转眼就死了，随便吧。"他把叮叮扔进了房间角落的垃圾桶。

"这不好。"温蒂说道。她之所以现在才开口，是因为自从看见叮叮的尸体，她就哭得停不下来。"彼得，请你查出是谁杀了叮叮吧。"温蒂从垃圾桶里捧起叮叮，轻轻包在手帕里。

"我干吗要做这么麻烦的事？"

"为了惩罚残忍的凶手，这才是为人之道！"温蒂哭着加强了语气。

"原来如此，那好吧。比尔，我判你死刑。"彼得一把抓住了比尔的身体。

"啊？我？可我没杀死叮克铃呀。"

"无论怎么想，最可疑的都是你，而且你还吃了它。"

"我都说了，刚才发现它时，它就已经死了。"

"比尔吃叮叮之前，有人看见叮叮死了吗？"彼得对所有人提问道。

孩子们面面相觑，没一个人说话。

"这下确定了，凶手就是你。立即执行死刑。"彼得拔出了短剑。

"耶！"孩子们鼓掌欢呼。

比尔吓得蜷成了一个球。彼得揪着它的尾巴，举起短剑刺中了它。

"等等！是我带比尔进来的！"温蒂说。

"我知道。"彼得说，"但你只是带它进来，没有犯罪。"

"我不是那个意思。从我们进屋到发现叮叮的尸体，中间只有几秒钟，比尔不可能短短几秒钟就悄无声息地杀死叮叮。"

"那就是它趁我们回家前独自溜回来，杀了叮叮后又若无其事地回到了大伙身边。"

"离开这里后，比尔一直跟我在一起。而且我们离开时，叮叮还活着。再说了，比尔也不可能想到这么复杂的办法。如果它那么聪明，肯定不会当着所有人的面吃叮叮，让自己遭到怀疑。另外，你看，叮叮肚子上有一条笔直的伤口。比尔的牙和爪子弄不出这样的伤痕，这是被刀伤的。"

"你想说什么？"彼得好像听烦了。

"我觉得另有凶手。"

"哦。"彼得想了想，"那真凶是谁？"

"我也不知道。"

"既然如此，那就先把比尔处死吧。"

"不能这样，你这样只会害死一只无辜的蜥蜴。"

"无所谓，反正世界上每天都有好多无辜的蜥蜴死掉。"

"彼得，请你找出比尔之外的真凶。"

"啊？"彼得惊讶得松开了比尔的尾巴。比尔从剑尖滑落，掉在了地上，鲜血四溅。

"找真凶？你要我怎么找？"

"收集证据，然后推理。"

"什么是证据？"

"首先是叮叮的遗体。刚才说了，它是被刀杀死的，所以凶手用的凶器是刀。"

"身上有刀剑这些利器的人，老老实实举起手来。"

几乎所有孩子都举起了手。

"所有人都把刀剑掏出来。"

"你为什么要让他们这么做？"比尔虚弱地问。

"杀了叮叮的凶手，刀上应该沾了血。"

"原来如此。彼得，你真聪明。"

"像刀锋一样敏锐。"斯莱特利说完，兀自大笑起来。

"彼得，还有你。"

"我什么？"

"你身上也有刀，也得掏出来让大家看呀。"

"也对，毕竟我说了所有人。"彼得举起了手上的短剑，鲜血滴下。

"彼得，真凶竟然是你！"比尔惊讶地说。

彼得托着下巴陷入了沉思。

"你在干什么？"

"我在回忆今天有没有杀过精灵。"彼得回答。

"那些血不能算证据。"斯莱特利说，"因为彼得刚才刺到了比尔，上面当然有血。"

"对啊，没错。你偶尔也能说几句好话嘛。"彼得高兴地拍了拍斯莱特利，"不过，要是凶手既不是我也不是迷路的孩子们，那究竟是谁？"

"不，我只是说那些血不能证明彼得是凶手，没说彼得不是……"斯莱特利话说到这儿，发现彼得正瞪着他。

"你说什么？"

"没什么，是我想错了。"斯莱特利擦了一把额上的汗水。

"你们觉得凶手是谁？"彼得言归正传。

"这个伤口会不会是铁钩手弄的呀？"温蒂说。

"铁钩手？铁钩能弄出这么平整的伤口吗？"

"胡克船长的铁钩特别锐利，能像刀一样割开皮肉。"

"胡克船长是谁？"

"就是被你杀掉的海盗船长。"

"哦，我从来不记得自己杀过的人。"彼得笑着说。

"杀过就会忘了？……那不就有答案了吗？"斯莱特利说。

"什么答案？"彼得说。

"没什么，没有答案，是我的错觉。"

"你今天的错觉也太多了点。对了温蒂，要是我杀了胡克，那他就不是凶手了吧？"

"也许你觉得你杀了他，实际他没有死呢？"

"彼得，你杀了他吗？"比尔问。

"嗯……"彼得抱着头说，"要说杀我感觉的确是杀了，可要说没杀又好像是没杀。"

"我亲眼看见胡克船长被鳄鱼吃掉了。"尼布斯说。

"我也看见了。"约翰说。

"还有我。"双胞胎说。

孩子们一致表示他们都看见了。

"等等，你们有谁看见胡克船长的尸体了吗？"

孩子们顿时沉默下来。

"也就是说……"彼得说。

"没错，也许胡克船长装死，然后逃跑了。"

"可是，胡克船长为什么要杀叮克铃呢？"比尔问。

"这是个好问题。胡克船长以前试图毒死彼得，但是被叮叮阻止了。"

"嗯。"彼得说，"这个叮叮还挺有用的啊。"

"既然如此，胡克船长已经达成了目的，应该不会再接近我们了。"图特斯长出了一口气。

"不，我认为危险还没有过去。"温蒂说，"胡克船长肯定要对我们所有人报仇。"

"为什么？"克里说，"我们可没阻止胡克船长毒死彼得。"

"但我们消灭了他的海盗团——只留下了斯密和斯塔基，他可能会怀恨在心。"

孩子们都怕得浑身发抖。

"我应该没事吧？"比尔问道，"毕竟我没杀海盗。"

"是啊，你应该没事，但也可能有事。因为他可能认为你是彼得的伙伴。而且就算他对蜥蜴没仇，也可能不在乎你的命。"

"那我怎么办？"比尔也开始浑身发抖。

"没关系，我再把胡克杀了就行了。"彼得气势汹汹地说。

"是，这或许是个好主意，但也可能毫无意义。"温蒂严肃地说。

"为什么？只要杀了胡克就没问题了，不是吗？"

"因为胡克有可能不是凶手。"

"什么意思？刚才你还说胡克是凶手。"

"我只是觉得胡克可疑，但没断定他就是凶手。万一胡克不是凶手，这就证明除了他还有别的杀人魔。要是我们只盯着胡克，或许会酿成大祸。"

"杀人魔是什么？"比尔悄悄问斯莱特利。

"就是像魔鬼一样杀人不眨眼的人。"斯莱特利马上回答。

接着，两人同时看向彼得。

"可要不是胡克，不就不知道杀人魔是谁了？这不就没路走了吗？"彼得不耐烦地说。

"是很难，但也不是没路走。"

"那怎么办？"

"你成为侦探就行了。"

"我？"彼得指着自己说。

"彼得？"孩子们指着彼得说。

"彼得？"比尔指着彼得说。

"没错，就是你，彼得。"温蒂说。

"为什么是我？"

"当然因为你最合适呀。"

"啊？"斯莱特利大声说。

"这个'啊'是什么意思，斯莱特利？"彼得瞪了他一眼。

"那个……我只是听到温蒂让彼得当侦探，有点吃惊。"

"我不能当侦探吗？"

"呃，那个……"斯莱特利的目光开始游移，他也许在思考怎么回答才不会惹彼得不高兴，"我是说，你不太有侦探感——"

"笨蛋是当不了侦探的啦。只有像爱丽丝、斯克德里夫人、杰丽雅·嘉姆那样的聪明人才能当侦探。"比尔说。

"这些都是谁？你想说我是笨蛋吗？斯莱特利！"彼得没有针对比尔，而是转向了斯莱特利。

"啊？我没这么说呀。"斯莱特利吓得瑟瑟发抖。

"你说我不像侦探，那不就是说我笨吗？"

"那是比尔说的，我可没说啊。"

"那你说，我为什么不像侦探？"

"因为……"斯莱特利拼命动脑筋，搜索不会激怒彼得的说法，"因为你缺乏当侦探的条件。"

"你还是想说我太笨吗？"

"不，我想说的是，你没有华生。"

"这又是谁？"

"他是总跟在侦探旁边、向侦探提问、被侦探调侃的人。"

"为什么需要这种人？"

"这样更方便故事发展。"

"所以我要当侦探，必须得有个华生？"

"没错。"斯莱特利长出一口气，似乎渡过了难关。

"那你来当华生吧。"

"啊？！"

"你跟着我，问我问题，被我调侃，这不就行了？"

"不不，我一点儿都不适合当华生。"斯莱特利又惊出了一身冷汗。

"为什么？"

"因为华生总是要被调侃，比侦探脑子转得快就——"

"什么？"

"比侦探脑子转得慢很多才行。我只比彼得的脑子转得慢一点儿，这么一点儿当不了华生。"

"那你说怎么办？"不知不觉间，彼得已经很想当侦探了。

"让比尔当吧。"斯莱特利情急之下说道。

"我？"比尔惊讶地说。

"你最适合当华生了。"

"可我真的能行吗？"

"没问题，你有天赋。应该说，只有你才能担此大任。"

"斯莱特利，"温蒂小声说，"笨蛋可当不了华生，因为华生要写报告呢。"

"没事，彼得和比尔都不知道这点。"斯莱特利小声回答。

"知道了，你是说我有被调侃和提问的天赋，对吧？"比尔说，

"我也开始感觉自己有这种天赋了。"

"那就这么定了。"彼得宣布,"我当侦探,比尔当华生。开始调查吧,一定要抓住凶手!"

8

"你刚刚说的都是什么啊?"富久皱起了眉。

"不好意思,我也没听懂你的话。"百合子疑惑地说。

"我们当中有几个人,同时活在两个世界。"井森没有退缩,而是继续解释。

"这是一种比喻吗?"次郎问,"比如内心的真实世界和面子上的虚伪世界?"

"你哥已经承认了,你没必要装傻了。"

次郎沉默着看向兄长。

"我也没办法,井森已经知道很多,"一郎说,"这已经不再是咱俩的秘密了。"

"你们到底在说什么啊?"富久明显更烦躁了。

"你梦见过永无岛吗?"井森又问了一遍。

"什么地方?"

"你是胡克船长吗?"

"听不明白。"

"请用'是'或'不是'来回答我的问题。你是胡克船长,是不是?"

"瞎扯,胡克不是死了吗?"说完,富久露出了大事不妙的表情。

"看来你知道胡克已经死了。"

"啊，我是听他们说的，"富久指向二连兄弟，"就他们俩玩的游戏。"

"什么游戏？"

"假装梦是现实的游戏。啊不，也许他们没当游戏，是认真的。就算这样，有问题的也不是我，是他们吧？"

"你们跟富久老师说过永无岛吗？"井森问二连兄弟。

"不，我们……"一郎说到一半突然停下，害怕地看着富久。井森也看向富久，只见富久面目狰狞地盯着二连兄弟，发现井森的目光后，他马上收起了表情。

"我们一开始以为，这是只在双胞胎间发生的奇怪现象，所以跟老师说过。"次郎接着说。

"真的吗？"井森反问道。

"真的。"

"不是被富久老师瞪了，所以故意说谎吧？"

"井森，你是想陷害我吗？"富久毫不掩饰自己的愤怒。

"富久老师，您从什么时候开始戴手套了？"井森并不害怕，继续问道。

"哦，我之前不小心烫伤了。已经快好了。但是我已经习惯用手套遮掩伤痕，所以就没摘。"

"能请您摘下手套看看吗？"

"你该不会以为我像胡克船长一样没有手吧？"

"如果永无岛的人受伤了，他在这个世界的化身也可能受影响。虽然不一定完全相同，也不清楚确切的法则是什么，但我想看看您是否像胡克那样受伤了。"

"我拒绝。"

"啊？"

"为啥我非得给你看不想示人的伤疤啊？"

"你的意思是，即使被认为隐瞒身为胡克的证据也无所谓？"

"你这是诱导式提问吗？我不是胡克，也不打算让你看我遮起来的身体，这个话题到此为止。"

"老师，你的反应太不正常了。"

"不正常？一个突然说梦境世界真实存在的人，有资格说我？那干吗不让在场诸位说说，你跟我究竟哪个更不正常？"

井森做了个深呼吸。不能被情绪左右。他知道自己是对的，可是不给出证据，就难以说服别人。如果人群里还有更多化身，也许永无岛就更容易被承认是事实。

"我和酢来，还有二连兄弟，除了这四个人，还有人记得永无岛吗？"

老同学们面面相觑，有人表情微妙，但没人站出来或举手。

"你看，永无岛就是个妄想嘛。"

"如果是妄想，我们四个为什么做了同样的梦？"

"巧合呗。"

"四个人碰巧做了同样的梦，这种概率无限接近于零。"

"也不是一模一样吧？"

"不，我们确认过……"

"也就是聊过咯？那就是在对话过程中下意识整合了记忆。对话时还只是莫名觉得一样，之后记忆就不觉间自己修正了。"

"不是，我们看到的永无岛场景也一模一样。"

"有图像证据吗？谁也没法证明别人脑中的场景跟自己的是否

一样，对不对？"

"不只是这四个人，我认识的人里有很多——"

"你认识的人啊，"富久哂笑着说，"他们真的存在吗？"

"当然存在。"

"你能证明他们存在吗？"

"只要回学校就能——"

"我是说现在。不过，就算回头你真的带了这种人过来，我也只会觉得你们是一丘之貉而已。"

不行了，要是找不到别的化身，就没有说服力。

井森注视着富久。

此人十有八九是化身，但他不打算承认。除了刚才他说的四个人，死去的八木桥和小圣也基本可以肯定是化身。剩下的老同学中，也许还有几个化身。他们或是害怕富久，或是出于别的理由，暂时没有表明身份。只要能说服他们，就有机会扭转现状。

"大家听我说，"井森开口道，"现在的情况很紧急，八木桥和铸挂看起来是死于这个世界的疾病或事故，但事实上，他们是在永无岛被害的。要是不找到凶手，在场所有人都很危险。"

"找到凶手就能解决问题吗？"百合子问。

"只要抓住凶手，他就不能行凶了。"

"在这个世界抓也一样？"

"那不行。因为凶案不是发生在这个世界，而是发生在永无岛。"

"永无岛有警察和监狱吗？"

"……"

"有没有？"

对，这就是问题所在。奇境之国和霍夫曼宇宙的司法制度虽不完善，但至少有。而奥兹国，则有形态极为特殊的政府。

永无岛……可以说，那座岛处于无政府状态。迷路的孩子们与海盗、红皮人相互血战，好像还存在一些敌我不明的非人类集团。在那个世界犯下的罪行，谁会来制裁呢？彼得·潘已经当众杀了好几个人，但没有人逮捕他。不对，海盗和红皮人倒是都想抓住他、杀死他，但性质不一样。如果只看叮克铃遇害一案，事情发生在彼得的势力范围内，所以制裁的主体应该是彼得。

但井森心里有一丝不安。他看了一眼日田，发现他已经对这件事失去了耐心，开始到处搭讪女生。

彼得真的能承担这么重要的任务吗？不，更重要的是，谁能证明彼得的清白？

"那边没有政府，但有类似的。"井森设法回答了百合子。

"那是什么？国王？"

"广义上说，应该算国王吧，也可以叫独裁者。"

"交给独裁者靠谱吗？会不会年纪很大了？"

"不，应该很年轻。"

"哦？多大呀？"

井森瞬间想骗她说那人已经成年了，但是考虑到如果百合子是化身，自己的谎言一下就会被看穿，甚至以后都得不到她的信任，他就改了主意。

"小学生那么大吧。"

富久大笑起来："他说要把杀人犯交给小学生去制裁哟。"

几个人跟着哈哈大笑。井森也意识到，自己说了句听起来不合理的话。

"那个孩子可信吗？"

他没法骗人，于是一言不发地摇摇头。

"差不多了吧？"富久不以为意地说，"老板娘，还要多久啊？"

"您是说？"

"当然是这种没法出去也没法与外界联系的状况啊。"

"这个……"

"你住在这儿，应该心里有数吧？"

"您这么说是没错，可我也……"

"你们以前遇到这种情况，一般多久能恢复？"

"可我们以前也没遇到过这种情况。"

"真的假的？！"酢来说，"这场大雪难道是大灾害级别？！"

"别吵！"富久大喝一声，"要是大灾害，早该闹翻天了。"

"也许已经闹翻天了，只是这儿没网也没信号，我们不知道。"

"外面肯定知道这儿开了一家旅馆，如果真的出了大事，应该会派直升机来调查。可现在什么都没有，一点儿动静都听不到。"富久指着天空，"不过我们急也没用。老板娘，旅馆的食物应该够吧？"

"够，坚持个一周没太大问题。"

"那就不用担心了，大家先回屋吧。"富久说完就转身离开了。

"等下，不管铸挂的遗体了吗？"井森对着他的背影问。

"埋在雪里吧，那样不容易烂。"

富久离开后，几个老同学和工作人员也陆续离开了。井森看着遗体，陷入沉思。

"怎么了？"友子问，"有什么问题吗？"

现场好像只剩下他们俩，其他人都进去了。

"遗体本身没问题，何况凶手没在遗体上留下证据。就算有证据，也应该在永无岛的叮克铃身上。"

"那就在永无岛查呀，你的分身在那边吧？"

"可惜，它很没用。"

"不管怎么说，反正这具遗体不用调查，对不对？既然如此，你再怎么盯着看也没用，还是埋进雪里吧。"

"我想的就是这个问题。应该埋进雪里吗？"

"你觉得任凭她腐烂更好？"

"当然不是。我只是在想，长时间将遗体放置在低温环境中，会不会影响尸检，毕竟会减缓尸体的变化，导致推测的死亡时间不准确。"

"死亡时间已经很清楚了，难道你觉得我们在说谎？"

井森猛地抬起头："我可没这么想。"

"那你干吗要在意推测死亡时间？"

"万一我们的证词与推测的死亡时间不符，可能会引起麻烦。在这种情况下，我可不想招惹不必要的怀疑。"

"你也认为这是一场事故？"

"单说这个世界的表象的话。"

"你还是相信存在永无岛。"

"我一直都这么说的。"

"那你觉得凶手是谁？"

"我刚才说了，凶手不在这个世界。"

"我当然是说永无岛那边呀。"

"难道你也是化身……"

"我可没这么说。"

"但你也没否认。"

"是我在问你。你觉得凶手是谁？"

"不知道，但至少可以确定不是我的分身比尔。"

"你真的确定？"

"当然，我与比尔共享记忆。虽然彼得怀疑比尔，但比尔不是凶手，它只是发现了叮叮的遗体，上去咬了一口，没杀它。"

"你吃了遗体？"友子惊恐地看着井森。

"不是我，是一只缺乏伦理观念的蜥蜴。"

"但你记得那一刻的食欲和咬的感觉吧？"

井森歪着头想了想："反正比尔没觉得不对。这也没办法，毕竟它不是人，是个动物。"

"这事再追究下去也没什么意义。"友子很快就换了话题，"那么，你真的对凶手毫无头绪？"

"我没有确定凶手的依据，不过温蒂……"

"弗伦蒂？那是'朋友'的意思吗？"

"不，是'温蒂'，温蒂是一个女孩子。"

"哦？她的名字真怪。"

怪？这么说来，她的名字确实有点特别，错听成"朋友"也很正常。但他没时间考虑这个问题。

"她怀疑是胡克干的。"

"所以胡克是嫌疑人。"友子说。

"但是比尔没见过胡克，所以我也不好说。"

"比尔怎么想？"

"比尔一般不想，不过……"井森欲言又止。

"不过什么？"

"通过比尔的记忆，我对某个人产生了兴趣。"

"是凶手吗？谁啊？"

"我没有那人杀害叮叮的证据，所以先不说了。"

"但你有理由怀疑他。"

井森点点头："因为那人当着比尔的面杀了好几个人。"

9

"查出凶手后该怎么办？"比尔问。

"怎么办？"彼得问温蒂。

"我想想。应该先逮捕他。"

"没错，逮捕他……谁来逮捕？"

"我猜彼得肯定知道，"斯莱特利小心翼翼地选择措辞，"是由警官来逮捕。"

"我当然知道。我问的是谁来当警官。"

"不如就你当吧，彼得。"

"啊？可我是侦探。"

"广义上说，警官应该也算侦探。"

"那我就是侦探兼警官好了。"

"既然如此，不如改成刑警。"

"好主意，那就侦探兼刑警。"

"都这样了，干脆就叫刑警吧。"斯莱特利提议道。

彼得瞪了他一眼。

"啊不，当然，'侦探兼刑警'听着真棒。我的意思是，可不可以简称为'刑警'？"

"逮捕后要怎么办？"彼得毫不掩饰他的烦躁，没有理睬斯莱特利。

"我知道，因为我见过好几次了。逮捕后要审判。"比尔提议道。

"审判是什么？"

"就是判断抓到的嫌疑人是否有罪。如果有罪，要给予什么惩罚。"温蒂解释道。

"有必要吗？我都去逮捕了，那就证明凶手肯定有罪，惩罚也只有一种。"

"什么惩罚？"

"死刑啊。"

孩子们齐刷刷地抖了两抖。

"要怎么行刑？"

"吊死？要么砍头也行。"

孩子们又齐刷刷地抖了两抖。

"干脆这样吧，彼得担任侦探兼刑警兼法官兼死刑执行人，有人反对吗？"

没人反对温蒂的提议。

"好，那我要开始调查了。"彼得气势十足地说，"华生，你觉得谁最可疑？"

没人回答彼得。

"喂，华生！说话啊！"

还是没人回应。

"华生不就是你吗？"彼得一脚踹飞了比尔。比尔滴溜溜地滚了几圈，撞到了墙上。

"真过分，干吗突然踢我？"它揉着腰和脑袋，对彼得说。

"因为你没回答我的问题。"

"彼得问的是华生呀。"

"你不就是华生吗？如果有人用华生以外的名字叫你，我就立刻判他死刑。听到了吗，比尔？"

"彼得，你要自杀吗？"比尔问，"你刚才用了华生以外的名字叫我。"

"华生，你觉得谁最可疑？"彼得无视了比尔的问题。

比尔盯着彼得看了一会儿。

"盯着我干什么？"

"我不知道谁是凶手。"

"没人让你一下说出凶手是谁。"

"想倒是想过啦。杀人真的很难，因为太可怕了。可是有人就能杀人不眨眼。所以我觉得，杀叮克铃的肯定是那种人。"

"你为什么这么想？叮克铃不是人，是精灵，杀精灵有什么可怕的？我一天能杀两三个。"

孩子们全都看向彼得。彼得察觉到他们的视线，也看了回去。孩子们慌忙转移目光。

"彼得。"一个比迈克尔稍大一些、看起来很老实的孩子说，"你说你一天能杀两三个，那你今天也杀了两三个吗？"

"嗯……你是五号吧？"

"我是三号。"

"你问我今天杀了多少精灵？我回答不了。你能记住今天咽了几次唾沫，眨了几次眼睛，喘了几口气吗？同样，我也记不住自己杀了几个精灵。话说回来，你问这干什么？"

"如果你今天也杀了好几个精灵，叮克铃就可能在其中。"

斯莱特利慌忙捂住了三号的嘴。

"斯莱特利，你可能不知道，话说完再捂嘴已经太迟了。"比尔罕见地指出了别人的不合理行为。

"我知道。"斯莱特利松开了手，"但我忍不住。"

"三号，你还记得我要找到凶手，判他死刑吗？判死刑就是杀了那个人。"

"嗯，我记得。"

"你觉得我杀了叮克铃吗？"

三号想了想："不一定，但有可能——"彼得飞快绕到三号背后，剑光一闪，血洒向孩子们。

"彼得，你干什么？！"温蒂质问道。

"这叫正当防卫，因为三号想杀我！"彼得大声说道。

"啊？怎么回事？"比尔瞪大了眼睛。

"三号说我是凶手。也就是说，他要判我死刑。我不想被判死刑，所以这是正当防卫。"

其实比尔一点都不理解他的逻辑，它有点想问问这里比较聪明的斯莱特利。

"斯莱特利……"然而斯莱特利身披血污，忙着左顾右盼。

"斯莱特利。"比尔拽了拽他的胳膊。

"啊？干什么，比尔？"

"三号死了。"

"啊？！哇！真的？！"斯莱特利瞪大了眼睛。

"彼得说的话有点怪，对吧？"

"什么？我刚才在想别的事，什么都没听到也没看到。"

"彼得，这不叫正当防卫。"温蒂伤心地说。

"啊？是吗？好吧，算了。反正我是这岛上的法官，我说有罪就有罪。"彼得挺起胸膛，"不说这个了，继续查案子吧。"

比尔感觉脑子有点乱。查什么？啊，查杀了叮克铃的凶手。但有点怪。刚才三号被杀了，难道不该查这个吗？啊，因为大家都知道杀了三号的凶手是谁，所以不用查。可逮捕呢？审判呢？那是刑警兼法官彼得的事，所以跟我没关系？可凶手能当法官吗？它已经糊涂了。

"怎么了，比尔？别愣着不动！"彼得大吼一声。

"我们不用查三号的案子吗？"

"对，因为这是正当防卫，没问题。"

正当防卫？啊……虽然不是很懂，但当事人彼得这么说了，一定没错。

"那好吧。"

"接下来开始调查可疑人士。你觉得谁最可疑？"

彼得最可疑。比尔正要开口，却发现斯莱特利在缓缓摇头。要是说了这句话，我可能也会被彼得以正当防卫的名义杀掉，所以绝对不能说——比尔奇迹般地理解了斯莱特利的意思。

"……胡克最可疑。"

"蠢蜥蜴！你说个根本不在这儿的人是要搞什么？！"彼得挥舞着短剑骂道。比尔认命地闭上眼睛，抱头蹲下。

"彼得，它可是华生，这就可以了。"温蒂帮腔道，"要是它总说对，就轮不到你出场了。"

"也是，有道理。"彼得收起带血的短剑，"那我就找个比它聪明的问问。斯莱特利！"

"怎么了，彼得？"

"你觉得谁最可疑？"

"最可疑的人不在这儿。"

"为什么这么说？"

"因为……"斯莱特利又开始冒汗，"所有人都有不在场证据。"

"嗯……真的吗？"彼得有点烦躁，一定是因为他用脑过度了，"不在场证据是什么？"

"就是证明一个人不在案发现场的证据。"温蒂说。

"其实根本没什么不在场证据，"斯莱特利悄悄对比尔说，"而且我们不知道叮叮的推测死亡时间，谈不上不在场证据。"

"斯莱特利，你说的话有点怪！"彼得大喊一声。令人惊奇的是，他并没有发现斯莱特利在胡言乱语。

"对不起，彼得，我不太聪明。"

"我知道了！"彼得突然大喊。

"什么？"迈克尔战战兢兢地说。

"凶手是三号！"

"为什么？"

"如果三号是凶手，他已经被执行了死刑，案子就解决了。"

"没错，彼得，你真了不起。"斯莱特利已经放弃了追查真凶。孩子们好像对这个决定没有异议，全都默默地点了点头。

"不行，彼得，没有证据表明三号是凶手。"温蒂提出了反对意见。

孩子们大失所望，摇起了头。

"就当三号是凶手吧。"个子最高、年纪也最大的六号代表大家说。

"你是说温蒂说谎吗？！"彼得瞬间拔出短剑，刺中六号的头顶。六号先是翻白眼，然后是黑眼，接着又是白眼，最后仰面倒下。所有人呆呆地看着六号。他的手脚不断抽搐，最后渐渐不动了。

"斯莱特利，六号还有救吗？"比尔问。

"也许还有救，但最好别救，这是为他好。"斯莱特利小声说。

彼得瞥了一眼斯莱特利，但没说什么。

"彼得，你不能对孩子们这样。"温蒂责备道。

"我知道！首领必须慈祥温和，但有时也要严格管理！"

"你想杀了所有人吗？这些孩子不是凶手，凶手一定是胡克。"

彼得瞪着温蒂，反复多次深呼吸，似乎在压抑愤怒。温蒂很特别，彼得肯定不想一时冲动杀了她。

"比尔，跟我来！凶手肯定是外面的人！我们去把他抓回来！"说完，彼得飞出了地下之家。

比尔慌忙顺着树干空洞爬了上去。

10

午后，他们依然无法与外界联系。照这样下去，恐怕今晚也要住在这里了。井森有点担心食物和燃料问题，但负责组织活动的小圣已经不在了，他便决定直接问老板娘。

"嗯，食物储备还能撑一周。目前还没来电，但旅馆有发电机，万不得已时可以用。"老板娘的语气中听不到一丝危机感。

"能让旅馆工作人员出去求救吗？我们这边也可以找几个志愿者一起去。"

"这……"老板娘露出了为难的表情。

"怎么了？"

"其实，有两个工作人员不见了。"

"啊？怎么回事？"

"他们可能出去求救了，但一直没回来，我怕客人害怕，就一直没说……"

"他们说了要出去求救吗？"

"那倒没说。"

"所以只是你的推测，对吧？事实就是他们突然不见了。"

"我认为应该不是擅自逃跑。"

原来如此，看来老板娘不希望别人以为她这里的员工扔下客人跑了。但如果他们是出去求救，应该会先说一声，而不是突然消失。反过来说，外面下这么大的雪，仅仅两人结伴逃离也很不对劲。毕竟人群聚在一起更有可能获救，而且旅馆相对安全舒适，他们没理由逃出去。是老板娘有所隐瞒，还是……

"明白了。不过，这事恐怕没法一直瞒下去。"井森说，"我不会到处乱说，但可以告诉几个人吗？"

老板娘有点担心，但还是点了点头。

井森把二连兄弟和酢来叫回房间，转述了刚从老板娘那儿得到的消息。

"他们的本体被彼得杀了，所以他们也死了？"酢来问。

"现在还不确定，但可能性很高。要是能看到遗体的状态，应该就清楚了。"井森回答。

"这么大的雪，我们也没法出去找啊。"

"彼得可不止杀了两个人。"一郎指出，"说不定死了更多人呢。"

"永无岛的人不一定都有化身。就算有，也不一定都在这个旅馆里。"

"也就是说，可能有几个人在远处死了？"

"嗯，但我们也没办法确定这点。"

"那反过来呢？"次郎问，"要是这个世界有人死了，永无岛也会死人吗？"

"没那么简单。我在这个世界遇到过好几次生命危险，但要真死了，死这件事本身就会消失。"

"什么意思？这违反了物理定律啊。"

"正因为违反物理定律，所以才强行转化成了梦。如果刚起床，就回到刚起床的时间点；如果更接近下次入睡的时间，就直接跳转到那个时间。其实就在今早，我为了一个人去救铸挂，跳到了围栏上，就死过一次了。"

"你说谁死了？"酢来问。

"我死了。"井森淡淡地回答。

"我不记得你一个人去救铸挂啊。"

"所以说，那件事本身已成了我的梦。我记得很清楚。但梦是私人的，所以你们都没有这个记忆。"

"……那不就是单纯的梦吗？"

"没错，它与单纯的梦很难区别，所以这个办法很有效。"

"不，我的意思是，应该是你想多了吧？"

"要是我想多了，那怎么解释我在梦里看到了铸挂的死状？"

"你认为你在实际看到铸挂的遗体前，已经在梦里看过了？"

"不是认为，就是看过。"

"可你能证明吗？"

"证明？为什么要证明？那是我的真实体验——"

"对你来说可能是不证自明的事实，但对我们来说就只是别人做的梦。"

"也对，主观体验的确很难分享。"

"所以没法证明啊。"

"倒也不是，其实很容易证明。"

"那你就证明看看咯。"

"要证明的不是我，是你们。"

"我们要怎么做？"

"从这窗户跳下去，最好是必死无疑的倒栽葱姿势。要是没把自己弄死，之后会非常痛。"

"你在说什么啊？叫我们自杀吗？"

"没关系，死不了的，因为死这事会变成梦的。"

"你开玩笑的吧？"

"不，我是认真的。"

"不行，要是你说得不对，那我岂不是真会死？"

"我已经实际体验过了，没问题的。"

"不是，我们就是没法相信你说的'死亡事实会变成梦'啊。你先证明给我们看吧。"

"我都说了，只要你跳下去就能证明了啊。"

"那这事先不说了，好吧？"次郎说，"先讨论最需要解决的事。"

"也是，"井森说，"那就不证明了。"

"嗯，没问题。重要的是，我们要怎么活着离开这个旅馆，要是不想办法向外部求援——"

"不对，就算能逃出去，也还是没解决问题。"

"为什么？要是被困在这里，我们就只能坐等被杀。"

"杀人魔不在旅馆，而是在永无岛。"井森的话让空气顿时冻结了。

"……也就是说，无论我们在这个世界逃到哪儿去，都逃不出彼得的魔爪？"

"没错，无论我们怎么远离这个旅馆，都会一直待在永无岛。"

三人齐齐长叹一声。

"对了，我之前就想问了，"井森继续说道，"你们好不容易离开了，为什么还想回永无岛？"

"我们也不想回杀人魔身边啊，而且也不愿意杀人。"

"那为什么……"

"因为担心温蒂呀。"一郎说。

"可是彼得喜欢温蒂吧？"井森说。

"彼得这么没定性，万一哪天突然厌倦了温蒂，有可能一刀把她的头砍了。"

"既然如此，你们应该阻止温蒂跟他走吧？"

"温蒂也喜欢彼得，一时还劝不住。要是硬不准她去，她可能会瞒着我们单独跟彼得去永无岛，所以我们只好跟过去了。"

"原来如此，这下我明白了。如此一来，问题就缩小到了彼得·潘一个人身上。只要能阻止他，就能防止惨剧继续发生。"

"可是要怎么阻止啊？"酢来说，"那家伙身手很厉害。"

"他的化身应该也在这个世界吧？"次郎说，"把那个化身摁住就好了。"

"即使拘禁了化身，也没法阻止本体的行动啊。"

"那这也没什么用……"

"不，也许不是没用。"井森说，"如果能确定彼得的化身，我们或许能问出一些信息，防止彼得失控。"

"要怎么确定？"

"没时间慢慢找了，只能直接问可疑人物。"

"他会承认自己是彼得吗？"

"彼得行为残酷，但绝不会说谎。"一郎说。

"很遗憾，本体与化身的性格、能力未必相同。但我们只有这个办法。就算对方说谎，应该也能从言行中看出点什么。"

"那你觉得谁有可能是彼得的化身？"次郎问。

"我不太肯定，但有一个人跟彼得感觉很像。"

"你就打算走到那个人面前问'你是不是彼得·潘'吗？要是对方否定，你怎么办？死缠烂打？还是去问别人？"

"只能靠临场的感觉判断下一步的行动了。实在不行我们再商量。"

"能商量出办法吗？"

"空想不如行动，还是先试试吧。"

突然，房门打开了。

"喂，你们几个怎么闷在房间里？"日田走进来说，"反正哪儿也去不了，不如到宴会厅找乐子吧！超棒！"

井森看了看其他人，三人无声地点点头。

"大家都在宴会厅吗？"井森问。

"也不是都在。所以我才到处找人啊，人越多越开心嘛。"

"那去宴会厅干什么呢？"

"喝酒啊，唱歌啊。"

"现在可是危机状态，怎么能摄入酒精影响思考能力，唱卡拉OK消耗体力呢？"

"你说的这什么话？反正我们只能在这儿等救援，不如舒服点等啊。"

"如果一直没救援，你打算怎么办？"

"那就在这儿待到春暖花开。"日田露出了毫无压力的笑容，"在那之前，我就一直喝酒唱歌，简直太开心啦。"

"大家都有各自的生活，不可能一直在这儿玩乐。"

"我的生活就是一直喝酒唱歌呀。"日田噘起了嘴。

"不是每个人都跟你一样。"

"那就每个人都学我呗。整天绷着脸有什么好的？"

"可食物只够撑几天了，"酢来说，"要是没有救援，就得考虑怎么离开。"

"到时候再说吧。我要享受当下，毕竟人生无法重来。"日田装模作样地说。

"无论在哪个世界，你都只想专注当下吗？"井森突然直奔主题。

日田像是被人打了一拳，默不作声地盯着井森。

"是吗？"

"我不懂你什么意思。"

"你是化身吧？"一郎突然揪住了日田的领口。

"等、等、等一下啊，你们干什么——"日田奋力挣扎。

"一郎，别动手。"井森拉开了一郎，"日田，这件事很重要，关系到大家的性命。"

"搞什么啊？我做错什么了啊？"

"你是彼得·潘吧？"酢来说。

日田脸色变了。"……我、我不知道你在说什么。"

"别演了，我们都知道了。"

日田舔了舔嘴唇。"你想干什么？报仇吗？别说傻话了，我不是彼得。"

"那你是谁？！"次郎怒吼道。

糟了，搞不好会变成私刑逼供。井森有点后悔问了日田。彼得的人缘比他想象的还差，这个世界的日田没有彼得那样的身手，恐怖独裁反倒成了祸端。

"你、你们究竟是谁？"日田问酢来等人。

"怎么可能告诉你？要是说了，你肯定会在那边报复！"酢来一脚踹向日田的膝盖。日田失去平衡，跌倒在地。

必须阻止他们使用暴力。可要怎么做？把他们的身份告诉日田？这样一来，他们害怕被报复，应该就不会对日田做什么了。

不行，一旦彼得知道他们的身份，不管在这边有没有被拳脚相加，他都会在永无岛展开激烈报复，搞不好会让他们没了命。

那该怎么办？迷路的孩子们跟比尔不同，对彼得有多年的积怨，恐怕没法轻易拉住。没办法，只能牺牲比尔了。

可是比尔的生死关系到井森的生死。

只能赌一把了。

"我是蜥蜴比尔。"井森坦白道。

"啊？"日田惊讶地叫了一声。

"笨蛋！你干吗说出来！"酢来无奈地说。

"做个交易吧。我已经说了我的身份，你也要说你的。"

"你一个人可说了不算，我没打算做交易。"

"这对你也有好处，因为比尔相当于你的人质。"

"比尔只是一只蜥蜴，它有什么人质价值？"

"比尔是没有，但我的生命与比尔直接相关，你觉得我会背叛你吗？"

"我亮明身份有什么好处？"

"要是你不亮明身份，他们会让你不太舒服。"

日田吓了一跳，看向酢来等人。

"为什么要让我不舒服？"

"因为他们把你当成彼得·潘，要对你发泄多年的积怨。"

"……所以他们是迷路的孩子？"

酢来和二连兄弟露出了焦虑的神情。

"这家伙不好对付……"他们身上瞬间腾起了杀气。

"等等！"井森喊道。

照这么下去，他们可能会一时冲动杀了日田。但是日田死了，这件事就会变成梦。因此不仅杀人，连日田被诘问这事也同样会消失。日田醒来后，恐怕不会再接近他们。但他没必要将这事告诉日田。

"求求你们，别动手，我不是彼得！"日田瑟瑟发抖地说。

"那你是谁？！"次郎也气得浑身发抖。

"那个……我不是化身。"

"啥？"酢来揪住了日田的领口。

"日田，刚才也说了，如果你是彼得，手上就有了比尔这个人质。因此就算你是彼得，也不用担心什么。"

"可这些人那么恨彼得！"

"就算你是彼得，我也能说服他们。"

"那万一你说服不了他们呢？"

"你不亮明身份，我就没法说服他们。所以，你要不要亮明身份赌一把？"

"好吧，那我说实话，我就是彼得·潘！"

酢来与二连兄弟齐声怒吼，朝日田扑了过去。

"这回让我死痛快点吧！别折磨我！"日田喊道。

井森一头撞向那三人。一个人的冲撞虽然微不足道，但似乎让他们恢复了一些理智。三人大口喘着气，怒视着井森。

"别拦我们！"

"认真想想，日田只是与彼得共享记忆，但他不是彼得。"

"记忆一样就是一个人！"

"记忆一样可是想法不同啊。"

"就算这样，我们也不能让这家伙活着！"

"不行。况且就算杀了日田，彼得也不会死。不仅如此，我们还要从头再来一次。"

"什么意思？"

"刚才不是说了吗？我经历过自己的死亡。"

就算他们盛怒之下杀了日田，本体彼得·潘也毫发无损。日田被杀其事本身会成为梦境，最终留下的只有逼真的记忆，并成为更多怨恨的根源。

三人好像终于理解了井森的话，没有再作势攻击日田。日田倒在地上，已经失禁了。

"别怕，他们不会杀你。"井森对他说。

这样算是前进了一大步。他们已经知道谁是杀人魔的化身，只要能得到此人的协助，事情应该就很容易解决了。

"救救我！"

"我当然会救你，但也希望你能助我们一臂之力。彼得为什么会杀人不眨眼呢？"

"因为他不知道那样不对。彼得不是这个世界的人，他住在杀气腾腾的永无岛。那里的成年人都能面不改色地杀小孩。生活在那样的世界，会杀人一点都不奇怪。"

"但是彼得应该拥有你在这个世界的记忆吧？"

"比尔也拥有这个世界的记忆，还不是吃了精灵的尸体？"

"没办法，那是蜥蜴的本能。"

"杀人也是彼得的求生本能。"

"求生本能与杀戮不相关吧？"

"攻击才是最大的防御啊。"

"可迷路的孩子们没攻击他。"

"你跟彼得讲这些道理有用吗？他是个孩子啊！"日田的声音几近嘶吼，说不定响彻了整个旅馆。

不知其他人会怎么理解他的吼叫。非化身的人也许听不懂，但只要是永无岛居民的化身，可能会意识到他的话意义重大。

"日田，你能阻止彼得杀人吗？"

"应该不能。"

"他为什么杀了叮克铃？"

"抱歉，我记不太清了。叮克铃是精灵的名字吗？"

"那你记得胡克吗？"

"我依稀记得彼得杀了海盗船长，那个就是胡克吧？"

井森意识到彼得比他想象的更单纯，也更派不上用场，但对付起来又特别棘手。

"彼得知道自己该跟比尔商量吗？"

"我是知道，但我说不准彼得知不知道。"

"你要拼命想着这件事。每次我有事要传达给比尔，都么做。"

"但愿彼得有比尔那么聪明吧。"

"比尔很少被人夸聪明，它一定很高兴。"

总算能通过日田联系上彼得了。这究竟是幸运还是不幸？井森觉得很难判断。

11

"没想到你在地球有分身啊。"彼得感叹道，"而且不只你，还有几个孩子也在那边。"

彼得与比尔行走在日落后的森林中。

"我没说过吗？"比尔问。

"唔，我不记得了。"彼得不耐烦地说，"话说，他们究竟是谁？"

"谁是谁？"

"想杀我，或者说我的分身，或者叫化身的人。"

比尔没吭声。

"怎么了？为什么不回答？"

"井森强烈地认为，绝不能向你透露那三人的身份。"

"别理他。"

"要是我告诉你，你打算怎么办？"

"杀了他们。"

"那不行，井森不允许你那么做。"

"我才不怕你的化身。"彼得抽出短剑，抵住比尔的咽喉，"我只需一秒就能削掉你的脑袋。说吧，他们是谁？"

"要是我死了，井森也会死。一旦井森死了，日田很快就会被杀。因为日田没有彼得那么厉害。"

"真的吗？为什么？"

"我也不知道，是井森这么想的。"

彼得想了一会儿，放下了短剑。

"你明白井森的意思了？"

"没有，只是我一琢磨井森在想什么，就会用脑过度，感到恶心，所以我决定不想了。我不知道杀你和不杀你哪个更好，所以就暂时不杀了。毕竟要是觉得留着你是错的，我大可以过后再杀你；可是要是发现杀了你是错的，我就没法让你活过来了。"

"我听不懂你在说什么，你好聪明呀。"

"还行吧。"彼得被它一夸，不好意思地涨红了脸。

"我们已经在林子里走了好远，还没到精灵的村落吗？"

"谁知道呢。"

"啊？你不认路？"

"我怎么可能认路？"

"可你不是说之前去过精灵的村落吗？"

"我是去过啊。"

"那你为什么不知道精灵的村落在哪儿呀？"

"谁会一个一个记到村子的路啊？"

"那万一你想去精灵的村落怎么办呀？"

"走到大致位置，然后四处找，一般几个小时就能找到。"

"那我们就去那个大致位置吧，你知道在哪儿吗？"

"在永无岛上的某地。"

"啊？你连大致位置都不知道呀？"

"说了我知道啊，就在永无岛上的某地。"

"那我们要怎么找呀？"

"在永无岛上走呗。只要走遍每一寸土地，肯定能找到。"

"可永无岛上还有海盗和红皮人吧？"

"这你不说我也知道。"

"万一咱们没找到精灵的村落，先遇上了海盗或者红皮人，那可怎么办呀？"

"别担心，只要咱们先动手就行了。"彼得冷酷地笑了。

"井森说你最好别这样。"

"为什么？"

"因为人的生命很宝贵。"

"可最宝贵的是我的生命，其他人的生命无所谓。"

比尔当然不打算跟彼得辩论。面对彼得这个人，比尔几乎无能为力。井森希望比尔不要死。只要活下去，总能想出办法。

彼得挥了挥手。

"怎么了？"比尔问。

"虫子叫得太烦了。"彼得回答。

"真没礼貌，我才不是虫子。"彼得眼前十厘米的地方传来了声音。

"彼得，你在讲腹语吗？"比尔问。

"腹语是什么？"

"就是不动嘴还能说话。"

"那是什么？听起来好难，还没什么用。"

"可以假装跟人偶对话呀。"

"故意在别人面前装疯卖傻，真是脑子坏透了。"

"你来干什么，彼得·潘？"刚才那个声音说，"那只野兽看起来像在说话，是腹语吗？没想到你还会这种把戏，莫非脑子坏透了？"

"不，不是腹语，因为这只蜥蜴真会说话。"彼得解释道。

"刚才的是腹语吗？"比尔问。

"都说了不是啦。"

"那是谁在用腹语假装别人说话？"那个声音说。

"没谁啊……"彼得说。

"我也想知道，难道是我用腹语让彼得跟看不见的人说话吗？"比尔说。

"你说的'看不见的人'，是指我吗？"那个声音问。

"当然啦，因为这里只有一个隐形人。"

"我可不是隐形人，只是你眼神不好。"

比尔凝视着声音传出的方向，发现那里好像有只小虫子。

"不是我眼神不好，只是周围太暗，看不清。"

"野兽不是夜视能力很强吗？"

"我是爬虫类，所以没有这种能力，小虫。"

"我不是小虫，是精灵。"

"那不就跟虫子差不多？"彼得不屑一顾地说，"你们的村落在附近吗？"

"不是村落，是王国。"

"随便你怎么叫，快带我过去。"

"我才不会答应无礼之人的请求。"

下个瞬间，彼得的手一闪而过，动作之快以至于比尔几乎看不出他动了。比尔只见他右手一晃，手心里就多了个精灵。

这精灵长得跟叮叮不一样，是个白胡子老头。

"唷，我还以为精灵都是小女孩呢。"

"当然不是了。"老精灵恶狠狠地说，"我们跟人类一样，男女老幼都有。呃！"

"'呃'是什么意思？"

"是我用指头按住它喉咙的声音。"彼得说。

"你干吗要这样？"

"为了让它知道，我随时都能杀了它。"

"你要是杀了我，玛普女王绝不会善罢甘休。"老精灵说。

"怎么可能？我可以掐死你后扔掉，这样就没有证据了。"彼得指头上加了一分力道，"说吧，精灵的村落在哪儿？"

老精灵没回答。

"看你能撑到什么时候。"

"要是杀了我，你就找不到我们的王国了。"

"杀了你，我可以再去抓别的精灵。"

"精灵怎会如此轻易……咕啊！"

"'咕啊'是什么意思？"比尔问。

"是我攥紧这家伙的身体，伤到内脏的声音。"彼得回答。

"什么内脏？"

"肝或者肾？肯定不是心脏。"

"要是心脏，它已经死了。"

"救命……"老精灵呻吟道。

"那就带我们去村落。我不知道你能不能得救，但拖下去你只会更痛苦。"

"……王国在你们右边。"

由于老精灵已经奄奄一息，它指路时多少有点断断续续，但他们还是赶在老精灵断气前来到了精灵的王国。那里有成百上千座小房子，就像埋在落叶底下的蘑菇似的。房子之间没有路，不过森林虽然对人来说树木密集，在精灵眼中却宛如平原，所以也并不需要路。

彼得松开了老精灵。它抖了抖翅膀，但是飞不起来，落在地上抽了几下。彼得不管老精灵，走向了小小的房子。

"喂，精灵们，快出来，我有话要问。"

没有任何反应。

"喂！我知道你们在这儿！赶紧出来！"

"会不会大家都出门了？"比尔说。

"怎么可能？"

"比如去过节？"

"那应该能听见声音，或是看到节日的灯火。这些家伙绝对是躲在屋子里不出来。"

"它们不出来说明不想跟我们说话，今天还是先回去吧。"

"那调查就没有进展了。"

"那你说怎么办？"

"这么办！"

彼得一脚踹向小房子的屋顶。只听见咔嚓一声，屋顶被掀翻了。地下有一家子精灵，像是一对夫妻，还有三个孩子。

"你瞧，果然都在。"

精灵们挤成一团，抬头看着彼得。

"为什么假装不在家？你们觉得能骗过我吗？"彼得居高临下地说。

"对、对不起，"看似妻子的精灵说，"我们只是……觉得跟我们没关系。"

"你们居然敢擅自决定！"彼得生气了，又踹了它们的小房子一脚。房子被连根拔起，飞出去老远。孩子们也被掀翻了。精灵父母慌忙跳起来，接住了它们的孩子。小精灵似乎还不太会飞，被父母抱着缓缓落到了地上。

"对不起，饶了我们吧。"看似丈夫的精灵说。

"不行，我不原谅。"

"那请放过我们的孩子吧。"

"不行，孩子要留下来当人质。"彼得擦着地面飞过去，夺走了一个小精灵。精灵夫妻惨叫一声，紧紧追上去。

"放过我们吧，求求你，放过我们吧！"

彼得捏住了小精灵的脑袋。

"彼得，快住手。"比尔说。

"你在命令我？"

"你再这样，井森就不帮我们了。"

"井森是谁？"彼得作势要拧下小精灵的脑袋。

精灵父母一头撞上彼得的双腕，彼得松开了孩子。精灵母亲抱紧孩子跌落在地，滚进落叶底下。父亲紧随其后，也想钻进落叶底下。彼得像日本歌牌大赛的选手一样，迅速拍飞了精灵父亲。精灵父亲被拍到树干上，随即落下，一动不动。彼得踹散了精灵母亲躲藏的那片落叶，但母子俩已经不见踪影。他再转头一看，另外两个小精灵也消失了，也许都躲在了落叶底下。

彼得气得大吼大叫，到处踹落叶，却什么都没找到。

"反正我已经折腾成这个样子，它们不死也得重伤，我可以消气了。"彼得说着，看向树干，"更何况已经抓到了一只。"

方才被拍到树干上的精灵依旧一动不动，彼得走过去它也只是浑身抽搐，没有躲开。

"我有个问题。"彼得对它说。

精灵没回答，也许是无法回答，但彼得没法判断。

"你要是不回答，我就没办法了。"彼得伸出手指按住了精灵的腹部，"只要回答我的问题，你就不会痛苦。"

"……浑……蛋。"精灵张开了震颤的双唇。

彼得用力按了下去。

一道强光笼罩了彼得、比尔和精灵。这光太刺眼，以至于周围什么都看不见了。彼得和比尔只能挡着双眼，试图躲开强光。

"你在干什么？"空中传来一个威严的女声。

"你是谁？"

"我是精灵女王玛普。你是谁？"

"我是比尔，一只蜥蜴。"

"你为何能说人言？"

"我也不知道。"

光芒缓缓接近了比尔。

"你不是这座岛上的生灵。"

"没错，我来自奇境之国，你知道怎么回到那里吗？"

"我没听过那样的国家，想必离这里很远吧。"

"唉，我还以为精灵会知道呢。"比尔失望地垂下了头。

"你们来此就是为了问这个？"

"没错。"

"不是不是，"彼得说，"我们是来调查杀人案的。"

"人类被杀与我们无关。"

"不是人类，我们正在调查叮克铃被害案。"

"叮克铃！"

彼得和比尔突然腾空而起，就像被巨大的手扼住了脖颈，几乎无法呼吸。

"你们……你们害死了我的叮叮！"

"不是我……"彼得艰难地挤出声音，"是这家伙吃的。"他指着比尔说。

比尔的身体突然绷紧，全身关节相继脱位，发出了啪啪声。它从没经历过如此痛苦。由于实在太痛，它甚至无法失去意识。它的身体已被扯到原来的两倍长，肌肉断裂，皮肤绷紧，四处皲裂，开始出血。

"真的吗？！"

"啊？"比尔反问。

"是你吃了叮叮吗？"

"唔，但我只咬了一小口。"

比尔的身体被撕成了大概三四块。之所以搞不清，是因为它已经顾不上数数了。身体碎成这样竟然还活着，究竟是因为比尔的生命力特别强，还是因为将痛苦延长的女王的魔法？

"我不会让你这么容易死的，你要为叮叮的死付出代价。"

"不是，不是，"比尔说，"我没杀它。"

"刚才你不是承认了吗？"

"我咬的时候，它已经死了，我吃的只是死肉。"

撕扯比尔的力量突然消失了，分成几块的身体迅速反弹，重新挤作了一体。

"哎呀！"比尔落到了地上。随着嘎巴嘎巴声和一阵剧痛，它全身的关节都接了起来。不知不觉，身体就恢复了完整。

"那是谁杀了叮叮？"

"我们……正在查啊……"彼得话音刚落就掉了下来，"好痛……"

"叮叮是怎么死的？"玛普女王问。

"唔，它是怎么死的？"彼得歪着头想了想。

玛普女王没有理他，直接转向比尔："叮叮怎么死的？"

"它的肚子被刀割开了，翅膀也被撕掉了。"比尔根据记忆如实回答。

"翅膀是仅次于精灵生命的东西。可以说，它等同于精灵的生命。"

"那也没什么吧，"彼得不耐烦地说，"反正你们也活不了多久。"

"你为什么要查这件事？"

"因为我是侦探啊。"

"我不认为你适合当侦探。"

"别人都说我最适合。"

"你刚才拷问了我的子民。为什么？"

"哦，那是调查的一部分。"

"拷问精灵为什么是调查的一部分？"

"我只是想让它们招出凶手是谁，可那帮精灵不理我。"

"没有任何精灵会相信你，只有一个例外……而那个例外也不在了。"

"什么意思？你们不是照顾过我，让我活下来了吗？"

"那是因为我们可怜你。但是现在，我已经后悔当初的决定了。"玛普女王收敛光芒，露出了威严的身姿。它头戴高高的王冠，身着庄严的锦袍。"你是蜥蜴比尔？"

"嗯。"

113

"彼得没有当侦探的能力，你又如何？"

"他们说我适合当华生。"

玛普女王落到比尔面前，凝视着它的双眼。"与彼得相比，你好像没什么特殊才能，不过……"它闭上眼想了想，"我从你的眼眸深处感到了微弱的灵光。你认为彼得的调查方式如何？"

"我不太明白，不过井森不希望彼得伤害别人。"

"井森？"

"他是我的化身。"

"我明白你眼中灵光来自何处了。侦探应该由你来当，而不是彼得。"

"那可不行。"彼得说，"蜥蜴怎么能当侦探？太可笑了。"

"你不是'二四不分'吗？"

"别小看我，我能分的。"

"双胞胎有几个人？"

"不准提双胞胎！"彼得有点生气了。

"比尔，双胞胎有几个人？"

"两个人……吧。"

"没错，一对双胞胎有两个人。"玛普女王点点头，"那两对双胞胎有几个人？"

"双胞胎就是双胞胎，既不多也不少，不管一对两对都一样。"彼得打断了它。

"你瞧，彼得就是二四不分。"

"我才没空跟你玩文字游戏。"彼得瞪了玛普女王一眼，"我只要查出是谁杀了叮克铃就行了。"

"谁知道杀害叮克铃的凶手，出来。"玛普女王对子民说。

没人出来。

"没人知道。"

"它们可能隐瞒了实情。"

"精灵无法违背女王的命令。"

"绝对？"

"绝对。"

"真的？"

"你要是再问，就是对精灵族的羞辱。"玛普女王又发出了耀眼的光芒。

"哼，白跑一趟了。"彼得对精灵们失去了兴趣，转身走进林中，"比尔，该去下一个地方了。"

"谁知道杀害叮克铃的凶手，出来，我不会告诉彼得·潘。"玛普女王压低声音，又一次询问子民。

精灵王国迸发出灿烂的光芒。比尔想叫住彼得，但是发不出声音。

"我已经封印了你的声音。"

为什么？

"为了不让彼得·潘听见。"玛普女王用只有比尔能听见的声音说。

为什么不能让彼得·潘听见？

"因为我的子民在怀疑彼得·潘，包括我在内，但我们没有任何证据。"

彼得·潘说他不记得自己杀害了叮克铃。

"就算他真的这么干了，他也会当成两天前吃的午饭一样，不会留在记忆中。彼得就是那样的人。"

那我得告诉彼得·潘呀。

"不行，这对你太危险了。"

可是彼得·潘是侦探，只有他能解决案子。

"你要时刻注意他的言行，他必然会有露出马脚的时候。"

你是叫我当侦探吗？

"正是如此。还有，这件事决不能告诉彼得。"

这对我来说太困难了。

"你有井森的帮助。你要记住我刚才说的话，把它传达给井森。他一定能解决这个案子。"

我明白了。

"准备好，我要恢复你的声音了。"

我得记住玛普女王说的话。

比尔一边努力记住女王的话，一边加快脚步追赶彼得。

12

"现在不仅工作人员，好几个老同学也失踪了。"酢来说。

"永无岛的人死了，他们的分身也会随之丧命，这一点都不奇怪。不过事情有点蹊跷。"井森抱着胳膊说。

"怎么个蹊跷法？"

"八木桥被救护车运走了，铸挂的尸体也被发现了，为什么后面的牺牲者都没有尸体呢？"

"不是没有尸体，而是被埋在雪里了吧？"

"但他们为什么要出去呢？"

"那都只是小问题，现在应该先解决眼前的案子吧？"

"有什么必须解决的大案子吗？"次郎说。

"叮克铃被害案啊。"酢来说。

"我们已经知道凶手了呀。"一郎瞪着日田说。

"我都说了不是我干的。"日田慌忙说。

"你昨天说的可是'不记得干没干过'。"

"对，准确地说，我不记得自己动过手。"

"这又不是政治家收受贿赂，杀人还有不记得的？"

"那不是人，是精灵。一般来说，'不记得杀过人'不就等于'没杀人'吗？"

"一般是这样。"一郎说，"但彼得不一样，他好像只把叮叮当成虫子。"

"它就是虫子啊，杀了虫子怎么能算杀人？"

"叮叮除了长翅膀，其他地方跟人一样，而且会说话，把它当虫子的人才有问题。"

"那就是彼得脑子有问题。你要对一个脑子有问题的人断罪吗？何况他还是个孩子。"

"但你不是孩子，虽然脑子多少有点问题，但不至于那么有问题。"

"都跟你说了，我没法控制彼得。"

"那就没辙了。"酢来一脸遗憾地说。

"不，在找到彼得的作案证据前，还得继续查。"井森说。

"事到如今，找证据也没什么用吧？"

"彼得是凶手，这只是我们认为而已，没有任何证据。"

"你想说凶手另有其人？"

"我不是那个意思。"

"那还有什么好查的……"

"但是还有别的嫌疑人。"

"谁？"

"胡克。温蒂也觉得他可疑。"

"那也只是温蒂觉得罢了。"

"没错。也就是说，目前彼得与胡克都有嫌疑，所以我们要调查胡克。"

"日田，你说说，彼得究竟有没有干掉胡克？"

"我都说了不记得胡克这个人了。"日田带着哭腔说。

"这家伙毫无用场。"

"综合大家的证词，胡克应该是被鳄鱼吃了。但是反过来说，谁也没见到他死的瞬间，或者他的尸体。"井森说。

"那只是没有证据，不能证明他没死吧？"

"要是胡克的化身还在这个世界上，就能证明胡克没死。"

"你说什么？真的吗？"

"只是假设。"

"但你既然提到了，肯定心里有怀疑对象吧？"

"的确有个人言行可疑。但也可以说，只是我觉得可疑。"

"你说谁？"

"富久老师。"

二连兄弟对视了一眼。

"你们有什么想法吗？"井森问。

"不是这个意思。"一郎回答，"然而他要是凶手，我还真不太意外……"

"哦？酢来，你怎么想？"

"我对富久老师也没什么好印象。不过，要认定他是凶手，总感觉少了点什么。"

井森抱起了胳膊。"我们光在这儿说也没用，先去问问富久老师吧。"

一行人走出房间，前往宴会厅。宴会厅里聚集了十几个人，大约占同学会参加者的半数。有人在一脸担忧地窃窃私语，有人则在大声饮酒聊天。富久跟几个男人盘腿坐成一圈，正在推杯换盏。席间只有他一个人说话，宛如演讲会的演讲者。其他人都是一脸无趣的表情，看来是被富久硬拉过去陪聊的。

"怎么办？老师好像已经喝高了。"酢来说。

"没关系，喝高了更好，毕竟酒后吐真言。"

井森横穿过宴会厅，来到富久面前。

"富久老师，我想请教您一个问题。"

"干吗？我这儿正说重要的事呢，你有啥事等会儿再来。"

"我这个问题也很重要。"

"你想问什么？"

"谋杀案的事。"

"又是那个妄想故事吗？"

"我不会耽误您很长时间，能到我房间来一趟吗？"

"我凭什么要去你房间？要是你实在有话说，就在这说。"

"被大家听到恐怕不好吧？"

"我有什么怕人听的？赶紧说。"富久说完，仰脖喝下了碗里的酒。

井森想了想，开口道："请问您是胡克船长的化身吗？"

富久停下了动作。

井森一行和富久周围的人都像被冻住了一样，会场陷入一片死寂。这是知情人的反应，所以这里肯定还有几个化身，井森心中确认。

"你问几遍我的回答都一样。胡克不是死了吗？"富久低声说。

"是的，彼得说他杀了胡克。"

"那不就结了？"富久又开始喝酒。

"胡克痛恨叮叮，对不对？"

"你想把杀精灵的罪名安到我头上？"

"真奇怪，您又不是永无岛的人，怎么知道叮叮被害了？"

"因为你们到处说啊。"

"不，我们没说过这件事。"

"那就是别人说的，我只是听到了。"

"别人是谁？"

富久看向二连兄弟。

"我们发现叮叮遇害后，这两人就没跟您说过话，对吧？"井森其实不太确定，但决定装样子。

富久又看向其他学生。

看来猜对了。

有人躲开了目光，有人干脆低下了头。

"烦死了！"富久突然把碗扔向井森。井森没能躲开，被泼了一脑袋酒。

"我说完了！赶紧回你自己屋去！"

井森一言不发地离开了，酢来等人也跟了上去。

"还是没问出个所以然来啊。"日田傻笑着说。

"不，这次收获很大。"井森用手帕擦了擦头和脸。

13

"今天我们去调查红皮人的部落！"彼得说。

"不行，彼得！"温蒂万分惊恐地说。

"不调查就抓不到凶手啊，那帮精灵一点用都没有。"

"不能去调查，因为他们讨厌你。"

"为什么？我可是刑警兼侦探，他们怎么能不听我的？"

"红皮人才不会管这个。你杀了好几个红皮人，他们一定会攻击你的。"

"哦，你说那个啊。"彼得·潘挠了挠头，"都过去那么久了，他们应该忘了吧。"

"那是前天的事。"

"都过去两天了，应该没事啦。"比尔说，"要是彼得，肯定早就忘光了。"

"比尔，红皮人可没彼得那么健忘。"温蒂说。

"哦，原来他们记性很好呀。"

"是的，尤其是亲族被害这类事上。"

"我想起来了！"彼得大喊一声，"红皮人应该不会杀我！"

"为什么你这么觉得？"温蒂无奈地问。

"我救了虎莲的命，我记得她是那帮人的公主。"

"是的，没错，而且她很喜欢彼得。"

"那就没问题了。"比尔松了口气。

"怎么没问题？你可是杀了那么多红皮人。"

"那就跟虎莲的事扯平了。"

"他们答应扯平了吗？"

"没，是我说的。"

"那可能还不能说扯平了。"

"可这怎么想都是扯平了啊？"

"你只救了一个人，但你杀了好几个人呢。"

"好像是五个吧？可人命不能用数字来衡量啊。"

"我知道，是那个火车问题吧？"比尔高兴地说，"要不要为了救五个人牺牲一个人那个。"

"什么问题？"温蒂瞪大了眼睛。

"不用理它，"斯莱特利说，"那个故事跟咱们的情况完全不搭边。"

"比尔，火车是什么？"一号有点好奇地问。

"我也不知道，彼得·潘应该知道吧？"

一号凑近了彼得："火车是——"

温蒂和孩子们齐刷刷看向一号。由于他突然没声了，他们都以为彼得一时生气，对他做了什么。不过，这次彼得是无辜的。一号之所以突然沉默，是因为被箭射穿了脑袋。箭射中他的右耳上方，从左边出来。他半张着嘴，倒了下来。

彼得迅速朝箭射来的方向扔出了短剑。短剑深深刺中了持弓的红皮人的鼻子，对方顿时口鼻出血。那人试图拔出短剑，但是很快力气用尽，跌倒在地。虎莲抱着胳膊站在倒下的红皮人身后，目光凶狠地盯着彼得。而她身后，还站着几十个红皮人。

彼得·潘宛如野兽一般，向红皮人冲了过去。红皮人纷纷朝他射出箭矢，但都没射中。彼得从倒地的红皮人脸上拔出短剑，纵身一跃，落在了虎莲身后。

"混账！"虎莲正要回头，彼得已用染血短剑抵住了她的咽喉。

红皮人停止了攻击。

"要杀就快！"虎莲喊道。

"是吗，那我就——"

"彼得，住手！"温蒂叫了一声。

"为什么？"彼得无辜地问。

"你觉得红皮人为什么不攻击你了？"

"因为我可怕？"

"因为虎莲成了你的人质。"

"哦，这样啊，那我岂不是可以为所欲为？"

"没错。但如果你杀了虎莲，他们又会发起攻击。"

"到时候我就再用短剑抵住虎莲的喉咙呗。"

"不行，死人当不了人质。"

"哦，这样啊。但我反正不会输给他们，应该没关系吧？"

"就算彼得没问题，我和这些孩子也要遭殃的。"

"哦，这样啊。"

"别管我，杀了他！"虎莲喊道，但红皮人没敢上前，"一群胆小鬼！"

"虎莲不是喜欢彼得吗？"比尔问温蒂。

"对啊，不过现在应该是'因爱生恨'了。"

"原来爱过了会变成恨呀。"

"哦，这样啊。"彼得说。

"才不是！"虎莲恶狠狠地说，"我是来为兄长报仇的！"

"哦，这样啊。我正好闲着没事干，要帮忙吗？"

"那你就立刻割开自己的喉咙，或者掏出自己的心脏吧！"

"我干吗要这么干？"

"可能因为你杀的红皮人里有一个是她哥。"温蒂猜测道。

"哦，这样啊。"

"温蒂！"虎莲发现了温蒂，想要转头看她。

彼得险些割到虎莲的喉咙，还好他及时松开短剑，没伤到她。虎莲从头发里掏出匕首，朝温蒂扔了过去。幸得彼得·潘反应及时，堪堪打掉了虎莲的匕首。

"别拦着我！"虎莲瞪了彼得一眼。

"温蒂跟这件事没关系，你不是来杀我的吗？"

"当然，但我也要杀她。"

"为什么？"

"自从那个女的来到这儿，你就变得不对劲了。"

"彼得确实变了个人，"斯莱特利说，"但很难说他比以前更不对劲吧？"他的声音很小，只有旁边的比尔听见了。

红皮人举起了弓箭和斧头。

"你们别动手！"虎莲大喝一声，"温蒂，我要跟你一决胜负！"

"我不会用武器……所以要别人替我上场。"温蒂看了一眼彼得。

就在这时，林中现出了一个小小的光点，贴着地面朝比尔飞了过去。光点还发出了叮叮咚咚的声音，想让比尔发现自己。可比尔光顾着观战，没看见光点。于是光点便凑到比尔边上，对它耳语道："比尔阁下，我带来了玛普女王的秘密口信。"

虎莲敏锐地察觉到了精灵的身影。

"叮克铃！你还活着？！"虎莲扔出了第二把隐藏的匕首。

匕首正中精灵，带着它戳中了树干。

"叮叮！"温蒂跑向树干，查看精灵的遗体，"不对，这不是叮叮，是别的精灵。"

"它说玛普女王让它带来了秘密口信。"比尔得意地说。

"玛普女王为什么要给比尔带秘密口信？"温蒂问。

"因为我跟玛普女王暗中有联系呀。"

"为什么你们要私下联系？"彼得·潘不服气地说，"我一点都不知道！"

"因为玛普女王不信任彼得·潘呀。"

斯莱特利脸上失去了血色。比尔命不久矣。

"哦，这样啊。"彼得似乎接受了这个解释。

虎莲愣住了。

"各位，快把虎莲按住！"斯莱特利大喊一声。

孩子们齐齐扑向虎莲，将她按倒在地。红皮人顿时慌了，不知该怎么办。

"你们为什么要按住她？"彼得打着哈欠问。

"因为虎莲是杀了叮克铃的凶手。"

"什么?！"彼得大吃一惊。

"什么?！"比尔大吃一惊。

"为什么她是凶手？"彼得问。

"刚才虎莲自己坦白的。"斯莱特利说。

"比尔，你听见虎莲说'我杀了叮克铃'吗？"

"没有，但我可能听漏了，因为我总是听漏别人的话。"

"她没说：'我杀了叮克铃。'但她喊了：'叮克铃！你还活着?！'"斯莱特利说。

"这两句一点儿都不像。"比尔说，"要是我问：'斯莱特利，你还活着？'难道会变成'我杀了斯莱特利'的意思吗？"

"比尔，要是你问我：'你还活着？'这就说明你认为我可能已经死了，是不是？"

"也对。要是我觉得你可能还活着，应该会问：'斯莱特利，你死了？'"

斯莱特利不知该如何回答。

"斯莱特利，你不用跟比尔较真，那样只会越说越乱。"温蒂提醒他。

"也对，我一时忘了。总之，虎莲把别的精灵错当成了叮克铃，并且喊了一句：'叮克铃！你还活着？！'也就是说，她认为叮克铃已经死了。那么，她为什么认为叮克铃已经死了？当然是她亲手杀了叮克铃，这才说得通。"

"很好！那我马上对虎莲执行死刑。"彼得抄起短剑，指向虎莲。

"放开我！"虎莲对孩子们说，"我拒绝接受罪人的制裁，我要战死沙场！"

"虎莲好像想战斗呀。"比尔对斯莱特利说。

"不行，虎莲是红皮人里数一数二的战士，胡克和斯密全靠耍诈才抓住了她。要是一对一战斗，她跟彼得一样厉害。如果现在放了她，不等彼得走过来，孩子们就都没命了。"

彼得即将挥剑刺穿虎莲的喉咙。

"等等！"温蒂制止了彼得，"你不能杀了虎莲。"

"为什么？这家伙杀了叮叮啊。"彼得不服气地说。

"没有证据表明她杀了叮叮。"

"可她刚才就杀了一个啊。"

"但那不是叮叮，我叫你找的应该是杀害叮叮的凶手。"

"可斯莱特利说——"

"斯莱特利只是证明了虎莲知道叮叮已死，但不一定是她杀了叮叮。"

"那你说怎么办？"

"问问她呗。要是她承认自己是凶手，你再执行死刑。"

"喂，虎莲，"彼得直白地问道，"是你杀了叮克铃吗？"

"那不重要。"

"温蒂，她说不重要。"彼得举起了短剑。

"哪里不重要了？"温蒂说，"虎莲，你说实话，是你杀了叮叮吗？"

"我没杀叮叮。但只要有机会，我就会去杀它，我只是没来得及罢了。所以你不必同情我，让我像个战士一样死去吧。"

"明白了。"彼得对孩子们说，"放开她。"

"要是放了她，我们就要被杀了。"

"没关系，我比虎莲动作快多了，不等她动手，我就能杀了她。你们知道我的剑有多快吧？"

"嗯，但万一太快，我们来不及躲开，可能会被误伤。"

"没关系，你们只要跑得比我的动作更快就行了。"

"彼得，够了。"温蒂说。

"不用商量怎么让他们逃吗？不过所有人一起杀了倒也省事。"

孩子们瑟瑟发抖。

"不，彼得，我是说你不用杀虎莲。"

彼得悻悻地收起了短剑。

"各位红皮人，我们过后会归还虎莲，所以请你们先回去吧。"

温蒂对红皮人说。

"你能保证一定会归还虎莲吗？"一个红皮人说。

"我说了保证归还。如果你们不马上离开，就是轻视我的话。到时候，我就把她交给彼得处理。"

彼得闻言连忙抽出了短剑，红皮人凑到一起商量了片刻。

"可以。"红皮人代表说，"我们会先回去。要是虎莲一个小时内没回来，我们就对你们发动总攻。"然后红皮人就撤了。

虎莲气哼哼地站在原地。

"大家先把她的手脚捆起来，别让她跑了。"温蒂说道。

孩子们欣然听从。虎莲奇迹般地没逃，让他们捆了起来。

"虎莲，我有几个问题，你愿意回答吗？"

"我心情好就回答，你先问吧。"

"你说你没杀叮叮，是真的吗？"

"没错。但只要有机会，我就会去杀它。"

"你只需要回答我的问题。你刚才对靠近比尔的精灵说：'叮克铃！你还活着？！'这是为什么？"

"就是字面意思。我发现叮叮还活着，吃了一惊。"

"后来你还杀了那个精灵。你是故意的，还是意外失手？"

"当然是故意的。我想，要是叮叮还活着，我就要杀了它。"

"为什么？"

"那家伙把自己当成了彼得的老婆，真不自量力。"

"叮叮是我老婆？"彼得哈哈大笑起来，"精灵怎么当得了人类的老婆？"

"还有你，温蒂。"

"所以你才要杀我。"

"没错。"

"她已经坦白了，可以执行死刑了吧？"彼得舔了舔嘴唇，"罪名就是杀害温蒂未遂。"

"不行，我们在查的是叮克铃被害案，其他罪行不重要。"

"哼。"彼得遗憾地说。

"你以为那个精灵是叮叮，所以吃了一惊。"

"没错。"

"也就是说，你知道叮叮已经死了？"

"我不确定，但我猜它已经死了。"

"为什么你猜它已经死了？"

"因为我听见了叮叮的惨叫。"

"是我们离开地下之家那天晚上吗？"

虎莲点点头："那天晚上，我们潜入地下之家打探你们的情况，但是没发现孩子们。要只是一两个人，还可能藏在暗处不被我们发现，但你们这帮大大咧咧的孩子，不可能都藏得很好。"

"我们去人鱼湾练抓鱼了。"斯莱特利补充了虎莲的证词。

"但是没过一会儿，彼得·潘回来了。"

"我吗？"彼得瞪大了眼睛。

"当时……"斯莱特利闭着眼睛回忆道，"没错，彼得的确离开了人鱼湾，一个人回了地下之家。"

"是吗？"

"你说你感觉好像漏了谁。"

"谁？"

"应该是叮叮吧？"比尔说。

"叮叮？"彼得歪着头想了想，"我想起来了，我在查叮克铃被害案。"

"你一定是回去找叮叮了。"

"我为什么要回去找它？"

"因为你们是朋友。"

"我跟虫子是朋友？"

"它不是虫子，是精灵。"

"彼得钻进地下之家后，"虎莲等了一会儿，看彼得和比尔还是没有住嘴的迹象，干脆不理他们，继续说道，"我听见他和叮叮说话了。"

"他们说了什么？"温蒂问，"是在争吵吗？"

"我听不清具体内容。我们的耳朵虽然好，但还没有动物那么敏锐。"虎莲瞪着温蒂说，"不过感觉还是不像争吵，更像彼得单方面嘲讽，叮克铃一直在哭。"

"你听了之后感想如何？"

"很得意。那个精灵太不自量力了……当然，不自量力的不只是它。"

"叮叮哭了吗？"

"是啊，这重要吗？"

"我暂时不知道重不重要。然后呢？"

"然后彼得·潘离开地下之家，往人鱼湾那边飞去了，后来就没再回来。"

"那天……"温蒂陷入了沉思，"彼得说要回家一趟，几分钟后又回来了。虎莲，你什么时候听见惨叫的？"

"彼得·潘飞往人鱼湾之后。"

"怎么会……"斯莱特利惊讶地说。

温蒂也瞪大了眼睛，浑身僵硬。

"你们俩怎么了？"比尔问。

"没什么，"温蒂说，"我只是听到了意外的回答，有点惊讶。"

"什么意思？"虎莲怒吼道，"你想说我在撒谎吗？"

"你是不是想包庇谁？"

"包庇谁？"虎莲瞥了一眼彼得·潘，"不需要，因为他足够强大。"

"嘿嘿。"彼得害羞了。

"你问完没有？"

"嗯……暂时问完了……"温蒂为难地说。

"那我可以问了吗？"

"可以啊，你尽管问，无论多难的问题我都会回答。"比尔骄傲地说。

"除了彼得·潘，还有人离开人鱼湾独自回过地下之家吗？"

所有人都摇头。

"谁也没回，可是……"温蒂欲言又止。

"这不公平！应该我来回答！"比尔噘起了嘴。

"呵，原来如此。"虎莲微笑起来，"彼得，干得不错。"

"啊？你说啥？我可什么都没干啊。"

"他干了什么？"比尔问。

"彼得说了他什么都没干，你好烦啊！"双胞胎弟弟对比尔吼了一声。接着他发现彼得瞪着自己，立刻闭上了嘴。

"你们最近有点松懈啊，不守规矩的人要挨鞭子。"彼得·潘抓住了挂在腰带上的鞭子，孩子们全都抿紧了嘴。

"要是问题都问完了，我能动手了吗？"彼得问温蒂。

"不行，我们跟红皮人约好了，要放她回去。"

"跟他们讲什么信用？直接无视就好了。"

"我们没理由杀虎莲。"

"她杀了叮克铃。"

"她说她没杀叮叮。"

"她可能在撒谎啊。"

"我能看出她没撒谎，而且她还证明了你的清白。"

"我的清白？我被怀疑了吗？"

"斯莱特利，你听听彼得的话。快告诉他，他从一开始就嫌疑最大。"比尔说。

斯莱特利拼命看向别处，还哼起了歌。

"你没有不在场证据，但是虎莲的证词让你有了不在场证据，而且我们还知道了叮叮的死亡时间，当时身在人鱼湾的人都有不在场证据。"

"好厉害！"比尔喊道，"那人鱼湾的人鱼和我们钓上来的鱼也都有不在场证据了！"

"这什么意思？"彼得问。

"鱼不会飞，也不会走路……"比尔解释道。

"不，我说的不是鱼。"

"也就是说，虎莲的证词对你有利。"温蒂说。

"那我就饶了她吧。"

"虎莲，你能答应我，就算被放了也不伤害我们吗？"

"我可以答应，但只有这次不伤害你们，下次见到就是另一回事了。"

"这就够了。各位，把虎莲放了吧。"

孩子们小心翼翼地解开虎莲身上的绳索。虎莲瞬间跳起，在空中翻转身体，抓着小刀对准了迷路的孩子们。

片刻紧张后，虎莲转身跑向了族人离开的方向。

14

井森周围覆盖着一片白雪。

此时此刻，雪已经停了。但是地上的积雪厚度远超一米，让人寸步难行。短短几米，都要花一分多钟才能走完。

当然，井森并非毫无计划地一头闯进了雪原。距离旅馆百米开外有一片森林，那里积雪较少，走起来应该相对轻松，不过相应的，枝头积雪也许很危险。总之，他决定先去看看情况。

大门被积雪掩埋，恐怕走不了。发现铸挂圣的地方有一扇围栏上的小门，从那里可以自旅馆后方离开。周围没有路，只有皑皑白雪。井森本打算只到森林边缘稍做查看就马上返回，可照现在这个节奏，恐怕还没靠近森林，他就要耗尽体力了。

他停下来艰难地喘着气。

他感到全身都被浸透了，也不知是汗水还是挤进衣服里的雪水。哪怕站着不动，体温也会迅速流失。要是到达森林前就遇难，那可就不好笑了。不过空手而归未免太丢人了。

要不，就当检查路上的积雪情况吧。井森下定决心，又在雪地里挣扎着前行起来。

他每走几步就会滑倒在雪中，视野被完全遮盖。好不容易站起来，再走几步，又会重蹈覆辙。这种感觉就像在雪里溺水，也许换成泳姿还能更快。当然，这是不可能的。因为积雪的阻力远大于水，他肯定游不起来。

好不容易前进了十几米，他发现森林里有个奇怪的东西，像是黑点。是块石头吗？井森刚要仔细打量，又滑倒在了积雪中。他挣扎了二三十秒，终于站了起来，继续寻找刚才的黑点。

黑点好像变大了。是错觉吗？井森朝黑点走过去，倒下，又重新站起。

黑点变得更大了。如果一直在靠近，黑点变大也很正常。可是井森只前进了不到一米。与此相对，林中的物体竟然在不断靠近，这也太不自然了。

井森决定停止前进，原地观察那个黑点。黑点的形状很难分辨，彼此间的距离大约有一百多米，那么它的实际大小就是……

黑点又变大了，它还在靠近。井森突然感到强烈的不安。那是雪山里的动物，可能比人还大。他很不愿意这样想，可是比人还大的动物里，最可怕的一种就是……

没关系，它们应该在冬眠。井森强装镇定，继续观察。那东西看起来有四条腿，而且又黑又大。

糟了。井森当即掉头，顺着原路（其实他只走了十多米）慌张返回。黑点似乎发现了他，发出了踏雪奔跑的声音。

不知为何，有的熊无法冬眠，人们一般管这种熊叫"没洞熊"。它们由于找不到东西吃，性情特别凶猛。

熊的气息渐渐逼近，井森还在蹒跚撤退，倒在积雪里的频率似乎也变高了。相比之下，熊的脚步声却格外轻快。

寸步难行。

踏雪奔跑。

寸步难行。

踏雪奔跑。

寸步难行。

踏雪奔跑。

寸步难行。

踏雪奔跑。

熊的脚步声迅速变大，仿佛到了身后。要不干脆回头跟熊搏斗？不，在这种积雪里跟熊搏斗完全是自杀行为……可是背对着熊在积雪里挣扎，难道就不是自杀行为吗？他记得在哪儿听说过，熊会一拳塞进人的嗓子里令其窒息。与其被它从后面扑杀，倒不如转身搏斗，反倒有生还的机会。

井森决心不再逃跑。

"咔！"

他还没来得及回头，脖子上就感到了沉重的压力。完了。他不怕死，甚至习惯了死，但他不喜欢疼痛。干脆不要挣扎，任熊摆布，说不定能死得更快？还是说，应该拼命挣扎，激怒这头熊，换来致命一击？

啊，不过经受第一下打击后，疼痛应该已经影响判断力了。要不求求它，请它放过自己？要是不行，就求它给个痛快？唉，如果它像奇境之国或奥兹国的熊那样会说话就好了。

"你在这儿磨磨蹭蹭的干什么呢？"

母熊？不对，母熊的声音不会这么高。井森回过头，身后的不是熊，是虎谷百合子。

"你怎么在这儿？"

"回头再说，你赶紧过来，熊马上就来了。"百合子推了他一把。

井森一个人几乎寸步难行，但是有了百合子的帮助，他竟走得格外顺利。尽管如此，熊的气息还是越来越近了。

最后井森被她一把推进了围栏，同时他听见了关门声。他和百合子都在千钧一发之际躲进了围栏。外面传来熊的咆哮，还有猛烈的撞击声。

不行，这围栏撑不了多久。下个瞬间，百合子就拾起了扔在围栏附近的竹扫帚。她将扫帚尖戳出围栏，对准了熊的眼睛。

这是正确做法吗？不会更加激怒熊吗？熊被刺了一下，发出更骇人的咆哮。但是第二下之后，它的行动出现了变化。它不再没头没脑地撞击围栏，而是开始躲避扫帚尖。

百合子又给了它第三下，熊后退了。

"哈啊！"百合子一声咆哮。

熊愣了片刻，接着慢悠悠掉转方向，返回森林。熊可能觉得为了两个人弄伤眼睛不划算，决定撤退了。看来它还挺聪明的。

"谢谢你救了我。"井森诚恳地说，"不过，你怎么知道我遇到危险了？"

"我看见你偷偷摸摸离开了旅馆，还以为你想搞什么鬼把戏，就一路跟在你后面。没想到你竟然想一个人溜走，简直太不要脸了。但我知道凭你一个人肯定跑不掉，所以就一直没出声，谁承想你还引来了熊。本来你悄悄溜走也没什么事，可你非要手舞足蹈，结果就被熊发现了。没办法，我只好去救你了。"

"你误会了，我不是想一个人溜走，是想给大家探路……"

"少找借口了。"

不，这真不是借口——井森正要辩解，却发现这么说反倒更像借口，于是放弃鸣冤，转而问道："你也是永无岛的人吧？"

"……别把我扯进你那个奇怪的妄想故事里。"

"你回答之前，停了一小会儿。"

"我是在想怎么回答你这个蠢问题。要耐心劝你吗？还是劈头盖脸地骂？还是不理算了？"

"你也面临危险，不如跟我齐心协力，咱们共渡难关吧。"

"什么难关？你是说这个暴风雪山庄吗？"

"暴风雪山庄固然可怕，但永无岛那边更可怕。你随时有可能没命，就像铸挂那样。"

"铸挂的死不是意外吗？"

"在这边是意外，但在那边，叮克铃是被害死的。"

"被谁？"

"这……应该是恨铸挂或叮克铃的人。"

"恨她的人？你有头绪吗？"

"……我能想到好几个人。"

"你回答之前，停了一小会儿。"

"我只是在犹豫该怎么回答。"

"换言之，我也是嫌疑人之一。"

"那要看你的本体是谁。所以你是谁？"

百合子没回答，而是露出了茫然的目光。

"要是有机会，我可能会下手。"她喃喃道。

"啊？你说什么？"

"你没听见吗？我说要是有机会，我可能会下手。"

"那、那你真的对铸挂心怀怨恨？"

"嗯，可能算是吧。"

"这算自首吗？"

"不，我说有机会可能会下手，也就是说，我有成为凶手的可能性，但人不是我杀的。"

"你为什么恨她？"

"……呃。"

"你回答之前——"

"我们还是废除必须秒答的规矩吧。"

"可以啊，反正本来也没这个规矩。"

"其实也算不上恨，只是她……跟男性太亲近了。"

"我不记得她跟我有多亲近呀……"

"对你是这样，但是对日田……"

"你说反了吧？是日田对女性太亲近了。"

"那是你的偏见吧？"

"我才没……算了不说了。总之，你看见铸挂跟日田关系不错，心里有点嫉妒，是吧？你喜欢日田吗？"

"就算是，我凭什么要告诉你？"

"你不用告诉我。只要分析刚才的对话，自然就有答案。"

"……其实我也不算是喜欢日田……"

"你喜欢的是彼得？不是你，是虎莲吧？"

"你怎么知道我是……是那个什么虎莲？"

"因为你看樽井的眼神就像虎莲看温蒂的眼神。只要有机会，你也想杀了她，对不对？"

百合子一时无言。她刚要再开口，旅馆里却走出来好多人。

"刚才好像听见很大的响声，还有呻吟声，怎么回事？"老同学们纷纷询问。

"没什么，有头熊差点闯进来了。"

"熊！"老同学和旅馆工作人员都慌了手脚，"在哪儿？"

"已经逃回森林了。"

"雪上的确有熊走过的痕迹。那熊多大？"

"我也不太清楚，至少有两米吧。"

"不得了，得赶紧加固围栏。正门没问题吧？"

大家七手八脚地开始干活。

其实真正的危险并非来自熊，井森心中暗想。

对了，我还没跟虎谷说完呢。

然而百合子已经混入人群，不知所踪了。

15

"人鱼是半鱼人那种吗？"比尔走在森林里，对彼得问道。

"有点不一样。半鱼人哪里是人、哪里是鱼不确定，而人鱼腰部以上是人，腰部以下是鱼，分得很清。"

"那它们算哺乳类还是鱼类？"

"哪种都不算吧？真要说的话，应该算鱼？"

"可它们上半身是人类女性的样子吧？"

"那应该只是巧合。"

"这叫平行进化？"

"没错，就是平行进化。不过，那是什么？"

"什么什么？"比尔摊开双爪，"我手上什么都没有呀。"

"我是说你刚才讲的话。"

"我刚才讲什么了？"

彼得露出了困惑的表情。"算了，既然想不起来，那就不是什么重要东西。"

两人面前出现了一片铅灰色的阴沉水面。

"好可怕的沼泽。"

"这不是沼泽，是海湾。"

"但是看起来好泥泞。"

"这地方叫滩涂。涨潮的时候，人鱼会搅乱海底的淤泥，所以这儿看起来就像泥泞的沼泽。"

"人鱼为什么要搅乱淤泥呀？"比尔探出水面，想仔细看看海湾。

"咕哇！"泥水中突然跳出一个龇牙咧嘴的裸女。比尔大吃一惊，但是及时逃开了。彼得从后面控制住裸女的身体，将她按在岩石上。裸女的下半身竟然是鱼，鱼尾正用力拍打岩石表面。

"你问人鱼为什么要搅乱淤泥？"彼得回答道，"就是为了像刚才那样偷偷靠近猎物啊。"

"原来人鱼爱吃肉啊。"

"何止爱吃肉，它们本来就是肉食动物。"

人鱼一直在发出刺耳尖叫，比尔怀疑自己的耳朵要震坏了。

"我问你个问题！"彼得举起短剑，对准人鱼的咽喉，"只要老实回答，我就放了你。"

人鱼挣开彼得，朝着比尔蛇行过去。彼得落入水中，正要飞起，却被别的人鱼扑倒。陆上的人鱼迅速逼近比尔，人鱼的速度似乎超过了比尔逃跑的速度。

"哇！"

人鱼嘴里长着无数宛如棘刺的牙齿，血盆大口一直咧到耳根，涎水像瀑布般流淌下来。比尔断开尾巴，尾巴使劲跳着，比尔趁机逃跑。人鱼似乎更关注那条蹦蹦跳跳的尾巴，先是一掌拍过去，接着一口咬住。

此时彼得已在水中迅速转身，手持短剑刺中了人鱼身体。腹部受伤的人鱼试图按住彼得，但彼得没有停止旋转，人鱼的手臂顺势而断。人鱼仰面朝天缓缓沉向海底，留下一片长长的血雾。彼得飞出水面，垂直落到忙着啃食比尔尾巴的人鱼头上，短剑正中后背。人鱼吃痛，松开尾巴，接着倒在地上，有气无力地抽搐。

彼得·潘跪在比尔尾巴旁，观察了一会儿。

"唉，比尔被吃得没剩多少了。但它还能动，是不是没死？可没了脑袋和手脚，它还怎么继续调查呢？反正带回去也麻烦，不如就扔这儿吧。我告诉温蒂它被人鱼吃了就行了吧？反正是只蜥蜴，吃了也就吃了。"

"我还活着呢。"比尔从旁边的草丛里钻了出来。

"哇！你没尾巴！"彼得吓了一跳。

"嗯，因为我把尾巴弄断了。"

"你自己弄断了？为什么？"

"我也不知道，这是叫本能吧？"

"你突然弄断尾巴，大家会吓到的。"

"要是吓到你了，对不起呀。"

"要道歉就对人鱼说。它把尾巴错当成你吃掉了，真是得不偿失。"

"是吗？对不起呀。"比尔对人鱼道了歉。

可人鱼根本顾不上比尔。它定定地看着彼得，牙齿咬得吱嘎作响。由于太用力，它把牙都咬断了，扎得满口是血，碎片混着血流了出来。

"它生气的对象好像不是我，是彼得。你对它干了什么坏事？"

"我？我干了什么？"彼得拔出人鱼背上的短剑，抓起人鱼的头发擦血，然后收回鞘中。

"唉，人鱼在流血呢。"

"我知道，是我刺的。"

"那它肯定是因为这个生气的。"

"啊，这样啊，也对。"彼得一脚踩中了人鱼背后的伤。人鱼发出了分不清是人还是怪物的尖叫声，试图扑向彼得，但它的双手无法动弹。

"我可以把你送回海里，也可以把你留在陆地上晒干。要是你想回海里，就老老实实配合我调查。"

人鱼发出了让人汗毛直竖的刺耳声音。比尔忍不住蹲下来捂住耳朵，它想这可能是什么特殊的声波攻击。但是彼得没动，脸上反而露出了笑容。

"人鱼说话就是这种声音。"

"这是人鱼叫？"比尔强忍痛苦，问了一句。

"不是叫，是声音，这是人鱼的说话声。"

"说人鱼话？"

"不对，是人话。也许声带长得不一样，所以听起来很刺耳。但只要仔细听，就会发现是人话。"

比尔战战兢兢地松开捂着耳朵的手，仔细听人鱼说话。它觉得那个声音好像在搅自己的脑浆，让它恨不得马上死。比尔半张着嘴，翻着白眼，口吐白沫，依旧努力想听清人鱼说话。接着，神奇的事发生了，刺耳的声音竟变得有点像人的话语。

"调查？什么调查？[1]"

"当然是调查叮克铃被害案啊！"彼得·潘傲慢地说。

"叮克铃？"

"没错，听说它是个精灵，总跟我在一起。"

"哦，你说那个精灵啊。"

"你知道？"

"大概知道。"

"是谁杀了它？"

"不知道。"

"你刚才不是说知道吗？"

"我知道有个精灵整天跟着你，但不知道谁杀了它，我甚至不知道它死了。"

"那你没什么用了，等着在岸上晒死吧。"彼得转身就走。

"等等。"

"干吗？你不知道凶手是谁，我就没事找你了。"

"只要我知道的，都会告诉你，所以……"

"那你就都告诉我吧。"

"你得先说自己想知道什么，否则我怎么告诉你？"

"真麻烦！"彼得"啧"了一声。

"那就说说不在场证据吧。"比尔说，"谁参加了人鱼湾的训练，谁中途离开了，你知道吗？我们当时光顾着训练，完全没注意这些。"

"彼得·潘和他手下那帮小鬼来了。途中彼得离开过一次，但

---

1. 楷体字表示是人鱼的话，以下同。

是马上就回来了。其他人一直在这里，最后一起离开了。"

"你确定吗？会不会有人趁你不注意离开了？"

"我们一直在旁边观察，准备等彼得·潘离开后抓些小鬼来吃。不过那帮小鬼特别小心，绝不轻易靠近水边。要是他们都像你这样粗心大意就好了。"

"都像我这样？这可能有点困难。毕竟这可不是靠努力就能做到的，需要一定的天赋。"

"我赞同。"

"你知道孩子们的名字吗？"

"我怎么可能知道？不过他们也在。"

"你说谁？"

"那两个长得一样的人。"

"它一定是说双胞胎！"比尔说，"那么双胞胎就有不在场证据了。"

"这不重要！"彼得恶狠狠地说。每次一提双胞胎，他就很不高兴。

比尔想起斯莱特利曾经说过，彼得搞不懂双胞胎的概念，所以才会这么生气。

"你只记得这些吗？"彼得不耐烦地问。

人鱼没有回答，而是默默吐了点血。比尔定定地看着它。人鱼长着尖牙，看起来很恐怖。但要是仔细端详，模样倒也挺好看的。它脸上已经没了血色，身体还在微微发抖。

"彼得，这姑娘好像已经说不出话了。"

"那就扔一边吧。"

"可你答应它了呀。"

"我答应它什么了？"

"只要配合调查，就让它回到大海。"

彼得轮番看了看人鱼和海面，嘀咕道："好麻烦。"

"可你答应了。"

"我答应了也只是我的一面之词，这家伙不一定愿意啊。"

"它情愿在这儿晒死？"

"我又不知道它觉得哪样更好。"

"当然是回海里更好呀。"

"那我就放它回去。但这可是你说的，这家伙要是有个三长两短，都是你的责任。"彼得后退几步，接着助跑了一段，狠狠踹向人鱼的肚子。

人鱼接连翻好几圈，落进了海湾，泥水中立刻有几个影子向它靠拢。

"那些都是人鱼的同伴。"彼得皱着眉，像看到了脏东西。

被彼得踹下去的人鱼猛然瞪大眼睛，向他投来了求救的眼神。彼得咧嘴一笑。靠过去的一条人鱼张口咬住了负伤人鱼的手臂。它试图用另一只手赶走对方，但那只手也被另一条人鱼咬住了。

"这是什么？治疗的仪式？"

"不是，是吃饭，它们会把受伤和患病的同伴吃掉。"

"啊？真的吗？"

"它们是鱼啊，这很自然。"

"它们不是鱼，是人鱼啊。"

"是一种叫人鱼的鱼。"

"也是，"比尔接受了这个解释，"而且是为了吃饱肚子，所以不算犯罪。"

又有更多人鱼咬住了受伤的同伴。有的啃脸，有的啃胸，有的啃肚子，有的啃尾巴。随着一阵撕扯的响动，刚才还虚弱得无法说话的人鱼又发出了刺耳的惨叫。

"你瞧，最后成了这样，你要负责。"彼得捂着耳朵说。

受伤人鱼的脸已被啃没，手臂被啃得只剩骨头，胸咬得七零八落，血和内脏顺着海水扩散，更多人鱼闻到血腥味赶了过来。尽管如此，被啃人鱼还在拼命挣扎，发出惨叫。

"我要怎么负责？"

"你只要跳进水里，咬断那家伙的喉咙就好了。这样一来，就不会有刺耳的声音了。"

"对哟，是个好主意。"比尔摆好架势，准备跳下去。

就在这时，一条人鱼咬住了受伤人鱼的喉咙，惨叫声迅速变小。这口可能咬断了动脉，血喷出水面，带着残留的体温落在彼得和比尔身上。那条人鱼不再动弹，其他人鱼则兴奋地拍打着海水，撕它的肉，瞬间分而食之。接着它们陆续躲进泥水，海面徒留一片晕开的血色。

"啊，我好像跳晚了。"比尔挠挠头说。

彼得啧了一声，转身离开海湾。

16

"你不觉得人突然少了很多吗？"井森走进宴会厅吃午饭，一进门就觉得有些异样。

"怎么变得空荡荡的？"酢来说。

"少了这么多人，竟然没人在意？"

"肯定在意吧，只是不敢说。"酢来凝视着正在大口扒拉纳豆饭的日田。

"干什么？"日田很不服气地问。

"都怪你。"

所有老同学齐刷刷看向日田。

"凭、凭什么说怪我？"

"少掉的人都是被你杀的。"

人们开始窃窃私语。

"你、你不要乱说，我什么都没干。"

"仅限于这个世界。"

"那就证明我是无辜的！为什么我要为彼得·潘干的事负责？我又管不了他！"

井森仔细观察着周围凝视日田的老同学。除此之外，包含老板娘在内的好几个旅馆工作人员也从走廊偷偷地看着他。这些人大部分都是永无岛居民的化身，井森心中确信。

可是几乎所有人都隐瞒了这点，理由之一想必是不希望彼得注意到自己的真实身份。麻烦的是，井森他们也被当成了日田的同伙。所以就算他开口问，也没人会如实回答。

没办法，只能先找身份明确的人谈了。井森注意到二连兄弟在会场一角交谈便凑了过去，他们一看到井森过来就闭上了嘴。

"你们不是在聊天吗？继续说啊。"井森说。

"还是你说吧，我们聊的都是私事。"一郎说。

"比尔和彼得去人鱼湾调查了。"

二人对视一眼。"为什么？"次郎问。

"为了确定不在场证据。"井森回答。

几秒沉默后，一郎开了口："人鱼的证词怎么能靠得住？"

"就是，不管它们说了什么，那都只是一群鱼！"次郎嗖地站了起来。

"等等，我不知道你们误会了什么，但人鱼已经证明了你们俩的不在场证据。"

次郎长出一口气，坐了下来："抱歉，我有点神经质。你刚说不在场证据，我还以为人鱼胡说八道，想陷害我们……"

"目前能确定不在场证据的只有你们俩……严格来说，还有一个。"

"谁？"一郎问。

"彼得·潘。"

"这不对吧？"

"要是相信虎莲的话，就是如此。"

"她要是没说实话呢？"

"当然也有这个可能，毕竟她好像喜欢彼得。"

"那就更不能相信她了呀。"

"可她看起来不像是那种会故意说谎的人。"

"要骗比尔可太简单了。"

"确实，这个可能性也不小。我想跟你们商量一下今后的调查方针。"

"找酢来或是别人不行吗？"

"目前不在场证据最可靠的只有你们俩。我不是说不相信酢来，但他毕竟还算嫌疑人之一。"

"人鱼说的话能信吗？"

"人鱼没必要说谎。"

"那你想问什么？"

"当时除了你们俩和彼得，还有谁肯定在人鱼湾？"

"比尔不记得吗？"

"比尔当然不记得，这点我可以很确定地回答你。它只能勉强记得温蒂在哪儿。而且除了你们之外，所有迷路的孩子都是嫌疑人，所以证词没法采信。"

"那就询问所有人的证词，然后互相比对一下呗。"

"你觉得比尔能做这种事？"

"那就比尔负责问，你负责比对不就好了？"

"想让比尔记住细节简直太难了。我完全没必要靠那个不确定的东西，只要有你们俩的证词就够了。"

一郎和次郎对视一眼，然后沉默了。

"怎么了？难道有什么不能说的吗？"井森略显焦躁地问。

"其实也不是不能说……"

"只是我们俩也记不清了。"

"可我看双胞胎也不像彼得和比尔那样脑袋空空啊。"

"不是脑袋空空啦，只是那天有件很重要的事，我们俩一直在说悄悄话。"

"很重要的事？"

"就是……温蒂。"次郎说。

"喂！"一郎表情骤变，"你瞎说什么呢！"

"温蒂不能一直待在永无岛。我们那天一直在商量，得把彼得的真面目告诉温蒂。"

"彼得的真面目？"井森产生了好奇。

"别说了。"一郎插嘴。

"你们隐瞒了什么？"井森问。

"也不是隐瞒，"一郎不太情愿地说，"只是不想说那么可怕的事。"

"没关系，毕竟我或者说比尔已经见过很多可怕的事了。"

"其他迷路的孩子都是彼得捡来的，或是偷偷带到永无岛的。但彼得不一样。他是自己出现在肯辛顿公园，然后被精灵抚养大的。"

"自己出现是什么意思？"

"他一开始就会飞。"

"抱歉，我没太理解你们的意思。"

"彼得不是一般人。"

啊？就这？井森听了一愣，接着忍不住笑了起来。

"怎么了？你疯了吗？"次郎担心地问。

"没什么，我看你们俩突然这么严肃，没想到说的话竟是众所周知的事实。"井森好不容易忍住了笑。

"你不觉得这很异常吗？"

"当然，这在地球上的确是很异常。"

"在永无岛也一样吧？"

"永无岛上不是有精灵和人鱼吗？"

"那不过是虫子和鱼罢了，根本不算人。海盗和红皮人就都是普通人。"

"这么一说，永无岛上确实没有巫师、魔女、自动人偶和魔法生物呢。"

"地球上也没有。"

"但是奇境之国、霍夫曼宇宙和奥兹国里有。比尔去过那些地方，所以亲眼见识过。"

"比尔的记忆靠谱吗？"

"我理解你们的担心，但比尔好歹还是能记住一些事的，否则它要怎么生活？"

"谁知道比尔的生活正不正常……算了，既然永无岛有精灵，别的地方有巫师可能也不稀奇。"

"当然了，你们大可以对温蒂说出彼得的真面目。但我觉得，她可能早就发现彼得跟普通孩子不一样了。"

"那不就没什么意义了……"二连兄弟大失所望。

"过后再考虑怎么说服温蒂吧。现在最重要的，是想办法阻止大屠杀。"

"把彼得·潘关起来怎么样？"

"你要怎么关他？"

"那不就没辙了？"

"我认为有一个办法，那就是查出谋害叮克铃的凶手。"

"这个不是早就知道了？"

"得有确凿完美的证据。现在还没有证据表明彼得是凶手。不仅如此，他还有十分确凿的不在场证据。"

"找到了证据之后呢？"

"就能让彼得信服。他肯定不希望自己被温蒂看成杀人魔，那么他也许就会有所收敛。"

"真的吗？要是他不信服呢？"

"那就通知玛普女王，用证据说服它。这样一来，它也许会想办法处置彼得，毕竟它也痛恨害死叮克铃的凶手。"

"那就别管什么证据，直接去求玛普女王处置彼得·潘吧。"

"要是没有证据，它可能不会动手。毕竟它要是有这个心，早就把彼得处置了。"

"有道理，看来玛普女王很严谨，没有确凿的证据不会轻易动手。"

"所以我才来找你们。目前调查陷入了僵局，你们有什么办法破局吗？"

"我觉得最有效的办法还是询问案发时离现场最近的人。"

"但是虎莲的证词证明了彼得不在场，要推翻恐怕很难。就算能推翻，让她改了证词，但她的可信度已经严重下降，恐怕也很难说服玛普女王。"

"我不是说她，我是说那帮绝对不可能喜欢彼得的人。"

"对啊，还有海盗！"井森大喊一声。

宴会场和走廊上有好几个人尴尬地扭了扭身子。那些人很可能是海盗团成员，井森飞快地扫了他们一眼，几乎没人看他的目光。但有一个人例外。那人不仅看了井森的目光，还勾起嘴角笑了一下，就是老板娘。

她想说什么？莫非是叫我不要太深入？要么就是条件反射的微笑，其实没有深意？其实仔细想想，老板娘说话做事虽然不太靠谱，但无论发生什么，她都异常冷静，甚至有点瘆人。

总之，她无疑是个关键人物。

17

彼得和比尔躲在森林的阴影和夜幕中，朝着海盗船潜行。海盗船被涂成了黑色，轮廓不太分明，但窗户透出的灯光还是隐隐勾勒出了船的形状。

"那就是我的'快乐罗杰号'。"彼得说。

"那是斯密船长的船吧？"比尔问。

"不，那是我的船。我杀了胡克，抢了那艘船。按海盗的规矩，谁抢到就是谁的。"

"你是海盗吗？"

"没错，但我也兼任刑警、侦探、法官和死刑执行人。"

"如果那艘船是你的，为什么斯密在上面？"

"因为斯密趁我不在，从孩子们手里抢走了船。"

"啊？"比尔有些糊涂了，"斯密船长抢走了船，那它就成了斯密的船吧？"

"小偷偷走的东西算小偷的？哪有这种道理？"彼得气愤地说，"要是这种道理能行得通，世上就没什么正义了。"

"也对，"比尔说，"这我就放心了。对了，你刚才不是说，你从胡克那儿抢走了'快乐罗杰号'吗？"

"没错，抢到的就是自己的，这是海盗的规矩。"

"呃……"比尔转着眼睛想了想，"斯密是海盗吧？"

"他是个邪恶的臭海盗。"

"所以斯密偷走的东西就是斯密的？"

"那是海盗的野蛮规矩，只在海盗间行得通。可我得教教那帮人正经常识！"彼得眼中燃起了怒火。

比尔怎么听都觉得哪里不对，但只要跟彼得说话，就会越说越糊涂，所以它没再追问。只要我用力记住，井森就能想起来，他一定能理解。没错，等他理清楚了，我再告诉彼得·潘。

他们离开森林，到了海滩上。因为沙地上走路有声音，彼得就改成了低空飞行。之所以飞得低，是因为今晚有月亮，飞太高了有可能被巡夜的海盗发现，彼得虽然凡事不会想太深，但在实战方面非常有想法。而比尔咬叮克铃时，身上沾了一点仙粉，虽然飞得不稳，但也能勉强跟上彼得·潘。

　　他们贴着海面悄悄飞到了"快乐罗杰号"停泊的地方。海浪有时会拍在比尔身上把仙粉冲走，但它还是撑着抵达了海盗船。

　　彼得趴在船身上，如壁虎一般向上爬，然后悄悄探出脑袋，查看甲板的情况。甲板上有个水手，正抽着烟眺望星空。彼得悄无声息地绕到水手身后，拔出短剑，划开他的喉咙。一阵血雾腾起，水手一声不响地倒下。

　　"你干什么呀！"好不容易爬上甲板的比尔大叫一声。

　　"干什么？杀了望风的啊。每次潜入海盗船我都这么干。"

　　"我们这次不是来干架，是来调查的，所以没必要杀他。"

　　"啊，"彼得捂住额头，"说得对，这下糟了……不过这儿有将近二十个海盗，少一个他们应该不会在意。好了，趁还没人发现，赶紧把他扔海里吧。比尔，你帮忙抬脚。"

　　"好大的胆子，竟敢大摇大摆上了我的船。"黑洞洞的枪口对准了彼得的后脑勺。

　　斯密扣下扳机时，彼得已经不见了。他抬头看向天空。

　　"谁叫你话多。这种情况就该先开枪再说话。"彼得·潘在空中做着蛙泳动作，仿佛在愚弄斯密。

　　"喔，下回一定。"

　　"不过就算这样，你也杀不了我。"

斯密朝彼得开了好几枪，彼得每次都堪堪躲过，毫发无伤。

"别生气呀，斯密。"比尔说，"我们一开始没想杀望风的人，只是彼得习惯成自然，没反应过来。"

斯密盯着比尔："你是个什么东西？"

"我是蜥蜴。"

"可你会说话。"

"我是会说话的蜥蜴。"

斯密看了一眼彼得，然后说："你是彼得的同伴？"

"我也不清楚。彼得是侦探兼刑警兼法官兼死刑执行人兼海盗，而我是华生。"

斯密盯着比尔想了一会儿，突然掐着它的脖子提了起来："喂，你们都给我到甲板来！"

睡眼惺忪的海盗们陆陆续续走了出来。

斯密举起比尔说："彼得，看它！"

"看到了。"彼得仰面浮在空中，双手垫在脑袋底下，一副悠哉游哉的样子。

"立刻下来，向我投降，不然这蜥蜴就没命了。"

"好啊。"

"啊？"

"蜥蜴又不重要，你想杀就杀呗。"

斯密想了一会儿，小声问比尔："'华生'不是朋友的意思吗？"

"不是，是向侦探提问之后反被嘲笑的人。"

"哼！这家伙根本没有人质价值！太没用了！"斯密扔开了比尔。

比尔在甲板上连滚了好几下，险些掉进海里，好在勉强站住了脚。

"船长，你说彼得会不会跟它对了口供，其实那只蜥蜴真的有当人质的价值？"斯塔基说。

"彼得冷血无情，任性妄为，不听人讲话，记性还很差，但绝不会说谎。"斯密说，"而且一个杀人不眨眼的家伙，怎么会在乎蜥蜴的命？"

彼得在船边一圈一圈地飞。

"身上有枪的都给我开枪！"斯密吼道。

可彼得的高度与船舷平行，海盗们不得不平端着手枪，结果怎么也瞄不准飞速转圈的彼得，反而打倒了不少自己人。被打中的海盗鲜血直流，满地打滚。不一会儿，甲板就成了一片血海。

"住手！住手！"斯密踩着血，脚底直打滑，连忙下令，"别瞎打，都给我瞄准了！看清楚前面没自己人再开枪！"

海盗们停止了射击。他们试图瞄准彼得，但对手飞得太快，海盗们一枪都打不出来。

"怎么不开枪了？真没劲。这样吧，我待着不动，让你们打。"彼得猛然上升，停在了海盗头顶十几米的地方。

"趁他停下，赶紧开枪！"斯密大吼一声。

"可对着头顶很难打啊，仰着身子背会痛的。"斯塔基说。

"想想我上次怎么做的，躺下来打啊！"

"躺下来？"斯塔基看了一眼甲板，"可地上都是血。"

"那又怎样？"

"会弄脏衣服啊。"

"海盗怕血还得了？"

"但是血很难洗啊。"

"够了！"斯密想自己躺下，但怎么都下不了决心，"要是斯塔基不说话，我早就躺下了。现在听了他的话，我反倒怕弄脏衣服了！"

"怎么办？还是仰着身子打？"

"不，等等，我有个好主意。站着的人没必要躺下弄脏自己衣服，我们已经有现成的躺在地上的人了。"

"对啊，让那些被自己人打倒的伙计开枪就得咯！"

"倒地上的，对彼得开枪！地上没枪的人管站着的人要！"

那些已经没命的人当然没法听令，其他还有一口气的人试图执行命令，但他们浑身无力，头昏眼花，没几个人能开枪。那些人非但没打中彼得，还四处乱打，又伤了好几个海盗。

"住手！住手！"斯密大喊，"受伤的人把枪还回来！大伙对准正上方！"

没受伤的海盗，包括斯塔基在内，都勉强仰着身子发起了攻击。可是正上方很难打中，几乎所有子弹都斜着飞走了。

彼得一动不动，抱着手臂嘿嘿直笑。

"那小子好像不打算动，别磨蹭了，赶紧打下来！"斯密气得快爆炸了。

活着的海盗全都小心瞄准，然后开枪。但是每开一枪，彼得都堪堪躲开了。彼得厉害，但他也看不见子弹，所以他看的是扣扳机的手指。只需看一眼枪口，就知道海盗瞄准了什么地方，所以他能趁开枪的瞬间微微歪过身子躲开。

就这么打了几十枪，彼得突然飞远了。

"这下更好瞄准了。"斯塔基高兴地瞄准了彼得。

"斯塔基，等等！"斯密说，"不要相信彼得的任何行动！那家伙一定有什么企图。"

"他只是个蠢孩子。"

"不，在杀人这方面，那家伙是个天才。"

"那他也只是个孩子……"

"咻！"一个东西从斯塔基面前掠过。

"呜哇呜哇呜哇。"斯塔基的鼻子没了。他捂住脸上喷血的大洞，发出带着鼻音的惨叫。

"咻！"甲板上开了个洞。

"咻！"一个海盗的天灵盖喷血，然后整个人倒下。

子弹纷纷掉落下来。

斯密的脑子不笨，甚至该说是属于聪明的那类。可尽管如此，他还是花了整整十秒钟才理解了眼前的事态。

最开始，他以为是彼得的手下在空中射击。但是孩子们没枪，而且除非升上高空，否则海盗们一定会发现。

那这子弹怎么回事？

当然，这些都是刚才海盗们打出去的子弹。朝天射出的子弹不会消失，总归要落下来。只不过，它们不会落到原来打出的位置。就算对着正上方开枪，多少也会歪一些。就算没歪，也会因为风和地转偏向力改变方向，无法落到原点。每误差一度，落地位置都会偏差几十米。朝正上方开个几十枪，虽然大部分子弹都会落进海里，但总还是会有一些落在海盗船上。

"小心！子弹掉下来了！"

话说出口，斯密才意识到自己犯了个错。

果然，海盗们都慌了。

子弹来自头顶，就算猫下身子也没什么用。没人瞄准，纯粹是概率问题，所以四处逃窜同样没什么用。真正有用的，也许是头上顶个东西。然而，海盗们平时外出从不带包，顶多只能双手交叠护着脑袋。要是不怕脏，也可以脱下鞋顶在头上。

总之，海盗一慌起来就四处乱撞，好几个人都被撞倒了。倒下意味着朝正上方暴露的面积变大，更容易被子弹击中。

"啾！"惨叫。

"啾！"惨叫。

"啾！"惨叫。

就这样，又有几个人牺牲了。他们完全被对手牵着鼻子走。要是一般的战斗，此时该发令撤退。然而他们脚下就是大本营，而且周围都是海，可以说退无可退。

斯密想算算还有几个海盗能动，因为根据人数，采取的战略也不相同。不是说人多就有利，关键在于不能再中彼得的计了。

"听好，你们别随便开枪，开枪前务必想清楚——"

不知何时，彼得·潘竟已经靠近，猛地落到了海盗中间。

别开枪！斯密正要阻止，但是枪声已经响起。彼得正好落在一圈海盗的正中央，所以没击中彼得的子弹很可能打到别的海盗。他们不该用枪。如果齐刷刷围上去用剑砍，也许就能杀伤彼得。只不过斯密永远都没机会验证自己的战术是否正确了。

海盗们面面相觑，然后纷纷倒下，没倒下的人只剩斯密和斯塔基。斯密没被打中的原因很简单，只是运气好。而斯塔基之所以没被打中，是因为他正趴在地上四处寻找鼻子的碎片。对于他，恐怕就不太好说是运气好。

彼得也毫发无损。他看起来没躲没闪，但搞不好只是他技法过于高超，给人留下了没动弹的错觉。

但这都不重要了。斯密扫了一眼甲板，除了他们俩，其余海盗都倒下了。也许不是所有人都死了，也许有人晕了过去，或是不想受更重的伤在装死。但就算有人没死，他们也没法用了。因为他们在精神上已被彼得·潘打败，再也没法振作。没法用的人只能处理掉。换言之，就算他们暂时不是尸体，过后斯密也会把他们变成尸体。因此可以认为，所有倒下的海盗都死了。

"喂，斯塔基，站起来！再怎么捡，你的鼻子也恢复不了原状了。先专心杀了彼得再说。"

斯塔基哇哇大哭，一手捂着脸，另一手还在人堆里摸索。

"彼得，你是觉得你赢了吗？我跟你多大仇多大怨，你要搞到这个地步？"斯密挥舞着拳头说。

彼得想了想："我想不起来了。"

"什么想不起来了？"

"你跟我有没有什么仇。"

斯密气得满脸通红："你没什么理由就杀了这些人？你到底来干什么的啊？"

"干什么？嗯……比尔，我们是干什么来了？"彼得叫了比尔一声。

比尔从人堆里钻了出来："你叫我？"

"你嘴里叼着个什么啊？"

"谁的鼻子，我在地上捡到的。鼻子主人可能已经死了，所以我觉得可以吃吧？"

"那是我的鼻子！"斯塔基扑了过去。

"我捡到就是我的鼻子了！"比尔跟斯塔基争抢起来。

"先别管鼻子了，帮我想想咱们来这儿是为了干什么吧。"彼得说。

"我们来这儿调查叮克铃被害案呀。"比尔边抢边说。

"哦，我想起来了，是这么回事。"彼得拍着手掌说。

"你说什么？"斯密端着枪问。

"叮克铃被害了。"

"那是谁？"

"我也忘了，据说是个精灵，总绕着我转。"

"哦，你说那个精灵啊。它怎么了？"

"刚才说了啊，它被害了。"

"被害了又怎样？那玩意儿跟蚊子、苍蝇差不多吧？我这些手下的命可值钱多了。"

"哦，原来你这么想啊。"彼得看着躺在甲板上的海盗们，大笑起来。

斯密开了枪。彼得可能早就看透了斯密的枪法，一点都没躲。

果然，子弹没打中他。斯密再次扣动扳机，但他已经没有子弹了。

彼得拔出剑来。"来吧！"

"正有此意！"

"不行，彼得，咱们还没审斯密呢。"比尔一边躲开斯塔基，一边说道。

"对啊，我都忘了。斯密，不久前我们在海湾练习抓鱼，你们这帮海盗在我们家附近碰上了红皮人，你还记得吗？"

"记得很清楚，那天白跑了一趟。"

"你记得当时发生了什么事吗？"

"记得，但我凭什么要告诉你？"

"只要你告诉我，我就给你装弹的时间。然后我还会从一数到十，一直站着不动。"

他跟彼得相距十几米，哪怕是斯密的烂枪法，也并非绝对打不中。

"这也许是个不错的交易。"

彼得冷血无情，任性妄为，不听人讲话，记性还很差，但绝不会说谎。斯密咧嘴一笑。

"很好，我接受，你问吧。"

"当时有人进出过我们家吗？"

"你问这话是真心的？当时不就你进出过吗？"

"没别人了？"

"我又没守在你家门口，我没法说死。我只能说，去你家那条路没别人走过，只有你飞进去又飞出来了。"

"你听见精灵的声音没？"

"没印象。"

"红皮人说他们听见叫声了。"

"你说那个啊，那我听见了。那个声音很可怕，像女人被害时的惨叫声。"

"你杀过女人？"

"没有，但我见过女人被杀，"斯密皱着眉说，"简直惨不忍睹。"

"你听见那个声音时，我在里面吗？"

"不，你已经离开了。"

"你确定？"

"确定。"

"比尔，你听见了吗？"

"嗯，听见了。"比尔说，"斯塔基也听见了吧？"

斯塔基已经抢回鼻子，正哭着想安回去，好像没顾上听。

"斯密，我问完了。"彼得说，"你开始装弹吧。"

斯密颤抖着装好子弹。一共六发，他可能不会有时间装第二轮。

"那我开始数了。一、二……"彼得并不着急，照着深呼吸的节奏开始数数。

斯密开枪了。第一发，没碰到。第二发，还没打中。

"……五、六、七……"

斯密停下来做了个深呼吸。他还能再开一到两枪，必须仔细瞄准，这样就能一了百了了。

第三发，彼得的衣摆晃了几下。打中了？

彼得面不改色。

"……九……"

斯密双手抖个不停，但他还是咬紧牙关，扣动了扳机。

第四发，彼得脸上出现了一道红色的痕迹。是血。打中了。但是彼得停在空中一动不动。

"……十！"

斯密连开两枪，彼得早已消失无踪。斯密背后一震，扑倒在地，原来是彼得绕到他身后踹了一脚。

"轮到我了。"彼得一把抓住斯密的头发将他拽起，短剑对准了喉咙。

"给我个痛快的吧。"斯密花白的头发和胡子都被甲板上的血染红了。

"彼得，你不能杀斯密。"比尔说。

"可我已经问完问题了。"

"要是杀了斯密，他就不能作证了。"

"不能作证又怎样？反正你都听见了。"彼得加重了手上的力道。

"蜥蜴能当证人吗？"

彼得停下了手。

"蜥蜴和海盗的可信度的确差很多。"彼得想了想，松开了斯密。

斯密倒在血泊中。

"气死我了！"彼得照着斯密的屁股狠狠踢了一脚。他飞出去两三米，一头扎进同伴中，晕了过去。

"比尔，走了，调查结束了。"彼得飞了起来，比尔也紧随其后。

海上只剩下斯塔基悲痛的哭号。

18

大厅里一直在开宴会。有人中途离开，也有人中途加入，还有几个人几乎没挪过窝——富久就是其中之一，还有日田。

富久喝个不停，兴致来了就叫某个学生过去，让其斟酒，或是逼其喝酒。与他相对，日田几乎滴酒不沾，一直嚷嚷个不停，又唱又跳。每隔几个小时，他就会回屋躺一躺，几十分钟后再出现在宴会厅里。他已经这样汗流浃背地闹了好几天。

此时，还有几个小时就要天亮了。

"那家伙太异常了，"酢来靠坐在大厅墙角，翻着白眼说，"竟然这么有活力。"

"我看他饭好像没少吃。"井森坐在旁边，应了一声。

"饭是吃了，但好像没洗澡。我刚才过去，闻到好大一股汗臭味。"

"可能他本来只打算住一晚，没带换洗衣服吧。"

"旅馆提供浴衣啊，内裤也能挂一晚晾干再穿。"

"他可能没空吧。"

"你看这儿谁忙了？"

的确，连旅馆工作人员都一副清闲样儿。一开始他们还做饭端菜，后来大家都自行去厨房做自己想吃的，也就用不着他们了。一来这样更省时间，二来也是工作人员少了很多，日常业务忙不过来。几个工作人员不知不觉跟客人混熟了，也开始加入聚会。

只有一个人在来回忙碌，那就是老板娘贼岛墨。这不，她正偷偷摸摸走向玄关。井森觉得她有点可疑，决定跟上去。

"你去哪儿？"酢来见井森悄无声息地站起来，问了一句。

"我想跟踪老板娘。"

"为什么？"

"我突然开始怀疑她了。明明没什么事，她却一直走来走去。"

"原来如此，那的确很可疑。我跟你一起去。"

二人悄悄地跟在了老板娘后面。老板娘虽然很警惕，但应该没想到自己被跟踪了，一次都没回头，径直出了大门。

"怎么办？她出去了。要不我们先回房拿外套？"酢来说。

"现在回房可能就跟丢了，直接出去吧。"

"外面冰天雪地的，可能会冻死。"

"没关系，老板娘穿得也不多，应该不会在外面待很久。"

二人在玄关等了一会儿，然后缓缓拉开了大门。

老板娘已不见踪影，但是雪地上留下了脚印。他们尽量不发出声音，顺着脚印追了上去。

"我们也会留下脚印，她肯定会发现自己被跟踪了吧？"酢来小声说。

"那也没办法，现在优先考虑搞清楚她要干什么吧。"井森快步向前走去。

老板娘推着放在门口的平板车，绕到了旅馆屋后。

井森二人躲在墙根，观察了一会儿。

老板娘往平板车上放了点东西，但没有原路返回，而是去了反方向的仓库。他们一直盯着老板娘走过去，掏出钥匙，打开仓库门，接着她抱起了平板车上的东西。

"那是个人。"酢来悄声说。

"是人，正确来说是人体。"

"还活着吗？"

"不如问问她吧。"井森离开墙根，朝老板娘凑了过去。

"喂……"酢来吃了一惊，但还是跟了过去。

老板娘很快就发现了他们。她放下自己正要扛起的人，盯着井森一动不动，不怎么害臊。

"跟踪可不是好习惯。"老板娘对他说。

"那是尸体吗？"井森冷静地问。

"是，"老板娘似乎放弃了挣扎，"但不是我杀的。"

一共有两具尸体，一具被扔在地上，另一具还在平板车上。地上那个是井森的女同学，平板车上那个是旅馆的男员工。

"谁干的？"

"没人……硬要说的话，是彼得·潘。"

酢来吹了声口哨。

"你是谁的化身吗？"井森问。

"我倒想问你们是谁。"

"不告诉你，"酢来说，"毕竟事关性命。"

"我是蜥蜴比尔。"井森说。

"你告诉她干吗？"酢来说。

"我已经公开了身份，不可能一直瞒下去。况且，我想知道她的身份，就得先自报家门。"

"如果你是比尔，那跟你在一起的这家伙就是彼得吗？"老板娘瞪了一眼酢来。

"随便你怎么想。"酢来糊弄道。

"你要是彼得，等我在那边见到你，绝不会再让你逃了。"

"你是斯密，对吧？"井森对老板娘说。

老板娘脸色一变："你凭什么这么说？"

"因为你知道彼得跟比尔是一起行动的。而真正见过他们俩一起行动的人，只有迷路的孩子、精灵、海盗和人鱼。孩子们杀不了彼得，唯一知道我叫什么的人鱼已经死了。如果你是精灵，那就是玛普女王或别的精灵。玛普女王随时都能杀彼得，所以不会说：'绝不会再让你逃了。'别的精灵不能不顾玛普女王的意志对彼得动手。如此一来，就只剩下海盗斯密或斯塔基。斯塔基现在可能顾不上这些。"

"少套我的话。照你的理论，玛普女王的手下和斯塔基的可能性并不能排除。换言之，你就是瞎猜。"老板娘轻蔑地说。

"但我猜对了，不是吗？"

"我才不上你的当。"

"这人是斯密吗？"酢来说。

"应该是，"井森说，"她本人应该不想承认，但她如此狡辩，我看肯定没错。"

"你要拿这些尸体干什么？"酢来问。

"不干什么，只是看着碍眼，想藏起来。"老板娘目不斜视地看着他答道。

"哇！"井森看了一眼仓库，随即惊叫一声，捂住了嘴。

"怎么了？"酢来也看了一眼，"哇！"

仓库里竟堆满了尸体。

"这些可不是我杀的，全是彼得干的。"

"那是在永无岛，但在这里，他们是怎么死的？"井森问。

"各种死法都有。有意外，有自杀，还有互相残杀。死因大致都是刺伤和割伤，昨天夜里还因为'枪'死了很多人。"

"你说谎。要是有枪声，我们不可能听不见。"酢来反驳。

"'枪'是河豚的别名，我们这儿都这么叫，因为都是'碰上就会死'。你们那帮人看见冷柜里有河豚，非要没有河豚处理资格的厨子做来吃，结果一帮人在厨子房间里吃了河豚火锅和刺身，半夜全死了。我发现的时候，还有一个人活着，但是毒发时挣扎得太猛，脸中间破了个大口子。"

"看来那个是斯塔基。"井森说。

"这都不重要。我只是把尸体搬了过来，没犯罪。"

"可是这里有这么多尸体，总得有个解释。"

"所以我才要把尸体搬过来啊。"

"什么意思？"

"这几天死了这么多人，都是因为彼得。"

"的确如此。"

"但这个理由在地球不管用。一家旅馆里死了这么多人，肯定会惊动警察和媒体。"

"我猜也是。"

"到时候，我这旅馆就开不下去了。"

"所以你就把尸体藏起来了？可是这么多死人，你打算怎么处理？"

"等你们走了，我就偷偷扔进雪里，这样就能假装他们是逃跑冻死的。"

"可他们不是冻死的呀。"

"那就是在雪里冻疯了，或是自杀或是自相残杀。你听说过'佳特洛夫事件'吗？苏联时期，九个人结伴攀登一座雪山，结果全死了。所有人都赤身裸体，或是全身骨折，或是没了舌头，死状异常蹊跷。有人说，那是失温导致的异常行为。"

"那河豚呢？"

"就当是他们错把河豚拿走当干粮了。"

"这也太离谱了吧？"酢来无奈地说，"而且一下这么多人失踪，周围肯定有很多救援队搜查，你哪来的机会出去抛尸？"

"我可以把死人的东西扔到离这儿很远的地方，把救援队吸引过去，然后趁机抛尸。"

"不可能这么顺利吧？"

"不试试怎么知道？反正什么都不做肯定完蛋。"

"把尸体扔在大雪里，太没人性了！"

"那你说怎么办？要我上吊自杀吗？让剩下的工作人员流落街头吗？没人性的是你吧！"

"这俩不是——"

"闭嘴！"井森大喊一声。

"最该闭嘴的是这个大妈——"

"你说谁是大妈？！"

"我说了闭嘴！"井森烦躁地说。

"你生什么气？一点都不像你。"酢来说。

"你们没听见声音吗？"

"什么声音？"

酢来和老板娘沉默了。

"哗哗哗哗哗哗……"一阵细微的响动。

"这什么声音？"

"你知道吗？"井森问老板娘。

老板娘默默摇头，但好像很害怕。

"彼得杀了太多人，"井森说，"所以这边也肯定会出现大量死亡。说到自然引发的大量死亡……"

"自然灾害！"酢来面色惨白。

三人跑出了仓库。

"隆隆隆隆隆隆……"震响越来越大。井森飞快地环视四周。乍一看，那片东西有点像积雨云。但移动的速度太快了。

那是雪片组成的巨大烟柱。

"雪崩，特大雪崩。"井森紧张地舔了舔嘴唇。

"我们该跑吗？还是躲进房子？怎么办！"

他很清楚发生自然灾害时要迅速判断，然而平时他最关注的自然灾害是地震、海啸、洪水和台风，他对雪崩几乎一无所知。

"老板娘，我们该怎么办？！怎么才能活命？"井森抓住老板娘的肩膀拼命摇晃，然而她只是脸色煞白地看着迅速逼近的雪崩，一句话都说不出来。

"平时你怎么应对这种情况？！"井森对她大吼。

"……不知道。"

"啊？"

"不知道，以前没出现过这种情况……"

这么说来，这果然是彼得的大屠杀引发的灾害。

"井森，怎么办？照这个情况，我们的时间不多了。"

井森抱着胳膊思考了几秒钟。

"我对雪崩一无所知，姑且当成海啸处理吧。"

"海啸跟雪崩完全不同吧？"酢来有点不能接受。

"我知道，但现在没时间了解雪崩，也没时间研究原理，那就只能把相似的灾害知识拿过来用了。"

"海啸跟雪崩相似吗？"

"都是大量流体高速逼近的现象，而且成分都是 H_2O。"

"雪不是流体，是粉末吧？"

"时间有限，别争了。海啸逼近时该怎么做？"

"逃向高处。"

"雪崩其实来自高处，所以逃向高处不对。"

"你瞧，根本不一样。"

"而且人跑不过雪崩……只能垂直避难了，我们赶紧上二楼吧！"井森朝着建筑物飞奔起来，其余两人紧随其后。

"雪崩来了！所有人上二楼避难！"

井森在走廊上边跑边喊，接着冲进宴会厅重复了同样的话。

"镇定！别大惊小怪的！"富久边喝边吼。

"不是大惊小怪，雪崩真的来了。"

"屋顶上落点雪死不了人。"

"落雪砸头上也会死人的。况且现在不是落雪，是雪崩。"

"不一样吗？"

"当然，原理完全不同。"

"我对专业知识没兴趣，反正不过是积雪崩了一点儿，有什么好急的？"

"能听懂我话的人快到二楼避难。抱歉，我没时间说服所有人，我也要跑了。"

酢来和老板娘已经上了二楼，井森叫住了正好在旁边的百合子和友子。

"吵什么呢？"百合子狐疑地问。

"雪崩来了，现在只能上二楼躲躲。"

"什么？你在搞整人节目吗？"

"算我求你，快上二楼。"

日田飞快地从他们身边跑过，三步并作两步上了二楼。

"是真的吗？"友子问。

"我刚才不是说了吗？"

"走吧，百合子。"友子拽起百合子的手上了楼梯。

坐在富久面前的几个男同学也站了起来，其中包括二连次郎。

"你们干吗？真相信那家伙的话？"

"万一是真的……"次郎说。

"就算万一是真的，逃也没什么用。你们应该清楚，要是永无岛的本体被杀了，化身必死无疑。所以跑也没用。要是本体没被杀，就算在地球上死了也会被重启，这都不是问题。"

瞬间，井森确定了富久是永无岛居民的化身，然而他现在没时间追问。

井森一边上楼一边思考富久的话。逃也许是没用，但他总觉得富久的话里缺了点什么。虽然一下想不出来究竟是什么，但直觉告诉他，富久的话里有个重大漏洞。

还有几步就到楼梯转角时，井森听见一声巨响，接着楼梯歪了。不，不只是楼梯，是整个旅馆都歪了。雪崩推倒了房子。

意识到这点后，井森没有继续往上走。事已至此，一楼和二楼已经差别不大。他双手抓紧楼梯扶手，稳住身体。宴会厅的人都被掀翻在地，一时间满地哀号。

富久淡定自若，还给自己倒了杯酒。接着，他看向井森，咧嘴一笑，眼里闪着凶光。

你就是胡克吧？他正要开口，雪已经冲破墙壁涌了进来。下一刻，井森失去了意识。

19

不知不觉，孩子们的地下之家已被红皮人团团围住。有人在森林里放了火，屋顶开始渗进烟雾。

"烟雾温度很高，所以会往上跑，不会马上充满地底的房子。"斯莱特利对比尔解释道，"可再这么下去，氧气会耗尽，所以我们最好赶紧逃出去。"

彼得没有逃出去的意思，只是死死盯着天花板。

"彼得，怎么了？"比尔问。

"这到底是什么烟？"彼得说。

"有人在森林里放了火。"

"为什么？"

"肯定是为了烧死我们。"温蒂说。

"烧死？怎么烧？"彼得问。

"要是我们躲在这儿不走，温度会越来越高。现在已经有点难忍，大家的头发都要被烤焦了。"

"我的头发没事啊。"

"因为你……比较特别。"

"比尔的头发也没有焦。"

"啊？我也很特别吗？"比尔高兴地说。

"因为你没有头发。虽然这也算特别，可你的皮肤已经被烤干，到处在开裂，所以没什么好高兴的。"

"那帮人为什么觉得能烧死我们？"

"可能料定了我们逃不出去吧。"

"逃出去还不简单？"彼得飞起来，顺着树干的通道出去了。

由于彼得没盖上盖子，大量火星和燃烧的树枝落进了房子。室内本来就很干燥，瞬间被点着了。

"这里不行了，再待下去会被烧死，咱们怎么办？"

"学彼得呗。"斯莱特利说，"只要有精灵的仙粉，我们也能飞。就算周围一片火海，我们也能逃到空中。"

"对啊，精灵的仙粉！"温蒂想起彼得把叮克铃扔进了垃圾桶，便抓起它翻了过来。果然，垃圾里混着亮晶晶的粉末。

温蒂把粉末连同灰尘和碎屑拢作一堆。现在没时间细细挑拣了，她抓起那把碎末，撒在自己和孩子们身上。也许量不够多，也许是放了太久，也许是因为混了杂质，总之，温蒂和孩子们都只能慢悠悠地浮起来。不过她觉得，这样的上升速度已经够了。

"好了，我们都上去吧！"

沾到碎末的人慢慢悠悠地飞了起来。此时，大部分地板已被火海覆盖，落在地上的粉末瞬间被烧没了。孩子们一个接一个穿过树干飞了出去。

"等等！"双胞胎哥哥大喊一声，"我弟弟呢？"

温蒂心中一惊。双胞胎长得太像了，她以为自己给哥哥和弟弟都撒了粉，看来是给哥哥撒了两遍。虽然只是简单的错误，却酿成了严重后果。

温蒂四处找弟弟，可屋子已全被火焰覆盖，她什么都没找到。

"蒂莫西！你在哪儿？"温蒂喊了双胞胎弟弟的名字。

"我在这儿。"一个小小的声音回答了她，可是温蒂依旧找不到他的身影，"好烫，好烫。"

"蒂莫西，你在哪儿？！"双胞胎哥哥喊道。

"我在这儿。好烫，我在烧。"

"我去救你！"双胞胎哥哥作势要飞进烈焰中，温蒂把他拉了回来。

"你干什么？我要去救蒂莫西。"

"你救不了他。"

"那谁能救他？"

"彼得·潘也许能救他，可他已经飞走了。"

"那快把彼得·潘叫回来呀。"

"我们先出去吧。"

"不，我要在这儿等着。"

温蒂觉得与其留下来说服他，不如赶紧去找彼得·潘，于是她飞了出去。

地下之家周围也是一片火海，温蒂的衣服发出了焦臭味。她慌忙飞向上空，孩子们已经聚集在上面。

"彼得呢？"

"不知道。我们出来时他就已经不见了。"斯莱特利回答。

温蒂环视森林，就是找不到彼得。

地下之家已经开始冒火。等不及了。

"斯莱特利，你跟我来，我们去救彼得。"温蒂猛地向下飞去。

斯莱特利心惊胆战地跟了上去。房子里充满了火焰和浓烟。双胞胎哥哥剧烈咳嗽，而且越飞越低，妖精仙粉已开始失效。

"一起出去吧。"温蒂拉着他的手说。

"彼得·潘呢？"

"他……不见了。"

"好烫！好烫！彼得！救我！"远处传来蒂莫西微弱的声音。

"我要去救他！"

"斯莱特利，快帮忙！"

"可是……"斯莱特利有点不情愿。

"至少要把这孩子救出去。"

"好烫！我烧起来了！"他们又听到了蒂莫西的声音，"手……我的手……"

"啊——"双胞胎哥哥拼命挣扎，想甩开温蒂的手。

"斯莱特利，过来帮忙！"

斯莱特利一把抱住了双胞胎哥哥，和温蒂合力把他往上拉。

蒂莫西发出了惨叫。

"蒂莫西！蒂莫西！我马上去救你！放手！你们这帮浑蛋快放手！"双胞胎哥哥用尽全力，想挣脱温蒂和斯莱特利，但他们没有放手。

"彼得！……彼得！"温蒂穿过树干的空洞时，听见了蒂莫西的声音。

"好烫……彼得……我爱你……"

蒂莫西惨叫一声。

"蒂莫西！"

三人来到地面的瞬间，地下之家喷出了巨大的火焰。紧接着，整个地面塌陷，地下之家被彻底掩埋。二人带着还在挣扎的双胞胎哥哥回到其他孩子身边，孩子们纷纷过来按住了他。

再看地面，大火正在迅速蔓延。

怎么回事？火烧得也太快了。

放火的红皮人在烈焰中失去逃生之路，四处乱跑。当然，他们可能只是没考虑后果会有多严重。可尽管如此，温蒂还是感到奇怪。他们应该知道火的恐怖，怎么会在自己身边放火呢？

就在这时，熊熊燃烧的森林里腾起一道流星，在周围转了一圈，继而转向温蒂他们所在的方向。孩子们吓得缩成了一团。

流星飞到他们身边戛然而止，原来是手持火把的彼得·潘。

"彼得，你究竟干了什么？"温蒂问。

"我在红皮人周围放了火。"

"你为什么要这样？"

"是他们先放火的。"

"可那些人不会飞。"

"所以我才放火啊。要是那帮人会飞，放火还有什么用？"

红皮人被烈焰吞噬，很快就看不见了。只有一个人没有四处躲避，而是站定不动，朝他们举起了拳头。

"是虎莲。"

虎莲正在挽弓搭箭。孩子们挤作一团。空中没有遮挡，孩子们又无法像彼得那样快速飞翔，只会变成虎莲的活靶子，他们得飞得再高些。可彼得不慌不忙，抱着胳膊静静地俯视虎莲。

虎莲放箭了。箭的速度很快，但是猛然偏了方向，原来是大火形成的上升气流扰乱了风向。

虎莲确认过风向后，小心翼翼地射了第二箭。箭矢擦着彼得的头顶飞了过去。箭一般是用来水平射的，向上很难瞄准。

虎莲又射了几箭，都没有命中。

虎莲是百步穿杨的高手。如果彼得此时站在地面上，她肯定会命中。彼得此时不躲不闪，也许不是考虑到上升气流和重力会影响命中率，而是纯粹凭借战斗本能停在了空中。

虎莲发出一声咒骂，朝他们跑来。但是一个红皮人抓住了她，一拳打向她的腹部。虎莲突然不动了，应该是被打晕了。

那个男性红皮人扛起虎莲，从烈焰的缝隙间穿了过去，眨眼就消失在了烟尘中。

比尔和孩子们愣愣地看着下方熊熊燃烧的森林。

火势越来越猛了。

20

回过神来，井森已被埋在了雪里。瞬间，他以为自己死了。但如果真死了，一切就会重置。所以他应该没死。可照这样下去，他离死也不远了。

也许，干脆冻死在这儿还好些。

可这时，井森意识到现在他还不能死。他必须想办法活下去。他在雪中挣扎起来，但是身体无法动。他想叫喊，却喘不上气。于是他继续挣扎，但很快发现浪费体力并非明智之举。于是他停下来，冷静地判断现状。

井森调动了所有感官。他感到了什么？冷。嗯，理应如此，毕竟自己被埋在雪里。声音？他听见了响动，像是有人在铲雪。铲雪的响动里还混着疑似话语声。莫非有人在找我？还是旁边也有个人在挣扎？光线呢？右侧似乎比较亮，那里的雪层应该更薄。那么先往那边挖挖看吧。

短短数十秒后，他就重见了天日。令他惊讶的是，刚才注意到的右侧，其实是上方。看来他被卷入雪崩后丧失了方向感。

井森撑起上半身。天已亮了，空中乌云密布。风很大，但是没下雪。他看了看周围，旅馆已不见踪影。要么他被冲了很远，要么……雪里有几个黑点，他连滚带爬靠近一看，发现是破碎的木板和餐具、烟灰缸、椅子等旅馆用品。看来旅馆应该是塌了。

井森站了起来。周围都是瓦砾，看不到人影。糟了，难道只有我一个活下来了？

就在这时，大约一米之外突然有了动静。井森慌忙过去挖掘，底下竟是友子。

"都怪彼得烧了森林，才会变成这样……"

"我不太确定，但很有可能。"

"其他人呢？"

"不知道。"

除了一个人外，迷路的孩子都活着，所以他们的化身应该也活着。不对，蒂莫西也不一定真死了。

"你们在哪儿？如果听见我的声音，给个信号！可以大声喊，也可以动动身体！"

几处积雪表面有了动静，井森和友子分头挖开了雪。

花了将近一个小时，他们挖出了十几个人。其中几个还能站起来，有的人则受伤骨折无法站立，有的人昏了过去，还有一个人停止了呼吸。

"次郎！"一郎抱起弟弟冰冷的身体。由于长时间埋在雪里，他全身都有冻伤的痕迹。

"赶紧抢救——"井森刚碰到次郎，就被一郎拍开了。

"蒂莫西已经死了，所以次郎也救不回来了！"说完他放声大哭。井森不知该说什么，只能站在一旁呆看。

一郎突然站了起来。"日田在哪儿？"

"日田在这儿。"酢来指着说。

"浑蛋！都是你！"一郎扑向日田。

"快住手！"井森拉开了一郎，"彼得没杀蒂莫西，放火的是红皮人。"

"是彼得激怒了红皮人！"

"就算如此，也不能怪彼得，更不能怪日田。"

"那我该怪谁？！"

"你们看到阳菜了吗？"一个女人插嘴。

"别碍事！我要把这家伙——"

"你们再吵，阳菜可能就要死了！"

"你是谁来着？"井森问道。

"门野阳香。"

他隐约记起来是有这么个小学同学。对了，她妹妹也在同一个年级。

"阳菜是你妹妹吧？"井森说。

"没错，快帮我找阳菜！"

"你在受伤的人里没找到阳菜吗？"

"嗯，去世的人里也没有。"

"有谁见过阳菜吗？"

没人回答。

"雪崩前有人见过阳菜吗？"

百合子举起手："雪崩前一刻，她就在我旁边。"

"那她很可能也被冲走了。你刚才被埋在什么地方了？"

"我记不清了，应该在这一带。"

"能动的人都过来搭把手。"

井森、阳香和几个同学都站了起来。剩下的人由于过度疲劳，都挤不出力气。几分钟后，他们挖到了阳菜。最先出现的是一张酷似阳香的脸，但是毫无血色。

"先把身体也挖出来吧。"

很快，阳菜就被放在了雪地上。有人试图确认她的呼吸和脉搏，但是风太大了，听不清楚。

井森开始给她做心肺复苏。就在他觉得可能没希望时，阳菜猛地咳嗽起来，接着她翻着白眼，吐了一阵。

"阳菜，你没事吧？"阳香抱着她说。

阳菜瑟瑟发抖，没有回答。

"她被冻坏了，可能已经出现了失温症状。"井森脱下上衣，披在阳菜身上。

风更大了。

"再这么下去，我们也撑不了几分钟……不，恐怕眼下就快不行了。"酢来看了一眼倒在地上奄奄一息的人。

"怎么办？冒雪前进，还是在这儿等救援？"友子问。

井森又看了一眼众人的状态。几乎所有人都衣衫单薄，有的人甚至只穿着浴衣。这种衣装根本不适合雪山，然而上一刻他们还在旅馆里，这也情有可原。

要是待着不动，要不了多久他们都会冻死。可话虽如此，贸然离开可能也殊途同归。更何况这里没几个人还能走，又不可能扔下失去行动能力的人。

"就地紧急扎营，等救援吧。"井森提议。

"你脑子有坑吗？"裹着大棉袄的富田说，"在这种地方露宿？不到十分钟就得冻死。"

"现在贸然移动太危险了，而且也不知道要走多远。"

"附近没人家吗？"

"最近的也要走十公里。"老板娘贼岛墨答道。她好像站不起来，只能撑着上半身有气无力地说话。

"不如先找找还埋在雪里的人吧？"百合子提议，"也许还有跟阳菜一样的人。"

"我是很想这么做，但我们都没有足够的体力，现在只能乖乖等救援。"

"不对，应该趁还有体力，赶紧逃离这里。"富久站了起来，"只要有一个人逃到有人的地方，就能叫救援了。"

"老师您还有体力吗？"

"嗯，因为我没傻呵呵地挖雪，所以保留了体力。"

"要是还有力气走路，不如找找埋在雪里的人。"一郎抱着次郎，边哭边说。

"人都不知道埋在哪儿，四处乱找只会白费力气。而且过了这么久，阳菜也许就是最后一个活着的了。其他人要是还埋在雪里，挖出来可能也救不活了。"

"趁还来得及，咱们要挖个能容纳所有人的雪洞，再从废墟里找点能用的东西做成盖子。"井森说，"剩余的体力就干这个，能动的都过来帮忙。"

"你觉得待在雪洞里就能活下来？"

"雪有保温作用，而且只要能防风，就有利于保持体温。"

"哼，反正别指望我帮忙，"富久盘腿坐在雪地上，"你们自己忙活吧。"

21

大火烧了一夜，火势终于减弱。日出之后，森林里还随处可见残留的着火点，但好歹能安全落地了。

"怎么办，房子都没了。"比尔叹息道。

"房子没了再盖呗。"彼得伸着懒腰说。

"可要盖在什么地方呢？"斯莱特利问。

"盖在森林里呗。"

"森林已经烧没了。"

"那就去抢红皮人或者精灵的林子，不然也可以把海盗船要回来，那上面应该没什么人了。"

"彼得自己去抢吗？"

"你们当然也要来！"彼得大喊道，"好了，出征！"

"刚才一直在火海上飞，我们已经累得不能动了，而且好多人都受了烧伤。"

"就是没精神咯？"

"是的。"

"那就吃饭吧。你们不是吃了饭就有精神了吗？"

"饿肚子的时候的确吃饱了就会有精神……"

"难道你不饿？"

"不，要说也是有点饿……"

"那就吃饭吧。"

"可哪儿有吃的啊？"迈克尔说。

"假装吃不行吗？"

"不行，我都快饿扁了。"图特斯带着哭腔说。

"嗯，那就想想要吃什么吧。"

"什么都行。"

"那怎么行？我们要先定下来，是吃早饭、中饭还是晚饭。"

"哪顿饭都行吧？"斯莱特利说。

"不行，早上不能吃中饭和晚饭。要是不守规矩，时间就乱套了。"

"那就先吃早饭吧，现在是早上。"

"不对，等等，现在真是早上吗？"

"天都这么亮了。"

"中午也很亮啊。你有证据证明现在不是中午吗？"

"岛上有钟吗？"比尔问。

"当然有啊，你以为这儿是蛮荒之地吗？"彼得·潘气愤地说，"想知道时间的时候，我就去钟那里，然后告诉大家现在是几点。"

"对啊，"斯莱特利说，"只要有钟，就知道现在是早上还是中午了。"

"钟在哪儿？"比尔问。

"不知道。"彼得摇头，孩子们也摇头。

"那彼得要怎么去钟那儿？"

"找找呗。"

"跟找精灵的王国一样？"

"是，不过更简单，因为一靠近钟就能听见嘀嗒声。"

"那是钟的声音。但是与其靠声音，直接记地方不是更快吗？"

"一点都不。钟总是会跑到不同的地方，记也没用。"

"钟会跑？"

"你见过会跑的钟吗？"

"见过呀。但那应该不是钟，而是像钟的东西。我在奥兹国跟它交过朋友，它叫滴答。"

"这岛上没那种奇幻东西。"

"那钟为什么会换地方？"

"因为它在鳄鱼肚子里。"

"彼得，嘀嗒鳄肚子里的钟不是停了吗？"温蒂提出疑问，"我记得是胡克被吃前一刻停的。"

"是停了，所以不方便了。以前我都靠嘀嗒鳄发出的报时声判断时间，要是听不到时间，我们的生活就乱套了。所以我满世界找了好久，搞到了适合报时的高性能钟表，喂给嘀嗒鳄了。"

"彼得，你干吗要把钟喂给鳄鱼？自己拿着就行了啊。"斯莱特利说。

"怎么没必要？要是不吃钟，嘀嗒鳄就不会报时了啊！"彼得瞪了一眼斯莱特利。

"我当然不是要指责你，只是单纯提议啦。仔细想想，给嘀嗒鳄喂钟真是个好主意。毕竟嘀嗒鳄要是不能嘀嗒，它肯定也很不高兴吧？"

"我也觉得是个好主意。"彼得骄傲地擦了擦鼻子，"那我在岛上飞一圈，找嘀嗒鳄问时间去啦！"说完他就飞走了。

"嘀嗒鳄能随时报时吗？"比尔问斯莱特利。

"怎么可能？它每小时只报一次。"

"那彼得岂不是要一直等在鳄鱼旁边？"

"是啊，所以要是运气不好，我们得等上一小时。以及，只有彼得能听见报时。"

"为什么呀？"

"要是换成别人，上去就会被吃了。别看嘀嗒鳄长得大，其实速度特别快，一般人跑不掉的。"

"要在鳄鱼旁边逃跑一个小时，真不容易。"

不过，彼得很快就回来了。

"你回来啦，彼得，现在几点——哇！"比尔发出一声大叫。

彼得正扛着滴血的鳄鱼脑袋。

"这怎么回事？"比尔问。

"找到嘀嗒鳄的时候，我突然想到，可以把它带回来当早餐啊。比尔不是说，只要吃了就不算罪吗？"

"那是一般而言啦。可是嘀嗒鳄死了，我们怎么看时间呢？"

"放心吧，"彼得伸出带血的手，手上拿着带血的钟，"咱们再喂给别的鳄鱼就行了。"

"那要是找不到别的鳄鱼呢？"

"那就喂给鲨鱼，或者鲸鱼，或者老虎，"彼得瞅了一眼比尔，咧嘴一笑，"或者蜥蜴也行。"

"对哟，我吃了就能变成嘀嗒蜥蜴啦。"比尔两眼期待。

"找新的嘀嗒兽前，还是先吃早饭吧。"温蒂似乎已经习惯了彼得的行动。

"哇，好饱，"彼得打着嗝，揉着肚子说，"一吃饱就想睡，我干脆睡一觉吧。"

"彼得，睡是可以，但起来后你可别忘了咱们的约定哦。"

"咱们约定了啥吗？"

"找谋害叮克铃的凶手啊。"

"哦，好像是说过这么回事儿，"彼得目光涣散地打了个哈欠，"但我突然觉得好烦哟。"

"难道你已经不想调查了？"

"也没有，就是觉得查到现在都没查清楚，可能靠普通方法不大行啊。"

"'查到现在'？你只是跟比尔四处去问了些问题吧？"

"是呀，不然我还能干吗？"

"光问不行，还要推理。比如调查案发现场，绘制现场的平面图，以及列出所有嫌疑人的不在场证据……"

"呃，案发现场，是哪儿来着？"

"就是这儿呀。"

"这儿？"彼得环视四周，"这儿是一片烧焦的废墟啊。"

"在变成烧焦的废墟前，这儿是我们的家呀。"温蒂眼里涌出了泪水。

"可现在已经烧没了啊。"

"嗯，是啊。"温蒂低下了头。

"就算有证据也烧没了。"

"是啊。"

"那就没法调查了呀。"比尔说。

"你说什么？"彼得反问道。

"证据都烧了，就没法查了。"

"原来如此，只要没了就不用查了啊！"彼得高兴地说。

"不是不用查，是没法查。"温蒂说。

"反正都一样，调查泡汤了。"

"但是可以问证词啊。"

"只要没了，也不用问了。"

"彼得，你说什么？"

"我说，只要证人和嫌疑人都没了，就不用查了。"彼得拔出了短剑。

"等等，你要把这儿的人都杀了吗？"

"不是这儿，是整座岛。"

孩子们挤成一团，瑟瑟发抖。

"你这样不对。"

"哪儿不对了？只要都杀了，因为凶手肯定在这里头，所以连处刑也顺便解决了。这太'合议'了。"

"应该是'合理'。"斯莱特利纠正道。

彼得瞪了他一眼，斯莱特利嘿嘿笑了起来。也许知道自己横竖要死，他也就不怕了。

"彼得，你要把我也杀了吗？"温蒂问。

"啊？"彼得困惑地说，"我觉得你应该不用。"

"那你自己呢？你要杀你自己吗？"

"我不用吧？"

"那就是咱俩都不用死？"

"嗯。"

"你发誓？"

"我发誓。"这个誓言与其说是彼得的意愿，更像是温蒂的逼迫。

"那杀了所有人也毫无意义。"

"怎么会？只要杀了所有人，凶手肯定在里头。"

"不，要是你或我是凶手，那么凶手就不在你杀的人里面。这样一来，其他人就白死了。"

"我不是凶手。"彼得紧张地咽了一口唾沫。

"我也不是。"

"那就没问题了。"彼得·潘长出了一口气。

"但我没有证据证明你不是凶手。"

孩子们和比尔听到温蒂道出真心话，都吓了一跳。敢说彼得是凶手，就算是温蒂，恐怕也性命难保。

"温蒂，难道你……"

"你也没有证据证明我不是凶手。"

"不，我不觉得你是凶手。"

"那你就拿出证据来，证明我不是凶手呀。"

"你是凶手吗？"

"不是。"

"等等，我脑子有点乱。"

"要是不能证明你我不是凶手，那么杀别人就没意义。"

彼得极其困惑地抱住头，一屁股坐了下来。

斯莱特利往旁边一看，比尔也抱着头坐在地上。

"那我到底要怎么办？"

"只要证明我跟你不是凶手就行了。"

"一旦证明，我们就得死。"斯莱特利吓得牙齿开始打架。

"那我要怎么证明？"彼得瞪大眼睛问。

"很简单。你想知道吗？"温蒂卖了个关子。

"嗯，快告诉我。"

"找到谋害叮克铃的真凶。这样一来，就能证明咱们俩不是凶手了。"

"就是说，只要找到真凶，杀了所有人就不是没用的了！我总算想明白了！"彼得高兴得跳了起来。

"是啊，不过你也不用杀了所有人，只杀凶手就行了。"

"杀了所有人不也一样吗？"

"要是不知道凶手是谁，为了杀凶手只能杀所有人。但是，只要知道了凶手是谁，那就只杀一个就行了。这样更好。"

"这样更好？"

"对呀，这样好多了。"

"我觉得一点都不好，"比尔说，"反正都一样费劲。"

"不，这样对你也好。"温蒂亲切地说，"只要保住性命，将来你或许就能回奇境之国了呀。"

22

雪洞的直径不足两米。在这里头挤进十几个人，那真是比满员的电车还挤，好一个你推我搡。但鉴于刚才冻得要死，别人的体温反倒带来了些许舒适。因为只挖了不到一米深，所有人都抱腿而坐。光透过瓦砾拼成的顶盖照进来，风却几乎吹不进。冷的感觉可能已经麻木，人们甚至还觉得挺暖和。

活下来的除井森外，还有日田半太郎、酢来酉雄、樽井友子、二连一郎、虎谷百合子、门野阳香和阳菜、富久钧夫，以及旅馆那边的贼岛墨、鸟取众人、牟尼周作、雁谷迹、须田贵意，总共十四个人。一郎把次郎的遗体也拖了进来，没人阻止他。

门野阳菜还有意识，但不太清楚。须田贵意的面部受了重伤，几乎无法动弹。老板娘贼岛墨说，他是昨天因为一场意外受的伤，与雪崩没关系。

"现在怎么办？"富久说，"虽然不会马上冻死，但是照这么下去，迟早得冻死或者饿死。"

"要是等不到救援，的确如此。等风小了，气温上升一点，还有力气的人可以试着离开这儿寻求救援。"井森说。

"那之前呢？我可不乐意一直挤在这儿跟一群人大眼瞪小眼。"

"那救援来之前或者天转好之前，咱们找点事打发时间吧。"

"在这性命攸关的当口打发时间？！傻不傻！"

"要是你觉得傻，大可以不参加，反正只是打发时间。"

"要玩什么游戏吗？"百合子问，"可我们身上什么都没有。"

"咱们猜凶手。"井森说。

"猜凶手游戏？"

"不是游戏。不过，倒也可以当成游戏。"

"喂，你不会又想说什么永无岛啊梦之国啊的蠢话吧？"富久轻蔑地说。

"当务之急是找出真凶，否则我们早晚都得死。"

"你是说，除了雪崩，还有人想杀我们？"

"没错，就是彼得·潘。"井森看向日田。

"那就先杀了这家伙吧。"一郎说，"没错，只要说他在雪崩里死了，警察肯定信。"

"你瞎说什么？"日田的声音在发抖，"这种时候就别开玩笑了。"

"谁跟你开玩笑！次郎死了！凭什么你还活着！"一郎试图扑向日田，无奈中间隔了好几个人，没等他靠近就被按住了。

"放开我！畜生！"一郎喊道。

"这家伙说的也不无道理吧，"富久说，"只要日田死了，咱们都能得救。"

"富久老师，听您这话，您承认自己是永无岛居民的化身了？"井森说。

"我可没这么说，只不过现在还没有否定永无岛的证据。"

"按两个世界间的法则来考虑，杀日田解决不了任何问题。我们在地球这边能做的，就是找到真凶。如此一来，困难自然迎刃而解。"井森对所有人说，"请坦诚交代，认为自己是永无岛居民化身的人请举手。"

除了友子和富久，所有人都举起了手。

"谢谢，这就省了不少事。"

"你还不承认？"百合子对友子说，"你是温蒂，对吧？"

"那又怎样？"

"我可以立刻掐死你。但是井森说，这没什么用。"

"你很明智。"友子面无表情地说完，又转向井森，"刚才你说，只要找到凶手，困难就能迎刃而解，这是什么意思？"

"我们在这个世界抓住日田或是杀死日田都没用，因为彼得·潘不会受到任何影响。只有在永无岛阻止彼得，才能真正解决问题。"

"那为什么不直接动手？"

"很遗憾，永无岛只有一个人能阻止彼得，就是玛普女王。"

"那就去求它呗。"

"它是个公正无私的人物，且不打算介入彼得与孩子们的争端。但是，只要能证明彼得杀了女王的族人叮克铃，它很有可能会出手对付彼得。"

"比如？"

"把彼得关起来……"井森瞥了一眼日田，"或者杀掉。"

"啊！"日田惊叫一声。

"我们打算求它尽量不要用死刑。"

"没必要吧？"酢来说，"彼得的确犯了重罪。"

"没有彼得的帮助，孩子们能在岛上生存吗？不能仅凭一时的情绪做决定。"

"孩子们可以寻求玛普女王的庇护啊。"

"最好别，"一郎皱着眉说，"彼得就是被精灵养大的，结果变得跟一般孩子不一样了。"

酢来露出了惊恐的表情。

"好吧，我参加这个解谜游戏。"友子说。

"简直是浪费时间。"富久说。

"反正没事做啊。"

"哼，要玩你自己玩去。"

"井森，你先把事情经过说一遍吧。"友子说。

井森把比尔的所见所闻大致讲了一遍，酢来、一郎和百合子则替井森补充了含糊不清或缺漏的地方。

"彼得有不在场证据是吧？"友子听完故事后问道。

"这点绝对没错。"百合子说。

"贼岛女士也这么想？"

"是的，斯密已经证明了彼得·潘的清白。"老板娘回答。

"日田，彼得是凶手吗？"友子问道。

"我不知道。"日田哭丧着脸回答。

"不是你自己干的吗？"

"不是我啊，是彼得啊，而且彼得记性很差的。"

"即便如此，那也不该忘了自己杀过的人吧？"

"彼得是那种杀完就忘的性格啊。"

"这也太奇怪了。我感觉大家都没把自己知道的事全部说出来。"友子看着百合子。

"你是在暗示我说谎？"百合子瞪了回去。

"不是那个意思，我只是觉得你可能没把该说的都说出来。"

"你凭什么这么觉得？"

"因为你恨温蒂，还认为我是温蒂。"

"你不是吗？"

"我说不是，你信吗？"

"你到底想干什么？"

"我想解决案子。"友子回答，"嗯，这下麻烦了。"

"有什么问题？"井森问。

"要是所有人都说了真话，应该很容易确定凶手是谁，但现状并非如此。"

"你不也没说真话吗？"

"你能证明我说了谎吗？"

"很难，因为地球上没有永无岛的物证，只能纯靠证词。"

"是的，而且在场有好几个人没说实话。"

"包括你在内。"

"先不说我，毕竟不影响找凶手。"

"你这句话我也没理由相信啊。"

"你说了句很重要的话，但我不知道你自己意识到没有。"

"我怎么觉得你已经有答案了？"

"是，我心里基本上有数了。"

挤在雪洞里的人群顿时嘈杂起来。

"搞什么啊？知道了你就快点说呀。"酢来抱怨道。

"这可没那么简单，"友子说，"一旦顺序错了，就会全盘白费。"

"你什么意思？"

"刚才井森说了，我们确认凶手的依据只有证词。事实上，在永无岛也一样。因为现场已被烧毁，很可能找不到物证。"

"连叮克铃的遗体都没了。"酢来说。

"如果仅凭证词来找凶手，咱们该怎么做呢？"

"靠目击证词吧？可是根据目前的调查结果，没人看到案发现场。"

"还有别的，比如凶手说出了只有凶手才能知道的情况。"

"这很难实现，毕竟得引诱凶手不经意说出只有他知道的事。而且一旦说出，这件事就会人所共知，也就是传到非凶手的人耳朵里。没人能证明自己此前不知情，也没法再证明某人此前知情。"

"换言之，一旦弄错了发言顺序，证词就无效了。"

"这点适用于所有目击证词。因为一旦在这儿说出口，所有人就都知道了，谁也没法证明自己本来不知道。"

"概括一下就是这样吧：要找出凶手，必须审问所有人；但是在这儿审问，证词的价值就会越来越低。"

"所以我们必须慎之又慎。一旦有人说漏嘴，我们就永远失去了找出真凶的情报。"

"你脑子里已经铺好了通往真相的道路吗？"

"应该吧。"

"你不确定？"

"没错。还要再解开一个小谜团，我才能最终确定。"

"等等，她的话可信吗？"一郎说，"温蒂不是爱彼得·潘吗？那她应该不会说出对日田不利的话来。"

"我不知道温蒂对彼得怎么想，反正我没有任何想法。当然，对日田也一样。"

"但你没法证明你说的是实话。"

"我可以证明，但我现在不会证明。"

"既然可以证明，那就证明看看啊。"

"要是现在证明，会让更重要的事无法证明，所以我要后面再说。"

"真能狡辩！"酢来毫不掩饰心中的烦躁。

"我确定还有一个人没说实话。"一郎说。

所有人都看向富久。

富久不为所动："我干什么了？就算我是那个叫胡克的海盗，有什么问题吗？"

"胡克身上有三个谜团。"井森说，"首先，富久老师是不是胡克？但正如老师刚才所说，就算能证明这点，也解决不了任何问题。第二个谜团，就是假设老师是胡克，他为什么能活下来？永无岛上的确没人亲眼看见胡克的尸体，但是他被鳄鱼吞了，恐怕没法逃生。"

"永无岛上有魔法，你别忘了。"酢来说。

"的确如此，"井森点点头，"但是只有精灵一族能用魔法，他们没理由帮助胡克。"

"这可不好说，你问过精灵一族吗？"

"这我倒没想到。应该说，是比尔没想到。"

"这个谜团先放到一边。那第三个呢？"

"胡克与叮克铃被害案是否有关？"

"几乎不可能有关吧？海盗和红皮人都证实了彼得·潘、温蒂和迷路的孩子们离开地下之家后，没人靠近过那里。要是有精灵相助倒还好说，但我不认为精灵会帮任何人谋害叮克铃。"

"我也这么觉得，但我总觉得哪里不对。"井森看着富久。

"不对的是胡克，还是富久老师？"

井森恍然大悟地抬起头来："对啊。这就是我觉得不对的地方。我把富久老师等同于胡克，结果反而把问题复杂化了。其实只要把两人分别看待，应该就简单多了。"

"能不能别说我了？"富久不耐烦地说，"被人一直拿我没做过的事谴责，听着可不怎么舒服。"

"大家都认为，您的真实身份与案子的真相息息相关。"井森说，"所以首先，我们必须查清您的身份。要是您愿意主动说，那就最好不过。"

"什么？你在威胁我？你这招没用。我什么都不知道，你要怎么逼我说出我不知道的事？"

"我部分赞成富久老师的话。"友子说。

"可是，富久老师的真实身份——"

"我也赞成老师的真实身份关系到案子的核心部分，但这与查出真凶无关，只跟动机有关。"

富久的脸抽搐了一下："你别唬人！"

井森看不出友子的话究竟是实话实说，还是有意挑衅。不过从富久的反应来看，她应该正中了靶心。

"你说的动机是什么意思？"井森问。

"就是字面意思，凶手为什么要杀叮叮。"

"没有为什么，"一郎说，"彼得·潘总是随便杀人。"

"没错。彼得·潘做事从不多想，为了点小事也会下杀手。正因如此，没人考虑过犯罪动机。这是个很大的盲点。"

"等等，你是说叮叮被害其实是有原因的？"

"没错，这才合乎逻辑。"

"那是什么动机呢？"

"目前我还不能明说，只能说应该是出于仇恨，但我不清楚这仇恨是来自永无岛还是来自地球。"

"也就是说，叮克铃或者铸挂圣被某人怀恨在心？"

"那也不一定。"

"等等，我越听越乱了。叮克铃遇害的原因是仇恨，但它自己却不一定招人怨恨？"

"我只是说不一定，没说它绝对没招人怨恨。"友子冷静地说，"但我猜，它可能只是无辜的牺牲者。"

"看来你认定自己发现了真相。"

"是的。"

"既然如此，说出来听听？"

"现在还不行。"

"要是怕别人听见，可以在我耳边悄悄说。"

"在这种情况下，再怎么说悄悄话也可能被人听见。而且告诉你等于告诉了比尔，你不觉得这是致命失策吗？"

"的确致命，它嘴巴特别松。"井森不得不承认，"但是这样一来，我们不就没法继续调查了？"

"只要凶手自首，一切就好办了。"

"彼得说他什么都不记得了。"

"富久老师，您有什么想法吗？"友子突然转向了富久。

"我不是一直都说，我听不懂你们那些莫名其妙的话吗？"

"您以前很喜欢组织课外活动吧？"

"你想说什么？"

"您还把自己喜欢的学生招进队伍里。"

"课外时间带学生参加活动不是什么问题，学校那边我也打过招呼的。"

"一郎，你也参加过活动，对吧？"

一郎一直抱着次郎的尸体哭泣。

"你记得发生过什么，对吧？"友子继续问。

一郎仍旧泣不成声。

"他对你们做了什么？"

"我……"

"你什么都不用说！"富久说，"你弟死了，你只是脑子乱！"

风声骤然变强，瓦砾铺就的顶盖被吹得咔咔作响，还有几丝风挤进了洞中。

井森发现自己的身体已经冻透，而且异常想睡。

睡着了会死的，井森感到恐惧。现在死，很危险。

"我们的队伍名是'Friends（同伴）'。"

井森已经睁不开眼了。

23

"喂，比尔，快起来。"斯莱特利戳了比尔一下。

"哎？"比尔揉了揉眼睛，"我睡着了？"

"不是睡着了，是突然晕过去了，难道是被烟呛的？"

"有可能。我觉得脑袋昏昏沉沉的。"

"那你得赶紧醒过来，温蒂马上要开始解谜了。"

"解什么谜？"

"你没听到吗？"

"嗯，因为我晕过去了。"

"那倒也是。听着，温蒂正要给我们说明谁是凶手。"

"我们都被常识限制了思考。"温蒂说，"当然，有常识通常只会有好处。"

好像已经说了挺久了，看来我没听见开头啊，比尔想。

"如果没有常识，我们就不懂怎么乘地铁，不懂怎么寄信，不懂怎么穿睡衣，不懂怎么上床睡觉。"温蒂继续说，"但是，常识偶尔也会妨碍我们思考。很多我们以为是常识的东西，其实可能是一厢情愿。因此怀疑的态度是很重要的。"

"具体点，你想说什么？"斯莱特利问。

"大家都觉得谋害叮克铃的凶手是彼得·潘，对不对？"

孩子们齐刷刷地僵住了。

"真的吗？"彼得·潘惊讶地说。

"啊？你觉得不是吗？"比尔比他还惊讶。

"你这么一说，好像是有这么回事。"彼得·潘把玩着短剑说，"但就算是真的，我也只要把罪名安到别人头上就行了。"

"你不用这样，因为我知道，他们只是一厢情愿地认为你是凶手。"

"只有彼得·潘是凶手才能解释得通啊。"斯莱特利坚持道。

"彼得·潘有不在场证据。"

"会不会是虎莲跟斯密私底下对过口供？"

"这个假设太牵强了。那俩人别说对话，肯定面都没见过。"

"那谁没有不在场证据？"

"迷路的孩子们几乎都没有，"比尔说，"不过根据我们的调查，其中两个人有不在场证据。"

彼得点点头。"没错，人鱼说了，有两个长得一样的人一直待在人鱼湾。"

"这是很重要的信息。人鱼的确说了'两个'，对吧？"

"是的，我听见它说'两个'了。"比尔骄傲地说，"所以说，两个双胞胎都是清白的。"

"你这么说不对，应该说双胞胎里有两个人是清白的。"

"别再说双胞胎了！"彼得烦躁地说。

"彼得，你为什么这么烦躁？"温蒂问。

"因为双胞胎的话题很没劲。"

"不，彼得，你其实是无法理解双胞胎的意思，所以感到烦躁。"温蒂继续说，"换言之，双胞胎是彼得的概念盲点。他搞不清双胞胎是几个人，也不知道谁在场谁不在场。所以彼得才没给双胞胎编号。此外，还有一个更麻烦的家伙。就是你，比尔。"

"啊？我？"比尔瞪大了眼睛，"我干了什么？"

"你什么都没干，完美避过了重点。你跟彼得组队调查，反而扩大了盲点。比尔，你知道双胞胎是什么吗？"

"大概知道吧。就是有好几个人，但都是一个人。"

孩子们齐刷刷叹了口气。

"当然，你的化身井森知道双胞胎是什么。但他只能通过你认识这个世界，所以他也漏掉了一个重要事实。比尔，你刚才说了'有好几个人'，对吧？"

"嗯，我不知道具体有几个。"

"本来双胞胎是两人一组。"

"但是岛上有好多长得一样的人……啊，不过其中一个已经死了。"

双胞胎哥哥想起弟弟的死，放声大哭起来。

听了温蒂解释双胞胎，比尔隐约想起了玛普女王说过的话。

"你不是'二四不分'吗？"

"别小看我，我能分的。"

"双胞胎有几个人？"

"不准提双胞胎！"彼得有点生气了。

"比尔，双胞胎有几个人？"

"两个人……吧。"

“没错，一对双胞胎有两个人。”玛普女王点点头，“那两对双胞胎有几个人？”

“双胞胎就是双胞胎，既不多也不少，不管一对两对都一样。”彼得打断了它。

“你瞧，彼得就是二四不分。”

怎么回事？我为什么会想起这些？比尔没意识到，这其实是它脑中残留的井森的灵感。

“岛上其实有……有过两对双胞胎。”温蒂说。

“那这边的双胞胎，”比尔指着彼得·达林说，“跟这边的双胞胎，”比尔又指着乔治和杰克说，“不一样咯？怪不得脸不一样。”

“啊！你说什么？你们不一样吗？！”彼得·潘大吼道。

“我没说我们一样啊。”乔治生气地噘起了嘴，“说起来，我很担心杰克。他从刚才开始就在发呆，都不吭声。”

“一定是被烟呛到了。”斯莱特利说，“让他躺一会儿，就会好了。”

“我才不管双胞胎有几个！”彼得说，“这没有意义！”

“不，这意义重大。”

“双胞胎不是凶手啊，他们有不在场证据，”比尔说，“人鱼都说了。”

“你知道孩子们的名字吗？”

“我怎么可能知道？不过他们也在。”

“你说谁？”

“那两个长得一样的人。”

"它一定是说双胞胎！"比尔说，"那么双胞胎就有不在场证据了。"

"我再问一次，人鱼说的是'两个'，没错吧？"温蒂问。

"是呀，所以他俩绝对不是凶手。"

"没错，他俩不是凶手，但我们这儿一共有四个双胞胎。"

听了温蒂的话，比尔的脑子开始发昏。它还没完全理解双胞胎的概念，又被人推翻了之前坚信的概念，现在脑筋有点转不过来。

"反过来说，当时在的只有一对双胞胎。至于另一对双胞胎，至少有一个不在那里。"

"既然只有一对双胞胎在，那另一对双胞胎不是应该两个都不在吗？"斯莱特利问。

"人鱼说的是'两个长得一样的人'在。就算另一对双胞胎只有一个在，人鱼也不知道他是双胞胎之一。当然，也有可能两人都不在，但可以确定的是，双胞胎之中至少有一人不在。"

"人鱼的证词怎么能靠得住？"双胞胎哥哥突然激动地说。

一郎开了口："人鱼的证词怎么能靠得住？"

"就是，不管它们说了什么，那都只是一群鱼！"次郎嗖地站了起来。

这是井森的记忆。二人极力否定人鱼的证词，莫非他们有必须否定的理由？

"当时你在哪儿，彼得·达林？"温蒂追问双胞胎哥哥。

"我们都在那儿，是乔治和杰克中的一个不在。"

"我们那时都在人鱼湾。"乔治反驳道。

"你又证明不了。"

"可惜了——我是说你，因为我们还有一个证人。"

"是谁想害我们！"彼得·达林对孩子们怒吼道。

"不是他们。"

"那是谁？"

"红皮人酋长的女儿虎莲。红皮人是个重视名誉的种族，所以他们不会说谎。"

"骗人！虎莲不可能说对我们不利的话，因为她……"

"因为她什么？"

"因为她也恨你！还有叮克铃！"

"没错，她公开表示对我和叮克铃心怀杀意。毕竟，她从不说谎。但她可以不说真相。也许她在地下之家附近见到了凶手。那天我们出门时，凶手没跟过去，而是潜伏在地下之家附近。然后，他趁我们不在杀了叮叮，又若无其事地跟回来的我们会合。海盗潜伏的地方是离家稍远的路上，所以他们只说彼得·潘中间回去过一趟。但是虎莲离家更近，她在那儿看到了另一个人，那个人完全有机会和办法杀死叮叮。"

比尔想起了虎莲的话。

"除了彼得·潘，还有人离开人鱼湾独自回过地下之家吗？"虎莲问。

所有人都摇头。

"谁也没回，可是……"温蒂欲言又止。

"这不公平！应该我来回答！"比尔噘起了嘴。

"呵，原来如此。"虎莲对双胞胎哥哥彼得·达林微笑起来，"彼得，干得不错。"

"啊？你说啥？我可什么都没干啊。"彼得·达林慌忙说。

"他干了什么？"比尔问。

"彼得说了他什么都没干，你好烦啊！"双胞胎弟弟蒂莫西·达林护着哥哥，对比尔吼了一声。

"当时我差点就要想起彼得·达林不在人鱼湾了。但是直到最后，我都没想到你会是凶手。因为我想不到动机。你为什么要杀叮克铃？"

"我……"彼得·达林捂住了脸，"我也没办法。我只能杀了叮叮。所以，那天我就躲在了外面的草丛里。彼得·潘和温蒂关系太好，叮叮闹别扭没跟去人鱼湾，我觉得这是个机会。

"可真要行动的时候，我却害怕了。当时的犹豫最终却促成了行动。因为我正犹豫的时候，彼得·潘一个人回来了。"

"叮叮，你干吗一个人在家里飞来飞去的？"彼得·潘穿过树干里的空洞降落下来，莫名其妙地问。

"我在运动，保持健康。"叮叮没好气地回答。

"哇，精灵也关注健康呀？"

"那当然，精灵也不想生病嘛。"

"为什么不想生病？"

"生了病可能会死。"

"咦？精灵会怕死吗？"

206

"叮叮当时很烦，彼得·潘又一直说它是虫子。后来，彼得·潘就弄伤了叮叮的翅膀。"

"要翅膀干什么？反正精灵命短。不说了，我得赶去海湾了。首领要做表率，可不能迟到。"

"彼得！"叮叮恳求道。

"我当时想，叮叮肯定再也飞不起来了。同时我又希望彼得·潘像拍死苍蝇、蚊子那样拍死叮叮，因为我真的不想亲自动手。我并不恨它，甚至觉得它很可爱。然而事情并没按我的期待发展。彼得扔下哀叹的叮叮，头也不回地飞去海湾了。等他飞远后，我就悄无声息地靠近叮叮。叮叮哭起来很美。看到它那个样子，我突然很生气。换了谁会不生气呢？我竟然要亲手杀死一只这么美丽的精灵呀。而且，彼得·潘还跟温蒂在海湾那边卿卿我我呢。我非常生气，觉得自己真是倒了大霉。就在这时，我突然意识到自己可以利用这股怒气。我只要把无处发泄的怒气对准叮叮就好了。这样一来，我就不用顶着良心的谴责下手了。"

"瞧你这副可怜样子。"彼得·达林在叮叮头顶嘲讽道。

"彼得！你没去人鱼湾吗？"

叮叮以为双胞胎哥哥也跟彼得·潘他们一起去了人鱼湾。

"我改了主意。"彼得·达林在叮叮旁边坐了下来。

"你能带我去找同伴吗？"

"我干吗要这么做？"彼得·达林一把夺过叮叮手上的断羽，"这东西接不上了吧？"

"不试试怎么知道？"

"接不上了。"彼得·达林捏着断羽，用力一搓，断羽瞬间化为齑粉，散落一地。

"我觉得自己实在太坏了。叮叮见我突然变得像彼得·潘一样，似乎也吃了一惊。没错，你喜欢上的就是这种坏蛋。我终于对叮叮腾起了难以压抑的怒火。你为什么喜欢那种垃圾？我可是个老实温顺的好孩子啊！既然你喜欢垃圾，那我就变成垃圾！胜过彼得·潘的垃圾！我决定把叮叮折磨死。"

"彼得……彼得·达林，你为什么要杀害叮叮？你不是对它……"温蒂磕磕巴巴地问。

"因为它碰巧听见了。当时我和蒂莫西都没注意，还以为周围没人。叮克铃实在太小了，不是吗？我们见周围没人，自然以为只有我们俩。"

"你们兄弟俩聊了不想别人听见的事？"

"没错。我们聊完了才发现，这个杀人计划被叮叮听见了。它答应我们不往外说，但我们实在没法信任叮叮。我真正想杀的不是它。但是为了避免计划败露，我只能杀了它。现在想想，叮叮说的应该是真话。叮叮的心思也许跟虎莲一样，所以我们本来能成为同伙的。唉，要是真能这样，事情会更顺利，我也无须受到良心的谴责了。"

"杀人计划？你们究竟要杀谁？"

"别装了，我们大家真正想杀的人就是你，温蒂。"

"你是觉得我会向温蒂告状？"叮克铃总算想到了自己面临生命

危险的理由。

"你肯定会告状吧？"彼得·达林假装冷漠地说。

"我绝对不告状，因为我也有同样的想法。"

"同样的想法？什么意思？"

"我知道你对温蒂的想法。我是说我也一样。"

"你也对温蒂有同样的想法？我不信。"

"相信我吧，彼得。"

啊，我也想相信你。如果真的可以相信你，那该多好呀。但是我不能冒险，我一定要保住蒂莫西的命。

"叮叮，能让我看看你的翅膀吗？"

"你想干什么？"

"如果你不信我，那我也不信你。"

"……嗯，好吧。"叮叮犹豫片刻，回答道。

"这个翅膀的方向好怪啊。"

"因为根部断了。但它还没死，只要用树枝固定，肯定能——"

"只有一片翅膀没什么用吧？"

"不会，只要好好练习，只有一片也能——"

"真的吗？你见过用一片翅膀飞的精灵？"

"……我没见过，但我会努力——"

"不行的。"

"不是绝不可能，我会——"

我是个冷酷无情的人，所以我无所不能。

彼得·达林捏住折断的翅膀，干脆扯了下来："你瞧，这下绝不可能了。"

"彼得……"叮叮大哭起来，它的声音像银铃一样悦耳。

"你哭起来真好听。"彼得用食指摸了摸叮克铃的头。

你好可爱,真的好可爱,我的叮克铃。

"我不能飞了。"

"你不是还有两片翅膀吗?"

"这么小的翅膀怎么飞?"

"你要放弃了?这可一点都不像你。"

是呀,你是个活泼可爱的精灵。活泼可爱,又坚强。

"你觉得这样的翅膀也能飞?"

"努努力,说不定能飞呢。"

"那我一定努力。"叮叮露出了笑容。

"你笑得真好看,不过啊……"

彼得·达林的心早已冻结,然后破碎了。

他又捏住了叮叮仅剩的两片小翅膀。"这样一来,你只能放弃了。"他一把扯掉了两片翅膀,精灵最宝贵的翅膀。

叮叮一个字都说不出来。

"太过分了,彼得,你太过分了。"

彼得·达林不断折磨着叮克铃。他告诉自己,这是让他变成垃圾的仪式。但也可能,只是他想拖延不得不杀死叮叮的时间。究竟如何,彼得·达林心里也不知道。

他踢飞了叮叮,让它落到地上,又砸到墙上。

"彼得……"叮叮努力挤出沙哑的声音,"你答应了……不……戏弄我……"

戏弄?这可不是戏弄,是虐待,是没有心的人才能干出来的事。

"这不是戏弄,是认真的。"

"认真……什么意思?"叮叮咳嗽起来,咳出了好多血。

"我认真要杀你。"

"什么……意思？"

"我不想你到处说温蒂的事。"

他和蒂莫西暗杀温蒂的计划必须一直保密，直到执行的一刻。

"你说什么？彼得，我是你这边的呀！"

叮叮也恨温蒂，想杀温蒂，他很清楚。但他不能保证叮叮不会背叛。它很可能会为了讨好彼得·潘而说出他们的秘密。

"我不信，你可能在说谎。"

"你就没想过……也许……我说的是真的吗？"

"想过。"

我真的很想相信你。

"那就帮帮我……带我去找魔法医生……"

"你说的可能是真的，但也可能是假的啊。"

"相信我，彼得！"

"先假设你说的是假的吧。"彼得抬起指尖，戳了戳叮叮的身体，"只要你死了，就没事了。可要是你活着，就会四处传话，给我惹麻烦。"

"不会……的……因为我……说的是真的……"

"假设你说的是真的，"彼得·达林抠了抠鼻孔，"那你活着也没什么不好。"

我是个冷酷无情的人，所以不拿精灵的性命当回事。

"对呀，所以——"

"同样，你死了也没什么不好。"

"你……说什么？"

"就是说，不管你说的是真的还是假的，只要把你杀了，我就安全了。"

"这说法……真不像你。"

"这几个月来，我变得机灵多了。"彼得·达林抽出了短剑。

我在伦敦学到了很多东西。我已经不是那个被彼得·潘玩弄于股掌之中的无知迷路小孩了。

"是我杀了叮叮，就是这样。"彼得·达林坦然地说。

"你怎么这么容易就坦白了？"温蒂问。

"因为一切都没有意义了。制订谋杀你的计划，为了计划不败露杀了叮叮，都没有意义了。因为蒂莫西已经死了。"

"斯莱特利，你跟我来，我们去救彼得。"温蒂猛地向下飞去，要把彼得·达林救回来。

"一起出去吧。"温蒂拉着彼得·达林的手说。

"彼得·潘呢？"

"他……不见了。"

"好烫！好烫！彼得！救我！"远处传来蒂莫西呼唤哥哥的微弱声音。

"我要去救他！"

"斯莱特利，快帮忙！"温蒂拽着彼得·达林的手说。

"可是……"斯莱特利有点不情愿。

"至少要把这孩子救出去。"

"好烫！我烧起来了！"他们又听到了蒂莫西的声音，"手……我的手……"

"啊——"彼得·达林拼命挣扎，想甩开温蒂的手。

"斯莱特利，过来帮忙！"

斯莱特利和温蒂合力把彼得·达林往上拉。

蒂莫西发出了惨叫。

"蒂莫西！蒂莫西！我马上去救你！放手！你们这帮浑蛋快放手！"他用尽全力，想挣脱温蒂和斯莱特利，但他们没有放手。

"彼得！……彼得！……好烫……彼得……我爱你……"

蒂莫西惨叫一声。

"蒂莫西最后求我去救他，我却没能把他救回来。我本来就是为了他才要杀温蒂的。"

"你们为什么要杀我？我对你们兄弟俩很好吧？"

"你……温蒂的确对我们很好，"彼得·达林瞪着她说，"可你的化身杀了次郎的心，反反复复，一次又一次。"

24

"喂，井森，再睡可要错过重要内容啦。"酢来摇醒了井森。

"重要内容？什么东西？"井森揉着眼睛问。

"樽井的推理啊，我们正在找谋害叮克铃的凶手呢。"

"这样啊，看来这边也在干同样的事。"

"什么意思？"

"你下次做梦就知道了。现在进行到哪儿了？"

"樽井再次确认了海盗与红皮人相互对峙，盯住了通往地下之家的唯一道路，等于说海盗和红皮人互相能提供不在场证据。毕竟双方是对立关系，应该不会说对敌人有利的谎话。"

"的确，他们的不在场证据也是推理的重要元素。"

"然后，她又说叮叮是被利刃所伤，凶手应该仅限于持刀的人。如此一来，范围就缩小到了彼得·潘、迷路的孩子、海盗和红皮人身上。只不过彼得·潘、海盗和红皮人都有不在场证据，所以凶手应该是某个迷路的孩子。她就讲到这儿。"

原来如此，虽然跟温蒂的方式不一样，但她也在接近答案。井森没挑明凶手的身份，选择了继续听友子讲下去。

"可以认为，凶手没跟彼得·潘等人一起去人鱼湾，而是躲在了地下之家附近。"友子说，"迷路的孩子、彼得·潘，还有温蒂，你们在人鱼湾有没有发现谁不见了？"

没人吭声。井森犹豫了片刻，决定保持沉默。

"真奇怪，要是少了一张脸，应该马上会发现才对，怎么会没人发现呢？"

很简单，因为他们也犯了温蒂在火灾中犯的错。每次看见双胞胎时，大家都懒得再确认另一个是否在场。大家被错觉蒙蔽，认为一个在场，另一个肯定也在附近。也许，友子正在试图让孩子们的化身意识到这点。也就是说，她已经推测到那两对双胞胎中的一个可能是凶手。然而她要是说出口，就相当于诱导了所有人的看法，所以她才选了间接的措辞。

可是……井森感到困惑。就算孩子化身中的一个察觉到这点，那人的洞察力也说不上厉害。其实根本不需要这么麻烦，只要举出人鱼的证词，提醒大家它只看见了两张一样的脸，这个问题就解决了。她为什么没像在永无岛那样直接证明给大家看呢？

"难道大家都像彼得·潘一样二四不分吗？"友子见没人想到

答案，似乎有点烦躁了。

原来是这样啊。

"好吧，那我换个角度。虎谷，虎莲他们潜伏的地点比海盗团更靠近地下之家，对吧？"

"对，我们能看见海盗，也能看见地下之家的门口。"百合子坦率地回答。

"那你还谁都没看见？"

"你算计我？"

"虎谷，你想包庇凶手吗？"

百合子不再张口。

要不还是直接指认凶手吧。就算我不说，大家做个梦也都知道了。井森张开了嘴。

"我想起来了！"酢来抢先一步喊道。

"你想起来谁不在了？"友子松了口气。

"不是，那个我没想起来，但我想起了虎莲的话。她被我们抓住时说了一句：'彼得，干得不错。'可彼得·达林却说：'啊？你说啥？我可什么都没干啊。'"

"虎谷，这怎么回事？"

所有人齐刷刷看向百合子，百合子则默默瞪着友子。

"很遗憾，你的沉默已说明了一切。你还真是个不会说谎的人。"接着友子看向一郎，"凶手就是彼得·达林，对不对？"

一郎环顾四周，慢慢说起话来："没错，是他杀了叮克铃，而我就是他的化身。"

"恭喜你们查到凶手了，赶紧把这家伙捆起来，堵上嘴吧。"富久说，"杀了他也没用，不过永无岛的彼得·潘应该会动手。"

"富久老师，刚才的话还没完呢。"友子说。

"你什么意思？这家伙都自首了。"

"但还没揭开真相，也就是彼得·达林谋害叮叮的动机。"

"那种小事不需要搞那么清楚吧？"

"查明动机十分重要。二连一郎，彼得·达林为什么要杀叮叮？"

"他和蒂莫西商量杀温蒂的计划时，被叮叮听到了。"

雪洞里的人顿时炸了锅。他们拼命推搡，都想离一郎远点。

"大家冷静。"井森说，"他不是杀人犯，杀叮叮的是彼得·达林，而铸挂的死因只可能是意外。"

"但铸挂的死还不是因为彼得·达林杀了叮叮？一郎又是他的化身。"酢来皱着眉说。

"本体与化身是不同的人格，不能把责任推到一郎身上。现在先搞清楚动机吧。"

"没错，"友子说，"首先要弄清楚动机。"

"你可真冷静，他可是想杀了你的化身，"酢来愤愤不平地说，"也就是对你有杀意啊。"

"不对，酢来，"井森说，"她不是温蒂。因为温蒂知道人鱼告诉过彼得·潘，说它在人鱼湾只看见了两个长相一样的人，但这点友子没用在刚才的推理中。只要提出这个证词，很容易就能查明凶手。换言之，她不知道这件事。所以她既不是温蒂，也不是迷路的孩子。"

"啊？那她是谁？"

"她是——"

"先别揭露我的身份，"友子斩钉截铁地说，"先讲动机。"

"动机已经不重要了。"一郎面无表情、有气无力地说，"叮克铃和铸挂的死，责任都在我。是我和次郎先决定杀温蒂的。彼得和蒂莫西两兄弟只是接受了我们的意志。可是次郎和蒂莫西已经死了，事件的原因也已经不重要了。我只想让次郎安息，保住他的名誉。"

"不，你错了。隐瞒真相并不能保住他的名誉。唯有揭露真相，才能恢复他的名誉。"

"恢复名誉？"

"你刚才提到了'Friends（同伴）'，但因为富久老师几次打断你的话，就一直没讲清楚。现在你明确告诉我们，究竟发生过什么？"

"那些事跟案子没半点关系！"富久说，"现在说什么都不会对谁有好处！只会让所有相关者丢人！"

"丢人……"听到富久的话，一郎毫无生气的脸上突然现出了愤怒，并且满面涨红，"丢人？！这些难道不都是因为你？要是你没对次郎干那种事，我们就不会有那个可怕的计划，叮叮也……铸挂也就不会死了！"

"少到处推卸责任！是你们自己要杀人！而且蒂莫西的死也是因为彼得·潘和红皮人的纠纷，那岛上任何时候都在搞血战，反倒是我——温蒂，是个和平主义者。"

"等等，"酢来愣愣地说，"刚才老师是不是说了句惊人的话？开玩笑的吧？温蒂的化身不是樽井吗？"

"不是说了吗，樽井不是温蒂的化身。"井森白了他一眼。

"那她是谁？"

"她说彼得·潘'二四不分'。根据比尔的记忆，永无岛上只有玛普女王这么说过。"

友子没有回答，只是对着井森微笑了一下。

百合子目瞪口呆，轮番看向友子和富久。

"'Friends（同伴）'的孩子们一直被富久当成玩物，次郎也是。"

"这只是你的一面之词，"富久说，"我只是帮他们快点长大，孩子们也很受用。"

"你就是利用无知的孩子满足你自己的欲望！所有人的人生都被你给毁了！"

"那不是青春的美好回忆吗？跟人生有啥关系？我不否认有人轻生了，但那只是个例，弱者被淘汰也是一种自然法则嘛。"

一郎猛然大吼，朝富久狂扑过去。但他被人群阻拦，没能挤到富久跟前。那些人倒也不是想护着富久，实在是雪洞太小。所有人慌张站起，其中一个不小心撞到堵洞穴的顶盖，于是瓦砾松脱，狂风猛然扑打在他们身上。

"哼，你现在说这些也拿不出什么证据，"富久叫嚣道，"谁也追究不到我头上。"

"所以我们两兄弟发现永无岛和地球化身的秘密时，就起意要杀了温蒂。你故意戴上奇怪的手套，想假装胡克，但我们早就发现温蒂和你的关系了。"一郎说，"永无岛上的血战永不停歇，在那边杀人比在地球上更容易糊弄过去。"

"假装胡克只是戏弄你们，我怎么可能蠢到真以为那种伪装能有用？我也早就看穿了你们的计划。你瞧，温蒂和玛普女王也一下就解开了谜团。"富久在强风中得意地说，"而我，最终全身而退！"

"不对，老师，"友子说，"你的行径已经曝光了。"

"你没有证据，再说追诉时效也已经过了。"

"只要能弄到证词，就可能坐实。哪怕时效已过，也可以揭发。"

"你想让我社会性死亡吗？有本事就去呀。我可能会丢掉工作，但是现在这个世道，找饭碗并不难。"富久咧嘴一笑。

"社会可没你想的那么简单。人们不会原谅你，也不会忘记你干过的事，等待你的将是悲苦的人生。"

"或许吧，但我还有最后的王牌，让一切重启。"富久爬上了雪洞顶端。

"回来！"井森大喊一声，"顶着暴风雪出去等于自杀！"

"的确如此。"富久的棉袄在风中翻飞着，雪片很快包裹了他的身体，化作冰冷的雪水，"而且我也知道。"他在厚厚的积雪中艰难地走了起来。

"快阻止他！"井森试图追上去。

"站住！你怎么也要出去？"日田一把抓住了井森的肩膀。

"要是不追上去，老师会死的！"

"这就是他的目的。"

"他要以死赎罪？"酢来颤抖着问，"我看他态度不像啊。"

"那家伙才不会以死赎罪，他只是想以死重启这个场面。"日田说，"只要在雪里冻死，刚才的事就都成了梦，他可以回到今早睡醒的时候，接着只要仔细应对，或许就不会重蹈覆辙。"

"那也不是百分百能逃脱啊。"

"那就再重启一次呗。"

"浑蛋，休想跑！"一郎也试图爬出雪洞。

"冷静！"日田拉住了他，"还没抓住他你就该冻死了。"

"那也无所谓，反正我也能重启，再抓他一次。"

"不行，这样解决不了问题！"

"少废话！你个杀人犯！"一郎揪住日田的衣服，想挣开他。

日田的袖子被撕裂，露出了胳膊。看见的人全都倒抽了一口气。因为他的双臂从手腕到肘部内侧都布满了割痕，有的还很新，带着血色，有的则早已化作疤痕。

"这就是你几天不洗澡的原因啊。"井森说。

"我知道自己是杀人犯，你以为我心里好受吗？"日田浑身颤抖着说，"可我有什么办法？彼得·潘杀人不眨眼，我却没法阻止。"

"我知道罪不在你。"

"我不是想脱罪，我是真的受不了了。每次醒来我都清楚记得割别人喉咙的感觉，却还要作出高高兴兴的样子。你们能想象吗？我好几次都想一死了之，但我总是失败，只感到了疼。"

"你应该也成功过。因为之前被人揪住时，你说了一句：'这回让我死痛快点吧。'也就是说，你之前死过。"

"是。当我知道自己死不掉时，我心里彻底绝望了。后来我就放弃了认真活着，整天唱歌跳舞，跟女孩子厮混。可就算知道自己死不掉，我还是会有割腕的冲动，所以我身上的伤也就越来越多。"

"除了自己去死，你难道没想过杀死彼得吗？"老板娘用谴责的语气问。

"没用的，彼得·潘杀不死。"

孩子们的化身齐齐低头。

"他们知道彼得·潘的真相。"日田说，"彼得·潘不会长大，也不会死，因为他已经死了。他是个刚出生不久就永远离开了父母的不幸的孩子。"

没人说话，唯有风声呼啸。似乎所有人都在同情日田。

有几个人开始四处搜寻瓦砾，试图堵住雪洞。

"富久肯定不知道自己身处多么危险的境况吧。"井森兀自嘀咕道。

世界被暴风雪化作一片纯白，富久早已不见了踪影。然而，他们好像都听见了富久微弱的笑声。

25

"那我可以判双胞胎死刑咯？"彼得·潘作势要割乔治的喉咙。

"等等，彼得！你为什么要杀乔治？"温蒂慌忙阻止。

"因为双胞胎杀了叮叮呀。"

"是达林家收养的双胞胎杀了叮叮，跟乔治没关系。"

"难道这家伙不是双胞胎？"彼得·潘不高兴地说。

"乔治是双胞胎。"

"难道这家伙不是双胞胎吗？"彼得·潘指着彼得·达林说。

温蒂没有马上回答。

"怎么了？"

她想了一会儿，认真回答道："是啊，从某种意义上说，他或许已经不是双胞胎了。"

"为什么？"

"因为蒂莫西已经死了，只剩他一个了。"

彼得·潘挠起了头，他可能正在努力理解温蒂的话。

"那我到底该割谁的喉咙？"

"嗯，你应该……"温蒂正要说话，头顶突然出现耀眼的光芒。这光太刺眼，导致所有人都睁不开眼睛。

"看来赶上了。"一个威严的声音传了过来,"彼得·潘,放开那孩子。"

"我不,这家伙是死刑犯。"

"我还可以夺走你身体的自由,别逼我做如此野蛮的事。"

彼得·潘啧了一声,放开了乔治。耀眼的光稍微柔和了一些,发光的原来是玛普女王。

"温蒂,正如你查出了真凶,我也知道凶手的身份了。"温蒂脸色一变,"我也知道这孩子要杀你的理由。"

"请听我说,玛普女王,我没法影响我的化身。"

"你的化身放任欲望做出恶事,"玛普女王温柔地说,"他必须接受惩罚。"

"那我也要接受惩罚吗?"

玛普女王露出悲哀的表情。

"彼得·潘。"

"啊?"彼得·潘不耐烦地应了一声。

"你要好好对待温蒂。"

"用不着你说。"

"你今后要一直对她好,可以答应我吗?"

"那当然了。"彼得·潘甩着短剑说,"要是说完了,我能杀双胞胎了吗?"

"不行,彼得·达林必须得到正式的裁决。"

"我就是法官。"

"如果被害者是人类,你要求审判权毫无问题。但这次的被害者是精灵,所以,审判权在精灵的女王,也就是我手上。"

"你瞎胡说什——"

"彼得·潘，你要我说多少次？别逼我做出野蛮行径。"

彼得·潘噘起嘴，收好短剑，气哼哼地撇过头去了。

"彼得·达林。"

"在，玛普女王。"

"你杀害了叮克铃，是不是？"

"是的。"

"你为此感到后悔吗？"

"我不后悔。制订计划杀温蒂，还有杀叮叮，我都不后悔。"

"温蒂不是富久，正如你也不是一郎。"

"我不认为自己跟一郎是两个人。"

"看来每个人与化身的关系都不尽相同。有的人能感到高度统一，有的人只感觉像隔岸观火。"

"我要杀温蒂，并非对她心怀仇恨，只是想让富久死。"

"所以这只是你达成目的的手段。那杀叮克铃也是手段吗？"

"是的。我不后悔，但我愿意接受惩罚。就算你把我交给彼得·潘，我也接受。"

彼得·潘高兴地拔出了短剑。

"我不会把你交给彼得·潘。"

彼得·潘失望地收起了短剑。

"你做出这样的事，我也有责任。因为我放任海盗、红皮人和彼得·潘在岛上胡闹，才让这里充满了杀戮。当然，我不认为这是理想状态，我只是不愿过度干涉人类社会。但我不能否认，这也让彼得·达林等迷路的孩子对杀人的心理抵触变低了。"

"它说什么'沙炉'？"彼得·潘说。

"说的是炉子里充满了沙子吧？"比尔回答。

"那您要将彼得·达林无罪释放吗？"温蒂问。

"但我也不能让他继续跟着彼得·潘。"玛普女王挥动权杖。下个瞬间，一个人像流星一般从天而降。

是虎莲。她手上抓着块肉，似乎正在吃，接着她抬眼一看，整个人颤抖起来。

"啊，真不好意思，吃饭时间把你叫出来了。"玛普女王说。

"彼得·潘！"虎莲认出彼得·潘，瞬间拔出了匕首。但是瞬间，某种看不见的力量一把夺过她的匕首，令其消失在了天际。

"我把匕首送回你的村里了。"

"为什么把我弄到这里来？"

"我想把这孩子托付给你。"

虎莲狐疑地打量彼得·达林。"我干吗要管这种麻烦事？"

"你的村子现在很缺人，不是吗？"

"因为人都被彼得·潘杀了。"

"这孩子应该能帮上忙。"

虎莲抱着胳膊，再次打量彼得·达林。"看着还挺有力气，你要把他送给红皮人当奴隶吗？"

"说得太难听了。我把他交给你，是让你用劳动来矫正这孩子扭曲的心灵，让他赎清罪孽。"

"也就是让他当奴隶呗？"虎莲陷入了沉思，"精灵的提议，应该不是圈套……可以，我把他带回去。"

她话音刚落，玛普女王就挥了一下权杖，于是虎莲和彼得·达林瞬间就不见了踪影。

"这下事情就了结了。"玛普女王轻轻飞上半空。

"等等，那彼得·潘呢？"比尔说。

"彼得·潘怎么了？"

"彼得·潘也杀了好多人。"

"也对，但我不能裁决他。"

"为什么？"

"因为是我们让他变成了这样。他本来不该存在，都是因为我们对那个可怜的婴儿生了怜悯之心。"

"什么意思？"

"他或许背负了诅咒，不过他似乎还觉得挺幸福。"玛普女王凑到比尔旁边，对它耳语道，"你是这岛上的异客，我用魔法助你一臂之力，尽快离开吧。因为这是我们在肯辛顿公园的蛇形池中央创造的岛屿，只用来收留出生一周后便夭折的可怜孩子，是个绝不可能存在的梦幻乐园。"说完，玛普女王再次飞到所有人面前，"温蒂。"

"在。"

玛普女王忧伤地看了她一会儿。"你要跟彼得·潘好好相处……互相……疗愈。"

"啊？"

玛普女王已经消失了。

26

最先感到的，是右脚尖的锐痛。接着，是极度的寒冷。

富久睁开了眼。

一片纯白。

也许是雪吧。那片白近在眼前，看来自己是被埋在了雪里。周围不黑，所以应该埋得不深。

记忆渐渐恢复。

有人提起了过去的闲事，于是我逃进了大雪，为了以死重启一切。

我很早以前就知道，地球上的死有重启事态的效果。因为有一次，我正要疼爱一名少年，却意外遭到了对方的反击。那次自己被圆珠笔刺穿喉咙，没法呼吸，正感叹自己就要这么死了，却在床上醒了过来。打那以后，每次自己的罪行将被曝光，都是用这个办法逃脱，效果非常好。自己或许能靠这个逃上一辈子吧。

关于死亡引起时间逆行时，其他人的时间是否也逆行，富久有两个假设。第一个假设是其他人的时间也一同逆行，整个世界重启。第二个假设是世界保持原样，只是生成了新的平行世界。要是后者，就意味着这个世界之外还存在着自己已死的世界。

听起来是有点瘆人，但即使是后者，只要明白那个世界与自己无关，也就没啥大不了。思前想后，甭管哪个假设是对的，毕竟富久自己观测到的世界都一样，所以他也就不想了。反正只要我没事就得了，世界的原理就随他去吧。

接着，富久开始思考永无岛。老好人温蒂叫停了彼得·达林的死刑。按说那小子死了一郎也会死，等于是万事大吉，怎奈温蒂是另一个自己，这也没处说理去。哼，反正这下岛上的孩子肯定会特别崇拜她，倒也不失为一条好路。

得嘞——

富久突然发现自己有点难受。既然要死，还是死得痛快点好，待在雪里慢悠悠等死实在太难受了。能不能想法给自己个痛快呢？也许该爬出去，找个悬崖跳。富久试图推开压在身上的雪，但是积雪又硬又重，纹丝不动。

脚尖的刺痛越来越强烈。也许冻伤了，快要坏死了。他想确认伤情，无奈身体动弹不得。接着，他又发现一件怪事。身上的疼痛在加重和减轻间快速重复。同时，疼痛点也在慢慢移动，最初是脚趾，现在是脚背。

"啊！"富久痛得叫了起来。随着痛呼，脚上的疼痛越发剧烈。紧接着，他感觉脚被猛地拽了一下。这不是冻伤的疼痛，是外力造成的。

富久决定冷静地判断一下究竟发生了什么。

有人在拽我的脚。最可能的情况是自己正在获救。不知是旅馆那帮人还是救援队的人发现我被埋在雪里，正要把我挖出来。可是为什么会这么痛呢？莫非救我的人没发现我脚上有伤，正在使劲拽？那就可能会让伤势恶化，我得告诉他们别乱来。

"我受伤了，别用力拽。"富久说。

他觉得自己的声音够大了，但是考虑到自己被埋在雪里，对方还是未必能听到。说起来，他也没听见救援人员的声音。一般这种情况下，救援人员间应该会说话，或是对遇难者喊话。照这个情况看，对方恐怕也听不见他喊话。

"呜哇！"富久无法忍耐剧烈的疼痛，大声惨叫起来。

外面的人究竟在干吗？我感觉脚脖子都要被扯烂了。不会真扯烂了吧？我得想办法表示自己疼，不然就糟了。

富久尝试抽腿，表示自己疼。当然，单靠腿部动作无法表达细微的感觉，但对方应该能明白他正在尝试沟通。他尽量用力挣扎，但脚被牢牢抓住，很难动弹。

那帮人是蠢货吗？只抓着脚脖子把我拽出去，搞不好会骨折啊。难道没别的方法了？不可能吧？

富久转而踢起没被拽住的左脚。就算再怎么蠢，这下总该明白了吧？

他忽然感到右脚被松开了，虽然疼痛依旧未减。甭管怎么说，是比刚才好了，对方似乎明白了他的意思。可是下个瞬间，他的左脚就被死死抓住了。同时他还感到骨头裂了，继而传来了远胜右脚的疼痛。富久再次惨叫。

他们在干什么？难道在用起重机拽我？我可是活生生的人啊！这样会被扯坏的！

"呜哦——！"

什么声音？起重机？听着有点怪，就像……就像……

富久迟迟想不到合适的词，一是因为太疼了，二是因为他潜意识里一直在抗拒那个词。他被猛地扯了一把。由于雪压得很实，外面这么一扯，他明显感到膝盖断裂，半月板碎了一般。与此同时，盖在脸上的雪也被扫开了。

他整个人浮了起来。

天空很蓝，一片云都没有，风也平息了。

紧接着，他坠落在了雪地上。他摔得岔了气，一时间无法呼吸。富久拼命忍住浑身的剧痛，撑起上半身想痛骂那个拽他出来的蠢货。

"呜哦——！"

熊发出了咆哮。富久连叫都叫不出声，只能发出"啊啊"的哀号。熊四肢着地，看不清大小，但是从富久躺着的角度看去，它体形大得异常，甚至超过十米。熊嘴里淌出了好多血。神奇的是，富久竟好一会儿都没反应过来那是谁的血。最后他总算意识到是自己的血，于是转头看向自己的腿。右腿小腿断了，血肉模糊，看不太清，但他猜凸出的部位应该是骨头。左腿膝关节拧向一边，脚踝不前不后，而是横扭了九十多度。他的裤子也没了，可能是被熊扯碎了。

这样的伤能治好吗？骨折应该能治好，关节也可以换成人工的。不过我的右脚怎么办？立刻把熊杀了从胃里拿出来还能缝上吗？被嚼过还泡过胃酸的脚接上去还能用吗？

熊又发出咆哮。

现在不是考虑怎么治脚的时候，我得跑。富久双手撑着身体往后退。腿都那样了，肯定是站不起来的。但就算腿没事，他也早就吓瘫了。

熊不慌不忙，静静看着拼命挣扎的富久。

遇到熊该怎么逃？富久拼命思索着，但他只想到装死没用。毕竟熊找上他时，他已经失去了知觉，显然装死是没什么用的。

熊跑得比人快，会爬树，还会开简单的门窗，拥有能破坏汽车的强力，而且嗅觉敏锐，擅长追踪。

能想到的信息都对自己毫无用处。

这下恐怕逃不掉了。富久准确分析了现状后，扬扬得意起来。逃也逃不掉，空手又打不过，只能等救援了。不对，也许可以主动呼救。

"救梦啊！有行！"由于极度恐慌，他有点口齿不清，但只要声音能传出去，别人听见了就会知道是求救的意思。由于熊近在咫尺，他顾不上观察四周，但他感觉一时半会儿恐怕来不了人。

富久做了个深呼吸。这不是问题。我本来跑进雪里就是为了求死。虽然没能冻死，马上要被熊咬死了，也算达到目的了。

　　熊按住了富久的左腿。利爪刺破皮肤和脂肪，深入肌肉。由于太疼，他条件反射地想把熊掌掰开，但对方纹丝不动。熊又咬住了富久的左脚。富久拼命挣扎，想把熊挣开。他听见了骨头碎裂的声音。不知为何，富久脑中浮现出自己的胫骨纵向断裂的场景。血流出来了。死是他的目的，但他无法忍受这疼痛。也许还是该想想怎么逃。

　　富久改变主意后，开始拼命殴打熊掌。熊叼着富久的左脚，一掌拍向他的右手。整个前臂撕碎，关节模糊，手臂只剩皮连着肉，晃悠悠地垂着。黑色手套在白雪的映衬下，格外显眼。

　　本以为装成胡克的策略很完美。那家伙已经死了，因此我的真实身份肯定不会暴露，富久在剧痛中模糊地想。

　　他想用右手支撑左手，但是太疼了，他碰都不敢碰。熊为了方便吃，又把他的左脚弯了一下。髋关节瞬间爆裂，富久整条腿都扭曲了。疼痛已经超过极限，甚至变成了某种快感。也许这样能好受一些。如果只需忍受短短几分钟的疼痛就能死去，那也不赖。

　　熊又拧了两下他的腿，骨肉皮纷纷断裂，腿被扯断了。"砰。"这根本不是快感。骤然充斥全身的疼痛让他甚至无法昏死过去。他发不出声音，无法呼吸，心脏却跳得飞快，血不断涌出。血将前方十米的白雪地染成了红色的扇形。

　　熊开始咀嚼它扯下来的腿。富久逃不走，也死不掉，只能眼睁睁地看着熊吃自己的腿。对熊来说，富久已不是狩猎对象，而是狩猎完成后的食物。所以它没必要杀死，慢慢享用即可。吃完一条腿，熊又开始嗅闻浑身是血的富久。

　　拜托你，直接咬碎我的喉咙或心脏吧。

富久的希望落空了。熊的牙齿陷入了他的下腹部。强烈的疼痛令视野扭曲，周围的风景渐渐化成了人形。他分辨不出这是幻觉还是现实，但就算是现实，他也明白自己不可能获救了。因为那些都是曾被富久染指过的少年，他们围成一圈，低头看着他。

"弗兰迪，弗兰迪。"少年们呼唤着富久的昵称。

你们在为我的死感到悲伤吗？

突然，少年们的面容变清晰了。他们脸上都带着浅浅的笑容。他们看着富久撒满雪地的血肉，脸上带着笑。

"哈哈哈哈，哈哈哈哈。"

什么意思？你们不是爱我的吗？

少年们捧腹大笑，已经笑得站不直了，有的人甚至笑得上气不接下气。

富久气愤不已。我这么爱你们，你们怎么能嘲笑我的痛苦？

"谎话精，"少年们说，"你爱的不是我们，是你自己。"

富久想尽早结束这样的痛苦，他想将左手插入身体，捏碎自己的心脏。可这实在太痛，他最终没能把手伸进胸腔。

接着，熊花了将近两小时吞食富久的内脏。富久经历了常人无法想象的痛苦，少年们始终在一旁嘲笑，他们之间还不时闪过温蒂的身影。

原来如此，我知道双胞胎为什么能发现我的身份了，因为温蒂希望他们发现。

最后，富久的心脏总算停止了跳动。在大脑停止活动前，他又承受了很久莫大的痛苦。

最先感到的，是右脚尖的锐痛。接着，是极度的寒冷。

富久睁开了眼。

一片纯白。

也许是雪吧。那片白近在眼前，看来自己是被埋在了雪里。周围不黑，所以应该埋得不深。

不对劲。怎么我还在雪里？我不是被熊咬死了吗？富久看向右手，没伤。既然如此，难道那只是个梦？梦中能感觉到这么厉害的剧痛吗？

右脚尖的疼痛越来越强烈了。怎么回事？为什么同样的事又发生了一遍？

突然，右脚被猛地扯了一下。

难道……怎么会……富久拼命动起手足，试图摆脱束缚。

"呜哦——！"

他整个人浮了起来。

天空很蓝，一片云都没有，风也平息了。

紧接着，他坠落在了雪地上。他摔得岔了气，一时间无法呼吸。富久拼命忍住浑身的剧痛，撑起上半身想痛骂那个拽他出来的蠢货。

"呜哦——！"

熊发出了咆哮。富久连叫都叫不出声，只能发出"啊啊"的哀号。

这怎么回事？富久拼命思考，但是疼痛和恐惧让他无法集中注意力。他奋力打向熊掌，右臂被拍断，接着左腿被扯了下来。

一切都在重演。难道这次我又要被刨出内脏，承受无止境的痛苦了吗？

"救命！"但是没人听到富久的呼救。熊美滋滋地享用起富久的内脏。接着，熊花了将近两小时吞食富久的内脏。富久经历了常人无法想象的痛苦，少年们始终在一旁嘲笑。

最后，富久的心脏总算停止了跳动。在大脑停止活动前，他又承受了很久莫大的痛苦。

最先感到的，是右脚尖的锐痛。接着，是极度的寒冷。

富久睁开了眼。

一片纯白。

怎么回事？我怎么没在旅馆里醒来？化身死后不是此前的现实都会化作梦境，返回到最近一次入睡的时间吗……

最近一次入睡！富久意识到了一件可怕的事。他在雪中迷路，最后睡了过去。也就是说，他最近一次入睡是闯入雪地后。换言之，现在他要是死了，就会在被积雪掩埋的状态下醒过来。

早知道就不冲进暴风雪里了。我怎么这么蠢？富久后悔不迭。

右腿的疼痛加剧了。现在不是后悔的时候，得想想办法，否则又要重复一遍。总之要赶紧跑。

富久开始拼命挖雪。一开始纹丝不动的积雪簌簌地开裂，一下就挖开了。看来人在绝望之中真的能发挥超人的力量。

富久双手按地，想撑起身子。他的腿被扯住了，整个身体随之被带动。对啊，熊正啃我的脚呢。不把这家伙解决，想跑都跑不掉。右腿可能已经不行了，但管不了那么多了。现在这时代，装个假肢也能走。总之要逃跑，逃到有人的地方去。实在不行，至少也要回到雪洞。那边人多，熊见了也许会逃走。就算熊不跑，他吃别人吃饱了，可能也就放过我了。怎么办？有什么东西能吓跑熊吗？

腿痛让他无法思考。紧接着，他又意识到自己几乎没有选择。

一只脚在熊嘴里，还要撑起上半身攻击熊，无论从生理学还是力学角度看都不现实。只能用另一只脚踹它了。可是瞎踹也没用，必须求高效。熊的弱点是哪里？心脏？踹在厚实的胸膛上毫无意义。那还有哪里？喉咙或者眼睛。右脚已经在熊嘴里了，那两个器官都近在咫尺，只要用力弯曲右腿，凑近熊的身体，再就着那个姿势猛踹熊脸，应该能把它吓退。接着，就算爬也要爬离熊。如果这里是斜坡，只要向下滑就行了。熊也许会一起滚下来，但对方肯定也不能自由活动身体，如果运气好，它还可能会摔伤。

富久试图撑起身体，但发现右腿无法动弹。接着他又想抬起左腿踹熊脸，结果只踹到空气。突然，右脚被猛地扯了一下。

难道……怎么会……富久拼命动起手足，试图摆脱束缚。

"呜哦——！"

他整个人浮了起来。

天空很蓝，一片云都没有，风也平息了。

紧接着，他坠落在了雪地上。他摔得岔了气，一时间无法呼吸。富久拼命忍住浑身的剧痛，撑起上半身。

"呜哦——！"

熊发出了咆哮。他奋力打向熊掌，右臂被拍断，接着左腿被扯了下来。

对啊，他根本不可能逃出熊的巨掌。熊美滋滋地享用起富久的内脏。接着，熊花了将近两小时吞食富久的内脏。富久经历了常人无法想象的痛苦，少年们始终在一旁嘲笑。

最后，富久的心脏总算停止了跳动。在大脑停止活动前，他又承受了很久莫大的痛苦。

最先感到的，是右脚尖的锐痛。接着，是极度的寒冷。

富久睁开了眼。

一片纯白。

"呜哇！"富久大叫起来。突然，右脚被猛地扯了一下。

"呜哦——！"

他整个人浮了起来。

天空很蓝，一片云都没有，风也平息了。

右臂被拍断，接着左腿被扯了下来。熊美滋滋地享用起富久的内脏。接着，熊花了将近两小时吞食富久的内脏。富久经历了常人无法想象的痛苦，少年们始终在一旁嘲笑。

最后，富久的心脏总算停止了跳动。在大脑停止活动前，他又承受了很久莫大的痛苦。

……

最先感到的，是右脚尖的锐痛。接着，是极度的寒冷。

富久睁开了眼。

一片纯白。

"哈哈哈哈，哈哈哈哈。"富久大笑起来。突然，右脚被猛地扯了一下。

"呜哦——！"

他整个人浮了起来。

天空很蓝，一片云都没有，风也平息了。

右臂被拍断，接着左腿被扯了下来。富久不再大笑，发出了痛苦的惨叫。接着，熊花了将近两小时吞食富久的内脏。富久经历了常人无法想象的痛苦，少年们始终在一旁嘲笑。

最后，富久的心脏总算停止了跳动。在大脑停止活动前，他又承受了很久莫大的痛苦。

……

最先感到的，是右脚尖的锐痛。接着，是极度的寒冷。

富久睁开了眼。

一片纯白。

"哈哈哈哈，哈哈哈哈。"富久大笑起来。

……

27

下方的大海一片漆黑，无边无际，就像头顶的宇宙。天空的冷白色渐渐转暗，就像大海的黑暗洇染了它。

"喂，彼得，"温蒂说，"我们的方向对吗？"

"方向？什么方向？"

"当然是往永无岛的方向呀。"

"哦？你为什么想知道这个？"

果然，彼得还是一点都没变。

那年夏天的大冒险后，彼得·达林和蒂莫西·达林再也回不去了，于是温蒂他们决定带走乔治和杰克。他们俩虽然长得不像彼得和蒂莫西，但他们猜达林夫妇应该也不会发现。倒也不是那对夫妇冷血，只是突然收养了六个没血缘关系的孤儿，实在没法记全每个人的长相。他们一开始也许会感到些许奇怪，但恐怕不会想到双胞胎竟会被调包，等过段时间习惯了，他们也许就会认为一直是同一对双胞胎。事实上，事情也的确就这么发展的。

很快，又一年春天来临，彼得若无其事地来接温蒂了。

温蒂怀疑他已经忘了那两次冒险，尤其是第二次发生的那些惨事，于是就决定试探一下。首先，她提起了那群讨厌的海盗。

"你还记得胡克船长吧？"

"胡克船长是谁？"

"你不记得了吗？"温蒂惊讶地问，"不是你杀了他，救了我们所有人吗？"

"我不会记得自己杀了的人。"彼得·潘漫不经心地回答。

也对，事情已经过去了一整年，难怪彼得会忘了。

可她呢？彼得被卷入了这么大的麻烦，他应该还记得她吧？

"叮克铃见到我会开心吗？"温蒂再次试探。通过彼得的回答，她可以推测出彼得究竟是忘了叮叮这个精灵，还是忘了叮叮的死。要是彼得连那次冒险都忘了，那可怎么办……

"叮克铃是谁？"

温蒂的担忧没有错。

"唉，彼得。"

温蒂细细讲述了叮克铃的事，可彼得一点都想不起来。

"反正精灵多的是，"彼得开朗地笑着说，"你说的那个精灵早就死了吧？"

彼得真的什么都不记得了，温蒂感到绝望的同时也松了口气。

彼得什么都记不住，也没人会相信他。所以她向彼得倾诉，也很安全。

"彼得，我有件事想跟你商量……或者说，只是想跟你聊聊。"

"什么事？"

"关于梦。"

"梦？你只要在永无岛，就不需要梦，因为那里充满了冒险。"

"我一直在做噩梦。"

"一直？"

"是的，一直，永无止境的噩梦。"

"哦，"彼得不耐烦地说，"然后呢？"

"我很痛苦。"

"梦有什么好烦恼的，反正就是个梦。"说完，彼得罕见地思考了一会儿，"你说噩梦？其实我也会做很烦还很痛苦的梦。"

"真的吗？什么梦？"

"梦里的我很讨厌永无岛的我，而且他经常割自己的手腕，很痛，很可怕，也很烦。"

"很难受吧？"

"唔，只能说是很烦吧。"彼得拔出短剑挥舞起来，"每次梦里气醒了，我就想出去惹事。砍完海盗或者红皮人，我心里就舒坦了。"

这是恶性循环。温蒂心里想着，却没说出口。她又想，也许不该跟彼得谈这件事，因为他根本不明白事物的本质，不理解死亡的恐惧。

"拼死作战可是超刺激的大冒险！"彼得偶尔会说出憧憬死亡的话来。也许他潜意识中明白，那是他绝对体验不到的东西。

他还有另一种绝对体验不到的东西，就是长大。他之所以如此痛恨大人，恐怕就是出于嫉妒。

温蒂发现她跟彼得在永无岛一起用树叶和野莓做的衣服已经不合身了，但彼得当然看不出那么小的差别。然而……温蒂想，彼得总有一天会发现我在长大。到时候，他会怎么做呢？

温蒂带着类似期待的心情，看向彼得耀眼而飒爽的英姿。

当然，岛上的男孩数量总是在变，因为有的被杀了，有的则由于其他原因消失了。每当他们眼看着就要长大时（这是违反规则的），彼得就会削减他们的人数。而现在，要是把那一对双胞胎算作两个人的话，队伍中总共有六个男孩。

——詹姆斯·M. 巴里《彼得·潘与温蒂》
第五章"小岛成真"

28

"竟然吃了重要的证人，真是太莫名其妙了。"亚理愤愤地说。食堂里的人稀稀拉拉，所以亚理的声音显得格外响亮。

"是啊，只要再忍一分钟，案子可能就解决了。"井森充满歉意地说。亚理说的很有道理，他无法反驳。

"那你为什么不忍啊？"

"我没想到牡蛎的话能把所有问题都解决了。"

"这都没想到，你自己不觉得离谱吗？"

"我是觉得离谱啊。可比尔是个大蠢蛋，这也没办法啊。"

"你的意思是说，你是蠢蛋，所以不管干了什么都该被原谅？"

"不，我不是蠢蛋，且我也不认为自己不管干了什么都该被原谅。"

无论比尔走到哪里，它都会被当成累赘。

也许，比尔唯一的归宿，就是奇境之国。当然，它在那里也不受欢迎，但至少可以跟其他惹麻烦的人混在一起。

"那就不能说你没办法。"

"我理解你无法区分我们俩，但比尔做的事让我背黑锅，这不公平。"

"为什么？你不就是比尔吗？"

"我是比尔，也不是比尔。"

"你就是比尔。"

其实我自己也搞不清楚我究竟是不是比尔了。日田算是彼得·潘吗？富久算是温蒂吗？我们遭遇雪崩几小时后，搜救队就赶过来救了所有生还者。除了躲在雪洞里的人，他们还在别处救起了几个人，死者的遗体也基本找到了。

奇怪的是，唯独富久的遗体没找到。

井森早就发现了化身在雪山遇难的危险性。要是因为低温睡着，并在中途醒来，就会陷入时间闭环。也许富久就不幸陷入了时间闭环。假设如此，他今后恐怕也不会再出现了。

说起来，井森还发现了一件怪事。富久的好几个学生对他完全没有印象。其实井森也不怎么想得起富久的事了。也许不久之后，他就要被彻底囚禁在时间闭环中，脱离这个时间线了。到那时，他在这个世界留下的痕迹，包括人们对他的记忆，也许都会完全消失。这对受过他伤害的人，也许是好事。

"我们共享记忆，这个意义上我是比尔，但我们并不共享意志和思想。我觉得化身很难说是同一个人。其实你才是特例。"

"我？"

"不管是外形还是能力，栗栖川亚理和爱丽丝都差不多，所以你的人格延续性比其他人强很多并不奇怪。"

"这是你的误解。"

"我误解了什么？"

我也陷入了时间闭环。要是不做点什么，我永远都没法脱离。

"其实我——"

我一定要打破现状。为了亚理，也为了我自己。

"抱歉，能不能耽误你们点时间？"一名中年男子打断了两人的交谈。

也许机会就在这一刻。

（全书完）

关于詹姆斯·M. 巴里和彼得·潘

[本 文 内 容 涉 及 剧 透 ， 请 在 读 完 正 文 后 参 阅]

　　《谋杀叮克铃》以英国知名剧作家、小说家詹姆斯·马修·巴里（Sir James Matthew Barrie）的代表作《肯辛顿公园的彼得·潘》及《彼得·潘与温蒂》为主要母本。说到彼得·潘的故事，许多人会想到动画或音乐剧，但其实彼得这个人物参照了一些真实存在过的少年。以下将会介绍作者巴里的生平和作品概要，读者们可以在其中寻找《谋杀叮克铃》的登场人物及相关要素。

＊

　　一八六〇年，巴里出生在苏格兰安格斯一个保守的纺织工家庭，家中有三男七女手足十人，他排行老九。巴里的二哥大卫在兄弟姐妹中才华最为出众，深受母亲宠爱，但是年仅十三岁就夭折了。这位"永远是少年"的兄长和为其哀叹的母亲，对巴里后来的创作造成了很大的影响。

　　巴里从小就喜欢编故事，从爱丁堡大学毕业后，他进入了报社工作，其后迁至伦敦，连续创作了很多备受欢迎的作品。

　　一八九四年，巴里与女演员玛丽·安森结婚。一八九七年，巴里在肯辛顿公园散步时，碰到了莱维林·戴维斯家的孩子们。后来达林家（温蒂家）父母的原型人物，就是那些孩子的父母亚瑟与西尔维亚。巴里为孩子们即兴讲了很多故事，其主人公彼得·潘就是以戴维斯家的五兄弟为原型。顺带一提，戴维斯夫人西尔维亚的旧姓是杜穆里埃，后来以《蝴蝶梦》《浮生梦》闻名的达芙妮·杜穆里埃就与戴维斯家的孩子们是表亲关系。

一九〇一年，巴里邀请已成为好友的戴维斯一家到法纳姆的别墅黑湖庄做客，让孩子们演出了与海盗战斗的小舞台剧。巴里制作了两本表演相册，将其中一本赠予亚瑟。但奇怪的是，亚瑟很快就"遗失了"那本相册。一九〇九年，巴里与妻子玛丽离婚，表面原因是妻子出轨，但有人证实，真实原因是巴里本人无法满足太太。

正如《爱丽丝梦游仙境》的作者刘易斯·卡罗尔后来被人怀疑有恋童情结一样，巴里去世后，也传出了他钟爱少年的谣言。但是戴维斯家的第五子尼古拉斯（尼可）明确否定了这个流言，并说"（巴里）对我们没有任何邪念，正因如此，他才写出了《彼得·潘》。"

一九〇二年，巴里发表了第一部以彼得·潘为主人公的小说《小白鸟》。一九〇四年，《彼得潘：不会长大的男孩》首演，好评如潮。于是一九〇六年，他又发表了小说《肯辛顿公园的彼得·潘》。翌年，亚瑟·戴维斯罹患癌症死亡。三年后，他的妻子西尔维亚也因肺癌去世。巴里成了几个孩子的监护人，抚养他们长大。因为得到巴里的资助，戴维斯兄弟在学业和经济方面都没有遇到困难，然而他们都命途多舛。

长子乔治在第一次世界大战爆发时加入英国陆军，一九一五年，在年仅二十一岁时战死。

次子约翰（杰克）加入英国海军，以职业军人的身份参加一战，其后的人生颇为顺遂。相传他在父亲死后没有像其他兄弟那样亲近巴里，而是与之保持了一定的距离。

三子彼得也跟乔治一样加入了英国陆军，并在战后生还，在巴里的资助下创建了出版社。但他苦于自己被认为是彼得·潘名字的由来，最后卧轨自杀，结束了六十三年的生命。

巴里最疼爱的四子迈克尔就读牛津大学时与挚友溺水而亡。但是迈克尔本身不识水性，因此有人怀疑他为何下水，这使他的死亡始终笼罩着谜团。

戴维斯兄弟里最后的生者是五子尼可，他一直在三哥彼得手下帮助其打理出版社业务。后来，他担任了BBC制作的电视连续剧《失落的男孩》（一九七八）脚本监修，成为时代的见证者，并于一九八〇年去世。

一九三七年，巴里因肺炎去世，享年七十七岁。他将大部分遗产赠予晚年的秘书辛西娅·阿斯奎斯，又将《彼得·潘》的相关版权捐赠给了伦敦的儿科医院。阿斯奎斯既是一名活跃的作家，也是知名的奇诡小说编者，一生留下了许多业绩，在日本出版的《娴淑噩梦：英美女流怪谈集》和《幽灵岛：平井呈一怪谈翻译集成》中可以看到她的作品。

巴里的人际关系甚广，《箭屋》（*The House of the Arrow*）作者 A. E. W. 梅森与他是一生的挚友。此外，巴里还跟萧伯纳、亚瑟·柯南·道尔、H. G. 威尔斯等人缔结了友谊。另外，他还与出生于苏格兰的罗伯特·路易斯·史蒂文森长年保持通信，也曾被邀请去他在萨摩亚的家，但二人没有直接见过面。

《肯辛顿公园的彼得·潘》

(*Peter Pan in Kensington Gardens*, 1906)

彼得·潘从鸟儿转生成了人类婴儿。出生一个星期后的晚上，他飞出了没有栏杆的窗户，来到了肯辛顿公园。后来，他成了介于鸟与人之间的生灵，与精灵和鸟儿一起玩耍生活。

一天，精灵女王玛普举办了一场舞会，彼得·潘在舞会上演奏了动人的音乐。女王决定给他奖赏，于是彼得·潘表示希望回到母亲身边。彼得坚信母亲会一直敞开那扇窗户，等自己回家。他回到家中，看见母亲在睡梦中流泪，便在她身边用笛子吹奏了一首摇篮曲。但是彼得依旧怀念外面的生活，于是他又回到了公园。而等他再次去看母亲时，赫然发现那扇窗户已经安上了铁栏，母亲怀里又多了一个小小的男孩。彼得见状，决心永远在公园生活，再也不见母亲。

其后，彼得在公园里遇到了四岁的女孩梅米·曼纳林，并跟她成了朋友。可是梅米渐渐长成了一名少女，彼得则一直留在肯辛顿公园与精灵生活，成了传说中的人物。

从故事梗概可知，这本书中没有温蒂、叮克铃和胡克船长。它不是以永无岛为舞台的冒险故事，而是讲述了永远失去了母亲、介于人与鸟之间的神奇生灵彼得·潘，是个凄美的童话故事。

这本书摘录了巴里发表的第一部彼得·潘故事《小白鸟》。在此之前，巴里制作的舞台剧《彼得潘：不会长大的男孩》备受欢迎，因此才有了本书的出版。

出生一周的婴儿飞出窗外前往精灵的国度，回到母亲身边时发现那扇窗户已经装了铁栏，母亲怀里也多了另一个孩子，这些情节后来也出现在《彼得·潘与温蒂》中。前者被加工成了出生还不到一周的孩子在肯辛顿公园掉出摇篮，成为"迷路的孩子"后，被送到永无岛生活的情节。

顺带一提，彼得·潘的"潘"并非姓氏，而是来自希腊神话的"潘神"，这个神名后来也成了英语"panic"（恐慌）的词源。

《彼得·潘与温蒂》
（*Peter and Wendy*, 1911）

彼得·潘不小心把自己的影子落在了伦敦普通人家达林家的儿童房里，于是他跟精灵叮克铃趁家中父母不在，偷偷溜了进去。彼得·潘正想努力粘上自己的影子，却被家中长女温蒂·莫伊拉·安琪拉发现。最后，温蒂帮彼得·潘缝上了影子。彼得·潘凭借精灵仙粉的力量，可以自由地飞行，他带上了温蒂和她的弟弟乔治、迈克尔，一起飞向永无岛。那里除了彼得·潘和迷路的孩子，还住着精灵、红皮人、海盗和人鱼，是个"不存在的仙境"。温蒂受到孩子们的热烈欢迎，还被当成了"妈妈"……

如果只看过动画片和音乐剧，读者们读后可能会感到震惊。因为这个故事开篇就说，孩子们杀人不眨眼，美丽的红皮人姑娘虎莲和海盗都冷酷无情，而彼得·潘本人也如暴君般统率着迷路的孩子子们，命令他们与海盗血战。

"除了男孩们，所有人都想看到流血事件。男孩们通常也喜欢血，但今晚他们出去是要迎接他们的队长。当然，岛上的男孩数量总是在变，因为有的被杀了，有的则由于其他原因消失了。每当他们眼看着就要长大时（这是违反规则的），彼得就会削减他们的人数。而现在，要是把那一对双胞胎算作两个人的话，队伍中总共有六个男孩。……最后是一对双胞胎，彼得从来弄不清他们谁是谁，而他不知道的事，他也不许他的队员知道。（《彼得·潘与温蒂》第五章"小岛成真"）

顺带一提，《谋杀叮克铃》的故事发生在《彼得·潘与温蒂》的冒险结束之后。彼得战胜了死敌胡克船长，六个迷路的孩子（图特斯、斯莱特利、尼布斯、克里、双胞胎）成了达林家的养子。彼得拒绝普通人的生活及长大成人，选择了返回永无岛，但他答应每年春天来接温蒂到岛上做一个星期的大扫除。温蒂心里十分期待，但是《彼得·潘与温蒂》第十七章"温蒂长大了"提到，彼得彻底忘了那个约定，再次见到温蒂时，她已经长成了大人。

小说女主人公温蒂的名字在欧美已经十分普及，但是在《彼得·潘》刚刚问世时，还是个十分罕见的名字，只作为姓氏或男性名出现过几次。因此可以认为，正是《彼得·潘》的流行使温蒂这个名字成了普遍使用的女性名。作者巴里本来就想给女主人公起个罕见的名字，而"温蒂"这个名称来源于巴里朋友的女儿对他的称呼"My Friend（我的朋友）"。

参考文献

《肯辛顿公园的彼得·潘》，

南条竹则译，光文社古典新译文库。

《彼得·潘与温蒂》，

大久保宽译，新潮文库。

《失落的男孩:J. M. 巴里与彼得·潘的诞生》，

安德烈·帕金著，铃木重敏译，新书馆。

梦中的暗杀者4：谋杀叮克铃

作者 _ [日]小林泰三　　译者 _ 吕灵芝

产品经理 _ 夏言　　装帧设计 _ 星野　　封面插画 _ [日]丹地阳子　　产品总监 _ 夏言

技术编辑 _ 顾逸飞　　责任印制 _ 梁拥军　　策划人 _ 吴涛

营销团队 _ 毛婷 郭敏 魏洋 石敏

果麦
www.guomai.cn

以 微 小 的 力 量 推 动 文 明

图书在版编目（CIP）数据

谋杀叮克铃 /（日）小林泰三著；吕灵芝译. -- 北京：北京联合出版公司，2023.9（2023.11重印）
（梦中的暗杀者）
ISBN 978-7-5596-7055-7

Ⅰ.①谋… Ⅱ.①小… ②吕… Ⅲ.①长篇小说—日本—现代 Ⅳ.①I313.45

中国国家版本馆CIP数据核字（2023）第117816号

北京市版权局著作权合同登记 图字：01-2022-4110

谋杀叮克铃

作　　者：[日] 小林泰三
译　　者：吕灵芝
出 品 人：赵红仕
责任编辑：龚将
装帧设计：星野

北京联合出版公司出版
（北京市西城区德外大街83号楼9层　100088）
河北鹏润印刷有限公司　新华书店经销
字数179千字　880毫米×1230毫米　1/32　8印张
2023年9月第1版　2023年11月第2次印刷
ISBN 978-7-5596-7055-7
定价：168.00元
